HEYNE
BÜCHER

Der Roman

Im Jahre 1994 wird Los Angeles von einem gewaltigen Erdbeben erschüttert, das einen Millionenschaden verursacht und Tausende von Menschen das Leben kostet. Unter den Toten sind auch die Eltern des siebenjährigen Lewis Crane.

37 Jahre später ist aus Crane, der das Trauma seiner Kindheit nie überwunden hat, ein seismologischer Experte geworden. In Jahren der Forschung hat er eine einzigartige Methode entwickelt, um Erdbeben vorauszusagen – was ihm nun noch fehlt, ist die Möglichkeit, sein Können unter Beweis zu stellen. Was Crane nicht ahnt: In einer Welt, in der chinesische Konzerne die Fäden der Macht ziehen und in der Amerika in religiöse und rassistische Parteien auseinanderzubrechen droht, gibt es viele, denen Katastrophen nur recht sind.

Als Crane dann eines Tages tatsächlich Anzeichen für ein kommendes Giga-Beben entdeckt, das mindestens eine 8,5 auf der Richterskala auslösen wird, sieht der Erdbeben-Besessene seine Chance gekommen. Nach den Berechnungen seines Teams scheint es sicher, daß die Städte Memphis, Indianapolis und Nashville dem Beben zum Opfer fallen werden. Schlagartig steht Crane im Mittelpunkt des öffentlichen Interesses – die einen glauben ihm, die anderen halten ihn für verrückt. Die Zweifler scheinen recht zu behalten: etwas Unfaßbares passiert. Crane verliert auf einen Schlag alles – seinen guten Namen, das Vertrauen der Öffentlichkeit, ja sogar die Frau, die er liebt. Und das, obwohl Crane inzwischen weiß, daß ein noch viel stärkeres Erdbeben bevorsteht – eins, das die Stärke 10 erreichen wird. Ein tödlicher Wettlauf mit der Zeit beginnt …

Die Autoren

Arthur C. Clarke ist neben Isaac Asimov der unbestrittene Altmeister der Science-Fiction-Literatur. Zu seinen über 50 Romanen gehören Weltbestseller wie ›2001 – Odyssee im Weltraum‹ und die drei Folgebände.

Mike McQuay schrieb 35 Romane und gewann 1988 den Philip K. Dick-Award. Er starb kurz nach der Fertigstellung von ›Stärke 10‹.

ARTHUR C. CLARKE
MIKE McQUAY

STÄRKE 10

Roman

Aus dem Amerikanischen
von Kristiana Ruhl

Deutsche Erstausgabe

WILHELM HEYNE VERLAG
MÜNCHEN

HEYNE ALLGEMEINE REIHE
Nr. 01/10838

Titel der Originalausgabe
RICHTER 10

Umwelthinweis:
Das Buch wurde auf
chlor- und säurefreiem Papier gedruckt.

Redaktion:
Verlagsbüro Dr. A. Gößling und O. Neumann GbR, München

Printed in Germany 1999
Umschlagillustration: Barry Blackman
Umschlaggestaltung: Atelier Ingrid Schütz, München
Satz: Pinkuin Satz und Datentechnik, Berlin
Druck und Bindung: Pressedruck, Augsburg

ISBN 3-453-15051-1

http://www.heyne.de

Im Andenken an Mike McQuay,
der nicht mehr lange genug lebte, um zu erfahren,
welch hervorragende Arbeit er geleistet hat.

A.C.C.

»Genie ist im großen und ganzen wie das Leben:
Über beide wissen wir nichts,
wir sehen nur die Auswirkungen.«

Charles Caleb Colton

»Die Welt ist zwar jederzeit bereit, Begabte mit offenen Armen zu empfangen. Aber oft genug weiß sie nicht, was sie mit Genies anfangen soll.«

Oliver Wendell Holmes

Prolog

NORTHRIDGE, KALIFORNIEN
17. JANUAR 1994, 4 UHR 31

Mit kribbelnden Fingerspitzen und eingeschlafenen Füßen fuhr Lewis Crane aus dem Schlaf hoch. Sein Pyjama war schweißnaß. All seine Alpträume waren Wirklichkeit geworden! In diesem schrecklichen Augenblick wurde ihm klar, daß er die ganze Zeit recht gehabt und die Erwachsenen sich geirrt hatten. Hinter seinem Kleiderschrank lebten tatsächlich Monster, und wenn die Sonne untergegangen war, kam wirklich ein Drache herein, um sich unter seinem Bett zusammenzurollen. Im schummrigen Licht des Mondes, das durch die Ritzen der Jalousie drang, waren die wilden Bestien nicht zu sehen, doch er wußte, daß sie da waren. Sie brüllten fürchterlich und trampelten im Zimmer umher, so daß sein Bett auf- und abwippte wie ein Trampolin und er beinahe hinunterflog. Er schloß die Augen und hielt sich die Ohren zu. Doch die Monster wollten nicht verschwinden. Sie wurden nur noch wilder und lauter.

Als Lewis aus dem Bett geschleudert wurde, rief er nach seinen Eltern.

Aber seine Stimme war so leise und der Lärm so ohrenbetäubend, daß Mami und Daddy ihn nicht hören konnten. Also mußte er zu ihnen. Mit klopfendem Herzen versuchte er, auf die Füße zu kommen. Doch die Angst hielt ihn am Boden fest, der plötzlich unter ihm erbebte. Die Wände begannen sich zu winden und erinnerten Lewis an die riesigen Pythons, die er im Zoo von San Diego gesehen hatte. Die Bücherregale wackelten, die Stühle erzitterten, und die Videospiele, die auf dem Computer lagen, fielen zu Boden. Etwas zischte an seiner Schulter vorbei – das Bild, das über dem Nachttischchen gehangen hatte – und landete neben seinem Knie. Das Glas zersprang und verletzte ihn am Bein.

»Mama!« rief er. »Mama, Daddy, helft mir!«

Alles bebte. Das ganze Zimmer. Bücher und Spielzeug fielen aus den Regalen. Die Power-Ranger- und Ninja-Turtle-Figuren tanzten auf dem Teppich, als ob sie lebendig geworden wären. Matchboxautos und Stifte flogen durch die Luft. Der Spiegel, der über der Kommode gehangen hatte, und das Aquarium neben seinem Schreibtisch stürzten ebenfalls auf den Teppich. Fontänen von Glassplittern und Wasser ergossen sich über ihn.

»Daddy!« schrie er erneut, und in diesem Moment schlug die große Spielzeugkiste direkt neben ihm ein. Er sprang auf die Füße, doch der Boden wankte noch immer, so daß er das Gleichgewicht verlor und hart auf die Knie fiel.

Dann stürzte er ins Ende der Welt.

Sein Körper zuckte heftig, ebenso wie das ganze Zimmer. Er hörte das schlimmste Geräusch, das er jemals in den sieben Jahren seines Lebens wahrgenommen hatte. Es klang, als würde die Erde im Umkreis von mehreren Quadratkilometern aufbrechen und selbst der Himmel in Stükke zerbersten. Tränen rannen ihm die Wangen hinunter. Lewis kroch zur Tür, die windschief im Rahmen hing, als ob ein Riese sie verdreht hätte. Er glaubte zu hören, daß seine Mutter ihn rief, doch ganz sicher war er nicht. Er schluchzte. Er brauchte seine Mutter, er brauchte seinen Vater … Er *mußte* zu ihnen …

Die Diele lag voller gefährlicher Gegenstände, weshalb er einen Augenblick innehielt. Putz, der in Brocken von der Wand gefallen war, Eisenstangen, dazwischen geborstene Holzbalken und scharfe Glasscherben von Möbeln und Bildern, die zuvor ordentlich an den Wänden gestanden und gehangen hatten. Der Schutt türmte sich über einen halben Meter hoch, und Lewis fürchtete, sich beim Durchkrabbeln zu verletzen. Doch das Haus bebte so stark, daß er nicht wagte, aufzustehen und loszurennen. Er holte tief Luft und robbte vorwärts, so schnell er konnte. Dabei stieß er mit

Armen und Händen an Gegenstände und Scherben, und seine Knie brannten.

Als Lewis das Eßzimmer erreichte, blieb ihm ein Schluchzer im Hals stecken. Er hörte seine Eltern. Mama rief seinen Namen – doch Daddy schrie vor Schmerzen. Hier war es viel heller, aber das gefiel ihm nicht, denn das Licht sah bläulich-fahl aus und blinkte gruselig über allem. Schaudernd drehte er sich zur Wand, legte die Hände flach dagegen und hangelte sich langsam hoch, bis er auf den Füßen stand. Währenddessen bebte das ganze Zimmer, und Lewis mußte plötzlich an das Tiefseefischerboot denken, auf dem er sich im letzten Sommer einmal aufgehalten hatte. Es war auf- und ab- und hin- und hergeschlingert, und wenn er nicht auf Daddys Schoß gesessen hätte, und sie nicht an den großen Sessel geschnallt gewesen wären, wären sie mitsamt dem Sitz von Reling zu Reling geschleudert worden. Tanzte das Haus vielleicht auf einer gigantischen Welle? Unsinn. Wie sollte es von Northridge bis aufs Meer hinausgeflogen sein? Doch das Geräusch, dieses Grollen … das klang tatsächlich wie ein starker Wind in einem heftigen Sturm.

»Lewis!« hörte er seine Mutter schreien, »Lewis, lauf! Du mußt raus!«

Sie torkelte in den Raum und machte einige wackelige Schritte auf ihn zu. Ihren Morgenmantel hielt sie eng um die Brust geschlungen, doch ab der Taille hing er nur mehr in Fetzen, die sich um ihre Knie gewickelt hatten. Freudige Erleichterung durchströmte Lewis. Er löste sich von der Wand, stolperte einige Schritte nach vorn und blieb dann abrupt stehen. Mama griff nach der Kante des Eßtischs, der auf sie zuschlitterte, doch mit Schrecken sah er, was in ihrem Rücken geschah. Der große Vitrinenschrank, den Daddy seiner Mama zum Geburtstag geschenkt hatte, stürzte langsam auf sie.

Glas zersplitterte, ein paar der Scherben trafen ihn und zerschnitten seinen Schlafanzug. Lewis hörte das Krachen und Mamas Schrei, und gleichzeitig sah er durch ein Loch in der Zimmerdecke die Sterne. Für einen Augenblick schien die Zeit stillzustehen. Dann kletterte er über die Trümmer und bahnte sich einen Weg zu seiner Mutter, deren Kopf und rechter Arm unter dem Schrank hervorlugten.

»Ich bring' dich raus, Mama«, rief er, während ihm Tränen über das staubbedeckte Gesicht rannen.

»Lauf, Liebling!« flüsterte sie, als er sie erreicht hatte. »Lauf hinaus auf die Straße!«

Vergeblich versuchte er, die Vitrine beiseite zu schieben.

»Bitte, Lewis«, sagte sie eigenartig ruhig. »Tu, was ich dir sage.«

»Aber du ... du bist ...«

»Wi... widersprich jetzt nicht. Tu, was ich dir sage.«

Lewis' Gedanken überschlugen sich. Es gelang ihm nicht, dieses Möbelstück zu bewegen. Nicht allein. Er brauchte Hilfe. »Ich hol' jemanden, der mir hilft, dich da rauszuziehen, Mama«, sagte er und trat einen Schritt zurück. Der Boden bebte jetzt nicht mehr so stark, und das Grollen kam nur noch aus der Ferne. Außerdem stellte er fest, daß Daddys Schreie im Schlafzimmer verstummt waren. »Ich bin gleich wieder da, Mama, hörst du? Ich bin gleich wieder bei dir und Daddy.«

»Ja, mein Schatz«, sagte sie mit schwacher Stimme. »Beeil dich ... lauf schnell hinaus.«

Lewis stolperte um den Trümmerhaufen herum ins Wohnzimmer. Gerade, als er durch die Eingangstür nach draußen trat, fiel ein weiterer Teil des Dachs mit lautem Getöse herab. Auf dem Gehsteig angekommen, roch er Gas und sah, wie in den Vorgärten der Nachbarhäuser Scheinwerferkegel irrlichterten. Die ganze Straße war aufgerissen, und den Häusern gegenüber fehlte die Frontseite. Panik drohte ihn zu ergreifen, doch dafür hatte er keine Zeit. Er mußte Hilfe holen.

Lewis hörte Stimmen und rannte schreiend darauf zu und in Richtung des Scheinwerferlichts. »Hilfe! Helft mir! Bitte ... irgend jemand!«

Dann stolperte er über einen Erdhaufen im Rasen, der vorher nicht dagewesen war, und fiel unsanft zu Boden. Jedes Körperteil schmerzte, und er begann zu weinen. Er versuchte, sofort wieder aufzustehen, doch noch während er sich aufrappelte, blendete ihn plötzlich der starke Schein einer Taschenlampe.

»Der Sohn von Cranes«, rief ein Mann, dessen Gesicht über ihm auftauchte. »Kommt schnell her!«

Plötzlich war er von Leuten umgeben, die ihn wieder zu Boden zwangen. Er versuchte, sie beiseite zu schieben. »Bitte, helfen Sie uns! Meine Mama und mein Daddy sind noch da drin. Mama ist eingeklemmt. Sie müssen ...«

»Sachte, mein Junge«, ließ sich die Stimme des Mannes vernehmen, der ihn am Boden hielt. »Ich bin's ... Mr. Haussman von gegenüber. Mach dir keine Sorgen, wir holen deine Eltern da raus.«

»O Gott, schaut ihn euch an«, sagte eine Frau, als jemand die Taschenlampe auf seinen zerfetzten Schlafanzug hielt. »Er blutet sehr stark. Ich ... o mein Gott! Sein Arm!«

Lewis rollte sich auf die Seite, um zu sehen, worauf sie deutete. Eine Glasscherbe von der Größe einer Postkarte steckte in seinem linken Oberarm. Aber er spürte es nicht einmal. Und auch den Arm fühlte er nicht. »Meine Mama ist eingeklemmt«, sagte er, während sich ein Schatten über ihn beugte und mit einem Ruck die Scherbe aus dem Fleisch zog. »Bitte, helfen Sie ihr.«

Die Frau schnappte nach Luft und wandte sich ab, während Lewis auf die Wunde in seinem Arm starrte, aus der sich das Blut ergoß.

»Verdammt«, murmelte Mr. Haussman. Er riß ein Stück von Lewis' Schlafanzugoberteil ab und legte ihm damit einen Druckverband an. »Wir müssen ihn ins Krankenhaus bringen.«

»Mein Pick-up«, schlug Mr. Cornell vor, ihr Nachbar. »Wir können ihn hinten auf der Ladefläche transportieren.«

»Hol ihn«, ordnete Mr. Haussman an, und Mr. Cornell machte sich sofort auf den Weg.

»Meine Eltern ...«, sagte Lewis und versuchte aufzustehen, doch Mr. Haussman drückte ihn sanft wieder zu Boden.

»Wir holen sie raus«, versprach er und wandte sich dann zu den anderen um, die mit ihren Taschenlampen die Szene beleuchteten. »Kann jemand hineingehen und nach den Cranes sehen?«

Wieder bebte die Erde. Alle gaben einen ängstlichen Laut von sich, und eine Frau stöhnte auf, als ob sie Schmerzen hätte.

Lewis bemerkte mit Erleichterung, daß ein paar Männer auf das Haus zurannten. »Was ist denn passiert?« fragte er und griff nach Mr. Haussmans Ärmeln.

»Ein Erdbeben, mein Junge«, erklärte der und zog den Knoten an dem provisorischen Verband fester zu. »Ein starkes Beben.«

»Es … es roch nach Gas«, sagte Lewis und versuchte erneut, sich aufzurichten.

»Gas?« Haussman sah beunruhigt aus. »O nein …«

Er bettete Lewis auf den Boden und erhob sich, um die Taschenlampe auf den Pick-up von Mr. Cornell auf dem Nachbargrundstück zu richten. »George!« rief er. »Nicht den Motor anlassen …«

Eine gigantische Explosion machte die Nacht zum Tag. Auf die Ellbogen gestützt, verfolgte Lewis, wie das Haus seiner Eltern und das von Mr. Cornell einschließlich des Wagens in einen riesigen Feuerball gehüllt wurde.

Panische Schreie ertönten. Männer, deren Kleidung wie Fackeln brannte, kamen aus dem Haus gestürzt, und Mr. Cornell war ein feuerglühendes, sich windendes Etwas in der Fahrerkabine. Lewis blieb erstarrt liegen, während um ihn herum brennende Trümmer einschlugen. Seine Gedanken waren vor Schmerz und Entsetzen wie gelähmt.

Er war noch ein Kind, aber er verstand, daß er gerade alles verloren hatte … daß sein geliebtes Elternhaus für immer zerstört war. Die Flammen knisterten und das Feuer wütete kaum fünfzehn Meter von ihm entfernt, so daß ihm der Schweiß aus allen Poren trat und der Rasen, der schon von seinem Blut getränkt war, glatt wie Eis wurde. Seine Ellbogen rutschten unter ihm weg. Flach auf dem Rücken liegend, starrte er in ein Firmament, das eigenartig funkelte, sich kalt ausnahm und sehr weit entfernt war.

Lewis Crane war allein.

Erstes Buch

Dreißig Jahre später

1.

Der *Namazu*

SADO ISLAND, JAPAN
14. JUNI 2024, IM MORGENGRAUEN

Durch einen Riß in der Zeltplane fiel das Morgenlicht ins Innere. Dan Newcombe, der bis auf die Schuhe und das Computerpad um sein Handgelenk nackt auf einer Luftmatratze lag, versuchte verzweifelt, die Zahlen anzuhalten, die ihm durch den Kopf wirbelten. Seit achtundvierzig Stunden ging das jetzt schon so. Es raubte ihm den Schlaf und wurde von Minute zu Minute schlimmer.

In der Nähe begann jemand ein Loch in den Boden zu bohren. Die Zahlen in Newcombes Kopf hüpften im Rhythmus der metallisch klingenden Schläge. Vor jedem neuen Hammerschlag sammelten sie sich neu, wurden dann wieder erschüttert ... so lange, bis er es keine Sekunde mehr länger ertrug und hochschnellte, um sich die Finger in die Ohren zu stecken. Vollkommen sinnlos; er konnte das Geräusch nicht abstellen, und die Zahlen rasten weiter. Noch schlimmer. Eine zweite Person begann ebenfalls zu hämmern, allerdings in einem anderen Rhythmus als die erste.

Newcombe stand auf, ging zu seinem Arbeitstisch und schaltete die Lampe ein. Ihr Schein erhellte die beiden elektronischen Pulte spärlich. Er blickte auf den facettierten Knopf, der wie ein Diamant funkelte. Schwach grün. Die verdammte Lampe mußte neu aufgeladen werden. Er brauchte Licht, sehr viel Licht, und zwar sofort. In dieser Welt voller Lügen war er bereit, sein Leben auf die Wahrheit zu setzen. Und die Wahrheit erforderte Licht. Er haßte Lügen, und das bedeutete, daß er es haßte, seinen Job wie Lewis Crane zu erledigen. Doch auch Crane mußte in irgendeiner Weise die Wahrheit lieben, denn er setzte sein Leben – und das einiger hundert, vielleicht sogar tausend anderer – ebenfalls auf Newcombes Berechnungen. Crane dachte immer in großen Dimensionen.

Newcombe nahm die Lampe, ging damit zum Zelteingang und hielt sie hinaus. Dann zog er sie wieder ins Zeltinnere und blickte in das helle Licht, das sie abgab. Nachdem er die Helligkeit reguliert hatte, stellte er sie zurück auf das Pult und bemerkte zufrieden, daß nun jeder Winkel des Zeltes ausgeleuchtet war, vor allem die zuckenden dünnen Linien auf dem Seismographen. Diese Linien las er wie die Buchstaben einer Sprache, einer Sprache, die er verstand wie sonst niemand auf der Welt. Er vertraute ihnen, und im Gegensatz zu den Menschen waren die Linien immer verläßlich und immer aufrichtig. Sie behandelten alle Menschen gleich, ob Mann, Frau oder Kind, und änderten ihre Aussage nicht aufgrund der Hautfarbe, des Geschlechts oder des Alters dessen, der sie ablas.

Er bootete die siebzehn Computer, bis auf jedem Bildschirm vor ihm ein holographisches Seismogramm in Blau und Rot in der Luft schwebte; die kleinen weißen Curser gaben den Herzschlag des Planeten wieder.

Starke seismische Aktivität schrie aus allen siebzehn Graphen, was bedeutete, daß sich alles diesseits der Pazifischen Platte in Aufruhr befand. Newcombe spürte es durch die oszillierenden Linien hindurch. Er wußte, daß Crane – wo auch immer er sich gerade befand – es ebenfalls spürte, denn Crane bedurfte dazu keiner Instrumente, sein untrüglicher Instinkt genügte … Und sein schlaffer linker Arm.

Vielleicht war heute der Tag aller Tage.

Newcombe aktivierte die Memoryfunktion mit einer leichten Berührung des Keypads, so daß die Computer die Messungen der letzten achtzehn Stunden aufriefen. Seine Augen weiteten sich, als er auf allen Monitoren deutliche seismische Aktivitäten in Form von Höchstwerten an fünf verschiedenen Orten ablas. Vorbeben.

Er berührte Cranes Kommunikationsicon auf seinem Armpad und fragte laut: »Wo stecken Sie?«

»Guten Morgen, Doktor«, erwiderte Crane. Die Stimme drang süßlich aus Newcombes akustischem Implantat.

»Ein schöner Tag für ein Erdbeben. Vielleicht sollten Sie aus gegebenem Anlaß mal bei uns vorbeischauen. Ich bin unten bei den Minen.«

»Ich werde sofort hinunterkommen«, antwortete Newcombe und berührte wieder das Pad, das er um das Handgelenk trug. Es widerte ihn an, daß Crane in solch einem Moment fröhlich, geradezu glücklich war.

Er starrte auf die Graphen, die inzwischen aktualisiert worden waren und weiterhin Aufruhr anzeigten.

»Und ich dachte, der Mond wäre aufgegangen.«

Überrascht schnellte Newcombe in Richtung der belustigt, aber sexy klingenden Stimme der einzigen Frau, die ihm jemals Verstand, Herz und Körper gleichzeitig geraubt hatte. »Lanie!« rief er aus.

»Volltreffer, mein Liebling«, erwiderte Elena King mit einem breiten Lächeln, während ihre Lippen vor Sonnenschutzmittel nur so schimmerten.

Obwohl zum Schutz vor der Sonne von Kopf bis Fuß eingehüllt, sah sie immer noch anziehend und aufreizend aus. Trotz der dunklen Sonnenbrille, die sie trug, wußte er, daß sie ihn in seiner Nacktheit mit einer Mischung aus Belustigung und Verlangen betrachtete. Newcombe schwindelte ein wenig. Er stürzte durch das Zelt auf sie zu.

»O Lanie«, sagte er und zog sie fest an sich. Nach einer Weile schob er sie auf Armeslänge von sich, um sie kurz zu mustern, nahm ihr dann die weiche Mütze vom Kopf und warf sie über die Schulter. Dann schob er ihr die Schutzbrille wie einen Reif über das Haar, das in dicken, schwarzen Wellen über ihren Rücken fiel. Er blickte in die mandelförmigen Augen, die ihn seit Jahren verzauberten, zog sie wieder an sich und senkte den Kopf, um sie ausgiebig zu küssen.

Als er ihre Lippen schmeckte, spürte Newcombe, daß er nichts lieber täte, als sich jetzt in dieser Frau zu verlieren. Doch da waren die Seismographen, die Zahlen und Werte ... Und vielleicht wurde dies der Tag aller Tage. Widerstrebend brach er den Kuß ab und murmelte: »Wie komme ich zu diesem unerhörten Glück? Was führt dich hierher?«

»Das weißt du nicht?« fragte Lanie ungläubig, löste sich aus der Umarmung und trat ein paar Schritte zurück. »Hat dir dein Freund Crane nicht gesagt, daß er mich gestern abend eingestellt hat?«

Nun war die Reihe an Newcombe, ungläubig dreinzublicken. »Er hat dich *eingestellt*?«

»Ja, eingestellt. Und er hat mich beauftragt, so schnell wie möglich hierherzukommen.«

Newcombes Magen zog sich zusammen, aus Angst um Lanie und aus Wut über Crane, weil er sie in Gefahr gebracht hatte. »Ist dein Transportmittel noch auf der Insel?«

»Wie soll ich das wissen?« Sie runzelte die Stirn. »Aber Spaß beiseite. Was um alles in der Welt ist auf einmal mit dir los?«

Er stürzte zum Fußende der Liege und griff nach einer chinesischen Bauernhose. »Was mit mir los ist?« Er stieg in die Hose und band sich den Gürtel um die Mitte, dann suchte er sein Arbeitshemd. »Was mit mir los ist?« wiederholte er lauter, während er mit einem Arm in ein khakifarbenes Hemd schlüpfte. »Mit mir ist überhaupt nichts los.« Er zeigte auf die Hologramme. »*Das* ist los. Die Inseln sind im Begriff, in die Luft zu fliegen … in kleine Stücke zu zerspringen.«

»Das ist nichts Neues, mein Lieber. Überall wird darüber gesprochen.« Lanie grinste. »Du versuchst mir klarzumachen, daß du mich nicht willst?« Einen Wimpernschlag später lag sie erneut in seinen Armen, und er küßte sie wild und ungestüm.

»Das sollte als Antwort auf deine Frage genügen. Ich will dich, wo immer ich dich kriegen kann, Lanie – nur nicht hier.« Er setzte ihr die Brille wieder auf und ließ die Hände sanft auf ihren Schultern ruhen. »Wir werden dich sofort von dieser verdammten Insel wegbringen!« Er wandte sich dem Arbeitstisch zu und suchte in den Schubladen nach seiner Schutzbrille.

»Ich glaube, du hast nicht gehört, was ich gesagt habe.« Sie fing die Mütze auf, die er vom Tisch genommen und ihr zugeworfen hatte. »Seit gestern abend arbeite ich an diesem gottverlassenen Ort, genau wie du. Ich bin Mitglied des Teams, das hier Feldforschung betreibt, und zwar so lange, bis es wieder an der Zeit ist, zur Stiftung zurückzukehren. Und dort arbeite ich dann an deiner Seite, mein Schatz.« Sie schüttelte den Kopf. »Ich kann's nicht glauben. Crane hat mir erzählt, du hättest mich für den Job als Imager empfohlen.«

»Vor ein paar Wochen fragte er mich, ob ich einen guten synnoetischen Imager kenne, ja. Natürlich habe ich dich erwähnt, aber er hat mir kein Wort davon gesagt, daß er dich anstellen wollte, geschweige denn, daß er dich hierhergeholt hat. Wenn ich gewußt hätte, daß er ...«

»Ruhe jetzt. Ich bin ein Profi und erwachsen, Dan, falls du das vergessen haben solltest. Wir reden über meine Entscheidungen, meine Arbeit, mein Leben ...«

Er fuhr sie an: »Du hast nicht die geringste Ahnung, was du dir damit antust, nach Sado zu kommen. Crane nennt diese Station ›Mobile One‹. Alle anderen nennen sie die ›Todesstadt‹. Unser Boß spinnt im höchsten Maße, laß dir das gesagt sein, und er umgibt sich mit Spinnern ... mit Fantasten, mit Versagern, die von der Universität geflogen sind, und einem Haufen anderer komischer Käuze.«

»Es gibt Leute, die sie kreativ, erfinderisch und brillant nennen. Mißverstanden vielleicht, aber begabt und klug – wie Crane selbst.«

Newcombe schnaubte und drehte sich zum Pult um. »Klar, sicher.« Er fand seine Sonnenbrille und setzte sie auf. Dann ging er zu Lanie, griff nach der Mütze in ihrer Hand und stülpte sie ihr über den Kopf. Er nahm sie an der Hand und zog sie hinter sich aus dem Zelt. Sie traten in die stille, feuchte Luft der Zeltstadt mit ihrem allgegenwärtigen kalten Morast – den manche nur ›Cranes Kacke‹ nannten.

Die Luft über dem Lager schwirrte hektisch. Überall Katastrophenhelfer, Studenten und Reporter mit Kameras, die Würdenträger und Beschäftigte interviewten. Alle waren zum Schutz gegen die Sonne wie Mumien eingepackt. Dank seines afrikanischen Erbes besaß Newcombe genügend Melanin, das ihn gegen die tödlichen UV-Strahlen der

Sonne schützte. Das war, soweit er es beurteilen konnte, so ziemlich der einzige Vorteil, den ein Schwarzer auf dieser Welt genoß.

Ein Wagen mit Kaffee und Reiskeksen fuhr vorbei, und Schlamm spritzte hoch. Newcombe hielt den Fahrer an und nahm eine Tasse Kaffee mit einem vollen Löffel Dorphin. Er trank gierig, und seine Wut auf Crane schwand augenblicklich. Er seufzte, glücklich darüber, seine gefährlichen und extremen Gefühle wieder unter Kontrolle zu haben. Jetzt konnte er wieder denken und versuchen zu verstehen, warum Crane Lanie nach Sado geholt hatte. Vielleicht versuchte er auf seine Weise, Newcombes Einstellung und Motivation zu verbessern, denn beide hatten im letzten Jahr starken Schaden genommen. Newcombe störte am meisten die penetrant fröhliche Stimmung, die Crane in seiner Stiftung in den Bergen und bei diesen empirischen Arbeiten forderte, doch er erwartete kaum, daß Big Boß das verstand. Crane hatte offensichtlich keine Ahnung von der menschlichen Natur, wenn er Newcombe etwas Gutes tun wollte, indem er seine Geliebte an den gefährlichsten Ort der Welt holte.

»Es ist so ... bunt«, sagte Lanie. »Richtig leuchtend. Das Rot und Blau der Zelte ...« Sie sah zum tiefblauen Himmel auf und fügte hinzu: »Und die Farben all dieser Helos und Hubschrauber da oben.«

»Bist du mit einem Helo gekommen?« fragte Newcombe, während er sich einen Weg durch eine Gruppe Freiwilliger vom Roten Kreuz bahnte, um die Quelle des Ärgernisses in Augenschein zu nehmen, das ihn heute früh geweckt hatte. Es waren Studenten, die Titaniumstäbe tief in die Erde trieben.

»Mit einem Nachrichten-Helo«, erwiderte sie nickend. Ihre Stimme war inzwischen ebenso laut wie Newcombes. Die Lagerhunde begannen vor Angst zu bellen, und sie mußte noch lauter reden, um sie zu übertönen. »Leute aus aller Welt kommen zu Crane – wegen der ›fünf Zeichen‹. Was hat es damit auf sich?«

Newcombe hörte ihre Frage kaum, denn seine Aufmerksamkeit blieb auf die Studenten gerichtet, die jetzt lange, bürstenartige Antennen in die tief in der Erde verankerten Stäbe einführten. »Dein Werk?«

»Ja. Die Bürsten sind elektronische Fühler, die selbst geringste elektromagnetische Schwingungen in den kleinsten Partikeln wahrnehmen. Crane will herausfinden, wie sich Erde, Wasser und Gestein anfühlen.«

»Ja, davon habe ich schon gehört«, sagte Newcombe und wandte ihr das Gesicht zu, das unter Mütze und Sonnenbrille kaum mehr zu erkennen war. »Sieh mal, Lanie, ich habe dir gesagt, Crane ist ein Spinner. Er hat diese verrückte Idee, ein Teil der ›Lebenserfahrung‹ der Erde zu werden, was auch immer er damit meint.« Er holte mit dem Arm aus, um die langen Kabel aufzunehmen, die von den Stangen zu der Computerkontrollkonsole führten. Sie ruhte auf dicken Balken mit Sprungfedern. »Das ist alles großer Schwachsinn.«

»›Schwachsinn‹ wie dieser ist die Basis meiner Karriere, Doktor«, entgegnete Lanie kalt. »Die Crane-Stiftung finanziert *deine* Träume. Sie kann ebensogut auch meine finanzieren.«

»Aber meine Träume sind realistisch!«

»Mach, was du willst.« Sie drehte sich um und ging.

»Okay ... okay«, lenkte er ein und stapfte durch den Schlamm, um sie einzuholen. Er faßte sie an den Schultern und drehte sie zu sich herum. »Es tut mir leid. Darf ich noch mal von vorn anfangen?«

»Vielleicht«, sagte sie mit einem kaum merklichen Lächeln, das um ihre Mundwinkel spielte. »Du hast meine Frage nicht beantwortet. Was hat es mit diesen fünf Zeichen auf sich, die alle in Aufregung versetzen?«

»Ich werd's dir zeigen«, versprach er, »und dann bringe ich dich hier raus.«

Lanie machte sich nicht die Mühe zu protestieren. Sie würde bleiben, basta.

Mit den Rädern Schlamm aufwirbelnd, kam in diesem Augenblick ein kleiner elektronischer Lastwagen leise durch das Chaos gefahren, das neben dem Computerzentrum herrschte. Auf der Ladefläche stand ein Käfig voller Hühner. Burt Hill, den ein Ansteckschild, das er an seinem knallbunten Hemd trug, als einen von Cranes Leuten auswies, streckte den Kopf aus der Fahrerkabine.

»He, Doc Dan!« rief er. »Schauen Sie sich das an.« Mit dem Daumen wies er auf die Ladefläche.

Augenblicklich versammelte sich eine Menge um sie herum. Kameras wurden ausgerichtet, und die Spannung war geradezu greifbar. Newcombe bahnte sich einen Weg zu Burt, der inzwischen aus dem Wagen geklettert war. Auf seinen Wangen, der einzigen Stelle, die nicht von Haaren oder Kleidung bedeckt war, glänzte eine dicke Schicht Sonnenschutzmittel. Die Hühner warfen sich gegen die Käfiggitter und versuchten verzweifelt zu entkommen. Unter wildem Gegacker schlugen sie mit den Flügeln, so daß überall Federn umherflogen.

»Die Tiere wissen es, nicht wahr?« fragte Lanie, die neben Newcombe stand.

»Ja, sie wissen es.« Er sah wieder Burt an. »Ich brauche Ihr Auto.«

»Kein Problem. Was noch?«

»Lassen Sie die Hühner frei.« Newcombe kletterte auf den Fahrersitz. Lanie beeilte sich, auf die andere Seite des Fahrzeugs zu gelangen.

Hill ging zum Käfig und öffnete ihn. Federn wirbelten auf, als die Tiere gackernd von der Ladefläche auf die überraschten Zuschauer zuflatterten und hüpften, die schnell auseinanderliefen.

»Und, Burt«, rief Newcombe durch das Wagenfenster, »sehen Sie hier nach dem rechten. Achten Sie darauf, daß niemand die Sicherheitszone verläßt. Wir brauchen nur einen Journalisten zu verlieren, und die ganze Sache war umsonst.«

»Alles klar, Doc«, erwiderte Hill, während Newcombe den Motor anließ und den kleinen Truck wendete. »Bleiben Sie im Schatten!«

»Was macht Burt Hill denn hier?« fragte Lanie, verärgert darüber, daß Dan sie nicht vorgestellt hatte.

»Er ist Cranes Sicherheitschef, Majordomus ... und Mädchen für alles. Crane und die Stiftung könnten ohne ihn einpacken.«

»Und wo hat Crane diese Perle gefunden?«

Newcombe lachte. »Du wirst es nicht für möglich halten. Crane holte Burt aus einer Nervenheilanstalt. Er erklärte dem Seelenklempner dort, daß er einen ordentlichen Schizo in seiner Organisation brauche. Die sind nämlich sehr detailorientiert, weißt du, und extrem sicherheitsbewußt.«

»Du nimmst mich auf den Arm.«

»Frag Crane. So hat er es mir erzählt. Wie auch immer es gewesen sein mag – Crane steht Burt näher als jedem anderen in diesem Team.«

Schlamm um sich schleudernd, verließ der Lastwagen Mobile One. Newcombe programmierte den Weg in Richtung der Minen. Trotz des Dorphins war er jetzt aufgedreht. Er haßte sich dafür, daß er angesichts der kommenden Katastrophe so nervös war. Zu dumm, er war keinen Deut besser als Crane, der lustige alte Crane. Der Truck rumpelte auf einer schmutzigen Landstraße dahin, die durch ein riesiges Feld voller Goldruten führte. Die Schönheit der Pflanzen steigerte seinen Haß auf sich selbst. Wenn seine Berechnungen stimmten, und dessen war er sich leider sehr sicher, dann würde all das – dieses prächtige Grün und die leuchtendgelben Blüten, die alten, sich im Wind wiegenden Bäume in der Ferne und die Menschen auf dieser Insel – innerhalb von wenigen Stunden zu Ursuppe zerfallen sein. Er sank im Sitz zusammen, das Kinn fiel ihm auf die Brust, und er wünschte, er hätte einen zweiten Löffel Dorphin in den Kaffee getan.

»Soll ich meinen Mund halten«, fragte Lanie unvermittelt, »oder darf ich fragen, wie es dir in den letzten sechs Monaten ergangen ist?«

Newcombe straffte die Schultern und sah sie verlegen an. »Tut mir leid, ich stehe ein bißchen neben mir. Es war alles sehr ... intensiv damals in Los Angeles.«

»Ich schließe daraus, du hast versucht, mich aus dem Kopf zu bekommen.«

»Ich mache mir zu viele Sorgen«, stieß er hervor. »Ich mag diese Art von Schwäche nicht an mir.«

»Okay, daraus schließe ich wiederum, daß du mich gemieden hast, weil du mich nicht beherrschen kannst.«

Er schnitt eine Grimasse. Das entsprach der Wahrheit. »Du würdest nicht mit mir in die Berge ziehen. Und fang nicht wieder an, von deiner ›Karriere‹ zu reden.«

»Offene Worte«, sagte sie, streckte sich in ihrem Sitz und sah auf die Landschaft hinaus. »Was hat es mit dieser Insel auf sich? Sie scheint unbewohnt zu sein.«

»Im Gegenteil«, sagte Newcombe bedächtig, »obwohl nicht viele Menschen hier leben.« Er zeigte auf einen Berggipfel in der Ferne. »Das ist Mount Kimpoku, wo der Buddhistenpriester Nichiren in einer Hütte lebte. Er hat den *Kamikaze* vorausgesehen, den ›göttlichen Wind‹, der Kublai Khans Flotte zerstört hat. Irgendwo steht auch ein Palast, den habe ich mir aber noch nicht angesehen. War zu beschäftigt. Der größte Teil der Inselbevölkerung lebt in einem Fischerdorf im Osten unserer Zeltstadt. Es heißt Aikawa. Dort gibt es auch ein Touristenressort mit Theaterensemble, Dämonentrommlern und so weiter. Die Dorfbewohner mochten uns zunächst recht gern, vor allem, weil wir für Arbeitsplätze sorgten. Doch jetzt hassen sie uns.«

»Sie *hassen* euch?«

Der Lastwagen bog in eine schlammige Straße, die durch einen Zypressen- und Bambuswald führte. Ein altmodischer Jeep kam ihnen entgegen, der Fahrer hupte und winkte, während seine Mitfahrer, allesamt Fernsehreporter, sie mit offenem Mund anstarrten.

»Begreif endlich, auf was du dich da eingelassen hast«, sagte Newcombe. »Crane ist der Prophet der Zerstörung, meine Liebe. Seit vier Wochen berichtet er der Weltöffentlichkeit, daß die Sado-Insel von einem Erdbeben zerstört wird. Nach einer Weile begannen die Leute zu fürchten, daß er Unglück bringt und den ohnehin minimalen Tourismus hier ruiniert. Deshalb forderten sie uns vor einigen Tagen auf zu verschwinden. Es wird immer schlimmer.«

Lanie dachte einen Moment lang nach und schüttelte dann den Kopf. »Ich verstehe das nicht. Warum freuen sie sich nicht darüber, daß sie vorgewarnt werden?«

»Erwartest du im Ernst, daß die Leute fortgehen und alles zurücklassen, Heim und Arbeit? Wo sollen sie warten? Und auf was, wenn hinterher nichts mehr da ist?« Newcombe lenkte den Wagen auf eine große Lichtung, auf der zahlreiche Fahrzeuge und Helikopter standen. »Die verdammte Regierung ist nicht davon überzeugt, daß die Katastrophe eintreten wird, deshalb evakuiert sie die Leute nicht. Und diese einfachen Menschen haben nicht viele Möglichkeiten ... Sie können nur den Überbringer der schlechten Nachricht hassen. Und da die Vorhersage von Erdbeben keine exakte Wissenschaft ist ...«

»Crane versucht, sie exakt zu machen.«

Newcombe berührte das Kontrollpad, und das Fahrzeug parkte neben einem japanischen Nachrichten-Helo. Am Himmel kreisten Hubschrauber und versuchten, bessere Positionen zu ergattern. »Crane ist ein Verrückter ... ein geldgieriger, machtbesessener ...«

»Dan!« rief Lanie, »was ist in dich gefahren? Du kannst den Mund nicht mehr öffnen, ohne auf Crane zu schimpfen.« Sie runzelte die Stirn, während sie an seine Nachrichten auf ihrem Anrufbeantworter dachte und an die langen E-Mail-Dialoge, die sie geführt hatten, als Dan bei Crane anfing. Damals hatte er ihn respektiert und bewundert. Und er hatte die völlige Freiheit geschätzt, die Crane ihm bei seinen Forschungsarbeiten ließ. Hatte zu großes Vertrauen zwischen den beiden Männern Verachtung erzeugt? Oder waren sie Konkurrenten geworden?

»Das ist die Mine, in der wir Crane finden werden.« Newcombe zeigte auf eine große Höhle in etwa fünfzehn Metern Entfernung. Der Eingang war von einer Traube von Menschen fast vollständig verdeckt.

Aufgeregt kletterte Lanie aus der Fahrerkabine und eilte los. »Ich kann's gar nicht erwarten zu sehen, was uns dieser Tag bringen wird«, sagte sie über die Schulter zu Newcombe, der finster hinter ihr herstapfte. Sie blieb stehen und sah ihn an. »Aber etwas möchte ich gerne noch von dir wissen. Warum haßt du Crane so?«

An jedem anderen Ort und zu jeder anderen Zeit, dachte Newcombe, hätte er Lanie vielleicht nicht unbedingt eine ehrliche Antwort gegeben. Doch heute, in Anbetracht dessen, was passieren würde, mußte er aufrichtig zu ihr sein. »Als ich kürzlich in den Spiegel sah«, erwiderte er, »hat mir Cranes Gesicht entgegengeblickt.«

Lewis Crane war allein. Die Hände auf dem Rücken verschränkt, stand er in der Höhle und studierte die Bemalungen an den Felswänden der stillgelegten Goldmine. Die Zeichnungen stammten von Häftlingen, die im letzten Jahrhundert hier Zwangsarbeit verrichten mußten, und zeugten von den Härten des Lebens in den Aikawa-Minen. Männer, die schufteten, die kämpften und litten und keine Wahl hatten, außer weiterzumachen oder zu sterben. Wenig Unterschied zu seinem eigenen Leben, dachte er, außer, daß er sich die Bestrafung selbst auferlegt hatte.

»Verzeihung, daß ich störe«, ließ sich die warme, kräftige Stimme von Sumi Chan durch das Implantat in Cranes Gehirn vernehmen, »aber Sie müssen jetzt wirklich aufhören, langwierige Betrachtungen über die Vergangenheit anzustellen.«

»Oh, ist es soweit?« fragte Crane. »Haben Sie den Haufen unter Kontrolle?«

»Nicht im geringsten, aber ich habe sie zumindest zusammengerufen, und sie sind mehr als bereit, Ihnen jetzt zuzuhören.«

»Mir zuzuhören … oder Hackfleisch aus mir zu machen?«

»Mr. Crane, das ist kein Spaß mehr. Es wird doch heute passieren, nicht wahr?« fragte Sumi besorgt.

»Sie dürfen jetzt nicht die Nerven verlieren. Nicht jetzt. Eine Show, sagten Sie, eine Show, damit Geld für die Stiftung und unsere Arbeit zusammenkommt.« Sumi Chan war einer von Cranes wichtigsten Verbündeten. Als Manager bei der US-Abteilung der World Geological Survey, die die geologischen Aktivitäten der Erde überwachte, hatte der schmale junge Mann Cranes Vorschläge unterstützt und immer wieder Geld für die Stiftung aufgetrieben, oft in erstaunlicher Geschwindigkeit und unter den schwierigsten Umständen. »Wir werden eine Show erleben, die Beifallsstürme ernten wird.«

Sumi stöhnte. »Ihr Wort in Gottes Ohr.«

»Machen Sie sich keine Sorgen, Kopf hoch! Wir sind kurz davor, einen Traum zu verwirklichen. Bald wird niemand mehr an Erdbeben denken können, ohne dabei auch an mich zu denken.«

»Hoffentlich nicht als historische Witzfigur.«

»Wir sind letztlich alle historische Witzfiguren«, murmelte Crane. »Werden Sie es vom Boden aus verfolgen?«

»Ich werde in meinem Helo bleiben«, erwiderte Sumi und räusperte sich.

Crane lachte. »Sie verehren mich, und Sie halten mich für genial, aber Sie trauen mir nicht.« Er drehte sich um und ging durch den engen Minengang in Richtung Tageslicht. »Eines Tages werden Sie sich einer Sache voll und ganz verschreiben müssen.«

»Ich habe mich mit meinen Ahnen besprochen, und sie haben mir etwas anderes geraten. Ich werde es aus der Luft beobachten.« Crane glaubte Sumi kurz auflachen zu hören. »Außerdem habe ich eine hohe Versicherungspolice für Sie abgeschlossen.«

Bevor Crane aus dem Höhlenausgang trat, blieb er im Halbdunkel noch einmal stehen und ließ seinen Blick über die Menschenmenge schweifen. »Sind Sie bereit, berühmt zu werden?«

»Ich bin der erste, der sich Ihren Erfolg auf die Fahnen schreiben wird.« Sumi lachte laut und hörte erst auf, kurz bevor er die Verbindung unterbrach.

Crane nahm die Haltung an, die er Reportern gegenüber immer zur Schau trug: Typ gütiger Diktator. Dann steckte er die linke Hand in die Tasche des weißen Overalls. Er konnte den Arm nur zu dreißig Prozent benutzen. Ihn herunterbaumeln zu lassen, könnte ihm als Schwäche ausgelegt werden.

Die Presse war zahlreich vertreten; rund vierzig Nachrichtenagenturen hatten Abgesandte geschickt. Vierzig Tore zur Welt – und die Welt würde heute staunen. Er wollte gerade hinaustreten, als er Newcombe entdeckte und daneben eine Frau, die er nicht erkannte. Wahrscheinlich der Imager, den er engagiert hatte. Sie schoben sich durch die Menge. Die Frau erreichte ihn als erste.

»Miß King, nicht wahr?« fragte Crane und schüttelte ihre behandschuhte Hand.

»Wird es wirklich heute passieren?« fragte sie, ohne sich lange mit höflichen Floskeln aufzuhalten, und verriet damit ihre Aufregung.

Er schob die Sonnenbrille auf die Stirn und zwinkerte. »Wenn nicht, stecken wir ganz schön in der Tinte. Schön, Sie im Team zu haben.«

Newcombe stellte sich zwischen sie, seinem Chef direkt gegenüber. »Warum haben Sie sie hergeholt?«

»Damit sie für mich arbeitet«, sagte Crane. »Und jetzt ...«

»Setzen Sie sie in einen Nachrichten-Helo. Ich will nicht, daß sie hier ist, wenn es losgeht.«

Die Brille wieder auf der Nase, erwiderte Crane: »Sie ist Mitglied des Teams, und sie wird genauso behandelt wie der Rest des Teams.«

Lanie griff nach Newcombes Arm. »Dan ...«

»Sie wird gehen. Sie ist kein Mitglied des Teams.«

Crane lächelte. »Trauen Sie Ihren eigenen Berechnungen nicht, Dan?« Ohne Newcombes Antwort abzuwarten, fragte er: »Werden Sie gehen, Dr. King?«

»Selbstverständlich nicht.«

»Bravo«, lobte Crane. »Ende der Diskussion.« Er zeigte auf Newcombe. »Sie wissen, daß wir keine Zeit haben zu streiten. Spüren Sie es?«

Newcombe nickte mit mahlenden Kiefern. »Dies ist der schlechteste Ort der Welt, an dem man sich aufhalten könnte«, murmelte er.

»Richtig«, bemerkte Crane abschätzig. Er machte ein paar Schritte vorwärts auf die Menge zu. »Die alten Japaner«, sagte er, ohne seinen Zuhörern eine weitere Einleitung zu geben, »nannten Erdbeben *Namazu*. *Namazu* ... der Name eines Riesenwelses. Der Kashima-Gott hielt ihn mit seiner göttlichen Kraft unter einem gigantischen Felsen gefangen, den man ›Schlüsselstein‹ nannte. Wenn sich der Gott einen Augenblick entspannte oder aus irgendeinem anderen Grund den Felsen losließ, brach der *Namazu* aus und tobte umher. Ein Erdbeben.« Er hielt inne, sein Publikum wartete gespannt. »Natürlich gab es eine Menge Leute, die nicht untätig bleiben wollten, und so begannen sie, gegen den Fisch zu kämpfen. Leider war der *Namazu* nicht nur sehr stark, sondern besaß auch noch Verbündete. Sehr gute Verbündete, wie sich herausstellte, denn sie kamen ihm alle zu Hilfe geeilt. Es wird Sie kaum überraschen zu hören, daß die Verbündeten des *Namazu* die örtlichen Zimmerleute und Handwerker waren – all diejenigen, die von einem Beben profitieren.« Cranes Augenbrauen hoben sich bedeutungsvoll über seiner Sonnenbrille. »Was beweist, daß sich in den letzten paar tausend Jahren nichts Wesentliches geändert hat.«

Das Gelächter der Reporter vermischte sich mit den Geräuschen Dutzender Kameras. Crane lächelte, bis sich wieder erwartungsvolles Schweigen über die Zuhörer senkte. »Seit der Mensch zum erstenmal gespürt hat, wie die Erde unter ihm bebt, hat er versucht, Beben vorherzusagen. Bislang waren dafür Schamanen oder in der griechischen Mythologie Kassandra zuständig. Auch in der modernen Wissenschaft spielte die Vorhersage von Erdbeben kaum eine Rolle ... bis zu dem einen schicksalhaften, katastrophalen Augenblick in unserer Geschichte.«

Noch bevor Crane das schreckliche Ereignis beim Namen nennen konnte, reagierte die Menge auf die bloße Andeutung in der inzwischen zum Ritual gewordenen Weise: mit einem langgezogenen, tiefen Mantra, dessen letzte Silbe verschluckt wird – Ahh-hh-men.

»Ja«, fuhr Crane fort, »die Masada-Option hatte zur Folge, daß die Erforschung von Erdbeben und ihre Vorhersage lebenswichtig wurden und höchste Priorität bekamen. Dennoch war eine präzise Vorhersage bislang nicht möglich. Ich bin hergekommen, um Ihnen mitzuteilen, welche Vorhersage ich in den letzten vier Wochen hier erarbeitet habe. Noch vor heute abend wird ein Erdbeben mit einer Stärke von 7 bis 8 auf der Richterskala einen großen Teil dieser Insel und das gesamte Dorf Aikawa zerstören.«

Die Reporter schnatterten durcheinander wie Hühner. Crane ließ sie einige Augenblicke gewähren und brachte sie dann mit einer Handbewegung zum Schweigen. »Wie ich zu dieser präzisen Aussage gekommen bin, ist eine lange und komplizierte Geschichte. Ich kann Ihnen in der kurzen Zeit nur von einigen Höhepunkten berichten. Mein Assistent und geschätzter Kollege, Dr. Daniel Newcombe, hat mich daran erinnert, Sie darauf hinzuweisen, daß wir uns hier keineswegs auf sicherem Gelände befinden ...«

Erneut kam Gelächter auf, allerdings nervöses Gelächter, das hier und da in leichte Hysterie ausbrach.

»Uns bleiben dennoch ein paar Minuten, bis wir uns alle in die Sicherheitszone begeben müssen, die Dr. Newcombe für uns abgesteckt hat. Nutzen wir die Zeit, um einige Dinge zu klären.« Crane spürte geringfügige Erschütterungen, aber er wußte, daß er der einzige war. »Lassen Sie uns zuallererst einen Blick auf den Brunnen werfen, aus dem die Häftlinge das Wasser holten, die vor hundert Jahren in dieser Goldmine schufteten. Wenn wir beim Brunnen sind, wird Dr. Newcombe Ihnen erläutern, was heute noch passieren wird.«

»Wissenschaft bedeutet Forschung«, begann Newcombe. Crane bemerkte die Autorität, die sich der Stimme dieses Mannes stets bemächtigte, wenn er zu einer Menge sprach. »Aus der Vergangenheit lernen wir für die Zukunft. Auf der Grundlage der geologischen Verhältnisse eines Gebietes und Untersuchungen von Erschütterungen in vergleichbaren Regionen habe ich ein System entwickelt, das ich ›seismische Ökologie‹ genannt habe beziehungsweise ›Beben-Ökogramm‹. Man erkennt damit, wie sich Erdbeben an die jeweiligen Ökosysteme anpassen. Ich habe zum Beispiel mathematisch berechnet, welche Auswirkungen ein Beben der Stärke 7 hat, dessen Epizentrum unweit von hier in der Subduktionszone des Kurilen-Archipels liegt. Aus meinen Berechnungen habe ich den Schluß gezogen, daß die Hochebene über uns nicht in Mitleidenschaft gezogen werden wird. Wenn es soweit ist, sollten wir alle dort oben sein, nicht hier unten im Tal.«

»Manche unserer Methoden muten wie Zauberei an«, warf Crane ein, der die Dinge gerne vereinfachte, »doch viele sind so alt wie die Menschheit selbst. Es gibt fünf Anzeichen für ein kommendes Erdbeben, die allesamt in einem Brunnen sichtbar werden. Sie können nacheinander einen Blick hineinwerfen, während ich sie Ihnen erklären werde.«

Die Zuhörer traten an den Brunnen. Die Sonne stand nun hoch genug, um die Stelle zu beleuchten.

Newcombe trat an Crane heran. »Wir müssen die Leute von hier fortbringen«, sagte er mit rauher Stimme. Er packte Crane an dessen gesundem Arm. »Ich glaube, ich habe ein weiteres Vorbeben gespürt.«

»Stimmt«, erwiderte Crane lächelnd. »Aber er wird sich noch Zeit lassen, unser dicker Fisch, noch ist er nicht frei. In einigen Minuten führen wir sie hoch. Zeichen Nummer eins ... das Wasser ist trübe«, erklärte er, während die Zuschauer rundherum murmelten. »Dann wird es aufgewühlt ... es schlägt kleine Wellen ...«

»Genau das tut es gerade!« rief eine Frau mit vor Angst schriller Stimme.

Gut – jetzt hatte er sie, dachte Crane. Dann sagte er: »Veränderungen des Wasserstands. Und wie immer man es interpretieren will – der Stand liegt heute über einen Zentimeter tiefer als bei der gestrigen Messung. Und schließlich«, sagte er und zog an einem dicken Seil, an dem ein Becher befestigt war, »das Wasser schmeckt bitter.«

Er reichte den Becher einem Mann, der eine 3-D-Kamera trug, und bedeutete ihm, er solle trinken. Der Mann nahm vorsichtig einen Schluck, spuckte ihn jedoch gleich wieder aus und schüttelte sich.

»Bitter.« Mit gesenkter Stimme fügte Crane hinzu: »Es gibt ein Sprichwort, das auf Leben und Erdbeben gleichermaßen paßt: Mühlen mahlen langsam, aber stetig. Das gigantische Mühlrad von Mutter Erde wird heute diese Insel zermalmen. Und nichts, was in unserer Macht stünde, könnte es jetzt noch aufhalten.«

»Crane!« sagte Newcombe scharf. »Der Himmel!«

Alle sahen hinauf. Als Reaktion auf die erhöhte elektromagnetische Aktivität auf dem Boden hatte der Morgenhimmel eine orangerote Färbung angenommen. Es ging los. Crane spürte, wie es ihn durchpulste und wie auf einem Instrument auf ihm spielte. Die Welt würde anschließend nicht mehr dieselbe sein.

»Meine Freunde«, sagte Crane, »Sie müssen uns nun umgehend zum Basislager folgen. Es ist der einzige Ort, an dem Sie sicher sein werden. Wer im Helo gekommen ist, möchte das Ganze vielleicht aus der Luft verfolgen. Es wird ... spektakulär werden. Gehen wir!«

Mit Newcombe und Lanie zusammen rannte er zum Lastwagen. Lanie quetschte sich zwischen die beiden Männer auf die schmale Sitzbank.

»Gott, wir sind verdammt nahe dran«, sagte Newcombe. Er berührte das Kontrollpad, und der Lastwagen fuhr los. Andere Fahrzeuge folgten ihnen im Pulk, überall spritzte Schlamm herum. Er sah Lanie an. »Wir können dich immer noch in einen Helikopter setzen.«

»Mach dir keine Sorgen, Doktor«, erwiderte sie, ohne ihn anzusehen. »Ich habe vollstes Vertrauen in deine Berechnungen.«

»Es ist perfekt inszeniert«, bemerkte Crane. »Die Leute rennen um ihr Leben, hasten zu dem einzigen sicheren Ort, den es gibt; und diese Sicherheit haben wir gewährleistet. Es wird großartig werden!«

»Was ist mit den Dorfbewohnern?« fragte Lanie. »Können wir sie auch warnen?«

»Ich habe sie längst gewarnt, und zwar immer wieder«,

erwiderte Crane, wandte ihr das Gesicht zu und lächelte, als er sah, daß sie vor Aufregung ganz rot war. »Sie haben mich vor drei Tagen aus dem Dorf geworfen und mir gedroht, mich zu verhaften, wenn ich zurückkäme. Ihr Schicksal ist besiegelt.«

»Wir müssen doch irgend etwas tun.«

Crane sah auf seine Uhr. »Wir haben noch etwa hundertzwanzig Sekunden«, sagte er. »Ich bin offen für Vorschläge. Nur her mit den Ideen!«

Lanies Gedanken überschlugen sich, doch sie fand keine praktikable Lösung. Sie legte ihre Hand auf Newcombes Schulter. »Dan?«

Der Lastwagen schlitterte am Abgrund entlang und verlangte Newcombes volle Aufmerksamkeit. Schließlich konnte er antworten. »Wir sind hier, um zu sehen, wie die Menschen umkommen«, sagte er kalt. »Auf diese Weise wird die Crane-Stiftung wieder mehr Geld bekommen, das sie in die Forschung investieren kann.«

Lanie schnappte nach Luft, als ob sie einen Fausthieb eingesteckt hätte, und blickte schnell auf Crane, um zu sehen, wie er reagierte. Er schien vollkommen gefaßt und nicht im mindesten beeindruckt von dieser Bemerkung.

»Er hat recht«, sagte er. Dabei verschwieg er allerdings, was er in diesem Augenblick erkannte: das Ausmaß seines Fatalismus, das erst dadurch besonders deutlich wurde, daß Newcombe überhaupt keinen besaß. Eine Eigenschaft, die Dan nach Cranes Ansicht auch niemals entwickeln würde. Dennoch hatten sie viel gemeinsam. Beide empfanden größtes Entsetzen beim Gedanken an das, was passieren würde, und beide jubelten gleichzeitig innerlich darüber – ebenso abscheulich wie paradox.

Der Lastwagen fuhr schnell durch das Lager in Richtung des Japanischen Meeres. Cranes linker Arm pochte wie ein schlagendes Herz. Bilder von einstürzenden Gebäuden, eingeklemmten Menschen und Feuerstürmen schossen ihm durch den Kopf. Schmerz und innerer Aufruhr drohten ihn zu überwältigen, und er mußte all seine Kraft aufbringen, um die Dämonen zu bekämpfen und ruhig zu halten, aber auch, um die Anfälle von Selbstzweifeln zu unterdrücken.

Newcombe fuhr sie bis sechs Meter an die Klippen heran und hielt dann an. Crane hörte ein Grollen in der Ferne und wußte, daß ihnen nur noch eine knappe Minute blieb. Konzentriert und gesammelt stieg er aus dem Wagen, während die anderen Fahrzeuge um ihn herum schlitternd zum Stehen kamen. Die Menschen liefen auf der Ebene wild durcheinander.

Er ging mit Newcombe und Lanie zum Rand der Klippe und sah hinunter. Hundert Meter tiefer, zwischen dem Felsen, auf dem sie standen, und dem Meer, kauerte das Dorf Aikawa. Mehrere hundert Holzhäuschen mit roten Dächern schmiegten sich in pittoresker Beschaulichkeit an die hufeisenförmige Küste. Die kleine Flotte von Fischerbooten war bereits in See gestochen, und die Männer an Bord wunderten sich zweifellos über den orangeroten Himmel. Die Dorfbewohner hatten den letzten Tag ihres Lebens genauso begonnen wie jeden anderen Tag. Kinderlachen drang zu ihm herauf. Er konnte nicht sagen, ob es real oder nur eingebildet war.

»Crane-San.«

Crane drehte sich in die Richtung, aus der die verärgerte Stimme kam. Matsu Motiba, Atiwas Ortsvorsteher, ordentlich gekleidet in einem schwarzen Anzug mit silberner Krawatte, stand vor ihm, von zwei Männern in Uniform flankiert.

»Guten Morgen, Bürgermeister Motiba«, grüßte Crane und sah auf die über hundert Menschen, die sich hinter ihm zusammendrängten. Er berührte das Kommunikationsicon auf seinem Armpad und sagte: »Meine Damen und Herren! Wie Sie sehen, wurden gelbe Linien auf die Ebene gemalt. Bleiben Sie bitte zu Ihrem eigenen Schutz hinter diesen Linien. Ich kann sonst nicht für Ihre Sicherheit garantieren.«

»Ich denke, es ist Zeit, die Posse zu beenden«, sagte Motiba.

»Das sehe ich ebenso: Es ist Zeit.«

»Wie bitte?« sagte Motiba mit für ihn untypischem Sarkasmus. »Keine verzweifelten Bitten um Evakuierung, keine Horrorgeschichten, um uns Angst einzujagen?«

»Es ist zu spät«, erwiderte Crane ernst. »Wir können nichts mehr für Sie tun, außer den Überlebenden zu helfen.«

Der Bürgermeister seufzte tief und nahm ein Stück Papier, das ihm ein Offizier in weißer Paradeuniform reichte. Auf seinen Schultern prangten aufgenäht die Worte »Liang Int«. »Dies ist eine offizielle Eildepesche der Regierung in Tokio.« Er reichte Crane das Papier. »Sie werden aufgefordert, Ihr Lager abzubrechen und die Insel umgehend zu verlassen. Ihre sämtlichen Genehmigungen werden mit sofortiger Wirkung aufgehoben.«

Kopfschüttelnd sah Crane auf. Heißluftballons füllten den Himmel; die Helos, die um sie herumschwirrten, tauchten immer wieder wie Raubvögel kurz ab, um Aufnahmen vom Dorf zu schießen. Er verstand die Gefühle des Bürgermeisters durchaus.

»Hören Sie mich, Crane-San? Sie müssen jetzt gehen.«

Das Blatt Papier flatterte aus Cranes nervenlosen, schlaffen Fingern, und sein Blick wanderte zum Meer. Die Fliegenden Fische, eine von Sados Hauptattraktionen, sprangen wie verrückt umher und warfen sich auf den Strand.

Er sah den Bürgermeister an. »Es tut mir leid, Sir«, murmelte er. »*Gomen asai.* Das Schicksal hat beschlossen, daß Sie heute zu den Überlebenden gehören werden. Glauben Sie mir, wenn ich Ihnen sage, daß Sie dies nicht als Gnade empfinden werden.« Dann sah er an Motiba vorbei auf die Menschenmenge. »Sie können jetzt vielleicht schon das Grollen hören. Rücken Sie noch ein wenig zusammen, wenn es geht, denn Sie müssen hinter den Linien bleiben.«

Crane blickte noch einmal zurück auf Aikawa, sein ganzer Körper verkrampfte sich, und er fiel in einen tranceartigen Zustand. Der laute Tumult um ihn herum verhallte in der dumpfen Stille, die in seinem Inneren herrschte. Immer wieder war er an die Grenzen seines Verstandes geraten, hatte seinen Ängsten und seiner Wut die Stirn geboten und sich gefragt, wann die Dämonen der Erde ihn verschlingen würden. Er haßte das, was passierte. Er haßte es mit einer Leidenschaft, die die meisten Menschen in Stükke gerissen hätte.

Die Wasserhosen begannen mehrere hundert Meter vom Ufer entfernt. Der Ozean wogte und sprühte zwei Dutzend Fontänen fünfzehn Meter hoch in die Luft. Motiba, der Crane am Ärmel gepackt hatte, stand wie angewurzelt da und starrte auf das Meer. Die Windhosen kamen näher, brachen immer wieder aus dem Wasser, und in dem Augenblick begriffen die Bewohner von Aikawa zumindest eines: Lewis Crane war kein Verrückter, kein mieser Schwindler, sondern ein Seher, eine moderne Kassandra, deren Warnungen sie leichtfertig und blind in den Wind geschlagen hatten.

Die Boote im Hafen hüpften auf und ab und zerrten an ihren Tauen. Schließlich kenterten sie und wurden mitten ins Dorf geschleudert. Eine zweite Hand klammerte sich an Crane. Blitzschnell warf er einen Blick nach links. Elena King hatte seinen kranken Arm ergriffen, ihr Gesicht zeigte eine Mischung aus Überraschung und Entsetzen. Er konnte ihre Berührung nicht spüren, obwohl ihre Finger sich in seine Jacke bohrten und ihre Knöchel weiß hervortraten. Als die Wasserhosen das Ufer erreichten, wurde das Grollen immer lauter und lauter, bis es schließlich in tosendem Donner ausbrach, der aus dem Erdinneren drang. Die See war zu einem Malstrom geworden, der Sand hoch in den orangeroten Himmel spuckte. Und dann schlug das Beben zu.

Der Meeresgrund stürzte tief in die Subduktionszone unter der Eurasischen Platte, riß die Erdoberfläche mit sich und schleuderte damit ein Stück der Pazifischen Platte zurück in den Höllenofen im Herzen des Planeten. Die Felssohle zerbarst zu Staub und fiel in sich zusammen; große Risse und Spalten in der Erde weiteten sich zu riesigen Mäulern, die alles in ihrer Nähe – Felsbrocken, Menschen, Bäume, Häuser und Schiffe – verschlangen.

Die Ebene unter ihnen bebte heftig, und Crane hoffte inständig, daß er keinen Fehler gemacht hatte, als er Newcombe die Karthographierung der Zerstörung anvertraut hatte – und damit auch die Suche nach dem einzigen sicheren Ort. Unten hatten sich diejenigen Dorfbewohner, die nicht in ihren Häusern gefangen und zermalmt worden waren, auf die Straße geflüchtet. Ihre Schreie drangen herauf und vermischten sich mit den Entsetzensrufen der Menschen, die mit Crane zusammen zusahen. Der Bürgermeister schrie auf. Im Hintergrund erhob sich der Mount Kimpoku rund zwanzig Meter in die Höhe, während die alte Mine, die Crane gerade noch besichtigt hatte, in sich zusammenstürzte und die eingeritzten Zeugnisse derer, die hier geschuftet hatten, für immer unter sich begrub. Platten aus Vulkangestein rutschten ins Meer und erfüllten den Morgen mit Krachen und Zischen. Sado Island zerbarst rund um sie herum in Stücke.

Die Erdbewegungen wurden nun von einem wilden Kreiseln abgelöst, das die Menschen um Crane auf den schlammigen Boden schleuderte. Das Dorf verschwand unter Trümmern und einem dichten Nebel aus der Gischt des Meeres. Die Zerstörung von Japans sechstgrößter Insel vollzog sich unter tosendem Lärm. Es waren die Laute eines sterbenden Tieres, das vor Wut und Angst brüllte, und sie ließen Tränen in Cranes Augen schießen. Die Erinnerung kam mit aller Macht zurück. Und er wußte, daß das Schlimmste noch bevorstand.

Nur Lanie stand noch an seiner Seite. Ihr Griff um seinen Arm war der einzige Hinweis darauf, daß auch sie angesichts der absoluten Ohnmacht des Menschen von Todesangst erfaßt war. »Nur Mut«, flüsterte er ihr zu.

Und dann war die Hölle zu Ende. Neunzig Sekunden, nachdem die Erde begonnen hatte, sich neu zu ordnen, war alles vorbei. Tödliche Stille lag über dem Ort. Langsam fingen die Leute an, sich zu schütteln und wieder aufzustehen. Eingeschüchtert und voller Grauen blickten sie sich um. Die Insel war nur noch halb so groß wie eineinhalb Minuten zuvor. Auffällige Landschaftsmerkmale waren verschwunden oder versetzt. Nichts war mehr wie zuvor. Nichts würde jemals wieder so sein wie zuvor.

Wie durch ein Wunder gab es auch unten Überlebende. Sie rappelten sich ebenfalls taumelnd auf. Ambulanzteams machten sich mit medizinischer Ausrüstung und frischem Wasser dorthin auf, wo einmal Aikawa gewesen war. Motiba starrte in fassungslosem Grauen auf das, was von seinem Leben übriggeblieben war. Seine Brille saß schief auf seiner Nase, und seine Augen blickten ins Nichts.

»Ich ... muß gehen«, sagte er sanft. »Zu meinen Leuten ... Ich muß ...«

»Nein«, widersprach Crane. »Sie können noch nicht hinuntergehen.«

Motiba ignorierte seinen Einwand und rannte zurück durch die Menge.

»Halten Sie ihn auf!« rief Crane. »Bringen Sie ihn zurück! Bleiben Sie alle, wo Sie sind. Sehen Sie auf die Küste!«

Alle sahen hin. Das Japanische Meer war mehrere hundert Meter von der Insel zurückgewichen und bot seinen Grund mit zuckenden Fischen und im Schlamm steckenden Booten den Blicken dar. Zwei Männer vom Roten Kreuz schleppten den um sich schlagenden Motiba zu Crane zurück.

»Lassen Sie mich gehen«, schrie er hysterisch. »Warum halten Sie mich zurück?«

Sanft klopfte Crane ihm auf die zitternde Schulter und zeigte dann auf die See. »Wir halten Sie zurück, weil Sie getötet würden, wenn Sie hinuntergingen. Sehen Sie selbst!«

In mehreren Kilometern Entfernung türmte sich ein Wasserberg auf – eine Flutwelle, die auf sie zurollte, um das riesige Loch zu füllen, das durch das Beben entstanden war.

»Der *Tsunami*, meine Damen und Herren«, sagte Crane ruhig. Er war sich der vielen Kameras bewußt und achtete sorgfältig darauf, in seiner Mimik nichts von dem Grauen zu zeigen, das ihn erfüllte. Er hatte jetzt Zeit, vielleicht ein paar Minuten, zu reden, als ob alles in Ordnung wäre. »Wenn alles abgeklungen ist, gehen wir hinunter, um nach

Überlebenden zu suchen. Ich gehe davon aus, daß die Medienvertreter mitkommen und helfen werden.«

Er wandte sich um und sah, wie Newcombe einen Arm um Elena King legte. Crane löste ihre Hand von seinem schlaffen Arm und übergab sie so gewissermaßen vollständig an Newcombe. »Sie haben unsere Position gut ausgewählt, Dan. Hoffen wir, daß wir auch hoch genug sind.«

»Wie können Sie nur so ruhig bleiben?« Newcombe war mit den Nerven am Ende, seine Stimme klang wie das Röcheln eines verletzten Tieres. »Dort unten sind Menschen, die elend verrecken ...«

»Einer muß einen kühlen Kopf behalten.«

»Was sind wir eigentlich für verdammte Kassandras?«

»Gewöhnen Sie sich daran, Doktor«, sagte Crane. »Das ist erst der Anfang.«

»Aber warum?«

Crane ignorierte ihn und wandte sich Motiba zu, der zusammengebrochen war und still vor sich hin weinte. Er schloß den Bürgermeister in die Arme und drückte ihn an sich. »Sie müssen jetzt stark sein, Motiba-San«, flüsterte er.

»Lassen Sie mich mit ihnen sterben«, flehte der Bürgermeister, während die Wassermassen tosend auf sie zurauschten.

»Nein«, sagte Crane schlicht. »Jemand muß überleben, um sich zu erinnern.«

Der *Tsunami* übertönte die Schreie der Überlebenden auf der Ebene. Dann begann das Wasser, das wie ein Moloch von allen Seiten auf Sado Island zuströmte, zu steigen. Die Wasserwand klatschte auf das Land wie eine monströse Hand Gottes. Die Menschen auf der Ebene wandten sich um und flohen, so schnell sie konnten, in die entgegengesetzte Richtung, bis das Wasser über den Klippenrand schwappte, sie erreichte und zu Boden warf. Mit den Wellen kamen Trümmer von Häusern, Leichenteile, Autowracks und entwurzelte Bäume. Durchsetzt mit den Trümmern des Lebens, ergoß sich das Wasser auch über Crane, und er wurde von Holzbrettern getroffen. Er kauerte auf dem schlammigen Boden zwischen zahllosen Pfützen und hielt sich die Hände über den Kopf wie damals, als er sieben Jahre alt gewesen war.

Vor Angst zitternd blieb er auf den Knien, bis das Wasser sich beruhigte, und kam dann wieder auf die Füße, um sich voller Grauen die Katastrophe auf der Ebene anzusehen. Viele von seinen eigenen Leuten waren von der Sturmwelle verletzt worden, die über die Klippe geschossen war. Ihm fiel auf, daß die Mitarbeiter vom Roten Kreuz sich zuerst gegenseitig halfen.

Während die meisten Menschen noch benommen waren, standen die Fernsehreporter schon wieder auf den Füßen und filmten eifrig. In diesem Moment wurde ihm klar, daß er es getan hatte. Er hatte der Welt eine Show geboten; er hatte alles getan, was Sumi Chan ihm empfohlen hatte, um die Weltöffentlichkeit zu gewinnen, eine Aura von unfehlbarer Autorität um sich aufzubauen, und nicht zuletzt, um die finanzielle Unterstützung zu erhalten, die er für jene Arbeit brauchte, die ihm alles bedeutete. In diesem Augenblick größter Tragik erfuhr er seinen größten Triumph. O ja, dachte er bitter, Horror verkauft sich blendend. Und welcher Horror war besser als das, was sie gerade erlebt hatten?

Er entdeckte Burt Hill und rief ihn zu sich. »Sagen Sie den Hilfsteams, sie sollen runtergehen und sehen, was vom Dorf übriggeblieben ist«, ordnete er an. »Sorgen Sie dafür, daß alles glatt läuft.«

»Ja, Sir.«

Er wandte sich um und blickte über den Klippenrand. Motiba folgte seinem Beispiel. Die See war glatt wie ein Spiegel und mit ihren grünblauen Farbspielen atemberaubend schön. Doch wo eben noch die Häuser von Aikawa gestanden hatten, war nur noch leerer Strand. Nicht ein einziges Boot oder eine Hütte waren auf dem unberührt wirkenden Sand zurückgeblieben, der unter den todbringenden Sonnenstrahlen glitzerte.

»Es tut mir leid«, sagte Crane mit heiserer Stimme leise.

Motiba sah ihn an. Tränen rannen ihm die Wangen hinunter. »Ich weiß, daß ich Sie dafür nicht verantwortlich machen kann«, sagte er, »aber ich tue es trotzdem.«

Damit wandte er sich um und ließ Crane mit seinen Dämonen allein. Niemand kam zu ihm. Niemand streckte eine Hand aus und erkundigte sich, ob es *ihm* gut ging. Für die Menschen auf der Ebene war er wie der Tod, der ihn umgab, weit weg und unberührbar. Doch sie irrten. Denn im Gegensatz zu ihm wußte der Tod, was Frieden bedeutete.

2.

Eruptionen

WASHINGTON, D. C.
15. JUNI 2024, 18 UHR 16

Hinter dem Washington-Denkmal ging die Sonne unter, und Li Cheun, der Chef von Liang International in diesem Teil der Welt, wußte, daß die kleinen amerikanischen Bürokraten, die für ihn arbeiteten, in den letzten paar Stunden alle schon nach Hause geeilt waren – obwohl ihnen wahrscheinlich nicht klar war, daß er es wußte. Viel wichtiger für ihn war, daß das nordamerikanische Hauptquartier von Liang International mehr und mehr abendliche Ruhe ausstrahlte. Liang Int, der chinesische Star auf dem internationalen Handelsparkett, besaß Amerika im wahrsten Sinne des Wortes. Zehn Jahre zuvor war es dem Unternehmensgiganten gelungen, hier einen Fuß in die Tür zu bekommen, indem er den Deutschen, denen das Land damals gehört hatte, die führende Marktposition abgenommen hatte. Der Masada-Angriff war wirkungsvoller gewesen als alle Geschäftsstrategien und skrupellosen Taktiken, die sich die Chinesen je hätten ausdenken können, denn die daraus entstandene radioaktive Wolke und der Fallout hatten ganz Süd-, Mittel- und Osteuropa überzogen. Nachdem das Vaterland verwüstet worden war und fast die Hälfte seiner Bevölkerung verloren hatte, konnte Liang Int frei agieren und seine ersten Kontakte zu einem Würgegriff verstärken, der nicht nur Amerika, sondern auch die weltweiten Geschäfte der Deutschen erstickte.

Nun stand Li in seinem gesicherten Konferenzraum, in dem gedämpftes Licht herrschte, damit man die dreidimensionale virtuelle Weltkarte sehen konnte, und betrachtete sein Reich. Das Diorama war durchsichtig; dahinter schien der immer volle Mond, der den gewagten, aber hoffnungsvollen Wunsch nährte, daß die Liang-Int-Bagger dort oben stets gut funktionierten.

Es gab keine Fenster in diesem Raum und daher auch weder Tag noch Nacht, sondern nur Schichten. Sämtliche Entscheidungen über die Geschäfte – die meisten würden sogar sagen, über die Existenz – Kanadas, der USA, Mexikos und Mittelamerikas wurden hier oben gefällt. Das übrige Washington – die Mall zwischen Capitol und Lincoln-Denkmal, das Weiße Haus und seine Bewohner sowie die Behörden, Büros und Agenturen in den umliegenden Straßen –, all das war nur Show für die Touristen. Alles gehörte Liang Int, und der Mogul unterhielt es auch – selbst die sogenannte Regierung der Vereinigten Staaten von Amerika. Präsident Gideon, Vizepräsident Gabler, das Kabinett, die Mitglieder von Kongreß und Oberstem Gerichtshof waren kaum mehr als kleine Angestellte, Marionetten und Lakaien. Natürlich erhielten sie die Fiktion einer Regierung aufrecht. Aber es war eben nicht mehr als eine Fiktion.

Li war heute abend zerstreut. Seine Gedanken kreisten immer wieder um das Video, das seine Leute am Abend zuvor gemacht und ihm gleich morgens vorgespielt hatten. Es zeigte Lewis Crane und die Ereignisse auf der japanischen Insel Sado. Die Japaner. Emporkömmlinge waren sie alle. Und Dummköpfe meist noch dazu. Sie hatten ihre Besitzanteile an Amerika anfangs mit dem Nahen Osten geteilt – zumindest solange es noch einen Nahen Osten gab. Doch ihre Position war schwach. Hin und wieder versuchte ein japanisches Kombinat noch, wieder Marktanteile an sich zu reißen. Er grinste höhnisch bei dem Gedanken, daß sein Vorgänger bei Liang Int Nordamerika als Antwort auf solch einen Vorstoß angeordnet hatte, die zweitausend Kirschbäume im Tidehafen zu fällen, die Japan den Amerikanern kurz nach der Jahrhundertwende geschenkt hatte.

»Regen im Mittleren Westen«, ließ sich Mui Tsaos Stimme aus der sanften Dunkelheit seines Kontrollpults vernehmen. »Das wird die Getreideernte verzögern. Ich schlage vor, Buenos Aires zu kontaktieren und deren Überschüsse abzuziehen, bis wir mit der Ernte selbst soweit sind.«

Daß beide Englisch sprachen, war fast ausschließlich ein Zeichen des guten Willens den Einheimischen gegenüber. Von amerikanischen Geschäftsleuten und Amtspersonen wurde allerdings erwartet, daß sie fließend Chinesisch sprachen.

»Gut«, stimmte Li zu. »Ich habe einen Bericht über eine größere Milzbrandepidemie in unserer südamerikanischen Filiale gesehen. Vielleicht können Sie ihnen ja ein wenig Vieh für das Getreide anbieten. Lassen Sie es über Houston einschiffen.«

»Wo sollen wir es lagern?«

»Wir könnten es in den Silos unterbringen, in denen die Kopfwehchips liegen.«

»Und was tun wir mit den Chips?«

»Wir geben sie den südamerikanischen Lizenzträgern als Anzahlung für das Getreide. Bis sie gemerkt haben, was los ist, haben sie die Chips schon längst verkauft und müssen versuchen, das Ding mit einer Verkaufskampagne durchzuziehen.«

Li hörte, wie Mui leise lachte, während er die Informationen in sein Keypad hackte, und grinste bei sich. Der ›Kopfwehchip‹, wie sie es nannten, war ein Endorphinauslöser; er nahm Muskelverspannungen im Nacken wahr und überflutete den Cortex augenblicklich mit einer Dosis stimmungshebender körpereigener Drogen, die den Kopfschmerz stoppten, bevor er überhaupt beginnen konnte. Das einzige Problem dabei war, daß dem Gehirn diese Endorphinausschüttungen so gefielen, daß es ständig Kopfschmerzen provozierte, nur um wieder eine Dosis zu bekommen. Irgendwann wurde das Mittel wirkungslos, und der Patient erlebte die schlimmsten Schmerzen seines Lebens. Nachdem diese Nebenwirkung bekannt geworden war, war Liang Int auf sieben Silos wertloser Chips sitzengeblieben.

»Okay«, sagte Mui und tippte wie ein Wilder, »alles klar.«

»Gut.«

Li hatte den nordamerikanischen Firmenzweig unter

sich, und Mui war seine Qualitätskontrolle, seine Harpyie. Er war die Nummer zwei in der Firma und dafür zuständig, ständig die Entscheidungen seines Chefs zu überprüfen und zu hinterfragen. Das konnte ärgerlich sein, hatte aber durchaus positive Auswirkungen auf geschäftliche Entscheidungen. Und schließlich hielt das Geschäft die Welt und das ganze Leben zusammen. Sollte Li eines Tages nicht mehr die richtigen Entscheidungen treffen, würde Mui seine Position einnehmen – mit einer eigenen Harpyie, die ihn dann seinerseits überwachen würde. Es verursachte zwar schlaflose Nächte, doch es war das beste für Liang Int.

Nur das zählte, und nichts anderes. Li wäre ohne seine Firma ein Nichts gewesen.

Die Karte flimmerte um Li herum; Kontinente erhoben sich aus schimmernden Ozeanen. Die Handelsrouten waren in Pink hervorgehoben, während Regionen, die vom Hunger bedroht waren, in Himmelblau abgebildet waren. Nahrung war ein ständiges Problem, seit nur noch abgeschirmte Felder den tödlichen Strahlen der Sonne ganz standhielten.

Zonen, in denen radioaktiver Müll gelagert wurde, leuchteten dunkelrot an dreißig verschiedenen Stellen. Jeweils in einem Umkreis von Tausenden von Kilometern sikkerten die Rückstände ins Grundwasser. Vorkommen von Edelmetallen wechselten sich mit Ballungsräumen ab; die Pro-Kopf-Ausgaben zeigten sich als Ansammlungen kleiner Figuren, eine pro Million Menschen, die über ihren Regionen und Konsumgütern tanzten wie Staubwolken im Sonnenlicht. Die Produktion war weltweit vernetzt, es konnten sofort Vergleiche mit ähnlichen Vorgängen vorgenommen werden, und im Büroraum schwebten überall holographische Hieroglyphen herum, die außer einer Handvoll Topmanager von Liang niemand entziffern konnte. Sollte einer die Firma lebend verlassen, würde sofort der gesamte Code geändert werden.

Die schwarze Masada-Wolke schwebte heute über Europa und bewegte sich auf dem Jetstream langsam Richtung Osten. Sie brachte Lis Gedanken wieder zurück zu Lewis Crane.

Crane hatte sechs Jahre zuvor für seine Forschung über den Masada-Angriff, insbesondere dessen Auswirkungen auf Erdbeben, den Nobelpreis bekommen. Diese Arbeit hatte außerdem dazu geführt, daß sämtliche Atomtests auf der Erde verboten wurden. Crane hatte nämlich herausgefunden, daß nukleare Explosionen in einer Entfernung von Hunderten, ja Tausenden von Kilometern vom Ort der Detonation entfernt Erdbeben auslösen konnten. Wie Lis Team ihm erklärte, hatte Crane festgestellt, daß das Beben auf Sado eine direkte Folge der Zerstörung des Nahen Ostens anno 2014 war.

Wäre es möglich, überlegte Li, daß jemand wie Crane, der über dessen Informationen und Programme verfügte, Erdbeben an ausgewählten, weit entfernten Orten auslösen konnte? Er verwarf die Frage. Es war nur am Rande wichtig für das, was ihn an Crane zur Zeit wirklich interessierte: Politik und Profit – und die Frage, warum Crane so scharf darauf war, über Sumi Chan mit ihm in Kontakt zu treten. Denn Chan hatte erst ein paar Stunden zuvor die Nachricht hinterlassen, daß Crane ein Treffen wünsche.

Ach, diese Amerikaner waren so kühn. Aber Li mochte sie und ihr Land gern. Es war ein Dritte-Welt-Land, ebenso wie Europa, und beide besaßen eine echte Geschichte. Nachdem seine eigenen Big Bosse lange verschwunden waren, besaß Amerika nur noch einen Pool an billigen Arbeitskräften, die nichts anderes im Kopf hatten, als ihren niedrigen Lohn durch Konsum sofort wieder in die Firma zu reinvestieren. Amerikaner waren die besten Konsumenten der Welt. Außer bei Kopfwehchips natürlich.

Li hatte in seinem Leben bislang nichts anderes kennengelernt als Erfolg, deshalb hatte er jetzt solche Schwierigkeiten mit den anstehenden Wahlen. In der Vergangenheit hatte er Amerikas Fantasieregierung stets tolerieren können, weil die Kandidaten von Liang immer gewonnen hatten. Doch jetzt funkte aus unerfindlichen Gründen sein Hauptkonkurrent auf multinationaler Ebene, das Yo-Yu-

Syndikat, mit eigenen Kandidaten dazwischen. Bei den letzten Wahlen hatte Liang Int sieben Mandate verloren. Es war ein verheerender Trend, den Li im Keim ersticken mußte. Doch das war nicht so einfach, denn diese unberechenbaren Wähler hatten es sich in den Kopf gesetzt, daß eine politische ›Wende‹ unbedingt nötig sei. Wenn sich die Amerikaner plötzlich einig wurden, mußte Li handeln. Aber da waren auch noch Crane und seine Erdbeben. Er konnte den Bürgern zeigen, wie sehr er sie liebte, wenn er Liang Int und die Regierung mit der Vorhersage von Erdbeben in Verbindung brachte. Das dürfte Yo-Yu bei den Wahlen den Garaus machen.

Sein Diorama blinkte und piepste auf tausend verschiedene Arten, die Li alle bestens vertraut waren. Als er den zarten dunklen Klingelton des Telefons hörte, beschloß er, aktiv zu werden. Er ignorierte den Anruf, schaltete statt dessen zu Muis Büro durch und ordnete an: »Holen Sie mir Sumi Chan, verschlüsselt und abhörsicher. Am besten über die Westküste.«

Während er wartete, lächelte Li. Er wußte, daß Mui sehr genau zuhören und zusehen würde.

Sumi Chans Kopf erschien in einer Größe von etwa fünfzehn Zentimetern irgendwo über der Sierra Nevada. Li würde ihm natürlich nicht persönlich gegenübertreten. Er hatte eine Computerprojektion, die er bei solchen Gelegenheiten benutzte. Auf diese Weise lief er nie Gefahr, sich durch unachtsame Gestik oder Mimik zu verraten.

»Hallo, Mr. Li«, sagte Sumi Chan.

Etwas stand in den Augen dieses Mannes geschrieben, das Li nicht verstand. »Hallo, Sumi«, antwortete er, und der Computer synchronisierte sein Abbild mit seiner Stimme. »Wie geht's Ihnen?«

»Gut, und ich fühle mich äußerst geehrt und bin sehr dankbar«, erwiderte Sumi förmlich, »daß Sie mir Ihre kostbare Zeit schenken.«

»So wie Sie mich geehrt haben, indem Sie mich zu einem Treffen mit Dr. Crane einluden.« Li hielt inne, damit Sumi Näheres über das Treffen sagen konnte. Als er nicht sofort begann, fügte er hinzu: »Ich nehme an, daß wir nicht allein sein werden.«

»Nur wenn Sie es wünschen. Dr. Crane möchte Ihnen und einer Reihe weiterer führender Persönlichkeiten ein paar von seinen Ideen … und Vorschlägen vorstellen.«

Li nickte. »Der passende Zeitpunkt für ein Treffen. Wie ich hörte, wird ständig und überall über seine Heldentat in Sado berichtet.«

»Ach, Sado … Eine große Tragödie, deren menschliche Tragweite allerdings hätte erheblich geringer ausfallen können.«

»Ebenso wie die wirtschaftliche Tragweite natürlich.«

»Natürlich«, echote Sumi. »Dürfen wir mit Ihrem Kommen rechnen?«

»Wenn mein Terminkalender es zuläßt, sollte ich natürlich auf jeden Fall an solch einem Treffen teilnehmen. Ich würde Sie allerdings bitten, daß Sie mit Mr. Mui Tsao die Gästeliste und alles weitere besprechen.«

»Das versteht sich von selbst, Sir. Ich darf Ihnen sagen, daß Dr. Crane sehr erfreut darüber sein wird.«

Li grunzte und winkte verächtlich ab. Er hatte genug davon. Lächelnd nickte er und sagte: »Bleiben Sie im Schatten, Sumi Chan.«

»Sie ebenso, Sir.«

Sumis Gesicht verschwand augenblicklich, und Li ging rasch ein paar Schritte vorwärts, mitten durch die Arktis. Er konnte sich im Körper seiner virtuellen Welt frei bewegen und im wahrsten Sinne des Wortes den Fluß von Kapital und Gütern spüren, der durch das pulsierende Herz des Konsums strömte. Die Welt war ein lebendes Netzwerk aus Konsumgötzen, und er war ein Halbgott. Die Dinge liefen genau so, wie sie sollten.

Als Vertreter der Geological Survey arbeitete Sumi Chan genaugenommen für ihn. Unterschwellig war in ihrem Gespräch zum Ausdruck gekommen, daß er, Li Cheun, bei Cranes Treffen die Fäden in der Hand halten würde. Er würde Mui darüber in Kenntnis setzen, was er erreichen wollte. Ja, die Dinge liefen genau so, wie sie sollten.

Vorbereitungsgespräche auf der Jacht *Diatribe*, Pazifischer Ozean 15. Juni 2024, 21 Uhr 35

»Mr. Li Cheun ist selbstverständlich der wichtigste Gast und derjenige, den Sie beeindrucken müssen, wenn Sie Erfolg haben wollen, Mr. Crane«, sagte Sumi und lächelte leicht, »und ich bin ganz sicher, daß Sie das schaffen werden. Ich fürchte, ich werde all meine Tricks bei ihm anwenden müssen.« Ungesagt blieb, daß er fürchtete, bereits mit seinem Latein am Ende zu sein – mit Mui Tsao, mit dem er vor gerade zehn Minuten noch gesprochen hatte. Es gab keinen Zweifel darüber, daß Li Cheun etwas ganz Bestimmtes mit Lewis Crane vorhatte.

»Oh, okay, ich werde ihn beeindrucken – ich werde ihm ein Liedchen vorsingen und dazu tanzen«, sagte Crane, schob seinen Stuhl zurück und nahm einen Schluck aus einer Flasche mit sehr altem Scotch.

»Haben Sie Kopien meines Dossiers für alle, die ihr Kommen zugesagt haben?« fragte Newcombe und versuchte, das Gespräch wieder auf seine Belange zurückzubringen.

Sumi nickte. »Für jeden Teilnehmer liegt in seiner Kabine eine Kopie bereit.«

Newcombe schüttelte den Kopf. Warum Crane sie von Sado auf seine Jacht verfrachtet hatte, um sich mit Sumi mitten auf dem Meer zu treffen, ging über seine Vorstellungskraft hinaus. Und warum er dieses hochkarätige Treffen ausgerechnet auf einem Schiff stattfinden lassen wollte, stand in den Sternen. Sicher war die *Diatribe* ein außergewöhnliches Schiff, eine Luxusjacht, ausgestattet mit jeder erdenklichen Technologie. Wem sie gehörte und wie Crane an sie gekommen war, würde Newcombe vermutlich nie enthüllt werden.

»Wollen wir die Politiker noch einmal durchgehen«, sagte Crane zu Sumi. »Wir haben Kate ...«

Sumis Gelächter unterbrach ihn. »Sie sind alle Politiker, jeder einzelne von ihnen. Der Vizepräsident der Vereinigten Staaten ist noch der am wenigsten politische von ihnen.«

»Gabler«, meinte Newcombe verächtlich, »ein Idiot … ein Clown.«

»Und ein richtiges Paradeexemplar, Dan«, ergänzte Crane bestimmt. »Überlassen Sie das nur Sumi und mir.«

»Mit Vergnügen«, gab Newcombe zurück. »Dann komme ich jetzt zu dem Gebiet, auf dem ich Experte bin. Warum planen Sie ein solch ausgeklügeltes Manöver? Soweit ich die Sache übersehe, haben wir eine ziemlich klare Situation. Der Zeitpunkt des Erdbebens ist veröffentlicht – und hat seine Richtigkeit bereits bewiesen. Das Beben auf Sado war so nahe an meinen Berechnungen, daß Abweichungen erst bei der fünften Stelle hinter dem Komma nachzuweisen waren. Das sind bombensichere Ergebnisse, Crane. Verkaufen Sie sie als solche.«

»Ich werde sie benutzen«, erklärte Crane und ließ seine freie Hand über das hellgelbe Hemd gleiten, das er über seiner Shorts trug, »aber ich werde mich ihnen nicht ausliefern.«

Newcombe runzelte die Stirn, und Sumi goß ihm sofort Synthetikchampagner in sein Glas nach. Er fügte zwei Tropfen Flüssigkeit aus einer grünen Flasche hinzu, die seine eigene Dorphin-Spezialmischung enthielt. Newcombe wußte, daß Sumi wollte, daß er das Dorphin sofort einnahm, doch das war ihm egal. Sumis Kenntnisse der Drüsenchemie waren legendär.

»Ich werde Ihnen sagen, warum ich Ihr Beben-Ökogramm nicht verkaufen werde, Dannyboy«, sagte Crane gedehnt. Er legte eine Hand auf die Flaschenöffnung, als Sumi den Augentropfer mit Dorphin darüber halten wollte. »Zunächst einmal sind Sie nicht in der Position, hier Vorschläge zu machen.«

»Sie haben mich meines Könnens wegen engagiert«, erwiderte Newcombe. »Und dazu gehört auch mein Mundwerk.«

»Es ist meine Stiftung«, sagte Crane, »und meine Entscheidung. Ihre Berechnungen haben tatsächlich wunderbar geklappt ... weil, Dr. Newcombe, weil Sie im voraus wußten, wo das Epizentrum sein würde. Sie wußten es, weil ich es Ihnen gesagt habe. Ihre Arbeit ist nur ein Mosaiksteinchen in dem, was die Crane-Stiftung darstellt. Wenn wir uns nur auf das Beben-Ökogramm konzentrieren, begrenzen wir unsere finanziellen Quellen. Und um ganz ehrlich zu sein, sehe ich auch ein Manko in Ihren Überlegungen. Sie erwarten, daß die Menschen das Richtige tun. Das tun sie aber nicht. Die Menschen in Los Angeles wissen, daß sie auf Schwachstellen leben, die gewissermaßen durch seidene Fäden zusammengehalten werden – und trotzdem bleiben sie dort. Würden Sie die Regierung überreden, die dreizehn Millionen Menschen, die in L. A. wohnen, umzusiedeln? Wohin wollen Sie sie denn schicken?«

»Mein System rettet Leben!«

Crane seufzte und nahm einen langen Schluck aus seiner Flasche. »Es gibt nicht viele, die das als schlagendes Argument gelten lassen, Doktor. Geld sparen ist mehr nach dem Geschmack der Leute.«

»Aber es war erfolgreich.«

»Genau deshalb werde ich es auch benutzen und es gleichzeitig herunterspielen. Ich möchte nicht, daß nur auf dieser Ebene gedacht wird. Wir wollen wesentlich mehr erreichen.«

»Nämlich?«

Crane beugte sich zu Newcombe vor, und auch Sumi kam automatisch näher. Er sprach leise, fast pathetisch. »Meine Herren, haben Sie jemals darüber nachgedacht, wie es wäre, wenn die gesamte wissenschaftliche Tätigkeit an einem bestimmten Ort unter einer Fahne, in einem Gebäude und perfekt abgestimmt stattfinden würde?«

»Sie wollen alles!« rief Newcombe lachend aus. Er konnte nicht glauben, wie tollkühn dieser Mann war.

Crane grinste. »Liang Int ist multinational. Die totale Kontrolle der Tektonik ist eine realistische Option. Sie brauchen nur jemanden, der das richtig verkauft. Ich könnte die ganze Sache von der Stiftung aus koordinieren und hätte Zugang zu sämtlichen existierenden Daten. Und auf einmal wäre echte Erdbebenvorhersage – und noch vieles mehr – Realität.«

Newcombe begann zu begreifen. »Deshalb haben Sie Lanie engagiert. Sie wollen, daß sie sich einen Überblick verschafft und die Daten auswertet, wenn Sie die Sache tatsächlich durchziehen.«

»Deshalb sind auch sämtliche interessierten Hilfsorganisationen eingeladen, an dem Meeting teilzunehmen«, sagte Sumi, lehnte sich zurück und schüttelte den Kopf. »Mutig, mutig! Als ich vorhin sagte, Li sei besonders wichtig, haben Sie mich ausgelacht, nicht wahr, Mr. Crane? Li Cheun war für Sie von Anfang an der größte Fisch.«

»Seien Sie bitte nicht böse auf mich, Sumi«, sagte Crane mit kindlichem Charme. Dann wurde er sofort wieder ernst. »Geologische Forschung betrifft die ganze Erde, geht aber oberflächlich betrachtet nur wenige an. Das sollte sich ändern. Und Liang Int kann unserer Arbeit mehr Gewicht verleihen und davon profitieren, ohne finanziell im geringsten beeinträchtigt zu werden. Sie sehen in ihrem Engagement bei uns nur ihren Vorteil.«

Newcombe stand auf. Sumis Dorphin hatte seine Wirkung getan. Wohlgefühl überflutete ihn wie ein Sommerwind. Das Ganze hatte auch eine sexuelle Seite – Oxytokine, PEA? –, und er war sehr froh, daß Lanie und er wieder zusammen waren.

Plötzlich schaukelte das Schiff leicht hin und her. »Wir liegen fest«, sagte Newcombe überrascht. »Sie müssen den Anker geworfen haben.«

»Das haben sie tatsächlich getan«, bestätigte Crane, und der Schalk blitzte in seinen Augen. »Das ist Teil einer kleinen Überraschung, die ich für unsere Gäste vorbereitet habe – natürlich mit Ihrer Hilfe.« Er grinste Newcombe breit an, den unwillkürlich schauderte, als ob ihm plötzlich kalt geworden wäre.

»Warum nur wollen Sie soviel Macht?« flüsterte er.

»Große Macht ermöglicht große Erfolge«, erwiderte Crane, und in seinen Augen glomm ein geradezu außerirdisches Leuchten. Daran, daß dieser Mann verrückt war, zweifelte Newcombe nicht im geringsten. Doch wie mächtig seine Vision wirklich war, konnte er nicht abschätzen. Cranes Spielchen hatte sie immer gut genährt, zumindest bis jetzt. Wie weit würde Dan Newcombe auf Cranes Höllenzug mitfahren? Er kannte die Antwort. Er würde sich ins Abteil des Teufels persönlich setzen, wenn er sich davon versprach, daß sein Erdbeben-Ökogramm Wirklichkeit würde.

MARTINIQUE
17. JUNI 2024, 9 UHR 45

Raymond Hsu, Schichtaufseher bei der Liang-Usine-Guerin-Zuckerfabrik in Fort-de-France auf der Karibikinsel Martinique, versuchte gerade, einen Notruf an den Controller auf Grand Cayman Island abzusetzen. Er wollte berichten, daß die Arbeit unterbrochen werden mußte, weil Tausende von *fourmisfous*, kleinen gelblichen, gesprenkelten Ameisen, und *bêtes-à-mille-pattes*, dreißig Zentimeter langen schwarzen Tausendfüßlern, eingefallen waren. Beide Spezies waren giftig genug, um einen erwachsenen Menschen zu töten, wenn sie nur zahlreich genug zubissen.

Die Arbeiter hatten versucht, die Invasion aufzuhalten, indem sie rund um die Mühle Fässer mit Rohöl umkippten. Sie droschen mit Zuckerrohrstengeln um sich, und Insektenblut spritzte überall in der Fabrik herum. Im nahe gelegenen Haus des Aufsehers töteten die Dienstmädchen die Ameisen und Tausendfüßler mit Bügeleisen, Insektenvertilgungsmitteln oder siedendem Öl, während seine Frau und die drei Kinder schrien. Es half nichts.

Die Insekteninvasion war nur eines in einer langen Kette von Ereignissen, die sich auf den Mount Pelee, der zwanzig Kilometer weiter im Norden aufragte, zurückverfolgen ließ. Ende März hatte der Gestank von Schwefelgas in der Luft gelegen. Zwei Wochen später waren Rauchwolken hoch über dem Gipfel des Berges zu sehen gewesen. In der Woche darauf war Fort-de-France von leichten Beben erschüttert worden, denen ein Aschenregen folgte.

In den folgenden Wochen fiel die Asche immer dichter, während der Schwefelgestank stärker wurde. In der zweiten Juniwoche war der Regen gekommen und hatte die Myriaden von Bächen, die Pelee und den benachbarten Berg, Pitons du Carbet, überzogen, in reißende Sturzbäche verwandelt, die Felsbrocken und sogar große Bäume mit sich ins Tal rissen, zusammen mit ertrunkenem Vieh und toten Vögeln. Schluchten füllten sich mit Asche, und durch den anhaltenden Regen entstanden riesige Tümpel.

Als Hsus Anruf in den frühen Morgenstunden des 17. Juni durchgestellt wurde, fielen gerade Tausende von *fer-de-lance* ein, Grubenottern mit gelbbraunem Rücken und rosafarbenem Bauch, fast zwei Meter lang und mit sofort tödlichem Biß. Die Bevölkerung war in Panik ausgebrochen und stürmte mit Äxten und Schaufeln auf die Straßen, um der Invasion zu trotzen. Sie merkten nicht, daß die Schlangen selbst in Panik aus den Bergen flohen. Hunderte von Menschen starben, zumeist Kinder.

Der Controller, ein Mann namens Yuen Ren Chao, forderte Raymond Hsu auf, mehr Arbeiter einzustellen und die Produktion zu erhöhen, auch wenn der Pelee laut grollte und sein Gipfel von Aschenwolken umhüllt war. Diejenigen, die etwas von dem lange erkalteten Vulkan zu sehen bekamen, waren beeindruckt von der Macht der Natur – zwei feuerspeiende Krater, die in der Nähe des Gipfels wie Hochöfen brodelten, und darüber eine Wolke voller Blitze.

Die Fabrik würde ihr Soll heute nicht erfüllen. Yuen würde wohl nicht umhin können, die Zuckerrohrzuteilungen für Kuba zu erhöhen, während die Menschen auf Martinique gegen Schlangen kämpften, statt selbst die Flucht zu ergreifen.

Zwei Tage nach Raymond Hsus Telefonat sprengte einer der Riesentümpel sein Aschenbett, und von den Lavamassen zum Kochen gebrachtes Wasser ergoß sich über die Insel, riß die Zuckermühle mit sich und begrub alles, auch Raymond Hsu und seine Familie, unter sich.

Pazifischer Ozean
18. Juni 2024, 22 Uhr 13

Dan Newcombe kletterte die Leiter zum Aussichtsdeck hinauf und genoß den leichten Südwind und die Kühle der Nacht. Er trat auf das Deck. Am Himmel schlängelte sich eine Kolonne blinkender Erzfrachter, wahrscheinlich von der Union-Carbides-Organisation, wie eine Lichterkette Richtung Mond. Das Liang-Logo, ein einfaches L in einem blauen Kreis, prangte als riesige LCD-Anzeige auf der Oberfläche des zu zwei Dritteln sichtbaren Mondes.

»Du holst dir noch den Tod hier oben«, sagte er, während er auf Lanie zuging, die splitternackt ein Mondbad nahm. Er ließ sich in den Liegestuhl neben ihr fallen. Ihre Augen leuchteten wie die Sterne, als sie ihn anlächelte. »Die Mächtigen versammeln sich gerade«, fuhr er fort und bedauerte zutiefst, die Nacht nicht mit dieser unglaublichen Frau verbringen zu können. »Crane möchte, daß wir dabei sind.«

»Du siehst verärgert aus.«

»Nichts, was sich nicht durch einen kleinen Meuchelmord beheben lassen würde – oder durch eine Flucht von diesem Schiff.« Er schnitt eine Grimasse. »Das Meer ist ein guter Ort, um sich mit solchen Leuten zu treffen, Lanie. Es sind doch alles Barrakudas dort unten. Sollten wir nicht die Angeln auswerfen?«

Sie sah ihn nachdenklich an. »Crane treibt dich zum Wahnsinn, nicht wahr?«

Er nickte.

Sie stand auf und schlüpfte in das Abendkleid, das neben ihr auf dem Boden gelegen hatte. Es war weiß, heller als ihre Haut, und schimmerte im Licht des Mondes und seiner LCD-Werbung. »Bin ich angemessen angezogen, um mit dem Vizepräsidenten der Vereinigten Staaten einen Cocktail zu trinken?« fragte sie und drehte sich vor ihm einmal im Kreis.

»Selbst wenn er kein Volltrottel wäre, wärst du ihm haushoch überlegen«, meinte Newcombe. »Dir gefällt das alles, nicht wahr?«

Sie legte den Kopf schräg und starrte ihn an. »Was, diese Soße? Natürlich gefällt mir das. Letzte Woche war ich noch eine von zahlreichen arbeitslosen promovierten Naturwissenschaftlerinnen. Heute gehöre ich zum Crane-Team, das sich vorgenommen hat, die Welt zu verändern. Falls du es noch nicht im Fernsehen gesehen hast – wir sind zur Zeit die heißeste Sache in der Galaxis. Du kannst mir nicht erzählen, daß du das nicht aufregend findest. Ich kann nachts nicht schlafen, so nervös macht mich das alles.«

»Das merke ich.« Er stand auf. »Laß dich nur nicht zu sehr hineinziehen. Nachdem ich dich endlich so weit gebracht habe, mit mir in die Berge zu ziehen, möchte ich dich auch hin und wieder sehen.«

»Du mußtest nichts weiter tun, als mich zu engagieren«, sagte sie und schmiegte sich in seine Arme. Ihr Haar duftete nach Patschuli. »O Dan, vielleicht klappt es diesmal mit uns.«

»Das hoffe ich immer«, erwiderte er und wünschte sich, sie hätten sich in den letzten fünf Jahren nicht immer wieder fertiggemacht, indem sie ständig versuchten, sich gegenseitig zu übertrumpfen. »Komm, laß uns hinuntergehen. Da ist jemand, mit dem ich dich unbedingt bekannt machen muß.«

»Wer denn?«

»Du würdest es mir nicht glauben, wenn ich es dir sagen würde.«

Sie nahmen erst die Leiter, dann den Fahrstuhl zum Hauptdeck und gingen schließlich die Gangway entlang bis zum Heck der Jacht, wo sie Crane fanden. Halb betrunken hielt er neben dem Büfettisch hof und erzählte zum x-tenmal die Geschichte von dem Erdbeben anno 2016 in Alaska, das Anchorage in der Cook-Bucht hatte verschwinden lassen.

Das ganze Heck der Jacht war ausgestattet mit Fernsehbildschirmen, die ununterbrochen Bilder von der Katastrophe auf Sado zeigten. Oft war Crane darauf zu sehen, wie er auf der Klippe stand, hoch über dem Gemetzel.

Alle trugen Kleidung aus hauchfeiner Seide und Baumwolle, um so wenig wie möglich zwischen sich und die Nacht zu bringen. Das gefährliche Tageslicht hatte die Nacht zu einer Obsession werden lassen. Vizepräsident Gabler war eine Marionette im Anzug, eine grinsende Maske. Neben ihm stand seine Frau Rita, die kicherte, als er sich von Li abwandte, der wie stets Mui an seiner Seite hatte.

»Dort ist Kate Masters«, sagte Lanie, als Sumi neben ihr auftauchte und ihr ein Glas Champagner in die Hand drückte.

Newcombe hatte es bereits bemerkt. Kate Masters war Vorsitzende der WPA, der Woman's Political Association, und ein Energiebündel. In einem gespaltenen Amerika könnte sie jederzeit vierzig Millionen Stimmen für jedes beliebige Ziel hinter sich bringen. Die WPA wurde nur noch von der Rentnervereinigung übertroffen, die ebenfalls einen Vertreter geschickt hatte: Aaron Bloom. Er wirkte allerdings ziemlich unscheinbar.

Kate Masters war klein und besaß langes hellrotes Haar und neugierige grüne Augen. Sie trug ein hauchdünnes limonengrünes Kleid, das sie wie eine Art Nebel umhüllte. Wenn sie sich bewegte, wurden Partien ihres Körpers sekundenlang sichtbar, nur um gleich wieder unter grünen Schleiern zu verschwinden. Sie lächelte kalt in ihre Richtung, und Lanie lächelte ebenso kalt zurück.

»Ich wette, sie frißt kleine Kinder zum Frühstück«, sagte Newcombe.

Sumi schwankte, während er seinen Augentropfer über das Champagnerglas hielt. »Etwas Besonderes für die hübsche Lady?« fragte er.

Lanie lächelte und hob drei Finger. »Aus dem privaten Vorrat?«

Sumi nickte. »Für Ihre eigenen Erdbeben ...«, sagte er und kniff dann die Augen zusammen, um sie mit der Präzision eines Chirurgen zu mustern. »Sie mögen mich nicht, oder?«

»Ich weiß es nicht«, erwiderte Lanie. »Ich habe Ihr wahres Ich noch nicht kennengelernt.«

»Sumi ist der beste Freund der Stiftung«, erklärte Newcombe, überrascht über Lanies Reaktion.

»Das habe ich bereits vernommen«, sagte Lanie, nahm einen Schluck Synthetikchampagner und lächelte Chan an, während Newcombe beobachtete, wie Crane in Richtung der Kabinen verschwand. »Was halten Sie vom Erfolg des Beben-Ökogramms?«

»Ich denke, die Crane-Stiftung kann sich glücklich schätzen, Dr. Newcombe in ihren Reihen zu haben«, sagte Sumi und starrte Newcombe an. »Er hilft weiter, wenn die Wissenschaft an einem kritischen Punkt angelangt ist.«

»›Kritisch‹ ist offensichtlich das Wort des Abends«, bemerkte Newcombe und bedauerte, daß er sich von Crane hatte überreden lassen, ein Sonderarrangement zu organisieren.

Sumi Chan lächelte und gesellte sich dann eilends zu Kate Masters, die einen ganzen Augentropfer voller Dorphin in ihr Glas nahm. Die Droge war aus menschlichen Drüsen synthetisiert, sehr rein und konnte in hohen Dosen verabreicht werden, ohne gefährlich zu werden.

Lanie kuschelte sich an Newcombe, und er legte seinen Arm um sie. Das PEA hatte seine Wirkung voll entfaltet. Er kraulte ihren Nacken, als Crane wieder auf das Deck trat.

»Meine Freunde«, begann er. »Ich danke Ihnen dafür, daß Sie meinem Wunsch nach Geheimhaltung nachgekommen sind, indem Sie heimlich über Guam an Bord kamen. Sie werden bald sehen, warum ich darauf bestanden habe. Doch zuvor möchte ich, daß wir die entsprechenden Voraussetzungen schaffen, und dazu bitte ich Sie, sämtliche Kommunikationsmittel abzuschalten.« Crane richtete sich zu voller Größe auf. Der Augenblick war genauso dramatisch, wie er es sich vorgestellt hatte.

Lanie löste sich von Newcombe. Sie war wie in Trance, und ihre ganze Aufmerksamkeit galt nun der Show, die Crane veranstaltete.

Crane berührte sein Armpad. »Auf mein Zeichen, Captain Florio.« Seine Stimme dröhnte aus den Lautsprechern des Schiffes und allen Implantaten. »Jetzt!«

Die *Diatribe* versank im Dunkel, als der Strom abgestellt wurde. Alle fünfzig TV-Bildschirme waren tot, Licht und Musik gingen gleichzeitig aus. Die Menschen auf Deck griffen in ihre Taschen und an ihre Handgelenke, um ihre Kommunikationsgeräte abzuschalten. In einer Welt, in der Kommunikation alles war, bedeutete dies, sich in die Steinzeit zurückzubegeben.

Lanie stellte ihr Implantat ab. Sie fühlte sich plötzlich verzweifelt, fast ängstlich und stellte fest, daß sie kurz davor stand zu hyperventilieren. Sie stürzte das fast volle Glas mit Dorphinchampagner hinunter und fragte sich, ob die anderen an Deck, die schweigend im Mondlicht standen, ebenfalls solche Angst empfanden angesichts der Tatsache, daß sie von der Welt abgeschnitten waren. Wenn dem so war, zeigten sie es jedenfalls nicht.

»Es ist ... wahnsinnig aufregend«, flüsterte sie Newcombe zu, dessen kurzes Auflachen nur noch mehr an ihren Nerven zerrte.

»Du hast doch noch gar nichts gesehen«, wisperte er zurück.

Ihr starrer Blick auf Newcombe wurde von Crane unterbrochen, der eine unvermittelte Bewegung machte. Er nahm einen kleinen Scanner aus seiner Hemdtasche, schaltete ihn ein und drehte sich ein paarmal im Kreis.

»Nichts«, verkündete er und blieb lächelnd stehen. »Wir sind allein. Und nun muß ich Ihre Geduld noch einmal bemühen. Wir haben einen weiteren Gast an Bord, den Sie noch nicht begrüßen konnten.«

Die Tür, hinter der sich der Flur mit den Kabinen befand, ging auf, und ein großer Africk trat heraus, der alle auf Deck sofort mit seinem Charisma in den Bann schlug.

»Meine Damen und Herren«, sagte Crane, »ich möchte Ihnen Mohammed Ishmael vorstellen.«

Als Begrüßung schlug dem Führer der militanten Nation of Islam nichts als kollektive Überraschung entgegen. Er war ein Outlaw, ständig auf der Flucht, und manche hielten ihn gar für einen Terroristen, der vor nichts zurückschreckte. Mohammed war über einen Meter achtzig groß und schien aufgrund des schwarzen Fez auf seinem Kopf und des dunklen Dashiki, der seinen Körper im Mondlicht streckte, sogar noch imposanter. Seine Haltung war fürstlich und sein Blick, den er über die Menge gleiten ließ, majestätisch.

Die Gäste standen wie angewurzelt da und schnappten nach Luft. Doch das Stilleben war nur von kurzer Dauer. Tumult brach aus.

»Mein Gott!« rief Lanie aus, während die anderen Gäste murmelnd Überraschung und Empörung zum Ausdruck brachten. »Er ist es!«

Zwei kräftige Geheimdienstmänner warfen sich vor Li, der zu lachen schien. Aus Schock, fragte sich Lanie, oder vor Schadenfreude über die Überraschung, in die er möglicherweise eingeweiht war? Vizepräsident Gabler schwenkte die Arme und stammelte unzusammenhängende Wörter, während andere Gäste vor sich hin murmelnd durcheinanderliefen. Kate Masters kehliges, nervöses Gelächter übertönte alle anderen Geräusche. Sumi Chan war ganz offensichtlich erstaunt, und nur Mui Tsao hatte als einziger auf Deck die Fassung bewahrt.

Mui trat nun einen Schritt vor. »Ich schlage eine Unterbrechung … eine kurze Unterbrechung vor. Vielleicht sollten sich alle kurz in ihre Kabinen zurückziehen?«

Es war weniger ein Vorschlag als ein Befehl, wie Lanie feststellte, die schnell zu Newcombe blickte. Sie holte tief Luft, als sie den Ausdruck auf dessen Gesicht sah. Der jahrhundertealte Haß der geknebelten Africks glühte in seinen Augen. »Das glaube ich nicht. Du gehörst zu ihnen«, sagte sie.

Er blickte auf sie hinunter, und sein Gesicht entspannte sich ein wenig. »Ich habe dafür gesorgt, daß der gute Bruder zugesagt hat, ja, und ich habe ihn an Bord gebracht, kurz nachdem wir in Guam all unsere vornehmen Gäste abgeholt hatten. Du erinnerst dich, daß der Motor plötzlich ausging?«

Lanie schluckte. »Nach allem … nach allem, was passiert ist … ich meine, ich …«

»Nachdem mein früheres Engagement für die Nation of Islam fast meine Karriere zerstört hätte?« Er nickte grimmig. »Jetzt habe ich dafür Cranes Unterstützung. Und es ist wichtig, Lanie, sehr wichtig ... für die Stiftung und für jeden Africk auf dieser Welt.« Er nahm sie am Arm.

Die Gäste strömten an ihnen vorbei, um das Deck zu verlassen. Newcombe zog sie achtern an einen Punkt, von dem aus sie sehen konnte, wie Sumi Crane gegen die Reling drängte. Seine kleine Faust trommelte auf Cranes Brust.

»Ein Desaster«, schrie Sumi außer sich. »Der Mann ist ein gesuchter Krimineller, ein skrupelloser Bandit. Solch ein Affront gegen Mr. Li ... Er wird mich verantwortlich machen. Mich, das sage ich Ihnen. Warum haben Sie mich nicht darüber in Kenntnis gesetzt?«

»Hätten Sie die anderen herbestellt, wenn Sie es gewußt hätten?« fragte Crane zurück.

»Ganz sicher nicht!«

Crane nickte kaum merklich.

»Aufruhr, Unterstützung und Beihilfe ...«

»Diplomatie«, unterbrach ihn Crane. »Friedensstiftende Maßnahmen. Und gute Politik. Sie werden sehen, Sumi, Sie werden sehen.«

»Ich fürchte, ich werde nichts mehr sehen, außer meinem Kopf, den Mr. Li Cheun auf einem Tablett präsentiert.«

»Ihren Kopf? Sehr unwahrscheinlich.« Crane brach in donnerndes Gelächter aus, wurde aber schnell wieder ernst. Er sah Sumi intensiv an und klopfte auf dessen schmale Schultern, um ihn zu beruhigen. »Ist unsere andere kleine Überraschung schon soweit?« Sumi nickte. »Sehr gut, dann schlage ich vor, daß Sie alle Gäste in ihren Kabinen informieren, und zwar mit Ihrem Synthetikchampagner in der einen Hand und der kleinen grünen Flasche in der anderen, okay? Sagen Sie ihnen, daß wir uns hier in zehn Minuten wieder treffen.« Er sah auf sein Armpad. »Perfektes Timing.«

»Jaaa«, sagte Sumi langgezogen, drehte sich dann abrupt um und eilte über das Deck. Auf halbem Weg murmelte er, über die Schulter gewandt: »Vielleicht haben wir ja Glück, und das Schiff geht unter.«

Lanie sah von Newcombe zu Crane. Sie fühlte sich ein wenig verloren. Die zehn Minuten brauchte sie jetzt für sich allein, um nachzudenken. Sie entschuldigte sich schnell und eilte zurück auf das Aussichtsdeck. Genaugenommen war es eine Flucht zum entferntesten, höchsten Punkt des Schiffes. Dort, unter den Sternen, versuchte sie, die bisherigen Ereignisse des Abends zu verarbeiten. Es war so schmerzlich. Sie stellte wieder einmal fest, daß sie nicht imstande war, sich dieser Welt voller Probleme zu stellen. Sie arrangierte sich mit den ›Realitäten‹, indem sie vor der Wirklichkeit floh, sich in ihre Arbeit oder irgendwelche persönlichen Angelegenheiten stürzte – oder sie einfach ignorierte. Doch Crane hatte sie in ein Universum mit ganz neuen Gegebenheiten geholt, und sie wußte, daß sie bestimmten unangenehmen Tatsachen die Stirn bieten mußte. Zum Beispiel dieser Sache mit Mohammed Ishmael.

Die Nation of Islam, kurz NOI, war berühmt-berüchtigt und in die Kriegszonen verbannt worden. Lanie dachte daran, daß ihr Vater diese Zonen anfangs immer nur ›Ghettos‹ genannt hatte, ein Wort, das ihr als Jüdin, die sich als Jugendliche nach dem Masada-Angriff unverhohlenen Diskriminierungen gegenübergesehen hatte, Schauer über den Rücken jagte. Allerdings war sie auf die Diskriminierungen vorbereitet gewesen. Sie war mit der panischen Angst aufgewachsen, die ihr Vater stets ausgestrahlt hatte, wie sehr er sich auch Mühe gegeben hatte, sie zu verbergen. Die Deutschen hatten das Land übernommen, als sie kaum krabbeln konnte, und es geführt, bis sie fast ein Teenager war. Obwohl sie alles versuchten, um sich von ihrer Nazivergangenheit zu distanzieren, übten sie doch eine Art von autoritärem Regime aus, und ihr Vater hatte in der ständigen Angst gelebt, daß wieder Konzentrationslager gebaut werden würden.

Sie zuckte zusammen und schloß die Augen. Häßlich. Die Menschheit war so häßlich mit ihren Vorurteilen, ihrem Haß und ihrer Gewalt. Die Menschen hatten einander, seit sie denken konnte, wegen Rassen, Religionen oder ethnischen Unterschieden bekriegt. Sie rief sich selten ins Gedächtnis, was sie und Dan und andere alles hatten erdulden müssen, denn es schmerzte immer noch zu sehr. Tränen sammelten sich in den Winkeln ihrer Augen, die sie noch immer geschlossen hielt.

Dan hatte ihr erzählt, daß sein Leidensweg begann, als 2005 das ›Gesetz der sicheren Straße‹ erlassen wurde, nach dem es praktisch illegal war, dunkelhäutig zu sein. Das Gesetz befreite die Kaste der arroganten, voreingenommenen weißen Amerikaner von der scheinheiligen *political correctness* und erlaubte ihnen, ihre Abneigung wieder offen zu zeigen. Ausgangssperren, Hausarrest und andere vom Gesetz gebilligte Einschränkungen hatten dazu geführt, daß Africks im ganzen Land nur noch in bestimmten Stadtvierteln lebten. Bewegungsfreiheit genossen sie nur noch ein paar Stunden am Tag. Das ›Gesetz der sicheren Straße‹ und ein paar andere, noch repressivere Gesetze hatten die Bildung dieser Zonen begründet. Das Auftreten militanter islamischer Fundamentalisten hatte schließlich dazu geführt, daß man nur noch von Kriegszonen sprach. Niemand wußte genau, was in diesen Kriegszonen passierte. Man ging davon aus, daß die NOI die Africks indoktrinierte, mit Waffen versorgte und ausbildete. Und tatsächlich gab es immer wieder heftige Scharmützel mit der Bundespolizei an den Zonengrenzen, die alle Gerüchte über das, was sich dahinter abspielte, bestätigten.

Der meistgesuchte ›Kriminelle‹? Mohammed Ishmael. Die Vita dieses Mannes, sein Widerstand gegen die Bundespolizei und sein Charisma – eigentlich alles an ihm, dachte Lanie – machten aus ihm den meistgehaßten und angeblich gefährlichsten Mann auf diesem Planeten. Warum hatte ihn Crane zu diesem Treffen geholt? Er hätte den Schock der anderen voraussehen müssen. Und warum hatte Dan den Kontakt zu Mohammed Ishmael hergestellt, obwohl der dafür bekannt war, daß er nicht mit Weißen sprach? Warum hatte er mitgeholfen, ihn herzubringen?

Dan hatte die Ideen der NOI an der University of China in San Diego unterstützt, war deswegen aus der Hochschule ausgeschlossen worden und hätte alle seine Zukunftspläne damit beinahe zunichte gemacht. Es ergab keinen Sinn. Nicht für Dan.

Plötzlich erkannte Lanie Cranes Strategie. Neben Mohammed Ishmail hatte er Kate Masters eingeladen, die Vorsitzende der Women's Political Association, sowie Aaron Bloom, den Präsidenten der Rentnervereinigung. Ishmael, Masters und Bloom repräsentierten die drei wichtigsten Wählerblöcke der Vereinigten Staaten von Amerika. Sie waren Cranes Waffe gegenüber Liang Int. Und die Forschung in Sachen Erdbebenvorhersage war die Karotte, die er ihnen allen vor die Nase hielt; die Möglichkeit, Leben und Besitz ihrer Wählerschaft zu retten oder zumindest so zu tun, als ob ... Liang Int war natürlich interessiert an Arbeitskraft, Gebäuden und Ausrüstung, die gerettet werden konnten – und damit den Profit sicherten. Lanie schüttelte traurig den Kopf. Profit war überall in der Welt für fast alles und für fast alle die einzige Motivation. Außer für Crane und die paar Leute, die so waren wie er, und für sie und Dan.

Ein Gong ertönte.

Lanie stand aus dem Liegestuhl auf. Der Zwiespalt in ihr war stärker als je zuvor. Ein Teil von ihr wollte vor all den Politikern da unten fliehen; ein anderer wollte teilhaben an der aufregenden Show, die Crane heute abend inszenierte.

3.

Die große Spalte, der Pazifik

18. Juni 2024, Geisterstunde

Ein riesiges U-Boot, dessen ausgebeulte Vorderfront wie ein gigantisches Auge ins Meer starrte, lag steuerbord der *Diatribe* und ließ die Jacht direkt klein erscheinen. Als die Gäste der *Diatribe* auf Deck erschienen, kletterten gerade Decksleute aus dem Kommandoturm, um ihren Kollegen auf der Jacht Taue zuzuwerfen. *VEMA II* stand auf der Außenhülle des U-Bootes.

»Bereiten Sie sich darauf vor, daß Sie den Rest der Nacht unter Wasser verbringen«, kündigte Crane an. »Ich verspreche Ihnen, es wird eine Erfahrung sein, die Sie nie wieder vergessen werden.«

»Ein Besuch bei der Spalte«, sagte Newcombe leise.

»Der Spalte?« fragte Lanie nach.

»Ja. Wir werden einer Mutter bei der Geburt zusehen.«

»Einer Mutter? Welche Mutter?«

»Mutter Erde«, erwiderte er.

Wenige Minuten später befanden sich alle im Beobachtungsraum der *VEMA II*. Crane stand am Ende eines langen Tisches und lächelte die Ansammlung von Gaunern und Bastarden an, die darum Platz genommen hatten. Er war zu dem Schluß gekommen, daß sie auf der ganzen Welt die einzigen waren, die ihm genau das geben konnten, was er brauchte. Gleichzeitig waren es die größten Verbrecher, die er je gesehen hatte. Albert Camus hatte gesagt, daß Politik und das Schicksal der Menschheit von Menschen ohne Ideale und ohne Größe bestimmt würden. Wenn er nicht vernünftig mit ihnen reden konnte, würde er ihnen eben eine Show bieten. Schließlich hatte er seit dem Tod seiner Eltern vor dreißig Jahren auf genau diese Weise überlebt.

»Ich möchte Sie alle bitten, Ihren Tischnachbarn kurz am

Arm zu berühren«, sagte er. »Wir müssen sichergehen, daß wir echt sind.« Alle vollzogen das Ritual, um festzustellen, ob die Person neben ihnen wirklich war. Mit Holoprojektionen konnten keine rechtlich verbindlichen Verhandlungen durchgeführt werden.

Die Panoramafenster wurden verschlossen, während Sumi sich behende durch die Menge bewegte und dorphinhaltige Drinks verteilte. Newcombe saß neben Ishmael. Sie hatten die Köpfe zusammengesteckt und unterhielten sich leise, während alle anderen sie anstarrten.

»In geologischer Hinsicht«, begann Crane, »ist unsere Zivilisation ständigen Veränderungen unterworfen. Wir haben zwar eine Menge Wunder vollbracht, dennoch werden wir noch immer von der Welt terrorisiert, in der wir leben. Die Frage ist: warum?«

Der Raum war riesig, etwa fünfzehn Meter lang und zehn Meter breit. Es war der größte Saal, den es je auf einem U-Boot gegeben hatte. Er war nüchtern und funktionell gehalten, erfüllte aber genau die Bedürfnisse der Wissenschaftler und Seeleute, die auf diesem U-Boot nahe der großen Spalte arbeiteten. Diffuses Licht erhellte ihn. Das Boot ruckelte hin und wieder leicht, während ein leichter Schlag zu hören war. Die Anwesenden hielten das für Motorengeräusche. Crane wußte es besser, ebenso wie Newcombe.

Crane ging langsam um den Tisch herum. »Unser Planet ist fast fünf Milliarden Jahre alt und scheint immer noch im Begriff zu sein, sich zu formen beziehungsweise sich Stück für Stück zu zerlegen.«

»Die Natur des Lebens ist der Kampf, Doktor«, sagte Ishmael.

Crane blieb stehen und wandte sich ihm zu. »Und die Natur des Menschen ist es, sich über diesen Kampf zu erheben.«

»Um Gott zu verleugnen!« beharrte Ishmael.

»Um eine bessere Welt zu schaffen.« Crane kehrte zu seinem Platz zurück, hielt dabei mit seiner gesunden Hand die kranke hinter seinem Rücken fest. Sein linker Arm zuckte. Er wandte sich wieder der Gruppe zu. »Im Jahr finden über eine Million Erdbeben statt, im Durchschnitt alle dreißig Sekunden eines. Die meisten werden gar nicht wahrgenommen, aber über dreitausend im Jahr brechen bis zur Oberfläche durch, und wiederum dreißig davon führen zu Zerstörungen. Man ist geneigt zu sagen, das war schon immer so und wird auch immer so bleiben.« Er sah Mohammed Ishmael an. »Doch dem stimme ich nicht zu. Wie viele von Ihnen wissen wirklich, welche Kräfte diese Beben bewirken?«

»Fahren Sie doch bitte einfach mit dem Briefing fort«, sagte Mui, Lis Assistent.

»Dies ist weit mehr als ein Briefing«, entgegnete Crane. »Die Erde, auf der wir leben, besteht aus riesigen tektonischen Platten, sechsundzwanzig insgesamt, darunter sechs große. Diese Platten schwimmen auf einer heißen, flüssigen Schicht. Fünfundneunzig Prozent aller Erdbeben treten in sogenannten Subduktionszonen auf, wo die lose schwimmenden Platten aufeinanderstoßen; die Platten, die sich unter den Weltmeeren befinden, schieben sich dabei buchstäblich unter die kontinentalen Platten.«

Das U-Boot ruckelte wieder, diesmal heftiger. »Gibt es ... irgendein Problem mit dem Schiff?« fragte Rita Gabler, eine Hand an den Hals gelegt.

»Nein, nicht im geringsten. Lassen Sie mich zum Thema zurückkommen. Die ozeanischen Platten tauchen also unter den Kontinenten ab«, sagte er lauter, um das inzwischen ununterbrochene Hämmern und Ruckeln der *VEMA II* zu übertönen. Er spürte die Spannung in der Luft und lächelte angesichts der Schweißperlen, die seinen Gästen auf der Stirn standen. »Sobald dies eintritt, beginnt ein langer Prozeß der Transformation, der in folgendes mündet ...«

Er drückte einen Knopf auf der Konsole vor ihm auf dem Tisch, und sofort schoben sich die Metallwände vor den Fenstern zur Seite. Dahinter glühte der Ozean orangerot. Lava strömte zwischen den Gipfeln der Unterwasserberge aus, über eine mehrere Kilometer lange Linie hinweg. Die Gäste schwiegen fassungslos angesichts dieses beeindrukkenden Aufruhrs der Erde. So wünschte sich Crane sein Publikum – ehrfurchtsvoll.

»Wiedergeburt!« sagte er laut, ging zum Fenster und zeigte mit seiner gesunden Hand hinaus. »Sie sehen hier, wie die Erde sich selbst repariert. Basaltisches Magma quillt aus der Asthenosphäre hervor und zwischen diese unglaublichen Gipfel und Täler unter Ihnen, um schließlich im Wasser zu erkalten und wiederum neue Gipfel zu formen und die Platte erneut nach unten zu drängen.«

Die *VEMA II* ruckte heftig, denn die Wiedergeburt der Erde war mit ständigem Beben verbunden.

»Ist das für uns hier gefährlich?« wollte Li wissen, wobei seine Stimme keinerlei Gefühl verriet.

»Nur wenn wir hinausgehen«, sagte Crane lachend. Er wandte sich um und sah das schlagende Herz von Mutter Erde an, die für den Tod *seiner* Mutter verantwortlich war. Sie waren fünfhundert Meter von der Plasmaspalte entfernt, der Pazifischen Spalte. Der Anblick der orangeroten Flüssigkeit erfüllte ihn mit Wut und Schrecken, und er ließ seinen Emotionen einen Augenblick lang freien Lauf, bevor er sich wieder den Menschen zuwandte, die er brauchte, um dieses Feuer zu löschen.

»Kommen Sie zum Fenster«, forderte er sie auf. »Schauen Sie sich diese offene Wunde an, die so viel gibt und doch der Menschheit Schmerz und Leid bringt.«

Sie standen zaghaft auf. Er wollte, daß sie dem U-Boot und den Fähigkeiten des Menschen vertrauten, seine Umwelt zu beherrschen. Es sog sie ein, das konnte er spüren. Die Temperatur im Raum stieg, und in leuchtendroten Zungen spiegelte sich die Lava auf ihren Gesichtern. Die urwüchsige, unbändige Kraft eines Planeten war entfesselt.

»Unglaublich«, sagte Lanie mit tonloser Stimme. Sie drehte sich um, um Crane anzusehen, und in ihren Augen leuchteten der Schein der Lava ebenso wie ihr inneres Feuer. Er lächelte, denn er wußte, was sie fühlte. Er wußte, daß sie das perfekte Werkzeug für ihn sein würde, mit dem er seine Vision verwirklichen konnte. Sie war das Energiebündel, das er brauchte.

Genau wie Kate Masters, die neben ihn getreten war und ihn beobachtete. Nach einer Weile sagte sie: »Was hat das alles mit mir zu tun?«

»Sie sind mein Hammer, Ma'am«, erwiderte Crane. »Damit diese feinen Leute das Richtige tun.« Er wandte sich um und zeigte erst auf Ishmael, dann auf den grauhaarigen Aaron Bloom von der Rentnervereinigung. »Auch Sie sind meine Hämmer.«

»Ich bin nicht sicher«, sagte Gabler, »aber ich glaube, wir sind soeben beleidigt worden.«

»Lassen Sie mich die Geschäftsverhandlung führen, Herr Vizepräsident«, sagte Li und machte dabei aus seiner Verachtung für diesen Strohmann keinen Hehl.

Crane ging weiter um den Tisch herum und blieb dann hinter Newcombe und Lanie stehen. »Mit Hilfe dieser beiden begabten Menschen und Ihrer Unterstützung werde ich innerhalb von ein paar Jahren ein Computerprogramm entwickeln, das auf die Stunde genau jedes Erdbeben auf der Welt vorhersagt. Das Programm wird nicht nur den Ort des Bebens angeben, sondern auch seine Magnitude und die Stärke seiner S- und L-Wellen sowie die Gebiete primärer, sekundärer und tertiärer Zerstörungen. Wir werden Ihnen sagen können, wo Sie sicher sind und wo Sie sich besser nicht aufhalten.«

»Und wo bleibt der Profit?« wollte Li wissen, während Mui nickend seine Zustimmung bekundete.

Am anderen Ende des Tisches ließ sich ein Auflachen vernehmen. »Entschuldigen Sie«, sagte ein kahlköpfiger Mann mit einem roten Bart, ein Vertreter der Versichungsindustrie, der neben einer Brünetten vom Krupp-Konzern saß. »Solch ein Programm würde es den Versicherungsunternehmen ermöglichen, wirklich sinnvolle Verträge über Erdbebenschäden abzuschließen. Wir haben die Zahlen studiert, seit wir Guam verlassen haben. Mit dem Wissen, das Sie uns zur Verfügung stellen würden, könnten wir in besonders gefährdeten Gegenden Versicherungsschutz verweigern, vielleicht sogar Gesetze erwirken, die verbieten, daß sich dort überhaupt Menschen ansiedeln. In den weniger gefährdeten Gebieten könnten wir die Bautätigkeit mit bestimmten Regularien belegen. Wo bereits Gebäude stehen, könnten wir aufgrund dieses Wissens präventive Maßnahmen ergreifen und zerstörbare Gegenstände rechtzeitig wegtransportieren. Das würde im Jahr Milliarden sparen – Milliarden, die, wenn ich das hinzufügen darf, der Industrie wieder zugute kommen, die dadurch wiederum Milliarden mehr verdienen kann. Ein perfekter Kreislauf.«

»Beeindruckend«, meinte Li.

»Sie wüßten, wohin Sie Fabriken, Staudämme und Kraftwerke auf gar keinen Fall bauen dürften«, fügte Crane hinzu. »Mit meinem Programm würden Sie durch Katastrophen weder Arbeitskräfte noch die Zeit verlieren, die für Wiederaufbaumaßnahmen und Reparaturen nötig wären.«

»Es würde also der Bauwirtschaft schaden«, sagte der Sprecher von Wang International. Crane dachte an den *Namazu*.

»Einen Augenblick«, sagte Newcombe und stand auf. »Sie rechnen die Verluste der Bauwirtschaft gegen fünfzehntausend gerettete Leben pro Jahr auf. Wie können Sie ...«

»Das stimmt, Dan«, sagte Crane und bedeutete Newcombe durch ein Kopfnicken, daß er sich wieder setzen solle. »Wir sind selbstverständlich alle von Natur aus daran interessiert, Leben zu retten, habe ich nicht recht?«

Um den Tisch herum erhob sich zurückhaltend zustimmendes Gemurmel. »Also ... Sehen Sie?« sagte Crane. »Alle hier haben das Herz am rechten Fleck.« Er sah Li und Mui an. »Haben Sie sich schon überlegt, welchen Wert Rechte und Lizenzen auf mein Programm haben könnten?«

»Exklusivrechte.« Li lächelte. »Ein interessanter Gedanke.«

»Das wäre natürlich für die ganze Welt gedacht«, ließ sich Newcombe vernehmen. In seiner Stimme schwang Ärger.

»Selbstverständlich«, erwiderte Li, »nur für welchen Preis? Wenn wir die Rechte hätten, könnten wir die Informationen über größere Katastrophen an konkurrierende Länder verkaufen. Oder auch nicht.«

Mui lachte und nahm einen Schluck aus seinem Glas. »Wir könnten die Erde für sich selbst zahlen lassen.«

»Vorhin auf der Jacht erwähnten Sie eine Wiederwahl«, sagte Gabler und rutschte nervös auf seinem Stuhl hin und her.

»Denken Sie darüber nach, Herr Vizepräsident«, sagte Crane. »Es würde als ultimative humanitäre Geste verstanden werden. Die Menschen in den Vereinigten Staaten sehen, daß ihre Regierung alles tut, um ihre Bürger zu schützen – obwohl sie dachten, daß sich in dieser Welt voller Egoisten niemand mehr um sie kümmert. Allein in Kalifornien wären Ihnen alle Stimmen sicher.«

»Und was springt für Sie dabei heraus?« fragte Kate Masters.

»Ich bekomme, was ich brauche, um mein Projekt durchzuziehen«, erwiderte Crane. »Das U-Boot, auf dem wir uns befinden, gehört der Geological Survey. Ich will es haben. Ich brauche jeden Krümel Know-how, den ich kriegen kann. Ich will die Kontrolle über sämtliche Seismographen, die wir über diesen Globus verteilt haben, und Zugang zu allen anderen. Ich will das Hauptquartier der Geological Survey in Colorado und sämtliche Daten. Ich werde niemanden hinauswerfen. Sie sollen einfach alle für mich arbeiten. Ich will das komplette globale Überwachungssystem, alle Satelliten sollen in den kommenden fünf Jahren nichts anderes tun als für mich zu arbeiten. Und ich will Blankoschecks, mit denen ich meine Aktivitäten finanziere. Und keine Überwachung.«

»Sie haben Mut, okay«, sagte Ishmael. »Aber wie kommen Sie darauf, daß diese Großmäuler hier irgend was mit Ihnen teilen werden?«

»An diesem Punkt kommen Sie ins Spiel, Bruder«, entgegnete Crane. »Sie, Mrs. Masters und Mr. Bloom. Sie drei haben Millionen von Wählerstimmen in den wichtigsten Ballungszentren hinter sich. Mit dieser Anhängerschaft im Rücken könnten wir ...«

»Meine Anhängerschaft haben Sie nicht«, sagte Ishmael trocken und stand auf. »Wir nehmen keine Almosen von Weißen. Wir stimmen nicht für Weiße. Wir genügen uns selbst.«

»Ich rede nicht von Almosen«, sagte Crane ungläubig. »Ich rede von Katastrophenvorbeugung. Können Sie sich vorstellen, was mit der Kriegszone in L. A. passieren würde, wenn der Sankt-Andreas-Graben …«

»Sie verstehen mich nicht«, unterbrach ihn Ishmael mit leiser Stimme. »Wir nehmen nichts an von den weißen Bestien, und wir geben ihnen nichts. Ihr Geschwätz über Erdbeben bringt mich zum Lachen.« Er zeigte auf das Fenster, durch das die kochende Lava zu sehen war. »Dies ist der Wille Allahs.«

»Das ist absolut nicht vernünftig, Bruder Ishmael«, widersprach Crane. »Wenn Sie dadurch Menschenleben retten können, warum sollten Sie den Vorteil nicht nutzen?«

»Es gibt Schlimmeres als den Tod, Doktor. Zum Beispiel Unterdrückung. Unterdrückung bringt Sklaverei und Entwürdigung mit sich, ein Leben, das keines Tieres würdig ist.«

Crane blickte traurig zu Boden. »Tod ist eine ziemlich böse Sache«, sagte er. »Er beendet alles.«

»Wir leben ewig im Reiche Allahs«, entgegnete Ishmael. »Aber Sie würden das sowieso nicht verstehen.«

»Ich gebe mir Mühe.« Schmerz drohte Cranes Stimme zu ersticken. »Wirklich.«

»Warum sind Sie hier?« fragte Gabler Ishmael.

»Ich bin hierhergekommen, weil …«, begann Ishmael.

Bei einem der Geheimdienstmänner setzte ein Alarmsignal ein. »Meine Herren«, sagte er und riß sich einen schmalen Scanner vom Gürtel, »wir werden in irgendeiner Form beobachtet. Ich scanne eine Mikrowellentransmission.«

»Isolieren«, sagte Li, während alle durcheinanderredeten. Verwirrung machte sich im Raum breit, und die Männer in Overalls gingen hin und her und versuchten, die Signale zu interpretieren.

»Wir haben die Umgebung gescannt«, sagte Crane. »Da war nichts.«

Ein Pfeifen ertönte, gefolgt von Captain Longs Stimme, die aus dem Intercom drang. »Dr. Crane, wir fangen Mikrowellenstrahlung auf, die von irgendwo in der Vordersektion kommt. Direkt in Ihrer Umgebung.«

»Das muß in den letzten paar Sekunden angefangen haben«, sagte Crane und stellte das Intercom auf dem Tisch ab. »Danke, Captain. Wir versuchen, es hier unten zu isolieren.«

»Wie ich gerade sagen wollte«, unterbrach Ishmael, »bin ich hierhergekommen, um in das Netz Ihrer Regierung aus Chaos und Dummheit einzudringen und Ihnen von Angesicht zu Angesicht unsere Forderungen zu unterbreiten. Auch wenn Ihre Regierung unsere Regierung nicht anerkennt, existieren wir. Und wir wollen gehört werden.«

»Wovon reden Sie?« fragte Crane mit zitternden Händen, während seine Männer eilends ihren Scan fortführten.

»Autonomie«, erklärte Ishmael. »Selbstbestimmung. Ein islamischer Staat in Nordamerika, der sich über die bislang von Amerika besetzten Staaten Florida, South Carolina, North Carolina, Georgia, Alabama, Louisiana und Mississippi erstreckt.«

»Wir sind nahe dran!« rief einer der Männer, als er kurz vor der Einstiegsluke mit seinem Kollegen zusammentraf.

Ishmael, der in dem zunehmenden Tumult unverändert ruhig blieb, nahm eine handflächengroße CD aus seinem Dashiki und schob sie über den polierten Tisch zu Gabler. Li griff danach.

»Unser Selbstbestimmungsprogramm ist auf dieser CD dargelegt«, sagte Ishmael, »und es wird im Augenblick vor Milliarden von Zuschauern in der ganzen Welt ausgestrahlt. Wir verlangen die Sezession, Herr Vizepräsident. Und zwar jetzt!«

»Dies ist nicht der richtige Ort«, sagte Gabler. »Ich kann Ihre Worte und Ihre CD nicht akzeptieren.«

»Hier!« rief einer der Sicherheitsleute aus. Mit einer Pinzette zog er etwas aus der Wand, das er zum Tisch brachte.

Er legte die Miniaturkamera, die kaum größer als ein Stecknadelkopf war, vor Gabler auf den Tisch; der nahm sie sofort und schluckte sie. »Dieses Gespräch wurde gesendet.«

»Selbstverständlich«, bestätigte Ishmael. »Die Welt hat mich und die Forderungen, die wir stellen, gehört – und sie hat Sie in Aktion gesehen, Herr Vizepräsident.«

»Ich habe starke Zweifel daran, daß die Bürger der Vereinigten Staaten, die Sie erwähnten, Ihre Forderungen für legitim halten.«

»Vielleicht hätten Ihre Vorfahren darüber nachdenken sollen, bevor sie mein Volk aus seiner Heimat entführten und in Sklavenschiffen in die USA brachten.« Ishmael lächelte und ging dann zu Crane hinüber, der in Schweigen verfallen war.

»Sie und Ihre Erdbeben sind mir völlig egal. Aber ich danke Ihnen dafür, daß Sie mir die Gelegenheit gegeben haben, Mr. Gabler und seine Handlanger zu treffen. Nun, ich denke, ich sollte mich ein wenig in meiner Kabine ausruhen.«

»Sie sind ein brutaler Mensch«, sagte Crane.

»Nein«, widersprach Ishmael kopfschüttelnd. »Ich bin ein Träumer wie Sie. Aber ich habe andere Träume.«

»Kein Traum, Sir. Ein Alptraum voller Blutvergießen, Angst und Ungewißheit. Bedenken Sie eines: Ihr Ziel ist kurzfristig, meines dagegen gilt für alle Zeit.«

»Das Paket, das Sie diesen Idioten hier verkaufen wollen, ist doch gar nicht Ihre Sache. Sie wollen doch viel, viel mehr.«

Crane fixierte ihn kalt. »Gute Nacht, Bruder Ishmael.«

Der große Schwarze verließ mit majestätischen Schritten den Raum. Sumi Chan eilte ihm nach.

»Ist das nicht fantastisch?« meinte Gabler trotzig. Er nahm Li die CD aus der Hand und starrte darauf, als ob sie eine tote Ratte wäre. »Wir hätten uns auch in Washington treffen können, und dann hätte *ich* für die Sicherheit gesorgt.«

»Unter diesen Umständen«, fuhr Crane fort, »*müssen* Sie meine Vorschläge annehmen, wenn Sie überleben wollen.

Ishmael hat Sie gerade lächerlich gemacht, Herr Vizepräsident, und zwar vor der gesamten Weltöffentlichkeit. Sie können es entweder dabei bewenden lassen oder die Situation noch einmal überdenken. Den letzten Umfragen zufolge wünscht sich ein wachsender Teil der US-Bevölkerung eine Art Annäherung mit den Menschen in den Kriegszonen. Die Weißen bilden zur Zeit nur dreißig Prozent der gesamten Wählerschaft. Sie können meinen Plan benutzen, um es so aussehen zu lassen, als hätten Sie der Nation of Islam die Hand hingestreckt, die sie aber ausgeschlagen hat. Wenn Sie meinem Plan folgen, sieht es so aus, als hätten Sie stets nur das Beste für Ihre Bürger im Sinn, ganz egal, wie Sie von ihnen behandelt werden. Wenn nicht, gehe ich damit zur Opposition. *Die* haben bestimmt nichts dagegen, als große Menschenfreunde dazustehen.«

Gabler hatte wie ein Hund den Kopf schiefgelegt und überlegte – oder versuchte es zumindest, wie Crane dachte. »Ich wette mit Ihnen, daß Mr. Li das versteht«, fügte Crane hinzu, und der Chinese erwiderte das Lächeln.

»Wir haben eine Entscheidung getroffen, Dr. Crane«, sagte er.

Crane holte tief Luft, um sich zu beruhigen und nicht die Fassung zu verlieren. »Ja?« erwiderte er.

»Ich möchte alle bitten, den Raum zu verlassen.«

Crane nickte und sah zu Newcombe, dessen Gesichtsausdruck sowohl Gereiztheit – darüber würde er hinwegkommen – als auch Aufregung verriet.

Innerhalb von dreißig Sekunden waren Li und Crane allein im Saal.

»Sie sind ein interessanter Mann, Dr. Crane.«

»Sie ebenso.«

»Sie wissen natürlich, daß wir Ihnen nicht ungehindert Zugriff zur Staatskasse gewähren können.«

»Aber ich ...«

Li hob die Hand, um ihn zu unterbrechen. »Ich habe Ihr Spiel soweit mitgespielt. Nun bin ich an der Reihe. Falls, und ich betone das Wörtchen falls, wir zusammenarbeiten sollten, werden Sie jemanden brauchen, der das ganze Projekt überwacht. Ich stelle mir dabei jemanden vor, mit dem wir beide gut auskommen, sagen wir zum Beispiel Sumi Chan.«

»Sumi?«

»Mit uns kann man gut auskommen. Wir mögen Amerikaner. Ihr seid so geschickt mit euren Fingern. Euer Volk denkt sich immer die tollsten technischen Spielereien aus. Ziemlich außergewöhnlich.«

»Sie sagten, *falls* wir zusammenarbeiten?«

»Nun ja. Sicherlich.« Li nahm sein Glas und trank es aus, goß dann den Rest aus Muis Glas in seines und leerte es erneut. »Alle sind sehr angetan von Ihrer Idee, doch Sie verlangen, daß sowohl Privatindustrie als auch Regierung Ihnen einen Gutteil ihrer Verantwortung übertragen, und das aufgrund einer einzigen Demonstration.«

»Worauf wollen Sie hinaus?«

»Ganz einfach, Dr. Crane.« Li lächelte. »Sie können alles haben, was Sie brauchen. Doch wir müssen erst ganz sicher sein, daß Sie auch das sind, was Sie zu sein vorgeben.«

»Und wie soll ich das beweisen?«

»Indem Sie tun, was Sie schon einmal getan haben. Sagen Sie ein weiteres Erdbeben voraus, ein großes, gefährliches. Tun Sie es vor den Wahlen. Es bleiben Ihnen noch sechs Monate bis dahin. Wenn es tatsächlich dreißig größere Beben in einem Jahr gibt, sollte die Zeit genügen.«

»Ist das alles?«

»Nein«, entgegnete Li. »Es sollte eines ganz in unserer Nähe sein. Etwas, das die Wähler wirklich angeht. Und dann, Dr. Crane, gehört die Welt Ihnen.«

AUF DER *DIATRIBE*, VOR DER KALIFORNISCHEN KÜSTE
19. JUNI 2024, 10 UHR 12

»Natürlich stehen wir unter Beobachtung«, sagte Ishmael zu Crane.

Newcombe saß zwischen ihnen und hörte aufmerksam zu. Sie befanden sich im großen Speisesaal der Jacht, der mit Holzpaneelen und Messingverzierungen ausgekleidet war. Ishmael war geblieben, nachdem alle anderen, auch seine Leibwächter, gegangen waren. Newcombe fragte sich, warum.

»Alle stehen zu jeder Zeit irgendwie unter Beobachtung. Das ist die Natur und die Hauptbeschäftigung der Welt der Weißen. Leute beobachten und werden beobachtet. Maschinen beobachten Maschinen. Warum?«

»Wir sind unerträglich neugierig, nehme ich an«, erwiderte Crane freundlich. »Außerdem: Erfindungen werden erst perfektioniert, dann gebraucht. Es ist die menschliche Natur. Und nicht jeder wird beobachtet. Wer es sich leisten kann, engagiert Leute, die die Technologie überlisten.«

Ishmael lachte und streckte einen Finger in die Luft. »Dann wird man von *Ihm* dort oben beobachtet. Und vergessen Sie nicht die Leute, die Ihn beobachten.«

»Habt ihr keine Überwachungseinheiten in der Kriegszone?« fragte Newcombe, dem Ishmael mit Wärme und Respekt begegnete.

»Doch, doch«, erwiderte er. »Wir benutzen sie gegen die Weißen, ebenso wie die Weißen sie gegen uns benutzen. Wie Dr. Crane verbringen wir viel Zeit damit, die Technologie zu überlisten. Meine Leute haben mir gesagt, daß dieses Gespräch gerade aufgezeichnet wird, und zwar von einem Satelliten in niedriger Umlaufbahn – Listening Post Nr. 528 –, in dessen Reichweite wir uns bis genau« – er sah auf seine Uhr – »vierzehn Uhr fünfundvierzig befinden.«

Lanie saß Newcombe direkt gegenüber, ihre Augen leuchteten. »Wenn wir abgehört werden, warum reden Sie dann so offen?«

»Das ist Teil unserer Politik. Wir sind bereit, den Weißen die Gründe darzulegen, warum wir nicht in einer Gesellschaft mit ihnen zusammenleben können. Sie und die Welt hören meine Argumente. Wenn ich etwas Privates zu sagen habe, sage ich es privat.«

»Sie nutzen mich schamlos aus«, sagte Crane. Er nahm einen großen Schluck aus einem Glas Bourbon. »Sehen Sie,

Ishmael, ich empfinde großen Respekt für Sie. Es macht mir noch nicht einmal etwas aus, daß Sie mich für Ihre Sache benutzen. Aber, verdammt noch mal, geben Sie mir nur ein wenig zurück, nur ein wenig Unterstützung. Ich will doch nur das Beste für alle.«

»Nein«, widersprach Ishmael. »Sie wollen nicht den Menschen helfen; Sie wollen die Bestie erlegen. Ich kann es in Ihren Augen lesen, wenn Sie über Erdbeben sprechen. Sie hassen Erdbeben. Gott hat sie in ihrer Herrlichkeit geschaffen, doch Sie haben die Unverfrorenheit, seine Schöpfung zu hassen. Sie tun mir leid mit Ihrem Kampf gegen Windmühlen, und ich bete zu Allah, daß Sie niemals die Macht bekommen, Ihren Haß zu bekämpfen.«

»Sie sind ein ganz schön harter Bursche«, sagte Crane. »Sicher, ich hasse die Bestie. Ich hasse sie, so wie die Kreter den Minotaurus haßten. Ist es falsch, einen Dämon zu hassen? Hat nicht sogar Malcolm X gesagt, ›Wenn unser Volk von Hunden gebissen wird, hat es das Recht, diese Hunde zu töten‹? Ich hasse die Bestie, weil sie Leben und Träume zerstört, und ich werde einen Weg finden, sie zu bekämpfen, und zwar mit Ihrer Hilfe oder ohne Sie. Das sage *ich* der Welt.« Er schnaubte. »Glauben Sie wirklich, Sie werden Ihren islamischen Staat bekommen?«

Ishmael nickte bedächtig. »Wir werden eine islamische Nation bekommen«, erwiderte er. »Und in einer geteilten Welt werden wir die dominierende Kraft sein.«

»Im Nahen Osten hat das auch nicht funktioniert«, warf Lanie ein.

»Das Judentum entschied, sich lieber selbst zu zerstören, als sich der islamischen Realität zu stellen«, sagte Ishmael. »Die Masada-Wolke ist ein Mahnmal für Allahs Macht über die Ungläubigen. Es gibt keine Juden mehr in Palästina.«

»Es gibt überhaupt niemanden mehr in Palästina«, gab Crane zurück. »Und zwar nie wieder. Wieso bilden Sie sich ein, Sie könnten darüber bestimmen, wer zu leben hat und wer nicht?« Er stand auf. »Ich möchte, daß alle leben.«

»Dschungel funktionieren nicht auf diese Weise«, sagte

Ishmael, »ebensowenig Erdbeben. Sie können Ihre Eltern nicht wieder lebendig machen, Doktor.«

»Bitte, keine Psychoanalyse.« Crane nahm sein Glas und leerte es in einem Zug. »Ich gehe hinauf auf das Aussichtsdeck. Sind Sie an Bord sicher, Ishmael?«

»Ich weiß nicht. Bin ich es?«

»Ich bin nicht mächtig genug, um Sie zu beschützen. Möchte jemand mitkommen?«

»Klar«, sagte Lanie, nahm ihre Tasse Kaffee und gab noch einen Löffel Dorphin hinein.

Als Newcombe Anstalten machte aufzustehen, legte ihm Ishmael eine Hand auf die Schulter. »Bleib bei mir, Bruder Daniel. Ich möchte mich mit dir unterhalten.«

Newcombe nickte. »Paß auf die Sonne da oben auf«, sagte er zu Lanie. »Ich komme gleich.«

Newcombe sah Lanie und Crane nach, wie sie in den Speisesaal gingen, wo sie Mäntel, Handschuhe und Mützen anzogen. Crane holte eine Tube Sunblocker aus seiner Hosentasche, der ihre Gesichter vor der Sonne schützen sollte. Er öffnete die Außentür, und helles Sonnenlicht drang herein. Lanie winkte Newcombe zu, und beide verschwanden.

Newcombe und Lanie verbrachten ziemlich viel Zeit miteinander, und er erwischte sich immer wieder dabei, wie er von Familie und Kindern träumte – von etwas anderem als der fanatischen Jagd nach Cranes Dämonen. Er hatte Lanie sogar schon gefragt, ob sie nicht mit ihm zusammenziehen wolle, wenn sie zur Stiftung zurückkehrten.

»Warum bist du mit der weißen Frau zusammen, Bruder?«

»Ich liebe sie.«

»Sie ist dein Unterdrücker. Sie ist nicht nur weiß, sondern auch noch Jüdin.«

Newcombes Wangenmuskeln spannten sich. »Sie ist eine Cosmie.«

»Das Judentum ist eine Rasse, keine Religion.«

»Ich halte nichts von den Auffassungen der Nation of Islam. Ich bin ein Africk in Amerika und komme sehr gut zurecht, danke. Ich werde nicht unterdrückt; ich bin Herr über mein Schicksal. Ich habe eine gute Ausbildung genossen, bin intelligent und inzwischen einer der Spezialisten auf meinem Gebiet – und ich habe mir die Frau gewählt, mit der ich mein Leben verbringen möchte.«

»Warum arbeitest du dann für jemanden wie Crane? Warum hast du keine eigenen Labors, kein eigenes Budget?«

Wut stieg in Newcombe auf wie Quecksilber in einem Thermometer. »Mit wem hast du gesprochen?«

Ishmael beugte sich vor und flüsterte so leise, daß Newcombe ihn kaum verstehen konnte. »Ich bin an Bord geblieben, um mit dir zu reden. Die Nation of Islam braucht dich. Deine Brüder rufen nach dir.«

»Das glaube ich nicht«, widersprach Newcombe, doch er fühlte sich unbehaglich.

»Die Nation of Islam braucht intelligente und gebildete Männer, die Einblick in das Leben der Weißen haben, um eine neue Welt aufzubauen. Unsere Gemeinden sind geteilt, zu weit auseinander und über dreißig verschiedene Städte verstreut. Wir brauchen unbedingt Raum, und wir brauchen auch physische Einheit. Wir befinden uns praktisch im Kriegszustand. Wir werden uns nehmen, was wir brauchen – Gottes *Sharia* und die weisen Kalifat werden Wirklichkeit werden. Jeder muß sich entscheiden, auf welcher Seite er steht.«

»Ich habe fast meine Karriere zerstört, indem ich mich öffentlich für einen islamischen Staat ausgesprochen habe. Und mit unserem im Fernsehen übertragenen Gespräch auf der *VEMA II* habe ich mir auch keinen Gefallen getan. Es ist eine gerechte Sache, für eine Heimat zu kämpfen, aber ihr habt mein Blut bereits vergossen.«

»Es gibt für dich in der Welt der Weißen keinen Platz, außer als Lakai«, flüsterte Ishmael. »Du willst eine bessere Welt. Ich auch. Ich sage dir, du kannst dieses Ziel viel leichter erreichen als dieser böse Mensch, für den du arbeitest.«

»Böse? Crane?«

»Er kommt aus der Dunkelheit, Daniel. Ich bin das Licht.«

»Du irrst dich. Crane ist wie ich.«

»Das glaubst du doch selbst nicht. Du weißt, wie verrückt er ist.«

Von Zweifeln geplagt, schwieg Newcombe.

»Crane ist gebrandmarkt und hat keine echte Machtbasis«, fuhr Ishmael fort. »Unser Dschihad, der Heilige Krieg, hat begonnen. Ein politischer Schulterschluß mit der Nation of Islam bringt dir Macht, Anerkennung und Respekt ein. Du kannst es schaffen. Du kannst den Ton angeben. Ich mache einen islamischen Helden aus dir.«

»Klingt so verlockend wie eine Gefängnisstrafe.«

»Hör mir zu, Bruder.« Ishmael, der in seinem dunkelblauen Dashiki äußerst würdevoll wirkte, stand auf. »Unsere Welt wird kommen. Und sie hält für dich und die Menschen, die du liebst, einen Platz bereit. Glaub mir, wenn ich dir sage, daß in der Welt der weißen Teufel kein Platz für einen Africk mit zuviel Bildung ist. Sie machen einen hochgelobten Schuhputzer aus dir. Crane ist schon dabei.«

»Du täuschst dich.«

»Nicht, was Crane angeht und diese Frau. Bruder, ich bin der einzige, dem du vertrauen kannst. Der gerechte Zorn des Ehrenwerten Elijah Muhammad, von Malcolm X, Louis Farrakhan und Saladin dem Propheten fließt durch meine Adern. Deine ›Freunde‹ hassen dich, und das werden sie immer tun. Echten Erfolg wirst du nur im Schoß der Nation of Islam haben.« Er bückte sich und schrieb auf ein Stück Papier, das auf dem Tisch lag: *Merke dir diese Nummer. Es ist eine abhörsichere Verbindung zu mir.*

Newcombe prägte sich die Nummer ein, obwohl er sicher war, daß er sie nie benutzen würde, und zerriß den Zettel.

Ishmael ging zu einem der geschwärzten Bullaugen und sah hinaus. Das Meer war ruhig und reflektierte das Sonnenlicht. Er drehte sich zu Newcombe um. »Du denkst, ich kenne dich nicht«, flüsterte er. »Aber da irrst du dich. Ich kannte dich im Dschungel, auf dem Sklavenschiff und als du mit dem Ochsenjoch über die Plantagen krochst. Ich kannte dich, als sie dich aus deinem Haus zerrten und dich an einem Baum aufhängten oder dich in ihre Gefängnisse steckten, um dich von ihren Straßen fernzuhalten. Ich kannte dich, als sie dir Freiheit versprachen und dir nur die Freiheit gaben zu verhungern. Ich kannte dich, Bruder, als sie dich mit ihren Giften vollstopften, mit Alkohol und Drogen, und dir Waffen gaben, damit du dich selbst umbringen konntest. Ich kannte dich, als sie schließlich genug von dir hatten und sich von dir abwandten, in der Hoffnung, daß du in *ihrem* Betondschungel umkommen würdest. Sage niemals, ich würde dich nicht kennen. Ich kenne dich so gut, wie du dich selbst kennen würdest, wenn du endlich deine Augen öffnen würdest.«

»Du weißt, daß sie dich verhaften werden«, sagte Newcombe mit vor Erregung versagender Stimme. »Kannst du nicht von hier verschwinden?«

Ishmael lächelte leicht.

Sumi Chans Gesicht erschien auf Li Cheuns Bildschirm. »Ich rufe an«, sagte er, »um Ihnen, wie gewünscht, Informationen über Dr. Crane zu geben. Er wird heute nachmittag an Land gehen und zur Stiftung zurückkehren.«

»Ausgezeichnet. Haben Sie sich um die Installation der Überwachungsgeräte in seiner Wohnung und seinem Labor gekümmert?«

»Ja, Mr. Li.«

Li sah, daß sich Sumis Augen fast unmerklich verengten. »Haben Sie ein Problem mit diesem Auftrag?«

»Nein, Sir«, entgegnete Sumi schnell. »Es ist nur so – ich habe Dr. Crane viele Jahre lang unterstützt und kenne ihn persönlich sehr gut ...«

»Lassen Sie mich in diesem Punkt ganz offen sprechen, Sumi«, sagte Li, zufrieden darüber, ein Aufflackern von Furcht in dem Gesicht zu sehen, das vor ihm auf dem Monitor schimmerte. »Ich kann Sie fördern, aber ebenso schnell wieder vernichten. Solange Sie für die Geological Society arbeiten, arbeiten Sie für mich. Wenn Sie Budgets verteilen, so kommt das Geld von mir. Wenn Sie den Job nicht wollen ...«

»Sir, vergessen Sie, was ich gesagt habe. Ich bin ausschließlich Ihnen und Liang Int verpflichtet.«

»Crane ist Ihr Job, nicht Ihr Bruder.«

»Ja, Sir. Verzeihen Sie.«

»Nicht nötig. Sie leisten gute Arbeit. Bleiben Sie bitte dran.«

Li sah Mui an, der Sumi Chans Gesicht in einer Grimasse einfror. »Erzählen Sie mir von Ishmael«, verlangte er.

»Forderungen nach einem islamischen Staat lösen allgemein Angst und negative Reaktionen aus«, las Mui von seinem Bildschirm ab. »Sehr negative Reaktionen aus den südlichen Staaten, die er als neue Heimat für die Nation of Islam erwähnte. Erste Analysen ergaben, daß die Kandidaten beider Parteien auf den Angstfaktor setzen und bei den nächsten Wahlen Profit aus der Sache schlagen wollen.«

»Ich verstehe«, sagte Li, der eine Idee hatte. »Holen Sie Mr. Chan wieder auf den Schirm.«

Sumis Gesicht wurde wieder lebendig, diesmal sah er wesentlich entspannter aus. Er hatte sich eine Dosis Dorphin verpaßt, während er wartete.

»Sir«, sagte Li, »ich habe großes Vertrauen in Sie. Ist Bruder Ishmael noch an Bord der *Diatribe*?«

»Als ich vor ein paar Minuten mit Crane sprach, war er noch dort.«

Li stellte sein Armpad kurz auf stumm und sah Mui an. »Informieren Sie die Bundespolizei. Die sollen ihn festnehmen, solange er noch auf dem Schiff ist. Wegen Widerstands gegen die Staatsgewalt. Wir wollen ihn lebend, sagen Sie ihnen das.«

Mui drückte auf das Keypad und zeigte dann aus der Dunkelheit auf Li. »Die Bundespolizei in Los Angeles wurde benachrichtigt. Die Beamten sind bereits unterwegs.«

Li nickte kurz und wandte sich wieder Chan zu. »Sie werden jetzt ein Helo nehmen, Dr. Crane abholen und ihn mit freundlichen Grüßen von uns zur Stiftung begleiten. Sie bekommen genügend Geldmittel, damit die Stiftung ihr Ziel erreichen kann. Wir geben Crane alles, was er will …

zunächst jedenfalls. Verbringen Sie viel Zeit in der Stiftung. Das ist im Moment Ihre Hauptaufgabe. Wir werden jemand anderen finden, der Ihre tägliche Arbeit für die Geological Survey erledigt. Verstanden?«

»Ja, Sir. Ich danke Ihnen, Sir.«

»Bleiben Sie im Schatten, Mr. Chan.«

»Sie ebenfalls, Mr. Li.«

Mui schaltete den Monitor ab, während Li auf das holographische Kalifornien starrte. Crane hatte sich einen Weg in die Arena gebahnt und sich selbst zum Mitspieler gemacht, dachte Li. Gut. Jetzt mußte Crane damit leben.

Crane stand neben Lanie auf dem Aussichtsdeck. Er war unruhig – nicht, weil er in seiner Kleidung schwitzte oder weil das Sonnenlicht auf der glatten Wasseroberfläche reflektierte und blendete. Daß er bald verrückt wurde, hing mit dem Schiff zusammen. Außerdem pochte sein Arm. Irgendwo passierte etwas. Nicht in der Nähe, sonst hätte sein Arm weh getan. Und doch spürte er, wie langsam Schmerz aufkam. Er rieb sich den Arm.

Lanies Augen weiteten sich. »Was ist los?«

»Irgend etwas ist gerade passiert«, sagte er. »Und ich sitze hier mitten auf diesem verdammten Ozean fest.«

»In der Nähe?« fragte Lanie. »Vielleicht ein Einsturzbeben in einem Graben direkt unter uns?«

Crane schüttelte den Kopf und konzentrierte sich auf einen Schwarm Vögel rund hundert Meter vor dem Bug. Sie waren ziemlich groß und kamen schnell näher. »Dieser Teil des Ozeans subduziert nicht. Kalifornien liegt auf einer Spalte, die Pazifische und Nordamerikanische Platte reiben aneinander, wenn sie sich in verschiedene Richtungen bewegen. Wir würden es merken, wenn dort etwas wäre. Aber danke.«

»Wofür?«

»Dafür, daß Sie meine Intuition nicht in Frage stellen.«

Auch Lanie waren die Vögel aufgefallen. Sie beobachtete sie stirnrunzelnd. »Dan sagt, Sie spüren es in Ihrem Arm.«

»Was noch?«

Sie wandte sich um und lächelte ihn an. »Er ist sicher, daß es funktioniert, weil er Ihre Gefühle selbst spürt.«

»Als Krampf?«

»So ungefähr. Diese Vögel da drüben ... sind sie nicht viel zu groß für Möwen?«

»Zu groß und zu laut. Hören Sie das Brummen?«

»Nein.«

Crane beobachtete, wie sie näherkamen, und entdeckte dann ihre kleinen surrenden Motoren. Es waren ferngesteuerte Kameras, die, als Möwen getarnt, nach ihnen suchten. »Sieht so aus, als hätte uns die Presse ausfindig gemacht.«

Die Kameras mit Logos von TV-Sendern schwebten kurz über dem Deck, um dann elegant aufs offene Meer zu schwenken. Sie flogen zunächst im großen Bogen, dann in immer enger werdenden Kreisen um die *Diatribe* herum.

»Wir müssen nahe dran sein«, sagte Lanie. »Haben Sie die Vögel ohne Logo gesehen?«

Crane nickte. »Bundespolizei. Die haben es auf Ishmael abgesehen. Ich wette, sie versuchen, ihn festzunehmen, bevor wir in den Hafen einlaufen.«

»Können wir gar nichts tun?«

»Er hätte zusammen mit seinen Bodyguards direkt nach dem Meeting von Bord gehen sollen. Ich verstehe nicht, warum er geblieben ist.«

Einer der unmarkierten Vögel schwirrte über das Deck, und Crane schlug nach ihm, als er dreißig Zentimeter vor seiner Nase vorbeiflog. »Wie nett, daß Sie uns so freundlich in Amerika begrüßen!« rief er den übrigen in der Luft schwebenden Kameras zu. »Wir freuen uns darauf, Sie nach unserer Rückkehr zahlreich wiederzutreffen!« Dann flüsterte er: »Bastarde.«

Er winkte mit seiner gesunden Hand und bedeutete Lanie, daß sie lächeln und ebenfalls winken solle.

»Sehen Sie sich die Wolken an«, sagte Lanie.

Crane blickte zum Himmel und sah in fünfzehn Kilometern Höhe auf Cumuluswolken eine Projektion seines lächelndes Gesichtes. »Mit diesen Beulen sehe ich richtig dick aus«, sagte er und hob einen Finger. »Gönnen wir uns einen Spaß. Warten Sie hier.«

Lachend kletterte er die Leiter hinunter und ging zu dem Rettungsboot, das auf dem Hauptdeck lag. Er holte die Kiste mit der Notausrüstung heraus und eilte damit zurück auf das Aussichtsdeck.

»Was tun Sie?« fragte Lanie, als er die Alubox öffnete und den Inhalt durchwühlte.

»Sie muß doch irgendwo hier sein ...«, sagte er leise und dann: »Ha!« Er zog eine Signalpistole heraus und schwenkte sie triumphierend in der Luft. »Wenn uns schon die Welt zuschaut, soll sie auch etwas geboten bekommen, das sie so schnell nicht wieder vergißt.«

»Das ist nicht Ihr Ernst«, sagte Lanie und trat ein paar Schritte zurück.

»Ich pflege nicht zu scherzen«, erwiderte er und schob eine Patrone in die Kammer. Er schloß sie und hielt die Waffe mit seiner gesunden Hand in die Luft. Dann zielte er mitten zwischen die fünfzehn Möwen. Als er abdrückte, zischte eine hellrote Leuchtkugel auf den Schwarm zu.

»Volltreffer!« rief Lanie aus und klatschte, während zwei Möwen zerfetzt ins Meer fielen und eine dritte, die angeschlagen war, schnell an Höhe verlor. Der ›verwundete‹ Vogel trug kein Emblem, war also offensichtlich von der Bundespolizei. Er verschwand hinter einer Dünung etwa fünfhundert Meter hinter der *Diatribe*, während die verbliebenen Kameras hinter ihm herflogen, um aufzunehmen, was passiert war.

Crane lud die Signalpistole nach und reichte sie Lanie. »Wollen Sie's auch mal versuchen?«

»Kann ich damit in Schwierigkeiten kommen?«

»Wen interessiert das schon?«

Sie zog am Abzug und streckte in einem weißen Regen aus blitzendem Magnesium eine der Kameras nieder. Die übrigen Möwen stoben auseinander und gingen auf Abstand zu ihren Jägern.

Da entdeckte Crane zahlreiche über das Meer verstreute Schiffe, die sich ihnen näherten. Reporter oder die üblichen Neugierigen wollten den Erdbebenmann einmal mit eigenen Augen sehen. Hinter den Schiffen tauchte ein Streifen am Horizont auf – Land. Sie waren zu Hause.

»Guter Schuß!« schrie Crane. Inzwischen war der Himmel voller Wolken, auf denen Fernsehbilder abgebildet waren, zu denen man über das persönliche Implantat auch Ton abrufen konnte.

»Ich denke, Sie hatten recht, was die Bundespolizei betrifft. Sie kommen wegen Mohammed Ishmael.« Lanie zeigte auf mehrere harmlos wirkende Schnellboote.

»Ich gehe hinunter und versuche, sie aufzuhalten«, sagte Crane, stellte die Box ab und schwang ein Bein über die Leiter.

Die Schiffe drehten bei. An Bord waren Männer in weißen Overalls mit Kapuzen. Ihre Gesichter waren von einheitlichen, lächelnden Sicherheitsmasken mit integrierten Schutzbrillen verdeckt. Sie waren bewaffnet.

Lanie holte Crane ein, als er gerade in den Speisesaal trat. »Wissen Sie, was Sie da tun?« fragte sie und packte ihn an seinem behinderten Arm.

»Nein.« Sie hatte wunderschöne, wißbegierige Augen. Sie sagten die Wahrheit. »Ich habe darüber nachgedacht, seit Ishmael auf der *VEMA II* die Bombe hat platzen lassen. Es hätte alles perfekt laufen müssen. Doch Ishmael hat alles vermasselt.«

»Aber Sie haben den Deal gemacht.«

»Ich habe gar nichts gemacht.«

Aus zahlreichen Lautsprechern erklang nun eine freundliche Frauenstimme: »Dies ist die Bundespolizei. Wir wurden beauftragt, in Übereinstimmung mit dem ›Gesetz der sicheren Straße‹ aus dem Jahr 2005 Leonard Dantine alias Mohammed Ishmael festzunehmen.«

»Ich denke, das wirkt sich schlecht auf die Meinungsumfragen aus«, bemerkte Crane und sah zu, wie einige der weißgesichtigen Gespenster auf das Hauptdeck der *Diatribe* kletterten.

Die Kombüsentür sprang auf, und Newcombe streckte seinen Kopf heraus. »Können wir irgend etwas tun, um sie aufzuhalten?«

»Wäre es denn richtig, sie aufzuhalten?« gab Crane zurück und tat Newcombes verdrossenen Gesichtsausdruck mit einer Handbewegung ab. »Okay, ich versuch's.«

Die Gangway war voller Männer in Weiß, die aus allen Richtungen auf sie zukamen. Lanie war Crane direkt auf den Fersen.

»Was soll das heißen, Sie haben den Deal nicht gemacht?« fragte sie. »Ich dachte, Li ...«

»Li will, daß ich es noch einmal tue.« Er wandte sich dem Uniformierten vor ihm zu. Die Beamten waren aufgrund der Masken anonym und gesichtslos; auf diese Weise demonstrierten sie Macht und flößten Angst ein. »Dieses Schiff befindet sich außerhalb des Staatsgebietes der Vereinigten Staaten«, sagte Crane. »Folglich sind Sie nicht in Ihrem Hoheitsbereich und haben kein Recht, an Bord zu kommen. Würden Sie bitte das Schiff verlassen.«

Der Beamte – auch ›G‹ genannt – sagte etwas in sein Pad und nickte dann. »2,9 Meilen«, sagte er freundlich und zeigte zur Tür. »Ist dies die einzige Möglichkeit, diesen Raum zu betreten oder zu verlassen?«

»Nein«, antwortete Lanie, während sich Newcombe wütend anschickte, die Tür zu versperren. »Steuerbord gibt es noch eine Tür.«

»Er wird nicht vor Ihnen davonlaufen«, sagte Newcombe und trat zur Seite. »Das hat er mir gesagt.«

Der ›G‹ verschaffte sich gewaltsam Zutritt zum Raum. Mohammed Ishmael saß in aller Ruhe am Eßtisch und lächelte ruhig. »Haben die Gentlemen eine Reservierung?« fragte er.

»Stehen Sie auf«, sagte der ›G‹. »Sie sind festgenommen.«

Ishmael erhob sich. »Ich befinde mich nicht in Ihrem Land. Außerdem habe ich keines Ihrer Gesetze übertreten. Sie können mich nicht verhaften.«

»Sie können einen offiziellen Eintrag ins Computerlogbuch machen«, beschied ihn der ›G‹ ebenso höflich wie kalt. »Diese Herren hier werden Sie begleiten. Sie dürfen den Sicherheitsgrad bestimmen.«

Sechs Männer traten vor. Auf den ersten Blick waren sie unbewaffnet. Doch an ihren Ärmeln befanden sich elektronische und Mikrowellenbänder, tödliche Verteidigungswaffen. Sie bildeten einen lockeren Kreis um Ishmael, traten dann schnell vor und packten zu.

Sie griffen in die Luft. Ishmael wurde durchsichtig, als sie ihn ergreifen wollten, und ihre Arme schwangen durch seinen Körper hindurch ins Leere.

»Eine Projektion«, sagte Newcombe und lachte. »Er ist es gar nicht wirklich.«

»Erst seit heute morgen«, sagte Ishmael, ging durch den Tisch hindurch auf Newcombe zu und flüsterte ihm ins Ohr: »Kontaktiere mich.«

Wortlos verließen die ›G‹s den Raum. Der letzte reichte Crane eine Rechnung für die abgeschossene Möwe.

Ishmaels lachende Projektion drehte sich einmal im Kreis für die verbliebenen Kameramöwen, die auf der Reling saßen und durch die Bullaugen in den Raum lugten. »Völker dieser Erde«, rief er, »seht, wie sich das weiße Tier benimmt. Wild. Voller Haß. Ich will, daß ihr seht, warum wir unser eigenes Land haben müssen. Nichts wird uns davon abhalten. Es ist Allahs Wille.« Der Geist verschwand.

Crane ging wieder hinaus. Ihm war klar, daß ihm diese Typen von der Regierung Kollaboration mit Ishmael in die Schuhe schieben würden, um von sich selbst abzulenken. Er mußte die Sache hinter sich bringen. Als er auf das Deck ging, flogen die Möwen auf. Er lehnte sich gegen die Reling und beobachtete, wie die ›G‹s auf ihre Schiffe zurückkletterten. Reporter und Gaffer, die Helme mit integrierten Kameras trugen, tauchten auf. Er spürte, wie Lanie seinen Arm berührte, und drehte sich um. Newcombe war nicht bei ihr.

»Li und die anderen haben doch einen Vertrag mit Ihnen gemacht«, sagte sie. »Sie müssen sich daran halten.«

»Sofern ich ein weiteres Erdbeben bestimmen kann«, flüsterte er und zwinkerte ihr zu.

Dutzende von Schiffen in allen Größen und Formen – eine wahre Flotte – begleiteten sie, während sie auf L. A. zusteuerten. Die Leute an Bord winkten und riefen ihnen zu.

Lanie genoß ihre Popularität und erwiderte die Grüße.

Crane lehnte sich über die Reling und rief in Richtung des nächsten Schiffes. »Ahoi! Was gibt's Neues von Erdbeben? Ich habe gehört, da ist gerade etwas passiert.«

Ein Lautsprecher knackste auf einem der anderen Schiffe. »Wir haben vor kurzem eine Nachricht erhalten. Martinique wurde von einer Eruption des Mount Pelee erschüttert.«

»Packen Sie Ihre Koffer gar nicht erst aus«, sagte Crane zu Lanie, schwang dann ein Bein über die Reling und kletterte zurück auf das Hauptdeck. Er hatte alles um sich herum vergessen, außer der Jagd, der allgegenwärtigen, nie endenden Jagd auf den Dämon.

4.

Geomorphologische Prozesse

LOS ANGELES, KALIFORNIEN
20. JUNI 2024, 20 UHR 47

Niemand wußte, daß Sumi Chan eine Frau war. Niemand. Die Yi-sheng, die sie unter größter Geheimhaltung zur Welt gebracht hatte, war vor fünf Jahren gestorben. Ihre Eltern hatten diesen Betrug eingefädelt, nachdem sie bei einer Fruchtwasserentnahme festgestellt hatten, daß ihr Erbe ein Mädchen werden würde. Sie waren 2022 der St.-Louis-Grippeepidemie zum Opfer gefallen. Das Virus war von Geschäftsreisenden aus Amerika mitgebracht worden und hatte eine weitaus verheerendere Wirkung gehabt als die Grippe von 1918, die Hunderttausende von Menschen im Nahen Osten getötet, Nordamerika aber relativ unbeschadet gelassen hatte.

In den letzten zwei Jahren war Sumi mit dieser Lüge allein auf der Welt gewesen. Und das mußte sie weiterhin bleiben, auch wenn ihre achtundzwanzigjährige Maskerade Sinn und Zweck, nämlich das Land ihrer Familie zu übernehmen – ein Recht, das Frauen verwehrt war –, völlig verfehlt hatte. Ihr Erbe existierte nicht mehr; das Land war durch Bankrott verlorengegangen, ihre Eltern mittellos gestorben.

In der Falle zu sitzen, das war Sumi in ihrem Leben schon häufig passiert. Sie war nach Amerika gekommen, weil es üblich war, im Ausland zu studieren. An den Job bei der U.S. Geological Survey kam sie über Beziehungen. Er war eigentlich nur als renommierte Karrierestation für ihre Personalakte gedacht. Nun war er alles, was sie noch hatte. Sie hatte panische Angst davor, daß ihr Betrug aufgedeckt und sie ihre Arbeit verlieren würde. Derart entehrt, hätte sie gar nichts mehr gehabt. Das Leben war eine Lüge. Die einzige Wahrheit, die Sumi Chan wirklich verstand, war die Angst vor der Entdeckung, die sie schier auffraß.

Sie saß in der höhlenartigen Kabine eines Liang-Corporate-Helos, das die Form eines Hubschraubers hatte und besonders wegen seiner Laufruhe geschätzt wurde, und versuchte, Ruhe zu bewahren. Crane war stets gut zu ihr gewesen und hatte ihr eine Position und großzügige finanzielle Unterstützung für ihre Arbeit gewährt. Sie mochte ihn, trotz seiner Flausen, manchmal sogar deswegen. Er verdiente nicht, was ihm gerade passierte.

Sie betrachtete die Gruppe von fast zweihundert Menschen, die den Landesteg am Long-Beach-Hafen entlangkam. Die Sonne war bereits untergegangen, und über der Skyline der größten Stadt der westlichen Hemisphäre wölbte sich eine sternklare Nacht. Die Leute klemmten ihre Schirme unter die Arme, rieben sich den Sunblocker vom Gesicht und zogen Mäntel und Handschuhe aus. Die Freiheit der Nacht hatte begonnen.

Mit den Reportern im Schlepptau kam Crane über das gut beleuchtete Dock auf sie zu. Die meisten in seinem Gefolge waren Neugierige mit Kamerahelmen, Arbeitslose oder gelangweilte Stadtbewohner, die dafür lebten, einmal ins Fernsehen zu kommen, um ihr Abbild als Projektion auf Wolken und Wolkenkratzern zu sehen. Das Ganze war kein Spleen mehr, denn die Anzahl der Neugierigen wuchs so rasch, daß sie inzwischen eine demographische Größe darstellten.

Crane wurde von Newcombe und der Neuen begleitet. Warum hatte Crane sie engagiert? Sumi wußte nicht, wie sie Lanie einschätzen sollte. Sie schien Cranes Unterstützung und Newcombes Zuneigung zu besitzen – eine Kombination, die gefährlich werden konnte. Doch wichtiger war, daß Sumi fürchtete, diese Frau könnte ihren Betrug durchschauen – eine Angst, die sie bei allen Frauen hatte.

Die Menge kam näher, und Sumi öffnete die Tür des Helos, um Crane und sein Team hereinzulassen.

»He, Dr. Crane«, rief ein Reporter in einer goldfarbenen Mandarinjacke, »wann kracht es in L. A.?«

»Wenn ich Ihnen sagen würde, daß es morgen passiert«, entgegnete Crane und hielt die zufallende Tür auf, durch die Lanie und Newcombe bereits geschlüpft waren, »was würden Sie dann tun? Das ist die Frage, die Sie sich stellen sollten.«

Er ließ die Tür los und fiel auf einen der gepolsterten Drehsitze. Aufstöhnend entspannte er sich einen Augenblick und rieb sich mit seiner gesunden Hand bedächtig das Gesicht. Mit der anderen langte er an die Stuhlkante und sah dann Sumi an. »Worauf warten wir?«

Sumi berührte das kleine Pad in der Armlehne ihres Sitzes. »Los«, sagte sie, und innerhalb von Sekunden hob das Helo ab. Sie lächelte Crane an. »Nächste Haltestelle – die Moschee.«

»Die Moschee?« fragte Lanie, während sie sich mit einem Handtuch den restlichen Sunblocker vom Gesicht rieb.

»So nennt Sumi die Stiftung«, sagte Newcombe und streckte sich. »Du wirst es verstehen, wenn wir dort sind.«

»Haben Sie Neuigkeiten über den Pelee?« fragte Crane.

»Nicht dabei«, erwiderte Sumi.

»Erzählen Sie mir, was Sie wissen. Martinique liegt im Antillengürtel, nicht wahr?«

»Ja.«

Newcombe unterbrach, bevor sie fortfahren konnte. »Es könnte weitere Eruptionen geben.«

»Es gab schon welche«, sagte Sumi. »Zwei weitere ... kleinere. Das eigentliche Problem zur Zeit ist das Wetter. Zwanzig Flüsse entspringen auf dem Pelee, die alle im Moment reißende Ströme sind. Der Berg ist zerborsten und kam in Schlammlawinen zu Tal, die komplette Dörfer mit sich rissen.« Ohne Pause fügte sie hinzu: »Kann ich etwas zu trinken haben? Ein wenig Dorphin?«

»Nein«, erwiderte Crane und tippte auf sein Armpad, um das Kommunikationsimplantat zu aktivieren. »Sumi, rufen Sie die Presseleute an. Ich will ein paar von ihnen mitnehmen, damit sie morgen nicht schon wieder vergessen haben, wer ich bin. Und rufen Sie Burt Hill in der Stiftung an. Sagen Sie ihm, ich brauche ein Dutzend Sanitäter und ein Dutzend große Männer.«

»Große Männer?«

»Starke Männer ... Männer, die graben können. Übrigens: schön, Sie zu sehen, Sumi.«

»Ja, Sir«, erwiderte Sumi, während sie die Kommunikationsverbindung zur Stiftung benutzte, um eine Rundmail zu den vierzig wichtigsten Nachrichtenstationen zu schicken.

Crane aktivierte die fest installierte Verbindung zu Harry Whetstone auf seinem Keypad, dann drehte er sich Richtung Fenster, um den Ausblick auf das nächtliche Los Angeles zu genießen, während er auf eine Antwort wartete. Er mochte seinen Gönner Whetstone, den guten alten Stoney. Ein großartiger Kerl. Eine verdammte Schande, daß sein ganzes Vermögen – viele Milliarden – von der Justiz beschlagnahmt worden war. Tötet die Anwälte, wie Shakespeare gesagt hatte. Stoney hatte gleichwohl in Hülle und Fülle Mittel und Leute zu seiner Verfügung, so daß er stets aushelfen konnte, wenn Not am Mann war.

»Whetstone«, meldete sich eine bestimmte, aber freundliche Stimme.

»Hallo, Stoney, hier ist Crane.«

»Hi, schön, Sie zu hören. Wie, zum Teufel, ist die Geschichte mit dem großen ...«

»Zum Erzählen haben wir jetzt keine Zeit, alter Freund. Ich brauche Ihr Flugzeug, und ich brauche eine komplette Ausrüstung.«

»Pelee?«

»Ich muß spätestens in einer Stunde aufbrechen. Können Sie das Flugzeug innerhalb der nächsten halben Stunde zu meinem Landeplatz schicken?«

»Tut mir leid, aber ich kann Ihnen nur einen großen Vogel geben. Ein altes Düsenflugzeug ohne Reaktorantrieb. Ich muß erst nachsehen, ob es aufgetankt ist. Sonst wird es mindestens eine halbe Stunde dauern, bis Sprit nachgefüllt ist. Ich kann ein paar schwere Geräte auftreiben, die ich gleich mitschicke, wenn Sie wollen.«

»Um Gottes willen, nein«, wehrte Crane ab. »Ich brauche nur Hacken und Schaufeln. Können Sie so etwas besorgen?«

»Sind Sie sicher, daß Sie …«

»Hacken und Schaufeln, Stoney. Rufen Sie mich auf der Sonderleitung zurück, wenn Sie alles zusammen haben. Und beeilen Sie sich.«

Die Stadt unter ihnen pulsierte, Fernsehbilder strahlten in Flüssigkristallen von jeder größeren Fläche, von Gebäuden, Reklametafeln, Mauern und Fahrzeugen. Die höchsten Häuser täuschten Leben vor, da riesige Videoprojektionen die zwanzig, dreißig Stockwerke überstrahlten. Sie flogen Richtung Norden nach Mendenhall Peak in den Sankt-Gabriel-Bergen.

»Warum kamen heute die ›G‹s auf mein Schiff?« fragte Crane.

Sumi antwortete mit dem Nächstliegenden. Sie mußte in Cranes Nähe immer vorsichtig sein, was die Wahrheit anging. »Es gibt sehr negative Reaktionen auf Ishmaels Forderungen. Die Leute wollen, daß etwas unternommen wird. Sie haben Angst vor dem, was sich in den Kriegszonen zusammenbraut.«

»Inwieweit betrifft uns das?«

»Kann ich im Moment noch nicht sagen. Es hat Schäden gegeben. Welcher Art wissen wir nicht.«

»Aber Li nutzt die Lage doch nicht aus, oder?«

»Mr. Li ist Geschäftsmann«, sagte Sumi schnell. »Was erwarten Sie?«

»Ich erwarte, daß er mich und den Vertrag, den wir abgeschlossen haben, schützt«, gab Crane zurück und winkte dann ab. »Das ist keine Überraschung.« Seine Gedanken drehten sich momentan nur noch um Schadensbegrenzung. »Ich muß die Sache allein durchziehen. Ich kann Ishmael überleben.«

Er seufzte und schüttelte eine Welle der Müdigkeit ab. Auf dem Flug nach Martinique konnte er schlafen. Das Entsetzen bohrte in ihm. Er spürte das Leid. Er kannte die Panik derer, die in ihren Häusern unter Tonnen von Schlamm und Steinen festsaßen. Tränen stiegen in ihm auf, und er rieb sich die Augen, um diese Gefühle schnell wieder unter Kontrolle zu bekommen, denn nur so konnte er Katastrophen wie Sado oder jetzt Pelee durchstehen.

Er versuchte, sich auf die Light-Show unter ihnen zu konzentrieren, und entdeckte das Liang-Emblem auf zahlreichen Fernsehschirmen. Daß es so viele öffentliche Bildschirme gab, hatte seine Gründe. Sie dienten vor allem dazu, die Leute zu unterhalten, die in langen Schlangen darauf warteten, mit dem Nötigsten versorgt zu werden. Elektronik war billig und unterhaltsam; sie lenkte die Menschen davon ab, daß die Infrastruktur des Landes ziemlich marode war. Angesichts schmuddeliger Wohnungen, permanenter Nahrungsknappheit aufgrund des raren, schattigen Ackerlandes sowie der niedrigen Löhne war dies der beste Trost, vom Dorphin einmal abgesehen.

Unter ihnen war eines der Helos, die sie begleiteten, zu tief gesunken. Es schrammte mit einer Kufe an einem Gebäude entlang und krachte schließlich mit der Nase zuerst auf das Flachdach. Sofort kamen Neugierige mit Kameras herbeigeeilt. Innerhalb von Sekunden, nachdem sie den Ort des Geschehens überflogen hatten, konnte man alles auf den TV-Schirmen verfolgen, die in die Nacht hinausstrahlten.

Mehrere Männer mit Brechstangen kletterten auf das Wrack des Hubschraubers, um den Reaktor zu stehlen. Neugierig sahen andere zu, wie sich ein Mann auf der Suche nach Überlebenden ins rauchende Cockpit zwängte.

»Gibt es auch irgendwelche guten Nachrichten?« fragte Crane, der immer noch zum Fenster gewandt dasaß.

»Kate Masters«, sagte Sumi, »hat bedingungslose Unterstützung für Ihr Erdbebenprojekt zugesagt, sofern die Regierung einwilligt, daß die Vogelman-Methode in Zukunft von der Krankenversicherung bezahlt wird.«

»Sehr gut«, erwiderte Crane und schüttelte den Kopf bei dem Gedanken an das Anti-Baby-Implantat. »Jetzt sind wir auch noch im Verhütungsgeschäft.«

Von den annähernd hundert Bildschirmen übertrug rund die Hälfte immer noch den Helo-Unfall. Während die Plünderer den Reaktor aus dem Wrack holten, tauchte ein

Mann mit dem verwirrten Piloten hinter sich auf. Beide sahen die Diebe und griffen sie an, um den Reaktor zu verteidigen. Eine der starken elektronischen Zellen in seinem Inneren konnte ein Haus ein Jahr lang mit Energie versorgen. Viele würden für solch eine Zelle töten.

Cranes Armpad piepste, und er aktivierte seinen Kommunikationskanal. »Ja?«

»Hier Stoney«, kam die Antwort. »Der Vogel ist aufgetankt und bereit abzuheben. Ich habe auch ein paar tausend Hacken und Schaufeln aus einem Kaufhaus in L. A. besorgt, die jetzt in einem Lastwagen zu Ihnen unterwegs sind.«

Die Lichter unter ihnen wurden schwächer, während sie sich auf die dunkle Kriegszone zubewegten, das schwer gesicherte und befestigte, zwanzig Quadratkilometer große Gebiet, das früher einmal East Los Angeles geheißen hatte. Ishmaels Territorium.

»Gute Arbeit, Stoney«, antwortete Crane. »Die besten Grüße auch an Katherine.«

»Crane ... wegen des Flugzeugs ...«

»Ich werde es nicht verschenken wie das letzte. Versprochen.«

»Danke.«

Crane unterbrach die Verbindung, als sie die Grenzlichter der Kriegszone überflogen. Das Gebiet selbst war vollkommen von einem Netz überzogen, das Dächer und Hausfronten bedeckte. Niemand hatte eine Ahnung, wie viele Africks und Hispanier hier lebten und was sie taten, um zu überleben. Die Truppen, die an der Grenze stationiert waren, erlaubten nur Lastwagen mit bestimmten Waren die Durchfahrt. Es kam so wenig durch, daß man die Anzahl von Ishmaels Anhängern relativ niedrig einschätzte. Man diskutierte überall darüber, wie viele Kinder in fünfzehn Jahren geboren werden konnten, Kinder, die nichts anderes kannten als die Rhetorik dieser Gegenkultur. Junge Soldaten.

Der Pilot ließ das Helo steigen, als sie die Kriegszone erreichten.

»Wir werden spätestens dreißig Minuten nach Ankunft weiterreisen«, sagte Crane zu Lanie. »Sie rufen am besten jetzt gleich an und lassen die Ausrüstung zusammenpakken, die Sie brauchen.« Er rechnete kurz etwas auf seinem Armpad aus. »Ich kann Ihnen fünfzig Quadratmeter und ein Zuladegewicht von zwei Tonnen zugestehen.«

»Ich kümmere mich darum, daß unser Gepäck gleich vom Helo zum Flugzeug transportiert wird«, fiel Newcombe ein. »Und dann werde ich Burt ...«

Crane unterbrach ihn. »Sie gehen nicht. Ich brauche Sie in der Stiftung, damit Sie nach weiteren Erdbeben Ausschau halten. Jeder Art von Beben. Mittelamerika ist immer ein guter Tip.«

»Sie nehmen Lanie mit und mich nicht?«

Crane verstand nicht, warum Newcombe so verwirrt dreinblickte. »Sie braucht einen Crashkurs, Doktor«, sagte er hart. »Und Sie müssen unsere Ärsche retten. Ende der Diskussion.«

Er drehte sich weg, denn er hatte keine Lust, sich weiter mit Newcombes Gefühlsleben auseinanderzusetzen. Er brauchte Newcombe natürlich glücklich – viel wichtiger aber war, daß Dan sich auf die Sache konzentrierte.

Das Helo ging auf leicht westlichen Kurs, in Richtung des Tales. Sie überflogen jetzt Hunderte von Grabenlinien. Los Angeles lag auf dem Elysian-Parks-System, einem Netz aus miteinander verbundenen Gräben, die die ganze Stadt zum Einsturz bringen konnten. Er schüttelte den Kopf. Wie viele von Ishmaels Leuten würden umkommen, wenn es hier zu einem Beben käme?

Das Helo verlor etwas an Höhe, als sie die Kriegszone passiert hatten.

Sie überflogen auch andere Gräben – Sankta Susanna, Oak Ridge, Sankt Gabriel und Sierra Madre –, die allesamt verheerende Beben hervorbringen konnten. Und dann war da noch der berühmteste, der Sankt-Andreas-Graben, der knapp fünfzig Kilometer östlich lag, ein eintausenddreihundert Kilometer langer Schlitz in der Erde. Er markierte die Grenze zwischen der Pazifischen und der Nordamerikanischen Platte. Es war die Stelle, an der ganz Kalifornien zerreißen und nach Norden verschoben würde, wenn sich die zwei gigantischen Platten gegeneinander bewegen sollten. Ein kurzer Stoßgraben – der Northridge-Graben –, hatte Cranes Leben geprägt. Nachdem er den Nobelpreis erhalten hatte, war er in Crane-Graben umbenannt worden.

Er hatte nie verstanden, warum Menschen nach dem ›großen Beben‹ fragten. Das Beben, das Los Angeles zerstören würde, konnte aus vielen verschiedenen Grabenbrüchen resultieren, die tektonisch bedingt oder Auswirkungen tektonischer Bewegungen waren. Es gab tausend Wege, die Erde auseinanderzureißen, und tausend Wege zu sterben. Das Interessanteste an Kalifornien war, daß es im Handumdrehen zerstört werden konnte, aber trotzdem immer noch existierte. Deshalb hatte Crane seine Stiftung in den Sankt-Gabriel-Bergen eingerichtet, denn sie waren durch Grabenaktivität entstanden. Er wollte mitten drin sein, wenn es losging. Wenn man die Bestie erlegen wollte, mußte man sich in ihr Versteck begeben.

Das Helo bog in das Tal ein und brachte sie in kürzester Zeit nach Mendenhall.

»Lanie«, sagte Crane und zeigte durch das Fenster, »werfen Sie einen ersten Blick auf Ihr neues Zuhause.«

Sie kletterte neben ihn, und er lächelte, als sie vor Überraschung nach Luft schnappte. Die Stiftung war nur durch die Luft zu erreichen. Auf halber Höhe des über eintausendvierhundert Meter hohen Gipfels errichtet, lag die Anlage inmitten einer Wabe aus roten Laserstrahlen, die auf bestimmte Ziele gerichtet waren und die geringsten Erdbewegungen wahrnehmen konnten. Forschung von ihrer schönsten Seite. Klare rote Linien, die sich gegen einen sternklaren Nachthimmel abhoben.

Während sie langsam zur Landung ansetzten, konnten sie Whetstones Überschallflugzeug sehen, das den Berg einmal umkreiste und dann auf die lange Landebahn zusteuerte, die aus dem Arbeitsbereich der Stiftung herausragte.

»Mein Gott«, sagte Lanie. »Es sieht aus wie eine Moschee.«

»Sagte ich doch«, meinte Sumi und sah Crane an. »Fünf Presseleute sind auf dem Weg hierher.«

»Wann werden sie hier sein?«

»Sie sind direkt hinter uns. Die einzigen, die noch landen könnten, solange Sie da sind, sind die, die uns direkt vom Hafen hierher gefolgt sind. Okay?«

»Das muß gehen. Sorgen Sie dafür, daß sie Landeerlaubnis erhalten.«

»Warum sieht das Hauptgebäude aus wie eine Moschee?« wollte Lanie wissen.

»Architektonischer Darwinismus«, erwiderte Newcombe.

»Verstehe ich nicht.«

Sie durchflogen das Netz aus Laserstrahlen und steuerten auf den Platz neben dem großen, massiven Steingebäude zu, das viereckig war und von einer großen Kuppel gekrönt wurde. »Ich habe es in Form einer Moschee bauen lassen«, erklärte Crane, »weil ich noch nie gehört habe, daß eine Moschee bei einem Beben zerstört wurde. Nur ein Masada-Angriff könnte sie zerstören. Der osmanische Baumeister Sinan benutzte schon im 17. Jahrhundert ein System aus Verstärkungsstreben, um alle Gebäude erdbebensicher zu machen. Und es hat funktioniert.«

Unmittelbar nachdem der Pilot das Helo in der Nähe der Moschee gelandet hatte, stieß Crane die Tür auf und sprang hinaus. Das ausgedehnte Areal war gut beleuchtet. Das Laborgebäude mit dem Kuppeldach war drei Stockwerke hoch und stand frei. Rund hundert Meter daneben befand sich, an den Bergrücken geschmiegt, der Verwaltungstrakt, der lang und flach war wie eine Eisenbahn. Hinter den Büros duckten sich eine Reihe von landhausähnlichen Gebäuden, Wohnhäusern der Stiftung, die auf Plattformen mit Sprungfedern errichtet waren. Die etwa zehn miteinander durch zahlreiche Stahltreppen verbundenen Gebäude ragten vielleicht dreißig Meter in die Höhe. Die Start-und-Landebahn, ein langer, in der Dunkelheit glühender Schlauch, befand sich auf der anderen Seite des Laborgebäudes. Whetstones Jumbojet stand mit geöffneten Ladeklappen darauf. Arbeiter trugen geschäftig Geräte und medizinische Ausrüstung hinein.

Burt Hill kam auf sie zugerannt, als sie aus dem Helo kletterten. Um sie herum landeten weitere Fluggeräte. »Doc«, rief er. Sein dichter, langer Bart hing ihm bis auf die Brust. »Wir haben alles außer den Sanitätern. Die, die Sie mit nach Sado genommen hatten, wollen noch nicht wieder auf einen Einsatz.«

»Dachte ich mir«, sagte Crane, der bereits auf die massiven Eingangstüren des Laborgebäudes zusteuerte. »Tun Sie folgendes ... Rufen Sie Richard Branch in der medizinischen Fakultät der Uni an, und sagen Sie ihm, er soll uns ein Dutzend seiner besten Studenten schicken. Sagen Sie ihm, sie bekommen hier mehr Praxiserfahrung als sonst irgendwo. Alles klar?«

»Alles klar«, bestätigte Hill.

Lanie hatte auf Sado ein Faible für Burt entwickelt, denn sein Verhalten in den Nachwehen dieser Tragödie hatte sie beeindruckt. Burts Alter lag irgendwo zwischen dreißig und sechzig, doch seine großen, ausdrucksstarken Augen sahen sehr erfahren aus.

»Oh, Burt«, sagte Crane, »ein Lastwagen mit Hacken und Schaufeln ist auf dem Weg. Wir müssen das Zeug irgendwie hier heraufbringen.«

»Wir holen als erstes Betsy aus dem Hangar. Wann wollen Sie starten?«

»Es ist fast zehn«, sagte Crane. »Spätestens um halb elf. Los.«

»Wollen Sie, daß ich mitkomme?« fragte Hill.

»Diesmal nicht, Burt. Sie bleiben hier bei Dr. Newcombe und unterstützen ihn. Sobald Sie die Möglichkeit haben, führen Sie eine Sicherheitsüberprüfung der Überwachungsgeräte durch. Stufe A.«

»Burt Hill nehmen Sie auch nicht mit?« ereiferte sich Newcombe. »Was soll das, zum Teufel, für ein Trip werden?«

»Ich bin es nicht gewöhnt, daß meine Entscheidungen

in Frage gestellt werden«, sagte Crane und warf Newcombe einen scharfen Blick zu.

»Dann müssen Sie sich eben umgewöhnen«, sagte Newcombe. »Denn ich werde Lanie nicht erlauben ...«

»*Wie* bitte?« unterbrach Lanie ihn und packte ihn am Arm. Crane verkniff sich ein Lächeln, als er sah, wie das Feuer in ihren Augen aufglomm. »Du wirst mir nicht *erlauben* mitzufahren? Seit wann spielst du für mich Eltern, Chef oder Gott?«

»Du verstehst das nicht«, entgegnete Newcombe. »Es wird viel gefährlicher sein als in Sado. Letztesmal ...«

»Genug!« sagte Crane und öffnete die große Flügeltür, auf der das Emblem der Crane-Stiftung in Bronze prangte. Es gab keine Automatik, nichts, das im Notfall blockieren konnte. »Wir unterhalten uns im Kontrollraum.«

Lanie folgte den Männern staunend. Die Crane-Stiftung war das unglaublichste Gebäude, das sie je gesehen hatte. Ohne Ausnahme. Es saß wie ein Adler an einem gefährlichen Abgrund und wagte es, der Natur zu trotzen. Crane streckte Gott die geballte Faust entgegen.

Doch was sie im Labor zu sehen bekam, übertraf alles. Es war riesig und hoch; in seiner Mitte, unter dem Kuppeldach, hing eine drei Stockwerke hohe Weltkugel. Es war nicht einfach ein Globus. Inmitten von Funkenfontänen führten Arbeiter auf Kränen und langen Leitern Schweißarbeiten durch. Die Oberfläche der Kugel war mit den Konturen von Landmassen und Ozeanen überzogen. Das Ganze war noch nicht ganz vollendet. Im Inneren konnte Lanie Millionen dünner Kabel, leere Rohre und Kolben sehen, die offensichtlich dafür bestimmt waren, später irgendwelche Geräte aufzunehmen. In der Mitte befand sich etwas, das aussah wie ein Brennofen.

Lanie begriff sofort. »Sie erschaffen die Welt neu«, sagte sie und stellte überrascht fest, daß ihre Stimme ganz rauh war.

»Das alles ist für Sie«, sagte Crane fröhlich. »Dafür habe ich Sie engagiert.«

»Für mich?«

»Sie werden die historische Entwicklung unseres Planeten nachsimulieren, Miß King, sowie die zur Zeit herrschenden Bedingungen …«

»Sie wollen Ihre Vorhersagen davon abhängig machen?« Cranes Augen waren kalt und gleichzeitig voller Übermut; die Augen eines Spielers, dachte Lanie.

»Nein«, antwortete er sanft, »aber von Ihnen. Der Globus wird Ihr Werkzeug sein, doch Sie werden für die Handhabung Hilfe bekommen. Zu viel Hilfe, werden Sie vermutlich hin und wieder denken.« Seine Augen glitzerten so teuflisch übermütig, daß Lanie die Luft wegblieb. »Ach, diese Helfer. Nun haben Sie Botaniker, Biologen, Physiker …«

Newcombe fiel ihm ins Wort: »Darüber können wir später reden. Jetzt haben wir etwas anderes zu klären.« Seine Stimme klang schroff.

»Selbstverständlich«, sagte Crane, wandte sich um und ging. Newcombe folgte ihm, als ob er sich von hinten an ihn heranpirschen wollte. Lanie kam rückwärts nach, denn sie konnte ihre Augen nicht von dem gigantischen Globus wenden, der für sie bestimmt war – damit sie *was* damit tat? Sie drehte sich um und stellte fest, daß sie in dem ganzen Gebäude noch kein Glas gesehen hatte. An den Wänden befand sich nichts, das herunterfallen und Schaden anrichten könnte. Vom Boden bis zur Decke nichts als nackte Mauern; die kleinen Laborabteilungen, in denen seismographische Geräte und Computer standen, hatten offene Tore, keine Fenster. Alles schien irgendwie eingebaut zu sein, auch die Beleuchtung in Form von kleinen Strahlern war in der Wand versenkt.

Die gegenüberliegende Wand – rund hundert Meter lang und zwei Stockwerke hoch – war voller Mini-Seismographen, deren Amplituden als Werte auf der Richterskala, aber auch auf der beliebteren Moment-Magnituden-Skala angegeben wurden. Es mußten mehrere tausend sein, manche piepsten, andere gaben glockenähnliche Töne von sich. Lanie vermutete, daß die, die Piepstöne aussandten, die ständigen Erdbeben maßen, während die lauteren stärkere Beben anzeigten, die bis an die Oberfläche gedrungen waren. Eines der Geräte wimmerte ununterbrochen, fast wie ein Baby. Sie schauderte; das mußte Martinique sein.

Eine Metalleiter, auf der ›Zutritt verboten‹ stand, führte an der Wand neben den Skalen hoch. Crane und Newcombe kletterten bereits nach oben auf einen kleinen Verschlag zu, der knapp unter der Decke aus der Mauer ragte. Sie beeilte sich hinterherzukommen, sah dabei aber wegen ihrer Höhenangst nur nach oben, nicht nach unten.

Sie quetschte sich durch eine schmale Tür, die in den Kontrollraum führte. Er war klein und eng wie ein Bunker, und seine Wände waren übersät mit Kontrollfeldern, über die, wie Lanie vermutete, wohl die komplette Elektronik im Labor gesteuert werden konnte. Durch ein Loch in der Wand, das wie ein großes Fenster in die dreißig Zentimeter dicke Steinmauer gehauen war, konnte man auf den Globus sehen.

Newcombe drückte ihr einen Gehörschutz in die Hand – er selbst und Crane trugen bereits welche – und bedeutete ihr, ihn aufzusetzen. Crane, der nicht besonders glücklich aussah, betätigte einen Knopf, und ein schriller Alarmton ertönte, der sogar durch den Gehörschutz drang. Wer das Geräusch ohne Schutz hörte, verlor das Trommelfell.

Sie nahmen die Ohrenschützer ab, und Crane drückte einen weiteren Knopf auf dem Kontrollfeld. Der ganze Raum wurde mit statischer Energie aufgeladen, was eventuelle Abhörversuche vereiteln würde. In der Luft um sie herum knacksten zahlreiche kleine blaue Blitze, die Lanies Haut kitzelten und ihr buchstäblich die Haare zu Berge stehen ließen.

Crane saß auf dem einzigen Stuhl im Raum, besann sich dann aber eines Besseren und stand auf. Er sah Newcombe abwartend an. »Was ist los?« fragte er. »Spucken Sie's schon aus, Dan.«

»Sie nehmen Lanie nicht mit nach Martinique«, begann Dan, wandte sich dann ihr zu und hob beschwichtigend eine Hand. »Hör mir einfach zu. Du bist neu hier. Du bist nicht dafür trainiert, Leben zu retten, und nicht fit für einen Überlebenskampf.« Er schnellte herum, um Crane anzusehen. »Sie wird Ihnen mehr im Weg sein, als daß sie Ihnen eine Hilfe ist.«

»Sei doch, verdammt noch mal, nicht so gönnerhaft.« Lanie mußte sich zusammenreißen, um sich nicht wütend auf Dan zu stürzen. »Wie soll ich sonst Erfahrungen machen, wenn nicht in der Praxis?«

»Hör nur eine Minute zu, okay?« sagte Newcombe mit versteinerter Miene. »Als Crane das letztemal bei einem Vulkanausbruch dabei war, verloren wir sieben Menschen.«

»Du meinst ...«

»Ja. Tot. Das halbe Team kam nicht zurück. Wir waren damals nicht auf Publicity aus, deshalb gelangte die Sache nicht an die Öffentlichkeit.«

Sie sah Crane an. »Ist das wahr?«

»Es ist wahr«, erwiderte er, ohne zu zögern. »Auf Sumatra war innerhalb eines Monats ein neuer Vulkan entstanden. Wir retteten uns von einer Seite des Kraters auf die andere, weg vom Lavastrom, denn ich fürchtete einen weiteren Krater, falls der erste einstürzte.« Er erwiderte ihren Blick, und sie konnte kein Anzeichen für Bedauern oder Trauer darin erkennen. »Wir waren nicht schnell genug. Der neue Ausbruch zerstörte den halben Berg. Wir haben nicht einmal Leichen gefunden. Wollen Sie immer noch mitkommen?«

Sie bebte vor Aufregung angesichts dieser unglaublichen Herausforderung, die ihr Leben verändern würde. »Kann ich denn wirklich helfen?«

»Wenn Sie mit einem echten Vulkan arbeiten, werden Sie mehr über Tektonik lernen als aus allen Büchern der Welt«, sagte Crane. »Wenn Sie in der Lage sind, eine Wunde zu verbinden, können Sie helfen.«

»Dann komme ich mit«, erklärte sie, ohne zu zögern.

»Wenn sie mitfliegt, komme ich auch mit«, sagte Newcombe schroff.

»Nein«, gab Crane zurück. »Sie würden Ihre Zeit damit verbringen, sie zu beschützen, was Sie beide nutzlos machen würde. Außerdem habe ich Ihnen schon gesagt, daß ich Sie hier brauche.«

»Tun Sie mir das nicht an«, bat Newcombe leise und sah Crane an.

»Dir?« mischte sich Lanie ein. »Warum beziehst du eigentlich immer alles auf dich?«

»Ich setze meine Angestellten eben so ein, daß sie mir am meisten bringen«, erklärte Crane. »Vielleicht sollten Sie etwas mehr an Ihre Arbeit denken als an Ihr Liebesleben, Dan.«

»Das nehm' ich Ihnen verdammt übel«, sagte Newcombe. »Ich habe Sie nicht gebeten, sie hierherzubringen. Ich habe …«

»Genug!« rief Lanie, und auf ihrem Arm tanzten blaue Blitze, als sie ihn hob, um auf Newcombe zu zeigen. Sie nickte Crane zu. »Können wir uns kurz allein unterhalten?«

Crane sah von einem zum anderen, und sie las in seinen Augen die Angst, er könnte einen Riesenfehler gemacht haben, als er sie engagiert hatte. Wenn sie diese Arbeit tun wollte, mußte sie alle Unklarheiten sofort beseitigen.

»Sicher«, sagte Crane schließlich. »Ich gehe schon runter und sorge dafür, daß das Beladen funktioniert.« Er schritt auf die Tür zu, wandte sich dann noch einmal um und sagte: »Klären Sie es *jetzt*.«

Nachdem Crane gegangen war, herrschte ein paar Augenblicke lang Stille im Raum. Newcombe und Lanie standen sich in einem Meter Abstand gegenüber und sahen sich nur an.

»Du legst mir Steine in den Weg«, sagte sie schließlich.

Sein Gesicht nahm einen schmerzvollen Ausdruck an. »Ich möchte nicht, daß du verletzt wirst … oder gar getötet«, entgegnete er. »Du bist nicht dafür ausgebildet. Crane ist das egal. Er würde alles tun, wenn es darum geht, einen seiner verdammten Dämonen zu bekämpfen. Dich auf diese Weise zu verlieren … das könnte ich nicht ertragen.«

Sie ging auf ihn zu und ließ sich in die Arme schließen. »Ich will diesen Job, ich will ihn um jeden Preis«, sagte sie leidenschaftlich. »Es ist die größte Herausforderung, die beste Chance, die ein Imager je erhoffen könnte, und ich will das nicht verspielen.«

Er streichelte ihr sanft übers Haar. »Die Sache ist es nicht wert, daß man dafür stirbt«, flüsterte er, während die statische Aufladung im Raum jedesmal blitzte, wenn sich ihre Körper berührten.

»Du kennst mich. Du kennst meine Motivation.«

»Ja.«

»Dann weißt du auch, daß ich lieber bei solch einer Aktion draufgehe, als daß ich mich mein Leben lang dafür verwünsche, die Chance meines Lebens verpaßt zu haben.«

»Sag das nicht.«

»Es ist so, Dan, und du weißt es. Wenn du mich davon abhältst, wirst du mich für immer verlieren.«

Er löste sich von ihr, drehte ihr den Rücken zu und ging zum anderen Ende des kleinen Raums. Er konnte nirgendwohin, es gab keinen Fluchtweg vor der Wahrheit. Als er sich wieder umdrehte, stand Verwirrung in seinen Augen geschrieben. »Ich … ich will dich nicht verlieren. Das ist alles.«

»Du wirst mich nicht verlieren«, sagte sie sanft, und sie wußte, sie manipulierte ihn damit genauso, wie Crane es getan hätte. »Bis du es richtig merkst, bin ich schon wieder da. Laß mein Gepäck und alle meine Sachen in deinen Bungalow bringen. Sorge dafür, daß ich alles beieinander habe. Wenn ich zurück bin, fangen wir ein gemeinsames Leben an.«

»Meinst du das wirklich?«

Sie nickte. »Ich bin dein. Voll und ganz, Süßer.« Sie streckte eine Hand aus. »Ist das ein Deal?«

Dan schüttelte ihre Hand heftig, hob Lanie dann hoch und schwang sie ein paarmal im Kreis, während er ihr Gesicht mit Küssen bedeckte. Dann stellte er sie wieder auf den Boden und sagte ernst: »Paß auf deinen Hintern auf. Keine Experimente. Versprochen?«

»Versprochen«, erwiderte sie und ging dann schnell zur Tür. »Ich muß es Crane erzählen. Wir treffen uns am Flugzeug.«

Und damit war sie aus der Tür und flog geradezu die Leiter hinunter, die Augen starr auf den Globus gerichtet – ihren Globus. Aufregung erfüllte sie, und das Risiko war nur noch Öl für ihr Feuer.

Sie traf ihn draußen, zwischen den Fahrzeugen und zahlreichen Leuten, denen er Anweisungen gab – wie ein Dirigent, der die Sinfonie des Lebens dirigierte. Sie trat neben ihn.

»Wann brechen wir auf?« fragte sie.

»In etwa fünf Minuten«, antwortete er und hob eine Augenbraue leicht. Er blickte zum Berg hinüber. Lanie hörte ein leises Summen, als ein riesiges Helo knapp sechs Meter von ihnen entfernt über der Felswand auftauchte. Ein Lastwagen, beladen mit Hacken und Schaufeln, hing unter seinem Bauch. Crane dirigierte es zum Flugzeug. In der Welt von Lewis Crane war nichts unmöglich.

5.

Vulkanausbruch

Die Stiftung
21. Juni 2024, 1 Uhr

»Ich denke, einmal die Woche ist wahrscheinlich nicht gut genug«, sagte Burt Hill, und das nicht zum erstenmal. »Jetzt müssen wir auch noch Freitag nachts Extrasicherheitschecks durchführen. Macht ja nichts, daß ich schon seit gestern früh hier bin. Seine Hoheit will also einen Stufe-A-Check Freitag nacht.«

»Wohl eher Samstag morgen«, korrigierte Sumi.

Sie standen in der schaukelnden Kabine des Krans, den Burt jetzt langsam um den Globus herumdirigierte. Er hielt ein handtellergroßes Gerät vor sich, aus dem in allen Richtungen Kabel herausstanden – es war ein Wanzensuchgerät, das alle zehn Sekunden piepste.

»Sie sagen, Sie tun das einmal die Woche?« fragte Sumi.

»Das können Sie glauben«, erwiderte Burt, und seine Augenbrauen sträubten sich, als er auf die Anzeige des Gerätes sah. »Sieben Stück an dieser Stelle, und zwar jeden Montag, jede Woche einmal.« Er hielt das Gerät vom Globus weg in Richtung des Labors.

»Jeden Montag?«

Burt sah sie durch sein Haargestrüpp hindurch an. Die Frage machte ihn mißtrauisch. Sumi lächelte freundlich, um seinen Verdacht zu zerstreuen.

»Jedenfalls ist das neu«, sagte Burt schließlich. »Ich sorge dafür, daß alles funktioniert. Ich will, daß die Stiftung läuft wie geschmiert. Wahrscheinlich ist es das, was Doc Crane an mir schätzt.«

»Ich denke, er schätzt Sie aus verschiedenen Gründen, vor allem deshalb, weil Sie sehr verläßlich sind.« Sumi verabscheute die Vorstellung, ab jetzt jeden Sonntag abend herkommen zu müssen und alles wieder zu entfernen, was sie eingebaut hatte. Ihre Arme hingen locker an ihren Seiten herunter. Zehn Sender waren an ihren Händen befestigt, an jedem Finger einer.

»Wie kommen Sie darauf?« Sie hatten den Globus einmal umkreist. Hill drückte auf den Abwärtsknopf, und die Gondel sank leise zu Boden.

»Crane ist nicht hier. Sie hätten den Check einfach auf Montag verschieben können. Niemand hätte davon erfahren.« Die Gondel schaukelte leicht, als sie auf dem Boden aufkam. Sie kletterten heraus, und Sumi ging auf den Globus zu, um Patagonien zu bewundern. Ihre Hände ruhten auf den Malvinas-Inseln. Sie spürte Hills Blick im Nacken.

»Könnte ich nie tun. Würde ich nie tun. Vorarbeiter für Doc Crane zu sein ist der verdammt beste Job … die verdammt beste Zeit, die ich je in meinem Leben hatte. Ist mir peinlich, Ihnen zu sagen, was er mir als Lohn gibt. Hölle, er gibt mir einen Bungalow oben auf dem Berg, und zwar mietfrei, und der ist genauso schön wie sein eigener. Ich sage Ihnen, Sumi, wenn Crane einen Mann an seine Seite holt, dann hält er auch zu ihm. Und das bedeutet mir was. Das gleiche hat er auch für Sie getan. Oder was glauben Sie, wie Sie an Ihren Job gekommen sind? Ein Nobelpreis öffnet viele Türen. Crane ist zum Vorstand gegangen und hat sich für Sie eingesetzt.«

Bei seinen Worten ballte Sumi unwillkürlich die Fäuste. Verdammt! Sie hatte versehentlich drei Sender auf dem Globus gelassen, zwei auf Gran Malvina und einen auf Isla Soledad. Da sie so klein wie Staubkörner waren, würde man sie nicht sehen, aber sobald sie irgendwo angebracht wurden, aktivierten sie sich selbst. Sie hoffte, Hill würde sein Wanzensuchgerät nicht noch einmal einschalten. Sie hustete und drehte sich zu ihm um. »Hat das nicht auch Dr. Crane Vorteile eingebracht?« fragte sie ruhig. »Durch meine neue Position kommt er doch viel besser und schneller an Gelder heran.«

»Und was, zum Teufel, soll daran falsch sein, Mr. Chan?« sagte Hill beleidigt und kehrte zu seiner alten Förmlichkeit zurück.

Sumi sah zu Boden. Allen rationalen Überlegungen zum Trotz schämte sie sich.

»Hier«, sagte Hill und reichte ihr ein dorphinhaltiges Zitronenbonbon.

»Danke.« Sumi steckte es in den Mund, während Hill sich umdrehte und in Richtung des Westflügels der Labors und Lagerräume losging. Sie mußte gut aufpassen, wenn sie ihre Sender im Westflügel sinnvoll plazieren wollte. Sie brauchte die Orte, an denen sich Crane am häufigsten aufhielt.

Das Dorphin wirkte schnell, und ihre Stimmung stabilisierte sich, während sie hinter Hill herging. Doch da waren noch ein paar andere Dinge, gegen die auch Dorphin nicht half. Unter anderem nagende Schuldgefühle.

»Sollen wir nicht noch einen zusammen trinken, wenn ich hier fertig bin?« fragte Hill im Gehen. Sie wußte, er war mißtrauisch. »Von meiner Terrasse aus hat man einen ziemlich guten Blick. In einer sternklaren Nacht kann man die Late-Night-Show auf dem Mond sehen.«

»Gute Idee, Burt. Aber darf ich vorschlagen, daß wir einen Schluck aus einer besonderen Flasche nehmen, die ich in meinem Koffer habe?«

»Ein Mann nach meinem Geschmack«, sagte Hill, und Sumi fragte sich, wie weit sie gehen würden in dem Versuch, dem anderen Informationen zu entlocken.

Hill berührte sein Armpad. »RAFFT EURE DICKEN ÄRSCHE AUF UND GEHT GEFÄLLIGST ZURÜCK AN DIE ARBEIT!« donnerte er, und Schweißer, Programmierer und Wirtschafter sprangen sofort auf und eilten an ihre Plätze.

»Crane nimmt Sie normalerweise mit auf seine Reisen, nicht wahr?« fragte Sumi.

Hill runzelte die Stirn in echter Besorgnis. »Ja. Mag's nicht, wenn er allein geht.« Er schüttelte den Kopf. »Hoffe, jemand erinnert ihn daran, daß er ab und zu was essen muß.«

Sumi sah auf ihre Armbanduhr. »Ich denke, er ist jetzt angekommen.«

Hill lachte. »Er ist angekommen und läßt die gottverdammte Show laufen.«

Genau in diesem Moment stand Lewis Crane bis zu den Knien inmitten eines Alptraums aus Asche und Schlamm, der einmal die Küstenstadt Le Precheur auf Martinique gewesen war. Die Menschen versuchten, ihre Verwandten aus dem Morast zu graben. Mit starkem Akzent rief er ihnen auf französisch zu: »*Silence ... s'il vous plaît ... silence!*«

Der Berg grollte, und noch immer blitzte es über ihnen, als Lanie ihre Sonden in Pelees Flanke bohrte.

Sie befanden sich auf der östlichen Seite des Pelee; Lavaströme brodelten auf der Südseite. Blitze und Hitze drangen durch den dichten Vorhang aus Asche, der über allem hing. Es war früh am Morgen; doch ob es Tag oder Nacht war, spielte hier keine Rolle. Bis der nächste große Regen die Asche vom Himmel wusch, würde es ohnehin Nacht bleiben. Weiter im Süden sah man Fort de France in Flammen stehen. Mitarbeiter von Liang Int sprengten Gebäude mit Dynamit, um Brandschneisen zu schlagen.

Obwohl Crane Daten durch das SISMA-Netz geschickt hatte, wußte er, daß es Tage dauern würde, bis die internationale Gemeinschaft Hilfe schickte, Tage, in denen sich die Menschen von Le Precheur auf ihre eigenen dürftigen Hilfsmittel verlassen mußten. Er wußte aber auch, daß das Wichtigste am Katastrophenmanagement die Hilfe war, die von den Betroffenen selbst kam – die Leute mußten sich um ihre eigenen Angelegenheiten auch selbst kümmern. Die Sterberate von Menschen, die unter eingestürzten Häusern und Tonnen von Schlamm lagen, betrug nur fünfzig Prozent, sofern innerhalb von sechs Stunden geholfen werden konnte. Jede Minute mehr erhöhte den Prozentsatz. Le Precheur war bereits seit acht Stunden verschüttet. Seine Führung war absolut notwendig, wenn sie dem Bauch der Bestie noch einmal Opfer entreißen wollten.

»*Écoutez donc!*« rief er. Das Gebiet glich einer Müllkippe voller Mörtel und skelettartigen Holzgerüsten, die aus einem Meer aus Morast herausragten. »*S'il vous plaît!*«

Die gesamte Inselkette war vulkanischen Ursprungs, also durch den Ausbruch eines Vulkans entstanden. Früher hießen sie Westindische Inseln, dann gaben die Franzosen Martinique an die Europäische Union ab, die es zum Verkauf anbot. Liang Int besaß es ein paar Jahre lang, mitsamt ihren Einwohnern.

Die Überlebenden rannten planlos hin und her. Manche versuchten, mit den Händen zu graben, andere benutzten Bagger der Firma. Sie schrien und weinten, während ihre verschütteten Angehörigen nach Luft rangen.

Ein Mann, der im Wahnsinn mit sich selbst redete, humpelte vorbei und zog durch den Matsch die Überreste eines Bettes hinter sich her. Er war über und über mit Ruß und getrocknetem Morast bedeckt – wie alle anderen auch.

Crane ging auf ihn zu und riß ihn von dem Bett los. Der Mann merkte es nicht einmal und hinkte einfach weiter. Crane nahm ein Feuerzeug aus seiner Tasche, schnippte es an und hielt es an das Bett. Sofort züngelten Flammen hoch. Er drehte sich um und winkte den Lastern mit der Ausrüstung zu, die er von der Landebahn auf Dominica Island in den Norden hatte transportieren lassen.

Fünf große Trucks durchpflügten die Fläche, die einmal der Stadtplatz gewesen war. Crane schrie den Fahrern zu, sie sollten hupen. Ein ohrenbetäubendes Hupkonzert war die Folge, und endlich wandten sich aller Augen dem Mann neben dem brennenden Bett zu.

»*Écoutez donc!*« rief er erneut; diesmal hörten die verstörten und verwirrten Leute zu. »Ich bin hier, um Sie zu retten«, schrie er auf französisch, »aber Sie müssen mir zuhören. Sie machen zuviel Lärm. Sie können die Schreie der Überlebenden nicht hören. Sie müssen aufhören zu reden. Sie müssen die Bulldozer abstellen; denn mit ihnen würden Sie Ihre Angehörigen nur noch tiefer begraben. Meine Lastwagen hier sind voller Hacken und Schaufeln. Holen Sie sich welche! Graben Sie dort, wo Sie Stimmen hören – wir müssen alle still sein und horchen. Wenn Sie eine Stimme hören, holen Sie jemand anderen hinzu, der es Ihnen bestätigt, bestimmen Sie dann den genauen Ort, und graben Sie vorsichtig. Die, die in den Trümmern verschüttet sind, werden sterben, wenn Sie nicht tun, was ich sage. Die Männer graben. Frauen und Kinder schaffen die Trümmer beiseite. Benutzen Sie Schubkarren, Planken, Türen – alles, womit Sie Schlamm und Steine transportieren können. Schneller, aber leise. Sanitäter sind ebenfalls hier, um Verletzten zu helfen. Wenn Sie einen Verwundeten finden, holen Sie ihn nicht unter den Trümmern hervor, bis ihn ein Arzt untersucht hat. Sie sind kluge Leute; Sie werden den tieferen Sinn meiner Worte verstehen.«

Er wiederholte seine Ansprache in Englisch und Chinesisch. Als er geendet hatte, war er so heiser, daß er kaum mehr ein Wort herausbrachte.

Die Amerikaner kletterten mit weit aufgerissenen Augen aus den Lastwagen. Crane liebte die Menschen und haßte sie gleichzeitig. Sie konnten ebenso tapfer wie niederträchtig sein. »Sie wurden im Flugzeug gebrieft«, krächzte er. »Sie wissen, was Sie zu tun haben. Also los!«

Die ganze Gegend fiel in schaurige Stille, während die Lastwagenfahrer ihr Fernlicht einschalteten und damit alles ausleuchteten. Lanie gesellte sich inmitten des Szenarios zu Crane.

»Die Sonden sind installiert«, flüsterte sie. »Und Sie hatten recht. Die Informationen, die wir aus der Erde holen, sind die besten, die ich oder Ihre Computer jemals bekommen können. Wir stehen auf einem lebenden, atmenden seismischen Herzen.«

Er nickte und sah zum Himmel. »Sorgen Sie dafür, daß die Daten sofort in die Rechner gelangen«, flüsterte er zurück, »und kümmern Sie sich anschließend darum, daß sie nach Hause weitergeleitet werden.«

»Sie sehen immer noch nach oben ...«

Er schüttelte den Kopf. »Mein Arm«, flüsterte er. »Dieser Bastard ist noch nicht fertig mit uns. Die Leute müssen so schnell wie möglich von hier evakuiert werden. Wir legen die Verletzten auf die Lastwagen und bringen sie direkt zum Hafen hinunter.«

»J'ai entendu quelqu'un«, rief jemand aufgeregt in eini-

ger Entfernung. Dann wieder jemand: »*J'ai entendu quelque chose!*«

»Graben Sie!« rief Crane, die Hände an den Mund gelegt. »*Bêcher!*«

Sie arbeiteten fleißig, ruhig und Hand in Hand. Crane veränderte das Gesicht der Katastrophe und versuchte, dem Dämon seine Beute wieder zu entreißen. Er sprach mit seinen Arbeitern, erklärte die Sauerstoffsituation in eingestürzten Gebäuden und wo sich am ehesten noch Überlebende befinden könnten. Er half beim Abladen und Aufstellen der empfindlichen Meßgeräte, der wärmeoptischen Kameras und faseroptischen Sonden, die direkt in die Trümmer gesteckt wurden und halfen, noch mehr Verschüttete zu finden – ob tot oder lebendig. Überlebenstechnologie kam manchmal sehr zupaß. Er fühlte sich weder besonders gut noch besonders schlecht bei dem, was er tat, nur wie gehetzt. Seine Obsession hatte ihn hierhergebracht; und seine Wut trieb ihn zur Eile an.

Schon bald wurden Menschen aus den Schlamm-Massen befreit – bemerkenswert viele lebten. Über Computer koordinierte Lanie die Hilfsaktion: Bergung, Erste-Hilfe-Versorgung der Opfer und ihren Transport auf den Lastwagen. Anstrengende Stunden verstrichen. Als sie einmal von ihrem Bildschirm aufblickte, sah sie Crane, der inmitten des Chaos wie ein General Befehle erteilte. Eine Frau, die zwei Krankenträgern mit einer Bahre gefolgt war, stürzte auf Crane zu, schlang ihre Arme um ihn und drückte und küßte ihn vor Dankbarkeit. Ein Ausdruck des Entsetzens erschien auf seinem Gesicht. Er wurde steif und stieß sie von sich, als ob er sich vor solch engem Kontakt fürchtete.

Lanie litt unter einer solch quälenden Angst, wie sie sie bis dahin nicht gekannt hatte. Auf Sado war sie noch viel zu naiv gewesen, um Angst zu haben. Aber hier wußte sie genau, womit sie es zu tun hatten. Es war eine Gratwanderung für sie. Einerseits traute sie Crane und seinem siebten Sinn zu, daß er sie heil durch dieses Abenteuer führte, andererseits hatte sie inzwischen auch festgestellt, daß er keine Gefühle zu besitzen schien, nur eine gute Portion Geschick. Daß er pausenlos zum Himmel blickte, trug nicht gerade zu ihrer Beruhigung bei.

Da sah sie es, und sie erschrak so, daß sich ihr ganzer Körper anspannte. Blitze, blaßrosa Blitze zuckten zwischen dem Felsenmonolithen und den Wolken hin und her. Und dann schienen sie überall zu sein, krachend wie Kanonenschüsse.

Lanie rannte durch das Chaos der Arbeiter, die immer müder und verzweifelter wurden. In den Trümmern eines teilweise freigeräumten Hauses, dessen oberstes Stockwerk einfach weggeflogen war und dessen Treppe ins Nichts führte, fand sie Crane. Ein Junge lag am Fuße der Treppe, seine Beine waren unter einem Holzbalken eingeklemmt. Ein paar Arbeiter improvisierten einen Flaschenzug, während Crane und ein Assistenzarzt aus dem Erste-Hilfe-Team neben dem Heranwachsenden knieten.

»Crane«, sagte sie. »Der Himmel …«

»Nicht jetzt«, entgegnete er und drehte sich dann zu den Arbeitern um, die gerade versuchten, den Balken mit einem zweiten wegzuhebeln. »Nicht wegnehmen!«

»Warum nicht?« fragte der Arzt. »Seine Verletzungen scheinen nur geringfügig zu sein. Wir können ihn auf den Lastwagen legen und …«

»Danke für die Ausführungen, Doktor«, unterbrach ihn Crane. »Schon mal was vom Quetschsyndrom gehört?«

Der junge Mann, der voller Schlamm und Ruß war, starrte ihn schweigend an. »In einem Fall wie diesem hier«, erklärte Crane, »müssen wir *in situ* handeln, bevor wir ihn transportieren können. Er hat fast zehn Stunden unter diesem Balken gelegen. An der Stelle, wo der Blutstrom unterbrochen ist, haben sich Toxine gebildet. Wenn Sie ihn jetzt rausziehen, geht er quietschvergnügt weg, und in einer Stunde stirbt er vielleicht an einem Herzinfarkt.«

»Was sollen wir tun?«

»Wir verabreichen ihm intravenös Kochsalzlösung und Antitoxine. Wenn wir den Balken dann heben, ist sein Körper darauf vorbereitet, den Strom von Gift zu verarbeiten.«

»Ich hole die Ausrüstung«, sagte der junge Mann und eilte davon.

»Okay. Jetzt«, sagte Crane zu Lanie, während er sich zu dem Jungen hinunterbeugte und ihm das Haar aus dem Gesicht strich.

»J'ai peur«, flüsterte der Junge.

»Moi aussi, mais pas trop«, erwiderte Crane und sah dann Lanie an.

»Die Blitze«, sagte sie. »Es kommt von der Insel.«

Cranes Gesicht versteinerte. Er stand wortlos auf und kletterte aus den Trümmern, um zum Himmel zu schauen. Da kam der junge Arzt zurück und begann, den Tropf zu installieren.

Die Blitze zuckten überall um sie herum und peitschten um den donnernden Berg wie glühender Regen. »Alle müssen hier weg«, sagte er und wandte sich ab.

»Was ist los?« fragte Lanie, während er sich entfernte.

»Sankt-Elmo-Feuer«, rief er über die Schulter. Dann wies er seine Leute an, die Überlebenden zusammenzurufen und zu den Docks zu bringen.

Lanie eilte ihm nach.

»Die ganze Atmosphäre ist statisch aufgeladen«, erklärte er. »Etwas wird passieren.«

Plötzlich war ganz Le Precheur in Bewegung; Menschen kletterten auf die Lastwagen oder rannten in Panik davon. Das Donnern wurde lauter und heftiger, während schwere Asche auf sie niederprasselte. Lanie konzentrierte sich auf Crane, um nicht über die Gefahr nachzudenken, in der sie alle schwebten. Sie rannte hinter ihm her, als er zu dem Haus zurückeilte, aus dem sie gerade gekommen waren.

Sie kletterten in die Ruine. »Raus hier, Doktor«, sagte er und nahm dem Arzt den Tropf aus der Hand.

»Aber mein Patient ...«

»Raus hier, zum Teufel, und zwar schnell!« Crane drehte sich zu den Arbeitern um, als der Arzt sich entfernte. Sie waren eifrig dabei, den zweiten Balken so auf einen Stein zu legen, daß sie die Hebelwirkung ausnutzen konnten.

»Sauve qui peut!« schrie er, und die Männer, die ohnehin schon Angst hatten, rannten in heller Panik davon.

»Was, zum Teufel, tun Sie hier?« fragte Crane Lanie, die Augen auf den Plastikbeutel in seiner Hand gerichtet. »Gehen Sie … gehen Sie!«

»Nicht ohne Sie.«

»Das war ein Befehl, Lady.«

»Sie haben wahrscheinlich schon bemerkt, wie ich auf Befehlston reagiere«, sagte sie. »Sie können genausogut Ihren Atem sparen.«

Seine Kiefer mahlten. »Gehen Sie zu dem Hebelbalken hinüber. Wenn ich das Kommando gebe, drücken Sie ihn mit aller Kraft hinunter, so daß ich den Jungen herausziehen kann, okay?«

Lanie stieg zu der bezeichneten Stelle und wartete. Sie hörte die Geräusche der Lastwagen, die in Richtung der Docks losfuhren, und das Getöse des Berges.

»Warum sind Sie hiergeblieben?« fragte er, während er die Hand des Jungen hielt.

»Ich weiß es nicht«, antwortete sie ehrlich. »Vielleicht wollte ich, daß Sie sehen, wie ernst ich meine Arbeit nehme.«

Er lachte dunkel. »Sie haben mich überzeugt. Allerdings glaube ich nicht, daß bei der Crane-Stiftung ich derjenige bin, den Sie überzeugen müssen.«

Sie überging die Anspielung auf Newcombe. »Werden wir sterben?« fragte sie statt dessen.

»Ja … vielleicht. Okay?«

»Sie sind der Boß.«

Sie warteten, bis die Infusion durchgelaufen war. Crane sprach sanft mit dem Jungen, während der Boden unter ihnen bedrohlich rumpelte. Als der Beutel leer war, riß er die Kanüle heraus und warf alles beiseite. »Jetzt! Jetzt!« schrie er.

Lanie warf sich auf den Balken. Der Schwefelgestank raubte ihr schier den Atem. Sie fühlte keine Panik, nur professionelle Distanz. Sie hatte ihren Job getan. Dafür war sie hergekommen. Ihre Ruhe überraschte, ja beeindruckte sie.

Sie hörte Crane stöhnen, während sie auf dem Balken hing, vor Schwefeldampf und Aschenregen fast keine Luft bekam.

»Hab' ihn«, schrie Crane, hob mit seinem gesunden Arm den leichten Jungen auf die Schulter und stapfte aus dem Trümmerhaufen. Lanie ließ den Balken los und stolperte hinterher. Sie wateten durch den knietiefen Schlamm; das Gelände war vollkommen verwaist.

»Und jetzt?« fragte sie.

»Jetzt … oje.« Crane sah wieder hinauf, die Augen weit aufgerissen vor Verwunderung.

Der Gipfel des Pelee über ihnen war in trübes rotes Licht getaucht, das immer intensiver glühte. Wo zuvor völlige Dunkelheit geherrscht hatte, war es plötzlich taghell. Ohne Vorwarnung brach die Glut vom Gipfel weg und stürzte in rund hundert Metern Entfernung zu Tal. Es war keine Lava, sondern eine Lawine aus rotglühendem Gestein. Felsbrocken und Überreste von Bäumen kamen mit in dieser Woge der Zerstörung; riesige, pochende rote Steine schossen blitzartig heraus und sprühten Funken.

Die Geschwindigkeit, in der dies alles passierte, war unglaublich. Die Lawine stürzte innerhalb von Sekunden den gesamten Berg hinab, knapp an ihnen vorbei ins Meer.

»Ich habe schon davon gehört, habe es aber noch nie gesehen«, sagte Crane leise. Seine Stimme war vom Schrekken, vielleicht auch vor Erschöpfung heiser, denn er hatte immer noch den Jungen auf der Schulter.

»Ist es vorbei?«

»Nein.«

Als die purpurne Glut der Lawine verblaßte, formte sich eine gigantische Wolke über ihnen. Sie stieg über dem Weg auf, den die Lawine genommen hatte, und gewann zunehmend an Geschwindigkeit. Es sah aus, als ob die leichteren Teilchen aus vulkanischem Material aufstiegen und weiterflogen, während die schweren Teilchen zu Boden sanken.

Die Wolke war kugelförmig, und aus ihrer Oberfläche quollen Klumpen, die mit furchterregender Gewalt anschwollen und sich ständig vermehrten. Lanie war wie hypnotisiert von diesem Anblick und spürte kaum, wie Crane mit seiner behinderten Hand an ihr zerrte. Brodelnd und sich ständig verändernd, bewegte sich die Wolke direkt auf sie zu. Nah am Boden walzte sie wogend und Funken sprühend immer näher.

»Zurück zu dem Haus!« schrie er ihr durch den heißen Sturmwind zu, der der Wolke vorausging. »Sofort! Los!«

Sie gehorchte.

Plötzlich wurden sie von einem Regen aus walnußgroßen Steinen bombardiert. Hitze und Grollen kamen immer näher. Crane wußte, daß ihm nur noch etwa zwanzig Sekunden blieben, sich zu überlegen, wie er sie beide vor der zweitausend Grad heißen Hitze schützen sollte, die ihnen den Sauerstoff aus den Lungen saugen würde.

Die Arbeiter hatten für die Bergung des Jungen ein drei Meter breites Loch in die Kellerdecke geschlagen. Jetzt stürzte sie in sich zusammen. Ein Balken quietschte laut und zerbarst dann krachend. Crane nahm in schrecklich langsamer Zeitlupe wahr, wie er auf Lanie zuschwang und sie mit voller Wucht am Kopf erwischte, so daß sie in die Knie ging und japsend am Boden kauerte.

»Kommen Sie!« Er versuchte, sie zu packen, aber sein Arm hatte nicht die Kraft, um sie hochzuziehen. Er legte den Jungen ab, der sich zitternd auf Händen und Knien in die Dunkelheit seines zusammenstürzenden Hauses aufmachte.

Crane packte Lanie um die Taille, zog sie bis an die Hüfte hoch und entlastete sie damit fast um ihr ganzes Körpergewicht. Hinter ihnen stand das Gelände in hellen Flammen. Er konnte kaum mehr atmen. *»Salle de bain«*, rief er dem Jungen zu. »Bad! Bad!«

»Ici«, sagte der Junge schwach und kroch weiter.

»Gut«, sagte Crane und schleppte die stöhnende Lanie in der unerträgliche Hitze durch das Trümmerhaus. »Sind Sie noch da?«

Ihr Kopf baumelte unkontrolliert hin und her, und ihre Wimpern zuckten, als ob sie versuchen wollten, die Augäpfel daran zu hindern, nach oben in ihren Schädel zu rollen. »Mir … geht's gut«, murmelte sie schwach. »Ich muß … muß mich … nur hinlegen, ich … ich …«

»Ja, ja«, sagte Crane und zog sie hinter sich her. »Wenn mich dieser verdammte Vulkan nicht umbringt, wird es Dan tun.«

Der Junge war hinter die Treppe, die ins Nichts führte, gekrabbelt und schlug kraftlos gegen eine gesplitterte Tür, die von ihrem eigenen Rahmen zusammengequetscht worden war. Crane, der selbst nach Luft schnappen mußte, setzte Lanie ab und warf sich gegen die Überreste der Tür. Sie gab unter dem Druck nach, und er stolperte in ein Badezimmer, das zwar auf der Seite, die zum Berg zeigte, halb eingedrückt, aber ansonsten noch erstaunlich intakt war.

Er ging zurück und zog den Jungen hinein. Eine freistehende Badewanne thronte majestätisch mitten auf dem aschebedeckten Boden. Crane stolperte noch einmal über die Holzsplitter der Tür und packte Lanie am Kragen, um sie in den Raum zu ziehen. »Wach bleiben!« schrie er sie an, während sie gegen Steine und Holzstücke stieß. »Hören Sie mich? Hören Sie mich?! Nicht einschlafen!«

»Aye, aye, Captain«, erwiderte Lanie heiser. Blut strömte ihren Nacken hinunter und benetzte Haar und Bluse.

Er zog sie zur Badewanne und legte sie daneben flach auf den Boden. »Nicht bewegen«, sagte er, zog dann den Jungen am Arm zu ihr und legte ihn neben sie. Daraufhin legte er sich selbst auf die beiden und stülpte die Badewanne über sich. Er hoffte, daß das Luftpolster zum Atmen reichte und daß die Wanne stabil genug war, um sie vor den herabfallenden Trümmern zu schützen.

Das Grollen wurde lauter und umhüllte sie in der stickigen Schwärze, die unter der Badewanne herrschte. *»Retenez votre respiration«*, sagte er zu dem Jungen, und zu Lanie: »Holen Sie tief Luft, und halten Sie sie an.«

Sie gehorchten. Als die donnernde Wolke über sie hinwegfegte, brach das Haus vollends unter Hitze und Schlamm-Massen zusammen. Krachend und brüllend stürzte es über ihnen ein, so wie damals das Haus seiner Eltern.

Sein Körper war völlig ausgetrocknet. Er konnte weder schlucken noch atmen. Er hörte Lanie und den Jungen nach Luft schnappen. Verdammt, Pelee würde weder sein Leben noch das der anderen bekommen! Bei Gott, der Dämon hatte sich schon genug genommen.

»Es ist gut«, flüsterte er durch die zusammengepreßten Zähne. Dann bemerkte er, daß er Lanies Haar streichelte. Während das Grollen nur noch in der Ferne zu hören war, spürte er, wie sie sich unter seiner Berührung entspannte. »Es ist vorbei.«

Sie stöhnte laut. »Dann könnten Sie ... vielleicht ... Ihr Knie von meinem Rücken nehmen. Sie ... bringen mich um.«

»Tut mir leid«, sagte er und konnte endlich tief Luft holen, als durch einen Riß in der Wanne Sauerstoff zu ihnen hereindrang und das Vakuum füllte, das durch die Wolke entstanden war. Luft bedeutete so etwas wie eine Verbindung nach draußen. Einen Anfang.

Er stieß mit der gesunden Hand die Wanne an, die leicht nachgab, dann aber steckenblieb. Irgend etwas Schweres mußte daraufliegen. Der Junge streckte die Arme aus und half mit. Gemeinsam gelang es den beiden schließlich, die Wanne so weit hochzuheben, daß Crane sich hinausrollen, das Hindernis beiseite räumen und die Wanne umstülpen konnte.

Um sie herum war es stockfinster wie in einem tiefen Keller. Crane berührte die Unterseite der Treppe, die zu einem umgedrehten V zusammengeklappt war und ihnen so wahrscheinlich das Leben gerettet hatte. Doch nun war sie ihr Gefängnis.

Sie saßen in der Falle.

Der Junge stöhnte. Crane fing ihn auf, als er schwer auf den von Gegenständen übersäten Boden zu fallen drohte, und suchte nach seiner Halsschlagader. Kein Puls.

»Nein!« schrie Crane, und die Dunkelheit verschluckte seine Worte. »Du wirst ihn nicht kriegen!« Er begann mit

Wiederbelebungsmaßnahmen. Ihm war klar, daß sie den Jungen zu schnell vom Tropf genommen hatten und die Panik sein Herz überfordert hatte. »Komm schon!« flehte er, während er den Brustkorb des Jungen bearbeitete. »Komm schon!«

Er wußte nicht, wie lange er so an dem Jungen gearbeitet hatte. Er wußte nur, daß es einen Punkt gab, an dem sogar ein Lewis Crane aufgeben mußte. Sein Atem kam nur noch stoßweise, als er sich rücklings auf einen Stapel Ziegelsteine fallen ließ. Er roch Gas, wußte aber nicht, ob die Wahrnehmung real war oder nur ein Flashback in der Dunkelheit. Er spürte die Hitze der Flammen, konnte sie aber nicht sehen. Dann weinte er leise und wünschte sich wie an jedem Tag in seinem Leben seit dem Northridge-Beben, er wäre mit seinen Eltern im Haus geblieben. Der Frieden des Todes war ihm nicht vergönnt, doch der Todeskampf war sein ständiger Begleiter.

»Er ist tot, Lanie«, flüsterte er schließlich in die Dunkelheit. Keine Antwort. Er erschrak. »Lanie … Lanie!«

Er kroch zu ihr hinüber. Sie war ganz schlaff. Er zog sie an seine Brust und schaukelte sie sanft in ihrem Mausoleum aus Schlamm und Geröll. Und selbst als seine Gedanken sich in einem Strudel aus Bildern von einstürzenden Häusern und gleißenden Flammen drehten, versuchte jede Faser seines Seins, bewußt wie unbewußt wieder Leben in den Körper von Elena King zu bringen.

6.

Pangaea

Die Stiftung
21. Juni 2024, 11 Uhr 15

Newcombe saß vor dem zehn auf zwölf Meter großen Bildschirm in dem abgedunkelten riesigen Vortragssaal der Stiftung, in dem sonst die Briefings für die Missionen stattfanden. Darauf flimmerten Bilder, die von Helos über Le Precheur aufgenommen worden waren. Er sah ein Meer aus Schlamm, eine Wüste aus Schlick, aus dem vereinzelt Anzeichen von Zivilisation herausragten. Irgendwo unter dem Morast, der die zerstörte Stadt unter sich begraben hatte, waren die beiden wichtigsten Menschen seines Lebens. Er konnte ihren Tod nicht akzeptieren. Er wollte es nicht.

Viele Menschen arbeiteten vor Ort – die Leute der Stiftung, weil es ihr Job war, die Einheimischen aus Dankbarkeit gegenüber dem Drachentöter, der ihre Lieben gerettet hatte. Er sah schlammbedeckte Arbeiter, die an dreißig verschiedenen Stellen in den Trümmern gruben. Verdammt, es war zu unkoordiniert und das Gelände viel zu groß, als daß es wirklich erfolgversprechend sein könnte. Sie würden niemals rechtzeitig zu Crane und Lanie durchdringen, wenn sie so weitermachten.

»Ha… hallo?«

»Ja, wer ist da?« erwiderte Newcombe, der die Spannung in der Stimme des Mannes bemerkt hatte.

»M… mein Name ist Dr. Ben Crowell, und ich möchte wirklich gerne zurück zu den Rettungsarbeiten, ich …«

»Doktor«, sagte Newcombe, »wir haben nicht viel Zeit. Waren Sie der letzte, der Dr. Crane und Dr. King vor der Eruption lebend gesehen hat?«

»Ja … ich …«

»Lassen Sie sich eine Kamera geben, Ben. Ich möchte Sie sehen … ah, gut.«

Das grimmige Gesicht eines ausgezehrten, schmutzstarrenden Mannes erschien als Einspielung auf dem riesigen Schirm.

»Wissen Sie, wo sie sind, Ben?«

»Ich weiß, wo sie *waren*, Doktor«, sagte Crowell, »aber es ist alles verschoben. Nichts ist mehr dort, wo es war. Ich glaube, ich kann mich nicht mehr ... orientieren. Tut mir leid.«

»Beruhigen Sie sich«, sagte Newcombe mit unerschütterlicher Entschlossenheit. »Crane lebt. Wir stehen in Kontakt mit ihm. Sie haben noch ein bißchen Luft. Wir müssen sie nur orten. Sind Sie auf dem Stadtplatz?«

»Ich glaube schon.«

»Passierte es in der Nähe des Stadtplatzes?«

»Ja!« sagte der Mann, und sein Gesicht hellte sich auf.

Newcombe spielte eine detaillierte Satellitenfotokarte vom Katastrophenort in der unteren rechten Ecke der Übertragung ein. Sie zeigte Le Precheur, wie es noch vor wenigen Stunden ausgesehen hatte. »Lassen Sie sich einen Monitor bringen ... wir überspielen Ihnen etwas.«

»Einen Augenblick ... ich ... ja ... jetzt sehe ich die Karte.«

»Sehen Sie sie sich sorgfältig an, und überlegen Sie gut.«

Er zoomte auf die Straße, die zum Stadtplatz führte, und ging näher an die Ziegelsteinhäuser mit den roten Dächern heran, die den Einfluß der einstigen französischen Kolonialmacht verrieten.

»Das ist es, das ist es«, rief Crowell. »Das fünfte Haus vom Stadtplatz aus auf der Westseite der Straße.«

»Was macht Sie so sicher?«

»Da war eine Treppe, die hinaufführte, aber kein zweiter Stock. Ihre Karte zeigt das einzige zweistöckige Haus in dem Block auf dieser Seite der Straße. Das muß es sein.«

Newcombe legte ein Lineal über die Karte. »In der Mitte des Stadtplatzes stand ein Fahnenmast.«

»Der ist immer noch da.«

»Genau östlich des Fahnenmastes, in vierunddreißigeinhalb Metern Entfernung, liegt die Eingangstür des Hauses.

Messen Sie exakt – verstanden? –, exakt nach, und lassen Sie dort graben ... aber langsam und sehr, sehr vorsichtig.«

Crowell eilte los. Er war zwar außer Sichtweite der Kamera, blieb aber die ganze Zeit in Hörkontakt.

»Sie haben genügend Leute zum Graben dort«, sagte Newcombe scharf. »Ich brauche jetzt Ihre Aufmerksamkeit, Crowell. Ich brauche mehr Informationen von Ihnen.« Crowells Gesicht tauchte wieder auf. »Gut. Also, sagen Sie mir, was genau passierte? Wie kam es, daß die beiden Einsatzleiter bei einer Eruption zurückgelassen wurden?«

»Wir evakuierten die Stadt in aller Eile wegen des Sankt-Elmo-Feuers. Ich versorgte gerade einen Patienten mit einem Quetschsyndrom, als Crane mit Dr. King kam und mir und meinem Helfer befahl, unverzüglich zu den Docks zu laufen. Crane übernahm die Infusion, und wir rannten los. Es war ein Alptraum, durch diesen Schlamm zu rennen und immer wieder fast zu versinken ...«

»Atmen Sie tief durch, Ben. Ist es jetzt besser?« Crowell schüttelte müde den Kopf. »Weiter«, sagte Newcombe aufmunternd.

Crowells Gesichtsausdruck verdunkelte sich, als er diese Höllenzeit noch einmal durchlebte. »Wir ... wir kamen irgendwie bis zu den Docks hinunter, überall waren Blitze, rosa Blitze. Und Feuer ... ein Hagel aus Steinen.« Er rieb sich die Augen. »Chaos bei den Fähren, wildes Durcheinander mit den vielen Menschen und den Lastwagen. Irgendwie waren wir dann doch alle an Bord. Wir waren kaum ein oder zwei Kilometer vom Ufer entfernt, als die Bergspitze detonierte und sich diese verdammte Wolke bildete. Sie kam direkt auf uns zu, und um sie herum zuckten die Blitze. Es donnerte, und Steine flogen überall umher. Wir waren sicher, daß wir sterben würden. Plötzlich wurde die Wolke langsamer. Sie wurde irgendwie blasser und flog über uns hinweg. Asche regnete heraus. Aber dann wurde sie irgendwie ... ja, größer ... bis sie den ganzen Himmel bedeckte, bis auf einen Streifen am Horizont. Ich habe noch nie in meinem Leben etwas Ähnliches gesehen.«

»Vergessen Sie es nie, Ben«, sagte Newcombe, der mit

einem Auge beobachtete, wie die Arbeiter beim Graben vorwärtskamen. »Sagen Sie ihnen, sie sollen Sonden in die Erde stecken«, ordnete er an, und Crowell verschwand für einige Sekunden vom Bildschirm. Mit gerunzelter Stirn kam er zurück.

»Sie haben mich weggeschickt. Alle haben Angst davor, mit Ihnen zu reden. Ein Großteil der Ausrüstung ist bei der ... wie sagten Sie, Eruption? ... verschüttet worden. Es sah nicht aus wie eine ...«

»Bitte, Ben.«

Crowell nickte schuldbewußt. »Sie versuchen jetzt zu improvisieren.«

»Wenn sie mich hören können, wissen sie, daß sie sich jetzt besser beeilen! Entweder sie kommen mit meinen Leuten zurück oder gar nicht. Und jetzt sagen Sie mir: Wieviel Zeit verging bis zur Eruption, nachdem Sie Crane und King verlassen hatten?«

Crowell riß die Augen weit auf. »Vielleicht zehn Minuten, es blieb kaum Zeit, die Infusion vollständig durchlaufen zu lassen.«

»Zu welcher Tageszeit war das?«

Ben griff in seine Hosentasche, zog eine Armbanduhr heraus und hielt sie Newcombe entgegen. Das Glas war zerbrochen, und die Uhr zeigte 7.26. »Sie ist auf dem Lastwagen kaputt gegangen, als wir auf das Schiff gebracht wurden. Kann ich jetzt gehen?«

Vier Stunden. Das Problem war der Sauerstoff – falls sie Schlamm-Massen und Feuer überlebt hatten. »Eines noch, Ben. Sie sagten, da war eine Treppe in dem Haus?«

»Ja.«

»Okay. Danke. Das war alles.« Dan klickte Crowells Einspielung vom Bildschirm weg und ersetzte sie durch die neuesten Fakten von der Katastrophe. Dann ließ er den Kopf gegen die Rückenlehne seines Stuhls sinken und schloß die Augen. Sie würden sie finden, hoffentlich bevor ihnen die Luft ausging. Crane war in dem Haus geblieben, und unter der Treppe hatte sich eine Luftblase gebildet, es war der beste Platz zum Ausharren. Sie waren da. Er weigerte sich, an etwas anderes zu denken als daran, sie sicher und wohlbehalten vorzufinden.

»Möchtest du lieber allein sein?«

Newcombe öffnete die Augen und sah ein Hologramm von Ishmael. Fünfundzwanzig Zentimeter hoch, von einem engelhaften Schimmer umgeben, flimmerte es vor ihm in der Luft. »Ich frage dich nicht, wie du das geschafft hast.«

Das Hologramm blickte verlegen drein. »Ich habe auf dem Schiff einen Sucher auf deine Hand geklebt. Es ist das Ding auf deinem linken Daumen, das aussieht wie ein Pikkel. Du brauchst es nur zu entfernen, und ich bin weg.«

Newcombe sah auf den Daumen, bemerkte das winzige Gerät, ließ es aber, wo es war. »Hast du gesehen, was passiert ist?« fragte er.

Das Bild nickte. »Ich dachte, vielleicht könntest du ein wenig Unterstützung gebrauchen, Bruder. Cranes Dummheit hat deine Frau in Gefahr gebracht.«

»Dummheit«, wiederholte Newcombe. »Sie haben zweiundvierzig Überlebende aus diesem Schlamm geholt. Ich würde das eher Mut nennen, Bruder Ishmael.«

»Man braucht Mut, um zu leben«, erwiderte Ishmael. »Ich bin nicht hier, um mit dir zu streiten, nur um mit dir zu warten … und mit dir zu trauern, falls es nötig werden sollte.«

»Über die Trauer sollten wir uns jetzt noch keine Gedanken machen.«

»In der Tat. Hast du etwas mit den Rettungsarbeiten zu tun?«

»Nicht direkt«, antwortete Newcombe und sah durch das Hologramm hindurch auf die grabenden Arbeiter.

»Was ist auf Martinique passiert? In den Nachrichten konnte niemand erklären, was es mit dieser Wolke auf sich hatte …«

»Sie werden es schon noch herausbekommen«, unterbrach ihn Newcombe. Er war wütend, weil sich vor Ort niemand um die Ausrüstung gekümmert hatte. Eine gute Sonde hätte viel Zeit gespart. Burt Hill hätte sich darum gekümmert. Er verfluchte Crane, weil er ihn nicht mitgenommen hatte. Er sah wieder auf Ishmael. »Diese Art von Eruption kommt hin und wieder vor. Die Franzosen nennen es *nuée ardente*, ›glühende Wolke‹. Seit hundertzwanzig Jahren ist der Terminus ›Glutlawine‹ gebräuchlich. Am Pelee hat es das schon einmal gegeben.«

»Und was ist es?«

»Eine Art seitlicher Eruption, die gerade so viel Kraft hat, um die oberste Schicht des Kraters den Berg hinunterzublasen. Es verhält sich wie eine dicke Flüssigkeit, eine Mischung aus Gas, Dampf und festen Teilchen. Wenn sich die größeren Teilchen absetzen, können Gas und Dampf weiter vorwärtsdringen. Nur die kleineren Teilchen halten dann die Wolke noch am Boden. Sobald auch die sich abgesetzt haben, steigt sie auf.«

»Was ist das für ein Ding, das gerade zur Grabestelle gebracht wird?« fragte Ishmael.

Newcombe sah auf den Bildschirm und erstarrte. Eine Sonde. Jetzt würden sie es gleich wissen.

Crane und Lanie saßen nebeneinander in ihrem Schlammgrab. Sie lehnten mit dem Rücken an der Badewanne, die ihnen das Leben gerettet hatte. Der Junge, von dem sie nicht einmal den Namen erfahren hatten, lag neben ihnen in der Dunkelheit.

Es war stockfinster. Crane hatte keine Ahnung, wie dick die Schlammschicht war, die sie von der Oberfläche trennte. Das bißchen Luft, das sie noch hatten, würde bald verbraucht sein. Es roch muffig.

Er berührte sein Armpad. »Dan … sind Sie das?«

»Ich bin's, Crane.« Newcombes Stimme war voller Erleichterung und Freude. »Ich denke, wir haben euch lokalisiert. Wir kommen mit einer Sonde.«

»Wir brauchen eine Luftleitung.«

»Okay. Lassen Sie mich mit Lanie reden.«

»Sie ist nicht bei Bewußtsein«, sagte Crane. Er schlug und trommelte auf die Badewanne. Lanie lag bewußtlos neben ihm. Sie hatte einen furchtbaren Schlag gegen die Schläfe abbekommen. Er hatte die Blutung mit einer

Schlammschicht gestoppt, dann einen Ärmel von seinem Hemd gerissen und ihn fest um die Wunde gebunden, doch er löste sich alle paar Minuten wieder, und er mußte ihn erneut befestigen. Crane besaß zwar medizinisches Grundwissen, war aber nie über die Erste-Hilfe-Behandlung hinausgekommen. Lanie brauchte einen richtigen Arzt.

Stöhnend kam sie jetzt wieder zu sich, wie schon rund fünfzehnmal zuvor. Sie hatte eine schwere Gehirnerschütterung, und ihr Kurzzeitgedächtnis war stark beeinträchtigt. Sie konnte keinen klaren Gedanken fassen und nichts behalten. Jedesmal, wenn sie erwachte, erlebte sie die Situation vollkommen neu. Crane bereitete sich darauf vor, wieder bei null anzufangen. Er hörte, wie sie scharf einatmete, und wußte, daß ihr Dunkelheit und Schmerz bewußt geworden waren. Schnell legte er ihr eine Hand auf die Schulter. »Keine Panik«, sagte er mit tiefer, beruhigender Stimme.

»Crane?«

»Bleiben Sie ganz ruhig. Sie haben einen Schlag auf den Kopf bekommen. Versuchen Sie, sich zu entspannen.«

»Wo, zum Teufel, sind wir?«

»Wir sind gefangen«, sagte er, »in den Trümmern eines Hauses, unter Schlamm-Massen. Auf Martinique. Sie sind schon unterwegs, um uns zu retten.«

»Machen Sie Witze? Martinique? Geht's Dan gut?«

»Er ist okay ... nur ein bißchen besorgt. Er ist in Kalifornien.«

»Was? Warum kann ich mich an nichts erinnern?«

»Das ist ganz normal«, erklärte er ruhig und klopfte ihr auf die Schulter. »Machen Sie sich keine Sorgen.«

»Was ist mit mir passiert?«

»Sie haben einen Schlag auf den Kopf bekommen.«

»Wirklich? Und Dan?«

»Ihm geht's gut. Er ist nicht hier.«

»Wir sind nicht in Kalifornien, nicht wahr?«

»Nein.« Unter weniger brisanten Umständen hätte er sich wahrscheinlich schwer beherrschen können, um nicht laut loszulachen.

»Mir geht's wieder gut.«

»Ich weiß.«
»Wo sind wir?«
»Auf Martinique.«
»Wirklich? Und Dan ist nicht hier, nicht wahr?«
»Genau.«
»Wir sind hier gefangen, aber wir werden bald gerettet.«
»Das, meine Liebe, hoffe ich zumindest inständig.«
Sie stöhnte. »Mir geht's gut. Richtig prima. Nur mein Kopf dröhnt höllisch. Ich denke, ich muß irgendwo ein bißchen Dorphin haben … ich reise nie ohne …«
»Ich habe es«, sagte er. »Sie haben bereits etwas genommen, aber wenn Sie noch mehr wollen …«
»Nur eins«, sagte sie und streckte die Hand aus. Er holte die Packung Dorphin aus der Brusttasche seines Hemdes und reichte ihr eine Tablette. Diese Szene wiederholte sich gerade zum sechstenmal.
»Nehmen Sie doch auch eine«, schlug sie vor und schluckte die Pille.
»Sie wissen, daß ich niemals Dorphin nehme.«
»Warum eigentlich? Au! Tut das weh.«
»Berühren Sie Ihren Kopf nicht.« Er zog die Beine an. »Wissen Sie, mir kommt gerade der Gedanke, daß ich Ihnen im Moment alles erzählen könnte, weil Sie sich sowieso nicht daran erinnern werden.«
»Ich werde mich daran erinnern.« Lanie lachte. »Ich sagte Ihnen doch, daß es mir gutgeht. Ich möchte nur wissen … geht's Dan auch gut?«
»Ja. Er ist in Kalifornien.«
»Habe ich schon eine Dorphinpille genommen?«
»Ja«, antwortete er, während ihn ein berauschendes Gefühl der Freiheit durchströmte: keine Überwachung und wahrscheinlich eine Tonne Schlamm über ihnen, die absolute Abhörsicherheit garantierte; und dazu ein Zuhörer, der sofort wieder vergessen würde, was er sagte. Wenn dies sein letztes Gespräch werden sollte, dann würde er das ausnutzen. »Ich war gerade dabei zu erklären, warum ich kein Dorphin nehme.«
»Warum?«

»Ich habe es einmal versucht. Es stoppte den Schmerz.«

»Das soll es ja auch.«

»Und genau darum nehme ich es nicht.«

Er spürte, wie sie sich neben ihm bewegte, und sah in ihre Richtung. Er stellte sich ihr Gesicht im Dunkeln vor und ihre weit aufgerissenen, wißbegierigen Augen.

»Verstehe«, sagte sie. »Sie werden sich jetzt offenbaren.«

»Und Sie werden alles vergessen, was ich gesagt habe. Übrigens, worüber haben wir uns gerade unterhalten?«

»Na ja, wir sprachen über ... ich erinnere mich. Ich erinnere mich, daß ich auf einem Schiff war. Warum ist es hier so dunkel?«

»Wir sind unter Schlamm-Massen gefangen, aber sie sind schon unterwegs, um uns rauszuholen.«

»Dan geht's aber gut, nicht wahr?«

»Ja. Wissen Sie, daß ich mich von Ihnen angezogen fühle?«

»Oje, halt ... Ich habe keine Lust auf einen Quickie im Matsch.«

»Ich habe noch nie eine Frau wie Sie kennengelernt. Leidenschaftlich ... und klug. Ich sehe, wie Ihr Gehirn arbeitet, wenn ich in Ihre Augen blicke.« Er strich mit seinen Fingerspitzen über ihr Gesicht. Sie wich zurück, aber nur wenig, wie er bemerkte.

»Okay«, sagte sie. »Wie oft haben Sie diese Masche schon gefahren?«

»Welche Masche?«

»Daß ... Sie wissen schon, was Sie gesagt haben.«

Er lächelte. »Ich werde Ihnen meine Geschichte erzählen. Sie sind das perfekte Publikum dafür. Ich lebte bei der Schwester meiner Mutter, Ruth. Meine Tante und ihr Mann hatten nicht viel Geld, und er mochte mich nicht. Ihre eigenen Kinder kamen immer zuerst, ich mußte mich also anstrengen, wenn ich auffallen wollte. Bis ich zehn war, hatte ich sämtliche Bücher gelesen, die jemals über Seismologie und Plattentektonik geschrieben worden waren. Meinen ersten Collegeabschluß machte ich mit fünfzehn, und in dem Tempo ging es weiter.«

»Wie stand es um Ihr Gefühlsleben … Freunde … Freundinnen?«

»Ich war immer ein Außenseiter«, antwortete er. Der Schutt um sie herum geriet in Bewegung, und Planken fielen neben ihnen zu Boden. Lanie rutschte näher an ihn heran und griff nach seinem Arm. »Ich wuchs unter Menschen auf, die alle viel älter waren als ich. Das förderte meine Leistungen, aber Freunde gewann ich so nicht. Gefühlsmäßig ist von mir niemals etwas erwartet worden.«

»Frauen?«

»Keine. Niemals. Ich bin noch nicht einmal geküßt worden. Ich bin siebenunddreißig Jahre alt und habe noch niemals mit einer Frau, die ich mochte, Händchen gehalten.«

»Also, ich werde Ihnen was sagen«, meinte sie und legte ihren Kopf auf seine Schulter. »Wenn wir hier je wieder rauskommen, bekommen Sie von mir einen erstklassigen Kuß, damit Sie wissen, wo's langgeht.«

»Versprochen?«

»Darauf können Sie wetten, ich … es ist so dunkel hier. Wo sind wir?«

»Wir versuchten, einen Jungen zu retten, der bei dem Vulkanausbruch verschüttet wurde …«

»Was für ein Vulkan?«

»… und wurden selbst gefangen. Und, ja, Dan geht's gut. Er ist nicht hier. Wir sind auf Martinique.«

»Habe ich das alles schon einmal gefragt?«

»Ein- oder zweimal.«

»Hab' ich wahrscheinlich vergessen. Aber jetzt werde ich es nicht mehr vergessen. Was ist mit dem Jungen, den wir retten wollten?«

»Fassen Sie neben sich.«

»Okay, ich … o Gott!« Lanie wäre fast auf seinen Schoß gesprungen. »Ist das …?«

»… der Junge. Er hat es nicht überlebt.«

Lanie sackte zusammen und sank gegen die Badewanne. »Wir werden sterben, nicht wahr? Wir werden hier in der Dunkelheit sterben.«

»Diese Möglichkeit besteht. Tut mir leid. Sie suchen

schon nach uns. Wir haben immerhin die Stadt evakuieren können.«

»Die Stadt ... evakuiert?« Er hörte, wie sie tief Luft holte. »Können wir hier drin irgend etwas tun?«

»Eigentlich nicht«, sagte er. »Ich habe Angst, daß ich im Dunkeln an irgend etwas ziehe und dann das ganze Haus über uns zusammenstürzt.«

»Vielleicht ist irgendwo ein Feuerzeug ...«

»Wir haben schon gesucht ... sogar in den Taschen des Jungen. Ich sorge mich aber mehr wegen des Sauerstoffs.«

»Warum machen Sie mir angst?«

»Es ist alles okay, Sie werden es sowieso vergessen.«

»Nein, bestimmt nicht. Ist Dan hier?«

»Nein, und es geht ihm gut.«

»Fein«, sagte sie und holte tief Luft. »Haben wir den Vulkanausbruch vorausgesagt?«

»Ich kann nichts voraussagen«, sagte er und starrte in ihre Richtung. »Wollen Sie die ganze Geschichte hören?«

»Welche Geschichte?«

Er sog die stinkende Luft tief ein. »Ich beobachte Sado«, sagte er leise, »seit dem Tag, an dem die Israelis die iranischen Helos über sich entdeckten und ihr gesamtes nukleares Arsenal, dreißig Megatonnenbomben, hochjagten. Fünfzig Millionen Menschen verdampften sofort, weitere zehn Millionen innerhalb der folgenden Sekunden.« Tränen rannen seine Wangen hinab; er spürte, daß Lanie erschauerte. »Die Explosionen erschütterten nicht nur den gesamten Nahen Osten und sein Öl, sondern hatten auch erhebliche Auswirkungen auf die Erdkruste – zunächst auf die Arabische Platte, und als Folge davon auch auf die Türkisch-Ägäische sowie die Iranische Platte. Es war, wie wenn Dominosteine umfallen. Als die Indo-Australische und die Eurasische Platte anfingen, sich zu verbiegen, konnte ich die Beben relativ genau vorhersagen, auf einen oder zwei Monate genau. Jahre später schließlich stießen die Indo-Australische, die Nordamerikanische und die Pazifische Platte zusammen, was eine verheerende Wirkung auf ein begrenztes Gebiet ganz in der Nähe von Sado hatte.« Er zuckte die Achseln. »Man konnte sie ablesen wie von einer Straßenkarte.«

»Was?«

»Die Erdbeben, die mit dem Masada-Angriff zusammenhingen.«

»Warum haben Sie nicht vor Sado schon andere Erdbeben vorausgesagt?«

»Aus zwei Gründen. Erstens hätte sowieso niemand zugehört. Zweitens – wenn ich das Risiko eingegangen wäre, mich geirrt hätte und als Spinner abgestempelt worden wäre, hätte ich mir alle Chancen verbaut. Sado war der Knüller schlechthin, der Knall, der auf der ganzen Welt gehört werden würde.«

»Jetzt ... sind wir nicht in Sado, oder?«

»Wir sind auf Martinique. Dan ist nicht hier. Es geht ihm gut. Stellen Sie die nächste Frage. Wenn Sie zugehört haben, fragen Sie sich jetzt wahrscheinlich, was ich eigentlich verkaufen will, wenn ich Erdbeben gar nicht voraussagen kann.«

»Ja. Erzählen Sie's mir. Diesmal kann ich mich erinnern.«

»Ich verkaufe den Traum einer perfekten Welt«, sagte er. »Diese Art von Leiden ist nutzlos und sinnlos.«

»Tut mir leid ... ich habe da hinten etwas ...« Sie schlug mit den Armen um sich und rief: »Da krabbelt was! Irgendwas krabbelt auf mir herum. Weg damit! Weg!«

Er fuhr mit der Hand über Lanies Oberschenkel, bis er auf etwas Kaltes, Metallisches stieß.

»Ha!« Er packte die Sonde, die sich einen Weg in ihr Grab gebohrt hatte, und hielt sie sich vors Gesicht. »Wird Zeit, daß ihr hier auftaucht. Grabt uns langsam aus. Wir haben eine Luftblase hier, aber die wird nicht mehr lange halten. Vorsichtig untertunneln. Seht zu, daß ihr uns zuallererst ein Luftloch bohrt. Und dann brauche ich um Gottes willen was zu trinken! Hier gibt es Zuckerfabriken, also muß es auch Rum geben. Wenn ihr das Luftloch gebohrt habt, schiebt mir eine Flasche Rum durch.«

Die Sonde verschwand wieder. Crane entspannte sich,

als er hörte, daß die Retter begannen, ein Frischluftloch zu ihrem stickigen Grab zu bohren.

»Ist Dan da draußen?« fragte Lanie.

»Hoffentlich nicht«, erwiderte Crane. »Er sollte im Labor sein und nach Beben suchen.«

»Wenn Sie wirklich nichts vorhersagen können«, sagte sie, »wieso machen Sie dann weiter?«

Crane nahm in der Dunkelheit ihre Hand und küßte sie. »Meine Liebe, man gibt nicht seinen Lebenstraum auf, nur weil er unrealistisch ist.«

Plötzlich drang ein Sonnenstrahl herein, der ihre Gruft in fahles Schummerlicht tauchte. Ein Schwall Frischluft folgte, und mit ihm kam die Hoffnung.

»Dr. Crane«, drang eine Stimme durch das Loch, das rund zwölf Zentimeter Durchmesser hatte.

»Hier! Wo ist der Rum, den ich bestellt habe?«

»Kommt!«

Die Flasche rutschte durch das Loch, gefolgt von einer Flasche Wasser. Crane reichte Lanie das Wasser, schraubte die Rumflasche auf und nahm einen ausgiebigen Schluck. »Wie weit seid ihr entfernt?«

»Vier bis fünf Meter«, erwiderte die Stimme. »Wir holen Sie gleich raus.«

»Sind wir die einzigen?«

»Alle Überlebenden konnten entkommen ... außer Sie drei.«

»Zwei«, korrigierte Crane und nahm einen weiteren Schluck aus der Flasche. »Wir sind nur zu zweit hier.«

Er lehnte sich zurück und starrte traurig auf die Leiche. Lanie hatte ihren Blick nicht mehr davon abgewandt, seit das Licht in die Gruft gefallen war.

»Was ist passiert?« fragte sie und griff nach der Rumflasche, nachdem sie Wasser getrunken hatte.

»Wir haben versucht, ihn zu retten. Er starb. Ende der Geschichte.«

»War es ein Erdbeben?«

»Ein Vulkanausbruch ... wir sind auf Martinique.«

»Sie machen Witze! Wo ist Dan?«

»Zu Hause.« Er mochte Lanie so, wie sie jetzt war. Er konnte ehrlich sein, ohne Konsequenzen fürchten zu müssen, und aufrichtig, ohne Vorwürfe erwarten zu müssen. »Erinnern Sie sich an Ihr Versprechen?« fragte er.

»Versprechen ...«

»Macht nichts.« Er rutschte näher an sie heran und brachte seine Lippen an ihr Ohr. »Ich liebe dich, weißt du«, flüsterte er.

»Sagen Sie nicht solche Sachen«, wiegelte sie steif ab. »Wir haben genügend Probleme im Leben.«

»Welche Sachen meinen Sie?«

Sie nahm einen weiteren Schluck und reichte ihm die Flasche. Sie sahen beide wie Tonfiguren aus. »Wissen Sie«, sagte sie, »etwas verstehe ich nicht.«

»Ja?«

»Sie wollen diese Stiftung, all diese ... Macht, um Erdbeben vorherzusagen. Haben wir nicht gerade darüber gesprochen?«

»Ja. Wahrscheinlich fragen Sie sich gerade, was ich wirklich will.«

»Genau. Hellsehen, um Leben zu retten, ist eine noble Sache, aber Dan ist derjenige, der auf diesem Gebiet arbeitet. Warum machen Sie es nicht wie er? Gebiete bestimmen, die höchstwahrscheinlich betroffen sein werden, neue Baugesetze erwirken oder einfach jede Bautätigkeit dort verbieten. Um das zu tun, brauchen Sie doch gar nicht solch detaillierte Informationen.«

Crane flüsterte die Antwort, die er normalerweise niemals jemandem anvertraut hätte: »Erdbebenvorhersagen sind mir vollkommen egal. Sie sind nur Mittel zum Zweck.«

»Zu welchem Zweck?«

»Ich kann die Welt, so wie sie ist, nicht ertragen. Also will ich sie verändern. Ich will, daß es keine Erdbeben mehr gibt.«

Lanie lachte und griff wieder nach der Flasche. Crane nahm einen langen Schluck, bevor er sie ihr reichte. »Und wie wollen Sie das erreichen?«

»Indem ich die Platten wieder zusammenfüge«, erwiderte er leise, aber leidenschaftlich. »Die Erde besaß ursprünglich nur einen Kontinent namens Pangaea. Es gab keine Erdbeben, keine Vulkane. Ich werde dafür sorgen, daß es wieder so wird.«

Lanie trank ausgiebig, dann nahm Crane ihr die Flasche ab und leerte sie. Sie kicherte. »Sie sagten, Sie wollen die Platten wieder zusammenfügen, hab' ich richtig gehört?«

»Ja.«

»Wie?«

Er zwinkerte ihr zu, bevor er ihr ins Ohr flüsterte: »Indem ich riesige Atombomben direkt auf den Grabenlinien detonieren lasse.«

»Was?«

Licht flutete herein, und aufgeregte Stimmen waren überall um sie herum zu hören. »Kommen Sie, Elena King«, rief er und schlang seinen gesunden Arm um ihre Taille. »Wir leben, um einem neuen Tag die Stirn zu bieten!«

»Ist Dan hier?« fragte Lanie, als sich ihnen Hände entgegenstreckten, um sie herauszuziehen.

»Nein.«

»Was ist mit dem Jungen?«

»Wir lassen ihn hier. Nichts stört eine triumphale Rettungsaktion mehr als eine unpassende Leiche. Das ist PR, Lanie. Wir leben und sterben damit.«

Dan Newcombe saß mit geballten Fäusten da und starrte auf den Bildschirm. Er versuchte, einen klaren Kopf zu behalten, während er das Rettungsteam beobachtete, das behutsam in dem graugrünen Schlamm herumstocherte, wo zuvor einmal ein zweistöckiges Haus gestanden hatte. Schweigend und mit nachdenklichem Gesicht flimmerte noch immer das Holobild von Ishmael neben ihm. Er konnte das Icon sehen, es ihn aber nicht. »Siehst du bei der Grabungsaktion zu?« fragte er heiser.

»Ja«, erwiderte Ishmael. »Und ich habe ein sehr gutes Gefühl dabei.«

»Wie das?«

»Crane ist ein Verrückter. Er übersteht Katastrophen unbeschadet. Es ist seine Gnade, Bruder, es ist aber auch sein Fluch.«

»Ich höre dich zum erstenmal positiv über ihn sprechen.«

»Ich spreche nicht positiv über ihn. Er ist kein Mensch im üblichen Sinne. Er ist eine Kraft, die durch mein Leben strömt, so wie ich eine Kraft bin, die durch sein Leben strömt. Wir sind Gletscher, Crane und ich, die langsam vorwärtskriechen. Wir überrollen alles, was uns im Weg liegt. Crane übersteigt jede Beschreibung. Siehst du den Mann in dem hellblauen Mantel, der neben dem Lastwagen steht?«

Newcombe suchte ihn. Es war der Techniker, der den Monitor für die Sonden bediente. Er schien aufgeregt, während er an den Knöpfen drehte.

»Ich denke, er hat sie gefunden«, sagte Newcombe und beobachtete den Mann, der einen Freudentanz im Schlamm vollführte. »Sieh nur, wie er herumspringt! Sie leben!«

Die Tür des Vortragssaals sprang auf. Burt Hill und ein paar Programmierer kamen freudestrahlend und jubelnd hereingestürzt. Ähnliche Szenen spielten sich bei der Crew auf Martinique ab, wie er über den riesigen Bildschirm verfolgen konnte.

»Geh jetzt«, sagte er, und Ishmael verschwand, bevor Hill Dan erreichte. Newcombe nahm sich im stillen vor, Ishmael anzurufen, um ihm dafür zu danken, daß er ihm in dieser schweren Stunde beigestanden hatte.

»Ich lasse ihn niemals wieder ohne mich fahren!« rief Hill. Er rannte durch den Saal, um Cranes Rettung auf dem Bildschirm mitverfolgen zu können. Die anderen redeten wild durcheinander. »Sie haben offenbar die komplette Rettungsausrüstung verloren. Das Ding, das sie benutzt haben, ist aus Schrotteilen zusammengeschustert.«

Newcombe nickte. »Glauben Sie mir, wenn Crane das nächstemal zu einem Einsatz geht, werde ich ihn persönlich an Sie dranketten.«

»Gott«, sagte Hill und schüttelte den Kopf, als die Helfer eine Flasche Rum in das Luftloch im Boden steckten. »Er trinkt erst mal einen Schluck, bevor er rauskommt. Typisch Crane.«

Newcombe beobachtete weiter gebannt die Arbeiten. Die Helfer bildeten eine Kette und transportierten eimerweise Schlamm von dem Trümmerhaus weg. Sie lebten. Doch wie schwer waren sie verletzt?

Das Team kam innerhalb von Minuten durch. Die beiden Crews im Vortragssaal und auf Martinique jubelten, als Crane aus den Trümmern herauskletterte, für die Kameras ein breites Grinsen im Gesicht. Er trug Lanie auf den Armen, wobei der gesunde das meiste Gewicht hielt. Die fast leere Rumflasche baumelte an seiner behinderten Hand.

Newcombes Magen zog sich zusammen. Lanies Kopf war bandagiert, und Blut bedeckte ihre ganze linke Seite und verklebte ihr Haar. Sie schien nur halb bei Bewußtsein zu sein. Crane sah nicht im mindesten mitgenommen aus.

»Sie ist verletzt«, sagte Burt.

Newcombe grunzte. »Sie hätten besser erfahrene Ärzte mitgenommen statt Studenten.« Er drückte auf sein Armpad und nahm damit wieder Kontakt zum Team auf. Ein Schlammhaufen, der kaum als menschliches Wesen zu erkennen war, erschien auf dem Bildschirm. »Holen Sie Crane«, befahl er dem Mann.

In diesem Moment sah er, wie Lanie ihre Arme um Cranes Nacken warf und ihn ausgiebig küßte, während sie auf eine Bahre gelegt wurde. Sein Inneres verkrampfte sich, und er biß die Zähne zusammen, um nicht laut zu fluchen. Crane schien eher erschrocken als überrascht von diesem Kuß. Was ging da vor sich?

Crane winkte herzlich in Richtung der Kameras. Lachend hielt er die Rumflasche hoch. Es war ein weiteres üppiges Mahl an der Festtafel seines Lebens gewesen. Sollte er verdammt sein. Ishmael hatte recht – dieser Mann war nicht menschlich.

Crane wurde kurz vom Rettungsteam umringt, so daß er auf dem Schirm nicht mehr sichtbar war. Dann erschien er für eine halbe Minute, leerte aber zunächst einmal die Rumflasche.

»Crane«, sagte Newcombe leise.

»Dannyboy!« Crane setzte die Flasche ab, um sich das Gesicht mit einem Handtuch abzuwischen. »Haben Sie uns vermißt?«

»Wo ist sie?« fragte Newcombe. »Ich hoffe, Sie haben sie nicht umgebracht.«

»Wir sprechen über eine offene Leitung, Danny, nicht vergessen.«

»Wo ist sie?«

Crane hatte bereits sein Öffentlichkeitsgesicht aufgesetzt und würde sich jetzt nicht aus der Ruhe bringen lassen. Er lächelte. »Wir bringen sie nach Dominica hinüber, damit sie behandelt werden kann. Ich denke, es ist nur eine Gehirnerschütterung. Sie wird schon wieder. Fragt übrigens dauernd nach Ihnen.«

»Ich will mit ihr sprechen.«

»Das geht jetzt nicht, Dan.« Crane wandte den Blick einen Moment von der Linse ab. »Sie bereiten sie gerade auf den Transport vor. Übrigens ... Sie sollten auf einer offenen Leitung keine Wiedersehensparty feiern. Heben Sie sich das für später auf.«

»Um alles in der Welt, Crane, ich will mit ihr sprechen. Ich muß wissen, wie es ihr geht.«

Crane schüttelte den Kopf. Er lächelte immer noch. »Nicht auf einer nicht abhörsicheren Leitung«, sagte er. »Wir wollen doch keine Geschäftsgeheimnisse verraten.«

»Crane ...«

»Ich muß jetzt weg, Dan. Mein Publikum erwartet mich.« Crane wandte sich ab, und Newcombe starrte auf den leeren Bildschirm. Er ließ sich schwer in den Sessel zurückfallen und blickte reglos auf den Schirm und die Helfer, die sich an den Aufbruch machten.

»Ich muß alles für ihre Rückkehr vorbereiten«, sagte Burt. Er stand auf und brachte schnell Abstand zwischen sich und Newcombe. Alle anderen verließen mit ihm zusammen den Raum.

Dan blieb allein zurück. Er fühlte sich dumm und mißbraucht. In diesem Augenblick haßte er Crane und hätte ihn am liebsten verprügelt, wenn er gekonnt hätte. Ishmael hatte mit vielem so recht gehabt. Er sah es jetzt mit einer Klarheit, die jeden rationalen Gedanken übertraf.

Die Q-Leitung war abhörsicher. Er aktivierte sie auf seinem Armpad und programmierte die Nummer, die er sich im Speisesaal der *Diatribe* eingeprägt hatte.

In ihrem Chalet in der Stiftung saß Sumi Chan vor dem Kontrollterminal und blickte auf den Wandbildschirm. »Ist die Übertragung angekommen, Mr. Li?« fragte sie, während auf dem Schirm zu sehen war, wie Newcombe sich mit einer kleinen Holoprojektion von Mohammed Ishmael unterhielt.

»Ja, recht gut, Sumi. Vielen Dank.«

»Ich hatte das Gefühl, diese Information könnte für Sie interessant sein.«

»Durchaus. Verfolgen Sie, was sich zwischen Dr. Newcombe und diesem Outlaw abspielt. Wir werden dasselbe tun. Mohammed Ishmaels provokatives Auftreten und niedrige Einschaltquoten haben uns dazu gezwungen, seine Aktivitäten sowie die gesamte Nation of Islam zu verdammen.«

»Verstehe«, entgegnete Sumi, obwohl sie überhaupt nichts verstanden hatte. »Gibt es noch etwas?«

»Arbeiten Sie weiter so gut. Wir haben große Pläne mit Ihnen. *Zaijian*, Sumi Chan. Bleiben Sie im Schatten.«

»*Zaijian*, Mr. Li.«

Die Verbindung wurde von Lis Seite aus unterbrochen, nachdem sein Computer das ganze Gespräch zwischen Newcombe und Ishmael auf seine Festplatte überspielt hatte. Sumi schaltete ihren Rechner aus und nahm die grüne Dorphinflasche vom Schreibtisch vor dem 3-D-Wandbildschirm.

Sie ging zur Eingangstür. Das Chalet war riesig und geräumig, es war eigentlich ein einziger weitläufiger Raum mit einer unter dem Giebeldach eingezogenen Galerie, auf der sich das Schlafzimmer befand. Die gesamte vordere Fassade war nach draußen offen und bot einen herrlichen Blick. Unter anderen Umständen hätte Sumi hier absoluten Frieden finden können.

Sie trat auf den Balkon hinaus. Der warme Wind blies hier oben recht heftig. Ein einsamer Kondor flog über sie hinweg. Sie hatte das Gefühl, daß Li einen Fehler machte, wenn er die Nation of Islam verdammte. Ihre Mitglieder waren Konsumenten, zumindest bis zu einem gewissen Grad, und auf ihre Art auch Teil der amerikanischen Gesellschaft. Verdammung machte sie zu Ausgestoßenen und zog die Aufmerksamkeit auf sie. Diese Aufmerksamkeit konnte in Hohn umschlagen, aber auch in Solidarität. Amerikaner waren an verschiedenste individuelle Denkmuster gewöhnt. Wenn die Sache nicht aufgebauscht wurde, würden sie die Nation of Islam einfach integrieren. Wenn man sie aber vor die Wahl stellte, würden sich die Amerikaner wahrscheinlich für die Freiheit entscheiden; ein Konzept, das Li vollkommen fremd war.

Von einem plötzlichen Gefühl der Melancholie übermannt, entkorkte Sumi die grüne Flasche und trank. Ihre Brüste schmerzten unter der Verschnürung. Ein Problem, das jeden Monat wiederkehrte. Ihr ganz persönliches Dorphin, das hohe Konzentrationen von Oxytoxin und euphoriefördерndem PEA enthielt, schien zu helfen, auch wenn es ein gewisses sexuelles Verlangen in ihr auslöste, das niemals gestillt werden konnte. Sie konnte keinem Partner trauen. Sie konnte nicht einmal dem Sex trauen. Sie gab sich dem Gefühl hin, es wärmte und beruhigte sie. Auf gräulichen Wolken, die über den Himmel zogen, wurden Bilder von Nation of Islam-Anhängern gezeigt, die vor den befestigten Grenzstationen um East Los Angeles von ›G‹s verhaftet wurden. Darunter sah man Burt Hill, der gerade ein Büfett für die Rückkehr des Teams unter einem Sonnendach aufbauen ließ. Es gab auch eine Bar, ein kleines Lazarett sowie ein Podium für die Pressekonferenz.

Sumi würde sich die Pressekonferenz diesmal schenken. Sie wollte jetzt nur noch entspannen und sich unter den Laken in ihrem Adlerhorstbett unterm Dach verkriechen. Sie nahm einen weiteren Schluck Dorphin. Vielleicht könnte sie sich heute endlich einmal uneingeschränkter Glückseligkeit hingeben.

7.

Urknall

Die Stiftung
3. September 2024, 15 Uhr 45

Ein Kondor kreiste hoch über der Crane-Stiftung. Mit wachsamen Augen beobachtete der große Vogel unentwegt die elektromagnetischen Alarm- und Sicherheitsvorrichtungen der Anlage und ihre Benutzer. Der herrliche schlanke Körper des Vogels wurde nur noch von seinem komplexen Innenleben übertroffen, das vollständig elektronisch war. Seine Ganglien waren direkt mit Mohammed Ishmaels Gehirn verbunden. Wie pikant, dachte er, daß ihm ausgerechnet ein riesiger amerikanischer Geier als Spion diente. Aber bald, wenn alles so lief, wie er es sich vorstellte, würde er noch einen anderen Spion haben, der fast ebenso verläßlich war, und zwar mitten in der Stiftung.

Nach Ishmaels Meinung mußte Lewis Crane sorgfältig überwacht werden, denn er war der einzige Mensch auf der Welt, der eine ernsthafte Bedrohung für ihn darstellte. Crane verkörperte Ishmaels apokalyptische Vision der Welt. Von dem Augenblick an, als er Crane zum erstenmal gesehen hatte, war ihm klargewesen, daß ihre Schicksale irgendwie miteinander verknüpft waren. Aus diesem Grund kam es ihm auch nicht in den Sinn, daß die intensive Beschäftigung mit diesem Mann und der Arbeit seiner Stiftung vielleicht vollkommen irrational und rein persönlich motiviert sein könnte ... und außerdem viel zu zeitraubend. Es schien ihm einfach notwendig, obwohl er nicht im geringsten ahnte, warum.

Die Augen des Kondors zoomten auf den Helo-Landeplatz in der Nähe des Hauptgebäudes der Stiftung. Crane nannte es die ›Moschee‹, was Ishmael nicht witzig fand. Dafür amüsierte es ihn außerordentlich, daß die Gäste, die in diesem Augenblick ankamen, genau dieselben waren, die er im Juni auf dem Meer getroffen hatte. Alle waren eingeladen worden außer ihm. Er warf den Kopf zurück und lachte.

Lanie King war in jeder Hinsicht außergewöhnlich, dachte Crane, als er sich im Zentrallabor – das ab jetzt von allen nur noch ›Globusraum‹ genannt werden sollte – umsah. In den letzten drei Monaten hatte sie sich ein ums andere Mal bewährt. Sie lebte und atmete buchstäblich durch die Rechner ... und sie teilte seine leidenschaftliche Liebe zu dem Globus. Sie hatte die Programmierer ausgesucht und sie aus ihrem düsteren Hinterstübchen in den Hauptraum geholt, damit sie der Frucht ihrer Arbeit nahe sein konnten und ständig unter dem Eindruck der gigantischen Ausmaße dieses Projekts standen. Gute Führungsqualitäten, dachte Crane.

Das einzige, womit er nicht zufrieden war, das war sein Auftreten in der Öffentlichkeit. Er schlüpfte von einer Rolle in die nächste ... Showmaster, Komiker, P. T. Barnum und Cecil B. DeMille. Von Natur aus introvertiert, erschöpften ihn diese Auftritte, obwohl er bezweifelte, daß irgend jemand bemerkte, wie viel sie ihm abverlangten. Die kleine Show heute war eine der wichtigsten seiner ganzen Laufbahn gewesen. Politiker und Investoren wollten Fortschritte sehen; ausschlaggebend aber war, daß Li ein Erdbeben wollte, und er war sich bei Gott ziemlich sicher, daß er ihm eins liefern konnte.

Newcombes und Lanies Untersuchungen zeigten, daß die Radon-Konzentration im gesamten Mississippital um fast dreißig Prozent gestiegen war. Auch elektromagnetische Strahlung wurde in dieser Region gemessen. Beide Phänomene resultierten vermutlich aus Gesteinsbewegungen an einer Grabenspalte: Wenn das Gestein bröckelte, trat Radon aus; wenn es auseinanderbrach, konnte elektromagnetische Strahlung leichter durch das Grundwasser gelangen. Erdbebenvorboten. Wahrscheinlich.

Im Juli hatten Lanies Computer mit Hilfe der bekannten Theorie, daß auf Erdspalten immer wieder Erdbeben auftreten, ein größeres Beben auf dem New-Madrid-Graben in Missouri vorhergesagt. Das letzte große Erdbeben hier hatte 1812 stattgefunden. Er würde seinen Gästen von diesem historischen Beben erzählen, um sie auf kommende Attraktionen einzustimmen. Mit den zwei Seelen in seiner Brust fühlte er einerseits Niedergeschlagenheit, andererseits Schadenfreude. Er brauchte dieses Beben, um mit seiner Arbeit fortfahren und letztlich Millionen Menschenleben retten zu können. Aber er war ebenso verzweifelt und deprimiert bei dem Gedanken an ein Beben auf dem zweihundert Kilometer langen New-Madrid-Graben, das von Little Rock bis Chicago, Memphis, St. Louis und Natchez alles zerstören konnte. Einerseits mußte er jeden Zweifel ausräumen; andererseits hoffte er inständig, daß es doch nur ein Irrtum war ... jedenfalls was die Ausmaße der Zerstörung betraf.

Crane sah sich in dem hellerleuchteten Raum um. In der Nähe der Eingangstür waren eine Reihe von Polstersesseln für die VIPs aufgestellt worden. Sie waren alle da und tranken Sumis frisierten Champagner. Sogar Li schien gutgelaunt zu sein, ebenso Vizepräsident Gabler, der heute ohne Frau erschienen war, und Präsident Gideon. Wie diese Menschen so fröhlich sein konnten, ging über Cranes Verstand. In den letzten beiden Monaten hatte es in den Kriegszonen Aufstände gegeben, bei denen die Nation of Islam ein eigenes Homeland gefordert hatte. Erhöhte Sicherheit und die Kürzung von Lebensmittellieferungen konnten in den besetzten Gebieten kaum für Ruhe sorgen. Die islamischen Fundamentalisten in Paris, Lissabon, Algier und London unterstützten ihre amerikanischen Brüder, indem sie sich ebenfalls Straßenschlachten mit den Behörden lieferten. Boykotte von Liang-Int-Produkten zwangen Li, in vielen Bereichen nachzugeben, vor allem bei der Rationierung der Lebensmittel.

Eine neue Geschlechtskrankheit breitete sich auf dem indischen Subkontinent seuchenartig aus und ließ einmal mehr die stets heraufbeschworene Gefahr eines unkontrollierten Bevölkerungswachstums zur Farce werden. Genetische Seuchen sowie Viren und Bakterien, die gegen Antibiotika resistent geworden waren – ebenso wie die größte Plage der Menschheit, der Hunger –, straften die Malthus-Anhänger täglich Lügen. Die Lebensmittelversorgung war unzureichend. Unter freiem Himmel gedieh nur noch wenig; die UV-Strahlung zerstörte alles, was nicht unter speziellen Sonnenschilden angepflanzt wurde – und auf diese Schilde hatte Yo-Yu, Liangs größter Konkurrent, ein Exklusivpatent.

Im Juli hatte der Präsident angekündigt, daß die Regierung – also Liang Int – eine umfassende Untersuchung über die Möglichkeiten von Ozonregenerierung in Auftrag gegeben habe. Daraufhin beschuldigte Yo-Yu den Staat der Wettbewerbsverzerrung, indem er dem Unternehmen die Grundlage für seinen Vertrieb von Sunblockern und Sonnenschilden nehme. Es nannte die Studie der Regierung ›politischen Terrorismus‹. Crane konnte angesichts dieser vorsintflutlichen Methoden nur den Kopf schütteln. Allerdings war er – anders als gegenüber der Natur – dagegen gewappnet – sogar in diesem Moment. Er trat auf die Plattform, wo Lanie bereits an einer Computerkonsole saß. Newcombe hockte an einem langen Tisch mit integrierten Mikrofonen, die auch das leiseste Flüstern laut in den Raum hinaustrugen.

»Meine Damen und Herren«, begann Crane, und seine Stimme donnerte aus Dutzenden von Lautsprechern, die hinter den Wänden verborgen waren. Es wurde dunkel im Saal. Crane wartete, bis das Publikum still geworden war, und sagte dann schlicht: »Das Universum.« Zehn Sekunden lang blitzte grelles Licht auf. »Das Universum«, fuhr Crane fort, »entstand aus einer Fusion von Wasserstoff und Helium, bei der Materie in astronomischer Geschwindigkeit in alle Richtungen geschleudert wurde.«

Der Globus explodierte in Holoflammen, leuchtende rote und gelbe Feuerzungen zischten um die Kugel herum. »Unser Planet wurde vor rund viereinhalb Milliarden Jahren aus Feuer geboren. Durch Drehung verdichteten sich Staubwolken und Gase schließlich zu einem Ball.« Der Globus veränderte sich, während Crane sprach, und demonstrierte holographisch die Entstehung der Erde aus Gas. Die riesigen Umrisse der Kugel und die Veränderungen, die sie zeigte, beeindruckten die Zuschauer, die im Dunkeln saßen, zutiefst. Crane hörte ihr bewunderndes Gemurmel.

»Zunächst hatten wir einen Planeten aus geschmolzenem Gestein. Langsam sanken die schwereren Elemente, Nickel und Eisen, ab und bildeten einen dichten Kern. Manche der leichteren Gesteine, wie Basalt und Granit, schmolzen, schwebten nach oben und erkalteten zu einer dünnen Außenschicht. Das war der Mantel um den Kern.«

Lanies Finger flogen über die Tasten ihres Keyboards, und die Computersimulation zeigte eine öde, steinige Erde.

»Dann begann es zu regnen ...«

Donner toste durch den Raum. Begleitet von Blitzen, fiel aus dicken Wolken holographischer Regen auf den Globus.

»Es regnete Tausende von Jahren, bis der Planet vollständig mit Wasser bedeckt war. Am Ende hellte sich der Himmel wieder auf.«

Der Globus wurde ein sich drehender Ball aus Wasser.

»Das Wasser kühlte langsam ab und verdampfte, und so entstand Land auf dem Planeten, frei schwimmendes Land.«

Stücke von Kontinenten erschienen auf Lanies Globus, die gemächlich über die Wasserwelt dümpelten. Alle sahen wie gebannt zu, als sich die Kontinentalmassen auf den Äquator zubewegten und sich dort schließlich zu einem gigantischen, immer noch öden Superkontinent zusammenfügten.

»*Pangaea*«, sagte Crane, »ist griechisch und bedeutet ›alles Land‹. Es ist der Ursprung der Welt, wie wir sie heute kennen. Das Auseinanderbrechen von Pangaea, das auf uns unbekannte Gründe – wahrscheinlich Konvektion – zurückzuführen ist, brachte Vulkane mit sich, deren Gase das Grundmaterial für biologisches Leben sind.« Crane hielt inne. »Und das Auseinanderbrechen von Pangaea brachte Erdbeben mit sich.«

Crane sah zu Lanie hinüber. »Programmieren Sie das letzte New-Madrid-Beben in den Globus«, sagte er ruhig. Newcombe kritzelte etwas auf ein Stück Papier, während Lanie zu ihren Programmierern eilte. Für diese Simulation mußte sie dem Rechner mehr Input geben, als sie allein bewältigen konnte.

Newcombe hielt seinen Schmierzettel hoch. Darauf stand: *Wagen Sie sich nicht zu weit vor!*

Crane schüttelte kaum merklich den Kopf und grinste schief. Als Lanie signalisierte, daß sie und ihr Team bereit waren, sagte er: »Richten Sie Ihre Aufmerksamkeit jetzt auf die Vereinigten Staaten, genauer gesagt, auf den Mississippi.« Alle Lichter gingen aus, außer einem Spot, der auf das Zentrum der USA gerichtet war.

»Wir befinden uns im Mai 1811«, fuhr Crane fort. »In diesem Frühjahr hat es heftig geregnet, und alle Flüsse führen Hochwasser. Die Menschen hören häufig Donner, doch überraschenderweise folgen keine Blitze. Im Herbst finden die Bewohner von New Madrid, das im Südosten von Missouri an der Grenze zwischen Kentucky und Tennessee liegt, Zehntausende von toten Eichhörnchen, die ihre Heimatwälder verlassen hatten und zum Ohio River geflohen waren, wo sie sich kollektiv ertränkten. Im September zieht der Große Komet von 1811 am Himmel vorbei und taucht die Wälder in schimmerndes und unheimliches Licht – für viele ein Omen.«

Crane ging langsam die Stufen hinunter. Der Globus drehte sich nicht mehr. Er war so stehengeblieben, daß auf seiner Vorderseite das Mississippital zu sehen war.

»Amerika ist ein Land ohne Gesetze. Tecumseh herrscht über die indianischen Stämme in der Umgebung von New Madrid und kämpft den ganzen Herbst über gegen die Streitkräfte von General William Henry Harrison. Piraten und Schmuggler betreiben ihre Geschäfte auf dem Fluß und zwingen Frachtkapitäne dazu, zum gegenseitigen Schutz Konvois zu bilden. Doch in den frühen Morgenstunden des 16. Dezember, eines Montags, ist das alles nicht mehr wichtig.«

Crane trat in den Schein des Spots. »Um zwei Uhr morgens kommt die Hölle zu Besuch.«

Ein lautes Krachen tönte durch den Raum, und ein riesiger Riß erschien auf dem Globus. »Die Erde bebt heftig, Holzhäuser werden eingerissen. Ein furchterregendes Grollen, vermischt mit Fauchen und einem schrillen Pfeifen, dringt tief aus der Erde, als sie sich nun öffnet. Betäubende Schwefeldämpfe legen sich über die überlebenden Siedler. Blitze zucken aus dem schwankenden Erdboden. Wie ein Vulkan spuckt die Erde Wasser, Steine, Sand und Kohle baumhoch aus. In einer einzigen Nacht finden sechsundzwanzig solcher Vorkommnisse statt. Es ist entsetzlich. Doch nur ein Vorbeben. Der Siebenundzwanzigste ist der Tag des Bebens. Seine Auswirkungen sind in dreißig US-Staaten zu spüren. Ganze Wälder werden hinweggefegt. Der Boden sinkt ab und pflügt sich selbst um. Riesige Spalten öffnen sich und verschlucken alles. Der Mississippi ändert hunderte Male seinen Lauf; von schwerer Dünung erfaßt, hat er sich in einen Alptraum aus Strudeln und Wasserfällen verwandelt, der alles Leben vernichtet. Irgendwann fließt er stromaufwärts. Als die Ufer bersten, steigt der Fluß, überflutet das ganze Tal und ertränkt alles, was nicht bereits tot ist, in seinen reißenden Fluten.

In Jackson, Mississippi, achtzig Kilometer vom Epizentrum entfernt, brechen Bäume ab, Häuser fallen um. In Saint Louis weiter flußaufwärts zucken Blitze aus der Erde, Schornsteine stürzen ein, Häuser zerbrechen in zwei Hälften. Tagelang liegt dicker Nebel über dem ganzen Land. In Arkansas kommt es zu verheerenden Zerstörungen. Memphis wird von Erdrutschen verwüstet. Noch in Nashville beben und wackeln die Häuser. Nördlich von Detroit brodeln die Großen Seen wie kochendes Wasser im Topf. Die Stöße sind bis nach Richmond und Washington, D. C., zu spüren. Das Parlament von Raleigh in North Carolina erwischt es während einer nächtlichen Sitzung. In Charleston läuten die Kirchenglocken, und Einwohner leiden an Übelkeit wegen der schaukelnden Bewegungen.«

Auf dem Globus war jetzt nicht mehr nur das Erdbebengebiet angestrahlt, sondern fast die ganzen Vereinigten Staaten von Amerika.

»Was hat das alles mit uns zu tun, Doktor?« rief Li.

»Eine ganze Menge, Mr. Li, denn unsere Berechnungen haben ergeben, daß ein weiteres größeres Beben auf dem New-Madrid-Graben schon seit Jahren überfällig ist. Zahlreiche Vorboten eines solchen Erdbebens haben sich bereits gemeldet, und wir versuchen nur noch, den exakten Zeitpunkt für die Katastrophe zu bestimmen. Dr. Newcombe, haben Sie noch etwas hinzuzufügen?«

Newcombe blieb noch einen Augenblick sitzen. Er war sich nicht sicher, ob es schon Zeit war, die Bombe platzen zu lassen, aber er konnte jetzt, nach Cranes Präsentation, nicht länger schweigen. »Die Rocky Mountains kompensieren gewöhnlich alle Beben, die aus dem Westen kommen«, begann er schließlich. »Aber jedes Beben östlich davon wirkt verheerend. Unseren bisherigen Berechnungen zufolge wird es etwa drei Millionen Opfer geben; die Schäden werden sich auf rund zweihundertfünfzig Milliarden Dollar beziffern. Das Chaos würde den Waren- und Dienstleistungssektor des Landes erheblich beeinträchtigen, und zwar weit über die Erdbebenregion hinaus bis auf internationale Ebene. Der Schlag für die Wirtschaft könnte tödlich sein, und das Land wird sich vielleicht nie wieder davon erholen, wie Großbritannien damals nach seinen Kriegen im zwanzigsten Jahrhundert.«

Der gesamte Raum verfiel in Schweigen. Newcombe holte tief Luft. »Beantwortet das Ihre Frage, Mr. Li?« fragte er gleichmütig.

Crane gefiel das Auftreten von Präsident Gideon. Seine Besorgnis schien echt, und er sah seinem Gegenüber in die Augen, wenn man mit ihm sprach. Er besaß eine natürliche Autorität, die dem Vizepräsidenten abging. Selbstverständlich war er trotzdem kein bißchen unabhängiger als Gabler, man konnte nur besser mit ihm umgehen.

»Ich hoffe, Sie wollten uns nur ein wenig Angst einjagen, Dr. Crane«, sagte Gideon, der seinen Drink fest umklammerte. »Ich bin wirklich nicht sicher, ob ich über solch ein allumfassendes Desaster, wie Sie es gerade beschrieben haben, noch regieren will.«

Li, der neben Gideon stand, beugte sich zu dem Präsidenten hinüber. »Der gute Doktor hat keinen solchen Sinn für Humor«, sagte er. »Ich denke, er glaubt wirklich an die Vorhersage, die er heute gemacht hat.«

»Dies ist keine Zauberei, meine Herren«, erwiderte Crane, »wenn Sie das meinen. Wir haben eine wissenschaftliche Hypothese aufgestellt.«

Der Präsident legte den Kopf schief. »Sie sind nicht sicher, daß es passieren wird?«

Crane hob sein Glas, und Burt Hill kam angerannt, um Bourbon nachzufüllen. »Oh, es wird passieren, Herr Präsident. Die Zeichen der Erde lassen sich nicht ignorieren.«

»Aber das Datum, Crane.« Li lächelte. »Hier geht es vor allem ums Datum.«

»Wir arbeiten daran«, erwiderte Crane und sah beide Männer aufmerksam an. »Die Zeichen sind da. Wir versuchen jetzt, den genauen Zeitpunkt herauszubekommen. Wenn der Globus schon fertig wäre ...«

»Ist er aber nicht«, sagte Gabler. »Und insofern sind Ihre Vorhersagen nichts als leeres Gerede.«

»So wie Sado leeres Gerede war?« entgegnete Crane mit brennendem Blick. »Mein Team besteht aus hochqualifizierten Profis, die ihr Leben lang auf diesen Augenblick hingearbeitet haben. Was haben *Sie* anzubieten, Sir?«

Gabler wurde rot, und Gideon hielt sich die Hand vor den Mund, um sein Lächeln zu verbergen.

»Wir müssen diese Sache wirklich klären«, sagte Li. »Bis zu den Wahlen sind es nur noch zwei Monate.«

»Ich tue mein Bestes«, versprach Crane. »Eine falsche Vorhersage würde niemandem nützen.«

»Das ist richtig«, sagte Li. Sumi kam und goß ihm von ihrem frisierten Champagner nach. »Vergessen Sie nicht, daß es in Ihrem ureigensten Interesse liegt, noch vor den Wahlen zu einem Ergebnis zu kommen.«

»Können Sie sich das vorstellen?« Gideon hielt Sumi ebenfalls sein Glas entgegen. »Wir kündigen ein großes Desaster vorher an ... retten Millionen von Leben und Milliarden Dollar. Die von Yo-Yu hätten nicht mal mehr den Hauch einer Chance.«

»Leider fürchte ich, Herr Präsident, daß genau das Gegenteil passieren wird«, sagte Li und nahm Sumi am Arm. »Wir kündigen ein großes Desaster an, evakuieren, schließen Fabriken, lagern Warenbestände um – und dann passiert gar nichts.«

»Übertreiben Sie nicht«, sagte Gideon.

»Das ist das Risiko«, erwiderte Li. Er wandte sich vom Präsidenten ab und Crane zu, wobei sich sein nüchterner Ausdruck wie bei einem Chamäleon in warme Herzlichkeit verwandelte. »Arbeitet Sumi zu Ihrer Zufriedenheit, Dr. Crane?«

Crane und Sumi lächelten sich an. »Sumi Chan ist der beste Projektleiter, den man sich nur wünschen kann«, sagte Crane. »Er ist fast immer präsent, kennt die Prioritäten und schreibt entsprechende Schecks aus. Ein erstklassiger Mitarbeiter.«

»Ausgezeichnet«, sagte Li mit breitem Grinsen. Er legte einen Arm um Sumi. »Liang Int könnte mehr Männer wie Sumi gebrauchen. Wissen Sie, Doktor, ich bin von Ihrem Globus fasziniert. Ich habe auch einen.«

»Davon habe ich gehört«, sagte Crane. »Sie müssen ihn mir irgendwann einmal zeigen.«

Li lachte. »Ich fürchte, das wird nicht möglich sein. Vorschriften, Sie wissen schon.«

»Natürlich. Sumi, Präsident Gideon hat nichts mehr zu trinken, glaube ich.«

»Das können wir aber nicht zulassen«, sagte Sumi und ging mit der Flasche zu Gideon, um sein Glas nachzufüllen. »In der Stiftung dürfen Gläser niemals leer werden.«

Gideon nickte glücklich. Er schien locker und entspannt zu sein, ebenso wie seine Bodyguards. Er hob sein Glas. »Auf Sie, Doktor.«

Alle tranken; dann sagte Gideon: »Wie wär's mit einer

kleinen Führung durch Ihre Anlage? Ich finde sie erstaunlich. Wenn jemand vielleicht Zeit hat, würde ich gerne ...«

»Niemand kennt diesen Ort so gut wie ich«, sagte Crane. »Kommen Sie. Hat noch jemand Interesse?«

»Gehen Sie nur«, meinte Li. »Ich habe mit Mr. Chan noch etwas Geschäftliches zu besprechen.«

»Dagegen ist nichts einzuwenden«, entgegnete Crane und ging mit Gideon davon.

Li wandte sich Sumi zu. »Wie nahe sind sie wirklich an dieser New-Madrid-Sache dran?« fragte er scharf. Das fuchshafte Lächeln, das die Unterhaltung mit den anderen begleitet hatte, war verschwunden.

Sumi schüttelte den Kopf. »Ich bin mir nicht sicher. Es kommt sehr viel Information herein. Ich weiß, daß sie daran arbeiten, aber sie haben die Sache noch nicht hundertprozentig im Griff. Es kann ebensogut sein, daß das alles erst in ein paar Jahren stattfindet.«

Li runzelte die Stirn. »Sie sollen ein Beben finden, das noch vor den Wahlen kommt.«

»Sie können nur tun, was in ihrer Macht steht.«

»Nein, Sumi. Sie können ein Beben finden – wenn an Cranes Theorien überhaupt etwas dran ist. Aber sie müssen sich anstrengen, um das zu bekommen, was ich will – und sich nicht mit ihren Daten und ihren Spielzeugen verzetteln« – er rümpfte die Nase – »und mit ihrer Grundlagenforschung. Apropos Forschen – wie weit sind Sie mit Dr. Newcombe gediehen? Hat er immer noch vor, heute nacht eine kleine Reise zu machen?«

Sumi nickte. Sie hatte das Gefühl, daß sich das Netz, das über der Stiftung lag, langsam, aber sicher zuzog. »Er wird unter dem Namen ›Enos Mann‹ reisen. Sobald es dunkel wird, bricht er auf.«

»Hm, er wird also die ganze Nacht weg sein. Die Masada-Wolke ist etwa für Mitternacht angekündigt.«

»Sind Ihre Leute auf ihren Posten?«

»Machen Sie sich keine Gedanken über meine Leute«, meinte Li. Seine Stirn legte sich in Falten, als er Mui näherkommen sah. »Sorgen Sie dafür, daß diese Menschen hier alles tun, um zu einer Vorhersage zu kommen. Und jetzt schlage ich vor, daß wir uns trennen, um keinen Verdacht zu erregen.«

Sumi verbeugte sich leicht und verbarg ihre Anspannung und ihren Ärger. Sie ging auf Newcombe zu und wünschte sich, sie könnte irgend etwas sagen, ihm irgendwie unauffällig klarmachen, daß er heute nacht zu Hause bleiben solle. Newcombes Aktionen konnten für Crane und die ganze Stiftung das Ende bedeuten. Kate Masters, die einen hellroten Bodystocking und darüber ein bodenlanges Cape trug, unterhielt sich, ein Champagnerglas in der Hand, mit ihm und Lanie, als Sumi hinzutrat.

»Oh, Sumi«, sagte sie. Das rote Haar fiel in krausen Lokken bis auf ihre Schultern herab. »Sie müssen mir irgendwann einmal das Geheimnis hierfür verraten.« Sie hielt ihr Glas hoch.

»Altes Familienrezept«, erwiderte Sumi und bedachte sie mit einem leicht anzüglichen Blick, den sie sich bei den Männern abgeschaut hatte. »Ist gut für Ihr Liebesleben.«

»Süße, in dieser Hinsicht habe ich überhaupt keine Probleme, aber Sie dürfen mich trotzdem abfüllen.« Sie hielt ihr das Glas hin, und Sumi goß ein. Sie spürte, daß Kate Masters in vielerlei Hinsicht ebenso wie sie ein Versteckspiel spielte, das für eine Männerwelt gedacht war. In dieser Frau steckte wesentlich mehr, als sie zeigte.

»He, lassen Sie mir auch noch etwas davon übrig«, meldete sich Newcombe und hielt sein Glas ebenfalls hin.

»Ich möchte, daß Sie alle wissen«, sagte Kate Masters und nahm einen ausgiebigen Schluck, »wie wichtig ich Ihre Arbeit hier finde. Ich weiß, daß Crane sie an die Mächtigen verkaufen muß und daß sie durch diesen Verkauf abgewertet wird. Aber nicht in meinen Augen.«

»Das freut uns«, sagte Lanie und lächelte sie an. »Wir wollen hier wirklich nur den Menschen helfen, aber irgendwer legt uns immer wieder Steine in den Weg.«

»So sind eben die Spielregeln«, sagte Newcombe mit gerunzelter Stirn. »Es ist ein Spiel, das ich hasse, aber es wird sonst keins geboten in der Stadt.«

»Sie haben mir vorhin mit Ihrer Rede wirklich höllische Angst eingejagt«, sagte Kate Masters.

»Hoffentlich«, erwiderte Newcombe. »Es hat mir auch höllische Angst eingejagt.«

»Was man auch immer davon halten mag«, gab Kate Masters zurück und nahm einen weiteren ausgiebigen Schluck, »wir haben die Kostenübernahme für die Vogelman-Methode durchgesetzt. Im Gegenzug wollten wir die Stiftung unterstützen. Aber selbst wenn die Behörden abgelehnt hätten, hätten wir Sie weiter unterstützt. Es gibt Dinge, die wichtiger sind als Politik. Sie haben Klasse.«

»Haben sich da verwandte Seelen getroffen?« meinte Sumi. »Schön für Sie. Ich muß jetzt eine neue Flasche besorgen. Bleiben Sie im Schatten.« Sumi entfernte sich schnell.

Lanie folgte ihm mit den Augen. Irgend etwas schrecklich Einsames und Trauriges haftete an Sumi Chan. Sie traute ihm nicht, aber das hinderte sie nicht daran, Mitleid für ihn zu empfinden. Sie sah Kate Masters an. »Wie funktioniert die Vogelman-Methode?«

»Interessiert, Schätzchen?«

»Nein«, antwortete Newcombe an ihrer Stelle, »wir werden nur ...«

»Doch, ich bin interessiert«, sagte Lanie und sah Newcombe intensiv an. »Ich habe eine Menge zu tun in den nächsten Jahren und keine Lust, mir über Kinder Gedanken zu machen.«

»Ein Implantat«, erklärte Kate Masters. »Einfache Sache, in einer Viertelstunde erledigt. Es bleibt einfach drin und verhindert den Eisprung – keine Krämpfe, keine Periode mehr.« Sie sah Newcombe an. »Eine *Menge* Frauen haben das schon machen lassen.«

»So viel zum Thema Weltbevölkerung«, bemerkte er.

»Wenn Sie schwanger werden wollen, müssen Sie nur eine Pille nehmen. Kein Streß. Mütter machen es oft bei ihren halbwüchsigen Töchtern. Eine Sorge weniger.«

»Es ist unnatürlich«, warf Newcombe ein.

Kate Masters zeigte ein breites Grinsen. »Sie haben leicht

reden. Natur ist, was Natur tut. Es gibt ein paar wirklich gute Ärzte in L. A., die den Eingriff vornehmen, Lanie. Wollen Sie, daß ich etwas für Sie arrangiere?«

»Ja«, sagte Lanie.

»Nein«, widersprach Newcombe.

Kate Masters atmete tief ein und trank ihr Glas aus. »Also, vielleicht solltet ihr beide euch noch mal darüber unterhalten, hm?«

»Ich rufe Sie an«, sagte Lanie und starrte Newcombe an. Warum mußte er nur so herrisch sein?

»Ich werde mich jetzt wieder unter die Leute mischen«, sagte Kate Masters und warf theatralisch ihr üppiges Haar zurück. »Ich werde ja nicht dafür bezahlt, hier herumzustehen und Champagner zu trinken.«

»Weiß Gott«, meinte Newcombe.

Sie zuckte die Schultern. »Ich weiß, wann ich mich zu verabschieden habe. Nochmals danke für die Show heute. Ich werde eine Woche lang Alpträume haben.« Sie schüttelte Newcombe die Hand und drückte Lanie kurz an sich.

»Ich rufe Sie morgen an«, flüsterte Lanie. Als Kate Masters weg war, wandte sie sich wütend Dan zu. »Ich weiß nicht, ob ich schon jemals so bloßgestellt worden bin«, sagte sie. »Wie konntest du das tun?«

»Wie bitte? Das ist doch wohl eine Sache, die wir zusammen entscheiden sollten, oder nicht?«

»Nicht von meinem Standpunkt aus. Es ist mein Körper, mein Leben. Und nächste Woche werde ich mir das machen lassen, egal ob du einverstanden bist oder nicht.«

»Wir sind doch keine Teenager mehr«, sagte er. »Deine biologische Uhr tickt, und ...«

»Biologische Uhr?« sagte sie und atmete tief durch, um sich zu beruhigen. »Ich bin doch kein Muttertier, das nur darauf wartet, befruchtet zu werden, Dan. Warum mußt du immer alles verder...«

»Ist dies nicht ein wundervoller Tag?« unterbrach Crane sie. »Die haben wir von den Socken gerissen, oder?«

»Wir haben ihnen was versprochen, was wir ihnen nicht liefern können«, sagte Newcombe barsch. »Was ist daran so toll? Sie hätten wenigstens noch warten können, bis wir vor Ort Messungen durchgeführt haben, bevor Sie das Beben der Weltöffentlichkeit ankündigen.«

Crane sah Lanie an. »Was ist sein Problem?«

»Babys«, antwortete sie.

»Babys«, wiederholte Crane und erschauerte. »Was für ein fürchterlicher Gedanke. Na ja, egal. Die Leute werden bald wieder verschwunden sein, und dann möchte ich, daß Sie beide zu mir nach Hause zum Abendessen kommen. Wir haben was zu feiern!«

Lanies Gesicht hellte sich auf. »Das klingt ...«

»Ich kann nicht«, sagte Newcombe.

»Was? Haben Sie eine andere Verabredung?« fragte Crane.

Lanie sah, wie Dan mit den Augen auswich. »Ich muß den Berg hinunter«, erklärte er. »Ich habe mir schon seit längerem vorgenommen, die Kalibrierung an unserem Sankt-Andreas-Meßgerät neu zu justieren. Das muß unbedingt gemacht werden.«

»Heute abend?« sagte Crane. »Es ist eine Masada-Nacht.«

»Ich nehme einen Schutzanzug mit.«

»Nimm zwei«, sagte Lanie. »Ich komme mit.«

Er schüttelte den Kopf. »Du bleibst hier. Genieß den Abend. Ich bin morgen früh wieder zurück.«

»Es macht mir wirklich nichts aus, ich ...«

»Ich möchte das allein tun«, beharrte Newcombe. Lanie war überrascht, wie wild er offensichtlich darauf war. »Nimm's nicht persönlich ... Ich brauche einfach ein bißchen Zeit zum Nachdenken.«

»Nachdenken worüber?« fragte Lanie, die ahnte, daß sein Verhalten nichts mit der Vogelman-Behandlung zu tun hatte. Er verheimlichte etwas vor ihr.

»He, Doc Dan!« rief Burt Hill, der auf sie zuschlenderte. »Es wird langsam dunkel. Das Helo steht draußen für Sie bereit, wenn Sie es noch brauchen.«

»Ich komme!« sagte Newcombe. »Ich bin morgen früh wieder da. Viel Spaß beim Abendessen.«

Damit wandte er sich um und ging durch den Globusraum, ohne sich noch einmal umzusehen.

»Was, zum Teufel, war denn das?« fragte Crane.

Lanie schüttelte den Kopf. »Ich habe keine Ahnung, aber es hatte nichts mit dem Sankt-Andreas-Graben zu tun.«

»Wie meinen Sie das?«

»Er hat letzte Woche seine Techniker losgeschickt, um das Gerät neu einzustellen.«

21 Uhr 10

»Sind Sie immer noch nicht fertig?« schrie Crane aus der Krankabine, in der er zehn Meter hoch in der Luft um den Globus herumkreiste.

»Kommen Sie da runter!« rief Lanie. »Sie werden sich noch umbringen.« Der Verrückte lehnte sich aus der Gondel und winkte ihnen mit einer Flasche Rum.

»Ich bin viel zu aggressiv, um zu sterben!« rief er, die Hände trichterförmig an den Mund gelegt. »Sehen Sie zu, daß Ihre Leute arbeiten, damit hier was vorwärtsgeht!«

»Wir sind doch dran!«

Sumi stand neben Lanie. »Crane scheint heute abend sehr … überschwenglich zu sein.«

»Das ist das richtige Wort.« Lanie kam schier um vor Hunger. Cranes Einladung zum Abendessen hatte noch keine konkreten Formen angenommen, denn er hatte sich in die Idee verbissen, den Globus auszuprobieren. Angesichts von Dans Abwesenheit und Cranes Infantilität fühlte sie sich langsam mehr wie eine Mutter als wie eine Mitarbeiterin.

Sie wandte sich ihren Programmierern zu und rollte dann kurz die Augen in Richtung Sumi. »Kommt schon, Leute. Ihr habt ihn gehört. Dann werden wir das Ding eben online schicken.«

Stöhnen und Klagen war die Antwort. Lanie sah Sumi an. »Können Sie ihn da runterholen?« fragte sie.

»Ich würde es nicht einmal versuchen.«

»Das dachte ich mir.«

Sie ging von den Terminals, die an der Wand standen, auf den Globus zu, der sich majestätisch fast bis zu der konturierten Decke erhob. Sie waren so klein neben ihrem großen Traum. »Kommen Sie endlich da runter!« rief sie zu Crane hinauf, als er bei seiner nächsten Umkreisung über ihr vorbeikam. »Oder ich schalte das Ding ab!«

Er drückte die Kontrollknöpfe, und der Kran stoppte abrupt, so daß die Gondel wild hin und her schaukelte. Die Flasche schlug neben Lanie auf dem Boden auf. »Hoppla«, sagte er.

»Runter da, Crane ... und zwar sofort!«

Er steuerte die Gondel abwärts und kletterte mit zerknirschtem Gesicht heraus. »Meine Flasche ist runtergefallen«, sagte er.

»Ich hole eine neue«, sagte Sumi und eilte davon.

»Großartig«, meinte Lanie und sah Crane an. »Wie viele haben Sie noch davon?«

»Kistenweise«, erklärte Crane und wackelte mit den Augenbrauen. »Kisten voller Rum von den dankbaren Einwohnern von Le Precheur. Warum ist noch nicht alles vorbereitet für den Testlauf?«

»Wie Sie vielleicht wissen oder auch nicht', Doktor«, antwortete Lanie steif, »haben wir die Computer mit Informationen, aber nicht mit Programmen gefüttert. Eine Aufgabe, die wir noch nicht abgeschlossen haben, wenn ich das anfügen darf. Wir müssen sämtliche Leitungen öffnen, um Ihren kleinen Testlauf heute nacht noch durchführen zu können. Diese Leute haben den ganzen Tag gearbeitet und sind jetzt müde. Geben Sie ihnen eine Minute, okay?«

»Sie sind sauer auf mich«, sagte er schmollend.

»Ich bin sauer auf Dan«, erwiderte sie. »Aber Sie sind hier. Und ein dickköpfiger Geologe ist so gut wie der andere.«

»Dan ist ein großes Kind. Er hat etwas Geschäftliches zu erledigen, das ist alles.«

»Sein Leben spielt sich hier ab. Er hat unten nichts Geschäftliches zu erledigen.«

»Eine Flasche Rum von Martinique«, sagte Sumi, die auf sie zugeeilt kam, und drückte Crane die Flasche in die Hand. »Ohne Zusätze.«

Crane schraubte den Verschluß auf und nahm einen ausgiebigen Schluck. Dann drehte er sich auf dem Absatz um und starrte auf den überwältigenden Globus. »Ich werde verrückt, wenn wir das Ding nicht bald zum Laufen kriegen.«

»Sie sind bereits verrückt«, gab Lanie zurück. »Sehen Sie, Sie können von diesem ersten Mal ohnehin nicht viel erwarten. Die Unwägbarkeiten sind …«

»Die Unwägbarkeiten sind der Grund, warum ich Sie engagiert habe«, sagte er ernst. »Dafür brauche ich einen Imager, der mit meinem Globus spricht, mit ihm kommuniziert und mit ihm synergetische Effekte hervorbringt.«

»Es ist nicht so einfach, das wissen Sie. Wir haben alle historischen Daten eingegeben, aber wir reden hier über das Leben auf dem Planeten selbst. Wenn jemand in Rom einen Brunnen bohrt und dabei eine noch unbekannte Spalte ankratzt, kann es vielleicht zwei Jahre später in Alaska zu einem Beben kommen. Wir können den Chaoseffekt nicht programmieren, und wir wissen nicht, welche Rolle er spielt.«

Crane sah Sumi an. »Wie denken Sie darüber?«

»Ich denke, Sie sollten vor den Wahlen noch etwas voraussagen, oder wir verlieren unsere finanzielle Grundlage. Wenn es der Sache dienlich ist, dann bin ich dafür, Vollgas zu geben.«

Lanie ignorierte Crane und sah Sumi an. »Was, zum Teufel, würde es bringen, wenn wir eine falsche Ankündigung rausgeben? Ich verstehe Sie nicht. Sie sind genauso schlimm wie Mr. Li. Wir können doch von der Erde nicht erwarten, daß sie sich nach unseren Erwartungen richtet.«

»Wir können auch nicht ohne Gelder überleben«, erwiderte Sumi und sah dann Crane an. »Sie müssen nur in den nächsten Monaten ein Erdbeben mitten in den Vereinigten Staaten ankündigen. Das haben Sie gesagt, nicht ich.«

»Wir sind auf dem richtigen Weg«, sagte Crane. »Es

muß jetzt nur etwas dabei herauskommen, das ist alles. Die Zeichen sind da, aber noch sind sie nicht eindeutig genug.«

»Was brauchen Sie noch?«

Lanie schauderte, als Sumi diese Frage stellte, wußte aber nicht recht, warum.

»Wir werden nächste Woche vor Ort Messungen durchführen. Das wird uns Aufschluß geben.« Crane nahm einen Schluck. »Ein bißchen erhöhte Aktivität nach der Dilatationsphase oder ein Vorbeben wären hübsch. Etwas mehr elektromagnetische Aktivität im Boden wäre auch nicht schlecht. Obwohl ich mit dem Dilatationsprozeß gerne ein bißchen spekuliert hätte, wenn die seismischen Aktivitäten wieder steigen. Es ist ein ziemlich gutes Zeichen, daß es sie in unmittelbarer Nähe des gewundenen Spalts gab; sie haben ihn in eine Position gebracht, aus der sich mit Hilfe des Öl- und Wassergemischs ein größerer Grabenrutsch ergeben könnte.«

»Ist das die Grundlage für Ihre Vorhersagen?« fragte Sumi.

»Wenn es nicht anders geht«, antwortete Crane und zeigte dann mit seiner gesunden Hand, die die Rumflasche hielt, auf Lanie. »Und ich will Ihnen etwas sagen. Vor allem will ich keinen Defätismus. Wir sind so weit gekommen, weil wir stets optimistisch waren. Zweitens werden wir uns hier unseren Lebenstraum erfüllen. Ihre Computer werden mehr Wissen über den Planeten Erde speichern als jede andere Quelle. Die Antworten werden dort liegen. Vielleicht entdecken Sie ja, sobald wir dieses Wissen erst verarbeitet haben, Dinge, die wir bis jetzt noch gar nicht wahrgenommen haben. Vielleicht sogar ein Muster für das Chaos.«

»Kommen Sie eigentlich nie zur Ruhe?« fragte Lanie.

»Nein.«

»Ich glaube, wir sind online!« rief einer der Programmierer, und alle klatschten.

»Ich danke Ihnen allen.« Crane wandte sich Lanie zu. »Möchten Sie den nächsten Schritt tun?«

Jetzt spürte Lanie es, diese Mischung aus Angst und Erregung, die in ihr vibrierte, seit er vorgeschlagen hatte, das Programm auszuprobieren. Sie nickte, denn sie brachte kein Wort heraus, und ging zum Masterboard, einer doppelstöckigen Konsole aus blinkenden Lichtern, Rheostats und Knöpfen mit einem Kontrollkeyboard und einem riesigen Monitor.

Sie aktivierte den Monitor, und es erschien ein blinkender Cursor auf dem Bildschirm. Sie wünschte, Dan wäre hier, ungeachtet dessen, wie die Sache ausgehen würde. Als sie zögerte, meldete sich Crane:

»Wir haben keine Blaskapelle, Miß King.« Er starrte auf den gigantischen Globus.

Mit zitternden Fingern tippte sie: Entwicklung von Pangaea an. Dann holte sie tief Luft und drückte die Entertaste.

Mit einem tiefen Grollen begann der Globus, sich zu drehen, und die Kontinentenplatten fügten sich zu einem einzigen, großen Kontinent zusammen. Als er wieder auseinanderbrach, zeigten sich zwischen den einzelnen Kontinenten, dort, wo sie aufrissen und sich aneinander rieben, wie rote Adern Erdbeben.

»Wunderschön«, staunte Crane. Lanie war viel zu sehr damit beschäftigt, den Ablauf zu kontrollieren, um das Schauspiel genießen zu können. Sie war nur noch ein Nervenbündel, als sie sich wieder zu Crane gesellte.

»Was ist unsere erste geschichtliche Nahtstelle?« fragte er mit flüsternder Stimme.

»Der acht Kilometer große Chicxulub-Meteor«, antwortete sie, »vor fünfundsechzig Millionen Jahren.«

»Der Übergang ins Känozoikum«, sagte Crane.

Sie starrte zitternd auf die Weltkugel. »Ja. Beginn des Tertiärs, Ende der Dinosaurierära. Sehen Sie die Vulkane an den Antipoden? Dort.«

Die Holoprojektion eines riesigen Meteors, der in der Atmosphäre glühte, flog durch den Globusraum und stürzte auf die mexikanische Yucatan-Halbinsel. Eine gigantische Staubwolke erhob sich und breitete sich über den gesamten Planeten aus. Schwache Spuren von pulsierenden roten Linien, die in der Einschlagstelle ihren Ursprung nahmen, waren durch den Staubnebel zu sehen. Auf der anderen Seite der Kugel begannen vulkanische Aktivitäten.

Crane packte Lanies Arm. Sein Gesicht war wie erstarrt, als er beobachtete, wie sich die Erde vor seinen Augen neu erschuf. »Ja«, flüsterte er.

Auch ihre Aufregung wuchs immer mehr.

Und dann hörte sie es: einen leisen Piepston von einer entfernten Programmierstation, dann noch einen und noch einen – das System stürzte ab.

»Nein«, stöhnte sie, riß sich von Cranes Umklammerung los und drehte sich zu ihrer Konsole, während überall in dem riesigen Raum Fehlermeldungen blinkten und laute Signaltöne piepsten. Sie wandte sich um und sah auf den Globus. Er war vollkommen abgestürzt. Cranes Kopf schnellte von einer Seite zur anderen, und aus seiner Kehle drang ein tiefes Grollen.

Lanie legte die Hände auf das Keyboard und wollte gerade einen Neustart programmieren, als sie die Meldung auf dem Monitor las, die sie am meisten gefürchtet hatte: *Keine Verbindung – System inkompatibel.*

Vollkommen verwirrt ließ sie ihre Arme an den Seiten herunterbaumeln. Crane war sofort an ihrer Seite.

»Weiter«, sagte er. »Suchen Sie den Fehler.«

»Ich kann nicht«, sagte sie und zeigte auf den Bildschirm. »Ich weiß gar nicht, wo ich anfangen soll.«

Er las die Meldung, nahm Lanie bei den Schultern und drehte sie so, daß sie ihn ansehen mußte. »Was bedeutet das?«

Ein fürchterliches Gefühl der Verwirrung überkam Lanie, während die Programmierer langsam hinzukamen und einen Kreis um sie bildeten. »Es bedeutet, daß der Mexikanische Krater nicht mit den historischen Daten übereinstimmt, mit denen wir die Maschinen gefüttert haben. Es bedeutet, daß es unmöglich ist.«

»Nein«, sagte er, und dann noch einmal lauter: »Nein! Das werde ich nicht akzeptieren. Machen Sie einen Neustart, und versuchen Sie's noch mal.«

»Sehen Sie, Crane«, sagte sie. »Es gibt zwei Möglichkeiten. Entweder wir haben falsch programmiert, was verständlich wäre angesichts der Tatsache, daß Sie uns nicht die Zeit für eine Überprüfung gaben. Um das festzustellen, müssen wir alles, was wir heute abend gemacht haben, Schritt für Schritt noch einmal durchgehen. Aber die Leute sind dafür zu müde.«

»Was ist die andere Möglichkeit?«

Sie atmete tief durch. »Die Ereignisse vor dem Chicxulub-Einschlag, vielleicht schon das Auseinanderbrechen von Pangaea, haben die Welt so verändert, daß der Einschlag des Meteoriten eine andere Wirkung hatte als die, die auf unserem Globus zu sehen war.«

»Sie haben gesagt, daß der Rechner solche Widersprüche findet und korrigiert, indem er eine begrenzte Anzahl von möglichen Ereignissen durchspielt.«

Lanie sah zu, wie Crane die Flasche ansetzte und in einem Zug halb leerte. Wie immer war er eine Bombe, die kurz vor der Explosion stand. »Was ein mögliches Ereignis ist, ist so eine Sache«, sagte sie. »Nehmen wir zum Beispiel den Chicxulub-Einschlag und den Einsturz der Mauern von Jericho. Chicxulub ist das früheste Ereignis, das wir kennen. Alles davor ist reine Spekulation.«

Crane zeigte auf sie, und seine Finger zitterten vor Wut und Alkoholrausch. »Immer noch im Rahmen der Möglichkeiten«, sagte er, ging auf den Globus zu und starrte ihn an, als ob die Konzentration ihm die Antworten seines Lebens liefern könnte. Zum erstenmal, seit sie für Crane arbeitete, fragte Lanie sich, wieviel von seiner ganz persönlichen Energie in diesem Projekt steckte. Es wäre nicht das erstemal, daß ein Verrückter Leute dazu gebracht hätte, Unsinn zu glauben.

Er wandte sich ihr zu. »Booten Sie neu«, befahl er. »Wir werden die Programme überprüfen.«

»Nein«, widersprach sie. »Meine Programmierer sind müde. *Ich* bin müde. Lassen Sie es uns morgen früh versuchen.«

»Ich habe Ihnen eine Anordnung erteilt!«

»Und ich habe mich widersetzt.«

»Verdammt!« schrie er und schleuderte seinen Arm in die Luft. Die halbleere Flasche flog auf den Globus und zerschellte in Sibirien. Beißender Rauch stieg auf, als der Rum über die Leitungen lief. »Sie sind gefeuert!«

»Prima«, sagte sie und wandte sich der Gruppe von Programmierern zu, die sich um sie geschart hatte. »Gehen Sie nach Hause. Wir sind für heute hier fertig. Ihr neuer Boß wird Ihnen morgen sagen, was zu tun ist.«

»Ich denke, wir sollten ihn nach Hause bringen«, schlug Sumi vor.

»Zum Teufel mit ihm.«

»Lanie ...«

Lanie nickte müde und nahm Cranes behinderten Arm, während Sumi den gesunden packte. »Kommen Sie, wir bringen Sie heim«, sagte Sumi. »Sie brauchen Schlaf.«

»Ich brauche keinen Schlaf«, sagte Crane und ließ sich widerstrebend hinausführen, die Augen immer noch auf den Globus gerichtet. »Ich muß mich hinsetzen und arbeiten.« Er drehte den Kopf und küßte Lanie auf den Nacken. »Ach, vielleicht ist es eine Frage des Gewichts. Wieviel haben Sie dem Erdgesamtgewicht hinzugefügt?«

»Knappe tausend Tonnen pro Tag infolge von Meteoreneinschlägen.«

»Versuchen Sie, für die erste Zeit mehr Gewicht zu addieren. Meteoraktivitäten sind heutzutage wesentlich seltener als vor einer Milliarde Jahren.«

»Was immer Sie wollen«, gab sie zurück. Als sie draußen waren, schüttelte Crane sie ab, um allein zu stehen.

Er sah zum Himmel hinauf. Der Mond war zu drei Vierteln voll und reflektierte Szenen mit blutüberströmten Autowracks. »Dort muß ich leben«, sagte er und zeigte hinauf. Dann sah er auf seine Hände und suchte die Flasche, die nicht mehr da war. »Da oben könnte ich den ganzen Wahnsinn jeden Morgen aufgehen und jeden Abend wieder untergehen sehen.« Er brach in brüllendes Gelächter aus.

Sie gingen zu den Treppen, die den Berg hinaufführten.

»Zumindest müßten Sie sich nicht über Erdbeben Gedanken machen«, sagte Lanie.

Crane und Sumi lachten. »Auf dem Mond gibt es auch Beben«, sagte Sumi.

»Wirklich?«

»Etwa dreitausend pro Jahr«, erklärte Crane.

»Hat der Mond einen Kern?«

»Ja«, antwortete Crane. »Mit einem Durchmesser von knapp tausendfünfhundert Kilometern. Es sind allerdings schwache Beben, mit einer Stärke von etwa zwei auf der Richterskala. Kommen selten bis zur Oberfläche durch. Es ist mehr so etwas wie ein Bebenspeicher.«

»Ein Speicher wofür?« fragte Sumi.

»Ich weiß es nicht.« Crane starrte wieder auf den Mond. »Man könnte sich dort oben eine schöne Welt einrichten. Ich meine nicht wie die Bergwerksgesellschaften, sondern eine Welt der Wahrheit.«

»Langsam klingen Sie schon wie Dan«, sagte Sumi. »Es gibt keine Wahrheit.«

»Wissenschaft ist Wahrheit«, sagte Lanie schnell. »Liebe ist Wahrheit.«

»So etwas wie Liebe gibt es nicht«, erwiderte Sumi bitter. Es war das erstemal, daß Lanie eine persönliche Äußerung von diesem Mann hörte. »Liebe ist nur eine Maske für Schmerz.«

»Das stimmt nicht«, widersprach Lanie.

Sumi sah sie mit einem rätselhaften Blick an. »Und wo ist Ihr Mann heute nacht?«

»Die Lüge von der Freiheit«, warf Crane ein und zitierte Newcombe. »Die Lüge von der Sicherheit. Die Lüge von der Politik. Von der Religion.« Er wandte sich Lanie zu. »Sie sind nicht gefeuert.«

»Ich danke Ihnen. Glaube ich.«

»Sie müssen den Globus zum Laufen bringen. Verstehen Sie, was ich sage? Wir können hier nicht aufhören; das ist einfach unmöglich. Der Traum … der Traum …«

Lanie erschauerte und dachte an Träume. Plötzlich wurde ihr bewußt, warum es sie so mitnahm, daß Dan nicht da war. Sie mußte die Nacht allein verbringen. »Ich werde alles tun, damit der Globus funktioniert«, versprach sie. »Vertrauen Sie mir.«

»Das tue ich. Ich vertraue Ihnen so, wie ich Dan oder Sumi vertraue.« Er klopfte dem kleinen Mann auf den Rücken, wobei Chan sich nicht wohl zu fühlen schien. Lanie wurde traurig bei dem Gedanken, daß Cranes Welt so klein war, daß er jemandem wie Sumi Chan trauen mußte ... Dabei wußte sie dieses Gefühl immer noch nicht zu deuten.

Ein Alarmsignal tönte durch die warme Nachtluft auf ihrem Plateau, dann sagte eine Computerstimme: »Die Strahlungswerte haben die Toleranzgrenze überschritten. Bitte, suchen Sie Schutz, und ergreifen Sie sofort die notwendigen Sicherheitsmaßnahmen.«

Augenblicklich ertönten die Geräusche von sich schließenden Türen und zuschnappenden Fensterläden.

»Die Wolke«, sagte Crane und zeigte Richtung Westen. Die Masada-Wolke. »Wir gehen besser rein. Nehmen wir bei mir noch einen Drink. Was halten Sie davon?«

»Crane«, sagte Lanie, »wenn Sie nur einmal kurz überlegen würden, wäre Ihnen klar, daß ich nicht zu Ihnen nach Hause kommen kann.«

Er starrte sie verständnislos an. Dann schossen seine Augenbrauen in die Höhe. »Höhenangst«, sagte er. »Sie sind nicht schwindelfrei.«

»Ich habe einen Horror davor«, sagte sie. »Meine Knie werden gummiweich, und ich klappe zusammen.«

Crane lachte. »Und ich fragte mich schon, warum Dan und Sie mich nie besuchen. Sie sind voller Überraschungen.«

Sie waren bei den Treppen angekommen. Lanie ging bis zur ersten Ebene hinauf, auf der der Bungalow lag, den sie und Dan bewohnten. Crane, der sich auf Sumi stützte, schlurfte hinterher.

»Wenn Sie das für außergewöhnlich halten«, sagte sie, »warten Sie, bis ich Ihnen von den Alpträumen erzählt habe.«

»Alpträume?« fragte er nach, als er die Ebene erreicht hatte.

»Ich träume jede Nacht von Martinique.«

»Und was träumen Sie?«

»Ich erinnere mich nur an wenig«, sagte sie schaudernd. Der Wind, der mit der Wolke kam, war kalt. »Fragmente. Ich erinnere mich, daß ich im Dunkeln sitze und die Leiche dieses Jungen berühre. Und ich erinnere mich an ... Rum.«

»An was noch?«

Sie runzelte die Stirn. Ihr Traum schien Crane nervös zu machen. »Sie kommen auch vor«, sagte sie langsam. »Sie tragen einen großen, weiten Overall ... weiß wie ein Schutzanzug, nur größer ... und steifer. Sie sind sehr aufgeregt wegen irgendwas, aber ich kann Sie durch den großen Anzug hindurch nicht verstehen, ich ... ich bin nicht sicher. Ich höre Schreie, und da sind Explosionen um mich herum, und da liegt dieser tote Junge ... und alle sind mit Schlamm überzogen. Ich ... ich denke, das Schlimmste ist das Gefühl, das all das in mir auslöst.«

»Welches Gefühl?«

»Als ob ich auf den Tod warten würde.« Tränen rollten über Lanies Wangen. Sie griff nach dem Knauf ihrer Eingangstür.

»Lanie, ich ...«

»Ich muß hinein«, sagte sie abrupt und ging schnell ins Haus, bevor Sumi und Crane sahen, wie sie die Fassung verlor.

»Dan«, rief sie leise und verbarg ihr Gesicht in den Händen. »Wo, zum Teufel, bist du, du verdammter Hurensohn?«

Sie ging zu Bett und weinte sich in den Schlaf – und hatte wieder den Alptraum. Diesmal griff Crane in seinem Riesenanzug nach ihr und wollte, daß sie seine Hände nahm. Jetzt verstand sie, was er schrie: »Pangaea!«

8.

Chaostheorie

Los Angeles, Kriegszone
3. September 2024, 21 Uhr 20

Langsam ging Newcombe über den Jahrmarkt in der Nähe der dunklen Zone, nur zwei Blocks von der Mauer entfernt, die das Ghetto umschloß. Auf den Gehsteigen und selbst auf den Straßen drängten sich Leute, die sich beeilten, um der Wolke zu entkommen, aber auch Polizisten, die frei hatten und hier ihre Zeit totschlugen.

Vor den Dorphin- und Lebensmittelgeschäften warteten lange Schlangen. Die Menschen auf der Straße beobachteten nervös den Himmel, während die in den Häusern Fenster und Türen ihrer Wohnungen und Geschäfte mit Stahlschlagläden verrammelten, um sich gegen die Masada-Wolke zu schützen. Jeder hoffte, daß es nicht regnen würde. Wie gewöhnlich waren die vergammelten Straßen überstrahlt vom bunten, schwirrenden Licht der Fernsehprojektionen auf den Hauswänden und der Holoprojektionen, die ziellos zwischen den Menschen umhergingen oder ihren Besitzern beim Schlangestehen Gesellschaft leisteten.

Newcombe suchte im wahrsten Sinne des Wortes Schwierigkeiten. Ishmael hatte ihn schließlich so weit gebracht, daß er vom Berg heruntergekommen war. Er war aufgeregt. Mit Ishmael zusammen zu sein – und wenn es nur dessen Holoprojektion gewesen war und auch nur zweimal die Woche – hatte Newcombe das Gefühl gegeben, zu einer mächtigeren Lebenskraft zu gehören. Doch diese Treffen hatten auch seinen inneren Konflikt verschärft. Einerseits wollte er Erfolg und Akzeptanz in der weißen und asiatischen Welt, andererseits aber auch die ungebrochene Identifikation und den Trost, die er nur aus der Solidarität mit seinen Africk-Brüdern und -Schwestern schöpfen konnte.

Er hielt einen Dorphin-Straßenverkäufer an, einen kleinen weißen Mann, und kaufte eine Dosis.

»Wissen Sie, wo der Horizon Parlor ist?« fragte er, während er die kleine Flasche nahm, in die der Verkäufer einen Strohhalm gesteckt hatte.

»Einen Block in diese Richtung.« Der Verkäufer zeigte mitten in ein Kaleidoskop aus Licht und Bewegung. »Sie sehen gar nicht so aus.«

»Wie denn?«

»Wie ein Illusionsjunky. Oder ein Chippy, oder wie immer man das nennen will.« Er verengte die Augen zu Schlitzen und inspizierte Newcombes Schläfen nach Interfaceports. »Das erstemal?«

»Was sind Sie eigentlich, ein Bulle, oder was?« fragte Newcombe.

Die Augen des Mannes weiteten sich. »Also, beleidigen lassen muß ich mich ja wohl nicht!« Er trollte sich mit seinem Wagen, und Newcombe begann, sich durch die Menge voranzuarbeiten. Überall waren Überwachungskameras, aber er fragte sich immer, wer sich überhaupt ansah, was sie aufzeichneten. Es gab zehnmal mehr Kameras als Einwohner in Los Angeles. ›G‹s luden sie immer wieder nach. Mit ihren lächelnden Gesichtsmasken sahen sie aus wie glückselige Golems. Neben ihnen trotteten kleine Speicherroboter her. Aber heute abend würde es keine Unruhen geben. Die Menschenmenge war zufrieden und ausgeglichen. Business as usual.

»Da!« schrie jemand. Newcombe hielt die Luft an, war aber erleichtert, als er sah, daß die Menschen nach oben in den nächtlichen Himmel deuteten. Die ersten schwarzen Wolkenfetzen zogen über ihnen dahin. Er brauchte ein Dach über dem Kopf.

Er ging schneller und entdeckte erleichtert vor einem unauffälligen zweistöckigen Gebäude den in blutroten gotischen Lettern in die Luft projizierten Schriftzug HORIZON. Rasch eilte er auf die fensterlose Fassade mit dem Haupteingang zu und ging hinein.

Er war noch nie in einem Chip-Club gewesen und hatte

keine Ahnung, was ihn erwartete. Liang hatte den Gebrauch von Chips stark eingeschränkt, die direkt ans Gehirn angeschlossen wurden, denn Chip-Süchtige konsumierten nicht viel außer Chips. Doch der freie Handel bestand weiter, und Yo-Yu hatte die Lücke geschlossen, die Liang hinterlassen hatte. Trotz Reklameverbot und extrem restriktiven Zonengesetzen eröffnete das Unternehmen immer neue Chip-Clubs.

Newcombe ging durch ein enges, düsteres Foyer und dann durch eine weitere Tür, die zu einem breiten weißen Sandstrand führte, der sich an einem endlosen Ozean erstreckte. Er konnte das Meer riechen und den heißen, salzigen Wind spüren. Die Geräusche der Außenwelt waren fast nicht mehr zu hören, die Warnsignale, die die Bürger aufforderten, die Straßen zu verlassen.

Ein Chinese in Badehose kam vom Strand her auf ihn zu. Newcombe setzte sich in einen Liegestuhl und wartete.

Der Mann kam näher. »Entschuldigen Sie ... Sir!« rief er. Dann blieb er stehen und drehte sich um. »Ein herrlicher Tag, nicht wahr?«

»Ich frage mich, ob Sie mir vielleicht helfen könnten ...«

»Ich muß gehen. Mein Hund ist weggelaufen«, sagte der Chinese.

Eine Möwe kam angeflogen und ließ sich auf Newcombes Schulter nieder. »Verzeihung«, sagte die Möwe. »Ich wurde hinten aufgehalten. Da wollte jemand nicht gehen, obwohl seine Zeit abgelaufen war. Schon lange hier?«

»Ich soll hier jemanden treffen«, sagte Newcombe vorsichtig.

Die Möwe stieg wieder in den Himmel auf und zog ein paar Kreise um Newcombe. »Wenn Sie nicht reserviert haben«, sagte sie, »können Sie hier gar nichts tun. In Masada-Nächten sind wir immer ausgebucht.«

»Mein Name ist Enos Mann.«

Die Möwe kreischte und landete dann auf seinem Kopf. »Aha, arabisches Abenteuer«, sagte sie. »Wir haben Sie schon erwartet. Folgen Sie mir.«

Die Möwe flog über das Meer, und Newcombe folgte

ihr, indem er durch das Wasser ging, ohne naß zu werden. Plötzlich spürte er einen Vorhang vor dem Gesicht. Als er ihn teilte, sah er einen Gang mit zahlreichen Türen vor sich. Ein Mann starrte ihn an. »Hier entlang, bitte«, sagte er mit der Stimme der Möwe.

Stöhnen und Schreie drangen durch die Türen. Newcombe hatte im Fernsehen schon Chippys gesehen, doch Liang hatte sie immer als ausgemergelte Gerippe dargestellt, die nur für ihren Gehirnkick lebten. Er hatte keine Ahnung, wie es wirklich war, direkt mit einem Computer vernetzt zu sein. Doch der Gedanke, mit den Rechnern der Stiftung verbunden zu sein, reizte ihn enorm.

Der Mann öffnete die vorletzte Tür und begleitete ihn in einen nüchternen Raum, in dem nur ein Bett, ein Lehnsessel und dazwischen ein kleiner Tisch standen. Auf einem kleinen roten Kissen lag ein Chip, der ein paar Quadratzentimeter groß war. Am Rande des kunststoffbeschichteten Tischs befand sich ein langer Kasten mit blinkenden Zahlen darin – die Meßlatte.

»Haben Sie den Alarm gehört?« fragte der Mann, während er das Bett beiseite schob. Darunter tauchte eine Einstiegsluke im Boden auf.

»Ja.«

»Sie bleiben über Nacht hier.« Der Mann stampfte zweimal auf den Deckel der Luke und ging dann. Die Stahltür fiel schwer hinter ihm ins Schloß.

Mit klopfendem Herzen sah sich Newcombe im Raum um. Er nahm den Chip in die Hand und betrachtete ihn von allen Seiten, während er sich fragte, was es mit dem Gestöhne und Geschrei auf sich hatte, das er gehört hatte. Wenn er es sich anders überlegen wollte, wäre dies die letzte Gelegenheit, hier herauszukommen. Er blickte auf die Tür, dann auf die Luke im Boden.

Der Deckel bewegte sich. Newcombe sprang nach hinten, als er aufging und ein lächelndes Gesicht aus der Dunkelheit kam.

»Bruder Daniel!« sagte Mohammed Ishmael und grinste. »Du bist ja ganz blaß geworden.«

»Toller Auftritt.«

Ishmael kletterte aus dem Loch und umarmte Newcombe. Zwei junge Männer schwangen sich ebenfalls aus der Luke in den Raum. Sie trugen Scanner und näherten sich Newcombe, um ihn zu überprüfen.

»Heute war ein wichtiges Treffen in der Stiftung«, sagte Ishmael und strich seinen Dashiki glatt.

»Woher weißt du das?« fragte Newcombe und hob die Arme, damit die Männer mit ihren Scannern an seinem Körper entlangfahren konnten.

»Ich beobachte meinen Bruder genau«, erwiderte Ishmael. »Er bewegt sich in elitären Kreisen. Wie geht's Präsident Gideon? Wie ist er?«

Newcombe zuckte die Achseln. »Er ist eben Politiker.«

»Wer ist das nicht? Besteht Liang Int immer noch auf einer baldigen Vorhersage?«

»Auf einer sehr baldigen.«

Ishmael fixierte Newcombe mit leuchtenden Augen. »Es ist ein Himmelfahrtskommando. Ich habe dir das bereits gesagt, erinnerst du dich? Paß auf.«

Die Scanner piepsten. »Zwei Transmitter«, meldete einer der jungen Männer. »Einer an der rechten Hand, der zweite am linken Ärmel.«

»Der an der Hand ist meiner«, sagte Ishmael und wandte sich Newcombes Ärmel zu.

»Von dem weiß ich nichts«, sagte Newcombe, der plötzlich Angst bekam angesichts der Situation, in die er sich manövriert hatte. »Ich würde niemals ...«

»Natürlich nicht«, beruhigte ihn Ishmael, zupfte die Wanze, die kaum größer als eine Staubmilbe war, von Newcombes Ärmel, warf sie zu Boden und zertrat sie. »Der kann überall herkommen. Die fliegen draußen in der Luft herum.«

»Wir müssen gehen«, sagte einer der Bodyguards.

Ishmael nickte und ging zu der Luke. »Folge mir, Bruder.« Er schwang sich in das Loch.

Newcombe hatte jetzt richtig Angst bekommen. Die Wanze konnte alles bedeuten. Nicht genug, daß er mit dem Feind paktierte. Zu allem Überfluß wußte auch noch jemand davon. Als er auf dem Weg zu der Luke von einem der Bodyguards leicht vorwärtsgeschubst wurde, wurde ihm bewußt, daß er sein Leben nicht mehr unter Kontrolle hatte, und er fragte sich, ob Ishmael das so geplant hatte.

Eine Metalleiter führte in die Dunkelheit hinab. Er sah nach oben zu den Bodyguards. Einer kletterte bereits über ihm abwärts, während der andere den Lukendeckel verschloß. Nach etwa zehn Metern spürte er wieder Boden unter den Füßen. Ishmael stand neben ihm. Sein Gesicht leuchtete fahl im schummrigen Schein der roten Beleuchtung des gemauerten Abwasserkanals.

Er wollte etwas sagen, wurde aber von einem bedrohlichen Piepsen unterbrochen.

»Oh, oh«, machte Ishmael laut, um den Lärm zu übertönen. »Die Bullen sind an der Tür. Komm, jetzt wirst du erleben, was es heißt, ein Revolutionär zu sein.«

Sie gingen durch einen langen Tunnel, der in dasselbe rötliche Dämmerlicht getaucht war. Er schien kein Ende zu nehmen. Sie kamen schnell vorwärts. Die Bodyguards blieben dicht hinter ihnen.

»Das sieht nicht aus wie ein Abwassersystem«, sagte Newcombe.

»Das ist auch keins. Wir haben es gebaut.«

»Wie?«

»Gefangene haben es gegraben. Sie tun nichts anderes.«

Er bog scharf rechts ab und ging – durch eine Wand. Newcombe folgte ihm, die Wand war nur eine Projektion. Sie kamen in einen anderen Gang, der gefliest und besser beleuchtet war. Alle drei Meter zweigten weitere Gänge nach links und rechts ab.

»In diesen Tunnels werden wir kämpfen, falls es dazu kommen sollte«, erklärte Ishmael.

Er ging wieder durch eine Wand, und Newcombe folgte ihm verwirrt auf den Fersen. Sie kamen am Ende einer reich verzierten gewundenen Treppe heraus, die sie hinabstiegen. Oder war es eine Illusion?

»Ich meine nicht, wie ihr sie gegraben habt«, sagte Newcombe. »Ich wollte wissen, wie ihr das finanziert habt.«

»Geld ist für uns kein Problem. Wir haben nur keinen Raum. Wir haben eine Menge Gönner, Leute wie dich, die ihren Weg zu uns gefunden haben und einem Islamischen Staat auf diesem Kontinent positiv gegenüberstehen. Es gibt sehr vieles, das du nicht verstehst, Bruder.«

»Sieht so aus. Und, übrigens, ich habe die ›G‹s nicht absichtlich hierhergeführt. Ich habe keine Ahnung, wie die ...«

»Das Gesetz des weißen Mannes«, unterbrach ihn Ishmael und winkte ab, als er den Fuß der Treppe erreicht hatte.

Sie befanden sich in einem riesigen hallenden Kellerraum, der mit wabenartigen Tunnels versehen und von Hunderten von Fackeln erleuchtet war. Ishmael durchquerte den Raum eilig.

»Werden sie uns kriegen?« rief Newcombe, der kurz stehengeblieben war, ihm nach.

»Ich hoffe nicht!«

Sie rannten rund eine Minute lang, bis sie echte gemauerte Wände erreichten. Ishmael zog an einem Felsbrocken, der aus dem Boden ragte, woraufhin sich die Mauer krachend öffnete und einen Fahrstuhl preisgab.

Als alle darinstanden, drückte Ishmael einen Knopf, um die Steintore wieder zu verschließen. Sie gingen durch die virtuelle Rückseite des Fahrstuhls und durch einen anderen Flur, der vollständig mit hellblauen und hellgelben Fliesen ausgekleidet war. Es gab weder Fenster noch Türen. Ishmael verlangsamte seine Schritte, und Newcombe erkannte, daß sie nun nahe am Ziel waren. Der Trick des Aufzugs war, daß sein Motor als Tarnung für den Rechner diente, der die virtuellen Projektionen schuf.

»Fährt der Aufzug wirklich nach unten?« fragte Newcombe.

»Und nach oben«, ergänzte Ishmael. »Er führt zu Myriaden von weiteren Gängen und schließlich in das *echte* Abwassersystem. – Du weißt, daß du in Schwierigkeiten bist.«

Newcombe wußte es. »Der, dem diese Wanze gehört, hat mich am Arsch«, sagte er bitter. »Von dir stammt sie nicht, oder?«

Ishmael sah Newcombe tief in die Augen und schüttelte den Kopf. »Wir sind auf derselben Seite, Bruder.«

»Das hoffe ich«, sagte Newcombe. Der hellerleuchtete Gang nahm eine scharfe Biegung nach rechts. Jetzt waren die Wände des Ganges überall aufgerissen und schief. »Wie tief sind wir?«

»Fünfzehn bis zwanzig Meter. Die Erde bewegt sich ein bißchen, hm?«

»Es ist Teil des elysischen Spaltensystems«, sagte Newcombe, aufgeregt, weil er endlich einmal die Transformation einer Spalte sehen konnte. Er ließ seine Hand über den breiten, gezackten Riß gleiten. »Wie lange ist das schon so?«

»Vielleicht seit zwei Jahren. Wird jeden Tag ein bißchen schlimmer.«

Andere Leute kamen ihnen durch den Gang entgegen. »Es wird auch nicht aufhören«, sagte Newcombe. »Und am Ende wird es dieses ganze Tunnelsystem zerstören.«

»Allah wird uns beschützen«, sagte Ishmael leichthin. Eine Gruppe von etwa zwanzig Personen, zumeist Männern, umringte sie. Ein paar von ihnen waren noch im Teenageralter. Alle trugen Waffen. »Wir haben andere Tunnels verloren.«

Eine junge Frau in einem schwarzen Overall, die neben Newcombe stand, musterte ihn neugierig. Ihre Augen glichen denen Ishmaels. »Sie müssen Khadijah sein«, sagte er.

»Da hast du uns ja einen Gedankenleser mitgebracht«, bemerkte sie, und die Gruppe lachte.

»Das ist Daniel Newcombe, der Mann, von dem ich euch erzählt habe.«

»So?« sagte Khadijah. »Der Mann, der nicht den Mut hat, uns in unserem Dschihad zu unterstützen?«

»Genau«, erwiderte Newcombe und bedachte sie mit einem intensiven Blick. »Der.« Er wandte sich Ishmael zu. »Hast du schon mal die Radonkonzentration hier unten gemessen?«

»Nein.«

»Ich werde dir die nötige Ausrüstung schicken. Radon kann tödlich sein. Es ist besser, wenn man weiß, womit man es …«

»Ich vertraue darauf, daß es weder elysische Spalten noch Radonemissionen in North Carolina gibt«, sagte Ishmael.

Newcombe starrte ihn an. War er der Besessene? Oder ein Visionär wie Crane? »Du willst, daß ich mich raushalte? Okay, ich halte mich raus.«

»Ich will, daß du dich einmischst«, sagte Ishmael, grinste breit und klopfte ihm auf den Rücken. Er zeigte an die Decke. »Aber dort oben, nicht hier unten. Dort oben. Komm.«

Sie gingen auf eine hellgrüne Türe zu, die mit islamischem Halbmond und Stern bemalt war. Ishmael geleitete Newcombe in den Raum, der wie ein großer Sitzungssaal aussah – Stühle, Podium, eine Teeküche und ein Pausenbereich.

»Wir werden hier meinen Bruder Martin treffen«, sagte Ishmael und führte ihn zu einer weiteren Tür. Khadijah ging mit ihnen und runzelte die Stirn, während sie Newcombe musterte.

Newcombe sah Waffen. Und Munition. Überall. Kisten voller Munition waren an den Wänden gestapelt.

Seit fünfzehn Jahren hatte er keine Waffe mehr gesehen, seit Personenschutz eine nationale Priorität geworden war. Jeder, der sich Leibwächter oder Sicherheitssysteme leisten konnte, hatte welche. Angriffswaffen ließen sich inzwischen leicht mit Radar ausmachen, so daß jeder, der eine trug, sofort als Krimineller entlarvt wurde. Es war nicht überraschend, daß Angriffswaffen nun illegal gehandelt wurden.

Ishmael brachte ihn in ein Büro, in dem ein Mann mittleren Alters mit einem weißen Kaftan und einem weißen Fez saß. Durch seinen graumelierten Bart schimmerte ein Lächeln. Er war schlank und durchtrainiert.

»Ich habe mir gerade die Berichte angehört«, sagte er.

»Allah in seiner unendlichen Weisheit hat beschlossen, es heute in der Kriegszone regnen zu lassen.«

»Gute Neuigkeiten«, erwiderte Ishmael. »Daniel, dies ist mein Bruder, Martin Aziz. Es war seine Idee, Kontakt zu dir aufzunehmen.«

»Asalaamu aleycum«, sagte Aziz und beugte sich über den Schreibtisch, der zwischen ihnen stand, um Newcombe zu umarmen und ihn auf beide Wangen zu küssen. Er wies auf Mini-Überwachungsmonitore, die überall an der Wand hingen. »Wie ich gesehen habe, hattest du ein paar Probleme heute abend.«

»Mein Fehler, tut mir leid«, sagte Newcombe und fing einen Blick von Khadijah auf, die die Augen rollte.

»Keine Sorge«, beruhigte ihn Aziz. »Sie kommen nie über das vorgetäuschte Abwassersystem hinaus. Sie haben eine andere Luke gefunden, durch die sie wieder hinausgestiegen sind, um ein paar Projektionen nachzujagen, die wir für sie vorbereitet haben. Setz dich, Bruder Newcombe. Um dich müssen wir uns jetzt sorgen, nachdem die Bundespolizei weiß, daß du zu uns gehörst.«

»Was werden die mit mir machen?« fragte Newcombe und setzte sich auf einen harten Stuhl neben dem Schreibtisch, während Ishmael und seine Schwester sich auf der Couch gegenüber niederließen.

»Unmöglich zu sagen.« Ishmael zuckte die Schultern. »Die tun, was sie wollen. Machen Regeln, wie es ihnen gerade in den Kram paßt. Hast du schon mal gehört, daß aus einem Gefängnis der Bundespolizei jemals wieder einer rausgekommen ist?«

»Nein«, sagte Newcombe, »aber ich kannte auch keine Kriminellen – bis jetzt jedenfalls.«

Alle lachten, sogar Khadijah.

»Ich denke, du bist in Sicherheit«, sagte Aziz, »solange du bei Liang Int arbeitest. Aber ohne den Schutz der Firma, wer weiß?«

»Könnte Crane dir die Wanze angehängt haben?« fragte Ishmael. »Um dich unter Kontrolle zu halten?«

»Das ist sehr unwahrscheinlich, Bruder Ishmael, er und

ich sind Wissenschaftler. Wir versuchen nur, das Leben auf diesem Planeten ein bißchen erträglicher zu machen. Ist das so schwer zu ...«

»*Du* willst das«, fiel ihm Khadijah ins Wort. »Soweit ich gehört habe, ist Crane undurchschaubar und verschlagen.«

»Er ist hochmotiviert.«

»Aber wofür motiviert?« fragte Ishmael, stand vom Sofa auf und kam zu Newcombe herüber. »Sag nichts. Denk nur nach.«

»Wenn dein Schulterschluß mit uns publik wird«, fragte Aziz, »was passiert dann mit der Crane-Stiftung?«

»Ich habe keine Ahnung ... Sie haben Bruder Ishmael geraten, zu mir Kontakt aufzunehmen?«

»Korrekt«, erwiderte Aziz. »Aber lassen wir die Förmlichkeiten. Weißt du, Bruder, Mohammed und ich sehen die Dinge auf sehr verschiedene Art und Weise. Du weißt vielleicht nicht, daß ich den Namen Martin, den Namen des Gewaltverzichts, ganz bewußt gewählt habe, nachdem ich meinen Sklavennamen abgelegt hatte. Ich glaube, daß die Welt bereit ist, unsere gerechtfertigten Forderungen zu hören. Wir brauchen nur afrikanische und hispanische Führungspersönlichkeiten, die sie in der Welt der Weißen vertreten. Leider ist mein Bruder die einzige bekannte Symbolfigur, die wir haben. Die Leute fürchten ihn. Ich möchte Amerika eine andere Seite zeigen.«

»Die Weißen geben niemals kampflos auf«, sagte Ishmael. »Obwohl sie anderen Rassen bereits zahlenmäßig unterlegen sind, kontrollieren sie mit Hilfe der chinesischen Oberherren immer noch das Land. Das einzige, worauf sie hören werden, ist der Dschihad. Wir müssen nur genügend rebellieren, dann werden sie uns schon geben, was wir wollen – allein, um uns ruhigzustellen.«

»Kann man sie denn nicht einfach abwählen?« fragte Newcombe. »Das Fernsehen ist gleich hier. Der Wahlknopf ...«

»Wo bist du eigentlich die ganze Zeit gewesen?« fragte Khadijah. »Die Chinesen lassen nur Weiße zu den Wahlen zu, weil sie wissen, daß die den finanziellen Status quo aufrechterhalten. Sie kontrollieren die Regierung mit Geld, indem sie für den Reichtum der Weißen sorgen und sie damit abhängig machen.«

»Aber warum sollten euch die Chinesen angst machen?«

Ishmael lachte und kehrte zu seinem Platz zurück. »Wir sind als nächste dran. Sie müssen uns Platz machen. Sie sollten Angst vor uns haben. Sie haben uns ghettoisiert, um ihr ›Verbrechensproblem‹ in den Griff zu bekommen. Aber wir werden trotzdem immer mehr, und unser Einfluß wird immer größer. Wir sind stark und im Glauben unerschütterlich. Der Koran ist unser Gesetz. Wir sind ein Teil der Welt. Sie sind bereits ein Teil der Geschichte.«

»Während Leonard Reden schwingt«, sagte Martin Aziz mit einem leichten Lächeln in Richtung Ishmael, der bei der Erwähnung seines Sklavennamens vor Wut rot anlief, »habe ich über deine Stellung nachgedacht. Du weißt, daß Crane dich an seiner Seite niederhält. Ich habe von deinem Beben-Öko gehört und frage mich, warum du es nicht benutzt, um dich ein bißchen bekannter zu machen. Als Berühmtheit kann man Auseinandersetzungen wie die, in der du dich befindest, leichter überstehen.«

»Crane will es noch nicht veröffentlichen«, wandte Newcombe ein. »Was soll ich denn tun?«

»Du bist ein freier Mann«, sagte Ishmael. »Tu, was du für richtig hältst. Du hast mir gesagt, daß es der Menschheit helfen wird. Also, hilf der Menschheit. Nutze dein Potential.«

»Und werde ein besserer Sprecher für dich selbst«, ergänzte Newcombe. »Das ist ein heikler Punkt. Ich arbeite für die Stiftung, und die besitzt sämtliche Rechte auf alles, was ich anbringe. Mir sind die Hände gebunden.«

Aziz streckte die Hände aus. »Hier, Bruder, laß mich deine Fesseln lösen. Es geziemt sich nicht für dich, ein Sklave zu sein.«

»Gegen Crane vorgehen?« sagte Newcombe.

»Warum nicht?« fragte Aziz. »Er würde gegen dich vorgehen, ohne mit der Wimper zu zucken.«

»Er hat eine Menge für mich getan …«

»Nein!« rief Ishmael und zeigte mit dem ausgestreckten Finger auf Newcombe. »Du hast eine Menge für ihn getan. Siehst du das denn nicht? Was hat Crane jemals anderes getan, als dich auszunutzen, um selbst gut dazustehen? Findest du es falsch, daß er deine Entdeckung vor der Welt verstecken will?«

»Ja, es ist falsch«, antwortete Newcombe. Darüber hatte er wochenlang gegrübelt. »Dessen bin ich mir absolut sicher.«

Ishmael, der an der Schreibtischkante lehnte, beugte sich vor, und seine Stimme war rauh vor Ärger. »Du katzbukkelst vor einem Mann wie Crane, weil ein Africk in der Welt der Weißen nicht ohne einen Herrn überleben kann. Bist du so abhängig von dieser weißen Frau oder so sehr in deine eigenen Netze verstrickt, daß du das nicht merkst?«

»Laß das, verdammt«, sagte Newcombe nervös, stand auf und begann, hin- und herzugehen.

»Von meiner Warte aus«, begann Ishmael erneut, »ergibt es doch durchaus Sinn, nicht wahr?«

Newcombe atmete tief durch und versuchte, seine Wut auf Crane zu unterdrücken. Vergeblich. »Ja«, sagte er, »es ergibt einen Sinn.«

»Dann habe ich dich also überzeugt?«

»Nein, aber du machst Fortschritte.«

Ishmael ging zur Bürotür und schloß sie ab. Grinsend kam er zurück. »Ich hab's nicht eilig.«

Mississippital, nahe New Madrid
10. September 2024, später Nachmittag

Gary Panatopolous war Auftragnehmer der Geological Survey. Als Ausgräber richtete sich seine Bezahlung nach seiner Arbeitszeit und nicht nach der Größe oder Tiefe des Lochs, das er in die Erde baggerte. Drei Tage lang war er mit Lanie, Crane und Newcombe am Mississippi rauf- und runtergereist und hatte sich mit ihnen darüber gestritten, wie tief die Löcher werden sollten. Er legte keinen Wert darauf, besonders tief oder besonders viel zu graben. Sein fünfjähriger Sohn war heute mit ihm gekommen. Wie der Vater die Hände in die Hüften stützend, stand er mit ebenso verdrießlicher Miene dem Stiftungsteam gegenüber.

Panatopolous' Maschine, die er ›Arthro‹ nannte, war riesig und schwarz und kauerte auf ihren acht Beinen wie eine Spinne auf einem Loch mit rund einem Meter fünfzig Durchmesser. Ihr Bohrer war übermannshoch und stark genug, um bis in eineinhalb Kilometer Tiefe Erde aus dem Loch zu holen. Die Erdbohrmaschine war zwei Stockwerke hoch und so lang wie ein Häuserblock und spuckte Fontänen aus Erde und Schlamm in den Himmel. Wenn sie mit einem Bohrabschnitt fertig war, verlegte sie mit ihren Spinnenbeinen Streben, um die Bohrstelle zu sichern und das Loch zu stabilisieren. Sobald Crane und sein Team weg waren, würde Panatopolous es wieder zuschütten.

Newcombe ging unter den Beinen des Riesengerätes hindurch auf die anderen zu; der Bohrer bewegte sich auf und ab und sog am Lebenssaft der Erde.

»Ihr seid verrückt«, meinte Panatopolous, als Newcombe ankam, um sich vor dem Wissenschaftler als ehrenwerter Mann auszuweisen. »Was sucht ihr da unten eigentlich? 'n vergrabenen Schatz?«

»Vielleicht haben wir ja Glück«, sagte Crane. Solange sie im Schatten unter dem Bauch des Ungetüms standen, hatte er seine Kapuze in den Nacken geschoben. »Dan, hatten Sie kürzlich Kontakt mit Burt?«

»Er hat dreißig Seismo-Installationen überwacht«, sagte Newcombe laut, um das grauenerregende Getöse zu übertönen, das aus den Tiefen der Erde drang. »Alles läuft bestens. Jetzt muß nur noch die Natur mitspielen.«

»Die Natur spielt nie mit«, belehrte ihn Crane. »Zähme sie oder lebe mit ihr. Das sind die einzigen Alternativen.«

»Ja«, sagte Lanie, während sie auf ihr Armpad drückte. »Ich bin's. Was gibt's?«

»Ich zahle bestimmt drauf bei diesem Lochdeal«, beschwerte sich Panatopolous.

»Okay«, sagte Lanie. »Dranbleiben.« Sie sah von einem

zum anderen. »Loggt euch in den N-Kanal ein und seht euch das an.«

Newcombe berührte sein Armpad, und auf der Innenseite der Gläser seiner Sonnenbrille erschien eine Liste der registrierten Erdbeben im Mississippital. Siebzig Prozent der Beben in dieser Gegend hatten zwischen November und Februar stattgefunden.

»Wir können die Recherche starten«, sagte Lanie. »Irgendwelche Eingrenzungsvorschläge?«

»Sehen Sie zu, ob Sie nicht irgendwelche Zusammenhänge zwischen Mondphasen und Solarflackern entdekken«, ordnete Crane an. Er wandte sich wieder Panatopolous zu und sagte leise: »Sie tun für mich, was Sie können, und ich tue für Sie, was ich kann. Ist das fair?«

»Okay«, sagte der Ausgräber und nickte. In diesem Moment ertönte ein Signalhorn, das das Ende des Bohrvorgangs anzeigte. »Wir sind jetzt bei tausendachthundert... dreiunddreißig Metern. Ich hole die Gondel.«

Newcombe blieb online und hörte sich das Ergebnis der Recherche an.

»Wir können keinen Zusammenhang zwischen Mondphasen und den Mississippibeben feststellen. Es scheint allerdings ein enger Zusammenhang zwischen Sonnenflekkenaktivität und Erdbewegungen zu bestehen. Größere Beben fanden statt in Perioden schwacher Sonnenfleckenaktivität. Sehen Sie sich die Grafik an.«

Newcombe ignorierte die Aufforderung und blickte statt dessen in das Loch hinunter. Das dicke Kabel wickelte sich gerade auf und verschwand pfeifend im Bauch der Maschine – die Spinne holte ihr Netz ein.

»Wie sieht's in diesem Jahr mit Sonnenfleckenaktivität aus?« fragte Crane.

»Wenig«, sagte der Rechercheur, »so wenig wie seit ... 1811 nicht mehr.«

Crane war nicht überrascht, doch Newcombes Mund wurde trocken, und Lanie schnappte nach Luft.

»Da ist die Gondel.« Newcombe zeigte mit gestrecktem Finger darauf.

Sie unterbrachen die Verbindung und eilten zu dem Grabegerät, aus dem weißer Raum meterhoch in die Luft stieg.

Newcombe schnallte sich einen Rucksack mit einem Wasserbohrer um und kletterte, von Crane und Lanie gefolgt, in die Kabine. Crane trug den Bohrer wie ein Baby auf dem Arm.

Schnell ging es abwärts in der Röhre, wie im freien Fall. Es wurde dunkler, künstliche Beleuchtung war nötig. Sie nahmen Sonnenbrillen und Kopfschutz ab. Nach rund eineinhalb Kilometern wurde ihre Fahrt durch Bremskufen verlangsamt. Schließlich setzte die Gondel hart auf dem Steingrund des Lochs auf.

Lanie ging auf die Knie, um den Gondelboden aufzuklappen. Wie einen Lukendeckel, dachte Newcombe und setzte ein schiefes Grinsen auf. Sie blickten auf fünfhundert Millionen Jahre altes Gestein.

Sie setzten sich um den Rand des Lochs im Gondelboden und stellten die Füße auf den Stein. Er war glatt und gerade, vom Bohrer geschliffen.

Newcombe holte den Bohrer heraus und befestigte vorne eine Meßsonde. »Mach an«, sagte er zu Lanie, und sie schaltete den Kompressor in seinem Rucksack ein.

Bleistiftdünn schoß ein Wasserstrahl unter Hochdruck aus der Düse und bohrte sich mühelos durch den Stein. Die Sonde wurde hineingetrieben, bis sie nach etwa zweieinhalb Zentimetern steckenblieb. Newcombe verringerte den Druck und zog den Bohrer heraus.

Crane packte seinen zweieinhalb Zentimeter langen Bohrer und einen kleinen Hammer aus. Der Bohrer besaß an seinem Ende eine Art Bürste, das Gehirn der Maschine. Er sah Lanie an.

»Möchten Sie?«

Sie lächelte, nahm den Apparat in die Hand, beugte sich vor und ließ den Bohrer in das Loch gleiten, bis er nur noch ein paar Millimeter herausragte. Dann nahm sie den Hammer und klopfte leicht darauf. Sofort ertönte ein Summen, das seine Aktivierung anzeigte.

»Ich bin bereits mit dem System verbunden«, sagte

Newcombe und zog das kleine Interface von seinem Armpad ab, um es am Bohrer zu befestigen. Er verband die Schnittstellen und drückte dann auf Enter. Das Armpad piepste, während es die Druckspannung maß, die auf das Gestein wirkte. Er ließ sich die Daten auf der Sonnenbrille anzeigen, während sie gleichzeitig in das System überspielt wurden. »Wie hoch ist der Rückgang im Jahr?«

»Ein paar Millimeter«, sagte Crane, »die in über zweihundert Jahren zusammengekommen sind.«

Rote und blaue Zahlen flimmerten vor Newcombes Augen. »Es sind insgesamt über zehn Meter. Eine Menge Druck, der sich da aufgebaut hat. Ich sehe hier Spannungsangaben in einer Höhe, wie ich sie noch nie gesehen habe. Wir kommen verdammt nahe an den Riß heran.«

Die Zahlen stoppten. »Es wird hier ein Erdbeben geben«, flüsterte Newcombe, »und zwar bald.«

»Ich weiß«, sagte Crane und hielt mit einer Grimasse seinen linken Arm hoch.

In diesem Augenblick ging donnernd ein Ruck durch das Gestein, und die Wände ihrer Röhre wackelten mehrere Sekunden lang heftig, so daß Erdbrocken auf sie herunterfielen.

»Sehr bald«, sagte Newcombe. Lanie klammerte sich an seine Schulter.

Crane drückte ruhig auf sein Armpad. »Holen Sie uns rauf, Panatopolous«, ordnete er an. »Wir sind fertig.«

Sumi hörte das Kontrollpiepsen ihrer Konsole und wußte, daß es ihr Solo in dem langen Konzert war, das vor Monaten auf dem Beobachtungsdeck der *VEMA II* mitten im Pazifik begonnen hatte. Ihr Schwanengesang begann.

Draußen regnete es. Die meisten Mitarbeiter der Stiftung hatten sich an diesem Tag freigenommen, da sowohl Crane als auch Burt Hill in Missouri waren. Alle, vom Techniker bis zum Abteilungsleiter, waren draußen unterwegs, und ihre fröhlichen Stimmen drangen zu Sumis Vogelnest herauf.

Pflichtbewußt aktivierte sie die R-Verbindung, Lis offene Notleitung. Er antwortete sofort. »Hier ist Sumi Chan, Sir. Sie haben mich gebeten, Sie zu informieren, sobald aus New Madrid Daten gesendet werden. Ich habe den Sicherheitskanal gewählt, um die Daten zu mir statt in die Stiftung zu leiten.« Sumi empfand Schuldgefühle.

»Gute Arbeit, Sumi«, sagte Li in fast humorvollem Tonfall, der sehr untypisch für ihn war. Irgend etwas passierte da. »Sind das die Spannungswerte, die Crane für so wichtig hält, wie Sie mir sagten?«

»Crane sagte, er baue seine Vorhersage auf diesen Werten auf, ja.« Sie spürte, daß sie immer näher kam – die Entscheidung ihres Lebens. Sie hatte immer an die Gunst der Stunde geglaubt, aber sie spürte, daß sie diesmal keine inneren Kraftreserven mehr hatte, von denen sie zehren könnte, um diese Entscheidung zu treffen.

»Was empfehlen Sie?« fragte Li.

Sumi holte tief Luft. »Ich habe keine Empfehlungen«, sagte sie schließlich.

»Sie haben ihre Daten geklaut und keine Vorschläge?«

»Sir«, sagte Sumi, »Sie würden keine meiner Empfehlungen akzeptieren.«

»Bleiben Sie dran«, sagte Li und unterbrach die Verbindung. Eine Sekunde später materialisierte er als Projektion neben ihrem Schreibtisch.

»Kommen Sie … Setzen Sie sich zu mir, Sumi. Es ist Zeit, daß wir uns einmal unterhalten.«

Sie stand vom Computer auf und folgte der Projektion zu ihrem Sofa. Li forderte sie mit einem hinterhältigen Ausdruck in den Augen auf, Platz zu nehmen, bevor er sich selbst setzte. Er schwebte einen halben Zentimeter über der Sitzfläche.

»Nun«, fing er an, »ich schlage vor, Sie nennen mir Ihre Empfehlungen, und ich entscheide dann selbst, ob ich sie akzeptiere oder nicht. Bitte.«

In Sumis Kopf drehte sich alles. Irgendwo in ihrem Chalet mußte eine Transporterkonsole versteckt sein, sonst hätte seine Projektion nicht erscheinen können. Und er wußte, daß sie es wußte. Die Schlinge um ihren Hals zog sich zu.

Wenn der Spion ausspioniert wird … Sie räusperte sich. »Wenn Sie wollen, daß Crane noch vor den Wahlen eine Vorhersage trifft, müssen Sie nur die Daten etwas abändern, ein bißchen erhöhen. Je höher die Spannung, desto unmittelbarer steht die Katastrophe bevor. Ich kenne das Beben-Öko-System gut genug, um die Zahlen manipulieren zu können.«

»Wunderbar«, sagte Li grinsend. »Was könnte daran schlecht sein?«

»Verstehen Sie das denn nicht?« fragte Sumi und holte eine Packung Dorphinkaugummi aus ihrer Hosentasche. »Diese Leute, Mr. Li, stehen im Begriff, das verheerendste Erdbeben in der Geschichte der Vereinigten Staaten von Liang-Int-Amerika vorherzusagen. Ich vertraue auf ihr Urteil.« Sie steckte sich zwei Kaugummistreifen in den Mund. »Wenn wir absichtlich etwas Falsches vorhersagen, setzen Sie eine breite Bevölkerungsschicht einem enormen Risiko aus, wenn das Beben dann *wirklich* kommt.«

Li zuckte die Schultern. »Wir versuchen hier, eine Wahl zu gewinnen. Seit den letzten Wahlen haben in verschiedenen Teilen des Landes mehrere größere Beben stattgefunden. Die Leute haben Angst und sind dankbar dafür, daß wir uns um sie kümmern – ganz egal, ob sich die Vorhersage als richtig erweist oder nicht. Sie werden für unseren Kandidaten stimmen.«

»Haben Sie nicht gehört, was ich gesagt habe?«

»Ich kann dafür sorgen, daß sich Schaden und Verluste für Liang Int in Grenzen halten, falls das Beben später kommt. Ich werde vorbereitet sein.« Er starrte Sumi an. »Haben Sie sich je überlegt, daß die Regierung sofort vor Gericht landen würde, wenn sie sich ernsthaft mit Vorhersagen beschäftigte? Chaos – nichts anderes als das. Doch als Mittel zum Zweck, nämlich um gute Wahlergebnisse zu erzielen? Hervorragend. Also, ändern Sie die Daten.«

»Sir«, sagte Sumi und verbeugte sich leicht. »Bei allem Respekt, Sir, aber ich kann nicht einen Befehl ausführen, den ich für unmoralisch halte und der für so viele Menschen höchste Gefahr bedeutet.«

Li grinste, so daß seine kosmetisch aufgehellten Zähne blitzten. Die Projektion legte eine geisterhafte Hand auf Sumis Schulter. »Sehen Sie, was ich hier habe.«

Ein Hologramm ihres Badezimmers erschien mitten im Wohnzimmer. Sumi sah, wie sie selbst aus der Dusche stieg. An ihrem Geschlecht gab es keinen Zweifel. Sie wurde rot vor Verlegenheit. »Sie wissen es also.«

»Sie sind eine gutaussehende Frau, Sumi«, sagte Li und versuchte, mit seinen Händen die Konturen ihres Körpers entlangzustreichen. Statt dessen verschwanden sie in ihrem Inneren, was die Demütigung irgendwie noch schlimmer machte. »Weiß es sonst noch jemand?«

»Nur Sie«, sagte sie, »aber das dürfte schon genug sein, fürchte ich.«

Li lachte. »Ich möchte Sie nicht öffentlich oder privat bloßstellen. Ich möchte Sie nur als mein Instrument benutzen. Und jetzt habe ich Sie in der Hand. Ich habe eine Menge vor mit Ihnen. Also frage ich Sie noch einmal: Werden Sie tun, was ich verlange?«

Sie runzelte die Stirn. »Ich habe mit diesen Leuten Seite an Seite gearbeitet. Sie sind gut, ich möchte ...«

»Ich habe jetzt die Geological Survey in der Leitung. Ich kann ihnen sofort sagen, daß Sie eine Lügnerin und Betrügerin sind – und ihnen empfehlen, Sie zu liquidieren. Also?«

Sumi beugte sich vor und verbarg ihr Gesicht in den Händen. »Ich werde es tun«, sagte sie schließlich mit erstickter Stimme.

»Wie bitte?«

»Ich werde es tun«, sagte sie lauter. Sie stand auf, trat an die Konsole und begann zu tippen. Nach einer Minute war sie fertig und kopierte die manipulierten Daten in den Großrechner. Ihr Leben lang hatte sie Menschen betrogen. Und jetzt betrog sie auch noch die Wissenschaft. »Okay«, sagte sie und wandte sich um. Die Projektion war weg. Sumi ging ins Badezimmer und wusch sich die Hände.

9.

Druckdaten

Die Stiftung
1. Oktober 2024, 18 Uhr

Cranes Büro war eigentlich kein richtiges Büro, sondern eine riesige Bruchbude, die ihm genügend Raum bot, seine Sachen zu stapeln. Computerausdrucke bedeckten den Fußboden nahezu vollständig, zahlreiche Papierstapel waren umgefallen – oder kurz davor umzukippen –, und alles blieb so liegen, wie es eben fiel. Bücher füllten Kisten und lagen verstreut auf dem Boden. Sein Schreibtisch quoll über, und von der Holzplatte war kein Quadratzentimeter mehr zu sehen. Kaffeetassen und Verpackungen von Fast food lagen überall herum, und auf den wenigen verbliebenen freien Stellen standen Computerterminals und Drukker. Neben einem Bett lagen mehrere leere Schnapsflaschen. Crane kannte sich in seinem Chaos perfekt aus.

An der Wand hing ein angekokeltes Foto seiner Eltern, und ein geschmolzenes Spielzeugflugzeug klemmte an einem der Bücherregale. Es waren die einzigen Dinge, die er aus dem Feuersturm hatte retten können, der sein Elternhaus zerstört hatte, und sein einziger persönlicher Besitz. Er war von seiner Vergangenheit besessen, ein menschliches Wesen allein im biologischen Sinne des Wortes.

In der Wand war ein Loch, durch das er den Globus jederzeit sehen konnte.

Die Luft im Raum vibrierte vor Erregung. Er hatte den größten Teil seiner Crew zusammengerufen, und pflichtbewußt waren alle mit Klappstühlen und Kaffee in der Hand aufgetaucht. Er selbst saß auf dem Bett. Er war im Begriff, die Entscheidung seines Lebens zu treffen, und brauchte dazu Informationen von ihnen. Nicht daß sie ihm bei der Entscheidungsfindung helfen sollten – nein, sie sollten lediglich bestätigen, was er schon längst entschieden hatte.

Lanie und Dan waren noch nicht da. Newcombe versuchte noch, auf einem Chartboard eine Übersicht seines Ökosystems zu erstellen, und Lanie war ein weiteres Mal damit beschäftigt, am Globus den weltgeschichtlichen Zustand nach Pangaea zu simulieren. Crane konnte sie durch das Loch nicht sehen. Vor kurzem hatte er eine piepsende Errormeldung gehört, als das System wieder einmal zusammengebrochen war.

Irgend etwas stimmte nicht an ihrer Vorstellung von der Geburt des Planeten, dachte er. Wenn Pangaea korrekt war, hatte alles zwischen der Entstehung dieses Riesenkontinents und dem Einschlag des Yucatan-Kometen, der das Tertiär einleitete, eine endliche Dimension – zwischen diesen beiden Ereignissen konnte man irgendeine Form des Planeten annehmen, ob sie nun exakt stimmte oder nicht. Doch der Rechner leugnete weiterhin die Existenz von Pangaea, was darauf hindeutete, daß ihr Denkfehler bereits in grauer Vorzeit liegen mußte.

Es machte ihm Sorgen, aber im Moment konnte er dafür keine Lösung finden. Er hatte dreißig Jahre seines Lebens damit verbracht, auf den richtigen Augenblick zu warten. Heute nacht war der Zeitpunkt gekommen, an dem er endlich losschlagen würde. Er hatte immer gewußt, daß er eines Tages eine solche Entscheidung würde treffen müssen, aber es war ihm nie klargewesen, daß es ihm angst machen würde. Wenn er an die Öffentlichkeit ging und dann feststellte, daß er sich geirrt hatte, war er ruiniert. Die Vorstellung ängstigte ihn, hielt ihn aber nicht davon ab. Jetzt mußte er nur noch herausfinden, wie weit die Loyalität seiner Mitarbeiter ging.

»Entschuldigen Sie, wir sind zu spät«, sagte Lanie und stolperte durch die offene Tür. Sie und Newcombe trugen ein riesiges Chartboard. »Wir waren noch mit dem Board beschäftigt.«

Sie schleppten das Board, auf dem eine Grafik in Regenbogenfarben zu sehen war, durch den Raum und stellten es direkt vor eine Kamera auf eine Staffelei. Dann ließen sie sich zu Boden fallen und lehnten sich wie Siamesische

Zwillinge, die an der Hüfte zusammengewachsen sind, nebeneinander an die Wand.

Newcombe sah Crane aufmerksam an. Ihr Chef schien heute noch aufgeregter zu sein als sonst. Eine beängstigende Vorstellung.

»Ich vermute, die Simulation hat wieder nicht funktioniert?« fragte Crane.

»Der fünfzehnte Versuch«, erwiderte Lanie säuerlich. »Fängt langsam an, mich zu frustrieren.«

»Die Antwort ist da«, meinte Crane gelassen. »Wir sehen sie nur nicht. Versuchen Sie es weiter.« Er wagte nicht, sie anzusehen, während er sprach. In den vier Monaten ihrer Zusammenarbeit hatte er sie näher an den echten Crane herangelassen, als er es sich jemals hätte vorstellen können. Es entsetzte ihn, jemandem diese Art von Macht über sich zu gewähren, zumal einer Frau. Doch er konnte nicht anders. Sie schien ihn so vollkommen zu verstehen.

»Wie die meisten von Ihnen wissen«, sagte er und richtete sich auf, während sein kranker Arm schlaff, aber kribbelnd an ihm herunterhing, »ziehen wir ernsthaft in Betracht, für den New-Madrid-Graben offiziell ein Erdbeben anzukündigen.«

Allgemeine Verwirrung kam auf, und alle redeten durcheinander. Crane hob seine gesunde Hand, um für Ruhe zu sorgen. Newcombe konnte in aller Augen Angst sehen. Eine echte Vorhersage bedeutete echtes Engagement und echtes Versagen, wenn sie sich irrten.

»Ich werde mir alles anhören, was Sie zu sagen haben«, versprach Crane, »aber bitte einer nach dem anderen. Dr. Franks?«

Ein kleiner Mann mit kurzem, gelocktem Haar und einem verhärmten Gesicht stand kopfschüttelnd auf. »Es sind eine Menge Gerüchte im Umlauf.«

»Und zwar?«

»Daß die Ellsworth-Beroza-Tests keineswegs auf ein Erdbeben hindeuten.«

»Das stimmt«, entgegnete Crane, »bitte, setzen Sie sich, Dr. Franks.« Crane sah sich im Raum um. »Bis der Globus wirklich voll funktionsfähig ist, führen, glaube ich, alle unsere Versuche, Standardtestmethoden zu verwenden, zu inkohärenten, ja widersprüchlichen Ergebnissen.«

Wieder brach ein Durcheinander von Stimmen los, und Crane hob erneut beschwichtigend die Hand. »Lassen Sie es mich so ausdrücken: Kein Test ist perfekt. Deshalb ist eine Vorhersage so schwierig. Aber hören Sie sich an, was wir haben. Die elektromagnetische Aktivität ist gestiegen, ebenso die Helium- und Radonemissionen, es hat Vorbeben gegeben, wenn auch nicht direkt über unserem Hypozentrum. Wir haben Dilatation beobachtet. Und wir haben stark erhöhte Spannungswerte. Dr. Newcombe?«

»Wir haben eine Probe der Erdkruste in dieser Gegend genommen«, sagte Newcombe, »und sie in eine Druckkammer gelegt, um festzustellen, wieviel Spannung sie aushält, bevor sie bricht. Das Gestein brach bei 278,2 Bar. Die Meßdaten von der Reelfoot-Spalte liegen bei 278,1 Bar. Das Gestein kann dem Druck nach unseren Berechnungen wahrscheinlich höchstens noch neunundzwanzig Tage standhalten.«

»Welche Magnitude sagen Sie voraus?« fragte Sumi, die ein paar Augenblicke zuvor hereingekommen war.

»Nach den Druckdaten und unter Einbeziehung der anderen Faktoren«, antwortete Crane, »haben wir ein Beben mit einem Wert von elf auf der Mercalli-Skala zu erwarten, das ergibt einen M-Wert von 8,5 auf der Richterskala und eine Moment-Magnitude von über neun.«

Franks war erneut auf die Füße gesprungen. »8,5! Das ... das ist unvorstellbar!«

Crane sah finster drein. »Memphis ... weg. Saint Louis ... weg. Nashville ... weg. Little Rock ... weg. Chicago schwer verwüstet. Kansas City schwer verwüstet. Indianapolis ... weg. Die Liste ist beängstigend. Das gesamte Ackerland im Korngürtel würde zerstört. Feuerstürme würden die östlichen USA vom Rest des Landes abschneiden. Zwei Drittel des Landes vollkommen abgeschnitten, und zwar auf unbestimmte Zeit. Sehen Sie sich die Grafik an.«

Alle scharten sich redend und deutend um Newcombes Grafik.

»Wir vermuten das Hypozentrum etwa fünfzig Kilometer unter der Oberfläche«, begann Newcombe, »und das überirdische Epizentrum auf der Spalte rund fünfundzwanzig Kilometer nördlich von Memphis. Wenn diese Annahmen korrekt sind, ist meine Grafik genauso exakt wie die Überlegungen, die wir in Sado angestellt haben.«

Eine der Tektonikspezialistinnen, Loreen Devlin, wandte sich um und blickte Crane an. »Sie würden eine Massenpanik auslösen. Was ist, wenn Sie sich irren?«

»Und was, wenn ich recht habe?« gab er zurück. »Ich kann dieses Wissen nicht für mich behalten. In viertausend Jahren dokumentierter Geschichte sind dreizehn Millionen Menschen bei Erdbeben ums Leben gekommen.«

»Sie haben wochenlang auf Sado gewartet«, sagte sie. »Wie werden Sie in Memphis vorgehen?«

»Ich denke, ich habe in Sado etwas gelernt. Diesmal werde ich einen genauen Zeitpunkt angeben, kein ungefähres Datum oder einen ganzen Zeitraum, der gefährlich ist. Ich sage: am 30. Oktober, wenn kurz nach siebzehn Uhr die Abendkühle einzufallen beginnt.«

»Ist Ihnen klar, auf was Sie sich da einlassen?« fragte Sumi. »Wer übernimmt die Verantwortung, wenn Sie Ihr Statement abgegeben haben? Die Regierung? Die Medien? Was soll die Industrie tun – alles schließen und massive Einkommensverluste in Kauf nehmen oder offen lassen und riskieren, daß sie nachher von eventuellen Opfern juristisch belangt wird? Wenn Sie sich irren, sind Sie dann für die sozioökonomischen Probleme in der Gegend zuständig? Wird Ihre Vorhersage, wie Loreen sagte, eine Massenpanik auslösen, Regierungstruppen auf den Plan rufen und Plünderungen nach sich ziehen?«

»Ist es nicht inzwischen ein wenig zu spät, um noch kalte Füße zu bekommen, Sumi?« fragte Crane. Seine Stimme hatte eine eigenartige Klangfarbe angenommen.

Sumi kam zaghaft auf ihn zu, wie ein reuiger Sünder. Sie trat neben ihn und flüsterte so, daß Lanie mit gespitzten Ohren noch hörte, was sie sagte: »Ich mache mir Sorgen um Sie, Crane.«

»Ich muß diese Vorhersage machen«, antwortete Crane, »und Sie wissen es. Lassen Sie mich jetzt nicht im Stich. Es hat mit Finanzierung überhaupt nichts mehr zu tun. Ich kann diese Informationen einfach nicht für mich behalten.«

Sumi nickte – ein wenig traurig, wie Lanie dachte – und zog sich ans andere Ende des Raumes zurück.

»Hat jemand noch Vorschläge oder Anmerkungen?« fragte Crane.

»Ja«, meldete sich erneut Dr. Franks. »Tun Sie es nicht. Ich hätte, zum Teufel noch mal, keine Lust, der Überbringer solch schlechter Nachrichten zu sein. Außerdem: Glauben Sie eigentlich im Ernst, daß Ihnen irgend jemand überhaupt Aufmerksamkeit schenkt?«

»Ich kann die Menschen nur zum Trog führen«, sagte Crane. »Ich kann nicht für sie trinken. Sado und die ganze Publicity hatten nur den einen Sinn, mich als Propheten glaubwürdig zu machen, so daß die Leute mir zuhören. Die Zeit war niemals reifer als jetzt.«

»Wollen Sie es über eine Regierungsstelle verbreiten lassen?« fragte Mo Greenberg, der Vulkanologe des Teams.

»Nein«, erwiderte Crane. »Ich würde mich immer noch mit Bürokraten herumschlagen, wenn das Beben schon längst stattgefunden hätte.«

Er ging zu seinem Schreibtisch und durchwühlte die Stapel, bis er eine CD fand, die etwa so groß war wie eine kleine Münze. »Es ist alles hier gespeichert«, sagte er mit heiserer Stimme. »Wir werden von hier aus senden und zwischen meiner Rede und Dans Grafiken hin und her schalten. Und die Sendung wird stündlich wiederholt.«

»Ich möchte das erst der Geological Survey vorstellen«, sagte Loreen Devlin.

»Nein!« schrie Crane. »Sie wollen es verschweigen, weil Sie schwach sind! Ich werde keine geteilte Loyalität dulden. Wir haben eine Aufgabe, eine Mission, die wir auf gar keinen Fall aufgeben dürfen. Ich verlange Ihre Herzen und

Ihre Seelen. Wir ziehen in den Kampf aller Kämpfe: Mensch gegen Natur. Ich will keine falsche Treue und keine Lippenbekenntnisse. Sie werden mich voll und ganz unterstützen, oder Sie gehen. Sitzen wir im selben Boot, meine Damen und Herren?«

Es folgte eine eher halbherzige Reaktion, und Cranes Gesicht lief vor Wut rot an. Newcombe spürte, wie Lanies Hand seinen Arm umklammerte.

»Entweder Sie sind für mich, oder Sie gehen!« brüllte Crane. Er griff nach einer offenen Flasche Rum, die neben seinem Bett stand, und schwenkte sie herum, während er sprach. »Ich werde diesen Dämon erlegen! Machen Sie mit?«

Er trat nacheinander vor jeden einzelnen in der Runde und stellte ihm mit brennendem Blick diese Frage. Als er zu Newcombe kam, sagte der:

»Ich werde mich durch einen solchen Treueeid nicht zu Ihrem Sklaven machen.«

»Für Sie gilt das gleiche wie für jeden anderen hier im Raum«, flüsterte Crane barsch. »Verschreiben Sie sich unserer Sache, oder gehen Sie.«

»Ich habe auf der Hochebene in Sado neben Ihnen gestanden. Ich muß Ihnen nichts mehr beweisen.«

»Der Teufel soll Sie holen«, fluchte Crane leise. Doch dann schwieg er und kehrte zum Schreibtisch zurück. Er holte die Übertragungsstation heraus, steckte die CD in den Schlitz und drückte, ohne zu zögern, das Kommunikationspad.

»Es ist vollbracht«, sagte er. »Und jetzt raus mit Ihnen allen.«

Bis jetzt war nie ein Hämmern in diesem Traum gewesen. Lanie lag schweißgebadet in ihrem Bett, im Kopf die Bilder von Crane im weißen Overall und mit Kugelhelm. Er schrie und versuchte, sie zu fassen, doch das Hämmern war so laut, daß sie ihn nicht verstehen konnte … sie konnte ihn nicht verstehen …

»Was, zum Teufel, ist hier los?« fragte Newcombe.

Lanie schreckte aus dem Schlaf hoch und setzte sich im Bett auf. Das Hämmern ging weiter.

»Tür auf!« schrie Crane, der offenbar völlig betrunken war. »Verräter! Aufmachen!«

Lanie schüttelte den Kopf und sah auf die Uhr. Es war kurz vor vier am Morgen. »Was will er?«

»Woher, zum Teufel, soll ich das wissen?« Dan stand auf und ging nackt die Treppen hinunter.

»Ich weiß, daß du da bist! Mach die Tür auf!«

»Verschwinden Sie!« schrie Newcombe zurück. »Gehen Sie ins Bett, und schlafen Sie Ihren Rausch aus!«

Als Lanie ihre Beine über den Bettrand schwang, warf sich Crane gegen die Tür, doch das Metall gab nicht nach. Er versuchte es erneut.

»Oh, um Himmels willen«, sagte Lanie und schaltete die Lampe neben ihrem Bett ein. Sie ging zum Geländer der Galerie, auf der sie schliefen. »Willst du ihn nicht reinlassen, bevor er sich noch weh tut?«

»Monster!« brüllte Crane und warf sich wieder gegen die Tür.

»Sie sind verrückt!« rief Newcombe zurück, während Lanie ebenfalls nackt die Treppe hinunterlief. Sie öffnete die Tür.

Crane rauschte an ihnen vorbei, seinen gesunden Arm wegziehend, als Lanie versuchte, ihn am Ärmel zu packen. Er ging durch den Raum und schaltete den TV-Bildschirm an der Wand an. »Sie haben mich verraten«, sagte er und sah Newcombe mit blitzenden Augen an.

»Ich weiß nicht, was Sie ...«, begann Newcombe, hielt aber sofort inne, als er sein Gesicht auf dem Bildschirm sah.

Lanie ging auf ihn zu und nahm ihn am Arm, doch ebenso wie Crane kurz zuvor entzog er sich ihr. »O nein«, sagte er leise, ging zur Couch und ließ sich darauf fallen. »Sie hatten mir versprochen, das erst in ein paar Monaten laufenzulassen.«

»Nun, offenbar haben sie es sich anders überlegt.« Cranes Augen weiteten sich, als ihm auffiel, daß Lanie vollkommen nackt war. Er griff nach einer Decke, die über einer Stuhllehne hing, und warf sie ihr zu. »Bedecken Sie sich.«

Sie errötete, wickelte die Decke um sich und sah dann auf den Bildschirm. Dort präsentierte Dan eine detaillierte Beschreibung seiner Beben-Öko-Berechnungen und gab der Öffentlichkeit alles preis, was Crane hatte geheimhalten wollen. Newcombe drehte den Ton ab.

»Haben Sie Ihren Vertrag gelesen, Doktor?« fragte Crane.

»Ich kenne die Bedingungen in meinem Vertrag. Ich nenne die Stiftung in meiner Präsentation, und alle Gelder, die durch diese Sendung hereinkommen, gehen direkt an die Stiftung.«

»Na und?« schrie Crane. »Das gehört zu unserem Plan. Wenn Sie einfach Informationen preisgeben, zerstören Sie alles, was wir bis jetzt aufgebaut haben.«

»Die Welt braucht diese Theorien«, sagte Newcombe. »Ich hielt es für richtig.«

»Das ist nicht deine Entscheidung«, bemerkte Lanie.

»Halt dich da raus«, gab Newcombe zurück und sah dann Crane an. »Wenn Sie sich beruhigen, rede ich mit Ihnen.«

Lanie musterte Cranes Gesicht. In Situationen wie diesen war er völlig hilflos. Er setzte sich auf einen harten Holzstuhl. »Warum?« fragte er leise und unsicher.

»Sie haben einen Traum, Crane, einen Traum, der heute schon zum fünfzehntenmal geplatzt ist.«

»Meine Träume gehen über diesen Globus hinaus«, erwiderte Crane.

»Und wohin? Was für Träume sind das? Was suchen Sie *wirklich*?«

Crane starrte ihn nur an.

»Sehen Sie?« sagte Newcombe. »Sie werden es mir nicht sagen, oder Sie wissen es selbst nicht, oder … ja was? Nun, ich bevorzuge die Wirklichkeit anstelle von Träumen. Ich habe zehn Jahre damit verbracht, die verschiedenen Wellen bei Erdbeben zu untersuchen und zu qualifizieren. Vielleicht ist es für Sie nichts besonders Brillantes, aber, verdammt noch mal, nach zehn Jahren paßten die Zahlen auf einmal zusammen und waren richtig, und ich konnte endlich gefährdete Gebiete rund um Erdspalten definieren. Diese Berechnungen stehen für sich und dürfen der Weltöffentlichkeit nicht vorenthalten werden. Also habe ich einen Artikel darüber geschrieben, den ich an verschiedene Fachjournale geschickt habe. Die Stiftung behält die Rechte und bekommt die Tantiemen. Mein Traum ist Wirklichkeit geworden.«

»Ihr Traum gehört mir«, sagte Crane und zeigte auf den Bildschirm, »und deshalb ist das hier nichts anderes als ... Diebstahl. Ich bin weder verpflichtet, meine Vision mit Ihnen zu teilen, Dan, noch werde ich es freiwillig tun. Sie haben nicht die Macht, über mich oder meine Träume zu bestimmen. Wenn Sie so unglücklich darüber sind, wie ich die Dinge regle, warum gehen Sie dann nicht? Ich werde niemanden zwingen, bei mir zu bleiben, der gehen will.«

»Ich gehe nicht, weil ich Ihr Geld brauche! Warum schmeißen Sie mich nicht raus?«

Crane holte tief Luft und stand auf. Plötzlich war seine ganze Wut verflogen. Er schlurfte langsam Richtung Tür und wandte sich noch einmal zu ihnen um, als er sie geöffnet hatte. »Ich kann Sie nicht feuern«, sagte er. »Ich schätze Sie zu sehr. Sie sind einfach zu gut. Tut mir leid, daß ich Sie gestört habe.«

»Verrückter Bastard.« Newcombe schloß die Tür hinter ihm. Er ging zurück zum Sofa und hieb mit einer Faust auf die Sitzfläche. »Verdammt noch mal! Sie hatten mir versprochen, die Geschichte nicht zu senden, ohne mich vorher zu informieren.«

»Ich denke, durch Cranes Vorhersage wurde deine Methode so brandaktuell, daß sie es nicht mehr aufschieben wollten«, sagte Lanie, die immer noch die Decke um sich gewickelt hielt. »Freu dich. Jetzt wirst du auch berühmt.«

»Willst du damit sagen, ich hätte das absichtlich getan?«

»Ich weiß nicht, ob es so war oder nicht«, gab sie zurück. »Ich weiß nur, daß du kein Recht hattest, Cranes Eigentum zu stehlen, nur weil er nicht so damit umging, wie du es dir vielleicht gewünscht hast.«

»Ich habe es der Welt geschenkt«, sagte er und ging auf sie zu, um ihre Schulter zu berühren. »Daran wirst du dich gewöhnen müssen.«

Sie entzog sich ihm und wandte ihm den Rücken zu. »Du willst alles überrollen, nicht wahr? Wenn du wissen willst, warum ich die Vogelman-Operation habe machen lassen – ich wußte, wenn du es dir einmal in den Kopf gesetzt hast, wirst du mich bestürmen, ich soll Babys bekommen und tun, was du willst.«

Er drehte sie zu sich um. »Moment, ich dachte, wir hätten entschieden, daß du dich der Prozedur *nicht* unterziehst.«

»Du hattest kein Recht, darüber zu entscheiden«, sagte Lanie und blickte auf den Bildschirm, auf dem jetzt Dans Gesicht in Nahaufnahme zu sehen war. »Genauso wie du nicht das Recht hattest, *darüber* zu entscheiden.«

»Du hast es gemacht, ohne es mir zu sagen.«

Lanie sah immer noch auf das riesige Gesicht mit den aufrichtigen Augen und mußte lachen. »Scheint so, als hättest du auch ein paar Sachen gemacht, ohne es mir vorher zu sagen.«

»Oh, zum Teufel«, sagte er sanfter. »Mach das Ding aus, und dann gehen wir wieder ins Bett.«

Lanie konnte ihn nicht ansehen, denn sie wußte, daß sie heute nacht nicht mit ihm schlafen würde. »Geh schon vor«, sagte sie. »Ich komme nach.« Sie versteinerte, als er sie berührte.

Dan brummte und ging. »Na prima«, sagte er und stieg die Treppe hinauf. »Tu mir wenigstens einen Gefallen. Laß dich nicht zu sehr in Cranes Phantastereien hineinziehen. Er ist nur ein Verrückter, sonst nichts.«

»Mein Globus ist nicht verrückt!«

Er ignorierte sie und ging auf die Galerie hinauf. Dann ächzte die Matratze, während das Licht ausging.

Lanie drehte sich um und starrte auf die Eingangstür. »Es ist nicht verrückt«, flüsterte sie dem Mann zu, der noch vor kurzem dort gestanden hatte.

Brüche
Germantown, Tennessee – unweit von Memphis
27. Oktober 2024, 10 Uhr

»Und dann sagte der Typ zu mir«, erzählte Newcombe und schwang den Hammer, um Lanies Sonde in den schwarzen Boden zu treiben, »daß er mich für den Nobelpreis vorschlagen wolle.«

»Ein bißchen früh, um die Champagnerflasche zu köpfen, oder?« Lanie hatte langsam genug von diesem Thema. Dans Selbstzufriedenheit ging ihr auf die Nerven. »Gewöhnlich wird ein Wissenschaftspreis erst Jahre nach der Entdeckung verliehen.«

»Bei Crane ging es auch ziemlich schnell.« Newcombe half Lanie, die lange, bürstenähnliche Antenne aufzuheben und in das Loch gleiten zu lassen. »Laß mich doch ein bißchen aufgeregt sein, okay?«

»Du bist der Doktor.«

»Verdammt richtig, Doktor.«

Sie lächelte und schloß am oberen Ende der Apparatur einen Reaktor an. Ein rotes Licht zeigte, daß die Daten übertragen wurden. Sie drehte sich um und blickte auf ihre Arbeit. Dies war die fünfzehnte und letzte Sonde in einer langen, geraden Reihe, die entlang der Grenze der Zerstörungszone verlief, die Dan errechnet hatte. Rund einen Kilometer entfernt lag das Zeltdorf, das sich über mehrere Quadratkilometer auf einem Baumwollfeld erstreckte. Tausende von Menschen waren bereits hierher geflohen, und sie bereiteten sich auf weitere Tausende, ja vielleicht sogar Hunderttausende vor. Und dabei bekamen sie von den Behörden keine große Unterstützung.

Gelobt seien Harry Whetstones Anwälte, hatte Lanie in den letzten zwei Wochen oft gedacht. Cranes Gönner und Freund, der gute alte Stoney, hatte der Stiftung aushelfen können, weil seine Anwälte es geschafft hatten, daß das Verfahren gegen ihn eingestellt wurde. Auf diese Weise hatte er über mehrere Milliarden beschlagnahmte Dollar wieder frei verfügen können. Die mangelhafte Unterstützung durch Regierung und Liang Int, was die Vorwarnung der Menschen, die Verbreitung von Informationen und die Hilfe für die Bevölkerung betraf, hatte sie nicht überrascht. Doch dann war die ganze Sache so mühsam geworden, daß Crane irgendwann ankündigte, er werde ab jetzt jede Nacht den Holo-Mond anheulen.

Immer noch strömten Menschen in das Lager, das inzwischen zehnmal so groß war wie das in Sado. Das Fernsehen zeigte pausenlos Bilder von verstopften Straßen und Flugrouten, auf denen die Menschen aus der Region zu entfliehen versuchten. Nachdem Memphis zu großen Teilen und benachbarte Städte vollständig verlassen waren, kamen die Plünderer; natürlich reagierte die Bundespolizei. Genaugenommen schien die Polizei der einzige Teil der Regierung zu sein, der seine Arbeit ordentlich erledigte.

Lanie schüttelte den Kopf und sah auf. Der Himmel war hell, und die Sonne schien sehr heiß für Ende Oktober. Sie schwitzte in ihrem langen Mantel und den schweren Handschuhen; ihr weicher Hut war ihr bis auf die Sonnenbrille ins Gesicht gerutscht. Wolken zogen langsam am Himmel dahin. Darauf waren Bilder von Verkehrsstaus im gesamten Mississippi-Tal zu sehen. Manche zeigten ›Härtefälle‹ – Menschen, die nicht an die Vorhersage glaubten, andere, die nicht einmal wußten, was ein Erdbeben überhaupt war. Crane hatte ein ganzes Team von Historikern zusammengestellt, das die Ereignisse sofort dokumentieren sollte, damit er ein Raster für zukünftige Vorhersagen machen konnte.

»Sind wir fertig?« fragte Newcombe.

»Mehr habe ich nicht«, erwiderte Lanie und wünschte sich, sie könnte ebenfalls in T-Shirt und ohne Hut herumlaufen wie er. »Es könnte interessant sein, Messungen in vorsintflutlichem Schlamm zu machen. Alles wird sich neu ordnen.«

Newcombe lächelte. Er ging hinüber zu dem Lastwagen, auf dem sie die Sonden hergebracht hatten, und schwang sich in die Fahrerkabine. »Die Erde wird flüssig. Gegenstände, vielleicht ganze Häuser werden unter der Oberfläche verschwinden und andere, die lange verborgen waren, auftauchen. Glaub mir, ich möchte zur Zeit nicht in New Orleans leben – bei denen werden die Toten aus den Gräbern kommen, sowohl die, die unterirdisch beerdigt sind, als auch die in den überirdischen Mausoleen.«

»Ein hübscher Gedanke«, meinte Lanie, kletterte auf den Beifahrersitz und schloß die Tür. »Ich frage mich, was ein Ellsworth-Beroza-Test heute morgen ergeben würde.«

Newcombe bootete den Bordcomputer und programmierte den Lastwagen. Sie fuhren über das schwarze Feld zurück. Um sie herum ragten gerippeartig abgestorbene Baumwollpflanzen auf.

»Ich mache mir wirklich Sorgen wegen der EB-Daten«, sagte er. »Jeder verdammte Spezialist auf der Welt ist zu dieser Spalte runtergeklettert, und alle sagen dasselbe: Das Beben wird nicht stattfinden, solange der EB-Test keine positiven Ergebnisse zeigt.«

»Wir waren doch unten in den Löchern, Dan. Wir haben die Druckdaten gesehen. Und wir haben die Erschütterungen gespürt.«

»Stimmt. Aber warum zeigt der Ellsworth-Beroza-Test dann keine Aktivität?«

»Vielleicht gibt dieses Beben keine weitere Vorwarnung.«

Dan zog die Brauen hoch. »Ja … vielleicht. Und vielleicht haben wir uns auch zum falschen Zeitpunkt herausgewagt. Wenn das der Fall ist, ist Crane erledigt. Und das spricht wiederum für meine Entscheidung, mit dem Beben-Öko an die Öffentlichkeit zu gehen. Ich kann unabhängig von Crane arbeiten, wenn ich muß, und trotzdem überleben.«

»Ja … vielleicht«, stimmte Lanie säuerlich zu. »Irgendwie kann ich es mir überhaupt nicht vorstellen, daß Crane jemals erledigt sein sollte. Wahrscheinlich erst, wenn er im Grab liegt. Und vielleicht noch nicht einmal dann.«

»Er ist ein Psychopath. Irgendwann werden sie ihn um die Ecke bringen.«

Lanie lehnte sich zurück und beobachtete die Wolken

mit den nie endenden TV-Shows. So klug Dan auch war, er konnte mit Crane und dessen Größe nicht umgehen. Crane war vielleicht ein Psychopath, vielleicht auch größenwahnsinnig, aber nur nach dem Maßstab von Durchschnittsmännern und -frauen, die ihn weder verstehen noch schätzen konnten. Aber Dan? Er müßte Crane eigentlich brillant nennen.

Dan hatte in letzter Zeit ziemlich Oberwasser gehabt. Kaum eine Woche nach der Veröffentlichung seiner These hatte ein chinesisches Tektonikerteam, das mit Hilfe des Ellsworth-Beroza-Tests ein Beben im frühen Stadium entdeckt hatte, seine Methode auf das voraussichtliche Epizentrum angewandt. Es sorgte dafür, daß die Bewohner von Guiyand, der Hauptstadt der Guihou-Provinz, evakuiert wurden. Zwei Tage später richtete ein Beben mit einer Stärke von 7,2 auf der Richterskala verheerende Schäden in der Gegend an, aber es forderte nicht ein einziges Menschenleben. Die Wissenschaftler gingen davon aus, daß Newcombes Theorie ihnen bei der Eingrenzung der Zerstörungszone entscheidend geholfen hatte. Und sein Erfolg nährte sein Ego – nein, er mästete es regelrecht und machte es fett – und ziemlich häßlich, fand sie. In dem Maße, wie er in seinem eigenen Ansehen stieg, fiel Crane. In Dans Verachtung für Crane lag beinahe etwas Obszönes.

In der Nacht der Vorhersage hatte sie sich von Dan ferngehalten, und er schien es nicht bemerkt zu haben. Sie hatte diese Distanz gegen jede Vernunft aufrechterhalten, nur um zu sehen, ob er reagierte; dann war sie zur Routine geworden. Es gab keine Möglichkeit, den emotionalen Graben zu überwinden. Sie lebten ständig wie unter einem Mikroskop, und der öffentliche Druck löschte ihre persönlichen Flammen aus. Lanie ließ sich nur noch treiben und lebte von einem Tag auf den anderen.

Außer in ihren Träumen.

Die Träume waren immer da; die Ereignisse von Martinique wurden immer präsenter, bis sie irgendwann glaubte, daß die Alpträume eine Bedeutung über das Erinnern hinaus haben mußten, obwohl sie sich langsam wieder zu entsinnen begann. Bestimmte Details tauchten wieder auf – der schreckliche Schlamm, die Verletzten, der Motorenlärm der Lastwagen, die alle gleichzeitig losfahren –, doch das Ereignis, das ihren Gedächtnisverlust verursacht haben mußte, lag noch immer im dunkeln. Sie war sich nicht einmal sicher, ob sie es so genau wissen wollte.

»Würdest du auf die Leute achten?« bat Dan und fuhr mitten durch die Zeltstadt, die wie auf Sado aus farblosen Zelten bestand. Sie waren militärgrün und in Reihen aufgestellt, die so breit waren, daß ein Lastwagen hindurchfahren konnte. Ihre Zahl ging in die Tausende. Über der Anlage wehte in einem ständigen elektronischen Wind die Projektion einer amerikanischen Flagge.

Und überall liefen Menschen durcheinander, von gelbbraun uniformierten Angestellten der Whetstone Inc., des Sicherheitsdienstes des Milliardärs, beaufsichtigt.

Dan steuerte auf das Hauptquartier zu, als gerade ein Bus voller Schüler eines örtlichen Internats im Lager ankam.

»Technokids«, sagte er, während er ausstieg.

Lanie sah den Kindern zu, wie sie aus dem Bus stiegen. Die Altersspanne reichte vom Vorschulkind bis zum Jugendlichen. Sie sahen alle ziemlich blaß und ängstlich aus.

›Lernen‹ hatte inzwischen eine neue Bedeutung bekommen, und die Technischen Schulen hatten eine neue Richtung in der Erziehung eingeschlagen. Das wichtigste Fach war Armpad 101. Hier lernten die Kinder, wie sie über ihr Armpad das Computernetz benutzen und an jede Information kommen konnten, die sie brauchten. Aufgrund der Stimmerkennungsprogramme der Pads wurden sogar Schreiben und Lesen unnötig. Die Macht der Pads war die Macht des absoluten Wissens. Aber was war mit der Disziplin? Was mit historischer Dokumentation und Forschung?

Mit einem letzten Blick auf die Reihe der etwa zwanzig Kinder folgte Lanie Newcombe in das Hauptquartier. Technokids … Sie konnten nur schwer auf körperliche Anforderungen oder emotionale Belange reagieren. Sie lebten in ihrem Pad. Sie dachten, es gäbe ihnen alles, sämtliche Antworten. Das Problem war nur, daß sie die Fragen nicht kannten.

Blockwarte, die Anfragen und Probleme der Menschen vorbrachten, gingen im Hauptzelt ein und aus. Crane schüttelte mit gerunzelter Stirn den Kopf, während er mit Sumi und dem weißhaarigen Stoney Whetstone sprach, der dieselbe Uniform trug wie seine Männer. TV-Bildschirme, die eine Wand des rund zehn Quadratmeter großen Raumes belegten, zeigten dieselben Bilder wie die Wolken am Himmel.

»Sie sind ein Idiot, Parkhurst«, sagte Crane, als Lanie und Newcombe näherkamen. Er schüttelte den Kopf und schickte einen Mann weg.

»Draußen ist eine Busladung Technokids, die bestimmt besondere Fürsorge brauchen«, informierte Lanie ihn.

Crane sah Sumi an. »Würden Sie sich darum kümmern?«

»Selbstverständlich«, erwiderte Sumi und ging sofort los.

»Was ist mit den EB-Daten?« fragte Newcombe Crane, der mit leerem Blick auf den Boden starrte.

»Keine Aktivität«, antwortete Stoney.

Stoney war eine wirklich imposante Person, dachte Lanie. Groß, befehlsgewohnt, bodenständig, mit einem faltigen, aber immer noch attraktiven Gesicht. Er wirkte mit seinen siebenundsechzig Jahren noch so umwerfend männlich, daß sie sich fragte, wie er wohl mit vierzig gewesen sein mußte.

»Etwas sehr Merkwürdiges passiert hier«, fügte Stoney hinzu.

Das war nichts Neues. Stoney wurde von Tag zu Tag mißtrauischer, äußerte Verdachtsmomente und hinterfragte alles, was mit der Regierung und Liang Int zu tun hatte.

»Was meinen Sie diesmal?« fragte Lanie, ein wenig entnervt.

»Die Regierung läßt sich ganz schön Zeit mit ihrer Unterstützung – die sowieso lächerlich ist. Und war nicht ihr Argument dafür, sich für Cranes Vorhersage starkzumachen, daß sie Wählerstimmen gewinnen und sich als Wohltäter hinstellen wollte? Ich hatte angenommen, daß dieser Ort ein Tollhaus voller Reporter und Politiker sein würde, daß Li und seine Bodyguards sämtliche Kandidaten herschleppen, um jedem einzelnen von diesen Clowns vor den Wahlen noch einmal eine Chance zu geben, ihre Sprüche abzulassen. Sehen Sie hier irgend etwas davon? Haben Sie auch nur einen einzigen Kandidaten, einen Abgeordneten oder ein hohes Tier von Liang Int hier gesehen?«

Lanie schüttelte langsam den Kopf.

»Nein, natürlich nicht, weil hier irgend etwas faul ist, deshalb.«

»Wir wollen jetzt nicht der Liste unserer Probleme auch noch Paranoia hinzufügen«, sagte Newcombe. »Wir haben nur noch ein paar Tage bis zum Tag X. Vielleicht wird noch irgend etwas ...«

»Mein Arm tut nicht weh«, fiel ihm Crane ins Wort. »So kurz vor einem Beben müßte er pochen.«

Die Bildschirme flimmerten und strahlten schauerliche Bilder auf ihre Gesichter. Dann erschien das Wappen des Präsidenten auf allen Monitoren. Lanie öffnete den Kommunikationskanal auf ihrem Pad, aber es war ganz egal, welche Leitung sie wählte. Sie waren alle gleichgeschaltet.

»...ident der Vereinigten Staaten«, ließ sich die Stimme in ihrem Implantat vernehmen. Präsident Gideon saß an seinem Schreibtisch, Li an seiner Seite. »Meine lieben Amerikaner und Amerikanerinnen, ich wende mich heute an Sie, um ein schreckliches Unrecht zu klären. Unter großen Mühen und enormen Kosten hat unsere Regierung umfassende Ermittlungen angestellt und dabei einen schändlichen Betrug aufgedeckt. Lewis Crane ist ein Scharlatan. Skrupellos und voller Ehrgeiz hat er dem ganzen Land weismachen wollen, daß der Süden und die Mitte der Vereinigten Staaten am Rande einer Katastrophe stünden. Glücklicherweise konnten wir herausfinden, daß dies nicht der Fall ist, und deshalb erklären wir hiermit die Vorhersage eines Erdbebens für den 30. Oktober für Unsinn. Desweiteren werden wir sofort alle öffentlichen Mittel für die Crane-Stiftung streichen.«

Crane stand fassungslos vor dem größten Bildschirm. »Was tun die da?« flüsterte er. »Und warum?«

»Haben Sie nicht gerochen, daß was faul war?« fragte Stoney. »Ich wußte, daß was nicht stimmt.«

Der Präsident fuhr fort: »Wir haben Beweise dafür, daß die Crane-Stiftung Verbindung zum Führer der Nation of Islam, Mohammed Ishmael, unterhält, denn Ishmael proklamierte die Gründung eines islamischen Staates, während er in Cranes Begleitung war. Wir, das Volk, sind Opfer einer Art von Konspiration.«

Eine Videoeinspielung wurde gezeigt, in der man einen Mann mit schlenkernden Armen ein Trottoir entlanggehen sah. Alle Bilder waren von seinem Mantelärmel aus aufgenommen. Der Mann blieb bei einem Dorphinverkäufer stehen und kaufte eine Flasche. Als er den Arm herumschwenkte, um den Händler zu bezahlen, huschte Dan Newcombes Gesicht über den Bildschirm.

»Was ist das?« Crane schnellte zu Newcombe herum. »Was, zum Teufel, sehen wir da?« schrie er.

»Ishmael und mich«, erklärte Newcombe mit unbewegtem Gesicht, während er Crane kalt musterte.

»Und was noch?«

Newcombe nickte in Richtung des Bildschirms, auf dem in schneller Abfolge zu sehen war, wie er einen Gang entlanggeführt wurde, der vermutlich zu einem Chip Parlor gehörte. Lanie sah mit wachsendem Erstaunen zu, ihr Puls wurde schneller, und ihr Magen zog sich in einem Gefühl der Panik zusammen. In der Masada-Nacht war Dan in der Zone gewesen ... das stand jetzt zweifelsfrei fest. Er verriet sie. Persönlich und auch beruflich, wie sie vermutete. Sie begann zu zittern. Angespannt vermied Dan ihren Blick und starrte reglos auf den Bildschirm. Er wurde in einen Raum gebracht, dann wurde ein Bett verschoben, unter dem eine Luke auftauchte, Ishmael kam aus dem Loch im Boden und umarmte Newcombe wie einen verlorenen Sohn. Lanie sah sich um. Alle waren schockiert – und von Entsetzen gepackt.

Newcombe und Ishmael blickten ins Publikum, durch

die Linse einer Kamera, die sich in Ishmaels Hand befunden haben mußte.

»Stoney«, sagte Crane, und der Schock stand ihm ins Gesicht geschrieben, »würden Sie ein paar von Ihren kräftigsten Männern zusammenrufen, um den Zelteingang zu bewachen? Ich will keine Reporter hier haben, solange wir nicht auf sie vorbereitet sind. Und holen Sie Sumi wieder herein.«

Whetstone nickte und drückte dann beruhigend Cranes Schulter, bevor er das Zelt verließ.

»Sehen Sie, Crane«, sagte Newcombe, »die Reise in die Zone hatte nichts mit der Stiftung zu tun. Es ist eine persönliche Sache. Es geht um mich.«

»Und um mich auch?« fragte Lanie. »Es hat doch garantiert etwas mit mir zu tun. Ich weiß, was die NOI über Rassen denkt ... und darüber, was sie die ›Reinheit der Rassen‹ nennt.«

An jedem Handgelenk blinkten die Armpads, als die Medien versuchten, mit dem Crane-Team in Kontakt zu treten. Sie hatten nur ein paar Minuten, bis sie von Neugierigen überrollt werden würden.

»Lanie«, sagte Crane und versuchte, sich mit einem tiefen Atemzug zu beruhigen. »Machen wir uns erst einmal Gedanken über das unmittelbar anstehende Problem.« Er zeigte auf Newcombe. »Schwören Sie, daß Ihr Kontakt zu Ishmael nichts mit den Aktivitäten der Stiftung zu tun hat?«

»Mein Wort darauf«, sagte Newcombe.

»Dein *Wort*«, sagte Lanie entgeistert und spürte, wie für sie eine Welt zusammenbrach.

»Wieso waren die ausgerechnet an Ihnen dran?« fragte Crane und nickte Sumi zu, die mit Stoney gerade zurückkam.

Newcombe hielt die Hände mit den Handflächen nach oben vor sich. »Ich habe keine Ahnung. Vielleicht war es Zufall.«

»Von Liang angeheuert«, sagte Sumi. »Das passiert dauernd.«

»Ist das jetzt wichtig?« fragte Stoney.

»Nein«, antwortete Crane und ließ seinen Blick zu den bulligen Bodyguards schweifen, die den Zelteingang flankierten. »Solange es keine weiteren Überraschungen gibt.«

»Ich habe Ishmael einmal besucht und hatte ein persönliches Gespräch mit ihm«, erklärte Newcombe. »Wir reden manchmal miteinander und fragen uns gegenseitig um Rat.«

»Hat er dir auch den ›Rat‹ gegeben, illegal mit deinem Artikel an die Öffentlichkeit zu treten?« fragte Lanie, die nicht in der Lage war, sich zusammenzureißen.

»Nicht jetzt«, sagte Crane und ging auf sie zu. »Schwören Sie mir, daß Sie nicht wußten, daß Gideon das Programm abblasen würde.«

»Natürlich wußte ich das nicht!« erwiderte Newcombe empört. »Ich habe dabei ebenso viel zu verlieren wie Sie.«

Vorhin hast du etwas anderes gesagt, dachte Lanie.

»Sie haben Ihr Programm gerettet«, sagte Stoney.

Newcombe wandte ihm sein Gesicht zu. »Was sind das für Verdächt...«

»Nein«, fiel ihm Crane ins Wort. »Cool bleiben, Stoney. Ich ... ich zweifle Dans Integrität nicht an. Wir müssen jetzt vor allem überlegen, was wir tun und wie wir reagieren können.«

Newcombe lachte reumütig. »Tatsache ist, daß wir gerade heftig angeschossen worden sind. Sie haben uns volle Breitseite erwischt, Captain.« Er salutierte und wandte sich dann Sumi zu. »Was ist eigentlich mit Ihnen? Warum haben Sie das nicht kommen sehen?«

Sumi blickte erschrocken drein. »Als unsere Geschäftsbeziehung mit Mr. Li begann, hatte ich meinen Job hier bereits. Ich habe keinerlei Verbindung zur Regierung. Ich war bei Ihnen.«

»Wir dürfen uns nicht gegenseitig verdächtigen«, sagte Crane. Lanie zuckte zusammen, als von draußen der Lärm der tobenden Menge hereindrang. »Wir haben immer noch die Vorhersage.«

»Ihr Arm tut nicht weh«, wandte Newcombe ein.

»Sir!« ließ sich die Stimme eines Mannes vor dem Zelteingang vernehmen. Einer der Wächter hatte seinen Kopf hereingestreckt. »Hier draußen wird es langsam brenzlig.«

»Sagen Sie ihnen, daß wir gleich mit ihnen sprechen werden«, bat Crane. Der Mann sah zu Whetstone, der nickte. »Die Druckmessungen lügen nicht«, überlegte Crane laut. »Auch die anderen Zeichen lügen nicht. Das ist das Problem.«

»Was ist mit dem Ellsworth-Beroza-Test?« fragte Newcombe. »Vielleicht sind wir alle die größten Dummköpfe.«

»Nein, Doktor«, sagte Crane. »Wir sind keine Dummköpfe. Vorschläge?«

Alle starrten ihn an.

»Crane«, sagte Whetstone schließlich, »stehen Sie weiterhin zu Ihrer Vorhersage?«

»Mein Arm tut nicht weh«, entgegnete Crane mit einem leichten Lächeln. »Und er lügt mich nie an. Aber sehen Sie, das ist egal. Wir sind auf die eine oder andere Weise darin verstrickt. Wir haben keine Wahl, als mit Vollgas weiterzumachen. Die Würfel sind gefallen, ist Ihnen das nicht klar? Sobald die Vorhersage getroffen ist, gibt es kein Zurück mehr.« Er ging zum Zeltausgang.

»Wohin gehen Sie?« fragte Lanie.

Crane blieb stehen und drehte sich abrupt, geradezu roboterartig um. »Ich gehe hinaus und überrede diese Leute, das zu vergessen, was sie gerade gehört haben, und statt dessen mir zu glauben.«

»Sie wollen alles dementieren?« fragte Newcombe.

»Nichts leichter als das«, meinte Crane und versuchte, sein zerzaustes Haar glattzustreichen, allerdings ohne großen Erfolg. »Ich weiß nichts. Sie bleiben hier und kommen auf keinen Fall heraus. Ich habe mich vor die Sache gestellt. Jetzt ist es an der Zeit, sie zu verteidigen.« Er sah auf Newcombe. »Ich werde Sie so gut schützen, wie ich kann.«

»Bitte keine Gefallen«, wehrte Newcombe ab.

Cranes Augen verengten sich. Er nahm einen breitkrempigen Hut aus dem Regal neben dem Zelteingang. Dann trat er hinaus in das morgendliche Tennessee. Lanie sah sich um und stellte fest, daß sämtliche Bildschirme Crane aus der Sicht der Menschenmenge zeigten.

Hunderte von Menschen, die meisten mit Kamerahelmen, hatten sich auf dem schlammigen Weg vor dem Hauptquartier versammelt. Crane hatte kaum einen Schritt aus dem Zelt getan, da bildeten Whetstones Leute bereits einen Ring um ihn und drängten die Umstehenden zurück.

»Ich möchte gerne kurz mit Ihnen reden«, fing Crane an und hob die Hände, um für Ruhe zu sorgen. Als der Geräuschpegel gleichblieb, loggte er sich in das Lautsprechersystem des Lagers ein.

Lanie wandte sich um und starrte Dan an. »Ich kenne dich nicht mehr«, sagte sie.

»Vielleicht hast du mich nie gekannt«, erwiderte er, die Augen starr auf die Bildschirme gerichtet. »Mir ist klar, wie das alles wirken muß. Ich möchte einfach sagen, daß es mir leid tut. Ich liebe dich. Ich tat, was ich tun mußte.«

»Freunde!« sagte Crane mit donnernder Stimme. »Entgegen dem, was Sie gerade gehört und gesehen haben, ist die Crane-Vorhersage immer noch aktuell und gültig. Wir hier haben keine Ahnung, wovon der Präsident gesprochen hat. Aber ich kenne mich mit Erdbeben aus. Und Sie werden eines bekommen.«

Lanie schürzte verärgert die Lippen. »Meine Arbeit zu zerstören, indem du dich mit einem Mann zusammentust, der mich am liebsten tot sehen würde. Ist es das, was du tun *mußtest*?«

»*Deine* Arbeit?«

»Guten Morgen, Dan! Überraschung! Wach endlich auf! Der Globus ist mein Baby, *mein* Beben-Öko. Und stell dir vor, ich denke, es könnte sogar wichtiger werden als deine Arbeit.«

»Dieser Globus«, sagte er mit Verachtung im Blick, »ist nur der materielle Ausdruck von Cranes Wahnsinn. Er ist völlig bedeutungslos.«

Sie schlug ihn so fest auf die Wange, daß ihre Hand brannte. »Geh zur Hölle«, sagte sie und drehte sich auf dem Absatz um.

Draußen bestürmten die Menschen Crane mit Fragen über die Nation of Islam.

»Die Nation of Islam hat mit unserer Erdbebenforschung nichts zu tun. Dr. Newcombe unterhält eine langjährige Freundschaft mit Mohammed Ishmael und hat somit jedes Recht, diesen Mann in seiner Freizeit zu besuchen.«

Die Rufe wurden lauter. Crane versuchte immer noch, die Ordnung aufrechtzuerhalten.

Newcombe brummte: »Ich brauche ihn nicht zu meiner Verteidigung.«

»Nicht ...«, begann Whetstone, doch Newcombe war bereits auf dem Weg durch den Zelteingang.

»Ich bin ein freier Mann«, sagte Dan zu der Menge. Wie Feuer brannte der Stolz in seinen Augen, als wäre er ein Löwe inmitten einer Horde von Hyänen. »Ja, ich habe Bruder Ishmael besucht. Ich kann, verdammt noch mal, besuchen, wen ich will.«

»Haben Sie mit ihm über seine Forderung eines islamischen Staates gesprochen?« fragte jemand im Publikum.

»Ja, in der Tat.«

Die Menschen schrien wütend auf ihn ein. Lanie beobachtete, wie sein Stolz in Wut umschwang, und fürchtete die Konsequenzen.

Crane spürte, daß sich wirklicher Ärger zusammenbraute, und erkämpfte sich mit den Ellbogen einen Weg zurück zum Zelt. »Wenn es sonst nichts mehr ...«

»Unterstützen Sie die Entrechtung der Südstaatler zugunsten eines Africk-Homelands?« ließ sich da eine glokkenklare Stimme vernehmen.

Lanie holte tief und langsam Luft. Dans Antwort würde sie zu einer Entscheidung zwingen.

»Viele Jahre lang«, begann Newcombe, »waren acht Prozent unserer Bevölkerung in Ghettos zusammengepfercht. Haben sie irgend etwas getan? Nein. Verdienen sie die gleichen Freiheiten, die die meisten Amerikaner für sich für selbstverständlich halten – Leben, Freiheit, das Streben nach Glück? Ja.«

»Aber was ist mit Vertreibung?«

»Bruder Ishmael will niemanden vertreiben. Er will nur einen islamischen Staat, wo Allah in seiner Weisheit und der Koran herrschen. Die Leute, die in diesem Staat leben, können tun und lassen, was sie wollen.«

Crane ging müde zurück ins Zelt, und Sumi stürzte sofort auf ihn zu, um ihm Trost zuzusprechen.

Als Lanie diese Nation of Islam-Rhetorik aus Dans Mund hörte, hatte sie das Gefühl, am Abgrund zu stehen. Sie hatte lange gebraucht, um ihre Liebe zu ihm zuzulassen. Bestand diese Liebe jetzt nur noch aus Schmerz?

»Sind Sie ein Mitglieder der Nation of Islam?« rief einer von Whetstones Leuten. Die Sicherheitskräfte mischten sich nach und nach unter die Menge und wurden ein Teil von ihr.

»Dies ist eine Entscheidung, mit der ich gerungen habe«, antwortete Newcombe. »Im Moment bin ich ein Bürger der Welt. Ich sage vor allem, was ich denke, und habe das auch weiterhin vor.«

Eine kalte Faust ballte sich um Lanies Herz. Während Dan weiter Lobeshymnen auf Bruder Ishmael sang, horchte sie tief in sich hinein. Geschlechtertrennung ... Schleierpflicht für Frauen ... Gewalt ... Konnte Dan Newcombe – der Mann, den sie geliebt und mit dem sie zusammengelebt hatte – sich wirklich mit einer Bewegung identifizieren, die solche Dinge propagierte? Sie befürchtete ernsthaft, daß die Antwort ja lautete. Obwohl vom Schmerz schier überwältigt, biß sie die Zähne zusammen und straffte ihren Rücken. Das würde sie nicht überleben ... Crane! Sie mußte sich auf Crane konzentrieren.

In dem Augenblick, als Crane erkannt hatte, daß Dan mit jedem Wort der Stiftung schadete, hatte er sich die Bourbonflasche geschnappt und dachte ernsthaft über die Sache nach. Die Bildschirme zeigten jetzt neben Dans Gesicht auch Menschen, die die Zeltstadt zu Fuß oder in Fahrzeugen verließen und dabei ein Trümmerfeld hinterließen. Als Dan geendet hatte, war der größte Teil von Cranes Traum – die Rettung von Leben und produktives, gemeinschaftliches

Handeln am Ort des Erdbebens – entweder geplatzt oder gestohlen. Das rote Zelt stand inmitten eines Schlachtfeldes. Zwei Tage vor dem Tag X war alles vorbei ...

Lanie trat zu Crane. Tränen strömten seine Wangen hinunter, und er wiegte die Flasche in seinem kranken Arm. Als sie seine Schulter berührte, holte sie ihn aus einem schrecklichen Alptraum. Er riß die Augen weit auf.

»Ich wollte doch nur den Menschen helfen«, sagte er mit leiser, gebrochener Stimme.

Sie umarmte ihn. »Vielleicht sollten wir diesen Ort verlassen.«

»Nein. Ich nicht. Sie gehen. Holen Sie Burt, und sagen Sie ihm, er soll packen und mit dem Rest des Teams so schnell wie möglich zur Stiftung zurückkehren.«

»Was werden Sie tun?«

»Hierbleiben. Meinen Job erledigen. Da ist immer noch das Erdbeben, vor dem ich die Menschen warnen muß. Nur weil die Regierung behauptet, daß es nicht stattfinden wird, heißt das nicht, daß es nicht trotzdem kommt.«

Sie sahen sich eine ganze Weile an. »Crane, ich kann nicht ... ich kann Sie nicht allein hier zurücklassen. Ich bleibe bei Ihnen ...«

»Nein. Sie müssen gehen. Sehen Sie zu, daß alle so schnell wie möglich nach Hause kommen. Arbeiten Sie am Globus. Strengen Sie sich an. Wir arbeiten so lange in der Stiftung weiter, bis uns das Geld ausgeht.«

»Ist mit Ihnen alles in Ordnung?«

»Mit mir war niemals alles in Ordnung.« Er nahm einen Schluck. »Gehen Sie. Raus hier. Es nützt mir nichts, wenn meine Leute in Tennessee verhaftet werden.«

»Verhaftet?«

»Ich bin ein Scharlatan, schon vergessen? Ich habe einen Betrug begangen. Verhaftungen und Geldstrafen warten auf mich, ganz egal was aus dem Erdbeben wird. Ich werde wahrscheinlich hinter Gittern sitzen, wenn es losgeht.« Er sah sie ernst an. »Ich verlasse mich auf Sie ... auf *Sie*, Lanie. Der Globus ist alles. Nur Sie können mit dieser Arbeit weiterkommen.«

Tränen traten ihr in die Augen. Schließlich nickte sie und erntete Cranes warmes, breites Lächeln, das schon deshalb so schön war, weil es nur selten aufblitzte.

»Das ist mein Imager«, sagte er und klopfte ihr auf die Schulter. Dann wandte er den Blick ab, in Richtung eines entfernten Horizontes, den außer ihm wohl niemals jemand sehen würde.

Lanie trat zurück. Sie verspürte ein merkwürdiges Verlangen, Crane zu umarmen, ihn festzuhalten und ihm zu versprechen, daß alles gut werden würde. Doch das wäre nichts als ein leeres Versprechen, eine Lüge. Nichts würde jemals wieder in Ordnung kommen. Und Crane ... Er war so einsam. Einsam und von Verrat umgeben, mit rätselhafter Herkunft und ebensolchen Zielen. Sie atmete tief durch. Das einzig Positive, was sie im Augenblick tun konnte, war, das zu erledigen, was Crane ihr aufgetragen hatte. Von plötzlichem Arbeitseifer erfaßt, schnappte sie sich einen Hut und stürzte aus dem Zelt.

Dan stand allein mitten auf der Straße. Die Menschen, die das Lager fluchtartig verließen – ebenso schnell wie sie gekommen waren –, strömten an ihm vorbei. In ein paar hundert Metern Entfernung brannte es. Lanie tauchte in den Fluß aus menschlichen Leibern und kämpfte sich zu Dan vor. Als sie ihn erreicht hatte, klappte ihr vor Überraschung die Kinnlade herunter.

»Du weinst«, sagte sie.

»Es war wunderbar! Ich habe zum erstenmal in meinem Leben ohne Angst und schlechtes Gewissen das gesagt, was ich denke. Es war so schön, Lanie, so schön – und so befreiend.«

Sie betrachtete die Zerstörung um sie herum, das Feuer, das außer Kontrolle zu geraten drohte, während Whetstones Männer versuchten, es zu löschen. »Es hat uns alle befreit«, sagte sie, bezweifelte aber, daß Dan den Sarkasmus in ihrer Stimme bemerkte. »Du wirst dich ihnen anschließen, nicht war?«

Als Reaktion kam ein vages Schulterzucken. »Ich möchte, daß wir beide viel Zeit zusammen verbringen. Es ist alles noch offen. Ich verspreche dir: ab jetzt keine Geheimnisse mehr«, sagte er und legte einen Arm um ihre Schultern.

Sie entzog sich ihm. »Nein, Dan«, sagte sie und wandte ihm den Rücken zu. »Ich kann nicht. Ich kann einfach ...«

»Aber ich liebe dich.«

»Egal ob du zur Stiftung zurückkehrst oder nicht – ich werde in ein eigenes Haus ziehen.«

»Lanie ...«

Sie rannte davon. Dan rief ihren Namen, doch sie wandte sich nicht um. Sie ging durch das zerstörte Lager. Die Zeltstadt lag in Trümmern, Cranes Ruf lag in Trümmern. Die Stiftung gab es in ein paar Wochen vielleicht nicht mehr, spätestens in einem oder in zwei Monaten. All die Träume, die sie für sich und Dan privat und für sich und Crane beruflich geträumt hatte, waren geplatzt.

Plötzlich nahm Lanie nichts mehr von der Zerstörung um sich herum wahr. Sie sah nur noch Crane vor sich, wie sie ihn im Zelt allein hatte sitzen lassen, auf einem Stuhl hängend und Whiskey aus der Flasche trinkend. Die Spätnachmittagssonne schien hell, doch für Lanie King und Lewis Crane war der Tag pechschwarz geworden.

Zweites Buch

10.

Die Pseudospalte

DIE STIFTUNG
6. NOVEMBER 2024, 20 UHR 47

»Was meinen Sie, Doc?« fragte Burt Hill, während er das Helo im Dunkeln an der Steilwand des Mendenhall entlang in Richtung des Hochplateaus lenkte, auf dem die Stiftung lag. »Genauso, wie Sie's zurückgelassen haben.«

»Das ist das Schönste, was ich seit zwei Wochen gesehen habe.« Crane ertrank schier im Anblick der Anlage und der ›Moschee‹. Die roten Laserstrahlen hießen ihn nach einem Höllentrip in die Außenwelt willkommen. Es war Dienstag abend, Wahltag, und diese Nacht hätte eigentlich die Nacht seines Triumphes werden sollen. Statt dessen hatte er sich heimlich nach L. A. zurückschleichen müssen, damit ihn niemand erkannte und sich keine Kameras auf ihn richteten. Als er im Helo weit genug von der Stadt entfernt war, hatte er erst einmal seine Verkleidung abgelegt.

Er drehte sich auf seinem Sitz um und sah Burt an, dessen Gesicht im warmen Schein der rötlichen Lichter der Stiftung schimmerte. »Wie viele habe ich verloren?« fragte er flüsternd.

»Ein paar. Alle anderen sind bei der Stange geblieben. Haben Sie in diesem Gefängnis in Tennessee was Ordentliches zu essen bekommen?«

Er winkte ab. Die örtliche Polizei hatte ihn in Memphis inhaftiert, am 31. Oktober, einen Tag, nachdem das Beben seiner Vorhersage gemäß hätte stattfinden sollen. Zwei Tage später war er in das Shelby-County-Gefängnis überführt und wegen Hochverrats in Verbindung mit der vorsätzlichen Gefährdung von Millionen Menschen angeklagt worden. Er war nur dankbar, daß die Bundespolizei sich nicht eingemischt hatte. Er saß ein paar Tage ein, bis heute, am Morgen des Wahltages, die Anklage plötzlich auf wunderbare Weise fallengelassen wurde. Anscheinend hatte er seinen Zweck für Li erfüllt und konnte ebensogut wieder auf freien Fuß gesetzt werden.

»Sie sehen abgemagert aus, Doc. Ich werde mich darum kümmern, daß Sie noch was zu essen bekommen, bevor Sie ins Bett gehen. Und ich meine damit nicht Rum, sondern was Anständiges.«

Das Essen im Gefängnis? Crane konnte sich nicht daran erinnern, gegessen zu haben ... oder nicht gegessen zu haben. »Ich habe im Gefängnis nachgedacht, Burt. Es war ja genügend Zeit dafür.« Das Helo stieg über die Steilkante und steuerte dann, von starken Seitenwinden geschüttelt, auf die Moschee zu. »Ist Sumi da?« fragte Crane.

»Seit der Geschichte hat ihn niemand mehr gesehen«, sagte Hill und warf Crane einen besorgten Blick zu. »Wir hörten, daß er einen bequemen Verwaltungsjob an der staatlichen Akademie der Wissenschaften bekommen hat. Hört sich für mich nach Blutgeld an, nach Schmiergeld.«

»Im Zweifel für den Angeklagten, Burt«, sagte Crane, als Hill das Helo rund zehn Meter vom Eingang der Moschee sanft aufsetzte. »Sumi war ein guter Freund.«

Hill brummte nur.

Crane wollte nicht daran denken, daß noch andere Menschen in seinem Umkreis Verräter waren, doch im Gefängnis hatte er genügend Gelegenheit gehabt, nachzudenken und eins und eins zusammenzuzählen. Die Pfade, über die ihn seine Gedanken geführt hatten, waren steinig ... und sein Ziel ein toter und armseliger Ort.

»Ist Newcombe noch da?« Er hatte das Helo verlassen und ging mit schnellen Schritten los.

»Soweit ich weiß, ja.« Hill eilte hinter ihm her. »Hab' mich schon gefragt, wann Sie sich nach ihm erkundigen.«

Crane aktivierte auf seinem Armpad die P-Leitung, sein Kanal zu dem Tektonisten. »Dannyboy, wo sind Sie?« fragte er.

»Crane?« kam die überraschte Antwort. »Sind Sie raus?«

»Ich bin vielleicht am Ende«, erwiderte Crane, »aber nicht raus. Wo versteckt ihr euch alle?«

»Wir sind im Vortragssaal und sehen uns die Wahlberichterstattung an.«

»Tja, ich habe noch nicht gewählt. Ich denke, ich komme auch vorbei.« Er schloß den Kanal und betrat die Moschee. Als er den Globus sah, stockte ihm der Atem. Gott, war es schön, wieder zu Hause zu sein. Die ersten beiden Tage im Gefängnis hatte er ernsthaft an Selbstmord gedacht, doch dann hatten ihn die Stiftung und die unvollendete Arbeit davon abgehalten. Er war noch nicht fertig. Trotz Li. Trotz all der Menschen, die ihn und die Sache verraten hatten. Es gab noch viel zu tun, und er hatte kaum angefangen. Er war vielleicht pleite und ein Ausgestoßener, aber er hatte sein Hirn und all die wundervollen Daten, die er gesammelt hatte. Außerdem war der Tod keine Alternative. Er würde dem Schmerz ein Ende bereiten, der sein Erbe und alleiniger Ursprung des Bewußtseins war. Sein Schmerz konnte nur behoben werden, indem er ihn voll auskostete.

Er hatte alles verloren und stand immer noch auf seinen Füßen. Er wußte jetzt, daß ihn nichts mehr aufhalten konnte. In dieser Erkenntnis lag eine große Kraft.

Er eilte durch den Globusraum und kam im Laufschritt im Vortragssaal an. Fünfzig Köpfe drehten sich in seine Richtung; fünfzig Augenpaare konzentrierten sich nur auf ihn. In diesem Moment konnte er sie für sich gewinnen oder für immer verlieren.

Lächelnd winkte Crane und eilte dann zwischen den Sitzreihen hindurch auf die Bühne. Der riesige Bildschirm hinter ihm zeigte einen Zusammenschnitt von zwanzig verschiedenen Sendestationen, die ständig wechselten, aber stets mit den Wahlen zu tun hatten.

»Wählen Sie jetzt«, stand in leuchtenden Lettern am unteren Rand des Bildschirms. Crane loggte sich über sein Pad ein und gab seinen Wählercode ein. Er wurde zugelassen, drückte einen Knopf und schickte die Botschaft ab.

»Direkt zu Yo-Yu!« verkündete er dem Publikum und

erntete vereinzeltes Gelächter. An den Zahlen, die laufend aktualisiert wurden, konnte er sehen, daß Liang die größten ethnischen Gruppen des Landes für sich hatte gewinnen können. Interessanterweise hatte Yo-Yu beträchtliche Stimmengewinne bei den Gemeindewahlen zu verzeichnen, was die TV-Analysten allerdings als glücklichen Zufall abtaten.

Crane streckte seinen Arm in die Luft und schüttelte seine geballte Faust. »Ich kämpfe mit jedem, der den Mumm hat, zu mir auf die Bühne zu kommen und mir ins Gesicht zu sagen, daß wir erledigt sind.« Er sah sich um. »Ich lebe noch, also bin ich noch nicht erledigt. Sie sitzen alle noch hier. Wenn Sie erledigt sind, gehen Sie. Dann will ich Sie nie wieder sehen.«

Er wartete. Niemand ging. »Folgendes habe ich zu sagen: Wenn wir auf weltweite Operationen verzichten und uns ein wenig einschränken, kann ich die Stiftung ein weiteres Jahr aufrechterhalten und jedem von Ihnen volles Gehalt zahlen. Auf diese Weise haben wir zwölf Monate, um uns wieder Respekt zu verschaffen. Wir haben eine Menge Informationen gesammelt, bevor uns die Regierung den Hahn abgedreht hat. Die können wir jetzt sinnvoll nutzen.

Ich habe zweierlei vor: der Globus muß endlich ans Netz, und wir brauchen umfassende Meßdaten über die Tektonik in Südkalifornien. Zu diesem Zweck schicke ich das gesamte Forschungsteam an Ort und Stelle.«

Er ging zu der Treppe an der Seite der Bühne. »Wenn Sie immer noch für mich arbeiten, machen Sie sich ans Werk. Sitzen Sie nicht hier herum.« Er zeigte mit dem Daumen auf den Bildschirm hinter sich. »Und jemand soll das verdammte Ding endlich ausschalten.«

Er stieg die Stufen bis zum Ende der Treppe hinunter. Fast alle verließen den Raum. Lanie saß in der ersten Reihe und lächelte ihn an. Aus ihren Augen sprach tiefstes Vertrauen. Newcombe kam aus einer der hinteren Reihen auf ihn zu. Interessant, dachte Crane, daß die beiden nicht nebeneinander gesessen hatten.

Lanie trat zu ihm und umarmte ihn kurz. »Willkommen daheim.«

»Vielen Dank für alles, was Sie getan haben, um mich aus dem Gefängnis zu holen«, sagte er. »Ich habe gehört, Sie waren ziemlich hartnäckig.«

»Ich hoffe nur, es war nicht zu schrecklich für Sie.«

Er lächelte. »Ich hatte ein paar sehr sympathische Zellengenossen«, sagte er und genoß den Anblick ihrer lebhaften Augen. »Die haben mir gezeigt, wie man aus einem Löffel einen Dietrich biegt.«

»Ich dachte schon, die hätten den Schlüssel zu Ihrer Zelle weggeworfen«, sagte Newcombe und streckte ihm die Hand hin.

Crane ergriff sie. »Am ersten Tag habe ich eine strukturelle Analyse des Gebäudes gemacht. Am zweiten Tag habe ich dem Anwalt, den Lanie mir geschickt hat, einen Bericht in die Hand gedrückt, in dem stand, daß das Gebäude baufällig sei und für unbewohnbar erklärt werden müsse. Der Anwalt schickte den Bericht an sämtliche Behörden in Tennessee sowie an alle Medien. Dann strengte er als Vertreter der Insassen ein Verfahren an. Am dritten Tag wollten die Bullen mich loswerden. Hätten Sie beide ein paar Minuten Zeit für mich? Ich würde gerne mit Ihnen besprechen, was passiert ist.«

Sie nickten, wobei Crane auffiel, daß Lanie sorgfältig darauf achtete, genügend Abstand zwischen Newcombe und sich zu halten. Sie gingen in den Globusraum. Burt Hill kam mit einem Hühnchensandwich für Crane in der Hand ebenfalls dazu.

»Bleiben Sie nur«, sagte Crane, während Hill ihm ein Stück des Sandwiches im wahrsten Sinne des Wortes in den Mund stopfte.

»Wie lange ist es her, seit Sie zuletzt eine Nacht durchgeschlafen haben?« fragte Hill.

»Heute nacht wird es wieder soweit sein«, antwortete Crane mit vollem Mund und fragte sich, was zwischen Dan und Lanie passiert war.

»Ich habe etwas für Sie«, sagte Newcombe. Er zog einen Umschlag aus seiner Hosentasche und reichte ihn Crane.

Crane öffnete ihn und zog einen Scheck über eine halbe Million Dollar heraus, der auf die Stiftung ausgestellt war. Das Geld stammte von einem Liang-Konto in Peking.

»Die ersten Tantiemen für das Beben-Öko«, sagte Dan. »Wie versprochen, gehören sie der Stiftung.«

»Und wir können sie gebrauchen«, sagte Crane und reichte den Scheck an Hill weiter, der mit dem Sandwich jonglierte, um ihn in einer Tasche seines Overalls verschwinden zu lassen. »Ich freue mich – und ich bin überrascht, daß Sie noch hier sind. Ich bin sicher, Sie hatten eine Menge Angebote.«

»Ja ... einige. Aber Sie bieten immer noch den besten Job in der Stadt.«

»Mein Exzimmergenosse meint damit«, erklärte Lanie, »daß er seit seiner Predigt über die Nation of Islam genauso in Mißkredit geraten ist wie die Stiftung.«

Crane sah Newcombe an. »Ich möchte, daß Sie wissen, daß ich Ihnen nichts vorwerfe.«

»Ich werde weiterhin reden.«

»Nichts dagegen einzuwenden«, sagte Crane. »Lassen Sie nur mich aus dem Spiel.«

»Okay.«

»Ist das alles?« meldete sich Lanie. »Alles liegt in Trümmern, und ihr macht einfach weiter, als wäre nichts gewesen?«

»Politik ist wie der Wind«, sagte Crane. »Nicht real, nicht substantiell. Ich erinnere mich an die Zeit vor Mr. Li und an noch weiter zurückliegende Zeiten. Ich bin immer noch da. Die meisten anderen sind weg. Und was Dan angeht, er ist ein integrer Mann.«

Hill stopfte ihm einen weiteren Brocken des geschmacklosen Sandwiches in den Mund. Inzwischen saß Crane vor einer der Computerkonsolen. Lanie und Newcombe setzten sich ebenfalls und bildeten einen lockeren Kreis.

Crane schluckte und winkte ab, als Hill ihm einen weiteren Bissen anbot. »Schießen Sie los. Was ist passiert?«

»Sie haben die Aufnahmen mit mir und Ishmael noch weiter ausgereizt«, begann Newcombe. »Liang Int und Regierungsvertreter beschlossen, die NOI offen zu attackieren, indem sie von irgendeiner obskuren Verschwörung zwischen uns beiden sprachen und jedem in irgendeiner Form die Schuld für irgendwas zuwiesen.«

»Ich ... Die Vorwürfe basierten allein darauf, daß wir als Betrüger dastehen würden, wenn das Beben nicht stattfinden würde«, sagte Crane. »Warum sind die so ein Risiko eingegangen?«

»Sie sind kein Risiko eingegangen«, sagte Hill. »Als der Präsident seine Rede verlas, hat er genau gewußt, daß es kein verdammtes Erdbeben geben würde. Er hat allzu anmaßend gewirkt.«

»Also – wo haben wir uns geirrt, und wie haben die das erfahren?«

Newcombe griff nach Cranes Sandwich, aber Hill zog es weg. »Vielleicht hat die Regierung auf andere Geologen und Tektoniker gehört, die sagten, daß wir spinnen.«

»Ich sage Ihnen«, wandte Hill ein, »Gideon war sich seiner Sache hundertprozentig sicher.«

»Und was heißt das für uns?« fragte Crane.

Lanie hatte die ganze Zeit schweigend zugehört, doch Crane spürte, daß sie etwas sagen wollte. Schließlich begann sie zu sprechen.

»Denken Sie einmal einen Augenblick über folgendes nach. Es macht mich wahnsinnig seit dem Zeitpunkt, als es passierte. Das einzige, worauf wir unsere Vorhersage stützen, sind die Druckmeßdaten der Spalte. Alles andere deutete – und deutet immer noch – auf ein potentielles Beben hin. Die Druckmeßdaten stimmen nicht.«

»Ein Versagen der Meßgeräte?« fragte Crane.

»Nein«, sagte Hill. »Wir haben die Sonde noch zwei Tage zuvor in der Druckkammer der Stiftung getestet. Und sie hat richtige Werte geliefert.«

»Also ausgeschlossen«, sagte Crane. »Wir haben die Reelfoot-Daten direkt in die Rechner der Stiftung eingegeben.«

»Nicht direkt«, wandte Newcombe ein und zeigte auf sein Armpad. »Wir haben alles in mein Pad eingegeben und dann in den Rechner im Lastwagen transferiert. Als alle Tests vor Ort abgeschlossen waren, habe ich vom Lastwagen aus sämtliche Daten auf einmal in den Computer der Stiftung überspielt.«

»Zwei Datentransfers«, überlegte Crane laut. »Vielleicht gab's eine Panne bei der Datenübertragung? Überprüfen Sie so etwas normalerweise noch einmal?«

»Nicht wenn menschliches Versagen auszuschließen ist. Bei computerinternen Transfers überprüfen wir nur die Größe der Datei.«

Crane runzelte die Stirn und sah Newcombe an. »Ist die Datei noch in Ihrem Pad gespeichert?«

Newcombe nickte.

»Dann wollen wir sie uns einmal anschauen.« Crane hielt eine Hand auf. »Wir vergleichen Ihre Daten mit denen aus dem Computer der Stiftung. Wenn sie übereinstimmen, können wir davon ausgehen, daß es nicht an den Meßdaten lag.«

Newcombe nahm das kaum einen Zentimeter große Pad ab und warf es Crane zu, der es mit seiner behinderten Hand verfehlte, so daß es zu Boden fiel. Lanie hob es auf.

»Wie heißt die Datei?« fragte sie, während sie die Schnittstelle des Pads an eines ihrer Terminals anschloß.

»Reelfoot.«

Sie tippte den Namen ein, und die Datei erschien auf dem Bildschirm, während Lanie bereits das entsprechende File im Stiftungsrechner suchte.

»Plazieren Sie die beiden Files nebeneinander«, sagte Crane. Sie rollten mit ihren Stühlen herum, um besser auf den Monitor sehen zu können.

Zahlenkolonnen flossen nebeneinander über den Bildschirm: Angaben über Materialdichte und -art, Zugfestigkeit, Dilatationsgrade. Die Listen waren lang, zumal die Daten jedes Materials, das die Sonde berührt hatte, jeweils gesondert aufgelistet waren. Die letzte Zahl jeder Kolonne war die Angabe über den Druck pro Quadratzentimeter.

Das waren die Druckdaten, die genau zeigten, welcher Spannung das Material ausgesetzt war.

»Nun«, sagte Crane, »scheint alles in Ordnung ... He! Was ist das? Stellen Sie mal die Spannungswerte beider Listen nebeneinander.«

Alles verschwand bis auf die Spannungswerte. »Fällt Ihnen was auf?« fragte Crane.

»An der vierten Stelle hinter dem Komma«, sagte Newcombe, »ist jede Zahl aus dem Stiftungsrechner um eins höher als die von meinem Pad.«

»Du hast recht«, stimmte Lanie aufgeregt zu. »Kein Wunder, daß wir aufgrund höherer Angaben zu einer falschen Schlußfolgerung kamen. Wie ist das passiert?«

»Es gibt nur zwei Möglichkeiten«, sagte Hill. »Entweder ein Fehler in der Datenübertragung, oder jemand hat die Daten manipuliert – und ich will einen Besen fressen, wenn ein Transferfehler Daten so gezielt angreift.«

»Außer mir ist niemand an die Daten gekommen«, sagte Newcombe. »Ich habe alles allein gemacht.«

»Richtig«, bestätigte Hill. »Das war genau zu der Zeit, als Sie Ihren Artikel vorbereiteten, nicht wahr, Doc Dan?«

»In der Tat, Burt«, erwiderte Newcombe ärgerlich. »Sehen Sie in dieser zeitlichen Übereinstimmung irgendein Problem?«

»Wenn Sie mich fragen«, sagte Hill und legte das Sandwich erst auf die Konsole und dann auf den Boden, als Lanie das Gesicht verzog, »Sie sind eifersüchtig auf Doc Crane. Sie haben Ihre eigene Arbeit gerettet, bevor alles andere in Rauch aufgegangen ist. Sie haben die Daten kontrolliert, die verrückt spielten.«

»Genug«, befahl Crane. »Aber es muß jemand sein, der nicht nur unser System in- und auswendig kennt, sondern auch Zugang dazu hat.«

»Ein Insider«, sagte Lanie.

»Es war Sumi«, meinte Hill und schlug sich auf den Schenkel. »Es *muß* Sumi gewesen sein.«

»Vor einer Minute war es noch Dan«, warf Crane ein. »Über die Schlange in unserer Mitte wollen wir uns später

Gedanken machen. Jetzt versuchen wir ein Experiment. Dr. King, wären Sie bitte so nett, die korrekten Spannungswerte in den Reelfoot-File einzugeben?«

»Mein Gott«, sagte Newcombe und ließ sich gegen die Rückenlehne seines Stuhls sinken. »Das bedeutet, daß wir bis jetzt vielleicht vollkommen richtig lagen. Nur das Timing war ein bißchen daneben.«

»Leider wird uns jetzt niemand mehr zuhören, wenn wir eine Warnung aussprechen«, gab Crane zu bedenken.

»Okay«, sagte Lanie, schwang in ihrem Stuhl herum und nickte in Richtung des Globus. »Ich hab' sie eingegeben. Alles klar?«

»Los«, sagte Crane.

»Fangen Sie an dem Tag, in der Minute an, als wir die Werte gemessen haben. Wenn ein Beben kommt, verlangsamen Sie auf Echtzeit.«

»Läuft«, sagte Lanie, und alle Augenpaare richteten sich auf die riesige Weltkugel. Ein Spot verfolgte die Bewegungen. Eine Zeitlang passierte gar nichts, dann drang ein Grollen aus dem Inneren des Erdenmodells, und Lanie stellte auf Echtzeit um.

Crane beobachtete die rote Linie, die sich auf der Reelfoot-Spalte bildete. Genau so, wie sie es errechnet hatten, ging das Beben von einem Hypozentrum in etwa fünfzig Kilometern Tiefe aus und breitete sich nach allen Richtungen aus.

In erstaunlichen Details bekamen sie nun eine Vorstellung von einer Kraft, die so zerstörerisch war, daß sie jede Phantasie übertraf. Die Geräusche, das Grollen, kamen von den P-Wellen – den Primär- oder Druckwellen –, die wie Schallwellen die Erde durchpulsten. Sie blähten und stauchten das Gestein, zogen und stießen die Erde. Von außen war ihr Wüten dadurch zu erkennen, daß sich der Boden heftig hob und senkte.

Die S-Wellen – die Sekundär- oder Transversalwellen – waren langsamer als die P-Wellen; sie peitschten durch das Gestein und schüttelten die Erde in seitlicher Richtung. Auf dem Globus bebte die Erde noch Hunderte von Kilometern von der dünnen roten Linie auf der Reelfoot-Spalte entfernt. Die Flüsse Mississippi und Ohio bildeten sich immer wieder neu und sahen aus wie riesige, sich windende Schlangen.

Dann folgten die L-Wellen – die Oberflächenwellen –, die reflektierten, was tief im Erdinneren vor sich ging. Raleighwellen überrollten den Planeten wie eine Sturmflut, während die L-Wellen heftig im rechten Winkel zu ihrer Ausbreitungsrichtung vibrierten. Zusammen entwickelten die beiden Wellen Korkenzieherkräfte, denen kein Gebäude, kein Baum oder Damm standhalten konnte. Da nichts diese Wellen absorbieren konnte, breiteten sie sich immer weiter aus. Die Erde auf dem Planeten wand und verbog sich. Es entstanden Risse; Hügel türmten sich auf, um sogleich wieder zusammenzustürzen; der Mississippi zuckte immer noch wie ein lebendiger Leib. Dieses Phänomen wurde Pseudospalte genannt, denn es war niemals ein wirklich offener Graben gewesen. Doch jetzt, zweihundert Millionen Jahre später, war dieses winzige geologische Detail im Begriff, unglaubliches Leid zu bringen.

Crane hörte, wie Lanie nach Luft schnappte, als das Gebiet der Zerstörung immer größer wurde. In seinem Inneren waren die Muskeln vor Anspannung verhärtet, und sein Arm schmerzte. Er starrte in den Spiegel seiner eigenen Wut und Angst. Es passierte hier im Institut, und es würde auch in Wirklichkeit passieren. Er konnte es sehen, direkt vor sich, aber er konnte nichts dagegen unternehmen. Er war machtlos.

»Ich brauche einen Tag«, sagte er leise, fast flüsternd.

Lanie drehte sich frontal zur der Konsole und blickte auf den Globus. Ein Nachbeben tobte über das Land, obwohl das Hauptbeben kaum zu Ende gegangen war. Sie tippte mit einer Hand etwas ein. Eine Sekunde später stand in blutroten, über einen Meter hohen Lettern, die vor ihnen in der Luft schwebten, geschrieben: 27. Februar 2025, 18 Uhr + oder –.

»O Gott«, sagte Newcombe. »Dreieinhalb Monate. Crane, ich … O verdammt, ist das schrecklich.«

»Ja«, stimmte Crane zu, stand auf und ging nervös auf und ab. »Und wir haben null Komma null Glaubwürdigkeit. Sie haben gedroht, mich zu verhaften, sobald ich mich in Tennessee oder Missouri blicken lasse.«

»Was sollen wir tun?« fragte Lanie.

»Zeter und Mordio schreien«, erwiderte Crane. »Soviel Wirbel um mich machen, daß sie sich wenigstens an mich erinnern, auch wenn sie mir nicht zuhören.« Er hielt kurz inne. »Es wird mich wieder ins Gespräch bringen, und die Leute werden wieder auf mich hören.«

»Das Problem ist«, warf Burt Hill ein, »daß alle Sie für verrückt halten, Doc. Niemand wird auf Sie hören.«

»Denken Sie, ich weiß das nicht? Einen Augenblick mal!« Crane rannte zu Hill und umarmte ihn. »Sie haben mich gerade auf die Idee meines Lebens gebracht.«

»Tatsächlich?«

Crane aktivierte die Q-Leitung auf seinem Pad und hoffte, daß Whetstone ihn noch nicht von seiner Liste gestrichen hatte. »Komm schon, Stoney«, flüsterte er. »Komm schon.«

»Wird es mir wieder einmal leid tun, wenn ich auf diesen Anruf reagiere?« ließ sich Whetstones Stimme vernehmen.

»Sie sind ein guter Mensch.«

»Ich bin eine lächerliche Figur.«

»Vielleicht. Aber sind Sie auch ein Spieler?«

»Crane …«

»Wir treffen uns morgen … Können Sie?«

»Ich kann tun, was ich will.«

»Dann treffen wir uns. Ich kann einen Helden aus Ihnen machen.«

»Nicht morgen. Übermorgen. Aber sagen Sie mir eins, Crane: Wie kommt es, daß ich Ihnen immer wieder zuhöre?«

Crane lachte. »Weil Sie genauso verrückt sind wie ich.«

Li stand mitten in seinem Holo-Globus und genoß den Abend des siegreichen Wahltages. Wie elektronische Glühwürmchen schwirrten Zahlen um ihn herum. Sie hatten die

Präsidentschaft mit Leichtigkeit gehalten und die umkämpften Sitze im Kongreß gewonnen, wenn auch einige Konkurrenten näher an sie herangerückt waren, als er es sich gewünscht hätte. Aber Tatsache war: Liang hielt für mindestens zwei weitere Jahre die absolute Macht in Händen. Seinen Erfolg schrieb er der in letzter Minute geführten Attacke auf Crane und Ishmael – der Verschwörungstheorie – zu.

»Sind Sie zufrieden?« fragte Mui, der außerhalb der flimmernden Welt stand. Nur der oberste Boß durfte das Innere des Globus betreten.

»Natürlich bin ich zufrieden«, entgegnete Li, den die Frage überraschte.

»Dann sind Sie der Meinung, das heutige Ergebnis sei ein Erfolg?«

»Warum fragen Sie mich so etwas? Wir haben gewonnen, oder etwa nicht?«

»Nach meinen Daten«, sagte Mui, »haben wir in mehreren Staaten über dreihundert Mandate verloren. Yo-Yu hat an Boden gewonnen.«

»Das ist bedeutungslos. Wir haben die Macht.«

»Die politische Macht in diesem Land kommt von unten – über örtliche Gesetze und Statuten. Yo-Yu kontrolliert nun fünfzehn Parlamente, das heißt fünfzehn Punkte im Land, die unsere wirtschaftliche Basis angreifen und ihre eigene aufbauen werden.«

»Sie machen aus einer Mücke einen Elefanten«, sagte Li.

»Mein Bericht spiegelt nur meine Überlegungen wider. Beurteilen sollen das andere. Also, meine Untersuchungen haben ergeben, daß Sie bei dieser Islamistensache einen entscheidenden Fehler begangen haben.«

»Nämlich?«

»Bei den Lokalwahlen haben die Yo-Yu-Kandidaten eine abwartende Haltung gegenüber dem Thema ›Islamischer Staat‹ angenommen, als wir uns heftig dagegen aussprachen. Sie gaben Verhandlungen den Vorzug, nicht der Konfrontation. Ihr Erfolg in den Kommunen hängt mit diesem Umstand zusammen.«

»Da bin ich anderer Ansicht.«

»Sie haben ihnen angst gemacht«, sagte Mui, »aber sie haben noch mehr Angst vor der globalen Bewegung der Islamisten. Sie gilt bei den Leuten als zu stark, als daß man sie herausfordern dürfte.«

»Ich habe getan, was ich tun mußte, um die Wahlen zu gewinnen. Um die Situation zu retten, muß ich nur auf dem Altar des Islam ein Opfer bringen, ihm die Schuld zuweisen und dann Kompromißbereitschaft zeigen. Bis zu den nächsten Wahlen wird das kein Thema mehr sein.«

»Und wen wollen Sie opfern?«

»Präsident Gideon hat die meisten Anti-Nation of Islam-Reden von seinem Vize halten lassen. Vielleicht sollte Mr. Gabler zurücktreten.« Li lächelte. »Schließlich können wir keinen Rassisten als Vizepräsidenten gebrauchen, nicht wahr?«

»Und wer soll ihn ersetzen?«

Li lächelte wieder und dachte an die Bilder von Sumi Chan in ihrem Badezimmer. Mit Sumi würde die Kontrolle kein Problem mehr sein. »Ich dachte, es wäre Zeit, daß ein Asia-Amerikaner in die vorderste Reihe der amerikanischen Politik tritt«, sagte er. »Ich werde mich in den nächsten Tagen mit der Sache beschäftigen.«

»Haben Sie schon jemanden im Visier?«

»Möglicherweise. Sind Sie fertig mit Ihren Attacken?«

»Sir«, sagte Mui respektvoll. »Es ist mein Job, Ihre Entscheidungen zu hinterfragen, so wie es Ihr Job war, die Entscheidungen Ihres Vorgängers zu hinterfragen. Bei allem Respekt erwarte ich eine Entschuldigung von Ihnen. Ihr Verhalten wird auch in meinem Bericht erwähnt werden, das wissen Sie.«

Li nickte. »Tut mir leid, daß ich Sie beleidigt habe. Kommt sonst noch etwas in Ihren Bericht?«

»Ja«, sagte Mui, und Li konnte im Dunkeln die Zähne in seinem lächelnden Gesicht blitzen sehen. »Ich werde schreiben, daß Ihre Datenmanipulation im Zusammenhang mit der Erdbebenvorhersage möglicherweise dazu führen wird, daß im gesamten Sektor die wirtschaftliche Lebensfähigkeit zerstört wird.«

»Ach, kommen Sie«, entgegnete Li. »Sie glauben doch nicht wirklich, daß dieser Crane Erdbeben vorhersagen kann?«

»Warum nicht?«

Li spürte, wie Wut in ihm hochstieg. »Weil es unmöglich ist, deshalb!«

»Aha«, sagte Mui leichthin. »Ihre Kenntnisse und Ihre Sicherheit sind offenbar weitaus höher entwickelt als meine. Ich würde wie Yo-Yu sagen: abwarten. Aber Sie, Herr Direktor, würden Ihr Leben darauf verwetten, daß Crane keine Erdbeben vorhersehen kann. Bravo.«

»Sie machen sich über mich lustig«, sagte Li.

»Ja, Sir«, erwiderte Mui. »Das tue ich.«

11.

Die Wette

DIE STIFTUNG
8. NOVEMBER 2024, 16 UHR 45

»Weißt du«, sagte Lanie, die in der Tür zu Cranes Wohnzimmer stand, das für diesen Anlaß extra aufgeräumt und geputzt worden war, »wir müssen alle Rum trinken, weil es das einzige ist, was Crane vorrätig hat.«

Newcombe lächelte sie an. Ihre Augen leuchteten. Sie war aufgedreht und voller Schwung, weil sie den ganzen Tag mit Kate Masters zusammengewesen und erfolgreich auf sie eingeredet hatte. Als Kate von Stoney gehört hatte, daß er zur Stiftung fahren wolle, beschloß sie, ihn zu begleiten, um Lanie zu treffen. Newcombe war nicht begeistert davon. Er mochte Kate Masters nicht. Irgend etwas an ihrer auffälligen Kleidung, ihrer Dreistigkeit, ihrem Mundwerk mißfiel ihm. Genauso wie die Tatsache, daß sie sich mit Lanie angefreundet hatte. Auf die Vogelman-Operation war sie nur durch Kate gekommen … und das war der erste Knackpunkt in seiner erneuerten Beziehung mit ihr gewesen.

Sie kam auf ihn zu. »Ich bin froh, daß du dich entschlossen hast, mit mir zu sprechen, Lanie«, murmelte er.

»Ich bin ein bißchen angetrunken. Macht die Dinge leichter. Ich wollte dir nicht wirklich aus dem Weg gehen. Ich kann nur mit solchen Sachen nicht so gut umgehen.«

Er wollte ihr Haar berühren, unterdrückte aber den Impuls. »Daß es dich so beschäftigt, heißt vielleicht, daß du einen Fehler gemacht hast.«

»Nein, Dan, wirklich. Es ist besser so.«

Er trat näher an sie heran und zog sie heftig an sich, so daß die Drinks, die sie in der Hand hielt, über sie beide spritzten. »Es ist nicht besser so, und das weißt du.« Er schlang die Arme um sie, doch sie blieb steif in seiner losen Umarmung. »Verdammt, Lanie«, flüsterte er, »komm nach

Hause. Wir vergessen alles, was passiert ist, und fangen noch mal von vorne an.«

Sie riß sich los. »Vergessen, was passiert ist? Du hast einen Weg für dich eingeschlagen, Dan, auf dem ich dir nicht folgen kann.«

»Wir werden sehen. Wir ...«

»Hallo, alle zusammen!« rief Kate Masters aus dem Wohnzimmer. »Schnell ... kommen Sie. Ich habe ein paar Neuigkeiten für Sie.«

»Ich frage mich, was da los ist«, bemerkte Lanie und ging schnell ins Wohnzimmer zurück. Sie war froh, Dan ausweichen zu können.

Newcombe folgte pflichtschuldig. Er konnte nicht einschätzen, wie ernst ihre Worte gemeint waren. Es machte ihm nichts aus, daß sie wütend auf ihn war. Aber daß sie sich ihm entzog, tat weh. Es war diesmal so gut gelaufen. Weshalb hatte sie sich so weit von ihm entfernt? Er konnte nicht glauben, daß es die Nation of Islam-Geschichte war. Sie wußte, daß er gern große Reden schwang. Und die Publikation? Hatte nicht der Tantiemenscheck, den er Crane überreicht hatte, seine guten Absichten untermauert?

Crane und Whetstone, die erst vor ein paar Minuten gekommen waren, gesellten sich ebenfalls mit Drinks in der Hand zu der Gruppe. Burt Hill lag dösend auf dem Sofa, neben dem Masters stand.

»Ich habe gerade eine halbe Stunde mit meinem Hauptquartier gesprochen«, sagte Kate, »und wir haben eine Entscheidung getroffen.«

»Lassen Sie hören«, forderte Whetstone sie auf.

Kate strich sich mit einer Hand durch ihr rotes Haar. »Ich warte auf den Tusch!«

Burt Hill klopfte sich rhythmisch auf den Bauch.

Kate wandte sich Crane zu. »Als Präsidentin der Women's Political Association freue ich mich, Ihnen verkünden zu dürfen, daß wir unseren Beschluß, Ihnen die Gelder zu streichen, revidiert haben. Wir werden Ihnen statt dessen für das Jahr 2025 fünf Millionen Dollar für die Erdbebenforschung zur Verfügung stellen.«

Crane drückte seine Freude in einem donnernden Schrei aus, während alle anderen begeistert in die Hände klatschten.

Kate Masters wandte sich Lanie zu. »Dafür dürfen Sie sich bei dieser Frau und ihrem eloquenten Plädoyer bedanken. Ich habe meinem Stab vorhin ein paar Ausschnitte von meinem Gespräch mit Lanie gezeigt, und sie waren ohne Ausnahme einverstanden.«

Lanie umarmte Kate und wandte sich dann Crane zu, der an ihre Seite getreten war. Die beiden tauschten einen langen, bedeutungsvollen Blick und schlossen sich dann fest in die Arme. Newcombe spürte unheilvolle Vibrationen.

»Mein Dank gilt der Women's Political Association«, sagte Crane. »Sie haben eine weise Entscheidung getroffen.«

Alle standen in einem lockeren Kreis um Kate herum und lächelten, während Crane breit grinste. Der Jubel war in wenigen Sekunden verflogen.

Whetstone warf Dan und Lanie einen stechenden Blick zu. »Crane sagte mir«, begann er, »daß Sie die Sabotage bei dem Memphis-Erdbeben aufgedeckt haben. Kaum zu glauben, daß jemand, der so eng mit dem Projekt zu tun hat, so niederträchtig sein kann, nicht wahr?«

Es folgte unbehagliches Schweigen. Lanie seufzte tief, und Newcombe verzog das Gesicht. Cranes Ausdruck war nicht zu deuten. Alle drei hatten in den letzten dreieinhalb Tagen über Bedeutung und mögliche Auswirkungen des Sabotageakts diskutiert, aber die Gespräche hatten nur dazu geführt, daß sie sich müde und niedergeschlagen fühlten.

Schließlich begann Kate. »Glauben Sie, Sumi Chan hat mit Ihren Problemen etwas zu tun? Ich mag ihn, aber irgend etwas ist komisch an diesem Mann.«

»Das macht nichts«, sagte Crane. Er hatte in dieser Sabotageangelegenheit einen harten Kampf mit sich selbst ausgefochten, seine Wut schließlich besiegt und wollte nun weiterkommen. »Die Frage, ist, wie wir den Schaden beheben und die Menschen dazu bringen, uns wieder zuzuhören.«

»Unmöglich«, sagte Whetstone bestimmt. »Sie sind für die Leute nichts anderes mehr als der Verrückte, der alle an der Nase herumgeführt hat. Davon werden Sie sich nicht mehr erholen.«

»Sie müssen zuhören«, sagte Crane laut.

Whetstones buschige Augenbrauen hoben sich. »Haben Sie die Daten rekonfiguriert? Haben Sie einen neuen Termin?«

»Der 27. Februar«, antwortete Newcombe.

»Sie machen Witze«, sagte Kate und sah Crane scharf an.

»Leider nein. Wir meinen das absolut – ich wiederhole, absolut – ernst«, sagte Crane mit finsterer Miene.

»Schon, aber sind Sie auch *sicher*?« fragte Kate dreist.

»Todsicher«, antwortete Crane.

»Deshalb bin ich also hier«, sagte Whetstone. »Also gut, was wollen Sie von mir?«

»Haben Sie kürzlich mal Ihre Liquidität überprüft, Stoney?« fragte Crane.

»Ich muß nichts überprüfen. Wenn ich Kohle brauche, kann ich ungefähr drei Milliarden Dollar besorgen, plus/minus ein paar hundert Millionen.«

»Das möchte ich als Kredit aufnehmen«, sagte Crane.

Whetstone lachte. »Das glaube ich. Und was würden Sie damit machen?«

»Wetten.«

»Wetten! Ich glaube, Sie haben im Gefängnis endgültig den Verstand verloren. Was für eine Wette?«

»Ich möchte mit dem amerikanischen Volk wetten, daß am 27. Februar 2025 auf der Reelfoot-Spalte ein Erdbeben stattfindet. Ich möchte, daß die Wette von einer unabhängigen Stelle durchgeführt wird, die alles überprüft. Wir werden eine Quote von zwei zu eins anbieten. Die Leute können bis zu fünfzig Dollar setzen, Auszahlung ist am Tag nach dem vorhergesagten Erdbeben, sofern es nicht stattgefunden hat.«

»Sie wollen also meine drei Milliarden Dollar darauf verwetten, daß Sie den exakten Termin des Erdbebens vorausgesagt haben, verstehe ich das recht?« fragte Whetstone.

»Es soll wie ein abgekartetes Spiel aussehen«, fügte Crane hinzu.

»Soll so aussehen? Es ist eines!« sagte Whetstone laut. »Es ist eines!«

»Wir haben recht, Stoney. Wir können nicht verlieren. Fünfzig Dollar für einen Wettschein, da werden viele mitmachen. Das Fernsehen wird sich auf die Story stürzen, weil es Sie in den Ruin treiben kann. Wir bekommen wieder Publicity und können vielleicht sogar ein paar Leute davon überzeugen, daß wir recht haben und sie die gefährdeten Gebiete verlassen müssen. Wenn wir die Wette gewinnen, ist unsere Glaubwürdigkeit wiederhergestellt, außerdem müssen wir nicht Politik betreiben – denn die Stiftung braucht dann kein Geld mehr von der Regierung, um weiterzumachen.«

Whetstone starrte ihn nur an. »Sie sind verrückt.«

»Wirklich?« gab Crane zurück. »Die Druckdaten lügen nicht, und diesmal wette ich, daß uns sogar die Ellsworth-Beroza-Anhänger unterstützen, wenn es näherrückt.«

»Sehen Sie, Crane. Ich bin ebenso selbstlos wie die meisten Menschen, aber ich habe nicht drei Milliarden Dollar gemacht, weil ich ein Idiot bin. Warum sollte ich meine gesamte Kohle für eine Sache riskieren, die Sie schon einmal in den Sand gesetzt haben?«

»Weil es das Richtige ist«, sagte Crane.

»Was ist daran richtig, sein Geld zu verwetten? Ich wäre ruiniert. Wie wär's mit einer Million oder so?«

»Nein. Die Zahl muß astronomisch hoch sein, damit die Publicity stimmt und das Interesse wach bleibt.«

Whetstone schüttelte sein weißhaariges Haupt. »Ich respektiere Sie«, sagte er. »Aber diesmal ...«

»Darf ich etwas sagen?« fragte Lanie, und alle Köpfe drehten sich in ihre Richtung. Niemand widersprach, also fuhr sie fort. »Ich arbeite jetzt seit über sechs Monaten an diesem Projekt, habe Cranes Vorstellung von dem Globus verinnerlicht und versuche, sie zu verwirklichen. Der Globus entwickelt sich vor meinen Augen. Mein Job ist es, mit ihm zu sprechen, ihm begreiflich zu machen, was er alles kann. Und bei dieser Arbeit bin ich selbst immer wieder verblüfft von den erstaunlichen Möglichkeiten, die eine Erdbebenvorhersage bieten würde.«

»Zum Beispiel?« fragte Kate Masters.

»Zum Beispiel langfristige Wettervorhersagen. Die Erde, so groß sie auch sein mag, ist ein völlig geschlossenes, autarkes System, das von einem strengen Regelwerk gesteuert wird. Durch den Globus können wir es verstehen lernen. Er könnte das wichtigste technologische Instrument werden, das jemals erfunden wurde. Wenn wir langfristig das Wetter voraussagen können, können wir auch Hungersnöte und Überfluß rechtzeitig erkennen – Jahre im voraus. Wir können entsprechend planen, wissen, wo und wann wir Nahrungsmittel anbauen müssen, wo Hilfe notwendig sein wird, wenn Hurrikans, Sturmfluten oder Tornados auftreten.

Mr. Whetstone, verstehen Sie, was das bedeutet? Sie können dazu beitragen, daß die Welt lebendig und fruchtbar bleibt. Es ist eine Chance, das Leben auf der Erde für immer zu verändern, und zwar im positivsten Sinne. Wir können die Erde niemals kontrollieren, aber wir können sie verstehen lernen, und das ist fast ebensogut. Sie dürfen das den Menschen auf dieser Welt nicht vorenthalten.«

»Aber Ihr Globus ist noch nicht einmal online, junge Frau«, wandte Whetstone ein. »Vielleicht wird er nie funktionieren.«

»Er hat bis zu einem gewissen Grad schon funktioniert«, gab Lanie zurück. »Ich konnte erfolgreich von einem bekannten Ereignis zum nächsten bekannten Ereignis gehen. Ich glaube, unser Problem liegt tiefer.«

»Pangaea«, sagte Crane.

Sie zeigte auf ihn. »Korrekt. Wir haben den Globus auf einer möglicherweise falschen Annahme aufgebaut – nämlich daß die Entstehung von Pangaea so stattgefunden hat, wie es bislang in der Wissenschaft vermutet wurde. Wenn deren These nicht stimmt, kann unser Globus niemals mit den Ereignissen verbunden werden, die wir ganz sicher kennen. Ich habe lange darüber nachgedacht und glaube inzwischen, daß wir noch weiter zurückgehen müssen, noch vor Pangaea, um Antworten zu finden.«

»Zurück bis wohin?« fragte Kate Masters.

»Bis an den Anfang, vermute ich.«

»Bis zum Beginn der Zeit?« fragte Masters erstaunt.

»Wenn das gelingt«, sagte Crane, »können wir uns vom Globus über Pangaea berichten lassen.«

»Hört sich ja toll an«, sagte Whetstone, »abgesehen davon, daß Sie, wenn Sie mit dem vollkommen Unbekannten beginnen, möglicherweise eine Erde erschaffen, die gar nicht wirklich existiert, eine, die nur vom Globus erfunden wurde.«

»Nein«, sagte Lanie. »Unmöglich. Mein Job als Synnoetikerin ist es, mit dem Globus zu kommunizieren, mit ihm zu sprechen, kurz, eine symbiotische Verbindung zu schaffen, deren Resultate mehr sind als die Summe aller Einzelinformationen. Wir wissen, wo unser Globus in seiner Entwicklung ankommen muß. Wir haben echte und bekannte Ereignisse, die stattfinden müssen. Ich muß dem Globus nur erklären, daß er eine Welt schaffen muß, die mit der heute existierenden übereinstimmt. Alles übrige passiert von allein.«

»Können Sie das wirklich?« fragte Whetstone mit leiser Stimme.

»Sie ist die Beste«, sagte Crane. »Natürlich kann sie es.«

»Mr. Whetstone«, fuhr Lanie fort, »Sie können dafür sorgen, daß die Menschheit in ein neues Zeitalter eintritt, in dem Erde und Mensch zusammenarbeiten und nicht gegeneinander. Wenn Sie uns heute im Stich lassen, zerstören Sie die Hoffnung der Menschen, sich aus ihren Fesseln zu befreien, die sie an die zerstörerischen Kräfte der Natur binden. Sie haben eine historische Verantwortung. Wieviel Geld brauchen Sie, um Ihren Lebensabend angenehm verbringen zu können, und in welchen Verhältnis steht das zu der Erlösungstat, die Sie vollbringen könnten?«

»Können Sie das *wirklich*?« wiederholte Whetstone noch leiser mit fast kindlicher Stimme.

»Ja«, sagte Lanie. »Und mit Ihrer Hilfe werde ich es auch tun.«

Whetstone starrte mit zitternden Lippen in ihre Richtung, seine Augen waren auf irgendein inneres, fernes Ziel gerichtet. Dann sah er Crane an. »Wann werden wir es tun?«

»Jetzt«, sagte Crane, ohne zu zögern. »Heute abend.«

»Dank Ihrem Imager«, sagte Stoney, »haben Sie jetzt drei Milliarden Dollar.«

»*Geliehen*«, korrigierte Crane. »Nur geliehen. Am 28. Februar bekommen Sie alles wieder zurück.«

»Darauf einen Handschlag«, sagte Stoney und streckte die Hand aus.

Burt holte eine Flasche von Sumis berühmtem Dorphin aus dessen geheimer Vorratskammer, und alle prosteten sich zu – bis auf Crane und Newcombe.

Newcombe fühlte sich fehl am Platz und fragte sich, was Bruder Ishmael wohl gerade tat. Seit er in der Zone gewesen war, hatte er aufgehört, Alkohol und Dorphin zu sich zu nehmen. Es war eine aufschlußreiche Erfahrung für ihn. Zum erstenmal mußte er mit Depressionen und kleineren Irritationen klarkommen, die das Dorphin normalerweise sofort übertüncht hätte. Er nahm an, daß er auf die anderen ziemlich mürrisch wirkte, aber innerlich fühlte er sich seinem Ich so nahe wie noch nie. Vielleicht litt er geringfügig an emotionalem Unwohlsein, aber zumindest war das, was er fühlte, echt.

»Worauf warten wir?« fragte Stoney. »Wir müssen die Bedingungen für die Wette festlegen, eine Gesellschaft finden, die das Ganze leitet, und vermutlich auch eine Fernsehsendung planen, oder?«

»Genau«, bestätigte Crane. »Gehen wir in mein Büro.«

Alle bis auf Kate, Burt und Lanie verließen den Raum.

Newcombe konnte seine Augen nicht von Lanie abwenden. Sie und Kate hatten sich eine ordentliche Dosis Dorphin verpaßt und wandten sich jetzt wieder dem Rum zu. Das gefiel ihm nicht. Es paßte nicht zu Lanie. Dieser Gedanke machte ihm Mut. Er vermißte sie schrecklich und wollte sie wieder in seinem Leben und in seinem Bett haben. Vielleicht litt sie ebenso.

Er trat zu ihr und Kate. »Meinst du nicht, du solltest ein bißchen vorsichtiger mit dem Zeug umgehen?« fragte er und nahm ihr das Glas aus der Hand.

»Ich meine, daß es dich überhaupt nichts angeht, wieviel ich trinke«, gab Lanie zurück, schnappte sich das Glas wieder und leerte es.

»Darf ich Ihnen Lanie kurz entführen, Kate?« Mit dieser rhetorischen Frage nahm er Lanie am Arm und zog sie unsanft in Richtung von Cranes Schlafzimmer.

»Ich bin gleich wieder da!« rief Lanie über die Schulter. »Warten Sie auf mich!«

Er schob sie in das Zimmer und schloß die Tür.

»Was bildest du dir eigentlich ein?« fragte Lanie. »Du hast mich da draußen schon wieder lächerlich gemacht.«

»Wir hatten unsere Unterhaltung noch nicht beendet.«

»Von meiner Warte aus schon. Verstehst du es denn nicht, Dan? Wir reißen uns seit fünf Jahren gegenseitig in Stücke. Es ist Zeit, diesen Horror zu beenden. Dan, es ist vorbei.«

»Er ist es, nicht wahr?«

Sie saß zusammengesunken auf dem Bett. »Wovon sprichst du?«

»Crane«, sagte er. »Irgendwas läuft zwischen dir und diesem Verrückten.«

»Du irrst dich«, widersprach sie. »Aber selbst wenn es so wäre, ginge es dich nichts an.«

»Du hast dich vollkommen von diesem wahnsinnigen Programm aufsaugen lassen«, sagte er. »Ich konnte nicht glauben, was ich da vor ein paar Minuten aus deinem Mund gehört habe. Wie kannst du so etwas sagen, ohne mit der Wimper zu zucken?«

Sie sprang auf und starrte ihn an. »Ich habe jedes Wort

ernstgemeint! Wie kannst du es wagen, mein Leben und meine Arbeit so herabzusetzen!«

»Lanie, du kannst gut mit Computern umgehen. Okay. Aber Crane verkauft Science-fiction. Wie kannst du nur im Ernst glauben, daß dieser Globus jemals funktionieren wird?«

»Er wird funktionieren. Ich werde dafür sorgen.«

»Dann bist du genauso verrückt wie er.«

Lanie sah ihn an, und zum erstenmal bemerkte er Niedertracht in ihren Augen und konzentrierte Wut. »Bist du fertig?« fragte sie.

»Nein, ich bin nicht fertig. Ich habe gerade erst angefangen.«

»Nun, ich habe genug gehört, Dr. Newcombe. Sie müssen mich jetzt entschuldigen. Da sind zwei Leute im Nebenraum, die mich ganz und gar nicht für verrückt halten. Deren Gesellschaft ziehe ich der Ihren vor.«

»Ich werde dich nicht so leicht gehen lassen«, sagte Dan. »Crane hat dich irgendwie mit seinem Wahnsinn angesteckt. Ich kann warten, Lanie. Ich liebe dich, und ich werde immer für dich da sein.«

»Tu dir selbst einen Gefallen, Dan. Verschwinde von hier.«

Newcombe tobte innerlich, und dorphinlose Wut und Verzweiflung breiteten sich in ihm aus, als er Lanie nachsah.

Sumi saß an ihrem Schreibtisch in der Staatlichen Akademie der Wissenschaften und versuchte, sich auf die Anträge zu konzentrieren, die stapelweise vor ihr lagen. Sie hatte Probleme, ihre Gedanken bei ihrer Arbeit zu halten. Sie hatten Crane ins Gefängnis – ins Gefängnis! – gesteckt, und sie war schuld daran. Er hatte sie immer respektvoll und freundschaftlich behandelt. Und wie hatte sie es ihm gedankt? Mit schändlichem Verrat. Sie fragte sich, wieviel sie noch von sich aufgeben konnte, wenn sie ein menschliches Wesen bleiben wollte.

»Sie scheinen ja tief in Gedanken versunken zu sein«,

ließ sich eine Stimme vernehmen, die sie unsanft in die Wirklichkeit zurückholte.

Li stand vor ihrem Schreibtisch und lächelte sie freundlich an. »Sir«, sagte sie und stand auf. »Sind Sie es wirklich, oder ist es eine Projektion?«

Er langte über den Tisch und berührte ihren Arm. »Ich bin hier, und ich bin real. Ich habe etwas sehr Persönliches mit Ihnen zu besprechen.«

»Sir?«

»Setzen Sie sich, Sumi.« Sie gehorchte.

Li ging schleichend wie eine Schlange um den Schreibtisch herum und ließ sich auf der Kante nieder. »Manchmal«, begann er, »verändern sich im Leben die ... Umstände auf die erstaunlichste Art und Weise, ohne daß wir irgend etwas zu dieser Veränderung beitragen müßten. Verstehen Sie, was ich meine?«

»Ich vermute, meine neue Stelle hier ist ein Beispiel dafür«, erwiderte Sumi. Der Ausdruck seiner Augen gefiel ihr nicht.

»Im kleinen Maßstab, ja. Macht es Ihnen was aus, wenn ich Ihnen eine persönliche Frage stelle?«

»Ja.«

Li lachte. »Mich irritiert Ihr Lebensstil. Wie ist es, wenn man sich achtundzwanzig Jahre lang als zum anderen Geschlecht zugehörig ausgibt?«

In die Defensive gedrängt, antwortete sie vorsichtig: »Es ist ... Ich kann es nicht beschreiben. Ich habe es immer getan, also ist es für mich etwas vollkommen ... Natürliches.«

»Fühlen Sie sich als Mann oder als Frau?«

»Ich fühle mich als das, was ich bin.«

Li stand auf, trat hinter Sumi und begann, ihre Schultern zu massieren. »Sie wissen, was ich meine«, sagte er sanft. »Sexuell. Wie fühlen sie sich in sexueller Hinsicht?«

»Sir, ich möchte auf Fragen dieser Art nicht antworten.«

Seine Hände glitten ihre Arme entlang und rieben sie sanft. Sumi war einer Ohnmacht nahe. »Sie tun, was ich Ihnen sage«, sagte er. »Beantworten Sie die Frage.«

Sie seufzte tief, und ihr Körper versteinerte, während er

sie berührte. »Damit dieser Betrug funktionieren konnte«, erklärte sie, »habe ich jeden Gedanken an Sexualität vor Jahren aufgegeben. Ich konnte nicht riskieren, aufzufliegen. Ich kontrolliere diese Gefühle einfach.«

»Sie hatten noch nie Sex?«

»Nein, Sir.«

»Um Gottes willen.« Li beugte sich vor und küßte sie auf das Haar, dann trat er zurück. Sumi entspannte sich augenblicklich. Als er wieder vor ihr am Schreibtisch stand, sah er sie mit hochgezogenen Augenbrauen an. »Ich denke, unsere Zusammenarbeit wird sehr interessant werden.«

»Inwiefern, Sir?« Sie hoffte, er sah nicht, wie ihre Hände zitterten.

»Ich habe einen neuen Job für Sie, Sumi. Wie würden Sie es finden, Vizepräsident der Vereinigten Staaten zu werden?«

Sumi Chan lachte laut auf. »Sie machen Witze.«

»Ich meine es ernst. Es wird für Mr. Gabler bald Zeit zurückzutreten – und es wird Zeit, daß China sein Gesicht in der amerikanischen Politik zeigt. Es wird unsere Kulturen näher zusammenbringen.«

»Sie wissen sicher, Mr. Li, daß die amerikanische Verfassung vorschreibt, daß nur ein in Amerika geborener amerikanischer Staatsbürger Vizepräsident werden darf.«

»Ach«, machte Li, griff in seine Hosentasche und holte eine kleine CD heraus. »Aber Sie sind doch amerikanischer Staatsbürger, Sumi. Hier ist alles gespeichert.« Er ließ sie auf den Tisch fallen. »Sie sind Sohn eines amerikanischen Elitesoldaten, der eine Chinesin geheiratet hat. Sie wurden auf einem Schiff der Navy geboren, das auf dem Weg in die Vereinigten Staaten war. Bedauerlicherweise starben Ihre Eltern bei der Grippeepidemie vor ein paar Jahren – das stimmt sogar, nicht wahr? Die Legende ist perfekt. Ich habe mir größte Mühe gegeben.«

»Noch mehr Lügen in meinem Leben«, sagte Sumi. »Mr. Li, ich kann das nicht tun. Das Land meiner Vorfahren ...«

»... habe ich gekauft. Ihre Eltern hatten es verloren, als sie Bankrott erklärten. Aber ich wußte, daß Sie alles tun würden, um es wiederzubekommen, und so habe ich mich darum gekümmert. Wenn Sie einschlagen, gehört es Ihnen. Wenn nicht, bekommen Sie gar nichts.«

»Warum tun Sie das?«

»Das habe ich Ihnen bereits gesagt. Mir gefällt die Idee, einen Asiaten unmittelbar neben dem Präsidenten sitzen zu sehen. Außerdem wird uns das die Möglichkeit geben, sehr ... eng zusammenzuarbeiten. Die Sache wird aber frühestens in einem Monat stattfinden. Ich möchte, daß Sie sich darauf vorbereiten.«

Lis Armpad piepste aufdringlich. »Was ist?« fragte er verärgert. Mißmutig hörte er ein paar Augenblicke lang zu. »Danke, Mr. Mui«, sagte er schließlich und schaltete die Verbindung ab. Dann berührte er das Pad erneut. Sumis Bildschirm wurde aktiviert, und man sah Crane und Whetstone.

Sie lächelte unwillkürlich. Crane war also aus dem Gefängnis entlassen worden.

»Die Leute nennen mich einen Betrüger«, sagte Crane gerade. »Nun, dies ist die Gelegenheit, von meiner angeblichen Betrügernatur zu profitieren.«

Dann sprach Whetstone. »Wir haben drei Milliarden Dollar auf ein Treuhänderkonto überwiesen. Dieses Geld hat etwas zu sagen: Es sagt, daß am 27. Februar im Mississippital ein Erdbeben stattfinden wird, das verheerende Auswirkungen haben wird. Wir wetten auf Mr. Cranes hervorragende Kenntnisse und seinen wissenschaftlichen Genius. Die Wettquote liegt bei zwei zu eins. Wenn jemand einen Wettschein erwerben ...«

»Was tun die da?« fragte Li.

Sumi schüttelte den Kopf. »Sie haben nie daran geglaubt, nicht wahr?«

»Daß Crane Erdbeben voraussagen kann? Natürlich nicht.«

»Sie haben sich geirrt, Mr. Li. Ich habe versucht, es Ihnen zu erklären, als Sie mich zwangen, das Programm zu sabotieren, aber Sie haben nicht auf mich gehört.«

»Aber was passiert jetzt?«

Sie lachte aus Erleichterung und über die Ironie des Schicksals. »Verstehen Sie nicht? Sie haben meine Manipulation entdeckt und die Daten korrigiert. Sie werden Ihr Erdbeben bekommen, Mr. Li. Sie werden erleben, was es bedeutet, das zu bekommen, was Sie wollten.«

»Aber das ... ändert alles!«

»Ja. Alles.« Sumi lachte. »Leben, Sir, bedeutet Veränderung.«

DIE KING-PROJEKTION
DIE STIFTUNG
23. JANUAR 2025, 14 UHR

Im Laufschritt umkreiste Crane die Programmierer im Inneren der neuen, feststehenden Kugel, die um den Globus errichtet war. »Dilettanten!« schrie er in den Globus. »Ihr seid alle vollkommene Dilettanten. Ich werde euch *feuern.*«

»Schalten Sie die Atmosphäreninduktoren ab, steigen Sie in den Globus, und verpassen Sie diesem verdammten Ding einen Tritt von mir«, rief ihm Lanie zu, die müde über ihrer Konsole hing.

Als er sie ins Blickfeld bekam, blieb er stehen. Sie war niedergeschlagen, er nur wütend. Er ging hinüber zu ihr. Sie starrte auf ihr Keyboard. Als der letzte Signalton verklungen war, sagte er sanft: »Es ist nur irgendwas Blödes. Geben Sie nicht auf.«

Sie sah ihn nicht einmal an. »Hoffentlich ist es was Blödes, denn uns gehen hier langsam die schlauen Ideen aus.«

Crane drehte sich um und blickte durch das dicke Lupenglas auf den riesigen Globus. Diesmal hatte er sich selbst abgestellt, irgendwann kurz vor der Bildung von Pangaea während der ersten Wasserperiode des Planeten. Zumindest ein kleiner Fortschritt. Bis dahin, in den ersten zwei Wochen nach der Wette, hatten sie es zwanzigmal versucht. Zwanzigmal hatten sie die Daten neu konfiguriert, um sich der feurigen Geburt von Mutter Erde schrittchenweise anzunähern. Und zwanzigmal waren sie gescheitert. Dann hatte der Globus eine Frage an Crane gerichtet – und er hatte sie schnellstens beantwortet. Der Globus formte sich selbst um … Crane wußte es, ebenso Lanie, obwohl keiner von beiden sagen konnte, welche Art von Gebilde bei dieser Transformation herauskommen würde.

Der Globus hatte Crane dazu aufgefordert, seine magnetischen Pole und seine atmosphärische Umgebung neu abzustimmen, damit das Gravitationsfeld der Erde über die Ozonschicht hinaus wirken konnte. Daraufhin hatte Crane angeordnet, sämtliche Öffnungen des Globusraums, wie Fenster und Türen, zu versiegeln. Zudem waren zahlreiche neue Geräte angeschafft worden. Riesige Vakuumpumpen und Kraftfeldinduktoren, bedient von den besten Physikern, die Crane hatte engagieren können, wurden im Globusraum sowohl am Boden als auch in der Kuppel angebracht. Sie sollten den Raum in eine Kammer verwandeln, die wie ein Ausschnitt des Universums war, in dem sich die Weltkugel um ihre Achse drehte.

Heute nachmittag hatten sie endlich einen neuen Test starten können. Und nach allem, was sie investiert hatten – Zeit, Geld, harte Arbeit – hatten sie nichts weiter geerntet als einen gescheiterten Versuch … wieder einmal. Es war zum Verrücktwerden.

»Wissen Sie, das Traurige ist«, sagte Lanie und schluckte eine Dorphinpille, »daß dieser verdammte Globus nicht einmal andeutungsweise darauf hoffen läßt, daß er sich irgendwann selbst erschafft. Er findet keinen Weg, um von A nach B zu kommen.«

»Wir tun irgend etwas nicht, das wir tun sollten.«

»Dabei ist es so einfach.« Lanie stand auf und trat an Cranes Seite. »Wir haben bekannte Größen – rotierendes Feuer mit einem Gewicht von rund sechseinhalb Sextillionen Tonnen. Es enthält Elemente, die wir bestimmen können. Es rotiert anfangs schneller, aber das haben wir berücksichtigt.«

»›Bekannte Größen‹. Sie sagen ›bekannte Größen‹.« Irgend etwas regte sich in Cranes Gehirn – noch undeutlich, aber doch schon so nah, daß er es fast greifen konnte.

»Vielleicht hatte Dan doch recht«, sagte Lanie. »Vielleicht sind wir beide verrückt, und das hier ist nur Sciencefiction.«

»Dan sagt eine Menge Dinge, mit denen ich nicht einverstanden bin.« Newcombe hatte sich erneut öffentlich zugunsten der Nation of Islam geäußert, zumindest aber Wort gehalten und bei beiden Fernsehauftritten die Stiftung nicht erwähnt. Statt dessen nannte er sich selbst den ›Erfinder des Beben-Ökos‹.

Es waren merkwürdige eineinhalb Monate gewesen seit der Nacht, in der er und Stoney mit ihrer Wette an die Öffentlichkeit gegangen waren. Die Regierung hatte ihn und die Wette heftig attackiert und die Sache ein abgekartetes Spiel genannt, das nur das Ziel habe, die amerikanischen Bürger hinters Licht zu führen. Trotzdem war die Wette innerhalb von drei, genau gesagt zweieinhalb Tagen gedeckt. Das Thema war schon wieder aus den Nachrichten verschwunden, aber das machte nichts. Je näher der Tag X rückte, desto wichtiger würde es wieder werden. Es war ein Selbstläufer.

Das wissenschaftliche Establishment zeigte geschlossen Verachtung und nannte Crane einen »Wahnsinnigen, der um jeden Preis berühmt werden will«. Im Grunde hatte es ihn sogar gefreut, so etwas zu hören. Dann kümmerten sie sich wenigstens nicht um Reelfoot und überließen die Angelegenheit ihm.

»Kopf hoch, Leute«, sagte Newcombe, der mit einem Computerausdruck in der Hand auf Lanies Konsole zukam. »So schlimm kann es nicht sein.«

»Die Erde behält ihre Geheimnisse für sich«, sagte Crane freundlich. »Ganz wie Sie gesagt haben.«

Newcombe zuckte die Schultern. »Ich würde mich freuen, wenn Sie Erfolg hätten. Aber wir reden hier über fünf Milliarden Jahre Erdgeschichte, von denen wir so gut wie nichts wissen. Es ist einfach unmöglich zu erwarten, daß ...«

»Du irrst dich in vielerlei Hinsicht«, sagte Lanie und deutete auf die Reihe von Programmierern, die eifrig dabei waren, Daten einzugeben und das Wissen des Globus zu vergrößern. »Die aktuellen Daten sind einfach eine Reflexion der frühen Vergangenheit. Immer wenn ich mich von einem bekannten Ereignis aus zurück in die Vergangenheit vorarbeite, kann ich es mit einem unbekannten Ereignis im selben Zeitstrang verknüpfen. Das braucht viel Zeit, aber es funktioniert.«

»Warum wendest du das System nicht auf den ganzen Globus an?«

»Geht nicht«, erwiderte Crane. »Wenn wir in der Zeit zurückgingen, immer ein Ereignis nach dem anderen betrachteten, würden wir den Rest unseres Lebens damit verbringen und unsere Nachfolger ebenfalls. Wir müßten jedes Ereignis unabhängig voneinander beurteilen, weil wir die inhärenten Zusammenhänge nicht kennen. Und selbst wenn wir das tun würden, hätten wir am Ende doch nur einen Globus geschaffen, der auf dem basiert, was wir über die Erdentstehung wissen. Aber was ist mit den geologischen Launen, die wir noch nicht einmal entdeckt haben?«

»Außerdem«, fügte Lanie hinzu, »auch mit den einzelnen Ereignissen, die ich betrachtet habe, komme ich nur bis zu einem bestimmten Punkt. Irgendwann, wenn ich rund hundert Millionen Jahre zurückgegangen bin, stürzt die Kiste ab und sagt: ›Von hier aus kommst du nicht dorthin.‹«

»Anders ausgedrückt«, sagte Newcombe und nahm sich einen Stuhl, »du kannst mit dem Globus weder vorwärts noch rückwärts gehen. Er sagt dir, die Welt, die wir *haben*, ist nicht die, die wir *hatten*.«

Erneut schoß Crane ein Gedanke durch den Kopf. »Genau das sagt er«, stimmte er zu und starrte durch das Lupenglas auf den über drei Stockwerke gehenden Globus. »Es ist nicht dasselbe. Irgend etwas ist auf diesem Planeten passiert, das ihn drastisch und für immer veränderte. Was kann das gewesen sein ... O Gott. Ich war so dumm.« Er wandte sich Lanie zu. »Booten Sie neu. Wir fangen noch mal bei null an.«

»Was?«

»Tun Sie's einfach. Ich habe eine Idee, und die werden wir jetzt ausprobieren.«

Der Globus wurde dunkel, während die Rechner neu starteten.

Innerhalb einer Minute blickte Crane auf einen Feuerball, der zunächst wild rotierte. »Okay«, sagte er. »Ich möchte, daß Sie das Gewicht von sechseinhalb Sextillionen Tonnen um 1,81 erhöhen.«

»1,81«, wiederholte Lanie. »1,81?«

»Tun Sie's«, sagte Crane.

Newcombe lachte. »Crane, Sie spinnen.«

»Nur wenn ich mich irre.«

»Der Rechner weigert sich, die Gewichtserhöhung anzunehmen«, meinte Lanie. »Er sagt, die Erhöhung sei von Grund auf instabil. Der Globus kann dieses zusätzliche Gewicht nicht aufnehmen, ohne auseinanderzubrechen.«

»Perfekt«, sagte Crane. »Sprechen Sie mit ihm, Lanie. Sagen Sie ihm, daß es okay ist, einen instabilen Zustand einzunehmen.«

»Das will er bestimmt nicht hören«, sagte sie.

»Sagen Sie dem Globus, daß sich die Instabilität von selbst regeln wird.«

»Tatsächlich?«

»Ich denke schon«, erwiderte Crane, als Lanie sich dem Computer zuwandte und einen Kommunikationskanal zu seinem denkfähigen Kern öffnete.

Crane ging zu Newcombe. »Was ist das für ein Ausdruck?« fragte er.

»Ach.« Dan lächelte und reichte ihm einen kleinen Stapel Seismogramme. »Hätte ich fast vergessen. Wir haben mit der Ellsworth-Beroza-Methode leichte Erschütterungen auf dem Reelfoot-Graben gemessen, die auf ein kommendes Beben hindeuten. Außerdem steigen die Werte von Radon, Kohlenmonoxid und Methan sowie die elektromagnetische Aktivität.«

Crane nickte, er war nicht überrascht. Er würde seine drei Milliarden Dollar machen, aber um welchen Preis ...

Es würde passieren. Leben und Güter würden in einer Spirale des Entsetzens unerbittlich in Rauch aufgehen. Doch niemand würde auf seine warnende Stimme hören.

»Ich hab's«, sagte Lanie und schwang auf ihrem Stuhl herum. »Der Globus will es aber nur tun, wenn Sie ihn selbst dazu auffordern, Crane. Würden Sie bitte hier herüberkommen?«

Crane ging zu ihrer Konsole, während Lanie den entsprechenden Befehl eingab. »Der Rechner lehnt es ab, die Verantwortung für das zu übernehmen, was passieren wird«, sagte sie. »Er will sich lieber auf eine übergeordnete Autorität verlassen.«

Crane sah auf den Bildschirm. Dort stand:

GLOBUS INITIIEREN (Y/N)

Er drückte die Y-Taste. Das Bild verschwand, dann stand dort:

PROJEKTLEITER BESTÄTIGEN

»Sprechen Sie Ihren Namen in den C-Kanal Ihres Pads«, forderte ihn Lanie auf.

Crane gehorchte, und augenblicklich gingen die Lichter des Globus an. Die Sequenz war initiiert.

Der Globus drehte sich schnell, aber eiernd. Die Lichter gingen wieder aus. Lanies Programmierer unterbrachen ihre Arbeit, um dem Spektakel zuzusehen. Die Erde war nicht ganz rund, aber diese Kugel war ganz offensichtlich zu ungleichmäßig. Durch eine riesige Ausbeulung in der Äquatorgegend geriet der Planet ins Schlingern und wurde auf eine eiernde Umlaufbahn gelenkt.

»Sie werden Ihr Spielzeug noch kaputtmachen«, warnte Newcombe.

Alarmsignale blinkten nun überall auf den Konsolen, und die Monitore warnten vor dem unmittelbar bevorstehenden Absturz. Ein riesiger Feuerklumpen bildete sich auf dem Globus, der ihn zu zerstören drohte, als er durch die Fliehkraft immer weiter von ihm weggetrieben wurde.

»Wir müssen die Simulation beenden!« rief Lanie.

»Wenn Sie's tun, sind Sie gefeuert!« schrie Crane, um die Warnsignale zu übertönen.

»Er will dauernd den Abbruch einleiten.«

»Aber er hat es noch nicht getan, nicht wahr?« gab Crane zurück. »Er ist klüger als wir. Wir müssen ihn gewähren lassen!«

Der Globus schlingerte heftig. Es krachte, als ob er auseinanderbrechen wollte, doch Crane beobachtete das Ganze mit einem zufriedenen Lächeln.

Dann passierte es. Der Globus, der inzwischen aussah wie eine verbeulte Abrißbirne, konnte sich nicht länger halten. Die Ausbeulung löste sich ab, schlingerte weg, wurde aber von der größeren Gravitationskraft des Planeten in seiner Umlaufbahn gehalten. Was übriggeblieben war, drehte sich jetzt regelmäßig, und alle Warnsignale waren erloschen.

Sie sahen einen Planeten und seinen Mond, der ein echtes Stück des Globus war, das in einer synchronen Umlaufbahn um ihn kreiste; und der Globus selbst hätte nicht ruhiger laufen können.

Newcombe starrte mit geöffnetem Mund auf das Szenario.

»Ist das der Mond?« fragte Lanie.

»Nun«, Crane zuckte die Schultern, »jetzt wissen wir wenigstens, wie *das* gelaufen ist. Bravo. Schauen wir weiter zu.«

»Er scheint viel zu nah an der Erde zu sein«, bemerkte Lanie.

»Ich glaube, wir werden sehen«, antwortete Crane, »daß sich der Mond weiter entfernen wird, wenn sich die Erdrotation verlangsamt. Aber stellen Sie sich vor, welche Auswirkungen der Mond jetzt nicht nur auf die Gezeiten der Ozeane, sondern auch auf die der Kontinente hat.«

»Ich kann nicht glauben, daß es immer noch funktioniert«, staunte Lanie, während der Planet sich abkühlte und ein Holoregen einsetzte. Der Mond war nun etwas weiter entfernt.

»Es ist verrückt«, sagte Newcombe. »Das ist doch nicht etwa irgendein Trick, oder, Crane?«

»Das ist Geschichte, mein lieber Freund«, entgegnete

Crane. »Erdgeschichte, wie sie nie ein Mensch zuvor gesehen hat. Wenn dieses Ding funktioniert, haben wir vielleicht alle ausgedient.«

Und es funktionierte, halb holographisch, halb ›real‹. Landmassen erhoben sich aus dem verdunstenden Wasser, und der immer noch sehr nahe Mond verursachte größere Verwüstungen, sowohl auf See als auch an Land – Erdbeben, Tsunamis und Flutwellen erschütterten den Globus, wie sie es sich niemals hätten vorstellen können. Wenn es jemals etwas wie Pangaea gegeben haben sollte, so konnten sie es nicht sehen. In einer Stunde, in der Hunderte Millionen Jahre vorbeirauschten, schienen sich die Kontinentalmassen immer wieder neu zu formen, im Wechselspiel mit dem Mond, der seine Umlaufbahn langsam immer mehr vergrößerte.

Mehrmals während dieser Urphase stoppte der Globus und nahm holographische Kometen, Asteroiden und Meteoriten auf, die später auf bekannte Weise zu Leben führen würden, aber er stürzte nicht ab – er machte weiter. Je länger es dauerte, desto aufgeregter wurden die Programmierer. Schließlich riefen und jubelten sie jedesmal, wenn der Rechner einen Fehler identifizierte und sich selbst korrigierte, um fortzufahren.

Irgendwann war der Mond weit genug weg, um keinen allzu großen Einfluß mehr auf Wasser und Land ausüben zu können. Nun sahen sie die Anfänge einer Erde, die stabil war, stabiler zumindest als während der wirren ersten Zeiten ihrer Existenz. Die Gewässer kamen langsam zur Ruhe, und die Kontinente erschienen in einer Form, die bereits der heutigen ähnelte.

Für Crane stand während dieses Experiments die Zeit still. Alles passierte für ihn in einem einzigen Augenblick. Er dachte an all die Wissenschaftler, die das Wesen von Mutter Erde hatten erforschen wollen, die gemessen, gerechnet und spekuliert hatten. Ohne ihre Ergebnisse wäre dieser Globus nicht möglich gewesen. Jahrtausendelang hatten Forscher ihre Beobachtungen aufgeschrieben, ohne eine Ahnung zu haben, wohin diese Resultate einmal führen würden. Hier war einer der Zielorte. Und es würde weitere geben.

Fünf Stunden später wurde er von Jubelschreien aus seinen Gedanken gerissen. Der Globus drehte sich langsam. Er war online.

Alle waren noch anwesend, auch Newcombe, und der Rest des Teams war hinzugekommen. Es war ein Spektakel, dem sich keiner entziehen konnte. Der Dateninput würde weitergehen, aber dies war die Kerneinheit, von der immer mehr neue Erkenntnisse ausgehen würden.

»Ist Ihnen klar, was wir gerade getan haben?« rief Crane der applaudierenden Gruppe zu. »Was wir an Informationen in diesen Computer eingegeben haben, ist nur ein Sandkorn im Vergleich zu dem, was der Globus selbst dazuerfunden hat, um unsere Daten zu vervollständigen. Jeder haarfeine Riß, jeder Graben, jeder unterirdische Strom oder jede heimliche Atomexplosion, die auf diesem Planeten stattgefunden hat – wir können alles herausfinden. Information ist Macht, meine Damen und Herren. Und wir *haben* die Macht.«

Erneuter Jubel. Er wandte sich Newcombe zu. »Denken Sie immer noch, daß ich verrückt bin?«

»Verrückt, weil Sie's versucht haben«, sagte Newcombe. »Brillant, weil Sie's geschafft haben.«

Lanie drehte sich zu den beiden Männern um. »Ich stehe immer noch unter Schock.« Sie schlang die Arme um Crane. Newcombe versteinerte.

»Es ist Ihr Werk«, sagte Crane, drückte sie an sich und schob sie wieder weg, als es sich allzu gut anfühlte. »Wir werden den Globus die King-Projektion nennen.«

»Sie wollen es nach *mir* benennen?«

»Sie sind seine Mama«, erwiderte Crane und hob dann die Stimme, um von allen gehört zu werden: »Wir haben das Menschenmögliche getan«, sagte er. »Jetzt wollen wir das Undenkbare versuchen. Dr. King, würden Sie bitte die Reelfoot-Daten programmieren und uns zeigen, was passieren wird? Bringen Sie uns zu einem Erdbeben, einem großen Erdbeben.«

Lanie eilte zum Keyboard. Wie eine gigantische Kristallkugel benutzten sie den Globus, um in die Zukunft zu sehen. Es war berauschend und beängstigend zugleich. Es ging nicht mehr um Vorhersagen, die sie aufgrund von Spannungswerten tätigten. Jetzt sprach die Erde selbst mit der Gewißheit ihrer eigenen Geschichte. Mit einem lauten Summton stoppte der Globus, und der Spot richtete sich auf das Mississippi-Tal, wo sich die bekannte rote Linie wie eine ausgefranste Wunde zeigte.

»Die Zeit«, sagte Crane mit trockenem Mund.

Lanie holte die blutroten Zahlen auf den Bildschirm. Diesmal stand dort:

27. FEBRUAR 2025, 15 UHR 37 + ODER –

Dreiundzwanzig Minuten früher als nach ihren ersten Berechnungen.

»Wir haben es geschafft«, sagte Crane. »Wir haben die Zukunft erobert.« Er sah wieder Newcombe an. »Dies ist die Quelle unserer Forschung. Alle unsere Antworten liegen hier.«

Newcombe blickte ihn ernst an. »Jetzt brauchen wir nur noch den Mumm, um es zu tun. Wollen wir wirklich die Verantwortung dafür übernehmen, die Zukunft zu kennen?«

»Keine leichte Frage«, sagte Lanie von der Konsole aus. »Aber ob du es willst oder nicht, es ist hier.«

Newcombe stand auf und ging zu Crane. »Jetzt haben Sie es endlich«, flüsterte er. »Was werden Sie jetzt *wirklich* damit tun?«

»Alles, was ich will, Doktor.«

Die Masada-Wolke hatte in dieser Nacht Regen mitgebracht, was zur Folge hatte, daß Straßen und Wasservorräte wieder einmal radioaktiv verseucht waren. Es würde wieder Kranke und Tote geben – das war der Tribut, den man an das Leben im Freien zahlen mußte. Doch früher war es schlimmer gewesen, und die Schäden nahmen weiter ab, bis die Bedrohung Mitte der dreißiger Jahre ganz verschwinden würde. Dann würde man sich an die Masada-Wolke nur noch wie an eine vergangene Heimsuchung erinnern, die auf der Skala des menschlichen Leides irgendwo zwischen der Spanischen Inquisition und der Schwarzen Pest angesiedelt war.

In dieser Nacht empfand Crane die Wolke als Segen. Er hatte den Erfolg am Globus mit seinen Leuten gefeiert und war anschließend in sein Büro gegangen, als der Alarm kam und alle Schutz suchten. Solange draußen Regen fiel, hatte er den Globus eine Weile ganz für sich allein.

Er saß an Lanies Konsole und erklärte dem Rechner genau, was er wollte. Als er seine Eingabe beendet hatte, meldete sich Burt Hill über sein Implantat.

»Wo, zum Teufel, stecken Sie, Crane?«

»Ich bleibe heute nacht im Büro«, erwiderte Crane über seine Privatleitung. »Machen Sie sich um mich keine Sorgen.«

»Sie wollen mit dem Globus spielen, was?«

»Kann man mir das verdenken?«

»Nein, nein. Ich muß Ihnen trotzdem was sagen. Eine Meldung, die gerade über sämtliche Fernsehstationen verbreitet wurde – Vizepräsident Gabler ist zurückgetreten. Alle denken, daß er zum Sündenbock für die Sache mit der Kriegszone gemacht worden ist.«

»Interessant«, bemerkte Crane, obwohl es ihn nicht im geringsten interessierte.

»Aber das Pikante daran ist etwas anderes«, fuhr Hill fort. »Gideon hat Sumi Chan für den Posten vorgeschlagen.«

»Sumi?« fragte Crane überrascht. »Ich frage mich, wie sie das mit der Staatsbürgerschaft hingekriegt haben.«

»Ist doch egal«, erwiderte Hill. »Damit ist der Fall klar. Sumi ist nichts weiter als ein Verräter, ein schleimiger ...«

»Versuchen Sie, eine Privatleitung zu Sumi zu bekommen«, sagte Crane. »Ich möchte mit ihm reden. Und wenn Sie ihn haben, gratulieren Sie ihm herzlich.«

»Aber er ist ...«

»... ein mächtiger Mann, der uns helfen kann«, unterbrach Crane. »Rufen Sie mich auf demselben Kanal zurück.«

Er brach die Verbindung ab und sah auf die Konsole. In den letzten zwölf Monaten hatte er jeden Krümel an Information eingegeben, den er jemals über die Wirkung von unter- und überirdischen Nukleartests auf Plattengrenzen in Erfahrung gebracht hatte. Inzwischen wußte der Globus mehr darüber als er.

Er tippte seine Frage ein und drückte die Eingabetaste.

Der Globus zögerte nur kurz, bevor er eine Reihe von rotblinkenden Lichtern zeigte, die über den gesamten Planeten verteilt waren. Crane rannte zu der Kugel, um die Punkte zu lokalisieren. Alle Lichter befanden sich auf oder in der Nähe von Spalten. Sein Herz klopfte, als er sie zählte – es waren dreiundfünfzig.

Da war sie, seine Existenzberechtigung.

Er sackte zusammen und weinte, bis er Sumi auf der Leitung hatte und andere Dinge zu erledigen waren.

12.

Kontinentaldrift

DIE STIFTUNG
25. FEBRUAR 2025, 19 UHR 30

Lanie packte die letzte Tasche und ging dann auf ihre Veranda, um die abschließenden Vorbereitungen für die Pilgerreise nach Tennessee zu beobachten. In diesem Augenblick erschien der Kondor über ihr. Lanie rief ihm einen Gruß zu, als er vorbeischwebte und dann majestätisch in größere Höhen aufstieg. Die Sonne war inzwischen untergegangen, so daß man wieder draußen herumlaufen konnte. Auf dem Landeplatz standen nicht weniger als fünfzig Helos aus privaten Spenden, die alle mit Nahrung, Wasser und medizinischer Ausrüstung beladen werden mußten.

Crane hatte die Helos angefordert, denn er war der Meinung, daß sie bei Evakuierungen oder Erste-Hilfe-Aktionen nützlich werden konnten. Lanie war erstaunt gewesen, wie viele Menschen immer noch an ihn glaubten und bereit waren, ihn zu unterstützen. Neben der Ausrüstung hatte er auch ein erstklassiges medizinisches Notfallteam in jedem Helo – gute Leute, die ihre Zeit opferten. Vielleicht gab es doch noch Hoffnung für den Planeten, dachte sie.

Ihr Blick fiel auf Dan, der mit Gepäck in der Hand aus seinem Bungalow vier Häuser weiter kam. Seit der Nacht der Wette waren sie fast Fremde füreinander gewesen. Erstaunlich, daß ein Mensch, der für sie so wichtig gewesen war, plötzlich einen anderen Stellenwert in ihrem Kopf und ihrem Herzen hatte. Sie wußte, daß er sie zurückwollte, aber zum Glück forcierte er es nicht. Sie wollte trotz allem ein Freund für ihn sein, und so umarmte sie ihn kurz, als er zu ihr herüberkam, was ihn sichtlich freute.

»Tut mir leid, daß ich so zurückhaltend war«, sagte sie

und sah ihm in die Augen. »Ich wollte dich nicht auf falsche Gedanken bringen.«

»Falsche Gedanken?« echote er.

Sie sah, daß er sich zusammennehmen mußte. Er lehnte sich ans Geländer und blickte hinunter. Burt Hill leitete das Beladen von Stoneys Jumbojet, der den größten Teil der Ausrüstung und des Personals transportieren würde.

Dan schüttelte den Kopf. »Was würden wir nur ohne Burt tun?«

»Wir würden verhungern«, antwortete sie und trat neben ihn. »Wir hätten kein Material. Das Chaos würde ausbrechen.«

Er lächelte sie an. »Wahrscheinlich.« Seine Lippen wurden schmal. »Ich bin mir nicht sicher, was zwischen uns vorgeht.«

»Willst du die Wahrheit wissen?«

»Ich denke schon.«

»Okay«, sagte sie ruhig, obwohl ihr Herz wie verrückt klopfte. »Ich habe festgestellt, daß ich dir nicht vertraue. Ich habe festgestellt, daß zwischen uns Eifersucht herrscht. Ich habe festgestellt, daß ich dich anders haben wollte, als du bist. Du hast einmal gesagt, vielleicht sind wir jetzt endlich erwachsen. Ich denke, genau das ist passiert. Wir haben uns beim Erwachsenwerden in verschiedene Richtungen entwickelt. Außerdem führst du jetzt ein ganz anderes Leben.«

»Ich würde es sofort aufgeben, wenn ...«

»Nein«, sagte sie und legte ihm die Hand auf den Mund. »Du würdest dich eingesperrt und elend fühlen. Es gibt keine Hoffnung, Dan. Wir haben uns einfach beide verändert.«

»Ich kann nicht aufhören, dich zu lieben«, sagte er.

Sie nickte und schluckte. »Das werden wir für immer behalten. Laß es uns so in Erinnerung behalten.«

Er sah sie lange an. »Ich bin für dich da, wenn du es dir anders überlegst. Crane kann dich nicht glücklich machen.«

»Das hat nichts mit Crane zu tun.«

»Du brauchst es, gebraucht zu werden«, sagte er. »Vielleicht braucht Crane dich mehr als ich, obwohl ich eigentlich glaube, daß das unmöglich ist.«

»Auf so eine Diskussion lasse ich mich nicht ein.«

»Ich weiß.«

»Freunde?« fragte sie und streckte ihm die Hand hin.

»Freundliche Gegner«, sagte er lächelnd und schüttelte ihr die Hand. Sie verstand das Lächeln nicht. »Gehst du hinunter? Ich muß erst meine Ausrüstungsliste noch mal überprüfen, ob sie auch alles eingepackt haben.«

»Fliegst du nicht mit uns?«

Er schüttelte den Kopf. »Ich werde die Nacht in L. A. verbringen. Wir treffen uns morgen vor Ort.«

»Dann gehe ich mit dir runter.« Sie stiegen die Metalltreppen hinab, Dan mit dem Gepäck in der Hand. Lanie wußte nicht recht, was sie von dem vorangegangenen Gespräch halten sollte. Wie fast immer bei Dan schien die Angelegenheit nicht endgültig geklärt zu sein. Und was hatte er mit ›freundliche Gegner‹ gemeint?

»Du siehst müde aus«, sagte er. »Hattest du wieder diesen Traum?«

»Wieder? Es hört überhaupt nicht auf.« Sie erschauerte. In dieser Nacht war es besonders schlimm gewesen. Sie hatte das Feuer fast körperlich spüren können, das aus dem Krater kam, während Crane versuchte, ihre Hand zu greifen. Und der Junge war dagewesen, der tote Junge. Nur war er lebendig gewesen, und sie hatte um ihn mehr Angst gehabt als um sich selbst. Um zwei Uhr morgens war sie schweißgebadet und in Panik aufgewacht. Sie hatte gewußt, daß sie nicht mehr einschlafen konnte – und wollte.

»Denkst du immer noch, es hängt mit Martinique zusammen?«

»Das muß es.«

Sie tauchten in das Chaos aus Helos und Personal ein; die Leute bildeten Menschenketten, während Materiallisten laut verlesen wurden. »Hast du jemals daran gedacht, Crane um Hilfe zu bitten?« Newcombe entdeckte Hill und winkte ihn zu sich. »Er war schließlich mit dir dort.«

»Er wechselt immer das Thema«, erwiderte sie. »Und das ist schade, denn wenn ich mich an Martinique erinnern könnte, würden die Träume bestimmt aufhören. Ich habe es quasi vor Augen … und es schreit mich an.«

»Was gibt's, Doc Dan?« fragte Hill, vor Anstrengung schwer atmend.

»Ich muß heute abend in die Stadt hinunter«, sagte Dan. »Geht das irgendwie?«

»Wenn Sie jetzt gehen wollen, kein Problem. Im Moment habe ich drei Dutzend Piloten, die herumstehen und in der Nase bohren.« Er nahm Dans Gepäck. »In rund zehn Minuten wird jemand auf dem Hauptlandeplatz auf Sie warten.«

»Danke, Burt.«

»Bleiben Sie im Schatten, Doc.«

Sie gingen auf die Moschee zu. Dan sah heute abend gut aus, er war ganz in Schwarz gekleidet, ein Anzug mit Stehkragen. Er wirkte wie die Atlantic-City-Version von Ishmael. Sie fragte sich, ob er in die Kriegszone ging.

Sie betraten die Moschee, gingen zu ihrer Station und warfen durch das Lupenglas einen Blick auf den Globus. Lanie war immer ganz aufgeregt, wenn sie ihr Werk sah, wie es lebte und vor Informationen schier platzte.

Ein ganzes Team von Programmierern würde heute nacht damit beschäftigt sein, Wetterdaten in den Computer einzugeben.

»Martinique«, sagte sie und blickte starr auf den Globus. »Die Antwort auf meinen Gedächtnisverlust und auf meine Träume. Ich muß mich erinnern … und ich glaube, ich bin nahe dran. Es ist wie Nebel, der sich langsam verzieht.« Sie sah zu, wie die Westindischen Inseln vorbeizogen, folgte mit den Augen Martinique und sah den Vulkan auf der Insel.

»Dan!« rief Crane durch ein neues Loch in seiner Bürowand, das den Blick in den Bereich freigab, wo die Programmierer saßen. »Ich brauche die Öko-Daten von Memphis!«

»Ich komme.« Dan ging in sein Labor.

Lanie steuerte auf Cranes Büro zu. Zeit war etwas Seltsames. Sie hatte ihre eigene organische Struktur, die auf die Menschen wirkte, ohne daß diese etwas dagegen tun konnten. Wie bei ihr und Dan. Und Sumi Chan zum Beispiel war innerhalb von ein paar Monaten vom geschätzten Verbündeten zum Verräter und wieder zum Freund geworden. Als Vizepräsident war er in der Lage, Crane erneut heimlich zu unterstützen, und diese Hilfe konnte er nur allzu gut brauchen.

Sie betrat das Büro und lächelte in Richtung der Bildschirme an den Wänden, die seine Heldentaten zeigten. Mit der Wette hatte er recht gehabt. Es schien, als ob die ganze Welt auf das Ereignis wartete. Was jetzt für die Welt zählte, war das Geld – die Wette. Bald würde es nur noch um das Grauen gehen.

»Wie werden sie mich beurteilen?« fragte Crane sie, als ob er Gedanken lesen könnte.

»Manche werden Sie verantwortlich machen. Wie in Sado. Manche werden Sie verehren, manche lieben, manche hassen. Sie werden Zauberer, Wissenschaftler, Monster und Heilsbringer genannt werden. Aber das ist Ihnen ohnehin nicht wichtig, oder?«

Er lächelte und stopfte mit aufgekrempelten Ärmeln Geld in eine Aktentasche. Das Wettgeld. »Solange die Finanzspritze funktioniert, bin ich glücklich«, sagte er. »Die Leute wissen nicht, was gut für sie ist; sie wissen nur, was sie wollen. Ich habe schon vor langem gelernt, meine Erwartungen niedrig zu halten. Damit liegt man meist richtig.«

»Dan geht heute wieder ins Tal hinunter.«

Er zog eine Grimasse, antwortete aber nicht.

Lanie sah durch das neue Fenster zum Globus. »Ich kann's einfach nicht glauben«, stellte sie fest, »das verdammte Ding läuft immer noch.«

»Und das wird es auch weiterhin tun. Die King-Projektion wird noch in Jahrtausenden verwendet werden.«

»Sofern nicht etwas Besseres erfunden wird. Warum sind wir eigentlich nicht über den 27. Februar hinausgegangen? Ich bin sicher, daß es noch andere Beben vorherzusagen gibt. Warum haben wir uns noch nicht darangemacht?«

»Ich sage dir, warum«, meinte Newcombe, der in der Tür aufgetaucht war. »Seit er die Macht in Händen hält, hat er Angst davor.«

»Das ist nicht allzuweit hergeholt«, entgegnete Crane und griff nach den Ausdrucken in Newcombes Hand. »Ich dachte, es wäre Zeit, sich ein bißchen zu besinnen, bevor wir weitermachen. Übrigens, hier ist Memphis ...« Er nahm die Skizze, die Newcombe ihm reichte, und sah sie sich an. »Hier ist das Gefängnis von Memphis. Ich bin sicher, die werden mich verhaften und dorthin bringen.«

»Es liegt ziemlich nah dran«, bemerkte Newcombe.

»Ja. Die Ostseite des Gebäudes sieht so aus, als würde sie es nicht überstehen, aber die Zellen sind alle auf der Westseite.«

»Das ist ein schmaler Sicherheitsstreifen. Verdammt schmal.«

»Ich vertraue auf Ihre Berechnungen.«

»Beim Fluß bin ich mir nicht so sicher«, gestand Newcombe. »Ich weiß, was mit dem Land außenherum passieren wird, aber es wird sich alles verschieben und den Fluß zwingen, sein Bett zu verlassen. Ich habe keine ordentliche Berechnung dafür.«

»Wir werden ein Risiko eingehen.«

»Werden Sie Zugang zu TV-Bildschirmen haben?«

»Ja«, erwiderte Crane.

Lanie blickte auf einen Schirm, auf dem gerade eine Reportage über das Beben in Martinique gezeigt wurde. Während sie zusah, blitzten in ihrem Gehirn plötzlich Fetzen der Erinnerung auf. Gott, sie spürte regelrecht, wie der Schlamm durch ihre Kleidung drang. Sie kratzte sich.

Crane sprach immer noch, aber Lanie hatte den Eindruck, als käme seine Stimme von weither. Sie hielt sich den Kopf, der immer wieder von Schmerz durchzuckt wurde. Sie spürte die Wunde unter ihrem Haar, dann die Hitze, die Dunkelheit, die übermächtige Angst vor dem Ersticken, das Haus, das um sie herum einstürzte ...

Hände schüttelten sie, und sie hörte eine entfernte Stimme.

»Dan? Ist Dan okay?« fragte sie, aber irgend etwas stimmte nicht. Tränen strömten ihre Wangen hinunter.

»Lanie! Halt dich fest … Lanie?«

Dan stand vor ihr. Sie befanden sich in Cranes Büro in der Stiftung. Sie schnappte nach Luft, und eine so große Traurigkeit übermannte sie, daß sie zu weinen begann.

»Was haben Sie?« fragte Crane sanft.

»Der Junge«, sagte sie schluchzend. »Der arme Junge. Wir wissen nicht einmal, wie … wie er heißt.«

Dan wollte sie trösten, doch sie wandte sich instinktiv Crane zu, der seinen gesunden Arm um sie legte.

In diesem Moment fiel der Vorhang vollends, und die Erinnerungen kehrten langsam zurück – die Angst, die endlosen Fragen, der Rum. Und Crane. Ein Lächeln breitete sich auf ihrem Gesicht aus. »Ich erinnere mich«, sagte sie zu ihm. »Ich erinnere mich an alles.«

»Was heißt das – an alles?« fragte Newcombe.

»Die Rumflasche … die durch den Luftschacht geschoben wurde. In dem Moment haben Sie mir von Ihren Plänen erzählt, den Erdbeben ein Ende zu setzen.«

»Ein Ende zu setzen?«

Sie sah Crane an und spürte instinktiv, daß sie etwas Falsches gesagt hatte, etwas, das geheim hätte bleiben sollen.

»Wenn Sie einen Plan haben, wie man Erdbeben beenden könnte«, sagte Newcombe, »dann würde ich ihn gerne erfahren.«

Crane sah ihn kaum an. Newcombe wandte sich Lanie zu. »Okay, dann erzähl du es mir.«

»Ich … ich bin immer noch verwirrt«, wiegelte sie ab. »Ich bin nicht sicher, was ich … was ich …«

»Du bist alles mögliche, Lanie«, sagte Newcombe, »aber verwirrt bist du nicht. Was verheimlichst du da? Warum verheimlichst du es?«

»Dan«, sagte Crane ruhig. »Fragen Sie mich, nicht Lanie. Ich bin derjenige, der die Geheimnisse hat.«

Newcombe starrte ihn wütend an. »Sie bestehen überhaupt nur aus Geheimnissen. Sie hatten von Anfang an einen Plan, den Sie uns gegenüber verschwiegen haben. Und wir mußten uns unseren Weg durch Ihre selbstgeschaffene Dunkelheit bahnen. Wie wär's zur Abwechslung mit ein bißchen Wahrheit?«

»Kommen Sie mit«, forderte Crane beide auf. »Ich werde es Ihnen zeigen. Ich nehme nicht an, daß es Sinn macht, Sie zum Schweigen zu verpflichten?«

»Es hat hier schon zuviel Schweigen gegeben«, sagte Newcombe und folgte Crane aus dem Büro.

Lanie ging angespannt hinterher. Sie hatte nichts verraten wollen. Gott, warum hatte sie nur ihren Mund so weit aufreißen müssen? Sie war überrascht, als Crane auf ihre Konsole zuging.

»Meine Damen und Herren«, sagte er zu den Programmierern, die an ihren Terminals arbeiteten, »Sie haben jetzt dreißig Minuten Pause. Bitte verlassen Sie den Raum.«

Lanie trat zu ihnen. Cranes Finger huschten bereits geschäftig über das Keyboard. Es gab anscheinend Dinge an diesem Globus, die nicht einmal sie kannte.

»Ich habe mich mein ganzes Leben lang mit Erdbeben beschäftigt«, sagte Crane, schaltete den Globus aus und programmierte ihn um. »Und schon früh beschloß ich, daß ich nicht nur definieren, sondern auch heilen wollte. Deshalb fing ich an, mich mit den Auswirkungen von Nukleartests auf die Erdschichten zu befassen.«

»Das ist nichts Neues«, warf Newcombe ein. »Sie gelten immer noch als der Mann, der den Politikern die Augen geöffnet und das Ende der Atomtests herbeigeführt hat.«

»Dafür bekam ich den Nobelpreis«, bestätigte Crane und lachte. »Diesen Preis habe ich weder gewollt, noch habe ich ihn verdient. Außerdem war es nie meine Absicht, die Atomtests zu stoppen.«

»Das verstehe ich nicht«, sagte Lanie.

Crane drückte die Eingabetaste, und auf dem regungslosen Globus erschienen blinkende rote Lichter. »Hitze«, sagte er und ging auf die Weltkugel zu, »genug Hitze, um Gestein zu schmelzen – um Steine zu *ver*schmelzen.«

»Sie wollen die Platten wieder miteinander verschweißen«, sagte Newcombe mit tonloser Stimme, und seine Augen verengten sich mißtrauisch.

»Ich habe den Rechner befragt«, fuhr Crane fort. »Ich nahm eine Temperatur von fünftausend Grad Celsius an und fragte, ob es möglich wäre, die Platten durch Punktschweißen wieder miteinander zu verknüpfen.« Er zeigte auf die Weltkugel. »Und das war das Ergebnis. Dreiundfünfzig sauber gesetzte Schweißpunkte werden die Kontinentalplatten wieder zusammenfügen und die Verschiebungen für immer beenden.«

»*Dazu* diente der Globus«, sagte Lanie. »Sie wollten Ihre Thesen untermauern.«

»Korrekt«, bestätigte Crane. »Wir können die zerstörerische Herrschaft der Erdbeben noch zu unseren Lebzeiten für immer beenden.«

»Sie wollen dreiundfünfzig Atombomben zünden?« fragte Newcombe ungläubig.

»Dreiundfünfzig Gigatonnenbomben«, erwiderte Crane.

»Sie sind verrückter, als ich dachte.«

»So?« fragte Crane. »Denken Sie darüber nach. Die Welt sitzt auf einem enormen Lager von nuklearen Materialien, alten Sprengköpfen und radioaktivem Abfall. Meine Bomben könnten alles entsorgen, indem sie unterirdisch Richtung Erdkern explodieren, was schlicht ein radioaktiver Zerfallsprozeß wäre. Wir könnten Erdbeben und Vulkanausbrüchen ein Ende bereiten und gleichzeitig unseren ganzen Atommüll beseitigen.«

Lanie legte den Kopf schief. Was Crane sagte, ergab durchaus einen Sinn. Unterirdische Explosionen direkt über den Spalten konnten tatsächlich die Druck-Zug-Spannungen beenden, wenn alles richtig gehandhabt wurde. Wenn die Bomben tief genug gebracht wurden, würden sie keinerlei Bedrohung darstellen.

»Hat Ihr Egotrip denn überhaupt keine Grenzen?« fragte Newcombe. »Ist Ihnen nicht klar, daß Erdbeben ein natürlicher Bestandteil des Lebens auf dieser Erde sind? Daß der Planet vielleicht nur durch sie existiert? Es würde überhaupt kein Leben auf dieser Erde geben, wenn nicht die Vulkane Biomaterie in die Atmosphäre geschleudert hätten. Was Sie hier vorschlagen, ist nichts anderes als die Zerstörung der Prozesse, die dazu geführt haben, daß wir hier sind. Sie sind natürlich, Crane. Lassen Sie sie in Ruhe!«

»Was ist an einem Erdbeben natürlich?« fragte Crane. »Die Leute sind immer ziemlich voreilig in ihrem Urteil. Nur weil es immer so war, heißt es nicht, daß es für immer so bleiben muß. Der Globus meint, daß es funktionieren wird, und der Globus weiß wesentlich mehr als wir.«

»Nein!« sagte Newcombe laut. »Der Globus weiß nichts von der Menschheit, von Ethik oder gesundem Menschenverstand. Sie reden davon, einen der grundsätzlichen Vorgänge der Erde zu beeinflussen. Nur Gott weiß, welche Katastrophe Sie auslösen könnten, wenn Sie diesen Wahnsinn tatsächlich in die Tat umsetzen!«

»Fragen Sie den Rechner«, erwiderte Crane. »Hören Sie, was er zu sagen hat.«

»Mir ist dieser gottverdammte Rechner vollkommen egal!« rief Newcombe. »Er ist nur ein Auswuchs Ihres Wahnsinns.«

»Einen Augenblick«, warf Lanie ein. »Der Globus funktioniert. Du hast gesehen, daß er funktioniert. Er könnte ein sinnvolles Werkzeug für ...«

»Du bist genauso schlimm wie er«, unterbrach Newcombe sie. »Hört mir genau zu: Ihr beide setzt den gesamten Planeten Erde aufs Spiel. Es ist unnatürlich, Crane. Es ist falsch.«

»Seltsame Worte aus dem Mund eines Wissenschaftlers«, sagte Crane. »Dämme ändern den natürlichen Lauf eines Flusses. Medizin greift in den natürlichen Ablauf von Krankheiten ein. Genetische Manipulation verändert alles, angefangen von Lebensmitteln bis zu den Kindern, die wir zur Welt bringen, greift also ebenfalls massiv in die Natur ein. Das ist nichts anderes.«

Newcombe berührte sein Armpad, um die Zeit abzulesen. »Da ist einerseits die Wissenschaft und andererseits egomanische Arroganz. Was, zum Teufel, glauben Sie eigentlich, wer Sie sind?«

»Ich weiß, wer ich bin, Doktor«, erwiderte Crane. »Diese Frage sollten Sie sich selbst stellen.«

»Das habe ich bereits getan«, antwortete Newcombe, »und hier ist die Antwort: Ich bin der Mann, der Sie davon abhalten wird, die Erde zu zerstören.«

Damit wandte er sich um und verließ schnellen Schrittes die Moschee.

Lanie ging auf Crane zu und legte eine Hand auf seinen gesunden Arm. »Tut mir leid«, sagte sie, »ich hätte es nicht ausplaudern dürfen ...«

»Machen Sie sich deswegen keine Gedanken«, sagte Crane und sah Newcombe nach, der das Gebäude verließ. »Er hätte es sowieso früher oder später herausgefunden. Ich werde damit an die Öffentlichkeit gehen.«

Beiläufig tätschelte er ihre Hand, und Lanie fürchtete, daß dies der letzte ruhige Augenblick ihres Lebens war.

Newcombe blickte vom Dach des zweistöckigen Lagerhauses, das Bruder Ishmael zum Wohnhaus umgebaut hatte, auf die Zone hinunter und hatte das Gefühl, in die Vergangenheit gereist zu sein.

Das Stadtzentrum war sauber und voller Menschen. Alle befanden sich auf den Straßen. Es gab keine Bildschirme an den Gebäuden, keine Dinosaurierprojektionen oder TV-Reporter, die auf der verzweifelten Suche nach der ultimativen Story herumrannten, die ihr Leben verändern würde.

Dafür defilierten Kinder mit Waffen in der Hand die Straße entlang, von den Umstehenden lautstark angefeuert. Newcombe fühlte sich unwohl angesichts dieses Waffenarsenals.

Über ihnen zuckten blaue Blitze über die Zone, ein elektronisches Schutzgitter für eine Stadt in der Stadt. Sie befanden sich in einem elektronischen Kokon, der von der Welt der Weißen vollkommen abgeschnitten war. Angesichts der vielen Kinder und Jugendlichen vermutete Newcombe, daß der größte Teil der Zonenbevölkerung die Außenwelt noch nie gesehen hatte.

Er saß mit Ishmael, Khadijah und Martin Aziz zusammen. Sie sahen auf einen kleinen Bildschirm, der Szenen übertrug, die sich direkt vor den Toren, im Todesstreifen der Zone, abspielten. Mehrere hundert Moslemkinder griffen dort die Stellungen der Bundespolizei an, warfen Steine und Betonbrocken. Die Polizei reagierte mit niederfrequentem Infrasound, der das Denkvermögen vorübergehend störte, und mit Tränengas. Die Kinder brachen zusammen, wanden sich und heulten; es war eine Show, die die ganze Welt sehen sollte.

»Warum holst du sie nicht wieder herein?« fragte Newcombe. »Bevor sie verschleppt werden ... oder noch Schlimmeres. Es sind doch Kinder.«

»Es sind Märtyrer des Islam«, korrigierte Ishmael ruhig. »Ihr Leiden wird die Herzen der Menschen für unsere Sachen öffnen. Sie sind die erste Welle in unserem Dschihad.«

»Und wie sieht die zweite aus?«

»Mein Bruder spricht von Bomben, Terrorismus und Töten«, sagte Martin Aziz.

»Mein Bruder hat keinen Sinn für die Revolution«, sagte Ishmael.

»Du irrst dich«, widersprach Aziz. »Ich habe nur keine Lust darauf. Ich glaube, daß der Teufelskreis aus Töten und Rache und wieder Töten unseren Kampf viele Jahre in die Länge ziehen wird.«

»Und was hat uns die Untätigkeit gebracht?« fragte Khadijah.

»Ich spreche nicht von Untätigkeit«, sagte Aziz. Newcombe erlebte eine ganz normale Auseinandersetzung zwischen Kampfgefährten. »Bruder Daniels überzeugender Vorstoß in den Medien hat uns bereits Unterstützung von prominenter Seite eingebracht.«

»Unterstützung.« Ishmael schnaufte und stand auf, um über das Geländer auf die Straßen hinunterzusehen. Als die Demonstranten ihren politischen und geistigen Führer entdeckten, brachen sie in donnernden Jubel aus, und aus Tausenden Kehlen tönte sein Name.

Lächelnd wandte sich Ishmael wieder Aziz zu. »Und was hat *mein* Vorstoß gebracht?« fragte er. »In den letzten Monaten sind unsere Brüder im Geiste überall auf der Welt aufgestanden und haben gegen Liang Int demonstriert, in dreißig Ländern laufen Boykotte, und die Nationen, die unter islamischem Gesetz leben, lehnen es ab, mit Liang Int Geschäfte zu machen, solange wir kein eigenes Homeland haben. Unsere Präsenz und das Leiden unserer Kinder haben Milliarden von Herzen angerührt, und, was noch wichtiger ist, wir haben Liang an seiner verletzlichsten Stelle erwischt – an der Brieftasche.«

Aziz schüttelte den Kopf und blickte auf den Bildschirm. »Allah schütze die Frucht des Islam«, sagte er traurig.

Eine große Polizeitruppe war durch die Barrikaden gebrochen und zielte mit elektronischen Waffen auf die zahllosen Kinder, die sich erbrechend am Boden wälzten. Ungerührt beschossen sie alle mit fünfzigtausend Volt, die nicht schnell genug wegkriechen konnten.

Ishmael verzog das Gesicht und wandte sich vom Bildschirm ab. »Das reicht«, sagte er. »Holt sie zurück.«

Aziz drückte sein Pad. »Öffnet die Tore!« sagte er. »Jetzt!«

Newcombe sah auf dem Bildschirm, wie sich das riesige Tor zur verbotenen Stadt öffnete. Die Kinder zogen sich schreiend und weinend in die Zone zurück, während ihnen Polizisten, die Keulen schwingend, folgten. Zehn Meter vor dem Tor hielten sie jedoch an; niemand hatte bislang je die Zone angegriffen.

Die ›G‹s bezogen hinter einer einen Meter achtzig hohen Mauer in rund hundert Metern Entfernung von der Zone Stellung. Beim Rückzug schleiften sie die Körper der toten oder bewußtlosen Kinder mit sich.

»Stellt das ab«, ordnete Ishmael an.

»Es ist schrecklich«, sagte Newcombe, und sein Magen zog sich zusammen. »So darf es nicht weitergehen.«

»Du hast recht«, bestätigte Ishmael und klopfte ihm auf

die Schulter, »aber alle Kriege verlangen Opfer. Du mußt das verstehen. Wir können uns untereinander streiten, aber wir müssen bereit sein, den Blutpreis für unsere Freiheit zu zahlen.«

Newcombe spürte, daß er darauf nichts zu sagen hatte. Er blickte zu den zuckenden blauen Blitzen auf und stellte fest, daß der Himmel hier immer gleich aussah.

»Wie betreibt ihr das alles?« fragte er, während Bruder Ishmaels Frau Reena Kardamomkaffee und Plätzchen servierte. »Um ein solches Netz mit Strom zu versorgen, bräuchte man einen Reaktor, der etwa so groß ist wie ein kleines Haus.«

»Du kennst doch das Gebäude der Panarabischen Freundschaftsliga in der Stadt?« fragte Ishmael.

»Natürlich«, antwortete Newcombe. »Es sieht aus wie ein Edelstein. Die Leute kommen ...«

»Das ganze Gebäude ist ein gigantischer Reaktor«, erklärte Khadijah. »Wir haben seine Kapazitäten bei weitem noch nicht erschöpft.«

»Niemand hat bislang Verdacht geschöpft«, sagte Ishmael. »Die Kabel, die uns damit verbinden, sind in den Abwasserkanälen verlegt. Ähnliches gibt es in jeder Stadt mit einer Kriegszone.«

Der Jubel wurde lauter, und sie standen auf, um hinunterzuschauen. Über das Geländer gebeugt, sah Newcombe Kinder, manche davon höchstens sechs Jahre alt, die, blutend und zum Teil auf Bahren liegend, von der Schlacht heimkehrten. Die Prozession hielt auf ihrer Höhe an. Die Menge tobte jetzt. Ishmael nahm ein Megafon, um sich verständlich zu machen. Newcombe stellte überrascht fest, daß die meisten dieser Leute wahrscheinlich gar keine Implantate besaßen. Diese extreme Primitivität war beinahe aufregend.

»Helden der Revolution«, rief Ishmael, »wir grüßen euch! Ihr seid die Zukunft! Ihr werdet dereinst eure Kinder auf eurem eigenen Land aufziehen, und Allah wird euch geleiten! Geht nun nach Hause zu euren Eltern, die euch lieben!«

Unter donnerndem Applaus kehrte Ishmael zu seinem Platz zurück, nahm seine Tasse und trank einen Schluck. Er lehnte sich zurück und sagte: »Bald werden sich andere Städte, andere Kriegszonen der Kinderrevolution anschließen. Wir teilen die Unruhen in Schichten ein, so daß permanent irgendwo etwas im Gange ist.« Er sah Newcombe an. »Wirst du mit den anderen von der Stiftung nach Memphis gehen?«

»Ich fahre morgen.«

»Es gibt eine kleine Kriegszone dort«, sagte Aziz.

»Ja, ich weiß«, erwiderte Newcombe. »Darüber wollte ich unter anderem mit euch reden.« Er zog die Erdbebenberechnung aus der Tasche, die er für die Stadt Memphis gemacht hatte. Die Kriegszone war schwarz eingezeichnet. »Seht ihr dieses Gebiet? Das ist die Innenstadt von Memphis.«

Khadijah und Martin traten zu Ishmael und Newcombe und sahen ebenfalls auf das Blatt, das er in den Händen hielt.

»Diese gezackte Linie zeigt an, wo sich die Erde bis zu vier oder fünf Metern absenken wird. Hier, auf der anderen Seite der gezackten Linie, wird sie sich heben, so daß die Stadt auseinandergerissen wird.«

»Der Riß geht genau durch die Kriegszone«, sagte Khadijah.

Newcombe sah sie an, und sie hielt seinem Blick stand. »Ja«, bestätigte er und wandte sich dann Ishmael zu. »Gibt es einen Fluchtweg?«

»Unterirdisch. Wie hier auch.«

»Werden sie auf mich hören, wenn ich sie warne?«

»Wenn ich es ihnen sage.«

»Sag es ihnen.«

»Wohin sollen sie gehen?« fragte Martin Aziz.

Die vier musterten sich gegenseitig, dann weiteten sich Ishmaels Mundwinkel zu einem breiten Lächeln. »Sie werden nach Süden gehen«, sagte er. »Nach Mississippi.«

»Das gelobte Land«, flüsterte Khadijah mit leuchtenden Augen. Sie klatschte in die Hände.

»Sie werden die ersten sein, die die Pilgerreise in unser neues Homeland antreten«, fuhr Ishmael fort. »Es gibt Hunderte traditioneller Africk-Townships in Mississippi. Unsere Leute werden sich in einem davon niederlassen und es übernehmen. Es soll unser Brückenkopf werden.«

»Perfekt.« Newcombe lächelte und wiederholte dann ungewollt Cranes Worte zu dem Ereignis von Sado. »Perfekt inszeniert.«

»Solange sich die Regierung von Mississippi nicht sträubt«, sagte Aziz.

Khadijah lachte. »Das dürfte ein interessantes Problem für Mr. Li werden.«

»Sofern er erlaubt, daß wir uns dort niederlassen«, warf Ishmael ein, der sich erhoben hatte und nun auf- und abging, »werden unsere Leute sofort einen Sonderstatus verlangen.«

»Und wenn er beschließt, die Pilgerreise gewaltsam abzubrechen?« fragte Aziz.

Ishmael schüttelte den Kopf. »Noch mehr Märtyrer. Aber mir ist eines an diesen Geschäftsleuten aufgefallen; sie bringen nicht gerne Konsumenten um.«

Aziz nickte und lächelte leicht. »Bruder Daniel hat uns den Enthusiasmus gebracht, mit dem wir unsere Revolution vorantreiben können. Das gefällt mir.«

»Ausgezeichnet!« sagte Ishmael und umarmte einen nach dem anderen. Er lachte, als er Newcombe auf beide Wangen geküßt hatte. »Was wird dein Chef von all dem halten?«

»Der ist zur Zeit viel zu sehr damit beschäftigt, die Welt in die Luft zu jagen«, erwiderte Newcombe und war überrascht, wie viel Wut in seiner Stimme mitschwang.

»Was?« fragte Ishmael.

»Erinnerst du dich, daß du mir bei unserem ersten Treffen gesagt hast, Crane habe einen geheimen Plan?« Ishmael nickte. »Nun, es ist tatsächlich so. Er will die Kontinentalplatten wieder zusammenfügen, indem er an bestimmten Stellen dreiundfünfzig Gigatonnenbomben detonieren läßt. Er will, daß es überhaupt keine Erdstöße mehr gibt.«

»Er streckt Allah die geballte Faust entgegen«, sagte Ishmael. »Crane erhebt sich über alles. Erstaunlich.«

»Erstaunlich ist nur, wie er das machen will«, widersprach Newcombe. »Ich kann mir nicht vorstellen, daß es auf der Welt eine Regierung gibt, die ein Konzept unterstützt, das offensichtlich so fehlgeleitet ist wie seines.«

»Ich kann nicht glauben, Bruder, daß du Crane so unterschätzt«, bemerkte Ishmael und legte einen Arm um seine Schwester. Beide blickten Newcombe aus blitzenden Augen an. »Er ist bereits von den Toten auferstanden und kehrt nun an den Ort des Verbrechens zurück. Nein, wahrscheinlich ist es für ihn ein Leichtes, die Menschen von seiner Sache zu überzeugen.«

Newcombe war überrascht. »Das scheint dich ja direkt zu freuen.«

»Ich habe nur darauf gewartet«, erklärte Ishmael, »daß es irgendwann einen Berührungspunkt zwischen Crane und der Nation of Islam geben würde.« Er zuckte die Schultern. »Und jetzt habe ich einen. Es wird ein Test für unsere Macht. Es ist der Gipfel, auf dem Dr. Crane und ich zusammen Tee trinken werden.«

»Ich möchte konvertieren«, sagte Newcombe und beobachtete, wie sich auf Ishmaels Gesicht Belustigung abzeichnete. Alle lachten.

»Du bist ein gottloser Mensch«, sagte Ishmael. »Weshalb willst du Moslem werden?«

»Warum willst du das wissen? Ich bin sicher, du würdest mich auch übertreten lassen, wenn ich Tintenkleckse anbeten würde. Korrekt?«

»Korrekt, Bruder«, sagte Aziz schnell, um Ishmael am Weiterreden zu hindern. »Wenn du dich öffentlich zum Islam bekennst, gewinnen wir damit enorm an Ansehen – ein intelligenter und erfolgreicher Mann entscheidet sich für die Nation of Islam, weil er an sie glaubt. Die sanfte Seite des Islam gleicht die notwendigerweise gewalttätige revolutionäre Seite wieder aus.«

»Es macht ihn aber auch zum Insider«, warnte Ishmael. »Er würde ganz schnell zu unserem Sprachrohr werden, ohne es zu wollen.« Er zeigte auf Newcombe. »Du hast mir noch nicht gesagt, warum du konvertieren willst.«

»Kein Geheimnis«, sagte Newcombe. »Ich tue es für die Sache. Und ich tue es, weil es mich zum Gegenspieler von Lewis Crane macht, wenn diese Bomben-Geschichte publik wird. Er ist wahnsinnig. Ich möchte mich ihm als einer von euch entgegenstellen.«

»Lügner«, sagte Khadijah. »Es hat etwas mit dieser weißen Frau zu tun.«

»Nein«, erwiderte Newcombe und senkte den Kopf. »Lanie und ich sind ... nicht mehr zusammen. Schon seit einiger Zeit nicht mehr.«

Khadijah lachte und trat einen Schritt auf ihn zu. »Vielleicht willst du ihr eine Lektion erteilen, hm?«

»Gott, ich hoffe, daß ich ein wenig bessere Beweggründe habe als das.«

Eine Rumflasche zwischen den Knien, sah sich Crane Satellitenvideos des Masada-Angriffs an. Angesichts der monströsen Schönheit von dreißig Multimegatonnenbomben, die alle auf einmal in die Luft gingen, verspürte er eine Art schamvolles Hochgefühl. Die Explosionswolke stieg auf, stülpte sich aus und zerfranste, während sie sich kreisförmig verbreitete.

Dies war eines jener weltbewegenden Ereignisse, bei denen man sich sein Leben lang daran erinnerte, wo man währenddessen gewesen war und was man getan hatte. Crane entsann sich, daß er gerade sein erstes akustisches Implantat eingesetzt bekommen hatte, als es passierte. Die Nachricht von Masada war das erste, was er über das Gerät hörte. Zuerst war er entsetzt und schockiert, wie der Rest der Welt. Aber die Dinge ließen sich ohnehin nicht mehr ändern, wenn sie einmal passiert waren, und zudem erkannte er den enormen Nutzen von Masada als Feldstudie für seine Forschung über den Zusammenhang zwischen Atomtests und Erdbeben.

Am folgenden Nachmittag war er in einem Schutzanzug und einem Lastwagen voller Seismographen in die sudanesische Wüste gefahren. Einen Tag zuvor, in Saudi-Arabien, war ihm zum erstenmal die Idee von der Verschmelzung der Platten gekommen. Die Rub-Al-Kali-Wüste war eine solide Glasscheibe, die sich bis zum Horizont erstreckte. Die starke Hitze hatte den Sand geschmolzen. Unter grauen Staubwolken und schwerem radioaktivem Aschenregen schlidderte er über den Wüstenboden dahin ...

»Crane«, rief Lanie. »Sind Sie da drin?«

»Lassen Sie mich in Ruhe«, sagte er und nahm einen Schluck. Die Masada-Wolke auf dem Bildschirm wanderte jetzt Richtung Osten, und China und die Russische Korporation verschwanden unter einem grauen Schleier.

»Es war mehr als nur Glaube«, sagte Lanie direkt hinter ihm mit sanfter Stimme. »Ich war zweiundzwanzig und hatte gerade mit dem Studium begonnen. Ich erinnere mich, daß ich mich betrogen fühlte, weil ich nicht die Chance haben würde, die Welt zu erben. Es gab Spekulationen, daß vielleicht bald alles weg sein würde. Außerdem wurden Juden an vielen Orten umgebracht. Es war beängstigend.«

»Sind Sie deshalb zu den Cosmies konvertiert?«

»Nein.« Sie lachte, machte ein paar Schritte um ihn herum und setzte sich neben ihn auf die Couch. »Mein Vater war von Geburt aus Jude, meine Mutter nicht, deshalb war ich in dieser matrilinearen Kultur ein bißchen verloren. Ich erinnere mich an meinen Vater immer als an einen Cosmie. Er konvertierte, als ich noch sehr klein war. Ich denke, deshalb habe ich mich dafür entschieden. Cosmies sind nette Leute, wie Unitarier mit Vision. Es verhinderte allerdings nicht, daß ich ein Stipendium verlor, weil ich trotzdem als Jüdin galt.«

»Eine Zeitlang gab es ziemlich viel Ärger«, sagte Crane. »Ich erinnere mich an die Gegenbewegung. Deshalb sind die meisten meiner Teammitglieder Juden. Darf ich Sie etwas fragen?«

»Nur zu.«

»Halten Sie mich für verrückt?«

»Sie sind ein Visionär«, erwiderte sie, ohne zu zögern. »Alle Visionäre werden von den Menschen, denen sie helfen wollen, als verrückt angesehen.«

»Sie haben meine Frage nicht beantwortet.«

Sie hob sein Gesicht zu ihrem und blickte ihn an. Crane war angespannt, ihre Berührung hatte ihn elektrisiert. »Ja, Sie sind verrückt«, flüsterte sie. »Sie sind gerade verrückt genug, um den Wahnsinn zu überstehen, in dem wir leben.«

»Mein Plan kann funktionieren. Wirklich.«

»Mich müssen Sie nicht überzeugen.«

Er nickte grimmig. »Danke.« Er sah zur Seite und dann wieder auf den Bildschirm.

»Warum«, fragte Lanie, »gelingt es mir nicht, daß Sie mich länger ansehen?«

Er musterte sie eine Sekunde lang und blickte dann wieder weg. »Es ... fällt mir schwer, Sie anzusehen. Ich weiß nicht, woran das liegt. So etwas ist mir noch nie passiert. Ich ... wie soll ich sagen ... ich verliere mich in Ihrem Blick ... oder so etwas. Klingt dumm, oder?«

Sie beugte sich vor, so daß sie in sein Blickfeld kam. »Es ist das Süßeste, was jemals ein Mann zu mir gesagt hat«, antwortete sie, und diesmal zwang er sich, den Blickkontakt aufrechtzuerhalten. »Wissen Sie«, fuhr sie fort, »Sie haben eine Menge Dinge gesagt, als wir unter diesem Haus auf Martinique verschüttet waren. Erinnern Sie sich?«

Er wollte wegsehen, tat es aber nicht. »Ja.«

»Haben Sie das alles ernst gemeint?«

»Ich dachte, Sie würden sich nicht erinnern.«

»Haben Sie es ernst gemeint?«

»Ja«, sagte er und senkte den Blick. Ihre Hände hoben sein Gesicht wieder zu ihrem. »Es tut mir leid ... ich wollte unser berufliches Verhältnis nicht belasten ...«

»Ach, zum Teufel damit.« Sie rückte näher und legte ihre Arme um seinen Nacken. »Sie besitzen wahre Größe. Das erregt mich.«

»Aber ich bin ein Krüppel, und ich ...«

»Sei still und küß mich.«

In den nächsten Minuten lernte Lewis Crane, daß Kommunikation nicht immer verbal ablaufen mußte, um verständlich und bedeutungsvoll zu sein.

13.

Mercalli XII

MEMPHIS, TENNESSEE
27. FEBRUAR 2025, FRÜHER NACHMITTAG

Die Scheune roch nach nassen Pferden und Dung. Newcombe versteckte sich in einer Ecke hinter Heuballen, um mit der Kriegszone Kontakt aufzunehmen.

»Es gibt nicht den geringsten Zweifel«, sagte er in eine Monitorkamera, die er in der Hand auf sein Gesicht gerichtet hielt, »daß das Beben heute stattfinden wird. Ich spreche mit Grüner Befugnis. Wiederhole: mit Grüner Befugnis. Euer Auszug muß innerhalb einer Stunde beginnen, wenn ihr überleben wollt. Ihr müßt euch vielleicht zu Beginn euren Weg freikämpfen, aber bald wird er für euch offenstehen. Ihr müßt innerhalb einer Stunde aufbrechen. Geht jetzt los!«

Er unterbrach die Verbindung und hoffte das Beste. Er hatte auf dem Ultrahochfrequenz-Infrarotband gesendet, das wegen der hohen Kosten für die Receiverstation kaum verwendet wurde. Aber es würde im Reaktorgebäude in Memphis aufgefangen und über die Verbindungskabel in der Kriegszone verbreitet werden.

Seine Hände zitterten. Er hatte gerade einen Aufruhr angezettelt. Bruder Ishmael hatte darauf bestanden, daß *er* diesen Akt ausführte. »Wenn du davon überzeugt bist, daß dieses Beben stattfindet«, hatte Ishmael gesagt, »wenn du sicher bist, dann schick die Nachricht, sobald du es genau weißt.«

Er wußte es genau.

Ellsworth-Beroza-Messungen ergaben inzwischen eine konstante Nukleationszone und steigende seismische Aktivität. Sie hatten Hunderte von kleinen Erdstößen detektiert, die an der Oberfläche nicht spürbar waren, aber zum Großen Knall anwachsen würden. Berstendes Gestein hatte große Mengen von eingeschlossenen Gasen freigegeben, während im gesamten Reelfoot-Graben Dilatation gemessen wurde. Die S-Wellen konnten sich nicht weiter fortsetzen, seit Wasser durch die Spalten sickerte. Es war das klassische Szenario, sämtliche Symptome waren vorhanden. Die Pferde traten nervös gegen ihre Stallwände und wieherten vor Angst. In der Ferne bellten Hunde.

»Dan!« rief Lanie. »Bist du da drin?«

Er ließ die Minikamera in seiner Hemdtasche verschwinden und trat aus seinem Versteck. »Du hast mich erwischt«, sagte er und lächelte verlegen.

»Was tust du hier?« fragte sie und trat durch das Scheunentor. Sie war von Kopf bis Fuß eingehüllt, und ihr Gesicht glänzte vor Sunblocker.

»Ich brauchte ein paar Minuten Ruhe vor diesem Tollhaus«, sagte er. »Ich mußte ein bißchen allein sein.«

»Wenn du ein paar Dorphin…«

»Warum suchst du mich?«

Sie trat nahe an ihn heran. »Sie sind wegen Crane gekommen«, sagte sie mit zitternder Stimme. »Sie wollen ihn verhaften.«

»Beruhige dich«, sagte er und legte seine Hände auf ihre Arme. »Wir wußten, daß das passieren würde. Wir haben getan, was wir konnten.«

»Ich habe Angst, Dan. Die Menschenmenge ist aufgebracht, und die …«

»Wir haben Fluchtrouten. Mach dir keine Sorgen. Komm, wir geben Crane ein wenig moralische Unterstützung.«

Sie traten hinaus in das Chaos, das auf der Sojabohnenfarm herrschte. Ein Mann namens Jimmy Earl hatte Crane seine Viertausend-Hektar-Farm südlich von Memphis in Capleville als Flüchtlingslager zur Verfügung gestellt. Seine Motivation entsprang keineswegs altruistischen Motiven; er drehte ein Video über Crane und dessen Vorhersage, das er teuer verkaufen wollte. Niemand allerdings hatte die Reaktion der Menge vorausgesehen. Über ihnen schwebten Hunderte von Helos wie

Moskitos zwischen Wolken, auf denen ununterbrochen eine Hetzrede von Präsident Gideon auf Crane wiederholt wurde.

Wütend über das Debakel im Oktober und von Regierung und Fernsehen angestachelt, fielen die Menschen wie eine Heuschreckenplage über Jimmy Earls Farm her. Tausende waren in den letzten zwei Tagen hergekommen, um Crane zu verhöhnen oder seinen Kopf zu fordern. Elektrische Zäune wurden in aller Eile um die Zeltstadt errichtet, und Whetstones Leute, die eigentlich den Flüchtlingen helfen sollten, mußten Patrouille um das Lager gehen.

Newcombe zog die Schutzbrille auf. Sie gingen über die Weide auf die Zeltstadt zu, als sich das Haupttor öffnete und Polizeifahrzeuge mit blinkendem Warnlicht einfuhren.

»Die Kommandozentrale?« fragte Dan. Ein paar Menschen hatten sich aus der Menge gelöst und gelangten auf das Gelände, bevor sich die Tore wieder schlossen. Die Sicherheitsleute versuchten, sie zurückzudrängen.

»Ja. Er gibt Interviews bis zum Schluß.«

»Nehmen sie Whetstone auch mit?«

»Beides ›Übeltäter‹«, erwiderte Lanie sarkastisch. »Übrigens, andere seismographische Stationen auf der Welt messen unsere Vorbeben jetzt auch. Ich denke, so mancher wird es sich bald anders überlegen.«

»Zu spät«, erwiderte er. »Niemand wird irgendwo hingehen. Nicht, solange uns der Präsident im Fernsehen so ungefähr aller Verbrechen bezichtigt außer der Kinderschändung.«

»Du bist angespannt.«

»Ja, ich bin angespannt. Ich habe mir das Erdbeben-Ökogramm von Memphis noch einmal angesehen, und ich habe immer noch Angst, daß ich dem Fluß zu wenig Beachtung geschenkt habe. Es ist möglich, einen Fluß zu berechnen, der seinen Lauf ändert; aber meine Kalkulationen sind nicht auf einen Fall wie beim Mississippi ausgelegt. Daran muß ich unbedingt noch arbeiten.«

»Weiß Crane, daß du dir Sorgen deswegen machst?«

»Ja. Er sagt, er vertraut mir. Ich muß mich mit dieser Art von Situation noch intensiver auseinandersetzen.«

Die Zelte waren bis auf ein paar freiwillige Helfer leer. Nicht einer der Bewohner der Stadt hatte bislang das Hilfsangebot angenommen – noch nicht. Als sie das zentral gelegene Kommandozelt erreichten, bog das Polizeifahrzeug mit immer noch blinkendem Warnlicht gerade in die Zeltstraße ein. Dahinter wirbelte Staub auf.

Newcombe nahm die Sonnenbrille ab, nachdem sie das Zelt betreten hatten. An den Zeltwänden waren TV-Bildschirme angebracht, die zum Teil Erdbeben-Ökogramme von gefährdeten Stadtzentren zeigten, zum Teil Checklisten für den Fall eines Erdbebens, zum Teil Listen von sicheren Evakuierungsgebieten.

Crane und Whetstone standen nebeneinander vor einem blinkenden Seismogramm, das eine fast konstant wachsende Amplitude zeigte. Zehn TV-Reporter scharten sich um sie, private Anbieter neben Regierungsschnüfflern. Jimmy Earl stand mit seiner Kamera mittendrin.

Crane sprach. »... in Memphis, weil Memphis das Beben am stärksten verspüren wird. Wir benutzen eine Meßskala, die seit über hundert Jahren verwendet wird, die zwölfteilige Mercalli-Skala. Ich gehe davon aus, daß das Beben in Memphis eine Stärke von zwölf erreichen wird, also absolute Zerstörungskraft. Es werden praktisch alle Gebäude zerstört oder stark beschädigt. Der Boden wird sich zu Wellen auftürmen. Blickrichtung und Horizont werden sich vollkommen verschieben, Gegenstände durch die Luft fliegen. Bitte, wer in Memphis jetzt zuhört: Verlassen Sie die Stadt. Wenden Sie sich nach Süden Richtung Capleville. Wir können Ihnen hier helfen.«

»Crane«, rief Newcombe. »Sie sind hier.«

Crane runzelte die Stirn und sah Whetstone an. Die beiden schüttelten sich die Hände und gingen auf den Zeltausgang zu, als die Polizisten gerade eintraten.

»Sie haben jetzt die Verantwortung«, sagte Crane zu Newcombe. »Ich komme zurück, so schnell ich kann.«

»Ich traue dem Fluß nicht«, erwiderte Newcombe. »Können Sie nicht ...«

»Nein«, sagte Crane. »Es ist zu spät. Wir müssen das Risiko eingehen.«

»Ich bin Chief Hoskins von der Polizei in Memphis«, sagte einer der Männer, der Whetstone Handschellen anlegte, und nickte dann einem anderen zu. »Und das ist Mr. Lyle Withington, der Bürgermeister unserer Stadt. Ich habe einen Haftbefehl für Lewis Crane und Harry Whetstone.«

»Es wird mir eine große Freude sein«, sagte der Bürgermeister zu Crane, »zuzusehen, wie Sie weggeschlossen werden, damit Sie endlich kein Unheil mehr anrichten können.«

»Leben Sie außerhalb der Stadt, Herr Bürgermeister?« fragte Crane, während ihm die Handschellen angelegt wurden.

»Warum? Nein. Ich habe ein Haus in ...«

»Dann holen Sie Ihre Familie raus, bevor ihr etwas zustößt.«

»Nein, wirklich ... Sir ...«

»Ist hier ein Jimmy Earl?« fragte Chief Hoskins.

»Hier!« Jimmy, ein richtiger Junge vom Lande mit rosigen Wangen und einem breiten Grinsen, das sein Gesicht praktisch nie verließ, bahnte sich einen Weg durch die Menge. *Geerbtes Vermögen,* dachte Newcombe.

»Sie kommen auch mit«, sagte der Chief. »Der Bürgermeister hat Ihnen die Genehmigung erteilt, in der Zelle zu drehen.«

»Danke, Onkel Lyle«, sagte Earl und schüttelte dem Mann die Hand.

Crane wandte sich den Reportern zu. »Leute von Memphis«, sagte er, während Hoskins ihn zum Ausgang führte, »gehen Sie zu Ihrer Hauptenergieversorgung und stellen Sie den Reaktor ab. Sofern Sie irgend etwas mit Gas betreiben, schließen Sie unbedingt alle Gashähne. Tun Sie es *jetzt*.«

Sie durchquerten das Zelt. Newcombe folgte ihnen und setzte wie alle anderen die Brille wieder auf, als sie in die

Sonne hinaustraten. Die Menschenmenge johlte, als Crane auftauchte.

»Chief Hoskins«, sagte Newcombe und zeigte auf die Leute, »können Sie nicht dafür sorgen, daß sich die Menge zerstreut? Die Leute befinden sich auf Privatgrund.«

»Nein!« widersprach Crane, während er in den Wagen bugsiert wurde. »Hier sind sie sicher, und nach dem Beben können sie mit Hand anlegen.«

Lanie steckte den Kopf durch das Wagenfenster und gab Crane einen langen Kuß. Die Kameras zoomten sofort darauf, und Newcombe fühlte eine Welle der Wut in sich aufsteigen, die er aber sofort wieder unterdrückte.

Sie trat zurück, und Crane steckte den Kopf heraus, um in die Kameraobjektive zu sprechen. »Nehmen Sie schwere Gegenstände von Ihren Regalen«, rief er. »Holen Sie Glas und Hängelampen herunter. Schaffen Sie entflammbares Material aus dem Haus. Jetzt! Sofort!«

Hoskins setzte sich ans Steuer, während Whetstone und der aufgeregte Jimmy Earl neben Crane auf der Rückbank Platz nahmen.

Bürgermeister Withington blickte Newcombe streng an. »Ich fordere Sie auf, Ihre Sachen zu packen und von hier zu verschwinden«, sagte er. »Es gibt keinen Polizisten in ganz Tennessee, der Sie hier draußen vor diesen Leuten schützen wird.«

»Sie werden uns auf Knien dafür danken, daß wir hier sind, und zwar noch bevor der Tag zu Ende geht, Bürgermeister«, sagte Newcombe, drehte sich um und ging zurück zum Zelt. Lanie folgte ihm. Er aktivierte seine Privatleitung. »Burt ... Burt, sind Sie da?«

»Ja, Doc Dan.«

»Haben Sie Kontakt zu dem Anwalt, den Crane von Memphis hierhergeschleppt hat?«

»Ja ... der ist hier.«

»Crane ist gerade verhaftet worden. Geben Sie dem Anwalt einen Vorschuß aus dem Tresor. Sagen Sie ihm, er soll morgen in die Stadt kommen und die Kaution bezahlen – sofern das Gefängnis dann noch steht.«

»Alles klar.«

»Was ist denn da los?« fragte Lanie.

Dan schloß die Verbindung zu Hill und drehte sich zu ihr. Sie sah auf die Bildschirme. Africks und Hispanier strömten aus dem Abwassersystem der Stadt und feuerten mit Schußwaffen in die Luft. Sie brachen Autos auf, schlossen sie kurz und fuhren davon. Auf dem State Highway 51, dem Elvis-Presley-Boulevard, standen sie bald Stoßstange an Stoßstange.

»Was, zum Teufel, geht da vor?« fragte Lanie.

»Der Beginn einer Revolution«, sagte Newcombe, und in seinem Kopf schrie eine Stimme: *Und ich habe sie ausgelöst!*

»Wie spät ist es?«

»Fünfzehn Uhr fünfundvierzig«, antwortete er, ohne auf sein Pad zu sehen. »Wir haben noch knapp zwei Stunden.«

Das Stadtgefängnis von Memphis war ein Teil des Gebäudekomplexes, der nach der Gesetzesverschärfung auf der alten Polizeiwache in der Poplar Street Nummer 201 errichtet worden war. Es lag im belebten Teil der Stadt, acht Kilometer vom Mississippi entfernt und eine Straße vom gehobenen Viertel der chinesischen Oberschicht und der verschwenderischen Pracht der Allee zum Audubon-Park. Natürlich waren die Bäume zum Großteil abgestorben. Die Stadtvorderen hatten vor Jahren eine Kampagne geführt, damit die toten Äste der Bäume mit künstlichen Blättern versehen wurden. Auf diese Weise war die typische Atmosphäre der Stadt erhalten geblieben. Zudem erinnerten sie die Passanten ständig daran, wie schön es früher gewesen war, wechselnde Jahreszeiten zu haben.

Die Beamten brachten Crane und Whetstone auf die Wache, wo großes Chaos herrschte. Die Menschen aus der Kriegszone hatten sich über die ganze Stadt ergossen, und sämtliche Polizeikräfte waren mobilisiert worden. Doch die Zoner wollten nicht kämpfen – sie wollten nur weg.

Dutzende von Moslems wurden auf die Wache gezerrt, und alle verlangten nur eines: Sie wollten die Gegend verlassen. Crane war begeistert, daß tatsächlich jemand auf ihn hörte.

Bis alle Personalien aufgenommen und sie in der Auffangzelle untergebracht waren – eine riesige Halle, vollgestopft mit wütenden Zonenbewohnern, die lauthals ihre Freilassung forderten – war es sechzehn Uhr. Als die Halle voll war, wurden die Leute in andere Zellen gebracht, dann in jeden verfügbaren abschließbaren Raum des gesamten Blocks.

Während der ganzen Zeit hatte Crane nicht aufgehört zu reden. Er sprach in Jimmy Earls Kamera, die nicht nur auf Aufnahme, sondern gleichzeitig auf Sendung geschaltet war.

»Die Zeit wird knapp«, sagte er. »Die Leute, die hier bei mir sind, sind aus der Kriegszone. Sie versuchen, der Katastrophe zu entkommen.

Sie müssen mir genau zuhören, wenn Sie Ihr Leben retten wollen. Es ist jetzt zu spät, um zu fliehen, fürchte ich. Ziehen Sie festes Schuhwerk und entsprechende Kleidung an, und packen Sie einen Koffer. Nehmen Sie Trockennahrung und Dosen mit. Füllen Sie Flaschen mit Wasser. Frisches Wasser werden Sie in den kommenden Stunden am dringendsten brauchen. Ihr größtes Problem im Moment ist Ihr Haus. Ihr Haus ist voll mit Todesfallen – herumfliegendes Glas kann Sie töten; Gegenstände an der Wand oder auf dem Kaminsims werden zu tödlichen Geschossen; Schornsteine können Sie erschlagen; Ihre Wasserleitungen werden explodieren; das Hausdach kann herunterfallen und Sie unter sich begraben. Ziegel werden zu Bomben, Glassplitter zu Schwertern. Also verlassen Sie Ihr Haus.

Überall sind abgestorbene Bäume. Machen Sie einen großen Bogen darum. Bleiben Sie von der Straße weg. Begeben Sie sich auf freies Feld. Zur Erinnerung: In Capleville stehen Rettungsmannschaften bereit. Wenn Sie Zugang zu Erdbebenökogrammen für Ihre Gegend haben, begeben Sie sich in die weniger gefährlichen Gebiete. Es wird Nachbeben geben in den kommenden Tagen, mehrere hundert, bleiben Sie also in den sicheren Regionen.

Frisches Wasser … frisches Wasser. Bitte … füllen Sie Flaschen. Es wird nicht mehr viel frisches Wasser …«

In diesem Augenblick hörte er es, das dumpfe Grollen unter ihnen. Plötzlich herrschte im gesamten Block Totenstille, während das Grollen immer lauter wurde.

»Es ist da«, sagte Crane. »Es ist da! Raus aus den Häusern! Sofort! Sofort!«

Das Grollen war jetzt direkt unter ihnen. Der Boden der Zelle wand sich und riß alle von den Füßen. Draußen begannen Gehsteige, Straßen und Rasenflächen buchstäblich aufzuplatzen.

Jimmy Earl schrie und versuchte, sich an den Gitterstäben festzuhalten. Während das Gebäude wackelte und Putz auf sie herunterrieselte, fiel das komplette Gitter nach draußen auf die Männer, die in der Halle zusammengepfercht waren. Das Licht ging aus.

»Stoney!« rief Crane. Der Boden schwankte und bebte wie ein Schiffsdeck auf stürmischer See. Mit dem entsetzlichen Grollen vermischte sich das verzweifelte Schreien der vielen Menschen. »Stoney!«

»Cr… Crane!« kam die gequälte Antwort. »Hier … hier!«

Crane verfluchte die Polizisten dafür, daß sie so viele Menschen in diese Halle gepfercht hatten. Er kroch durch eine sich windende Masse aus Leibern über den bebenden Boden. Teile der Decke fielen überall herunter. Er war wachsam, hatte aber keine Angst. Er wußte, der Tod würde noch eine ganze Weile mit ihm spielen, bevor er ihn holte.

»Crane!«

Er fand Whetstone in einer Ecke der Zelle. Sein Gesicht blutete so stark, daß sein weißes Haar über und über rot war. Ein Arm war gebrochen, vielleicht auch eine Schulter. Teile der Decke hatten seine Rippen zerschmettert.

»Ihre Beine!« schrie Crane gegen das Donnern an, das scheinbar immerwährend war, obwohl er wußte, daß gerade einmal eine halbe Minute vergangen war. »Können Sie aufstehen?«

»O Gott … Crane! Diese Schmerzen!«

»Können Sie laufen?«

»Ich … ich glaube schon …«

»Dann halten Sie sich fest.« Crane warf sich auf Stoney, um ihn vor weiteren herabfallenden Mauerbrocken zu schützen. Doch das Beben wurde bereits schwächer, das Grollen kam aus weiterer Ferne. Die erste Welle war vorbei.

Er rappelte sich auf wie viele andere auch. Während er Stoney hinausschleppte, schrie er: »Raus! Sofort raus! Es wird weitere Beben geben!«

Riesige Löcher wurden in die Wände geschlagen. Die Gefangenen torkelten in das Licht, das von draußen hereinkam. Cranes Armpad blinkte. Er hielt Whetstone fest und öffnete den Kanal mit der Nase. »Was?«

»Crane?« Es war Lanie. »Bist du okay?«

»So ziemlich«, antwortete er. »Hier herrscht das blanke Chaos. Ich versuche gerade, aus dem Gefängnis zu kommen. Wie sieht's draußen aus?«

»Wir sehen nur Rauch auf den Helo-Aufnahmen«, sagte sie. »Sonst nichts. Nur Rauch.«

»Es wird bald aufklaren. Ich muß jetzt weg. Ich melde mich wieder. Sag Newcombe, wir waren eine Idee *zu* nahe dran.«

Er brach die Verbindung ab und kämpfte sich weiter voran. Es war schwierig, auf den Beinen zu bleiben. Überall lagen Leichen.

Sie schafften es bis in die Eingangshalle, die voller Menschen war, die sich um ein Loch in der Wand drängten. »Wir haben einen Notausgang«, rief er der Menge zu. »Kein Grund zur Sorge. Wir sind alles anständige Leute. Helfen Sie einander durch das Loch. Uns geht's gut. Und das wird auch so bleiben.«

Jimmy Earl erreichte ihn, bevor er durch das Loch klettern konnte. Die Kamera vor dem Gesicht, drehte er immer noch sein Video. Er half Crane, Whetstone durch das Loch zu hieven.

»Halt durch, alter Bastard«, sagte Crane zu dem stöhnenden Whetstone. Crane hatte Angst um seinen Freund, dessen Atmung nur noch flach ging. »Ich schulde dir drei Milliarden Dollar, Stoney. Mach mir jetzt nicht schlapp.«

Sie erreichten die Poplar Street. Ein paar Polizisten wankten benommen umher, das gesamte Revier mit seinen zehn Stockwerken war in sich zusammengebrochen. Aus den Trümmern stieg Staub auf, und die Luft roch modrig.

Eine Rauchwolke wälzte sich über das Gebiet. Rauch, Feuer und Staub brannten in ihren Augen. Soweit Crane sehen konnte, existierte Memphis nicht mehr. Die Straßen waren zusammengefaltet worden wie Papier, und das Krankenhaus, das auf dem Weg zum Gefängnis noch den Blick verstellt hatte, war einfach nicht mehr da. Den Marktplatz konnte er nicht sehen, der Rauch war undurchdringlich. Die Überreste der Universität standen in Flammen. Straßen, Gehsteige und Grünflächen hatten sich unter dem Druck aufgebäumt, waren dann geborsten und hatten riesige Spalten aufgerissen. Wasserfontänen schossen aus der Kanalisation.

Dann kam ein Nachbeben, das alle erneut zu Boden schleuderte. Ein Hydrant explodierte, und Wasser zischte dreißig Meter hoch in die Luft.

Crane gewahrte ein grollendes Geräusch, das er nicht identifizieren konnte. Er und Jimmy Earl legten Whetstone behutsam auf den Boden und gingen los, um sich umzusehen.

Vorsichtig bahnten sie sich einen Weg durch die aufgeplatzten Straßen Richtung Westen. Der undurchdringliche Rauch erschwerte ihnen die Sicht. Sie waren kaum zwanzig Meter durch den Rauch gegangen, als Crane klar wurde, daß es gar kein Rauch war, sondern Nebel – ein feines Spray, wie Nieselregen.

»O Gott«, sagte Jimmy Earl.

Sie standen am Ufer des Mississippi und blickten auf einen reißenden Strom, wo einstmals Memphis, Tennessee, gewesen war. Die Gerippe verlassener Gebäude ragten aus den tosenden Fluten auf, Leichen und Hausteile schwammen vorbei. Memphis hatte eine Million Einwohner gehabt.

Jetzt war die Stadt ein Flußbett. Ein wenig weiter flußaufwärts bot sich ein unglaublicher, bizarr-schöner Anblick. Wo einst das Zentrum von Memphis gewesen war, schoß ein dreißig Meter hoher Wasserfall in die Tiefe. Ungläubig stellten sie fest, daß die riesige Memphis-Arkansas-Brücke im Begriff war, wie in Zeitlupe über die Kante der Kaskade in den Fluß hinabzustürzen.

Was sie sahen, ging über jede Vorstellungskraft – sogar über die Cranes.

Jimmy Earl fiel auf die Knie und erbrach in den Fluß.

»Dafür haben wir jetzt keine Zeit«, sagte Crane und zog ihn am Kragen hoch. »Sie wollten es so haben, und jetzt werden Sie es auch aufzeichnen. – Die Zeit«, sagte er in sein Pad; als Antwort hörte er »16 Uhr 39« durch sein Implantat.

Crane zerrte Jimmy Earl zurück zu Whetstone, der leichenblaß, aber bei Bewußtsein war. Er kniete sich neben ihn.

»Sie sind mir vielleicht einer, Crane«, flüsterte Whetstone schwach. »Da sind wir ja ganz schön in die Zange genommen worden ...«

»Sparen Sie Ihren Atem«, erwiderte Crane. »Sie brauchen Ihre Kräfte noch. Verdammt, wir müssen wirklich noch an dem Globus arbeiten. Das Beben kam achtundfünfzig Minuten früher als gedacht.«

»Auf fünf Milliarden Jahre gesehen, ist das nicht viel.«

»Stimmt«, sagte Crane besorgt. Er sah in Jimmy Earls Kamera. »An alle, die mich jetzt noch hören können – achten Sie auf zwei Dinge: Halten Sie sich von Gegenständen fern, die herunterfallen können, und versuchen Sie, denen Erste Hilfe zu leisten, die sie brauchen. Über Ihre Verluste können Sie sich später noch Gedanken machen.«

Die Sonne ignorierend, zog er sein Hemd aus und schob es unter Whetstone durch. »Das wird weh tun«, sagte er, knotete die Ärmel über der Brust des alten Mannes zusammen und zog. Whetstone schnitt eine Grimasse.

Crane wandte sich wieder der Kamera zu. »Manche stehen vermutlich unter Schock und gehen völlig benommen herum. Nehmen Sie solche Menschen unter Ihre Fittiche, beschützen Sie sie.« Er schlug mit der Faust auf Stoneys Schulter, so daß das ausgekugelte Gelenk wieder in die Pfanne glitt, und Whetstone seufzte erleichtert.

Schreie drangen aus den verbliebenen höherliegenden Gebäudeteilen des Gefängnisses. Männer hingen aus Fenstern und Löchern in der Wand. »Männer!« rief Crane einigen Zonern zu, die dastanden und die Apokalypse bestaunten. »Nehmen Sie Trümmer, Stahlteile und Betonbrocken. Schichten Sie alles an einer Seite des Gebäudes auf, und bilden Sie eine Rampe, damit wir die Leute von da oben runterbringen können!«

Er zog an Whetstones Gürtel, faltete ihn einmal und stopfte ihn in dessen Mund. Ohne ein Wort drosch er mit aller Kraft auf den Ellbogen, um den Knochen zu richten. Stoney biß auf das Leder, erbleichte und verlor das Bewußtsein.

Jimmy Earl stand daneben und zeichnete alles auf, während Tränen sein Gesicht hinunterströmten. »Tun Sie einfach weiter, was Sie tun«, sagte Crane sanft. »Es ist sehr wichtig.«

»I-ich hätte n-nie gedacht ...«

»Nicht jetzt!« unterbrach Crane ihn streng, während er die Wunde an Whetstones Kopf untersuchte.

Er stand auf, ging zu dem Schlammloch, das der explodierte Hydrant zurückgelassen hatte, und bedeutete Jimmy Earl, ihm zu folgen. Dann sprach er in die Kamera: »Wenn Sie Verletzte haben, die stark bluten, vertrauen Sie auf die Mittel der Natur.«

Er griff mit beiden Händen in den Morast. »Schlamm«, erklärte er. »Bedecken Sie die Wunde mit Schlamm.«

Er eilte zurück zu Whetstone und demonstrierte die Technik an ihm, indem er seinen Kopf vollständig damit einrieb. »Das wird die Blutung stoppen. Über Infektionen können Sie sich später Gedanken machen.«

Eine riesige Explosion auf dem nahen Universitätscampus beendete seine Rede. Es folgte ein zweiter starker Stoß, der die Menschen ein weiteres Mal zu Boden schleuderte.

Crane zog den Gürtel aus Stoneys Mund und schlang ihn um dessen Schulter, als Schlinge für den gebrochenen Arm. Hinter ihm waren die Zoner unermüdlich dabei, einen Turm zu errichten, über den man die Männer aus den Gefängnisruinen befreien konnte. Alle kämpften gegen die dunkle Macht der Verzweiflung.

Jimmy Earl war ein paar Schritte zurückgetreten und filmte die Helfer, die eine Kette gebildet hatten, um den Schutt wegzuräumen. Polizisten legten mit Hand an. Hier obsiegte die Menschlichkeit – kleinlicher Haß und politisches Kalkül waren angesichts der Situation bedeutungslos geworden.

Es gab Leben; und es gab Hoffnung.

Stoney kam stöhnend wieder zu sich und lächelte Crane an. »Danke«, sagte er, »aber bestimmt finden Sie einen Weg, mir das in Rechnung zu stellen.«

»In Rechnung stellen? He, Mann, durch mich haben Sie eine Menge Geld gespart.«

»Wie das?«

»Die komplette Polizeiwache samt Gefängnis ist weg«, sagte Crane grinsend. »Wir brauchen also keine Kaution zu bezahlen.«

Drittes Buch

14.

Nachbeben

Washington, D. C.
13. April 2026, am Vormittag

Die Thermik nutzend, glitt Mohammed Ishmaels Kondor lautlos hoch über der Constitution Avenue. Er folgte Crane und dessen Fahrzeugkolonne, die sich durch die Geisterstadt Washington, D. C., auf das Capitol zubewegte.

Es hatte sich viel geändert im vergangenen Jahr – und jede Veränderung hatte neue Überraschungen mit sich gebracht. Als Li Cheun dem Präsidenten der Vereinigten Staaten am 25. Februar erklärte, daß es kein Erdbeben am Mississippi geben werde, hätte er sich sicher nicht vorstellen können, daß er sechsunddreißig Stunden später tot sein würde – gestorben durch die eigene Hand.

Die Katastrophe am Reelfoot-Graben war so verheerend gewesen – nicht zuletzt aufgrund von Lis Fehler –, daß nach einem Tag bereits klar war, daß Liang Int Amerika im Jahr 2025 herbe finanzielle Verluste würde hinnehmen müssen, zum erstenmal in Nordamerika.

Angesichts der finanziellen Einbußen und weil er ein Ehrenmann war, hatte sich Li mit Benzin übergossen, war in sein geliebtes Diorama gestiegen und hatte sich angezündet. Sehr rücksichtsvoll von ihm, dachte Mui Tsao. Sein Tod ermöglichte es weiterzumachen, ohne viel ändern zu müssen. Wäre Li ins Exil oder ins Gefängnis gegangen, hätten es die Regeln der Gesellschaft verlangt, daß sämtliche Codes geändert wurden.

Mui überstand eine firmeninterne Untersuchung, indem er an all die Berichte erinnerte, die er an die Zentrale nach Peking geschickt und in denen er auf Lis ›zunehmend dummes‹ Verhalten hingewiesen hatte. Er beschuldigte den Toten auch der ›Egomanie und Sturheit‹ in den Geschäftsvorgängen und schwor, ein besonnenerer Manager zu sein, der

Liang Int Amerika innerhalb eines Jahres wieder in die schwarzen Zahlen führen werde. Letzteres war eine glatte Übertreibung – was jeder wußte –, aber Optimismus ist nun einmal eine Grundvoraussetzung der Wirtschaftstheorie.

Mui bekam eine eigene Harpyie, einen ehrgeizigen jungen Mann namens Tang. Der Neue legte großen Wert darauf, Yo-Yu im Chip-Geschäft Konkurrenz zu machen. Er hatte schon deshalb so großes Interesse daran, weil er selbst ein Chippy war.

Unumstößliche Tatsache aber war, daß das Liang-Int-Imperium im Begriff stand, unter seinem eigenen Gewicht zusammenzubrechen. Das Reelfoot-Beben und die achthundert Nachbeben hatten diesen Prozeß lediglich beschleunigt.

2011 hatte Liang sämtliche Auslandsschulden der Vereinigten Staaten beglichen. Im Grunde gehörte das Land von da an der Firma. Ein Großteil der Steuereinnahmen ging für die Zinsen drauf, die Liang für den riesigen Kredit nahm. Nur ein kleiner Teil blieb für öffentliche Vorhaben zugunsten der Bürger übrig. Liang Int besaß Amerika nicht nur und beutete es aus, man wollte auch keine neuen Investitionen mehr tätigen. Da die Firma de facto die Regierung darstellte, wurde ihr allerdings nach dem Reelfoot-Beben der Schwarze Peter zugeschoben.

Reelfoot war tatsächlich heftig genug gewesen, um einen Giganten ins Wanken zu bringen. Das Hauptbeben hatte eine Stärke von 8,5 auf der Richter-Skala erreicht. Memphis tauchte nie mehr aus dem Mississippi auf, obwohl der Fluß nach dem Beben drei Monate lang immer wieder seinen Lauf geändert hatte. Es war nur noch das Phantom einer Stadt, ein Ort, an dem vereinzelt Menschen nach verlorenen Schätzen suchten.

Little Rock und Paducah waren unbewohnbar geworden, Nashville stark beschädigt, ebenso Louisville, Evansville und Carbondale. In St. Louis war der Fluß über die Ufer getreten und hatte die Stadt unter einer Flutwelle begraben. Das riesige ›Tor zum Westen‹ war auf die Stadt gestürzt. In Kansas City war der Fluß ebenfalls aus seinem Bett gefahren; hier waren mehr Menschen ertrunken als direkt vom Erdbeben betroffen. Die über die Ufer schießenden Fluten des Michigan-Sees brachten zusammen mit Nachbeben die schwarzen Zwillingstürme von Liang in Chicago zum Einsturz.

Knoxville, Lexington, Frankfort, Indianapolis, Fort Wayne, beide Springfields (Missouri und Illinois) und Jefferson City – alle Städte litten unter Beben der Stärke sieben bis acht auf der Mercalli-Skala.

Vier Dämme waren gebrochen, Tennessee überflutet, und die Region, die immer noch Hydrostrom benutzte, eine Zeitlang völlig ohne Energieversorgung. In Mississippi und Louisiana waren ebenfalls Flußdämme gebrochen.

Nahezu drei Millionen Menschen waren umgekommen, fast zehn Millionen obdachlos. Der Schaden ging in die Hunderte von Milliarden Dollar.

Liang arbeitete nach dem äußerst rationalen Prinzip, nach dem Produktion und natürliche Ressourcen räumlich zusammengelegt wurden. Hunderte von Chemie-, Papier-, Auto-, Nahrungsmittel- und Reaktorfabriken sowie Schutzschildmanufakturen wurden bei dem Beben zerstört, nicht zu reden von den Einzelhandelsoutlets, in denen Liang seine Produkte direkt feilbot. Die Menschen wandten sich mit der Bitte um Unterstützung an ihre Regierung, und Liang Int geriet in die fatale Situation, sich am eigenen Schopf aus dem Sumpf ziehen zu müssen.

Das Unternehmen konnte es sich nicht leisten. Und seine Versicherer auch nicht.

Also versuchte man, zumindest den Waren- und Dienstleistungsfluß in der Region wieder in Gang zu bringen und langsam an Wiederaufbau zu denken. Am Ende aber erklärte Liang Int die Erdbebenregion zum totalen Verlust und zog sich daraus zurück. Der Mittlere Westen der Vereinigten Staaten wurde zu einer Region der Ruinen und zerbrochenen Träume, in der Armut und Seuchen herrschten. Die Verluste waren astronomisch, das öffentliche Ansehen vollkommen zerstört.

Präsident Gideon war der meistgehaßte Mann Amerikas. Einen Rücktritt lehnte er ab, weil er auf das Gehalt nicht verzichten wollte. Li, der eigentlich an der Misere schuld war, konnte er den Schwarzen Peter nicht zuschieben, denn dann hätte er zugeben müssen, daß der ihm gesagt hatte, was er tun solle. Gideon war ein Gefangener des Weißen Hauses geworden.

Bruder Ishmaels Kondor ging auf Höhe der Baumwipfel herunter, um Nahaufnahmen der Fahrzeugkolonne zu machen, die zum Capitol hinauffuhr. Oben angekommen, sprangen die Insassen aus den Wagen und eilten in das Gebäude.

Die bearbeitete Version von Jimmy Earls Video, *Die letzte beste Hoffnung*, war zur meistgesehenen Sendung des Jahres 2025 geworden, hatte ihm selbst Preise und Ruhm eingebracht und Crane zum beliebtesten Mann des Landes gemacht.

Und dann waren da noch die Zonenbewohner, die der Katastrophe von Memphis entronnen waren. Sie waren in den Süden gezogen und hatte eine kleine Stadt namens Friars Point, Mississippi, besetzt. In New Cairo umbenannt, hatte die Stadt fünfzigtausend Flüchtlinge aufgenommen.

Der Mississippi war immer unmittelbar an der Stadt vorbeigeflossen. Jetzt befand er sich mehrere Kilometer entfernt, hatte aber Schlick zurückgelassen, der so fruchtbar war wie kein anderer Boden auf dem Planeten. Innerhalb kürzester Zeit war zu den fünfzigtausend eine weitere Million Africks aus dem Süden hinzugekommen, Flüchtlinge aus Kriegszonen und Moslems, die einfach ein neues Leben beginnen wollten. Die Stadtgrenzen dehnten sich immer mehr aus, immer mehr Land wurde in Besitz genommen, immer mehr Farmer wurden vertrieben, bis Mui irgendwann eingreifen mußte.

Er betrachtete die Ausbreitung des Islam als unvermeidbar. Außerdem war er nicht bereit, einen kostspieligen Krieg anzufangen, um so die Africks zu vertreiben. Also schuf er eine neue Kriegszone, die größer als alle anderen war. Sie war gigantisch. Er ließ eine zwanzig Meter hohe Mauer bauen, die New Cairo vollständig umschloß, allerdings mehrere Kilometer von der Stadtgrenze entfernt und somit nicht als direkte Bedrohung erkennbar. Die Menschen durften innerhalb und außerhalb der Mauer frei umherreisen, sofern sie keine Waffen trugen.

Die Nation of Islam nahm sofort Kontakt zu anderen islamischen Staaten auf, die sie mit Nahrungsmitteln und Materialien für den Aufbau versorgten. Bald darauf ging Dan Newcombe zu Yo-Yu und schloß einen Handel ab, der die Nation of Islam mit ausreichend Schutzschilden versorgte, so daß sie sämtliche Anpflanzungen im Deltagebiet damit abdecken konnte und somit autark wurde. Es funktionierte.

Und auch der Kampf funktionierte – der eskalierende Guerilla-, aber auch der Wirtschaftskrieg mit ständigen Konfrontationen mit der Bundespolizei und angedrohten oder tatsächlichen Boykotten gegen Liang-Produkte. Im Allerheiligsten der Nation of Islam-Führung allerdings war der Graben größer denn je. Martin Aziz und Dan Newcombe gegen Mohammed Ishmael ... keine Seite konnte sich endgültig durchsetzen. Eine Pattsituation.

Sumi Chan saß auf ihrem erhöhten Sitz im Senat bei einer Sitzung der grinsenden Wichtigtuer, die sich selbst Kongreßabgeordnete nannten. Zur Stunde ›debattierten‹ sie darüber, ob man nicht eine unverbindliche Resolution verabschieden sollte, die durch ein Wunderwerk an Rhetorik und bizarrer Unlogik dem Yo-Yu-Syndikat die Schuld für die Tragödie am Reelfoot Rift in die Schuhe schob.

»Herr Vizepräsident«, sagte die Kongreßabgeordnete aus New York. »Ich möchte dem Ehrenhaften Senator aus Arkansas/Oklahoma drei Minuten meiner Zeit abgeben.«

»Bewilligt«, sagte Sumi mechanisch. »Sie haben das Rednerpult, Mr. Gerber.«

»Danke«, erwiderte der Gentleman mit der Gewandtheit eines Schlangenölverkäufers.

Während er redete, schweiften Sumis Gedanken ab. Sie

hatte immer noch nicht ganz herausgefunden, warum sie hier war. Und der einzige Mann, der ihr das hätte sagen können, war seit einiger Zeit tot. Es war ihr gelungen, Li aus dem Weg zu gehen, denn sie fürchtete ihn in sexueller Hinsicht. Und jetzt saß sie da, als Symbolfigur der politischen Führung Amerikas, seit Gideon sich ins Weiße Haus zurückgezogen hatte.

»Herr Vizepräsident!« Die Stimme ließ sie hochschrekken. Ein Senatspage zupfte sie am Ärmel. »Jemand möchte Sie sprechen. Er sagt, es sei wichtig.«

»Wer?«

»Lewis Crane.«

»Crane ist hier?« sagte sie so laut, daß man es im Raum hören mußte.

»Er wartet auf dem Korridor, Sir.«

»Mein Gott«, entfuhr es Sumi. Seit Reelfoot hatte sie zu Crane keinen Kontakt mehr gehabt. Sie wandte sich zu dem Pagen um, dem pickelgesichtigen Sohn eines Bundesrichters, und sagte: »Begleiten Sie ihn in den alten Saal des Obersten Gerichtshofs hinunter. Ich komme sofort.«

Der Page eilte davon. Sumi war jetzt hellwach. Crane war alles mögliche, nur nicht langweilig. Sie reichte dem Sergeant neben sich den Hammer und schickte ihn damit zum Regierungschef. Dann stand sie von ihrem Sessel auf und ging durch den großen, hallenden Saal. Sie hatte gehört, daß früher jährlich bis zu sechs Millionen Besucher hierhergekommen waren, um einer funktionierenden Demokratie zuzusehen. Jetzt kam niemand mehr. Sie waren nichts als ein Anachronismus, der in einem zweihundert Jahre alten Gebäude dahinvegetierte, das dank George Washingtons Vetternwirtschaft auch noch baufällig war, weil er seinen eigenen minderwertigen Stein zur Errichtung dieses verdammten Dings benutzt hatte.

Lewis Crane hatte sich auf ihr Territorium gewagt. Also mußte er etwas von ihr wollen. Andererseits wollte Crane immer irgendwas. Und nun wollte er etwas, bevor Yo-Yu die Macht übernahm. In einer Regierung, die sich ihre Stimmen kaufte, kam es eben auf die Kaufkraft an, und davon hatte Liangs Rivale zur Zeit wesentlich mehr. Yo-Yu konnte die Kontrolle über die Regierung übernehmen, ohne bei einer Wahl auch nur ein Mandat zu gewinnen. Auch sie hatte man schon bestechen wollen – und sie hatte die Möglichkeit in Betracht gezogen. Amerika hatte diese Wirkung auf Menschen.

Crane wartete mit Lanie auf der Galerie des kleinen restaurierten Gerichtssaals aus dem 18. Jahrhundert, während der Rest seiner Mannschaft durch das ganze Gebäude streunte. Der Raum schien unpassend klein für die großen Entscheidungen, die hier getroffen worden waren – Dred Scott, Marbury gegen Madison, bemerkenswerte Fälle in der Geschichte der amerikanischen Justiz. Die moderne amerikanische Gesellschaft war an diesem Ort geformt und in dem großen, pseudogriechischen Kuppelgebäude auf der anderen Straßenseite umgebildet worden.

Lanie legte ihre Hand auf Cranes. »Mach dir keine Sorgen«, flüsterte sie, als ob sie in einer Cosmie-Kirche wären. »Es wird schon klappen.«

»Wir haben Sumi lange nicht gesehen.«

»Ich glaube an dich«, sagte sie. »Du bist zur richtigen Zeit am richtigen Ort.«

Crane hoffte, daß sie recht hatte, war aber skeptisch – und entsprechend zynisch, wie er fand –, was Politik betraf. Er würde sich nach dem Gespräch ein Urteil über Sumi bilden. Sein kranker Arm schmerzte stark. Heute nachmittag würde ein größeres Beben an der Nahtstelle zwischen Cocosplatte und Karibischer Platte stattfinden. In der kommenden Nacht würde sich in Afrika die große Platte ein wenig weiter teilen und dabei Gräben und riesige Spalten aufreißen. In Kalifornien würde es zu Schlammlawinen kommen. Dank des Crane-Reports, seines monatlichen Berichts über den geologischen Zustand des Planeten, waren die notwendigen Evakuierungsmaßnahmen eingeleitet. Er gab der Bevölkerung jeweils zwei Monate Zeit vor einem drohenden Erdbeben.

»Crane!« ertönte eine Stimme von der Tür her. Er drehte

sich um und erblickte Sumi, der in einen schwarzen Seidenanzug gekleidet war. Er stand mit ausgestreckten Armen da und grinste breit.

Crane sprang auf, eilte zu ihm und drückte ihn kräftig an die Brust. »Sie sehen gut aus.«

»Ein Blick kann täuschen«, sagte Sumi und ging an Crane vorbei, um Lanie zu begrüßen. »Gratuliere zu Ihrer bevorstehenden Hochzeit. Ich hoffe, ich werde eingeladen.«

»Deshalb sind wir hier«, sagte Crane, während Sumi Lanie auf die Stirn küßte. »Wir wollten Sie persönlich einladen.«

»Schön«, erwiderte Sumi, wandte sich dann Crane zu und lächelte. »Und dabei vielleicht noch ein kleines Geschäft abschließen, wenn Sie schon mal da sind?«

»Ich kann immer Geschäfte machen«, sagte Crane, während alle drei Platz nahmen. Crane bemerkte eine gewisse Schlaffheit in Sumis Gesicht. Der Mann brauchte definitiv eine neue Herausforderung. Er zog ein Heft aus seiner Hosentasche und reichte es Sumi. »Hier, der neueste Crane-Report, frisch aus der Druckerpresse.«

»Schon gelesen. Pflichtlektüre für jedes Mitglied der Staatsführung. Welches ist der große Tag?«

»Der 23. Juli«, sagte Lanie. »Um exakt vierzehn Uhr siebenunddreißig.«

»Im Himalaja«, fügte Crane hinzu.

»Im Himalaja.« Sumi lächelte. »Ihre Aktien sind ziemlich gestiegen, seit wir uns das letztemal gesehen haben, mein Freund.«

»Wie die Ihren.«

»Nein. Ich tue genau dasselbe wie damals, als wir uns kennengelernt haben: PR und Etikettenschwindel. Nur tue ich es woanders. Ich komme mir vor wie ein Hausmeister, der das Büro bewacht, bis der richtige Vizepräsident wiederkommt.«

»Dann ist es wahr, was wir über Yo-Yu gehört haben?« fragte Lanie.

»Wahrscheinlich wahrer, als Ihnen klar ist«, erwiderte

Sumi. »Das Syndikat macht Punkte mit neuen Chips, die angeblich besser sein sollen als Dorphin. Die Leute wollen Yo-Yu. Als sie ihr Ozonregenerierungsprogramm anfingen, wußte ich, daß Liang erledigt ist. Yo-Yu hat es allein in diesem Jahr geschafft, fünf Prozent der Ozonschicht zu erneuern. So was mögen die Leute. Dafür geben sie ihre Stimme.«

»Haben Sie überhaupt keine Macht mehr?« fragte Crane.

»Doch, sicher«, antwortete Sumi, und ihr Blick wurde scharf. »Wie geht's Dr. Newcombe?«

»In den letzten paar Monaten habe ich ihn kaum gesehen«, antwortete Crane. »Er hat sich ein freies Jahr genommen und versucht, sein Beben-Ökogramm zu verfeinern, damit es sich besser auf Bodenverflüssigung anwenden läßt. Wir sehen ihn aber ständig im Fernsehen.«

Sumi nickte. »Er ist öfter in Washington als ich. New Cairo ist den Leuten immer noch fremd, und er ist der Sprecher der Nation of Islam. Ich denke, seine öffentliche Konvertierung hat viel damit zu tun, daß die Leute die Nation of Islam jetzt eher akzeptieren.«

»Er ist Geologe, kein Politiker«, sagte Crane und gab sich keine Mühe, seine Verachtung zu verbergen. »Er sollte mehr Zeit für die wichtigen Dinge aufbringen.«

»Haben wir da einen wunden Punkt berührt?« fragte Sumi.

»Dan ist sehr begabt.« Crane zuckte mit den Schultern. »Daß er sein Talent für solchen Nonsens vergeudet, will mir einfach nicht in den Kopf ...«

»Es gibt Leute, die halten das Thema ›Islamischer Staat in Amerika‹ keineswegs für Nonsens«, erwiderte Sumi. »Ich weiß, daß die Leute von Liang es als absolute Priorität betrachten.«

»Die Leute von Liang können mich mal ...«

»Crane, bitte«, unterbrach ihn Lanie und zeigte auf ihr Armpad.

Er nickte und lächelte dann, überrascht, daß er so nervös war. »Haben Sie sich nie gefragt, warum ich so lange keinen Kontakt zu Ihnen aufgenommen habe?«

»Ich nahm an, Sie wären wütend auf mich«, sagte Sumi mit einer leichten Verbeugung.

»Oh, Sumi, nein. Überlegen Sie mal. Wer könnte besser verstehen als ich, wie man unter Druck geraten kann, wie man Qualen leiden und gezwungen werden kann, Dinge zu tun, die man gar nicht wirklich tun will? Wer könnte besser verstehen als ich, daß man irgendwann in einer Situation ist, in der man sich sagt, der Zweck heiligt die Mittel?« Crane schüttelte den Kopf, und auf seinem Gesicht stand ein Ausdruck von wissendem Verständnis. »Ich habe die Vergangenheit abgeschlossen. Bitte, glauben Sie mir, und denken Sie nicht mehr daran.«

Sumi und Crane sahen sich intensiv an. In ihren Augen standen Verständnis und Vergebung zu lesen.

Crane räusperte sich. »Ich habe das letzte Jahr damit verbracht, an einem besonderen Projekt zu arbeiten. Etwas wirklich Großes. Aber um es umzusetzen, brauche ich Ihre Hilfe.«

»Es fällt mir schwer, das zu sagen, Crane, aber Forschungsgelder von der Regierung sind zur Zeit schwer zu bekommen. Leider gibt es da jemanden in Peking, der zu jedem Zuschuß das letzte Wort haben will ...«

»Ich will keinen Zuschuß. Ich will eine offizielle Genehmigung. Die Stiftung ist reich. Die Drei-Milliarden-Dollar-Wette, Sie wissen schon. Außerdem veröffentlichen wir jetzt diesen monatlichen Report. Die Welt zahlt – für den Bericht, für Beben-Ökogramme in gefährdeten Gebieten, für Gutachten über mögliche Schäden und allgemeine Ratschläge. Wir sind wohlhabender, als ich es mir je erträumt hätte.«

»Keinen Zuschuß?« fragte Sumi und runzelte die Stirn. »Was wollen Sie von mir, wenn Sie kein Geld wollen? Was könnte ich einem Mann bieten, der alles Geld hat, das er braucht?«

Cranes Mund war trocken. Er griff in seine Tasche und nahm eine kleine CD heraus. »Sehen Sie sich das an«, sagte er und reichte sie Sumi. »Es wird einiges erklären.«

Sumi schob die Mini-CD in sein Armpad und sah sich

dann nach einem Bildschirm um. »Leihen Sie mir Ihre Sonnenbrille kurz?«

Lanie reichte ihm die Ersatzbrille aus ihrer Reisetasche, die sie ›Alles-was-Crane-auf-Reisen-zum-Überleben-braucht-Tasche‹ nannte. Sie nahm einen tiefen, nervösen Atemzug. Ihre Augen waren weit aufgerissen. Jetzt ging es los.

»Versuchen Sie es auf der L-Leitung«, sagte Crane, als Sumi die Brille aufsetzte und die CD laden wollte. »Wenn Sie diesen Job hier mal aufgeben wollen – ich könnte einen guten PR-Mann brauchen«, scherzte er.

»Bestechung, Crane?« fragte Sumi im gleichen Ton. »Dann muß es ja sehr wichtig sein.«

»Ist es. Nein, wirklich, ich habe immer eine Stelle für Sie. Ich hoffe, Sie wissen das.«

»Der Globus«, sagte Sumi lächelnd.

»Ja«, erwiderte Crane wie ein stolzer Vater. »Wir haben Sie vermißt in der Stiftung, Sumi.« Der Globus drehte sich schnell. Wenn Sumi wüßte, dachte Crane, was im letzten Jahr alles mit dieser Riesenkugel passiert war! Sie hatte sich in so erstaunlichem Ausmaß weiterentwickelt, wie er es sich in seinen kühnsten Träumen nicht hätte vorstellen können, seit er Lanie vor vielen Monaten engagiert hatte. Die kognitiven Fähigkeiten des Globus waren bar jeder Kritik, aber mehr noch – er entwickelte Bewußtsein und ... Er lenkte seine Aufmerksamkeit wieder auf die Abbildung des sich drehenden Globus. Ein Spot suchte und fand Kalifornien, während die Drehbewegung langsamer wurde.

Sie blickten auf Kalifornien. Das Bild füllte ihr gesamtes Blickfeld auf den Brillengläsern. Die Welt war grün und braun, die Meere blau, und die Städte schimmerten in blassem Gelb.

»Okay«, sagte Crane, »wissen Sie noch, wo der Sankt-Andreas-Stoß ist?«

»Südlich von Bakersfield, nicht wahr? Mount Pinos.«

»Genau.«

Der Sankt-Andreas-Stoß war eine S-förmige Beuge in der Erdspalte, eine flanschartige Ausbuchtung oder ein

Knick an der Stelle, wo die nördlich driftende Pazifische Platte und die westlich driftende Nordamerikanische Platte zusammenstießen. Unerbittlich schoben sich die gigantischen Platten vorwärts, wie unaufhaltbare Titanen, die sich aneinanderrieben, und der Druck auf den Stoß wurde immer größer, das Gestein immer mehr zusammengepreßt.

»Hier«, sagte Crane. »Sehen Sie die rote Zone, die unten sichtbar wird?«

Südlich von Bakersfield blinkten hellrote Lichter, die sich als Linie über die Stoßkante in nördlicher Richtung fortsetzte und sich um die Pazifische Platte herum bis zur Philippinischen Platte hinzog. Los Angeles lag auf der falschen Seite des Grabens. Ebenso San Francisco. Der Riß ging südlich weiter bis nach Mexiko und teilte die Baja-Halbinsel am nördlichen Ende des Golfs von Kalifornien.

»Auf dem Stoß ist das Licht besonders hell«, sagte Sumi.

»Das liegt daran, daß der gesamte Stoß gleich auseinanderbrechen wird. Sehen Sie.«

Sumi schnappte nach Luft.

Unter hoher Spannung stehend, pulsierte der komplette Graben nun rot. Dann löste sich der Druck mit einem Schlag, indem alles in sich zusammenklappte. Die Pazifische Platte bewegte sich. Auf dem Globus waren keine Menschen zu sehen, aber als die bislang gelb schimmernden Städte blutrot zu pulsieren begannen, glaubten sie die Schreie von Hunderttausenden von Verletzten und Sterbenden zu hören.

»Wir sehen hier die Ablösung Südkaliforniens von der Nordamerikanischen Platte«, erklärte Crane. »Es wird eine Insel werden, mit den Überresten von zwei der größten Städte der Welt, ganz zu schweigen davon, daß die hochentwickelte Westküste Kaliforniens zum Kadaver wird. Sehen Sie? Ein neuer Minikontinent ist geboren und steuert Richtung Norden.«

Der Kontinentalbrocken bewegte sich langsam auf die nördliche Kante der Platte zu, unter der er schließlich verschwand.

»Erstaunlich«, flüsterte Sumi. »Und wann?«

»Sehen Sie nur hin.« Crane tippte Lanie an, die ihre Brille abnahm und ihn anblickte. Er zuckte die Schultern, sie ebenfalls. Dann warf sie ihm eine Kußhand zu, bevor sie die Brille wieder aufsetzte. Er zog seine ebenfalls wieder auf, als gerade die Zahlen 6-3-2058 auf dem Bildschirm erschienen. »Ich möchte Sie daran erinnern, Sumi«, sagte er, »daß dies keine Simulation oder Spekulation ist. Sie sehen wie durch eine Kristallkugel direkt in die Zukunft, in die tatsächliche Zukunft.«

»Zweiunddreißig Jahre.« Sumi drückte auf das Pad, um die Präsentation zu unterbrechen. Alle nahmen die Brillen ab. Sumis Gesicht war angespannt und blaß. »Wie traurig muß es sein, diesen Horror ständig zu sehen und nichts dagegen tun zu können.«

»Können wir wirklich nichts tun?« fragte Crane und sah, wie Sumis Augen sich zu Schlitzen verengten.

»Sie sagten gerade, daß wir in eine Kristallkugel sehen.«

»Eine Kristallkugel, die die Zukunft so zeigt, wie sie ist, wenn sie stattgefunden hat.«

»Das verstehe ich nicht.«

»Aktivieren Sie die CD wieder. Ich möchte Ihnen eine andere Zukunft zeigen.«

Der Globus war wieder auf den Brillengläsern zu sehen. Die Zeit war zurückgestellt. »Sehen Sie weiter südlich auf den Graben, unten ins Imperial-Tal. Achten Sie auf die kleine rote Zone, die sich gleich zeigen wird.«

Während Crane sprach, erschien für einige Sekunden ein kleiner roter Punkt am unteren Ende des Sankt-Andreas-Grabens. Dann war er wieder verschwunden.

»Was war das?« fragte Sumi.

»Schauen Sie zu«, sagte Crane. »Der Globus nimmt Fahrt auf.«

Er drehte sich schnell, spulte die Jahre ab und hielt dann so, daß Kalifornien sichtbar war. Wieder zeigten sich die Zahlen 6-3-2058, aber alles blieb ruhig und friedlich. Die Show war zu Ende; die Zuschauer nahmen die Brillen ab.

Sumi blickte Lanie an, dann wieder Crane. »Okay. Was ist passiert? Wo war der Unterschied?«

»Ich habe den Globus gefragt«, sagte Crane und machte eine Pause, um die Spannung zu erhöhen, »ob es möglich wäre, die Zerstörung Kaliforniens zu verhindern, indem man die tektonischen Platten zusammenfügt.«

»Wie wollen Sie denn tektonische Platten zusammenfügen, Crane?«

»Mit Hitze. Mit Hitze, die so groß ist, daß sie festes Gestein zum Schmelzen bringt und miteinander verschmilzt.«

»Und wie wollen Sie eine so große Hitze erzeugen?«

»Eine thermonukleare Reaktion ist das einzige, was ich mir vorstellen kann. In diesem speziellen Fall bedeutet das eine Fünf-Gigatonnen-Explosion über einen zehn Kilometer langen Abschnitt verteilt, dreißig Kilometer unter der Erdoberfläche, und zwar genau an der Stelle, die der Globus angibt.«

»Sie sprechen von einer Explosion, die Tausende Male stärker wäre als jede andere Detonation, die bislang stattgefunden hat.«

Unter heftigem Kopfnicken ergänzte Crane: »Allerdings nach unten gerichtet, in den thermonuklearen Kern. Es würde an der Oberfläche nicht einmal ein Zittern verursachen. Wir haben es simuliert. Es funktioniert.«

»Woher wissen Sie, daß es nicht in einem noch größeren Grabenbruch endet, der eine verheerende Katastrophe nur beschleunigen würde?«

»Sumi, haben Sie mir nicht vorhin gesagt, daß der Crane-Report Pflichtlektüre für jedes Mitglied der Staatsführung ist? Nun, der Crane-Report basiert auf den Fähigkeiten des Globus, und der hat sich bis jetzt noch nie geirrt. Wir benutzen ihn in diesem Fall nur ein klein wenig anders. Bedenken Sie: Wenn wir die Platten verschmelzen, und zwar an einer Stelle, wo momentan noch keine Spannung herrscht, wie ganz unten am Graben, nehmen wir auch den Druck von dem Stoß. Genaugenommen verlangsamt die Verschweißung der beiden Platten die Kontinentaldrift. Für die fünfzig Jahre nach dem Ereignis ist ein achtzigprozentiger Rückgang der Drift zu erwarten und ein damit einhergehender Rückgang von Erdbebenaktivität.«

Sumi sprang auf und begann, auf- und abzugehen. »Sind Sie sicher, daß die Spannung sich nicht irgendwo anders Luft macht? Vielleicht zerstören wir Südamerika, um L. A. zu retten?«

»Ich bin mit dem Globus zweihundertfünfzig Jahre in die Zukunft gegangen und habe keine Aktivität entdeckt, die sich nicht sowieso gezeigt hätte. Vielleicht danach, aber wieviel Sicherheit wollen Sie denn haben? Wir haben herausgefunden, daß diese Verschweißung die weltweite Bebenaktivität um sieben Prozent senken würde.«

»Glauben Sie das wirklich?«

»Allerdings.«

Sumi trat aus der Sitzreihe hinaus in den Zwischengang und zeigte auf Crane. »Sie haben damit Größeres vor, als Kalifornien zu retten, nicht wahr?«

»Ja«, sagte Crane einfach. »Der Globus hat mir dreiundfünfzig Stellen gezeigt, die verschweißt werden müssen. Danach ist die Kontinentaldrift vollständig beendet, ebenso alles, was damit zusammenhängt: Erdbeben, Vulkanausbrüche, Tsunamis. Ich gehe davon aus, daß wir das der Weltöffentlichkeit wesentlich besser begreiflich machen können, wenn wir an einer Stelle bewiesen haben, daß es funktioniert.«

»Zweiunddreißig Jahre sind mindestens zwei Politikergenerationen! Das wird schwierig.«

»Es ist noch schlimmer«, sagte Crane. »Wir haben nur ein Fenster von höchstens fünf Jahren, was den Sankt-Andreas-Schweißpunkt betrifft. Ab September 2033 wird die Spannung im gesamten Graben so groß sein, daß das Verschweißen nicht mehr ohne größere Beben vonstatten gehen wird.«

Sumi ging den Zwischengang entlang, setzte sich neben Crane und blickte auf die Richterbank. »Und was genau brauchen Sie dafür von der Regierung?«

»Alles außer Geld. Zunächst müssen wir einen Weg finden, wie wir das nukleare Sprengverbot umgehen können.

Ich brauche eine Genehmigung, um in der Salton-Senke im Imperialtal Grabungen durchzuführen. Und natürlich brauche ich Zugang zu nuklearem Material.«

»Vielleicht«, sagte Sumi, »ist es gar nicht so schwierig, wie Sie denken.«

»Wie meinen Sie das?«

»Sie sind ein Experte in Sachen Atombombe«, antwortete Sumi. »Erinnern Sie sich an die Entwicklung der ersten Atombombe?«

»Das Manhattan-Projekt«, bestätigte Crane. »Und weiter?«

»Es wurde unter äußerster Geheimhaltung durchgeführt. Die Regierung betrachtete es als nationale Sicherheitsmaßnahme, niemandem davon zu erzählen, bevor die Bombe über Japan abgeworfen wurde.«

»Schlagen Sie vor, wir sollen die Sache *heimlich* durchziehen?« fragte Lanie.

Sumi nickte, sah dann Crane an und berührte ihn am Arm. »Ich habe immer an Sie geglaubt. Wenn Sie mir sagen, daß es möglich ist, dann bin ich davon überzeugt, daß es möglich ist. Sie sind ein gütiger Mensch. Ich habe Ihnen lange Unrecht getan und stehe in Ihrer Schuld. Ich betrachte es als Dankespflicht.«

»Nein, Sumi, ich würde niemals ...«

Sumi hob die Hand. »Bitte. Geben Sie mir die Chance, meine Ehre und mein Gesicht wiederherzustellen. Liang Int hat einen herben Schlag erlitten. Sie würden dem Projekt sofort zustimmen, wenn wir es kurz vor den nächsten Wahlen durchziehen könnten – vor allem, wenn es sie nichts kostet. Das ist der Knackpunkt.«

»Ich verstehe«, sagte Crane.

»Es liegt in niemandes Interesse, diese Sache publik zu machen. Ich höre schon den Aufschrei. Vor allem nachdem die Masada-Wolke die Leute alle siebzehn Tage an den nuklearen Horror erinnert. Es ist eine historische Chance für Sie, die Chance, endlich Ihren Traum zu verwirklichen. Ich nehme an, das ist das Ziel, das Sie von Anfang an verfolgt haben?«

»Richtig.«

»Es wird der größte Verkaufsjob aller Zeiten werden, aber ich bin bereit, ihn zu übernehmen. Die Argumente könnten nicht besser sein. Ich brauche allerdings noch mehr Informationen von Ihnen, um das Programm zu verkaufen. Sie können es komplett selbst finanzieren?«

»Ich bin darauf vorbereitet.«

»Dann muß ich nur die richtigen Leute von seiner Machbarkeit überzeugen. Liefern Sie mir Unterlagen. Ich nehme an, Sie haben sich darüber schon Gedanken gemacht?«

Crane nickte. »Damit habe ich das gesamte letzte Jahr verbracht. Ich kenne jedes Argument und jedes Gegenargument.« Er griff in die Tasche und holte eine zweite CD heraus. »Es ist alles hier gespeichert.«

Sumi nahm die CD. »Sie sind ein gefürchteter und respektierter Mann bei Liang Int. Man hat Sie dort einmal falsch eingeschätzt und mußte einen hohen Preis dafür bezahlen. Jetzt wird man Ihnen zuhören.« Er steckte die CD ein und stand auf. »Ich werde gleich anfangen.«

Crane erhob sich ebenfalls. »Sie werden es wirklich tun?«

»Natürlich. Vielleicht ist das der Grund, warum ich überhaupt auf der Welt bin – nur um diese Aufgabe zu erfüllen.«

Crane, der sonst immer stark wie ein Felsen und konzentriert wie ein Epizentrum war, stolperte erstaunt rückwärts gegen den Stuhl. »Ich ... ich weiß nicht ... wie ich Ihnen danken soll ... ich ...«

»Nein«, sagte Sumi und schüttelte heftig den Kopf. »Ich habe zu danken. Vielleicht kann ich meine Ehre wiederherstellen.« Er verbeugte sich und eilte aus dem Saal. Crane blickte ihm nach, zitternd wie unter einem Anfall von Schüttelfrost.

Lanie quietschte und schlang die Arme um seinen Hals. »Du hast es geschafft! Du – hast – es – geschafft! Wie fühlst du dich?«

Crane wischte sich die Augen und küßte seine zukünftige Frau. »Ich fühle mich, als hätte man mir eine Last von fünf Milliarden Jahren von den Schultern genommen.«

KOALITIONSWECHSEL
NEW CAIRO
16. JULI 2026, 14 UHR

Abu Talib, auch bekannt als Dan Newcombe, stand zusammen mit Vertretern der Islamischen Republiken Algerien und Guatemala inmitten eines riesigen Baumwollfeldes. Fast täglich kamen islamische Würdenträger nach New Cairo, um der Stadt ihren Respekt zu erweisen oder um Handelsverträge abzuschließen. Momentan stand Baumwolle hoch im Kurs.

Nachdem er zum Islam konvertiert war, hatte Newcombe den Namen Abu Talib angenommen. Es war der Name von Mohammeds Onkel, der den Propheten sein Leben lang unterstützt hatte. Abu Talib hatte nicht an die Mission des Propheten geglaubt, ebenso wie Newcombe/Talib nicht an die Grundsätze des Islam oder an Bruder Ishmaels Philosophie glaubte. So näherte sich ein gottloser Mann der Religion.

Das Feld erstreckte sich über Hunderte von Hektar. Die Schutzschirme von Yo-Yu, die in drei Meter Höhe über ihnen schwebten, verliehen allem einen leicht bläulichen Schimmer. In der Ferne teilte Liangs Mauer den Horizont. Hunderte von Menschen arbeiteten um die Besucher herum auf dem Feld. Im Moment glichen die Baumwollpflanzen kleinen vertrockneten Büschen, doch die Erde war schwarz und fruchtbar, zumal der Frühlingsregen in wenigen Wochen einsetzen würde.

Ali Garçia, der Handelsvertreter von Guatemala, kniete neben einer Pflanze und betrachtete sie stirnrunzelnd. »Das soll amerikanische Hochlandbaumwolle werden?« fragte er, während er mit einem dürren Zweig spielte.

»Die beste der Welt«, sagte Bruder Talib. »Es sieht im Moment nicht sehr vielversprechend aus, aber die Blüten werden kommen, sobald der Regen vorbei ist. Wenn sie verdorren, bilden sich innerhalb von wenigen Monaten Samenkapseln. Mitte August können Sie mit der Ernte rechnen.«

»Wieviel Ertrag bringt ein Feld wie dieses?« fragte der Algerier, Faisal ben Achmed.

»Letztes Jahr haben wir achthunderttausend Ballen Baumwolle von diesem Feld geerntet, ohne etwas von dem zu verstehen, was wir da taten. Dieses Jahr werden wir den Ertrag verdoppeln. Interessiert?«

»Natürlich sind wir interessiert«, sagte Garçia. »Was möchten Sie dafür haben?«

»Investmentkapital, Agrarmaschinen, Vieh und Baumaterial«, sagte Talib. »Wir wollen uns hier etablieren, bis alle unsere Leute ins Homeland kommen können. Wir schaffen eine starke Basis, auf der wir aufbauen können.«

»*Kwiyis.*« Faisal nickte. »Ihre Leute sind tatkräftig, und Ihr Boden ist gesegnet. Sie sind eine Bereicherung für unsere internationale Familie.«

»Wir müssen jetzt los«, sagte Garçia, »wenn wir das Shuttle nach Belize noch bekommen wollen.«

»Wollen Sie nicht noch zum Essen bleiben?« fragte Talib. »Das Essen ist köstlich, und alle Bestandteile wurden hier in New Cairo angebaut. Ich möchte Ihnen gerne meine ganze Gastfreundschaft erweisen.«

»*Alfshukre*«, sagte Faisal. »Aber danke, ich bedaure. Abu Talibs Gastfreundschaft ist berühmt.«

Talib nickte und führte sie dann auf die Straße, die durch die Felder führte. Schließlich stiegen alle in den Wagen, der im warmen Schein der Sonne gewartet hatte.

»Wie groß sind die besetzten Gebiete?« fragte Garçia, während der Fahrer den Reaktor anwarf und beschleunigte.

»Wir befinden uns hier in der nordwestlichen Ecke des Gebietes«, sagte er. »Der Mississippi trennt uns von Arkansas und Louisiana und bildet eine natürliche Grenze bis hinunter zum Golf von Mexiko. Wir werden uns nach Osten bis zum Atlantik ausbreiten. Es wird Raum genug geben.«

»Vorläufig«, bemerkte Faisal, und alle lachten.

»Werden die Amerikaner kapitulieren?« fragte Garçia.

»Ich hoffe es«, antwortete Talib. »Ich hoffe es wirklich.«

Sie fuhren durch Baumwollfelder, dann durch Sojabohnenfelder, an Reisfeldern und Viehweiden und schließlich an Hühnerfarmen vorbei. Überall standen Wohnhäuser zwischen den Feldern, denn die Arbeiter lebten direkt neben ihren Arbeitsplätzen. Die Häuser waren zumeist dreistöckige Apartmentblocks, die aus in New Cairo gebrannten Ziegeln gebaut wurden. Die Bautätigkeit war ein wichtiger Aspekt und stets voll im Gange. Da von Anfang an professionelles Material und Ausrüstung gefehlt hatten, arbeitete die Bauindustrie nach geradezu biblischen Methoden, und Talib wollte dies so schnell wie möglich ändern.

Es gefiel ihm sehr, mit welchem Respekt er zur Zeit behandelt wurde. Bei Crane hatte er stets im Schatten gestanden. Hier warf er selbst einen Schatten, und zwar einen großen. Die meisten dachten an ihn, wenn der Islamische Staat erwähnt wurde, nicht an Bruder Ishmael. Deshalb war ein merkwürdiger Konkurrenzkampf zwischen den beiden Männern entstanden, zumal Talib Ishmael nicht als seinen geistigen Führer betrachtete.

Tote Magnolienbäume und lebendige Menschen säumten die Straße, die zu der alten Plantagenvilla führte. Sie stammte noch aus den Zeiten vor dem Sezessionskrieg im 19. Jahrhundert und diente heute als Regierungs- und religiöses Zentrum von New Cairo. Yo-Yu hatte die Erlaubnis bekommen, eine Schutzschildfabrik in der ummauerten Stadt zu errichten. Dafür entwickelte das Unternehmen im Gegenzug spezielle Schilde für Bäume, damit sich die vielen tausend Magnolien und Platanen in New Cairo wieder regenerieren konnten.

Talib verabschiedete seine Gäste mit einem *sahbah innoor* und bedeutete dem Chauffeur weiterzufahren. Dann bahnte er sich einen Weg durch die Menge, die sich um den Eingang des Regierungsgebäudes drängte. Hier befanden sich immer Menschenmassen. Viele von ihnen kamen, um sich zu beschweren, zumeist aber waren es Flüchtlinge, die um Asyl baten. Sobald Talib in der Lage war, ein neues Gebäude zu errichten, würde er die Einwanderungsbehörde auslagern, und zwar an den von hier am weitesten entfernten Punkt in New Cairo.

Als sie ihn erkannten, traten die Menschen zur Seite, um ihn durchzulassen. Er war eine imposante Erscheinung und galt als die Verkörperung von Bruder Ishmaels Worten. Ishmael wollte diese Rolle nicht übernehmen und lehnte es sogar ab, nach New Cairo zu kommen, bis, wie er sagte, »alle meine Brüder frei nach Hause reisen können«.

Für die Leute hier war also Abu Talib derjenige, der die Stadt regierte. Bislang hatte er noch keine Rückschläge einstecken müssen, und so war seine Führungsrolle noch nicht in Frage gestellt worden. Das erste Jahr von New Cairo war sehr hart gewesen – emotional, körperlich und finanziell. Aber die Kolonie hatte überlebt, und zu ihrem Erfolg hatte er einen großen Teil beigetragen.

Er hatte beschlossen, ein freies Jahr einzulegen, und sinnvollerweise diesen Ort dafür ausgewählt. Hier war er am Herzen des Geschehens, wurde respektiert; zudem konnte er den Boden untersuchen, den er sich gemäß dem letzten Beben-Ökogramm als ersten ansehen sollte. Nicht zuletzt waren Crane und Lanie weit weg. Er arbeitete hart daran, sie zu vergessen – allerdings mit geringem Erfolg.

Sein Labor war zuvor ein großes Schlafzimmer gewesen und besaß eine große Veranda. Er arbeitete und schlief dort. Nachts ließ er die Flügeltüren nach draußen offenstehen, so daß er den Luftzug genießen konnte. Nun öffnete er per Codeeingabe die Tür und schloß sie dann hinter sich wieder ab.

»*Assalamu ahlaykum*«, ließ sich aus dem Berg von Computern und Seismographen eine Stimme vernehmen.

Er wandte sich überrascht um. Khadijah sah ihn an.

»*Wiahlaykum issalam*«, erwiderte er und ging auf sie zu, um sie auf beide Wangen zu küssen. »Was bringt dich hier nach Africktown? Du hast dich von der Großstadt ziemlich weit weggewagt, Mädchen.«

»Mein Bruder hat mich geschickt. Er möchte, daß ich mich ›an das angeschwemmte Land gewöhne‹, wie er sagte. Ist es immer so heiß hier?«

»Meistens«, erwiderte Talib und lachte. »Ich sag's nicht gern, aber ich freue mich, dich zu sehen.«

»Danke. Ich bin, ehrlich gesagt, auch froh, hier zu sein.«

»Nun, wenn du vorhast, eine Weile zu bleiben«, sagte er, »vergiß nicht, einen Schleier anzulegen, wenn du hinausgehst. Dies ist ein Islamischer Staat.«

Sie lächelte. »Das habe ich schon schmerzlich erfahren. Jemand hat einen Stein nach mir geworfen, als ich hier ankam.«

»Und was hast du getan?«

»Ich hab' ihn zurückgeworfen.«

Talib lachte. »Du mußt auch arbeiten«, erklärte er. »Das verlangen die Regeln hier.«

»Auf den Feldern?« fragte sie entsetzt.

»Oder auf dem Bau, beim Rohreverlegen, bei der Schutzschildwartung …«

»Das reicht. Laß uns morgen darüber reden.« Sie zeigte auf die Computeranlage. »Was ist das?«

»Sobald ich alle Daten eingegeben habe«, sagte er, »werde ich damit die Erdbeben des letzten Jahres nachsimulieren. Dies hier ist eine exakte geologische Karte der Gegend. Ich habe sie mit winzigen Sensoren ausgestattet, die jede Veränderung wahrnehmen. Mit ein bißchen Glück wird der Fluß seinen Lauf ändern und am Ende so aussehen, wie er heute aussieht. Wenn das passiert, heißt es, daß meine Berechnungen richtig waren. Wenn nicht, muß ich noch mal von vorne anfangen.«

»Wie oft hast du es schon versucht?«

Er hob die Augenbrauen. »Rund ein Dutzendmal. In der Wissenschaft erhält man keinen direkten Lohn für seine Arbeit. Aber ich komme der Sache immer näher.«

Sie legte ihm die Hand auf den Mund. »Ich habe gehört, daß die weiße Frau den Erdbebenmann heiraten wird.«

Er schüttelte den Kopf und schob ihre Hand weg. »Du hast eine sehr feinfühlige Art, Khadijah. Ja, es stimmt, daß Lanie und Crane heiraten werden.« Sarkastisch fügte er hinzu: »Nächste Woche, um genau zu sein, und zwar hoch oben im Himalaja mit herrlichem Blick auf den Mount Everest. Ich bin sicher, daß Crane den Ort ausgewählt hat. Er liebt es pathetisch.«

»Nach deinem Tonfall zu schließen, hast du dich offenbar von ihr losgesagt.«

Talib zuckte kaum merklich mit den Schultern.

»Sie wird also nicht dir gehören?« hakte Khadijah nach.

»Nein.«

»Dann möchte ich dir einen Vorschlag machen.«

Was kommt jetzt?, dachte Talib und grinste schief. »Darf eine anständige Moslemfrau einem Mann einen Vorschlag machen?«

Khadijah gab ein Geräusch der Verärgerung von sich. »Sieh mal, du hast keine Frau. Und ich habe keinen Mann. Ich bin vom rechten Blut. Es wäre eine perfekte politische Allianz.«

»Was?«

»Unsere Ehe! Was glaubst du denn, wovon ich rede?«

Talib lachte laut. »Unsere Ehe? Machst du dich über mich lustig?«

»Ach, sei still und hör mir zu«, sagte sie ärgerlich. »Es ist schwer genug für mich, auch wenn du keine Witze machst. Ich weiß, daß du ein ... ein guter Mann bist. Du wärst gut zu mir.«

»Und du wärst immer schön nah am Zentrum der Macht, hm?«

»Was wäre daran falsch? Falls du das noch nicht gemerkt hast, es ist bei meinen Brüdern und mir Veranlagung – oder Tradition. Ich liebe Aufregung ebenso wie jeder andere Mensch. Ich wäre eine gute Frau für dich und würde dir deinen islamischen Haushalt führen. Ich könnte dir Kinder schenken; ich bin stark.« Ihre Stimme wurde schwach, und sie blickte zu Boden. Fast flüsternd fügte sie hinzu: »Du hättest für immer mein Herz und meine Hingabe.«

»Stop«, sagte er ruhig, aber streng und nahm sie bei den Schultern. »Tu das nicht. Wir können nicht heiraten. Und wir werden nicht heiraten. Ich fühle mich geschmeichelt, du bist eine wunderbare Frau. Bestimmt wird bald ein Mann ...«

»Ich bin zu eigensinnig für islamische Männer.«

»Nun ja, das kann sein.«

»Du mußt heiraten und eine Familie gründen. Wir ziehen zukünftige islamische Führer groß. Siehst du nicht, daß es so richtig ist, daß es vorbestimmt ist?«

»Khadijah, ich liebe dich nicht.«

»Wir reden hier nicht über Liebe«, sagte sie. »Ich könnte niemals einen Egomanen wie dich lieben. Heirate mich. Deine Frau gehört zu jemand anderem.«

»Das bedeutet doch nicht, daß ich sie nicht mehr lieben könnte!«

»Schon wieder Liebe. Was soll das? Das Leben geht weiter, Abu Talib, mit dir oder ohne dich.«

Seine Hände zitterten auf ihren Armen. »Laß mich allein«, brachte er heraus. Er wandte sich von ihr ab und ging durch die Verandatüren nach draußen. Dort lehnte er sich an das Geländer und sah auf das Treiben hinunter. Es war wie ein endloser Strom von Menschen, der sich unaufhaltsam durch die Geschichte schlängelte. Er hatte eine solch bedeutende Aufgabe zu erfüllen. Warum fühlte er dann so großen Schmerz?

Khadijah berührte vorsichtig seinen Arm. »Ich bin immer noch Jungfrau«, sagte sie. »Wenn du möchtest, kannst du mich jetzt haben. Ich weiß, daß ich dich zufriedenstellen kann.«

»Du würdest mich zufriedenstellen«, sagte er, »wenn du dieses Gespräch so schnell wie möglich vergessen würdest. Opfere dich nicht auf dem Altar von Dan Newcombe.«

»Abu Talib«, korrigierte sie, trat ganz nahe an ihn heran und preßte ihren Körper an seinen. »Das ist dein Name. Und ich bin deine Zukunft.«

Langsam löste sie sich von ihm, drehte sich um und verließ mit hoch erhobenem Kopf die Veranda. Er sah ihr nach, wie sie durch den Raum auf den Flur ging, und blickte dann wieder über sein Reich, ein blau schimmerndes Meer von Schutzschilden, die sich in alle Richtungen bis zum Horizont erstreckten. Und dachte an Lanie.

Es war schlimm genug, daß sie Crane so überstürzt heiratete. Doch als er gehört hatte, daß sie auch noch schwanger war, hatte ihm das gehörig zugesetzt. Heirat und Kinder waren jahrelang ein Streitpunkt zwischen Lanie und ihm gewesen – bei Crane war sie offenbar sofort zu allem bereit.

Er fluchte und hieb sich mit der Faust in die Handfläche. Es war so dumm, so dumm von ihm. Er war international bekannt, wurde sogar verehrt, und konnte sich doch nicht mit der Tatsache abfinden, daß Elena King ihn für Crane fallengelassen hatte.

Er verzog seinen Mund zu einem Lächeln der Selbstverachtung. Er würde ihnen das beste, exotischste und passendste Hochzeitsgeschenk schicken, das er finden konnte: einen Chang-Heng-Erdbeben-Wetterhahn aus dem zweiten Jahrhundert nach Christus. Es war eine große Vase mit acht goldenen Drachen, deren Körper nach unten zeigten. Unter jedem Drachen befand sich ein Frosch mit aufgerissenem Maul. Im Maul jedes Drachen steckte eine Bronzekugel. Bei einer Erschütterung ließ der betroffene Drache seine Kugel in das Froschmaul unter ihm fallen und löste damit einen Alarm aus.

Auch die Richtung, aus der das Beben kam, konnte damit bestimmt werden – je nachdem, welcher Drache zuerst reagierte. Im Jahr 138 nach Christus hatte dieses Gerät ein Beben angekündigt, dessen Epizentrum sechshundert Kilometer entfernt war. Boten, die wie der Wind in die Hauptstadt von Loyang geritten waren, um die Nachricht zu überbringen, hatten feststellen müssen, daß ihre Information aufgrund der Vase bereits bekannt war.

Es war ein sensibles Instrument und ein herrliches Geschenk. Und es war alles, was er ihnen geben konnte. Mit seiner Anwesenheit konnte er sie nicht beehren, auch wenn Lanie und Crane ihn vermutlich dabeihaben wollten, um so eine Erneuerung ihrer Partnerschaft zu besiegeln. Doch Talib wußte, daß es ihn zu sehr mitnehmen und ihn irgendwie seiner Männlichkeit berauben würde, wenn er zusehen müßte, wie sie miteinander verheiratet würden. Nein, die Zeremonie mußte ohne ihn stattfinden.

Er zitterte, von Gefühlen übermannt. War es Liebe, die Rasse, das Ego oder der Konkurrenzkampf, was seine Eifersucht und sein Selbstmitleid immer wieder anschürte? Er wußte es nicht. Er wußte nur, daß er sein Leben nicht allein und kinderlos verbringen wollte. Doch da war Khadijah …

15.

Ende und Neuanfang

Himalaja – Nepal, Indien
23. Juli 2026, 14 Uhr

Bekleidet nur mit einem cremefarbenen Unterkleid, stand Lanie allein an dem teakgerahmten Fenster in dem alten Britischen Hotel und blickte staunend auf die beiden Gipfel von Mount Everest und Mount Kanchenjunga. Sie schlang die Arme um sich. In weniger als einer Stunde würde sie Lewis Cranes Frau werden, in weniger als sieben Monaten würde sie sein Kind zur Welt bringen. Sie konnte ihr Glück kaum fassen.

Crane hatte sie für ihre Heirat zum Dach der Welt gebracht, an einen Ort, der ebenso unglaublich war wie das Glück, das sie teilten – beruflich und im Privatleben. Er spiegelte genau das wider, was sie fühlte, genau wie Crane es versprochen hatte. Sie war überwältigt und starr vor Staunen. Die Gipfel, auf die sie blickte, waren rund achttausend Meter hoch. Das Gebirge, aus dem sie hochragten – der Himalaja – war an manchen Punkten bis zu dreihundert Kilometer breit und erstreckte sich über eine Länge von zweieinhalbtausend Kilometern. Natürlich ging all das auf Erdbeben zurück. Und heute, an diesem Nachmittag, würde hier das erste Beben seit dem Jahre 1255 stattfinden.

Ein Schlag erschütterte das Gebäude, und Lanie spürte, wie Putzstaub von der Decke auf ihre nackten Schultern rieselte. Sie lachte laut. Nur Crane konnte solch einen Tag und solch einen Ort für eine Hochzeit aussuchen. Es war perfekt.

Sie hatte das Gefühl, nicht richtig gelebt zu haben bis zu dem Moment, in dem sie und Crane festgestellt hatten, daß sie sich liebten. Und sie wußte, daß es ihm genauso ging. Gott, er hatte es ihr oft genug gesagt. Und was vielleicht noch wichtiger war, er hatte es ihr gezeigt … in jeder nur erdenklichen Hinsicht. Er akzeptierte sie bei der Arbeit und im Alltag als absolut gleichwertige Partnerin; gefühlsmäßig und sexuell behandelte er sie, als ob sie ein Teil von ihm wäre. Sie hätte sich nie träumen lassen, daß ein anderer Mensch sie so gut verstehen könnte und umgekehrt.

Unten auf der Rasenfläche vor dem Gebäude versammelten sich die Gäste unter dem politisch korrekt ausgewählten Sonnenschild von Liang Int. Für die Hochzeit waren ein paar herausragende Wissenschaftler und Staatschefs zusammengekommen, außerdem Kollegen von der Stiftung sowie Gönner und Freunde. Der Rasen ging über in Wald, der den Berg hinaufwuchs. Sie befanden sich auf fast viertausend Metern. In größeren Höhen wuchsen keine Bäume mehr – weiter oben trotzten nur noch Gräser, Flechten und Moos der kalten, trockenen Luft. Und noch weiter oben gab es nur Schnee. Lanie wußte, daß alle anderen ebenso wie sie von der furchteinflößenden Imposanz des Ortes gefangen waren.

Sie wandte sich vom Fenster ab, und ihr Blick fiel auf ihren Umhang, der frisch gebügelt im offenen Schrank hing. Sie lächelte und setzte sich in einen der beiden Ledersessel, zwischen denen ein kleiner zart geschwungener Tisch stand. Die Sitzgruppe war so angeordnet, daß man von den Sesseln aus den Ausblick aus dem Fenster genießen konnte. Der überwältigende Mount Everest ragte majestätisch in die Wolken.

Ein weiteres Vorbeben ließ die Erde erzittern. Ein unglaubliches Gefühl, dachte Lanie, ganz anders als in Sado oder in Memphis. Sie mußte lachen. Der Umstand, rundum glückliche Braut und zukünftige Mutter zu sein, ließ sie offenbar beinahe durchdrehen.

Crane, der sich in seinem Smoking unbehaglich fühlte, stand in der winzigen Toilette direkt hinter der Küche im Erdgeschoß des Hotels. Drei weitere Männer drängten sich mit ihm darin. Blaues Licht zuckte um sie herum. Sie reichten das Keypad herum und trafen die letzten Vorbereitungen für ihren großen Deal. Präsident Gideon saß auf dem Toilettendeckel; Vizepräsident Sumi Chan kauerte in der Ecke direkt vor Gideons Füßen. Crane und Mui standen sich gegenüber, Mui gegen das Waschbecken gelehnt.

»Werden Sie das Projekt bald starten?« fragte der Chef von Liang, während er den Daumen auf das Keypad drückte. Ein grünes Licht zeigte an, daß sein Fingerabdruck echt und identifiziert worden war.

»Gleich nach der Hochzeit«, erwiderte Crane.

»Keine Hochzeitsreise?« fragte Gideon. »Sie haben so eine hübsche kleine Frau.«

Auf diese Idee war Crane überhaupt noch nicht gekommen. »Es gibt viel zuviel zu tun«, sagte er. »Uns bleiben nur fünf Jahre, dann ist es zu spät für die Verschweißung. Wir dürfen keine Zeit verlieren.«

Mui reichte ihm das Keypad. »Es müssen vor Ort umfangreiche Sicherheitsvorkehrungen getroffen werden.«

»Wir werden eine Bohrung unter dem Namen ›Northwest Gemstone‹ durchführen. Unser offizielles Ziel ist es, Kristalle für Reaktormotoren zu fördern.« Crane legte seinen Daumen auf die schwarze Metallplatte und wurde innerhalb einer Sekunde identifiziert. »Wir bauen ein Hochsicherheitsgebäude namens Gem Processing, in dem wir das nukleare Material bearbeiten. Die Geräte stellen wir erst vor Ort zusammen. Ich habe bereits mit meinen Waffenspezialisten gesprochen, die werden sich darum kümmern.«

»Was ist mit der Lieferung des nuklearen Materials?« fragte Gideon.

»Ich habe mehrere Lastwagenladungen davon bestellt, Sir«, erwiderte Crane und reichte ihm das Pad. »Wir werden die Fahrzeuge umstreichen. Mit dem Northwest-Gemstone-Logo sehen sie aus wie harmlose Transporter.«

Sumi nahm das Pad vom Präsidenten entgegen, legte den Daumen darauf und vollendete so die Reihe. Auf diese Weise war die Vereinbarung besiegelt. »Okay«, sagte er und lächelte, als der Rechner eine Verbindung anzeigte, wenn auch eine private. »Ihr Traum ist auf den Weg gebracht, Crane. Wann wird er sich erfüllen?«

»In zwei Jahren«, antwortete Crane, nahm das Keypad und schloß es an sein Armpad, um sich eine Kopie des Vertrags zu ziehen. Die beiden Computer ließen Summtöne erklingen und signalisierten dann blinkend ihre Zustimmung.

»Crane!« hörte man eine Stimme aus dem Flur. »Verdammt, Crane! Bei Ihnen ist ja mal wieder was los! Wo sind Sie?«

»Das ist Stoney.« Crane lächelte, trennte die Rechner wieder voneinander und reichte Mui das Keypad zurück, der es einsteckte.

»Weiß er Bescheid?« fragte Mui.

Crane schüttelte den Kopf. »Von den Menschen außerhalb dieses Raums weiß nur Lanie Bescheid. Selbst die Leute, die ich für die Tunnelarbeiten engagiert habe, haben keine Ahnung. Sie glauben, wir graben eine unterirdische Lagerstätte. Die Pyrotechniker, die die Bombe bauen, denken, es ist ein Geheimprojekt der US-Regierung, das zur Wiedereinführung unterirdischer Atomtests führen soll. Sie wurden sicherheitsmäßig durchgecheckt.«

»Crane!«

»Hier drin, Stoney«, rief Crane und öffnete die Tür.

Stoney stand im Flur und lächelte, als er sie zu viert aus der Toilette kommen sah. »Als ich jung war«, sagte er und hinkte auf sie zu – nur die Krücke erinnerte daran, daß er in Memphis dem Tod von der Schippe gesprungen war –, »wurden vier Männer, die aus einer Toilette kamen, immer von Rauchschwaden begleitet.«

»Wo ist Lanie?«

»Bei den übrigen Gästen.« Stoney winkte den anderen Männern zu, als sie vorausgingen. »Sie versucht, während der ständigen Suche nach Ihnen nicht wahnsinnig zu werden.«

»Seien Sie ein guter Junge«, sagte Crane und klopfte ihm auf die Schulter. »Gehen Sie zurück und sagen Sie ihr, daß ich hier bin.«

»Es ist Ihre Show.« Whetstone schüttelte ihm die Hand. »Gratuliere, mein Freund. Wissen Sie, ich habe mein ganzes Leben lang gesucht, aber ich habe nie eine Frau wie Lanie getroffen.«

»Danke, Stoney«, sagte Crane und drückte ihn kurz an sich. Whetstone hinkte davon, wobei er sich schwer auf seinen Gehstock stützte, der aus Tennessee-Pappelholz gefertigt war.

Lanie. Crane hatte keine Ahnung, was er getan hatte, um sie zu verdienen. Er hatte jede Facette seines Lebens im Griff gehabt, und dann war sie aufgetaucht und hatte alles über den Haufen geworfen. Es war das Wunderbarste, was ihm je passiert war. Für ihn war Lanie die einzige Frau auf der ganzen Welt. Und sie liebte die Arbeit genauso wie er! Jetzt hatte sich sein Leben endlich von selbst geordnet. Träume, und Träume, die über Träume hinausgingen.

Er genoß den Augenblick. Momente dieser Art hatte er noch nicht viele erlebt.

Wahrscheinlich hielten ihn viele für verrückt, weil er seine Hochzeit während eines Erdbebens feierte. Doch er betrachtete es als eine *verhinderte* Tragödie – und deshalb hatten sie tatsächlich einen Grund zum Feiern. Es würde Obdachlosigkeit und Leid geben, aber bei weitem nicht so viel, wie zu beklagen gewesen wäre, wenn es keine Vorwarnung gegeben hätte.

Crane ging auf die große Veranda hinaus. Rund hundert plaudernde Gäste verstummten auf einen Schlag, und aller Augen wandten sich ihm zu. Über die Rasenfläche war ein Baldachin gespannt. Lanie, die ein Kleid aus Taft und hauchfeinem Voile trug, wartete rund fünfzehn Meter von ihm entfernt und lächelte. Sie hielt ein Bouquet weißer Orchideen im Arm. Ein Cosmie-Pfarrer in einem roten Umhang stand zu ihrer Rechten, und Kate Masters, die ebenfalls Blumen trug, zu ihrer Linken.

Stoney erwartete Crane an den Stufen der Veranda. »Bereit?« fragte er.

Blitze zuckten über ihren Köpfen und sprangen zwischen Berggipfeln und Himmel hin und her. Die Hochzeitsgäste blickten ein wenig ängstlich drein.

»Meine Damen und Herren«, sagte Crane laut und breitete die Arme aus. »Vertrauen Sie mir!«

Alle lachten, und die Spannung löste sich. Crane sah Stoney an. »Jetzt bin ich bereit. Haben Sie den Ring?«

»Welchen Ring?« Stoney lachte. »Schlechter Witz, tut mir leid. Natürlich habe ich den Ring.«

Zu Wagners traditionellem Hochzeitsmarsch aus Lohengrin schritten sie über den roten Teppich auf Lanie zu. Crane stellte fest, daß er jetzt nervöser war als vorhin, als er den Vertrag mit Liang geschlossen hatte.

Er trat an Lanies Seite – und war sofort von ihren strahlenden Mandelaugen gefangen. Ihr Blick war voller Liebe und Neugier. »Gott, bist du schön«, flüsterte er, während ein lautes Grollen ertönte. Er ergriff ihre Hand.

»Davon mal abgesehen«, flüsterte sie zurück, »wie ist es gelaufen?«

»Alles okay«, antwortete er. Lanie schlang ihre Arme um seinen Hals.

»Vielleicht sollten wir jetzt lieber anfangen«, sagte der Priester und sah mißtrauisch auf die wackelnden Gartenmöbel und die zitternden Sträucher und Blumen.

Crane drückte auf sein Armpad, um die Zeit zu erfahren – 2:36:30. Er lächelte den Mann an. »Sie sind dran, Padre.«

»Mein Name ist Al«, erwiderte der Priester. »Nur Al.«

»Schnell, Al«, sagte Crane, während der Boden unter ihnen bereits bebte.

»Brüder in der Kosmischen Einheit!« begann der Priester. »Da alles Leben aus den gleichen Molekülen zusammengesetzt ist, möchten auch diese beiden, die hier vor uns stehen, eins werden durch die Institution der ...«

Der Rest seiner Rede wurde gnädigerweise von einem donnernden Beben übertönt, dessen Hypozentrum vierzig Kilometer unter der Erdoberfläche in der Nähe von Dhangarhi lag. Die Indische Platte hatte sich von ihren Verspannungen befreit. Es war ein Riesenbeben, wie es seit sechzig Jahren nicht mehr stattgefunden hatte, seit dem großen Beben in Alaska 1967.

Als der Priester Crane und Lanie eben zu ›Mit-Wesen in der Kosmischen Einheit‹ erklärte, wogte der Boden unter ihnen wie Wellen auf dem Wasser, und das Riff über ihnen krachte. Crane küßte die Braut und hoffte, die Dämme würden entgegen seinen Vorhersagen halten, aber er wußte, daß es nicht so kommen würde.

Der Himmel hatte sich verfinstert, und wie Feuerwerk zuckten Blitze über den Gipfeln, die alles überragten. Die Hochzeitsgesellschaft trat unter dem Baldachin hervor, um dem Spektakel zuzusehen, als sich ein Riesenbrocken in der Größe einer Stadt vom Mount Everest löste und ins Tal stürzte.

»Was für ein wundervolles Hochzeitsgeschenk«, sagte Lanie, die Arme um Crane geschlungen, während sie das Schauspiel verfolgten. »Es ist überwältigend.«

»Das erste Beben unseres Kindes«, sagte Crane.

»Was wirst du tun, Crane«, fragte Lanie, »wenn du deinen Traum erfüllt und all das beendet hast?«

»Ich weiß nicht.« Er grinste. »Vielleicht einen Bericht darüber schreiben?«

Die Täler um sie herum ächzten und jaulten – es war wie das Geräusch von Fingernägeln, die über eine Tafel kratzen, nur milliardenfach verstärkt. Crane glaubte fast, Stimmen herauszuhören – wehklagend, verzweifelt und voller Angst.

Die Gäste krümmten sich und hielten sich die Ohren zu, während der Wind zunahm und ihnen ins Gesicht blies und Kleider und Haare durcheinanderbrachte. Der minderwertige Liang-Sonnenschutzschild brach in sich zusammen, doch glücklicherweise stand gerade niemand darunter.

Und dann passierte es, direkt vor ihren Augen. Inmitten des heulenden Windes und der Schreie des berstenden Gesteins schüttelte sich der Mount Everest, und große Brokken brachen laut krachend von ihm ab. Dann begann er zu wachsen. Als ob er sich erheben würde, um davonzugehen, schoß der acht Kilometer hohe Berg plötzlich in die Höhe, noch näher an die Wolken heran – als junger, neuer Berg.

Der ganze Vorgang dauerte drei Minuten. Drei Minuten, die die Topographie der Welt veränderten. Der nächste Mensch, der diesen Berg erklimmen wollte, mußte höher klettern als Sir Edmund Hillery.

Aus der Zerstörung war Neues entsprungen.

Sumi Chan stand bei Burt Hill, der in seinem viel zu engen Smoking wie ein Affe ohne Leierkasten aussah. Sie betrachteten das Treiben um sie herum. Das Foyer des Hauses war bis zur Decke vollgestopft mit Hochzeitsgeschenken. Professionelle Konversationsbetreiber schnatterten um sie herum und tranken Synthetikchampagner vor einem Kamin, der so groß war, daß man ihn mit ganzen Baumstämmen hätte bestücken können.

»Neun auf der Richterskala«, sagte Hill. »Zu stark für eine exakte Messung.« Er schüttelte den Kopf und nahm noch einen Schluck von seinem dorphinangereicherten Drink. »Die Leute sagen, es ist ein Wunder. Es gibt weniger als fünfhundert Tote. Es hätten Hunderttausende werden können. Die vier gebrochenen Dämme haben fünfzig Städte überflutet.«

Sumi schüttelte den Kopf. »Was für eine gigantische Säuberungsaktion.«

»Ja. Aber Liang will hier investieren. Sie kämpfen mit den Moslems um die Kontrolle über die Region. Da gibt es nämlich viele neue Konsumenten.«

Sumi trank von ihrer Dorphinmischung. Nur mit ihrer Hilfe konnte sie solche gesellschaftlichen Ereignisse noch durchstehen. »Weiß Crane, wie das Beben ausgegangen ist?«

»Nee«, sagte Hill und zeigte auf Crane, der mit seiner Frau tanzte. »Zum erstenmal in seinem Leben denkt dieser Mensch über was anderes nach als über Erdbeben. Ist das nicht ein wunderbarer Anblick?«

»Ich glaube, ich habe ihn noch nie glücklich gesehen.«

»Mann«, sagte Hill, »das liegt daran, daß er's noch nie war. Ziemlich beängstigende Vorstellung.«

»Wieso beängstigend?«

Hill wurde nachdenklich. »Wenn man glücklich ist«, sagte er mit gesenkter Stimme, »sieht man sich nicht mehr vor. Man beginnt, anderen zu vertrauen. Und macht Fehler.«

»Dann, denke ich«, erwiderte Sumi, »dürfte ich nie wieder Fehler machen.«

Hill sah sie ernst an. »Ich rede von Crane«, sagte er und trank sein Glas aus. »Ich sorge für Nachschub an Erfrischungsgetränken.«

Sumi sah ihm nach und begriff, daß er ihr nicht traute. Natürlich nicht. Doch es war ohnehin gleichgültig. Bald würde sie als Betrügerin entlarvt werden. Sie hoffte nur, daß sie Cranes Träumen damit nicht schadete. Sie hatte doch alles wiedergutmachen wollen, was sie angerichtet hatte.

»Ich hasse es, allein zu trinken«, sagte Kate Masters neben ihr. »Wie steht's mit Ihnen?«

Sumi lächelte matt. »Ich schätze Ihre Gesellschaft sehr.«

»Gut. Wie wär's mit Ihrem Dorphinrezept?«

»Das ist mein Geheimnis.«

Nepalesische Sherpas zeigten nun eine akrobatische Vorführung, bei der sie übereinander und durcheinander sprangen und sich abenteuerlich verbogen. Das Publikum war begeistert.

»Sie haben, glaube ich, viele Geheimnisse.«

Sumi zuckte unwillkürlich zusammen. »Wie meinen Sie das?«

»Wollen Sie wirklich darüber reden?«

»Ja.«

»Nun, zuerst mal sind Sie nicht das, was Sie zu sein vorgeben.«

Sumis Herz klopfte heftig, und sie errötete. »Sie irren sich, ich ...«

»Ich kannte Ihre Mutter«, sagte Masters. »Die Women's Political Association hat mit Ihren Eltern Geschäfte gemacht. Wir sind alle nicht ungeschoren davongekommen bei dieser Sache, doch ihre Eltern hat es am härtesten getroffen. Ihre Mutter sprach pausenlos von Ihnen. Es hat mich sehr getroffen, als Sie ihren Namen entehrten, indem Sie sich eine neue Vergangenheit zulegten.«

»Die Entehrung wäre noch schlimmer gewesen, wenn ich es nicht getan hätte«, erwiderte Sumi, die Augen zu Boden gerichtet. »Sie haben es gewußt und nichts gesagt?«

»Ich hatte gehofft, wir wären Freunde. Sind wir das?«

»Abgesehen von Crane hatte ich niemals Freunde.«

»Und dabei haben Sie ihm all das angetan.«

Sumi war erneut überrascht. »Wie …«

»Ich hab's herausgefunden. Ich bin ein kluges Mädchen.«

»Ja«, sagte Sumi. »Ich auch.«

Kate Masters starrte sie an, aber ihr Blick war jetzt anders, neugierig, musternd. »Meinen Sie das im wörtlichen Sinne?«

Sumi nickte. »Mr. Li wußte es und hat mich gezwungen, meine Familiengeschichte zu verändern. Damit niemand von dem Betrug meiner Eltern erfuhr, habe ich getan, was er wollte.«

»Weiß sonst noch jemand …«

»Nur Sie.«

»Warum erzählen Sie es mir?«

Sumi holte tief Luft. »Ich bin in Schwierigkeiten. Ich … ich weiß nicht, was ich tun soll. Ich brauche Hilfe.«

Kate Masters fiel plötzlich vornüber, als ob sie gestolpert wäre. Dabei berührte ihre Hand Sumis Schritt. Sie zog sie sofort wieder zurück und richtete sich auf. »Tut mir leid, Süße. Ich komme aus Missouri, und dort ist man ziemlich direkt. Was für Schwierigkeiten?«

»Nach dem Gesetz«, begann Sumi, »müssen sich Präsident und Vizepräsident einmal im Jahr ärztlich untersuchen lassen. Bislang habe ich mich erfolgreich davor gedrückt. Aber die Ärzte des Weißen Hauses werden langsam aufmerksam. Man fragt sich, warum ich mich drücke. Glauben Sie mir, dieses Mißtrauen wird mich ganz schön in die Bredouille bringen.«

»Warum vertrauen Sie mir?«

»Irgendwie hatte ich immer das Gefühl, daß Sie vertrauenswürdig sind. Ich weiß nicht, ob ich Ihnen vollständig vertraue, aber ich weiß, daß ich den Regierungsärzten überhaupt nicht traue.«

»Müssen Sie sich von denen untersuchen lassen?«

Sumi schüttelte den Kopf. »Ich könnte meinen eigenen Arzt kommen lassen.«

»Okay«, sagte Masters. »Da können wir ansetzen.«

»Sie helfen mir?«

»He, ich vertrete die Women's Political Association, nicht vergessen. Willkommen im Klub, Schwester.« Sie umarmte Sumi.

»Danke«, sagte Sumi mit Tränen in den Augen.

Kate Masters zwinkerte ihr zu. »Danken Sie mir, wenn Sie Präsident sind«, erwiderte sie.

16.

Eskalation

L. A., Kriegszone
29. Juli 2026, 2 Uhr 10

»Der Vorschlag hat seine Vorzüge, und ich werde ihn auf jeden Fall überdenken«, versprach Mohammed Ishmael.

Abu Talib sank noch ein Stückchen mehr in seinem Stuhl zusammen. »Bruder Ishmael, ich habe Mr. Tang mein Wort gegeben.«

»Tang«, sagte Ishmael verächtlich. »Ein Lakai. Mui Tsaos Harpyie und nichts weiter als ein Chip-Junky mit gleich zwei Chip-Ports im Hirn. Und für wen hast du gesprochen, Talib?« Ishmael sah ernst aus, als er Talib über den Tisch hinweg anblickte.

Sie saßen sich in einem winzigen, beengten Bunker, der fast vollständig von einem langen Tisch ausgefüllt wurde und zu einer Redoute irgendwo unter der Zone gehörte, die Talib noch nie gesehen hatte. Die Wände waren aus Blei und die Türen schwer und hermetisch verriegelt wie in einem U-Boot.

An den Wänden befanden sich Metallkojen, Regale und Schränke, die mit Wasser in Flaschen, Dosennahrung und Grundnahrungsmitteln in versiegelten Behältern vollgestopft waren. Ein klassischer Bombenschutzbunker.

Ishmael ging um den Tisch und beugte sich vor, bis sein Gesicht nur noch Zentimeter von Talibs entfernt war. »Ich habe dich gefragt, für wen du gesprochen hast«, sagte er laut. »Sicher nicht für mich – und sicher nicht für mein Volk!«

Talib sprang wütend auf, wobei sein Stuhl umkippte und krachend zu Boden fiel. Martin Aziz stürzte um den Tisch herum und stellte sich zwischen die beiden Männer.

»Mein Bruder«, sagte Aziz zu Ishmael, »durch Talibs Abmachung mit Tang bekommen wir fast alles, was wir wollen. Als Gegenleistung müssen wir nur dem Gewaltverzicht zustimmen. Verstehst du?«

»Ich verstehe nur«, sagte Ishmael und schob seinen Bruder beiseite, um Talib direkt in die Augen blicken zu können, »daß uns meine Methoden bis hierher gebracht haben – wir haben so etwas wie ein Homeland, die Weißen kommen zu uns und bitten uns um Gefallen. Wenn uns diese Methoden soweit gebracht haben, warum sollten wir sie jetzt aufgeben?«

»Hast du die Reaktorgebäude vergessen?« fragte Talib. Liang Int weiß Bescheid und droht damit, sie zu schließen.«

Ishmael hob verärgert seine Hände. »Die Reaktorgebäude«, sagte er. »Immer die Reaktorgebäude.« Er hob eine Augenbraue. »Du warst damals noch nicht bei uns, Bruder, aber wir kamen sehr gut über die Runden, auch bevor wir die Reaktorgebäude hatten, verdammt noch mal!« Er quetschte sich an Martin vorbei, um an das drei Meter entfernte Tischende zu treten. Wütend schlug er mit der Hand auf den Tisch und starrte Talib an. »Geht es denn nicht in deinen Dickschädel, daß wir mit einem Massenexodus nach New Cairo reagieren, wenn sie die Reaktor-Versorgung abschalten? Stell es dir einmal vor, wenn du kannst. Stell dir vor, wie ein Exodus aussieht, der fünfzigmal größer ist als der von Memphis, aber ohne ein Erdbeben, das ihn rechtfertigt. Stell dir die Kämpfe vor. Das Blutvergießen. Und die Wirkung in der Öffentlichkeit.«

Talib fühlte sich auf einmal ziemlich dumm. »Daran habe ich noch nicht gedacht.«

»Nun, dein weißer Freund Mr. Tang bestimmt! Also, was bekommen wir wirklich dafür, wenn wir die Gewalt aufgeben, die uns soweit gebracht hat? Nichts als das Versprechen, daß sie weiterhin das tun, was sie jetzt tun – nämlich nichts. Wenn sie sich einen Vorteil davon versprechen würden, die Reaktor-Gebäude zu schließen, dann hätten sie es längst getan, glaub mir, und sie hätten uns nicht vorher um Rat gefragt. Der Grund dafür, warum sie es noch nicht mit uns ausgefochten haben, liegt auf der Hand: Wir sind Teil dieser ... dieser Landschaft, Teil des Kolorits dieses Landes. Wenn jemand zusieht, wie sie uns verfolgen, denkt er dabei auch an sich selbst. Die Polizei wurde sofort zurückgepfiffen damals in Memphis, und zwar aus PR-Gründen; außerdem hat Liang dafür gesorgt, daß im Fernsehen Bilder vom Erdbeben, aber nicht vom Exodus gezeigt wurden.«

»Leonard«, sagte Aziz sanft. »Können wir dies nicht als Anfang nehmen? Können wir nicht versuchen, die Sache durchzuziehen? Wenn sie bereit sind, mit uns zu koexistieren, warum sollen wir sie weiterhin bekämpfen? Mehr als tausend von uns, vor allem Kinder, sind bei Zusammenstößen mit den Gs schon umgekommen.«

»Märtyrer«, erwiderte Ishmael. »Ich weiß genau, wie viele gestorben sind.«

Talib richtete sich zu seiner vollen Größe auf. Er hatte sich von der Stiftung gelöst, und jetzt war er im Begriff, sich von der NOI zu lösen. Was sollte aus ihm werden? Ein Mann ohne Job, ohne Zuhause? »Bruder Ishmael«, sagte er förmlich, »angesichts deines mangelnden Vertrauens in mich und der daraus resultierenden Fruchtlosigkeit meiner Arbeit verkünde ich hiermit meinen Rücktritt als Sprecher der Nation of Islam.«

»Würdest du dich bitte hinsetzen, Abu?« Ishmael seufzte. »Ich respektiere deine Meinung und die Arbeit, die du machst. Du bist unersetzlich. Wir werden uns etwas einfallen lassen für diese Sache mit Tang, okay? Ich habe dir gesagt – dich gebeten –, dich zu setzen.«

Talib setzte sich. »Ich habe in New Cairo gearbeitet«, sagte er. »Ein Massenexodus ist undenkbar. Es gibt nicht genug Häuser. Die Menschen, die wir vertreiben, werden so viel wie möglich zerstören, damit uns nichts in die Hände fällt. Unsere Leute – vor allem die Städter – müssen erst einmal lernen, wie man Landwirtschaft betreibt und mit seinen Händen arbeitet. Zwanzig Millionen Menschen auf einmal in solch einer Situation, und du hast Versorgungsschwierigkeiten und Probleme mit Wasser und

Abwasser, die du dir nicht einmal im Traum vorstellen kannst.«

»Ich weiß«, erwiderte Ishmael. »Wir sind noch nicht bereit. Nur deshalb habe ich den Deal, den du mit Tang ausgehandelt hast, in Betracht gezogen.« Ishmael sah zu Aziz hinüber. »Würdest du dich bitte auch setzen? Du machst mich nervös. – Ich bitte nur darum«, fuhr er fort, »daß niemand meine Macht beansprucht. Seid ihr damit einverstanden?«

Die anderen nickten.

»Gut. Ich stimme zu, daß die Umsiedelung nach New Cairo langsam vonstatten geht. Am besten stellen wir zunächst eine Siedlung fertig und expandieren dann von diesem Punkt aus. In der Zwischenzeit hat uns Talib einen großen Dienst erwiesen, indem er uns Cranes Endziel verriet; mit Hilfe von Atomwaffen die Kontinentalplatten zu verschmelzen. Crane wird unser Motor sein.«

»Warum?« fragte Talib. »Er wird weder Zugang zu nuklearem Material bekommen noch die Genehmigung, so etwas zu tun.«

Ishmael sah Talib an, als wäre der ein Kind. Lächelnd lehnte er sich in seinem Stuhl zurück und legte die Fingerspitzen aneinander. »Ich frage mich ständig, wie es möglich ist«, sagte er sanft, »daß du so lange so eng mit diesem Mann zusammengearbeitet hast, ohne zu begreifen, wie groß seine Macht ist.«

»Seine Macht liegt in seinem Wahnsinn«, entgegnete Talib.

»Seine Macht liegt in der Klarheit seiner Vision«, gab Ishmael zurück. »Dort, wo auch meine Macht liegt.«

»Er ist am Ende.«

»Er wird einen Weg finden«, widersprach Ishmael. »Und es ist an uns, ihn aufzuhalten. Crane ist mein Satan, Abu. Ich will nicht, daß das mißverstanden wird. Er ist *der* Feind meines Lebens. Wie Mohammed mit den Mekkanern. ›Und wenn sie mir die Sonne in die Rechte und den Mond in die Linke gäben, um mich von meinem Vorhaben abzubringen, so würde ich doch nicht davon lassen, bis der

Herr die Sache zum Siege bringt, sonst aber will ich dafür sterben.‹ Versprecht mir, daß ihr weiterkämpfen werdet, auch wenn ich nicht mehr dasein sollte.«

»Ich schwöre«, sagte Talib, »daß ich Crane verfolgen werde, solange Blut durch meine Adern fließt.«

»Ich ebenso«, fügte Aziz hinzu.

»Gut. Crane wird uns den Schlüssel zu unserem Homeland liefern. Ich weiß noch nicht, wie, aber ich sehe es so deutlich vor mir wie meinen eigenen Tod. Gibt es noch andere Punkte zu besprechen, die die Welt da draußen betreffen?«

Talib sah zum Tischende und räusperte sich. »Bei allem Respekt und in aller Bescheidenheit«, begann er mit rauher Stimme, »möchte ich dich um die Hand deiner Schwester bitten.«

»Eine Allianz«, sagte Ishmael. »Du willst Cranes Frau also nicht mehr?«

»Ich war ein Idiot«, sagte Talib.

»Ja, das warst du«, erwiderte Bruder Ishmael. Er stand auf und ging zu Talib. »Aber jetzt nicht mehr.« Talib erhob sich ebenfalls, und die beiden Männer umarmten sich. »Willkommen in unserer Familie. Jetzt sind wir richtige Brüder.« Ishmael küßte Talib auf beide Wangen. Lächelnd sagte er: »Ich hole Khadijah. Das müssen wir feiern.«

Natürlich hätte Bruder Ishmael jemanden schicken können, um seine Schwester zu holen, aber er mußte kurz allein sein. Er wußte, daß Talib ein guter Mann war, der langsam auch ein guter Moslem wurde. Dennoch hatte auch die Konvertierung seine Haltung gegenüber den Ungläubigen noch nicht ausreichend verändert. Ishmael war bewußt, daß er seinen neuen Bruder sorgfältig beobachten mußte – vor allem seit Crane über ihn selbst und Talib ein Netz geworfen hatte, in dem sich alle drei verstricken würden und das ihr Schicksal bestimmte. Ishmael konnte bereits spüren, wie es sich um ihn zusammenzog. Tränen traten ihm in die Augen. Wie Moses würde er das Gelobte Land sehen, aber nicht lange genug leben, um dort einzuziehen.

Draußen im Flur, das Gesicht zur Wand gedreht, damit es niemand sehen konnte, weinte er. Dann verfluchte er seine Schwäche. Nur die Worte des Propheten brachten ihm Trost. »Wandle auf der Welt wie ein Reisender und betrachte dich als zu den Toten gehörig.«

So sei es.

Silver Spring, Maryland
13. August 2026, 16 Uhr 23

Sumi Chan blickte auf ihren Kontrollmonitor, als Kate Masters Helo sanft auf dem Landeplatz herunterkam. Zusammen mit einem Mann, der einen Arztkoffer trug, stieg sie aus. Um den Landeplatz herum leuchteten Scheinwerfer auf, die die Pailletten auf Masters hellrotem Catsuit zum Blitzen brachten, so daß sie wie eine Figur aus einer chinesischen Oper strahlte.

Sumi sah zu, wie die beiden auf den Fahrstuhl des Hauses zugingen. Sie fühlte große Beklommenheit, denn sie hatte ihr Geheimnis bislang niemandem anvertraut, nicht einmal Crane. Gleich würde sie erfahren, welchen Preis sie dafür zahlen mußte, daß sie Kate Masters soviel Vertrauen schenkte.

Die Besucher verschwanden von ihrem Bildschirm, und sie schaltete auf die Übertragung aus dem Aufzug um. Die Türen öffneten sich, und Kate Masters trat mit dem Arzt ein.

Sie entdeckte die Kamera sofort, blickte in das spiegelnde Objektiv und richtete sich das Haar. »Hoffe, die Bilder machen sich gut im Archiv«, sagte sie, zupfte ihren Ausschnitt noch ein wenig zurecht und zwinkerte.

Das Quartier des Vizepräsidenten lag in Silver Spring, Maryland, nur wenige Minuten von der Hauptstadt entfernt. Das ganze Gebäude befand sich unter der Erde und war elektronisch so gesichert, daß Sumi keine Bodyguards benötigte. Sie hatte sich schon hundertmal überlegt, wie dieses Sicherheitssystem wohl überlistet werden konnte, aber eigentlich war das nicht so wichtig. In der ganzen Geschichte der Vereinigten Statten hatte es noch nie jemand auf den Vizepräsidenten abgesehen gehabt. Er war zu unbedeutend und überdies leicht zu ersetzen.

Sumi drückte den Türöffner und eilte dann durch das kleine, aber elegant im traditionellen chinesischen Stil eingerichtete Haus, durch dessen Fenster man auf Holoprojektionen der Henan-Provinz sah, wo sie aufgewachsen war – Ackerland, Bauern, die auf den Feldern arbeiteten, der Huang-He-Fluß, der in der Ferne friedlich von Westen nach Osten floß. Innerhalb eines Jahres hatte sie zweimal Saat, Wachstum der Pflanzen und Ernte miterlebt, dazu Taifuns im Frühjahr und klirrenden Frost im Winter.

Die Aufzugtüren öffneten sich. Kate trat in das Wohnzimmer und umarmte Sumi. »Diese Geheimniskrämerei ist ganz schön aufregend.«

»Ich glaube, ich bekomme kalte Füße«, flüsterte Sumi Kate ins Ohr. »Was macht Sie so sicher, daß wir diesem Arzt trauen können?«

Kate lächelte und straffte die Schultern. »Vizepräsident Chan, darf ich Sie mit Dr. Ben Masters, meinem Vater, bekannt machen?«

»Ich freue mich, Sie kennenzulernen«, sagte Ben Masters und schüttelte der erleichterten Sumi die Hand. Sie hätte wissen müssen, daß Kate die Sache perfekt organisieren würde. »Katie sagte mir, Sie haben sozusagen ein Problem mit dem Geschlecht.«

Sumi nickte. »Ich will nicht, daß jemand erfährt, daß ich eine Frau bin«, sagte sie, und die Worte klangen merkwürdig, als sie sie aussprach.

»Ich werde nur Ihren Gesundheitszustand überprüfen«, entgegnete Masters, und sein faltiges Gesicht wirkte entspannt. »Ich mache ja keine Volkszählung. Wie lange ist es her, daß Sie zuletzt durchgecheckt wurden?«

»Das letztemal war vor zehn Jahren in China.«

»Okay«, sagte der Arzt. »Wo kann ich mich einrichten?«

»Am Ende des Flurs ist ein Gästezimmer«, erwiderte Sumi. »Wird das gehen?«

»Natürlich. Geben Sie mir ein paar Minuten zur Vorbereitung.« Masters ging hinaus, und Sumi wandte sich Kate zu, die die Hand ausstreckte, Sumis streng zurückgekämmtes Haar löste und zupfte, so daß es an den Seiten herunter und in die Stirn fiel. Sie lächelte zufrieden, als sie fertig war. Jetzt konnte sie Sumi wirklich als Frau akzeptieren.

»Ich bin fertig«, rief Masters aus dem Gästezimmer.

»Ich komme«, antwortete Sumi.

Kate hielt sie auf. »Setzen Sie sich einen Augenblick. Ich möchte Sie etwas Persönliches fragen.«

»Über Sex, nicht wahr?« sagte Sumi und spürte, wie sich ihr Körper unwillkürlich anspannte. »Ich werde Ihnen sagen, was ich auch Mr. Li gesagt habe. Ich muß diese Bedürfnisse unterdrücken, um mein Spiel nicht zu gefährden.«

»Sind Sie asexuell?«

»Nein.«

»Mögen Sie lieber Männer oder Frauen?«

»Frauen ziehen mich nicht an. Warum fragen Sie mich solche Sachen?«

»Okay. Welche Art von Mann finden Sie attraktiv?«

»Kate«, sagte Sumi nervös, »worauf wollen Sie hinaus?«

»Beantworten Sie nur meine Frage. Welche Art von Mann finden Sie attraktiv – junge Zuchthengste? Muskelmänner?«

»Nein.« Sumi lachte. »Das ist blöd. Ein Spiel.«

»Also spielen Sie. Welche Art Mann?«

»Ich weiß nicht … Intelligent. Jemand, der für mich eine geistige Herausforderung ist. Ein Mann mittleren Alters, der allen jugendlichen Leichtsinn schon hinter sich gelassen hat. Stark … Aber verletzlich. Selbstsicher, aber geheimnisvoll …«

»Sie beschreiben Crane.«

»Was?«

»Sie sprechen gerade von Crane.«

Sumi erschrak und schlug sich mit der Hand auf den Mund.

»Sie lieben ihn, nicht wahr?«

Sumi schnappte nach Luft und wandte sich ab. Nun kannte Kate Masters auch ihr letztes Geheimnis.

Kate schlang von hinten die Arme um sie und legte ihren Kopf auf Sumis Schulter. »Es tut mir so leid, Liebes«, sagte sie und drehte Sumi dann sanft um, so daß sie ihr ins Gesicht sehen konnte. »Ich habe etwas für Sie.« Kate hielt ein kleines Metallmodul mit mehreren rund acht Zentimeter langen Sensoren hoch.

»Einen Chip-Port?«

»Mein Vater kann Ihnen das innerhalb von fünf Minuten einpflanzen. Vertrauen Sie mir. Es wird Ihnen bei Ihren sexuellen Problemen helfen.«

»Wer sagt, daß ich damit ein Problem habe?« fragte Sumi scharf. »Ich bin kein Chippy, Kate.«

»Ich auch nicht.« Kate schlug ihr rotes Haar direkt über dem linken Ohr hoch und zeigte ihren eigenen Anschluß. »Ich bin ein einfaches Mädchen. Wenn's mir schlecht geht, mache ich es. Oder wenn ich einfach Lust drauf habe. Im allgemeinen kommt das auf dasselbe heraus. Vertrau mir, Liebes. Ich kann dafür sorgen, daß du ein normales Liebesleben führen kannst, ohne jemals einen Mann zu haben. Fünf Minuten. Unter dem Haar, wo es niemand zu sehen bekommt, wenn du nicht willst.«

Sumi Chan starrte sie mit weit aufgerissenen Augen an.

Der Holoregen prasselte durch Sumis Schlafzimmerfenster und brachte feuchtkühle, duftende Luft mit. Sie hatte das Licht ausgeschaltet. Hin und wieder wurde der Raum von einem Blitz erhellt.

Ein leichtes Kopfweh erinnerte sie an den Chip, der in einem kleinen Kasten auf dem Nachttisch stand. Die Untersuchung war gut verlaufen, und die kleine Operation hatte tatsächlich nur fünf Minuten gedauert. Dabei hatte Kates Vater die meiste Zeit dafür gebraucht, die einen Viertelquadratzentimeter große Stelle an ihrem Kopf zu rasieren, wo der Chip-Port implantiert werden sollte. Sie bekam eine örtliche Betäubung, dann wurde ein kleiner Einschnitt gemacht, in dem die spitzen Sensoren plaziert wurden. Ben Masters trieb sie mit einem kleinen Hammer durch Muskeln und Knochen. Als er die Schädelplatte durchdrungen hatte, hieb er die Sensoren mit einem gezielten Hammerschlag tief in ihr Gehirn.

Kurz und schmerzlos.

Wieder zuckte ein Blitz auf, und Sumi drehte den Kopf, um einen Blick auf die kleine Box mit dem Chip zu werfen. Eine Pinzette war daran befestigt. Nichts spreche dagegen, das Ding gleich auszuprobieren, hatte Kate gesagt.

Sie setzte sich auf, und ihr Seidenpyjama glitt über das Laken, als sie die Füße aus dem Bett schwang. Sie öffnete die Schachtel und holte den Chip mit der Pinzette heraus. Sie tastete mit dem kleinen Finger nach dem Port und brachte den Chip an. Er ließ sich problemlos aufstecken und zeigte mit einem surrenden Geräusch, das nur sie hören konnte, an, daß er online war.

Sie wartete einen Augenblick und sah sich dann im Raum um. Nichts passierte, keine Halluzinationen, keine grellen Farben, keine Veränderungen. Enttäuscht legte sie sich wieder ins Bett, zog das Laken über sich und betrachtete die Schatten an der Zimmerdecke.

Dann plötzlich – ein Geräusch. Schritte. Jemand klopfte sanft an die Tür. Sie zog das Laken bis zum Kinn hoch. »Wer ist da?« rief sie.

Die Tür öffnete sich, und ein Mann mit einer Kerze kam herein. »Ich habe ein bißchen Licht mitgebracht«, sagte er auf chinesisch. »Ich dachte, du hast vielleicht Angst bei dem Sturm.«

Ihr Herz klopfte, als er auf sie zuging, und ihre Hand bewegte sich schon auf den Alarmknopf zu, obwohl es längst zu spät wäre, als daß man ihr noch hätte helfen können. Wie war er hereingekommen?

»Ich war die ganze Zeit hier«, beantwortete er ihre unausgesprochene Frage.

»Wer sind Sie?«

»Wer – oder was?« Er stellte die Kerze auf den Nachttisch und setzte sich auf die Bettkante. Sie spürte, wie sein Schenkel ihren berührte, während er mit unschuldigem Blick auf sie herabblickte. Als sie nach der Kerze griff, spürte sie die Hitze der Flamme.

»Fangen Sie mit dem Wer an.«

»Ich habe keinen Namen. Du wirst mir einen geben.«

»Dann Was. Was sind Sie?«

»Ich vermute, daß ich dein Traummann bin«, antwortete er. »Ich lebe in deinen Gedanken, seit der gute alte Doc Ben den Port eingebaut hat. Mir scheint, ich bin eine Mischung aus Lewis Crane, deinem Vater und einem Lehrer namens Weng, in den du als Teenager verschossen warst.«

»Mr. Weng«, sagte Sumi und verbarg ihr Gesicht in den Händen, denn es war vor Verlegenheit rot angelaufen. »An ihn habe ich nicht mehr gedacht seit ...«

»Du hast heute an ihn gedacht, als Kate Masters dich nach deinem bevorzugten Männertyp fragte.«

»Warum bist du hier?«

»Ich bin hier, um dein Liebhaber zu sein, Sumi, wenn du es möchtest. Oder dein Freund, wenn du keinen Liebhaber willst – obwohl ich sagen muß, daß du in diesem Fall ein paar unglaubliche Stimuli verpassen würdest. Das ist ein sehr guter Chip. Ich fühle mich sehr lebendig.«

»Aber du bist nicht hier ... nicht wirklich physisch, meine ich.«

»Dein Gehirn denkt, daß ich hier bin. Und das reicht mir.«

Er hob eine Hand, um ihr sanft über den Oberschenkel zu streichen. Ihre Anspannung begann sich zu lösen. Irgendwie machte es die Tatsache, daß sie sich ihren Liebhaber selbst schuf, leichter. Sie brauchte sich nicht zu fürchten. »Ich werde dich Paul nennen«, sagte sie.

»Okay.« Seine Hand strich über ihr Gesicht, und seine Berührung sandte Elektroschocks durch ihren Körper. »Warum Paul?«

Sie sah ihn mit großen Augen an. »Weil ich niemanden kenne, der so heißt«, erwiderte sie. Beide lachten.

Er schlang die Arme um sie und zog sie an sich. Sie roch sein After-shave und spürte die Rauheit seines gekräuselten Haars.

»Ich liebe dich, Sumi«, flüsterte er ihr ins Ohr.

»Ich weiß«, erwiderte sie, und Tränen rannen ihr über die Wangen. »Ich weiß.«

L. A., Kriegszone
17. Dezember 2026, 19 Uhr 03

Abu Talib saß mit Khadijah ganz hinten in dem großen Vortragssaal. Die Füße hatte er weit von sich gestreckt und den Kopf nach hinten gelegt. Er war müde, völlig erledigt und ausgepumpt. Vor fünf Monaten hatte er mit Tang einen Vertrag abgeschlossen, der ihn mit Stolz erfüllte – aber auch äußerst nervös machte. Als Gegenleistung dafür, daß die NOI auf gewalttätige Proteste verzichtete, hatte Liang Int versprochen, eine nationale Volksbefragung über ein Homeland für die NOI abzuhalten. Heute war es soweit – der Wahlabend war gekommen.

Rund dreißig Leute hatten sich an der Wand entlang aufgestellt und blickten auf die Bildschirme. Überall lief die Übertragung der Wahlen in den Städten, die eine Kriegszone besaßen. An der Frontseite des Raumes, in den Talib bei seinem ersten Besuch im Untergrund vor etwa einer Million Jahren gebracht worden war, standen Mohammed Ishmael und Martin Aziz in schwarzer und weißer Robe – zwei Männer, in der Sache vereint und in ihren Methoden so gegensätzlich wie nur möglich. Sie blickten auf einen riesigen Bildschirm, der die Stirnseite des Raumes ausfüllte. Khadijah saß bei Talib, den Kopf an seine Schulter gelehnt, und kuschelte sich an ihn. Er küßte sie auf die Stirn.

Er fragte sich, was Bruder Ishmael tun würde, wenn das Referendum nicht zu ihren Gunsten ausging. In den letzten fünf Monaten hatte Martin Aziz Ishmael tagtäglich mit dem Thema der Gewalt in den besetzten Gebieten konfrontiert. Fünf Monate lang hatte er seinen Bruder jeden Tag aufs neue zu überreden versucht, keine neuen Unruhen anzuzetteln, sondern die Phase der ›allgemeinen Aufklärung‹ einzuleiten, die Aziz ausgearbeitet hatte und die Talib leitete. Sein Job bestand darin, Reden zu halten und in allen Shows aufzutreten, in die er eingeladen wurde. Er sollte der Öffentlichkeit klarmachen, daß die Nation of Islam eine friedfertige Organisation war, die sich dem Ziel verschrieben hatte, einen Islamischen Staat zu gründen und Brüderlichkeit unter den Menschen auf Erden zu schaffen.

Er selbst hatte die letzten fünf Monate durchgearbeitet und kaum an seine wissenschaftlichen Aufgaben gedacht. Auch seine diplomatischen Funktionen in New Cairo hatte er vernachlässigt. Es war verwirrend geworden, denn er wußte oft nicht einmal, in welcher Stadt er gerade war, und sagte immer wieder die gleichen Dinge. Es hatte ihn völlig erschöpft, und dieser Zustand war ein verdammt schlechter Ausgangspunkt für eine Ehe.

Aziz hatte friedliche Demonstrationen in den Zonen organisiert, die er ›Informationsunruhen‹ nannte. Er war der Meinung, daß Ishmael mit seinen ›echten‹ Unruhen die allgemeine Aufmerksamkeit auf sie gezogen hatte. Nun war es an der Zeit, die Sympathie der Öffentlichkeit zu gewinnen. Mit Hilfe von PR und Aufklärung würde man hoffentlich genügend Wählerstimmen für die Homeland-Sache zusammenbekommen.

»Warum macht ihr euch solche Sorgen, mein Bruder und du?« fragte Khadijah. »Gewinnen wir denn nicht?«

»Im Augenblick schon«, antwortete Talib. »Du bist nicht vertraut mit den Vorgängen bei einer Wahl; die wenigsten geben ihre Stimme während des Tages ab. Die meisten warten bis zum Feierabend, schauen sich dann in Ruhe zu Hause noch einmal die letzten Wahlreden im Fernsehen an. Für sie ist Wählen auch nur eine Art der Unterhaltung.«

Er spürte mehr, als er es tatsächlich hörte, daß Khadijah einen erschreckten Atemzug machte. Sie zeigte auf einen Bildschirm an einer Seite des Raums, und er folgte ihrem Blick. Crane und eine hochschwangere Lanie waren zu sehen sowie am unteren Bildschirmrand ein Hinweis, daß über den M-Kanal Ton zu empfangen sei. Er öffnete die Leitung und bekam gerade noch das Ende von Cranes Aussage mit.

»... und das ist nur ein Grund, warum meine Frau und ich die Sache der Nation of Islam unterstützen. Wir haben für das Homeland gestimmt. Wir hoffen, Sie tun es auch.«

Überrascht, ja geradezu schockiert saß Talib da, bis er den Kanal irgendwann wieder schloß. Wie konnte er auf die Unterstützung von Crane und Lanie reagieren, abgesehen von einer Dankes-E-Mail? Crane war zur Zeit ein gefeierter Held, und jeder seiner Schritte war im Fernsehen zu verfolgen. Die Hochzeit im Himalaja war in voller Länge übertragen und oft wiederholt worden. Ansonsten hörte man, abgesehen von ein paar unterhaltsamen Homestory-Reportagen, wenig von den beiden, von ihrer Arbeit oder neuen Projekten. Selbst die wissenschaftliche Gemeinde hielt sich bedeckt, auch wenn Talib gehört hatte, daß etwas im Gange sei und Crane an etwas Neuem arbeite. Leider war er zu beschäftigt gewesen, um sich auf dem laufenden zu halten.

Nicht daß er sich Sorgen machte. Es konnte auf keinen Fall die Plattenverschmelzung sein. Crane war zwar reich genug, seit die Wette soviel Geld abgeworfen hatte, aber er würde niemals die Genehmigung für die Bohrungen bekommen, geschweige denn Zugang zu nuklearem Material. Und doch ...

Khadijah rüttelte ihn heftig am Arm. »Was ist los mit dir?« fragte sie scharf. »Du bist ja ganz aus dem Häuschen. Macht es dir soviel aus, die weiße Frau mit Cranes Kind im Bauch zu sehen?«

»Nein«, log er. »Das ist alles Vergangenheit.«

»Aber du möchtest doch gerne Kinder haben ... Am liebsten Söhne, nicht wahr?«

Talib schob ihren Kopf von seiner Schulter und sah ihr in die Augen. »Ja«, sagte er, »sehr sogar.«

»Gut«, erwiderte sie trocken. »Denn du wirst eins bekommen. Ich habe dir einen Sohn gemacht, der eines Tages New Cairo regieren wird.«

»Was?«

Ihr Blick wurde schelmisch. »Du hast mich schon verstanden«, sagte sie. »Es sollte dich nicht überraschen. Wir haben hart genug daran gearbeitet.«

Durchströmt von einem bittersüßen Gefühl der Euphorie schloß er sie in die Arme. »Das ist ja wunderbar! Wann ist es soweit?«

»Im Juni«, antwortete sie. »Nächsten Juni.«

»Du weißt schon, daß es ein Junge wird? Hast du einen Test gemacht?«

»Ich brauche keinen Test«, erwiderte sie. »Ich werde dem Islam einen Jungen schenken. Wir haben in unserer Familie alle einen sehr ausgeprägten Willen.«

»Talib!« rief Ishmael. »Schalte dein verdammtes Implantat ein!«

Mit einem mulmigen Gefühl im Bauch küßte Abu Khadijah und öffnete die V-Leitung auf seinem Armpad. »Khadijah ist schwanger!« verkündete er den Anwesenden über den Kanal.

Die Gruppe applaudierte begeistert.

»Beten wir dafür, daß es ein Junge wird«, sagte Ishmael. »Würdest du jetzt bitte auf den Bildschirm sehen?«

Talib tat, wie ihm geheißen. Er war nicht überrascht. Auf einer Seite des Bildschirms sah man Zoner, Erwachsene und Kinder, mit Kerzen in der Hand vor der Mauer einer Kriegszone stehen. Sie sangen. Auf der anderen Seite wurden die Ergebnisse des Referendums gezeigt. Die Nation of Islam war im Begriff zu verlieren.

»Wir verlieren, und mein Bruder läßt unser Volk *Negerspirituals* singen!« sagte Ishmael und hob die Arme zum Himmel. »Ein Gottesdienst!«

»Vergiß nicht«, wandte Talib ein, »wir wußten, daß es Rückschläge geben würde und Regionen, in denen wir verlieren …«

»Wir haben in Seattle einen Prozentpunkt verloren«, unterbrach einer der Wahlbeobachter. »Zwei Punkte in Phoenix.«

»Wir verlieren unsere Führungsposition in New York!«

»Das war's dann«, sagte Ishmael leise.

Talib blickte auf den großen Schirm. Die Stimmenverteilung hatten sich zuungunsten der Sache verlagert.

»Wer überwacht die Wahl in Detroit?« rief Ishmael in das Chaos hinein.

»Ich, Sir!« antwortete ein Mann, der in Talibs Nähe stand. Talib war inzwischen aufgesprungen, ebenso Khadijah.

»Nein!« sagte Aziz und packte Ishmael am Arm. »Das kannst du nicht tun.«

Ishmael riß sich los und spuckte auf den Boden. »Das ist jetzt das Resultat davon, daß ich auf euch gehört habe«, sagte er. Dann wandte er sich an den Wahlbeobachter: »Leitet Bruder Elijah die Aktion in Detroit?«

»Ja, Sir.«

»Sagen Sie ihm, er soll die Stimmung anheizen.«

»Ja, Sir.«

Aziz hatte die Übertragung aus Detroit bereits auf den großen Schirm geholt, und alle sahen zu, wie Ishmaels Anordnung die Menge erreichte. Die Menschen unterbrachen ihren Gesang sofort und schleuderten die Kerzen in Richtung der Bundespolizisten, die in fünfzig Metern Entfernung postiert war.

»Waffen!« schrie Aziz. »Was tust du da?«

»Was ich schon längst hätte tun sollen!« gab Ishmael zurück. »An dem Punkt, an dem wir jetzt sind, ist es die einzige Alternative. Vielleicht können wir noch genügend Zuschauer so weit bekommen, daß sie ihren Finger vom Wahlknopf lassen. Vielleicht können wir unseren Vorsprung so halten. Holt mir Miami auf die Leitung!«

»Es geht abwärts in Detroit!« rief der Wahlbeobachter. »Wir haben fünf Prozentpunkte verloren.«

»Sagen Sie ihnen, sie sollen durchhalten«, befahl Ishmael, während er wütend auf- und abging. Er zeigte auf einen Mann, der einen kleinen Monitor bediente. »Was ist mit der Übersicht?«

»Wir gewinnen immer noch in Städten, in denen wir nicht präsent sind«, antwortete der Mann über die Padleitung.

»Bruder«, sagte Aziz sanft in Ishmaels Implantat, »was Detroit angeht …«

»Detroit sofort abbrechen«, ordnete Ishmael an. Mit gerunzelter Stirn trat er zwischen die Mitarbeiter, die alle wie wild an ihren Terminals arbeiteten und immer neue Statistiken herunterluden. »Alle Operationen abbrechen!« befahl Ishmael. Im Raum wurde es plötzlich still, und alle Augen richteten sich auf ihn.

Der Befehl verbreitete sich schnell. In den Zonen wurden die Lichterketten aufgelöst, und die Aufständischen in Detroit hatten sich längst hinter die schützenden Mauern zurückgezogen.

»Und was jetzt?« fragte Aziz.

»Du hast die Nerven, mich das zu fragen?« Ishmael wies mit einem Finger auf seinen Bruder. »Wir verlieren, und ich mache dich dafür verantwortlich.« Dann zeigte er auf Talib. »Und dich.«

»Gewalt ist keine Lösung. Ich flehe dich an, Frieden zu bewahren«, sagte Aziz.

»Nein!« rief Ishmael. Er wandte sich von seinem Bruder ab und schritt durch die Menge. Ohne einen Blick zurückzuwerfen, verließ er durch die Seitentür den Raum.

17.

Der Salton-Graben

Imperial-Tal-Projekt
Bombay Beach, Kalifornien
15. Juni 2028, 11 Uhr

Lewis Crane steuerte den Helikopter hoch in die dicken Wolken, die weiß am stahlblauen Himmel leuchteten, und ließ ihn dann rasch absinken. Charlie, dem noch zwei Tage bis zur Vollendung seines 18. Lebensmonats fehlten, klatschte in die Hände und giggelte vor Begeisterung. Er saß auf dem Schoß seiner Mutter und hielt einen riesigen gelben Plüschelefanten in den Händen.

»Weißt du, was Wolken sind, Charlie?« fragte Crane und steuerte nach Süden in Richtung der Baustelle.

Charlie machte ein glucksendes Geräusch. Er schien seine Eltern zu verehren und entzückte sie damit, daß er jedem Wort, das sie zu ihm sagten, wie gebannt lauschte. Oft antwortete er mit einem regelrechten Schwall unverständlichen Geplappers.

»Und was wiegt so eine Wolke?«

Die Augen des Kindes, mandelfarben wie die seiner Mutter, weiteten sich. Als verstünde er, was sein Vater gesagt hatte, sah er zum Himmel auf. Er lernte gerade sprechen. Mit einem pummeligen Fingerchen zeigte er nach oben und sagte: »Wol... Wolke.«

»Genau, Kumpel. Wolke«, sagte Crane. »Ich wette, du denkst, diese Dinger wiegen gar nichts ... wie Spinnennetze. Aber eine richtig große Wolke wiegt eine ganze Menge. Vielleicht fünf Millionen Kilo. Das ist viel, ganz schön viel, hm?«

»Viel«, wiederholte Charlie und breitete seine Ärmchen weit aus. Dann hielt er sein ramponiertes Plüschtier hoch. »Fant.«

»Ja«, erwiderte Crane aufgeregt. »Vielleicht sogar zwei

Elefanten.« Er sah Lanie an. »Hast du das gehört? Zwei neue Wörter – Wolke und Elefant –, und er hat begriffen, was Größe bedeutet!«

Lanie lachte und streichelte Charlies Kopf, während sie der Versuchung widerstand, Crane aufzuziehen. Doch Charlie war tatsächlich sehr intelligent – vielleicht noch nicht weit genug, um eine Rede vor dem Nobelpreiskomitee zu halten, doch Crane war wieder einmal in seinem Stolz auf ihr gemeinsames Kind bestätigt worden. Wie sehr er Charlie liebte. Und was für ein wunderbarer Vater er war. Doch das wichtigste blieb, dachte Lanie, daß Charlie ein so sanftmütiges, neugieriges und anhängliches Kind war.

Als ob er ihre Gedanken lesen könnte, drehte sich Charlie zu ihr um und gab ihr einen feuchten Kuß auf die Wange. Sie lachte und sah dann auf die Baustelle, die mehrere hundert Meter unter ihnen lag.

Wie gewöhnlich drängten sich Demonstranten an den Toren zum Baustellengelände – seit Beginn der Bohrarbeiten, die kurz nach Charlies Geburt eingeleitet worden waren, ein alltägliches Bild. Mohammed Ishmael hatte die Themenpalette für Nation of Islam-Proteste ausgeweitet und gleichzeitig zur Gewalt aufgerufen. Ihr erklärtes Ziel bei diesen Demonstrationen gegen Northwest Gemstone war es, Crane daran zu hindern, das durchzuziehen, was sie als ›wahnsinnigen Plan, Atommüll zu verschrotten und damit die Erdbeben zu beenden‹, bezeichneten. Dieses Wissen, das war Crane und Lanie klar, konnte nur aus einer Quelle stammen – Dan Newcombe. Oder Abu Talib, wie er sich jetzt nannte.

Nachdem Dan die Stiftung verlassen hatte, hatten sie befürchtet, daß er mit dem, was er über Cranes Traum wußte, an die Öffentlichkeit gehen würde. Sie waren nur überrascht gewesen, als es so lange gedauert hatte – oder daß er so lange gebraucht hatte, von Northwest Gemstone zu erfahren und zwei und zwei zusammenzuzählen. Bislang hatten sie die Öffentlichkeit nicht belogen. Tatsächlich hatten sie noch gar keine öffentliche Erklärung abgegeben.

Aber sie hätten auch nicht lügen müssen, denn die Öffentlichkeit glaubte der Nation of Islam ohnehin nicht. Nachdem sie das Homeland-Referendum verloren hatte, war Mohammed Ishmael noch prominenter geworden und hatte Dan in der Anzahl von Reden, Auftritten im Fernsehen oder vor ihrem Volk noch übertroffen. Zweifellos hatte Mohammed Ishmael die Nation of Islam wieder zu einem terroristischen Regime mit gewalttätigen Methoden gemacht.

In allen Kriegszonen hatte es Aufstände gegeben, die sich dann auch auf die Städte selbst ausgeweitet hatten – mit Kamikazebombern und Fahrzeugen voller Bewaffneter, die jeden niederschossen, der das Pech hatte, gerade auf der Straße zu sein. Die Methoden einer zu allem bereiten Guerilla-Armee. Nach jedem neuen Massaker, jedem neuen Bombenanschlag trat sofort Mohammed Ishmael auf, um sich dazu zu bekennen und zu erklären, daß der Terror sofort aufhöre, sobald die Nation of Islam ein Homeland bekomme – und Cranes Vorhaben gestoppt werde.

Liang Int unterstützte das Projekt weiterhin, vor allem deshalb, weil es sich das Unternehmen nicht leisten konnte, Yo-Yu gegenüber das Gesicht zu verlieren. Dessen neues Logo – die blutroten Lettern YOU – schien den Mann auf der Straße anzusprechen. Yo-Yu war ohnehin ein Phänomen. Die Chips der Firma waren inzwischen so ausgereift und bewirkten so realistische Effekte, daß der Benutzer nicht mehr zwischen Wirklichkeit und Illusion unterscheiden konnte. Sie waren so gut geworden, daß Tangs Versuche, Konkurrenzprodukte auf den Markt zu bringen, wegen mangelnder Qualität kläglich scheiterten. Der technologische Graben war schlicht zu tief, und Yo-Yu hielt seine Geheimnisse sorgfältig unter Verschluß.

Und dann war da noch die Sache mit dem Mississippi-Tal. Yo-Yu, das mit seinen Chips das Geld nur so scheffelte – Chips begannen sogar das Dorphin vom Markt zu verdrängen –, hatte Liang für die gesamte Region ein Angebot gemacht, und Liang hatte akzeptiert. Mui war darüber ziemlich glücklich gewesen, denn dieser Deal bescherte

Liang America wieder einen Gewinn für das Kalenderjahr 2027. Yo-Yu hatte Geld in den gesamten Mittleren Westen gepumpt, was der Region enorme Impulse gab. Sie entwikkelte sich zu einer boomenden Grenzregion und zog Unterprivilegierte von überallher an, die die Geschäfte derer übernahmen, die nach dem Haupt- und den anhaltenden Nachbeben die Region verlassen hatten.

Skrupellos und unter Mißachtung aller Gesetze verwandelten diese Leute das Mississippi-Tal in einen Ort, an dem man schnelles Geld und zwielichtige Deals machen konnte. Das hatte Yo-Yu die notwendige Position in den wichtigsten Wirtschaftssektoren – Grundbesitz, Holzwirtschaft, Chemiefabriken, Landwirtschaft – eingebracht. Nun hatte das Unternehmen gute Chancen, Liang America endgültig das Genick zu brechen.

Und es hatte die Menschen auf seiner Seite. Eine bessere PR-Aktion als das Ozonregenerierungsprojekt, die es von Liang geklaut hatte, hatte die Welt noch nicht gesehen. Yo-Yu stellte mit dem Projekt siebenundzwanzig Prozent des atmosphärischen Ozons wieder her und half allen kostenlos. Die Menschen konnten sich stellenweise wieder frei unter der Sonne bewegen, ohne Hautkrebs befürchten zu müssen. Totgeglaubte Bäume regenerierten sich. Bei den Wahlen 2026 hatte Yo-Yu neunundachtzig Sitze im Abgeordnetenhaus gewonnen, so viele, daß eine Art politisches Gleichgewicht entstanden war. Auf diese Weise kam es seit langem erstmals wieder zu echten Debatten über echte Sachfragen.

Crane lenkte die Aufmerksamkeit der Protestierenden auf sich, indem er seinen Außenlautsprecher aktivierte. Sie fluchten zu ihnen herauf und schüttelten drohend die Fäuste. »Sie befinden sich auf privatem Grund«, sagte er, und Charlie lachte und klatschte wieder, als er die dröhnende Stimme seines Vaters hörte. »Verlassen Sie sofort das Gelände. Wir werden einen Test mit einem tödlichen chemischen Stoff durchführen. Verlassen Sie das Gelände.«

Er beugte sich vor und sah auf die Menge hinunter, die jetzt wild durcheinander redete. Dann öffnete er einen Kanal zum Kontrollraum. »Werft die Sprinkleranlage an«, ordnete er an. Alle lachten, als reines Wasser auf die Leute regnete. Die Demonstranten rannten, stolperten und schnappten nach Luft – die Macht der Überzeugung hatte sie buchstäblich in die Knie gezwungen. Crane veränderte seine Späßchen alle paar Tage, damit sich niemand darauf einstellen konnte.

Sie steuerten auf das drei Meter hohe Tor zu, und das kleine Kontingent von Bundespolizisten, das zu ihrer Verfügung stand, winkte ihnen zu, als sie passierten. Bei aller Gewaltbereitschaft hatte Bruder Ishmael die Anlage nie angegriffen. Vielleicht wollte er sich nicht zu weit von einer Kriegszone entfernen. Oder er hatte Angst, recht zu haben mit seiner Vermutung, daß hier instabiles nukleares Material verwendet wurde.

»Er sagt, die Maschinen bohren nicht?« fragte Lanie, während sie über das Gelände flogen und die letzten paar Kilometer zur Anlage zurücklegten.

»Mr. Panatopolous ist sehr wütend und möchte den Termin verlegen.«

»Was ist daran neu? Er jammert mehr als zehn andere zusammen.«

»Das genau ist Mr. Panatopolous' Stärke, Liebling. Der Beitrag unseres guten alten Panys für die Welt. Ich würde das richtig vermissen, falls er sich ändern sollte.«

»Was hast du ihm gesagt?«

»Daß meine Frau sich die Sache mal ansieht«, antwortete Crane und wackelte mit den Augenbrauen. »Du wirst es dir doch ansehen, oder?«

Sie nickte. »Hört sich nach einem Kalibrierungsproblem an. Die Bohrer schalten sich nach einer Weile ab, was niemand bemerkt, bis sie aufhören, sich zu drehen.«

Der zweistöckige fensterlose Sicherheitsbau, der sich wie eine Warze aus Beton auf der platten Wüste von Bombay Beach erhob, kam in Sichtweite. Der Standort lag am östlichen Ufer des Salton-Sees, mehrere Kilometer von einer großen Rentnersiedlung entfernt. Weiter im Osten ragten die Sankt-Bernardino-Berge auf. Die Wasseroberfläche glitzerte wie Diamanten in der hellen Morgensonne. Der fünfzig Kilometer lange und fünfzehn Kilometer breite See war erst 1905 entstanden, als der Colorado-River einen Staudamm zum Einsturz gebracht und die Gegend überflutet hatte. Der Salton war eigentlich mehr ein seichter Salztümpel als ein richtiger See. Die Reaktoren der Anlage wurden mit seinem Wasser gespeist.

Aber das war nicht der Grund dafür, daß sie sich hier niedergelassen hatten. Der Salton-See lag siebzig Meter unter dem Meeresspiegel; auf diese Weise konnten sie mit dem Bohren bereits an einer tiefen Stelle beginnen. Entscheidend aber war, daß direkt unter dem Salton-Graben Kaliforniens wichtigste Spalten aufeinandertrafen: Darunter verbanden sich Sankt-Andreas- und Imperial-Spalte zu einem weiteren Graben, der sich als Imperial-Spalte weiter bis zum Golf von Kalifornien erstreckte. Von dort verliefen die beiden Spalten Richtung Norden weiter und verbanden sich mit weiteren Gräben und inaktiven Vulkanen. Unter dem Salton-See konnte man nicht nur den Sankt-Andreas-Graben verschließen, sondern auch gleich drei weitere Spalten. Der Globus hatte demonstriert, wie wichtig es war, diese Gräben zu versiegeln: 2070, dreizehn Jahre, nachdem aus Südkalifornien die Insel Baja geworden war, würde der gesamte Bundesstaat von der mexikanischen Grenze bis nach Oregon an der Salton-Senke auseinanderbrechen und Kalifornien in eine Halbinsel verwandeln. Die Ufer des Pazifiks würden dann in Arizona und Nevada liegen.

Crane hatte die Absicht, diese Entwicklung mit einer gewagten Aktion zu verhindern. In zwei Wochen sollte es losgehen.

Er landete den Hubschrauber auf dem Platz neben dem Sicherheitsgebäude. Arbeiter waren gerade dabei, den Boden mit Schläuchen abzuspritzen, denn in der Nacht zuvor hatte der Masada getobt, auch wenn das Phänomen nach wie vor schwächer wurde und eines Tages ganz aufhören würde. Ende und neuer Anfang. Drei Monate zuvor hatte eine Gruppe von vierzig jüdischen Wissenschaftlern der immer noch starken Verstrahlung Israels getrotzt und eine von Umwelteinflüssen abgeschirmte Siedlung im hochgelegenen Stadtzentrum von Jerusalem errichtet. Ihr Kuppeldach erhob sich neben den Überresten des westlichen Walls, den Ruinen des Salomontempels, der vor über dreitausend Jahre errichtet worden war. Die islamische Welt erhob schwere Vorwürfe und sprach Drohungen aus. Doch die Juden blieben in Jerusalem. Zwei Babys waren bereits im Land ihrer Urväter zur Welt gekommen.

Das Rad dreht sich weiter, hatte Crane damals gedacht. *Sieh es endlich ein, Bruder Ishmael.*

Sie landeten neben dem Gebäude, kletterten aus dem Hubschrauber und gingen auf die Ansammlung kleiner Häuser zu, die über die Ebene verstreut lagen. Da waren Baracken für die hier stationierten Truppen, ein Gebäude mit Cafeteria und anderen Freizeiteinrichtungen, Schuppen für Geräte und Ausrüstung sowie der Maschinenpark, in dem sämtliche bizarren anthropomorphen Bohrmaschinen von Panatopolous untergebracht waren. Einzige Erhebung der Salzebene war ein sechzig Meter hoher Berg aus Aushubmaterial und Erde, der sich in der Ferne erhob.

Der Aufzug, der zu den unterirdischen Gewölben führte, sah aus wie ein weiteres Gebäude: dreistöckig und ohne Fenster. Gelber Staub schwebte in der heißen Wüstenluft durch das Lager. Sie eilten zum Eingang. Lanie zog Charlie, den sie auf dem Arm trug, die Schirmmütze tiefer ins Gesicht, um ihn vor dem Staub zu schützen, doch er schob sie sofort wieder hoch. Charlie entwickelte eine starke Affinität zur Wüste.

Nach der Identifizierung per Sonogramm passierten sie den Eingang, gingen dann fünf Meter im Dunkeln zu der inneren Tür, die so hoch und breit war, daß man auch große und schwere Ausrüstungsgegenstände hindurchschaffen konnte. Sie öffnete sich für die drei, nachdem sie ihre Fingerabdrücke hatten scannen lassen.

Die Aufzugtüren schoben sich mit einem hydraulischen Zischen auseinander, und sie betraten den Metallzylinder, der sechs Meter hoch war und einen Durchmesser von rund achtzehn Metern besaß. Er konnte hundert Personen oder sechzig Tonnen Ausrüstung befördern. Der Fahrstuhl war ein gigantischer Elektromagnet, der die natürliche Anziehungskraft der Erde als Antrieb nutzte. Die Kabine schwebte frei und ohne Bremsvorrichtung über einem dreißig Kilometer tiefen Abgrund. Im Inneren gab es zwei Knöpfe – einen für aufwärts und einen für abwärts.

Die Mitte des Zylinders war mit Teppichboden, gemütlichen Sitzgelegenheiten und Spielen ausgestattet; die Gäste sollten sich auf der zwanzigminütigen Fahrt in die Tiefe wohl fühlen. Lanie ließ sich auf eine Couch fallen. Charlie marschierte direkt auf den Holobaukasten zu, ein tragbares Projektionsgerät, mit dem sich Würfel materialisieren ließen, die man beliebig zusammenbauen und stapeln konnte. Charles Crane liebte es, sie bis zur Decke aufeinanderzuschichten, dann ganz unten einen herauszunehmen und zuzusehen, wie der Turm in sich zusammenfiel.

Crane beobachtete seinen Sohn mit der abgöttischen Liebe, wie sie nur ein frischgebackener Vater im fortgeschrittenen Alter empfinden konnte. Mit einundvierzig fühlte er sich zwar noch nicht besonders alt, aber er hatte ein ereignisreiches Leben geführt und so viel erlebt wie zehn andere zusammen. Er war glücklich darüber, daß sein Traum sich nun bald erfüllen würde. Andererseits fürchtete er, die manische Energie zu verlieren, die ihn bislang stets angetrieben hatte. Dies hier war zu wichtig für die Welt, als daß er jetzt in seinem Bemühen nachlassen durfte. Er wurde verdammt zivilisiert; bald, mutmaßte er, würde Anerkennung kommen, dann Selbstzufriedenheit und schließlich das Ende der Kreativität.

»Mußt du den Termin verschieben?« fragte Lanie, während Charlies Würfelturm zum größten Vergnügen des Jungen einstürzte.

»Alles in Ordnung«, antwortete Crane von seinem Sessel aus. Charlie sammelte die Würfel ein und begann erneut, sie aufeinanderzustapeln, diesmal zu einer Pyramide. »Ich bin nur froh, daß wir vor den nächsten Wahlen damit fertig sein werden.«

»Vielleicht hört dann auch endlich diese schreckliche Gewalt auf.« Lanie streckte sich auf dem Sofa aus. Der Fahrstuhl bewegte sich lautlos, abgesehen von einem leisen Klicken alle zehn Sekunden, wenn er einen Kontaktpunkt passierte.

»Bist du okay?« fragte Crane.

»Alles bestens. Ich bin nur ein wenig müde. Ich habe letzte Nacht nicht gut geschlafen.«

»Schlimme Träume?«

»Nein, wie gesagt, es ist nichts.«

»Lanie ...«

Angespannt setzte sie sich wieder auf. »Erinnerst du dich an die Alpträume, die ich mal eine Zeitlang hatte?«

»Der Martinique-Traum? Sicher. Es hörte auf, nachdem dein Erinnerungsvermögen wieder funktionierte.«

»Er ist wieder da«, sagte sie. »Letzte Nacht hatte ich ihn wieder.« Sie schüttelte den Kopf. »Es war so ... real. Ich spürte, wie das Feuer meine Beine verbrannte, und die Schreie und ...«

»Es ist nur ein Traum, Lanie«, unterbrach Crane sie, ging zum Sofa und setzte sich neben sie. Er legte den Arm um sie und zog sie an sich.

Sie schmiegte sich an seine Schulter. »Das Verrückte daran ist ... der Ort, wo es im Traum passiert, sieht dem hier ziemlich ähnlich.«

Er küßte sie auf die Wange. »Dein Hirn arbeitet deine äußeren Eindrücke in den Traum ein, das ist alles.«

»Nein«, widersprach sie und versteifte sich unter seiner Umarmung. »Es hat sich nichts verändert. Es hat in dem Traum schon immer so ausgesehen.«

Er drehte ihr Gesicht zu seinem. »Was sind Träume?« fragte er.

»Wahllose elektrische Impulse im zerebralen Cortex. Das Gehirn interpretiert sie aufs Geratewohl.« Lanie hielt seinem Blick stand. »Wie kommt es also, daß ich diesen Ort schon vor vier Jahren im Traum gesehen habe?«

»Zufall«, erwiderte Crane. »Unterirdische Gänge sehen immer ziemlich ähnlich aus.« Das ganze Projekt erwies sich für alle Beteiligten als nervenaufreibend, und er war froh, wenn es endlich abgeschlossen war. Was jetzt noch folgte – Öffentlichkeitsarbeit und ähnliches –, sollte jemand anderes koordinieren. Er hatte Lust, sich auszuruhen und mehr Zeit mit seiner Familie zu verbringen.

»Vielleicht.«

Sie kamen ihrem Ziel näher. Crane spürte im Bauch, daß sie langsamer wurden. Dann entließ sie der Fahrstuhl in eine große, hell beleuchtete Halle mit Betonwänden und Stahlträgern. Mehrere Gänge führten von hier aus zu verschiedenen Abteilungen der unterirdischen Anlage. Sie nahmen den Gang Richtung Verwaltungstrakt, gingen an der Besucherrezeption vorbei und erreichten schließlich den Computerraum.

In der Tür übergab Lanie Charlie an seinen Vater. »Hier, geh du mit deinem Daddy Mr. Panatopolous besuchen, während Mami die große Anlage wieder zum Laufen bringt.«

»Komm, Kumpel«, sagte Crane. »Wir schauen uns die großen Bohrer an.«

»Bohr!« rief Charlie aufgeregt.

Der Gang endete an einer kleinen Stahltreppe, an der ein Schild hing mit der Aufschrift: Zutritt für Unbefugte verboten! Sie gingen die Treppe hinauf und betraten das Gewölbe.

Es war riesig, über vierhundert Meter lang. Die Decke der natürlichen Höhle war etwa dreißig Meter hoch. Von diesem Hauptgewölbe aus zweigten Panatopolous' Höhlen ab. Groß genug für Lastwagen und Ausrüstung, erstreckten sie sich in jeder Richtung über fünf Kilometer. Helles Licht leuchtete den Raum aus, doch es herrschten nicht mehr als die für diese Tiefe natürlichen rund zwanzig Grad.

Von dem großen, verglasten Computerraum aus konnte man das ganze Hauptgewölbe überblicken. »Wink deiner Mutter zu, Kumpel. Das erwartet sie jetzt.«

Crane und Charlie winkten durch das Fenster, und mit einem warmen Lächeln winkte Lanie zurück. Sie waren symbiotisch, er und Lanie, und paßten in allen Aspekten ihres Lebens perfekt zusammen. Sie teilten sich die Fürsorge um Charlie und arbeiteten dann, wenn sie wollten oder mußten. Mehr als alles andere verstanden und respektierten sie die Bedürfnisse des anderen. Keiner von beiden war unterlegen. Zum erstenmal in seinem Leben verstand Crane das Sprichwort: »Der Mensch ist nicht dafür geschaffen, allein zu bleiben.«

Er stellte Charlie auf den Boden. Der Junge stürzte schnurstracks auf die dreirädrigen Karts zu, die in der Höhle benutzt wurden. Crane eilte hinter ihm her, und sie bestiegen eines davon. »Ruf Mami an«, sagte er und hielt dem Jungen sein Armpad entgegen. Charlie aktivierte die Privatleitung.

Lanies Stimme ertönte in Cranes Implantat. »He, wir arbeiten hier oben.«

»Ja, ja. Kannst du mir sagen, wo Panatopolous ist?«

»Korridor A«, erwiderte sie. »Ganz hinten.«

»Danke, Schatz. Bis bald.«

Crane schloß den Kanal und steuerte das Fahrzeug über den Betonboden. Während sie durch die Höhle auf Korridor A zufuhren, kam die Energiezentrale in Sicht. Gruben mit einem Durchmesser wie ein Swimmingpool waren im Abstand von zehn Metern direkt in den Fels gehauen. Sie waren mit Geländern gesichert. Jede Grube war etwa sechs Kilometer tief, und in der Mitte befanden sich Rohre mit dreißig Zentimetern Durchmesser, die mit nuklearem Material gefüllt waren. Es gab Hunderte solcher Rohre.

Das Kart steuerte nach links in den Korridor A, der sich zwischen den Gruben hindurchschlängelte. Das nukleare Material, das die Rohre enthielten, war dafür gedacht, die zahllosen verschiedenen Spalten zu verschweißen, die die Region durchzogen. Sie befanden sich jetzt so tief unter dem Salton, daß sich das seichte Wasser des Sees bei einer Explosion nicht einmal mehr kräuseln würde.

Große Displays, die im Abstand von ein paar hundert Metern aufgestellt waren, gaben die Strahlungsintensität an. Es bildeten sich hin und wieder feine Risse – kein Wunder bei einem System, das eigentlich nicht dafür gedacht war, länger als eine Woche zu halten. Bei der Menge an radioaktivem Material, das sie in den letzten achtzehn Monaten verbraucht hatten, war es bemerkenswert, daß sie bislang noch keinen ernsthaften Zwischenfall erlebt hatten. Aus diesem Grund konnten sie auch wohl noch vor dem ursprünglich angesetzten Termin und damit vor den Wahlen fertig werden. Das war besonders wichtig, denn es wurde allgemein erwartet, daß Yo-Yu einen Erdrutschsieg davontragen würde. Und da das Projekt immer bekannter wurde und bei der Öffentlichkeit immer mehr an Glaubwürdigkeit gewann, könnte das sein Ende bedeuten, wenn sie nicht rechtzeitig fertig wurden.

Der Gang schlängelte sich weiter, und überall an seinen Wänden ließen sich die Spuren von Spaltendruck, Scherkräften und Druckspannung ablesen; es war eine geologische Schatztruhe. Das alles würde schmelzen, sobald die Detonation ausgelöst worden war.

Als sie ein langes, gerades Stück des Korridors erreichten, entdeckte Crane Panatopolous in rund dreißig Metern Entfernung am Ende des Weges. Der kleine Mann sprang wie immer wütend hin und her. Crane hatte sein Wort gehalten und an den Mann gedacht, der ihnen bei den Bohrungen im Alluvialboden des Reelfoot geholfen hatte. Er hatte Panatopolous die gesamte Arbeit übertragen und ihm überdies eine Prämie von fünfzig Prozent versprochen, falls er bis Ende März fertig würde.

»Wird Zeit, daß Sie kommen«, sagte Pany, als sie näherkamen, und setzte ein entspanntes Lächeln auf, als er Charlie entdeckte. »He, da ist ja mein großer Junge.« Panatopolous holte ihn aus dem Kart und hielt ihn hoch. Charlie lachte, wandte seine Augen aber nicht von dem drei Meter großen Bohrgerät ab, das aussah wie eine überdimensionale Gottesanbeterin. »Du wirst jeden Tag größer.«

Charlie war das inoffizielle Maskottchen des Projekts und tatsächlich von Beginn an bis jetzt unter den wachsamen Augen von sechzig Mitarbeitern vom Säugling zum Kleinkind herangewachsen.

Crane ging auf die Maschine zu, deren Schnauze tief in einem Bohrloch steckte. Das Ende des Lochs war zu weit entfernt, als daß man es hätte sehen können. Eine mannshohe Kabine hing direkt darüber. In diesen Kabinen fuhren Arbeiter in die Löcher ein, um die Wände auf eventuelle Sickerstellen zu überprüfen. Und bald würden sie die vielen Tonnen Plastiksprengstoff nach unten transportieren, die die Atomexplosion initiieren sollten.

Die Maschine besaß einen starken Bohrer, der das Gestein buchstäblich zermalmte. Der Bohrabfall wurde nach oben in das Innere der Maschine gesogen, in eine lange zylindrische Kammer, wo das Gestein mit Hilfe von Ultraschall zu Staub zermahlen wurde. Von dort wurde es durch einen Schlauch auf einen wartenden Kipplaster geleitet, der es zu dem künstlichen Berg auf der Oberfläche transportierte.

Panatopolous trug Charlie zu seinem Vater. »Ich könnte schon lange fertig sein, wenn ich nicht an Ihren verdammten Computern hängen würde. Ein Loch ist ein Loch. Warum müssen Sie meine Löcher überprüfen?«

»Sie wissen eine ganze Menge über Löcher«, sagte Crane. »Ich weiß eine Menge über das, was darin ist.«

»In einem Loch ist gar nichts. Es ist leer.«

Crane lächelte ihn an. »Wieviel wiegt eine Wolke?« fragte er.

»Was?«

Cranes Pad zeigte blinkend an, daß Lanie in der Leitung war. Er öffnete den Kanal. »Ich suche nach einem Bohrer, der zur Zeit nicht eingesetzt ist«, sagte er. »Was gibt's?«

»Wage es nicht, Charlie in der Nähe eines Lochs loszulassen«, erwiderte sie in seinem Implantat.

»Roger.«

»Sag unserem unglückseligen Freund, daß er seinen Bohrer um 0,5 Zentimeter bei dreiundzwanzig Grad rekalibrieren muß ...«

»0,5 Zentimeter bei dreiundzwanzig Grad«, wiederholte Crane.

Panatopolous fluchte und entschuldigte sich dann bei Charlie.

»Er kommt mit seinem Loch gerade durch eine Verwerfung im Gestein. Die Computer können mit den absurden Daten eines Lochs, das sich bewegt, nichts anfangen.«

»Alles klar. Sonst noch was?« Sie schwieg ein paar Sekunden. »Lanie?«

»Hier sind zwei Besuchergruppen für eine Besichtigung.«

»Aha?«

»Eine davon ist eine kleine Gruppe der Nation of Islam.«

»Was? Ich erlaube niemals ...«

»Tut mir leid, Crane«, sagte sie sanft. »Sumi rief mich gestern an und fragte, ob wir ihm diesen persönlichen Gefallen tun könnten. Vielleicht ist es ja ein Weg, um der Gewalt ein Ende zu bereiten. Du warst gerade nicht erreichbar; ich steckte bis zum Hals in Arbeit ... Ich sagte ja und vergaß dann, dir davon zu erzählen.«

»Laß niemanden am Empfang vorbei. Ich bin auf dem Weg«, ordnete Crane an, während er Panatopolous Charlie abnahm. Crane war so berühmt, daß er große Aufmerksamkeit auf sich zog. Zur Inbetriebnahme der Anlage hatten viele Menschen lauthals gefordert, die Anlage besuchen und Crane vor Ort treffen zu können. Die beste Öffentlichkeitsarbeit, so hatten Crane und Lanie beschlossen, war es, ein paar ausgewählte Gruppen zu begrenzten Besuchertouren zuzulassen, die sich vor allem auf die Geologie des Höhlensystems konzentrierten. Dieser Schritt diente ebenfalls dazu, das Projekt möglichst geheimzuhalten.

»Crane«, sagte Lanie. »Dan ist dabei.«

Wut stieg in ihm hoch. »Ich kann nicht glauben, daß er die Nerven hat hierherzukommen.«

»Er steht direkt vor mir«, erwiderte Lanie.

Abu Talib stand in der Besucherlounge mit den Schließfächern und fühlte sich nicht wohl in seiner Haut. Bei ihm waren Khadijah, die mit dem zweiten Kind schwanger war, und Martin Aziz. Er spürte nun deutlich den Haß auf Crane, den er von Beginn an in sich getragen, aber in der ersten Zeit vollkommen unterdrückt hatte.

Hier in Cranes Höhle des Wahnsinns erkannte er die Strukturen des Bösen. Eine Gruppe Schüler der Grundschule des benachbarten Orts Niland tobte im Raum herum, verfolgt von ihrem Lehrer, der verzweifelt versuchte, sie zur Vernunft zu bringen. Talib nahm davon nichts wahr. Er hörte die Geräusche: mechanische Geräusche, die Stimmen von Arbeitern, das Summen der Belüftungsanlage. Es waren die Geräusche eines arbeitenden Systems, die Verwirklichung von Cranes Versuch, Gott zu spielen. Wenn er bislang noch einen Hauch von Zweifel an seinem Verdacht gehabt hatte, so war er jetzt hundertprozentig sicher. Er mußte sich nicht einmal umsehen. Er wußte, daß unter ihnen zahlreiche Schächte entlangführten, die mit nuklearem Sprengmaterial vollgepackt waren.

Obwohl er nicht gläubig war, empfand er die Naturgesetze als heilig. Die Erde war gut so, wie sie war, ein Endprodukt all dessen, was sich bislang ereignet hatte. Die Vorgänge auf ihr waren sakrosankt. Sie untersuchen – kein Problem. Versuchen, mit ihnen in Harmonie zu leben – selbstverständlich. Aber sie beeinflussen und kontrollieren? Blasphemie. Er dachte an das Newtonsche Gesetz von Aktion und Reaktion. Wie würde die Erde auf Cranes Angriff reagieren?

Abu Talib spürte, wie sich die Wut in ihm ausbreitete. Er trug die Last der Rechtschaffenheit auf seinen Schultern. Er mußte tun, was sonst niemand tun konnte: diesen Wahnsinnigen aufhalten, bevor er den Planeten zerstörte.

»Ich kann nicht glauben, daß Sie tatsächlich hergekommen sind.«

Talibs Kopf schnellte in die Richtung, aus der Cranes Stimme kam. Crane wurde von zwei ›G‹s flankiert, Lanie folgte mit dem Kind, ihrem weißen Kind, auf dem Arm. »Und ich kann nicht glauben, daß Sie das tatsächlich tun wollen«, entgegnete er.

Lanie schob sich zwischen den Polizisten hindurch und betrat ebenfalls den Raum. »Hallo, Kinder«, sagte sie zu den Schülern, die in ihrem Spiel innegehalten hatten, als Cranes Worte gefallen waren. »Sucht euch bitte ein Schließfach aus und legt jede Art von Kommunikationsgerät ab, das ihr vielleicht bei euch habt. Stellt eure Implantate ab. Zieht die Armpads ab und legt sie in die Schließfächer.« Sie taten, wozu Lanie sie aufgefordert hatte. »Danke. Jetzt folgt bitte den Polizisten hier, die euch die Räume mit dem Gestein und den Edelsteinen zeigen werden.«

Die Kinder stellten sich hinter einem der Sicherheitsleute mit den Maskengesichtern auf.

Crane ging mit dem anderen ›G‹ in den Überprüfungsraum, um die drei Personen scannen zu lassen. »Wie viele Menschen haben Sie heute getötet, Dan?« fragte er. »Haben Sie die Dreitausendermarke schon überschritten?«

»Lassen Sie ihn in Ruhe«, sagte Khadijah. »Wir führen einen Befreiungskrieg. Im Krieg kommen Menschen um.«

»Sie müssen seine Frau sein«, sagte Crane und ging auf sie zu.

»Ich werde darauf jetzt nicht eingehen, denn es geht heute nicht um die Nation of Islam«, erwiderte Talib. »Ich bin hier, um Ihnen eine letzte Chance zu geben, zur Vernunft zu kommen. Bitte, beenden Sie diesen Wahnsinn.«

»Sie kennen mich weiß Gott gut genug, um zu wissen, daß das sinnlos ist«, gab Crane zurück.

»Aber *ich* kenne Sie nicht, Dr. Crane«, sagte Martin.

Crane blickte den Mann im weißen Gewand an. »Wer sind Sie?«

»Jemand, der Gewalt ebenso verabscheut wie Sie«, erwiderte Aziz.

»Dann befinden Sie sich in schlechter Gesellschaft.«

Lanie trat mit dem Baby auf dem Arm vor, und Talib versteinerte. »Hallo, Dan«, sagte sie, und er verschränkte die Arme, damit man nicht sah, wie seine Hände zitterten.

»Sie sind also Lanie«, sagte Khadijah und trat zwischen sie und Abu. »Ich bin Khadijah, Abu Talibs Frau. Sie haben einen süßen Sohn.«

»Danke«, erwiderte Lanie, den Blick noch immer auf Talib gerichtet. »Ich habe gehört, ihr habt eine Tochter?«

»Und einen Sohn, der unterwegs ist«, antwortete Khadijah und klopfte sich auf den Bauch. »Hat Ihr Sohn den Wahnsinn von seinem Vater geerbt?«

»Das hoffe ich«, sagte Lanie kalt und blickte weiter Talib an. »Warum kannst du uns nicht in Ruhe lassen, Dan? Was haben wir dir bloß angetan?«

Er wandte den Blick ab, als er spürte, wie sein Widerstand zu brechen begann. »Du begreifst es einfach nicht«, sagte er. »Lanie, das hier kann den Planeten zerstören!«

»Okay«, sagte Crane. »Raus.«

Talib hatte nie gewußt, daß Crane hassen konnte, aber jetzt spürte er es, denn er strahlte diesen Haß geradezu aus. Der Feind. Talib widersetzte sich Cranes Anordnung nicht.

Vom Computerraum kehrten sie in den Kontrollraum zurück, vor dem gerade der Hausmeister fegte. Als Talib an ihm vorbeiging, spürte er, wie ihm etwas in die Tasche geschoben wurde.

Als sie den Raum erreichten, nahm Talib die Mini-CD aus der Tasche, schob sie in den Schlitz seines Armpads und kopierte den Inhalt. Er hustete, um das Piepsen zu übertönen, das das Ende des Kopiervorgangs meldete. Dann nahm er die CD wieder heraus und warf sie in den Mülleimer neben der Tür, während der Hausmeister den Raum betrat, um dort weiterzufegen.

Crane und der Sicherheitsbeamte führten sie zum Fahrstuhl zurück. Auch die Schulklasse war inzwischen mit der Besichtigungstour fertig und folgte ihnen. Während sie zum Lift gingen, packte Crane Talib am Arm und starrte ihn wütend an.

»Ich weiß nicht, was Sie hier nach all der Zeit noch wollen«, sagte er. »Aber dies war das letztemal. Ich will Ihr Gesicht nie wieder sehen.«

»Nehmen Sie Ihre Hand von mir«, sagte Talib und riß sich los, während sich die Aufzugtür zwischen ihnen schloß.

Das letzte, was Crane von Talib sah, waren dessen Augen, die vor Haß wie Lava glühten. Der Strom der negativen Gefühle floß also in beide Richtungen.

»Crane!« rief Lanie und kam mit dem glücklich lachenden Charlie auf den Schultern durch den Raum gelaufen. »Crane!«

Sie erreichte ihn außer Atem und runzelte die Stirn, als sie die geschlossene Lifttür sah. »Sie sind weg«, sagte sie.

»Gerade gegangen. Ist was passiert?«

»Wir vermissen eine CD.«

»Welche?«

»Basisprogramme, Blaupausen, Strukturanalysen.«

»Zeig's mir«, sagte Crane, schon auf dem Weg den Korridor entlang. »Wenn sie etwas mitgenommen haben, erwischen wir sie oben noch.«

Sie stürzten in den dunklen und kühlen Computerraum, der direkt aus dem Felsen gehauen war.

»Ich hatte sie eingeschoben«, sagte sie, »um Panys Kalibrierungsprobleme zu untersuchen, und dann legte ich sie ...«

»... hierher?« fragte Crane, nahm eine kleine CD von der anderen Seite des Keyboards und hielt sie ihr hin.

»Das ist sie!« sagte sie, ergriff sie und legte sie in den CD-Tresor. Dann drehte sie sich zu ihm um und sah ihn ernst an. »Ich habe sie nicht dorthin gelegt.«

»Bist du sicher?«

Sie nickte, und Crane blickte zur Decke, als ob er Talib durch den massiven Felsen hindurch hätte sehen können.

18.

Versteckte Spalten

IMPERIALTAL-PROJEKT
30. JUNI 2028, 21 UHR 18

Harry Whetstones Stimme hallte durch die Höhle, als er von dem kleinen Podium aus sprach, das im Hauptgewölbe aufgestellt worden war. Anwesend waren die wichtigsten Partner des Projekts. Crane beobachtete ihn mit einem merkwürdigen Gefühl der Ruhe, als ob die Dämonen endlich besiegt wären.

»Wir stehen heute abend an einem historischen Scheidepunkt«, sagte Stoney, der alt und gebrechlich aussah. »Ich hätte nie gedacht, daß ich einmal im Inneren einer Bombe stehen würde, noch dazu in der größten Bombe der Weltgeschichte. Ich hätte niemals gedacht, daß ich einmal sehen *will*, wie eine Bombe explodiert. Doch in diesem Fall kann ich es kaum abwarten. Wir stehen kurz vor dem nächsten großen Schritt der Menschheit: Wir sind im Begriff, unsere Umwelt zu zähmen, nicht nur zum Wohle aller Menschen auf der Welt, sondern auch derer, die noch geboren werden. Und ich bin stolz darauf, daß ich einen kleinen Beitrag dazu leisten konnte.

Ich sage ›einen kleinen Beitrag‹, weil eigentlich nur eine Person eine wesentliche Rolle bei der Verwirklichung dieses Ziels gespielt hat. Ein Mann, dessen großes Wissen und nimmermüde Hingabe allein dieses gigantische Werk möglich gemacht haben – Lewis Crane!«

Die siebzig Anwesenden brachen in tosenden Jubel und Applaus aus, der durch den Hall noch verstärkt wurde. Im Publikum befanden sich auch die Arbeiter, außerdem all diejenigen, die ihr Leben ebenfalls Cranes Traum verschrieben hatten – Sumi Chan, Kate Masters, Stoney, die Herren Tsao und Tang, Burt Hill sowie das Personal der Stiftung.

Crane winkte der Menge zu, und Whetstone hob ein

Glas Champagner. »Auf Sie, Crane!« rief er. »Sie haben sich mit unerschütterlichem Mut unglaublichen Herausforderungen gestellt!«

Alle tranken. Lanie trat neben Crane und schmiegte sich an seinen gesunden Arm. »Du hast es geschafft«, sagte sie und küßte ihn auf die Wange. »Du hast es wirklich geschafft.«

»Wir alle haben es geschafft«, entgegnete Crane. »Alle hier haben dazu beigetragen, daß es klappt … vor allem du.«

»Du bist der Dreh- und Angelpunkt, Crane.«

»Bist du okay?« fragte er. Er hatte sich den ganzen Tag über sie gewundert. Sie war zwar körperlich anwesend, schien aber tief in Gedanken versunken zu sein, Gedanken, die sie nicht in Worte faßte.

»Ich fühle mich seltsam«, sagte sie. »Das war alles ein bißchen viel.«

»Ja«, erwiderte er und zog sie an sich. Er sog ihre Nähe, ihren Duft in sich auf. »Ich liebe dich so sehr.«

»O Crane«, sagte sie und küßte ihn auf den Mund, um ihm dann lächelnd in die Augen zu sehen, »du wirst nie verstehen, wie sehr du mein Leben verzaubert hast.«

»Kann ich das je verstehen?« flüsterte er. »Ich habe nicht gelebt, bis ich dich kennenlernte. Eine Frau, eine Familie – ich hätte nie gedacht, daß diese Dinge für mich möglich wären. Ich …«

Sie brachte ihn mit einem Kuß zum Schweigen und sagte dann ernst etwas Merkwürdiges: »Vergiß nie unsere gemeinsamen Momente. Durch sie werde ich immer bei dir sein.« Die Art, wie sie das sagte, traf Crane ins Mark. Die Haare in seinem Nacken richteten sich auf.

»Ich gratuliere, Crane«, sagte Mui und verbeugte sich förmlich. »Sie haben überpünktlich geliefert, es gab keine Probleme, weder bei der Arbeit noch in wissenschaftlicher Hinsicht. Sie haben alles selbst bezahlt und versprochen, das Grundstück in seinem natürlichen Zustand wieder zu verlassen. Sie halten Ihr Wort, Sir. Das gefällt mir.«

»Und mir gefällt Liang Ints Engagement für unsere Sache.« Crane verbeugte sich ebenfalls. »Sie haben nicht nachgegeben, auch dann nicht, als Sie unter Druck gerieten.«

Mui verbeugte sich erneut. Lächelnd sagte Lanie: »Nun, in ziemlich genau zwölf Stunden werden wir den Höhepunkt des Projekts und die Erfüllung des Traums meines Mannes erleben. Ich möchte mich jetzt bei Ihnen entschuldigen, ich muß meinen Sohn suchen.«

Lanie ließ die beiden stehen. Charlie war nur eine Ausrede – sie wußte, wo er sich befand. Sie gab sich alle Mühe, sich heute abend zusammenzureißen. Während alle anderen feierten, plagten sie angstvolle Gedanken. Der Todestraum war in dieser Nacht realer als je zuvor gewesen, und sie hatte den ganzen Tag über den Hauch des Schicksals um sich herum gespürt. Sie hatte dieses Gefühl nicht abschütteln können und verbrachte die meiste Zeit damit, ihre Besorgnis vor anderen zu verbergen.

Kate trug Charlie herum – er war ein Junge, dessen Füße nur selten die Erde berührten. Sie und Sumi unterhielten sich am Büfett, während Charlie sich nach Kanapees streckte, mit denen er dann jeden bewarf, der vorbeiging.

Lanie bahnte sich einen Weg durch die begeisterte Menge auf sie zu und erwischte Charlies Arm gerade noch, bevor er eine seiner Kanapeeraketen auf eine Flugbahn Richtung Whetstones Kopf schicken konnte.

»Und? Wer sittet hier wen?« fragte sie und nahm den Jungen, der langsam müde und leicht reizbar wurde. Es war Zeit für ihn, ins Bett zu gehen.

»Ich ziehe die Pflichten einer Tante denen einer Mutter jederzeit vor«, sagte Kate und zupfte ihre Pailletten zurecht. »Du kannst mit ihnen spielen, sie müde machen, und wenn sie anstrengend werden, gibst du sie einfach ihrer Mutter zurück.«

»Sie haben ein wundervolles Kind«, sagte Sumi, wandte sich dann nach links und sprach ins Leere. »Findest du nicht auch, Paul?«

»Paul?«

»Tut mir leid«, sagte Sumi und schüttelte den Kopf.

»Lassen Sie mich vorstellen: Paul, dies ist Elena King-Crane.«

»Nennen ... Sie mich Lanie«, sagte sie zögernd, kniff ihre Augen zusammen und sah Kate an.

»Paul ist Sumis Chip-Freund«, erklärte Kate. »Ein Freund, der nur in Sumis Gehirn existiert. Jemand, mit dem man sprechen und alles teilen kann.«

»Sie meinen, ein imaginärer Freund?« fragte Lanie.

Sumi lachte mit Paul, den Blick ins Leere gerichtet. »Imaginär für Sie«, sagte sie und sah dann Lanie an. »Für mich ist er meine bessere Hälfte. Er ist klug und geistreich ... und liebt Dinge wie Reisen, Partys, Wandern. Wäre es vielleicht möglich, daß Paul und ich hier unten eine kleine Besichtigungstour unternehmen?«

»Sicher«, erwiderte Lanie. »Nehmen Sie einen der Karts, die unter dem Computerraum stehen. Sie können sich frei bewegen, aber passen Sie auf die Schächte mit dem Nuklearmaterial auf. Wenn Sie da reinfallen, geht's sechs Kilometer nonstop bergab.«

»Danke.« Sumi lächelte und wandte sich an Paul. »Gehen wir.«

Sie verschwanden, und Lanie sah Masters an. »Ist mit Sumi alles okay?«

»Ja, ja.« Kate lächelte. »Es ist ein Ding von Yo-Yu. Der Chip ist direkt mit dem Unterbewußtsein verbunden, speichert aber auch Erinnerungen wie eine Art Extragehirn und ermöglicht es, alles mit dem ›Freund‹ Erlebte wieder abzurufen und fortzusetzen. Der Chip ist vor allem für einsame Menschen gedacht. Ältere Menschen, die nicht nur einsam, sondern auch verlassen sind, finden eine komplette, neue Welt voller Liebe und Glück in einer Beziehung, die sie nicht strapaziert oder übermäßig in Anspruch nimmt.«

»Aber Sumi ist Vizepräsident der Vereinigten Staaten«, hakte Lanie nach. »Tritt er denn in der Öffentlichkeit immer so auf?«

»Nicht immer«, sagte Kate, »aber ziemlich oft. Ich denke, daß Paul möglichst wenig verpassen will und sich relativ aggressiv damit durchsetzt.«

»Sie sagen mir besser Bescheid, wenn Paul in der Nähe ist. Ich möchte ihm nicht auf die Füße treten oder so was.«

»Der Chip ist sehr agil. Er vermeidet jeglichen Kontakt zu anderen.«

»Sie tun so, als ob es sich um eine reale Person handeln würde.«

»So real wie Sumi, nehme ich an«, sagte Kate. »Was ist mit Ihnen? Sie sehen nicht so begeistert aus, wie ich mir das für die wichtigste Nacht Ihres Lebens erwarten würde.«

»Ist das so offensichtlich?«

»Sie wirken ängstlich, Liebes. Was ist los?«

»Ich weiß nicht«, sagte Lanie, drückte Charlie an sich und schmiegte ihre Wange an sein Köpfchen. »Diese Höhle erinnert mich langsam an … an eine Krypta oder so etwas. Wenn all das hier vorbei ist, setze ich nie wieder einen Fuß in solch einen Stollen.«

»Sie sind schon der zweite, den ich heute so etwas habe sagen hören.«

»Wer ist der andere?«

»Burt Hill.«

Burt Hill befand sich am Boden von Schacht Nummer 33 und suchte systematisch nach Konspiratoren. Er war aus der Kabine geklettert und inspizierte nun den Nuklearkern, was etwa zehn Sekunden dauerte. Er spürte überall um sich herum Gefahr, so wie damals, als ihn Doc Crane aus dem Krankenhaus geholt und ihm einen Job gegeben hatte. Wie ein plötzlicher Schauer am ganzen Körper fühlte er den eisigen Griff des Verrats, der sich um sein Herz schloß.

Er blickte hinauf und sah ein schwaches Licht, einen glühenden Punkt sechs Kilometer über ihm, ein weit entferntes, riesiges Auge, das auf ihn herabsah. Er kletterte zurück in die Kabine und drückte den Aufwärtsknopf. Lautlos schwebte die Kabine nach oben. Markierungen an der Wand zeigten an, wie weit er bereits nach oben gestiegen war. Die Wand war über und über mit Sprengstoff bedeckt. Er konnte heute nacht auf keinen Fall alle hundert Schächte überprüfen. Er mußte an etwas anderes denken.

Da kam ihm eine Idee.

Crane saß mit Whetstone im Computerraum. Zum erstenmal war Stoney betrunkener als er. Obwohl das nicht ganz stimmte, dachte Crane. Seit Lanie in seinem Herzen eingezogen war, war er kaum mehr betrunken gewesen. Sie beobachteten das Partytreiben durch die Fensterscheibe, durch die gedämpfte Geräusche drangen.

»Ist das alles nicht manchmal wie ein Traum für Sie?« fragte Whetstone. Seine Haut war blaß, fast durchscheinend, und seine Lippen hatten eine bläulichrote Färbung.

»Das hier?« fragte Crane zurück. »Nicht wie ein Traum. Verdammt, ich habe jede Schaufel voll Erde gesehen, die aus diesem stinkenden Wüstenboden geholt wurde. Es ist fast zu real für mich. Aber da ist tatsächlich etwas ... das ich nicht benennen kann.«

»Ich will Ihnen helfen.« Stoney lächelte. »Sie haben Ihr gesamtes Leben einem Gedanken, einem Ziel gewidmet. Jetzt, da Sie im Begriff sind, dieses Ziel zu erreichen, fühlen Sie sich irgendwie davon abgekoppelt, vielleicht sogar unnütz.«

»Sie haben das auch erlebt, nicht wahr?«

»Als ich Sie traf, alter Junge. Ein Mensch kann nur eine bestimmte Menge Geld machen, irgendwann erlischt sein Feuer. Sie und Ihre wilden Ideen haben das Feuer zurück in mein Leben gebracht. Dadurch habe ich das Gefühl bekommen, daß mein Leben wieder einen Sinn hatte.«

»Was sollen wir jetzt tun?«

»Ich werde jetzt sterben, Crane.«

»Ach, kommen Sie, Stoney. Das ist keine Nacht zum ...«

»Nein«, sagte Whetstone. »Es ist wahr. Mein schnelles und vergnügungssüchtiges Leben hat mich endlich eingeholt.«

»Kann man denn gar nichts mehr tun?«

Whetstone zuckte die Achseln. »Es gibt diese außerordentlichen Geräte, mit denen die Reichen über Jahrzehnte am Leben gehalten werden. Das ist nichts für mich. Zu makaber. Ich habe als Mensch gelebt. Ich werde nicht als Probe Nummer A-57 in einer verdammten Maschine sterben.«

»Wieviel Zeit bleibt Ihnen noch?«

Stoney blickte wehmütig drein. »Wie lange braucht ein Blatt, um sich von einem Ast zu lösen und zu Boden zu fallen? Es ist Herbst, Crane.«

Crane sah ihm ohne Mitleid oder Angst in die Augen. Sie wußten beide, was der Tod bedeutete, und fürchteten sich nicht davor. »Ich werde Sie vermissen«, sagte er.

»Sie und meine Exfrauen.« Stoney lachte schwach. »Sie werden dann wohl selbst für sich sorgen müssen. Ich vermache alles der Stiftung.«

»Die Stiftung braucht Ihr Geld doch gar nicht.«

»Ich kenne Sie, Crane. Ich weiß, wie Sie denken und wie Sie leben. Ihr Leben wird auch nach morgen früh weitergehen. Sie müssen überlegen, was Sie als nächstes tun. Die Stiftung kommt inzwischen ziemlich gut allein zurecht.«

»Darüber habe ich auch schon nachgedacht.«

Stoney stellte seinen Drink auf den Fußboden und nahm Cranes gesunde Hand in seine. »Sie sind ein kluger Mann, Crane«, sagte er, »aber das Alter bringt seine eigene Art von Weisheit. Hören Sie mir zu: Suchen Sie sich etwas Neues im Leben, dem Sie sich verschreiben, etwas Positives. Sie sind ein ganz besonderer Mensch, und Sie haben Träume wie niemand sonst auf der Welt. Verlieren Sie sich selbst nicht aus den Augen. Arbeiten Sie am letzten Tag Ihres Lebens ebenso hart wie am ersten. Sie haben mich gelehrt, was es heißt, sich einer Sache zu verschreiben. Dieses Wissen möchte ich Ihnen jetzt zurückgeben. Erinnern Sie sich an die Drei-Milliarden-Dollar-Wette?«

»Ob ich mich erinnere? Sie hat das hier erst möglich gemacht.«

»Nun, vielleicht wollen Sie irgendwann einmal wieder ein Drei-Milliarden-Dollar-Spiel machen, und meine alten Knochen werden vor Freude im Grab tanzen, wenn ich Ihnen dabei helfen kann.«

»Danke, Stoney. Für alles. Sie waren wie ein Vater zu mir.«

»Es war eine meiner größten Freuden im Leben, Sie kennengelernt zu haben und Ihre Träume zu teilen«, sagte Whetstone, stand auf und stützte sich schwer auf seinen Gehstock. Er ging zur Tür, blieb dann stehen und drehte sich um. »Mal abgesehen von dem Flugzeug, das Sie damals verschenkt haben.« Er schüttelte den Kopf. »Dadurch habe ich eine Frau verloren. Es war ein Geburtstagsgeschenk.«

»Meinen Sie Yvette? Die, die mit jedem Botenjungen, der an ihrer Tür klingelte, ›Knüppel aus dem Sack‹ spielte?«

»Ja. Richtig, das tat sie auch. Ich stelle fest, daß ich mich immer mehr an die angenehmen Dinge erinnere, je älter ich werde.« Er blickte Crane lange an und zeigte dann mit seinem Stock auf ihn. »Wir sehen uns in der Hölle, mein Junge.«

Crane blickte ihm nach. Er wußte, daß er Stoney nie wiedersehen würde. Die Körperfunktionen eines Menschen wurden kontinuierlich schwächer, je näher der Tod rückte. Das Gehirn dagegen konnte sich immer wieder erneuern, wie alles, was mit Entropie gespeist wurde. Stoney hatte heute abend Würde gezeigt. Crane wünschte sich, er könnte sich von Harry Whetstone eine Scheibe abschneiden.

Plötzlich erschien Burt Hill in der Tür. »Boß, wir müssen uns unterhalten.«

»Okay«, sagte Crane und ging zur Strahlenmessungsstation, wo Dutzende grüner Lichter blinkten. »Worüber möchten Sie reden?«

»Wie lange würde es dauern, wenn wir das Ganz hier hochjagen wollten?« Hill ging nervös auf und ab und knetete seine Hände.

»Ich weiß nicht ... eine Stunde vielleicht, um alles einzurichten, dann noch etwas Zeit, um nach draußen zu gelangen und einen gewissen Abstand zu gewinnen.«

»Dann lassen Sie uns alle hinausschicken und es jetzt tun.«

»Darf ich fragen, warum?«

Hill ging auf ihn zu. Seine Augen sahen Crane bohrend an. »Weil sie uns beobachten, darum. Sie warten nur auf den richtigen Zeitpunkt. Sie warten. Sie warten nur darauf, daß unsere Aufmerksamkeit nachläßt.«

»Wer?«

»*Sie!*« sagte Hill laut. »Spüren Sie denn nicht, daß sie da sind? Und daß ihre Augen uns von überallher beobachten?«

»Sie nehmen keine Medikamente mehr, nicht wahr, Burt?«

»Schon seit drei Jahren nicht mehr, Doc«, erwiderte Hill laut. »Ich sage Ihnen, wenn wir die Sache starten wollen, müssen wir es jetzt tun!«

Zehn Jahre lang war Hill eine starke rechte Hand für Crane gewesen, doch der Streß hier unten machte ihnen allen zu schaffen. Er hatte Burt wegen dessen Paranoia engagiert. Vielleicht war es jetzt Zeit, darauf zu hören. »Okay, dann tun wir's«, sagte er. »Ich werde dafür sorgen, daß die Leute verschwinden, während Sie die Besatzung nach oben bringen. Überprüfen Sie oben alles. Durchsuchen Sie auch die Baracken und alle anderen Gebäude. Sagen Sie den ›G‹s, sie sollen einen kompletten Sicherheitscheck durchführen. Wenn Ihrer Meinung nach alles getan ist, kommen Sie wieder herunter. Sie und ich werden alles vorbereiten. Wir starten, wenn wir den Drang dazu verspüren. Noch Einwände?«

»So kenne ich Sie«, sagte Hill. »Bin schon unterwegs.«

In dem Augenblick, als Burt verschwand, begann eine der Kontrollampen rot zu blinken, begleitet von einem leisen Summen. Crane holte den Statusbericht auf den Bildschirm. Schacht Nummer 61 wies eine leicht erhöhte Strahlung auf, nichts Ernstes, aber doch als Rechtfertigung geeignet, um die Anlage zu räumen.

So langsam fand er Gefallen an der Idee. Aufgeregt machte er sich daran, sie auszuführen.

Abu Talib stand neben einem Joshua-Baum. Durch eine Infrarotbrille beobachtete er die Gs an der äußeren Absperrung von Cranes Anlage in fünf Kilometern Entfernung. Bei ihm waren vierzig Männer, die sich am Fuß der Sankt-Bernardino-Berge versteckt hielten und auf den richtigen Moment warteten.

Gedanken rauschten wie ein Wasserfall durch sein Hirn. Lanie, ihr Kind, Crane, die Stiftung – all das löste ein Wirrwarr widersprüchlicher Emotionen in ihm aus. Gott, wenn nur alles anders hätte verlaufen können. Richtig. Falsch. Liebe. Haß. Loyalität. Abu Talib hatte keine Vorstellung mehr davon, was diese Worte bedeuteten. Sein Leben rollte voran wie ein Ball auf einer schiefen Ebene.

Er zog die Brille ab und hängte sie an einen Ast. Es war eigenartig, wie ihn dieser dünne und gerippeartige Wüstenbaum mit seinen Blattbüscheln an den Astenden an eine noch nicht ausgewachsene Baumwollpflanze erinnerte. Oder war der Vergleich zu weit hergeholt? Dachte er nur an Baumwolle, weil er jetzt viel lieber in New Cairo wäre und die Ernte vorbereiten würde statt eine militärische Aktion?

Sie verbargen sich in einer schmalen Rinne. Die drei Lastwagen waren fast unsichtbar unter Tarnnetzen versteckt.

Bruder Ishmael kam auf ihn zu und reichte ihm eine Tasse Kaffee. »Irgendwas zu sehen?«

»Nein«, erwiderte Talib. »Die Gäste sind immer noch da, die Demonstranten sind heimgegangen, die Gs nicht in Alarmbereitschaft.«

»Gut. Wir überprüfen die Luftansicht noch mal, dann machen wir das letzte Briefing.«

Zusammen gingen sie zu ihren Männern zurück, die in Schwarz gekleidet waren und Masken trugen, die jetzt noch auf die Stirn geschoben waren. Die Wüstennacht war klar und kalt, der Mond war voll und strahlte hell. Die auf dem Boden sitzenden Männer kauerten sich eng aneinander, um sich zu wärmen. Ein kleiner Bildschirm, der an einem der Joshua-Bäume lehnte, empfing Bilder von Ishmaels Kondor, der gemächlich über dem Imperial-Tal-Projekt seine Kreise zog.

Sie sahen eine friedliche Anlage, deren Parkplatz voller Autos und Helos war. Die meisten der festangestellten Arbeiter lebten etwa eineinhalb Kilometer entfernt in Niland. Mit ihnen würden heute nacht auch alle Fahrzeuge verschwinden. Ein Mann schien systematisch alle Gebäude abzugehen und sprach mit den Wachen.

»Wer ist das?« fragte Ishmael.

»Burt Hill, Cranes Faktotum und Sicherheitschef. Tut nur seine Arbeit.«

»Gut. Allah weist uns heute nacht den Weg.« Ishmael wandte sich den anderen zu. »Sobald die Gäste die Party verlassen haben, gehen wir rein«, kündigte er an. »Zieht eure Sonnenbrillen auf und aktiviert den Kommandokanal eurer Armpads.«

Die Männer murmelten eine Bestätigung. In den letzten beiden Wochen hatten sie jeden einzelnen Schritt unzählige Male geprobt. Gehorsam setzten sie die Schutzbrillen auf, und Talib lud die CD, die er an dem Tag kopiert hatte, an dem er diese unterirdische Abscheulichkeit besucht hatte.

Ein Plan des Höhlensystems erschien auf dem Bildschirm. Der Ausschnitt wanderte am Computerraum vorbei die Treppen hinunter in den Hauptraum.

»Nicht vergessen, am Fuß der Treppe befinden sich Karts«, sagte Talib. »Die benutzt ihr. Das Rote Team nimmt den linken Korridor ... seht ihr? Das ist Korridor A. Diese ganze Struktur war nicht dafür gedacht, lange zu halten, deshalb ist sie relativ instabil. Das Rote Team bringt die Bomben an den Stützen in diesem Korridor an. Das Blaue Team tut dasselbe in Korridor B. Alle übrigen werden pro Person drei Bomben verteilen, so daß das Ganze innerhalb von einer Stunde in die Luft gehen kann. Werft die Bomben in die Schächte mit dem Nuklearmaterial.«

»Und du bist sicher, daß unsere Bomben nicht die Atomexplosion auslösen?« fragte Ishmael.

Talib seufzte. »Das hast du mich schon dutzende Male gefragt, und ich habe dir dutzende Male erklärt, daß es nicht so leicht ist, eine Atombombe zu zünden, Bruder.

Unsere kleinen Bomben können das nicht. Aber sie werden dafür sorgen, daß Radioaktivität freigesetzt wird. Wenn wir fertig sind, ist dieser Ort so verseucht, daß niemals wieder jemand hierherkommen will oder kann. – Ich sorge dafür, daß wir hineingelangen, und kümmere mich dann um den Computerraum. Die Bombe im Lastwagen wird den Schacht verschließen, sobald wir fertig sind. Nicht vergessen – wenn wir alles richtig machen, wird niemand verletzt.«

»Die Gäste dürften bald gehen.« Ishmael schritt zu dem olivgrün-beigefarbenen Tarnnetz und zog es von den Lastwagen. Dann kletterte er auf eine der Ladeflächen und holte zwei schwere Koffer herunter, die er auf den Boden stellte und öffnete. Waffen. Er verteilte sie an seine Einsatztruppe, die Fruit of Islam.

»Was soll das?« fragte Talib und folgte Ishmael zur Ladefläche, auf der eine Kiste mit Munition stand. »Du hast gesagt, daß es keine Gewalt geben würde«, flüsterte er barsch.

Ishmael ging zu den Koffern zurück und zog eine kleine Maschinenpistole heraus, die er sich über die Schulter hängte. »Bruder Abu«, sagte er. »Wir sind dabei, einen riesigen, unterirdischen Komplex in die Luft zu jagen, und du hast das Ganze vorbereitet. *Das* nenne ich Gewalt.«

»Aber die Waffen«, sagte Talib. »Wir haben ausgemacht, daß niemand verletzt wird! Daß wir erst anfangen, wenn die Anlage geräumt ist.«

»Hört ihr das, meine Freunde?« sagte Ishmael laut. »Unser Bruder möchte, daß wir einen Krieg ohne Opfer führen!«

»Ich auch!« rief jemand. »Jedenfalls auf unserer Seite!«

Alle lachten, während sie kleine Beutel an ihren Gürteln mit zusätzlicher Munition füllten.

»Warte!« sagte Talib und packte Ishmaels Arm. »So war es nicht vereinbart.«

Ishmael riß seinen Arm aus Talibs Umklammerung. »Du bist ein Träumer, Abu, und hast keinen Mumm, um deine Träume durchzusetzen. Wie, zum Teufel, glaubst du, sollen wir dort hinunterkommen, hm? Sollen wir die ›G‹s fragen, ob sie uns zum Tee einladen?«

»Ich dachte, ich … Ich weiß nicht, was ich dachte.«

»Genau«, sagte Ishmael und warf sich einen Schultergürtel voller Munition für das abgesägte Gewehr um, das er in seiner freien Hand trug. »Nicht vergessen, Bruder Talib: Denker bereiten Revolutionen vor, aber Banditen führen sie aus.«

Er wandte sich an seine Männer. »Sobald wir angefangen haben, gibt es kein Zurück mehr. Entweder wir haben Erfolg, oder wir sterben. Wir bekämpfen heute nacht den Großen Satan persönlich, und wenn es sein muß, bis zum letzten Mann. Erschießt alle, die sich euch in den Weg stellen. Wir werden wahrscheinlich nicht alle zurückkehren. Wenn ich zuerst ins Paradies komme, bereite ich den Weg für euch, indem ich schon einmal die Huris teste!«

Die Männer jubelten und reckten ihre Waffen in die Luft. Talib war vor Verwirrung wie gelähmt. Die Sache ging auf einmal viel zu schnell und drohte ihn zu überrollen. Jetzt wurde es ernst.

Ishmael drückte ihm eine Pistole in die Hand. »Hier«, sagte er. »Die wirst du wahrscheinlich brauchen.«

Verdrießlich sah Talib auf die Waffe und steckte sie dann in den Gürtel seiner schwarzen Hose.

Crane und Charlie winkten den Partygästen zum Abschied zu, die in den Aufzug traten und ihm ein letztes Mal gratulierten. Im Hintergrund blinkte der Strahlungsalarm. Als sich die Türen schlossen, kam Lanie durch die Halle. Sie nahm Crane den Jungen ab. Sofort schmiegte er seinen Kopf, den Daumen im Mund, an ihre Schulter und schloß die Augen.

»Bist du sicher, daß du nicht mit ihnen gehen willst?« fragte Crane. »Ich habe hier noch ein paar Stunden zu tun.«

Sie schüttelte den Kopf. »Charlie kann im Computerraum schlafen«, sagte sie. »Ich habe auch noch eine Menge für morgen vorzubereiten.«

Er nickte. »Wir liegen mal wieder auf der gleichen Wellenlänge. Burt und ich haben beschlossen, die Detonation noch heute nacht zu initiieren. Es gibt keinen Grund, länger zu warten. Ich beginne damit, sobald ich die Sickerstelle im Schacht 63 geprüft habe.«

»Es ist ein ordentlicher Riß, der in ein paar Stunden durchaus gefährlich werden könnte. Hast du jemandem gesagt, er soll den Aufzug wieder herunterschicken?«

»Burt ist oben«, sagte Crane und schüttelte den Kopf. »Er wird wieder damit herunterkommen.«

»Du willst die Bombe tatsächlich heute nacht noch zünden?« fragte sie und schaukelte Charlie sanft hin und her.

Er lächelte. »Ja.«

»Was hat dich dazu gebracht, dich anders zu entscheiden?«

»Burts Verfolgungswahn ... Zudem glaube ich« – er hob eine Augenbraue –, »daß du hier unten langsam Platzangst bekommst. Außerdem ist alles bereit, warum also warten?«

Sie gingen den Gang zurück zum Computerraum. »Ich bin einverstanden«, sagte sie, »aber ich denke, daß eine Menge Inspektoren und Offizielle ...«

»... und Demonstranten und Terroristen ... Wenn es irgend jemandem nicht passen sollte, darf er sich ruhig mit Beschwerden an mich wenden.«

Beide lachten, und Lanie warf ihm eine Kußhand zu, als sie die Tür zum Computerraum erreichten. »Du hast schon glücklicher ausgesehen«, sagte er.

»Machst du Witze? Du kannst dir gar nicht vorstellen, wie froh ich bin, endlich von hier wegzukommen. Ich werde in diesen Raum gehen, meine Sachen zusammenpacken, die Systeme abschalten ... und tschüs! Wo willst du die Bombenzündung vornehmen?«

Er drückte sie gegen die Tür. »Zu Hause – während wir uns lieben. Wir werden die Erde zum Beben bringen.«

»Du weißt schon, wie du das anstellen wirst, Liebster«, sagte sie und küßte ihn erneut. »Laß uns heute nacht zur Stiftung zurückfliegen. Oder haben wir, äh ... haben wir noch ein anderes Haus irgendwo?«

»Nicht daß ich wüßte.«

»Laß uns darüber nachdenken, ob wir nicht eines kaufen. Charlie sollte bald erfahren, daß er nicht das einzige Kind auf der Welt ist.«

»Okay«, erwiderte Crane. »Es gibt eigentlich eine ganze Menge Dinge, die wir tun könnten, sobald wir hier fertig sind. Wir könnten Ferien machen. Morgen schon. Wer sollte uns aufhalten? Wir werfen unsere Armpads weg und kehren zurück zur Natur.«

»Wie lange ist es her, daß du zuletzt im Urlaub warst?«

»Ich war noch nie im Urlaub«, erwiderte er. »Aber ich stelle es mir lustig vor.«

»Das glaube ich erst, wenn ich es erlebe.«

»Du wirst es erleben. Versprochen.«

19.

Totentanz

IMPERIALTAL-PROJEKT
30. JUNI 2028, ZWEI MINUTEN VOR MITTERNACHT

Abu Talibs Magen verkrampfte sich, während er zusah, wie die Gäste aus dem Aufzugtunnel traten und auf ihre Fahrzeuge zugingen. Er fühlte sich noch schlimmer als damals, als er von der wahren Natur von Northwest Gemstone erfahren und beschlossen hatte, an die Öffentlichkeit zu gehen und Crane an den Pranger zu stellen.

Mehrere Helos erhoben sich in den nächtlichen Himmel und flogen Richtung Norden; die Autos stauten sich bald vom Parkplatz bis zum Haupttor der Anlage.

»Es geht los«, sagte Ishmael. »Sie werden uns mit Tränengas und Schallwellen, die unsere Orientierung verwirren, traktieren.« Jahrelange Erfahrung mit Aufständen prägte ihn und seine Fruit of Islam. »Die Atemschutzmasken werden euch davor schützen. Falls jemand von euch Implantate hat, schaltet sie aus. Sie würden den Schall direkt in euer Gehirn übertragen. Haltet euch an eure Aufträge und laßt die Schalldämpfer in den Ohren. Sie haben elektrisch gesteuerte Wasserkanonen, aber wir werden sie unter unseren Reifen zermalmen, bevor sie sie überhaupt einschalten können. Ihr wißt, was ihr zu tun habt. Auf in die Fahrzeuge!«

Unter Jubelgebrüll, mit dem sie sich für den Kampf heißmachten, rannten die Männer zu ihren Lastwagen. Talib stand wie angewurzelt da und sah reglos zu.

»Wenn du nicht zu deinen Überzeugungen stehst, bleib hier«, schnauzte ihn Ishmael an.

»Cranes Helo ist noch auf dem Parkplatz«, sagte Talib und zeigte auf den Bildschirm.

»Wirklich?« Ishmael bemerkte das Helo auf dem Monitor. »Allah meint es gut mit uns. Wir können uns um die

Blasphemie kümmern und gleichzeitig um den Gotteslästerer selbst. Kommst du jetzt mit?«

Talibs Starre löste sich plötzlich, und er rief: »Ja, verdammt!« Er eilte hinter Bruder Ishmael her. »Wir haben ausgemacht: kein Morden.«

Er kletterte auf den Beifahrersitz des schweren Fahrzeugs; Ishmael setzte sich hinter das Steuer. In der Ferne entfernte sich die Schlange der Scheinwerferpaare langsam von der Anlage in Richtung Süden.

Bruder Ishmael trug seine Maske immer noch auf der Stirn; seine Augen blickten starr in die sternklare Nacht. Er schaltete den Reaktor an, und der Lastwagen schnellte vorwärts auf das fünf Kilometer entfernte Eingangstor zu. Sein Gesicht zeigte wilde Entschlossenheit. »Sie werden uns nicht einmal sehen, bis wir direkt über ihnen sind«, sagte er leise.

»Bitte«, flüsterte Talib. »Versprich mir, daß du Crane nicht verletzt, wenn du ihm begegnest.«

»Ich werde ihn nicht verletzen«, sagte Ishmael. »Ich werde ihn töten.«

»Ishmael ...«

»Genieß es einfach«, unterbrach ihn Ishmael. »Du bist gerade dabei, Gerechtigkeit in ihrer reinsten Form zu erleben.« Er langte nach oben und legte einen Schalter um, der alle Kameras aktivierte, die sie mitgebracht hatten, auch eine im Lastwagen selbst. Ishmael und Talib waren bereits in Nahaufnahme im Netz unterwegs.

Die drei Lastwagen donnerten im Abstand von dreißig Metern nebeneinander über den holprigen Boden, als die Warnlampen der äußeren Wachposten angingen und die Nacht taghell erleuchteten. Zu diesen aufregenden Bildern lief eine zuvor aufgezeichnete, sorgfältig formulierte Rede von Ishmael, in der er Sinn und Zweck der ganzen Mission erklärte.

»Es geht los!« schrie Ishmael. Er aktivierte die Schalldämpfer in den Ohren, zog sich die Maske übers Gesicht und riß sich die Kapuze seines Burnus vom Kopf.

Talib nestelte an seiner Maske herum. Sein Hirn war wie

paralysiert, sein Herz raste, und Schweiß brach ihm aus allen Poren.

Gas!

Sie rasten blind weiter durch den Giftgasnebel, setzten sich die Schutzbrillen auf und schalteten auf Infrarot. Talib zitterte unkontrolliert, sein Mund war trocken. Was tat er hier? Welcher Wahnsinn hatte ihn in diesen Lastwagen gebracht?

Sie prallten mit einem lauten Knall gegen den messerscharfen Zaun. Der Stacheldraht verfing sich im Kuhfänger des Lastwagens, riß und schnellte in die Windschutzscheibe, die im dichten Nebel in ein spinnennetzartiges Mosaik zersplitterte.

Talib drehte sich zu Ishmael, der seine Waffe abfeuerte, um die Reste der Scheibe wegzuschießen. Plötzlich stand ein Mann vor ihnen. Der Kuhfänger traf ihn in Kniehöhe und teilte ihn in zwei Hälften. Sein Torso knallte auf die Motorhaube; sein Kopf ragte auf Talibs Seite in die Fahrerkabine hinein. Der Mann, der noch lebte, blutete aus den Augen- und Mundlöchern seiner lächelnden ›G‹-Maske, und seine Arme schlenkerten heftig hin und her.

Talib hörte sich in seinem Kopf schreien.

Burt Hill hatte gerade den Geräteschuppen betreten, um eine Schaufel wegzuräumen, die auf dem Boden herumgelegen hatte, als er plötzlich Schüsse hörte. Alarmiert blickte er durch ein kleines Fenster in der Tür und sah die drei Lastwagen.

Die äußeren Wachposten waren in Sekundenschnelle überwunden. Ihr Verteidigungssystem hatte keine Chance gegen solch einen wilden Überraschungsangriff. Ein Lastwagen raste auf die Baracken zu; die anderen beiden steuerten Richtung Aufzugsgebäude.

Die Baracken gingen in Flammen auf. Einer der Laster, die auf den Fahrstuhl zusteuerten, pflügte den betonierten Weg dorthin auf. Betonbrocken flogen in alle Richtungen. Mit den Explosionsgeräuschen aus den Baracken vermischten sich Schreie.

Burts Finger bewegte sich bereits auf Cranes Notfallkanal auf seinem Armpad zu, hielt dann aber inne. Sie wurden sicherlich nach Kommunikationsübertragungen gescannt. Wenn er mit Crane Kontakt aufnahm, wüßten sie sofort, daß Crane und seine Familie dort unten waren. Und sie wüßten, wo er war. Man konnte sich jetzt nur noch in den Schächten selbst verstecken. Die Stille war ab jetzt seine Verbündete. Er würde den Notaufzug für das Personal benutzen und in den Schächten Stellung beziehen.

Die Schaufel in der Hand, ging er durch den winzigen Geräteraum und öffnete per Sonogramm die Tür zu dem kleinen Aufzug, durch den man an die Aufhängung des großen Lifts gelangen konnte. Er stieg hinein und drückte wild entschlossen den Knopf nach unten. Dieser Aufzug war nicht so schnell wie der große, aber er würde ihn rasch genug nach unten bringen.

Abu Talib sprang aus dem Truck, riß sich die Maske vom Gesicht und übergab sich. Der ›G‹, der durch die Scheibe geflogen war, war schließlich gestorben. Doch zuvor war durch die offene Halsschlagader ein Großteil seines Blutes auf Talib gespritzt. Der Tote lag noch immer auf der Motorhaube. Talib war über und über voller Blut, dunklem Herzblut, und seine Kleidung war vollgesogen davon.

Rauch schwebte über dem Gelände, Alarmsirenen jaulten. Automatische Waffen streckten die übrigen ›G‹s in den Baracken nieder. Talib stand unter Schock.

Die maskierten Männer kletterten, mit Bomben und Waffen ausgerüstet, von den Ladeflächen der Laster auf den Schutthaufen vor dem Eingang zum Aufzugsgebäude. Auf Ishmaels Signal hin aktivierten alle, die ein Implantat trugen, ihre Schalldämpfer.

»Gott ist groß!« rief Ishmael. »Und wir sind Seine Werkzeuge!«

Ishmael packte Talib am Arm und zog ihn zur Sicherheitskontrolle am Eingang. »Was braucht man hier?« fragte er. »Schnell!«

»Einen Scan vom Auge«, sagte Talib. »Ah … ah … und Fingerabdrücke. Tut mir leid, ich …«

»Bringt den Gefangenen!« rief Ishmael. Der dritte Laster hielt quietschend, und ein G wurde zu der riesigen Schiebetür gezerrt.

Ishmael riß ihm die lächelnde Maske vom Gesicht – und der ›G‹ stellte sich als Frau heraus. Ihre Augen waren teilnahmslos, und ihre Lippen bewegten sich tonlos. Blut drang aus ihrer blütenweißen Uniform. Ishmael hielt ihren Kopf vor die Scanvorrichtung, und Talib drückte ihren rechten Daumen auf die Platte. Die Kontrolleuchten blinkten grün; die große Tür öffnete sich unter dem Jubelgeschrei der Fruit-of-Islam-Kämpfer.

Ishmael schleuderte die Frau zur Seite. Sie rutschte an der Wand zu Boden, bis sie in einer sitzenden Position verharrte, dann stieß Ishmael sie mit einem Fußtritt in die Türöffnung, so daß sich die Türe nicht mehr schließen konnte.

»Holt den Bombenlaster!« schrie er. Flankiert von mehreren Männern, bewegte sich der Truck in den riesigen Lift hinein.

Talib trat langsam ein, er bewegte sich wie in Trance.

Der Laster mit der Bombe fuhr bis in die Mitte der Kabine und stieß dabei die Möbel um. Die übrigen Männer strömten ebenfalls hinein. Es war vorgesehen, daß der Fahrstuhlschacht zerstört werden sollte, um die unterirdischen Teile der Anlage von der Außenwelt abzuschneiden.

Ishmael kickte den Körper der ›G‹ zur Seite, und die Tür schloß sich. Er ging zu Talib. »Reiß dich zusammen, Bruder«, sagte er. »Sei ein Mann.«

»Wenn Crane unten ist«, sagte Talib, »dann sind womöglich auch seine Frau und sein Kind unten.«

Ishmael lächelte zufrieden. »Dann können wir das ganze Schlangennest auf einmal auslöschen«, sagte er und wandte sich dem Mann zu, der auf dem Fahrersitz des Lastwagens saß. »Aktiviere die Zeituhr der Bombe. Brüder, uns bleibt noch exakt eine Stunde, bis der Schacht in die Luft fliegt.«

Talib spürte, wie der Aufzug sich in Bewegung setzte

und seine langsame Fahrt nach unten, in den Vorhof der Hölle, begann.

Lanie hörte vom Computerraum den Summton, der die Ankunft des Aufzugs ankündigte, dann Stimmengewirr. Einen Augenblick lang dachte sie, die Gäste wären aus irgendeinem Grund noch einmal zurückgekommen. Doch als sie Mohammed Ishmaels dröhnende Stimme vernahm, wußte sie, daß dies das Ende der Welt bedeutete.

Sie nahm Charlie auf, der auf einer Decke auf dem Boden geschlafen hatte, und rannte durch den Flur auf die Treppen zu.

Charlie erwachte und begann zu weinen. Sie bedeckte seinen Mund mit der Hand. Als sie am Fuß der Treppe angelangt war, wandte sie sich nach rechts, stürzte an der Reihe von Karts vorbei auf den Notaufzug zu und drückte den Knopf.

»Tut mir leid«, sagte die Computerstimme freundlich, »aber der Notaufzug ist in Benutzung.«

Sie konnte sie im Computerraum hören – Schüsse fielen, Gegenstände krachten zerberstend auf den Betonboden. Große Glasscherben splitterten aus der Rundumverglasung und trafen sie und Charlie, der in heller Panik brüllte.

Sie rannte zurück zu den Karts, bestieg eines und fuhr in Korridor B, ihr Kind fest im Arm haltend. Sie floh, weil sie mußte – auch wenn ihr klar war, daß es keinen Ausweg gab.

Im Schacht Nummer 63 befand sich Crane in fünf Kilometern Tiefe in seinem Sicherheitsaufzug und inspizierte die Sickerstelle. Er hätte, dachte er, den Feuerschutzanzug nicht anziehen sollen. Er machte ihn fast bewegungsunfähig. Der Anzug war riesig und heiß, und seine steife Außenhaut sollte vor herabfallenden Trümmern schützen. Ein Kiesel, aus sechs Kilometern Höhe geworfen, war tödlich.

Er glaubte, ein klickendes Geräusch zu hören, wie das Klack-klack-klack eines Stiftes, der auf eine Tischplatte geklopft wird. Er sah sich um, entdeckte aber nichts, was das Geräusch ausgelöst haben könnte. Durch den schier endlosen Schacht sah er nach oben. Falls das Geräusch aus dem

Gewölbe kam, mußte es verdammt laut sein, da es hier unten noch zu hören war. Ein Schauder durchfuhr ihn.

Er aktivierte den Kommunikationsmechanismus seines riesigen Helms und verstärkte die Geräusche. Dumpfe, hallende Schläge. Donnernde Explosionen. Und sie kamen tatsächlich aus dem Gewölbe.

In seinem Ohr piepste sein Pad. Er öffnete einen Kanal und hörte Lanies ängstliche Stimme. »Crane! Bitte antworte!«

»Was ist los? Lanie!«

»Männer ... mit Waffen! Sie zerstören alles ... Sie haben auf mich geschossen, ich ...«

»Sie scannen!« sagte Crane. »Schließ den Kanal! Versteck dich!«

»Aber warum ...«

Er unterbrach die Verbindung und legte den Hebel um. Die Kabine begann sich langsam nach oben zu bewegen. »Mach schon«, flüsterte er und drückte den Hebel ganz durch, um so viel Geschwindigkeit wie möglich zu erreichen. »Mach schon!« Die Kabine fuhr maximal etwa fünfzig Stundenkilometer schnell. Innerhalb von sechs Minuten wäre sie oben. In dieser Zeit konnte viel passieren.

Er wußte, daß es die Nation of Islam war. Und er wußte, daß Newcombe zum Großen Finale ihres Totentanzes gekommen war. Seine einzige Hoffnung bestand darin, daß er das Gewölbe erreichte und sein Leben für das von Lanie und Charlie anbieten konnte.

Er aktivierte den offenen Kanal auf seinem Pad. »Wer immer jetzt zuhört«, sagte er, und das Mikrofon in seinem Helm übertrug seine Stimme in das Pad, »hier spricht Crane. Ich werde mich Ihnen ergeben und tun, was Sie wollen. Bitte, lassen Sie meine Frau und meinen Sohn am Leben. Sie sind unschuldig.«

»Alle sind unschuldig«, ertönte Ishmaels Stimme, »und niemand. Das Leben ist grausam. Gott ist groß.«

Er hörte Explosionen, als er die Drei-Kilometer-Markierung passierte. Sie jagten das gesamte Gewölbe in die Luft! Etwas fiel in seinen Schacht und zischte an ihm vorbei.

Zehn Sekunden später explodierte der Boden des Schachtes Nummer 63. Es wurde taghell um ihn herum, Sekunden später folgte der Donner. Der Schacht bebte, und das Geländer seiner Gondel schlug gegen die Wände. Unter ihm brannte es lichterloh. Phosphor fraß sich durch die Bleiplatten, mit denen das gefährliche Material verkleidet war.

Die Kabine bewegte sich im Schneckentempo weiter nach oben. Auf dem letzten Kilometer drohte sie das Geländer zu verlieren.

Schließlich erreichte Crane das Ende des Schachts und sah, wie in der Ferne Karts Richtung Hauptraum verschwanden. In diesem Augenblick explodierte es am anderen Ende seines Korridors. Stützen brachen, große Brocken fielen von der Decke, und Staub erfüllte den Gang.

Sein Kart stand noch an der Korridorwand. Durch den Helm geschützt, aber auch in der Sicht behindert, stolperte er darauf zu. Er sprang hinein und schaltete den Reaktor-Motor an, als die nächste Explosion folgte und die Wände zum Beben brachte. Erneut rieselte Staub von der Decke auf ihn nieder und verschlechterte seine Sicht noch mehr. Er riß sich den Helm vom Kopf.

Halbblind raste er los. Er hielt sich immer auf der rechten Seite, um nicht in einen der Schächte zu fallen. Als bei der nächsten Explosion die Decke hinter ihm einstürzte, bog er in einen anderen Korridor ein.

Mit Höchstgeschwindigkeit jagte er durch den gewundenen Gang, ungeachtet der Schächte, die zu seiner Linken explodierten. Seine Welt löste sich in Nichts auf. Aber das zählte nicht, jetzt ging es nur noch um Lanie und Charlie. Er mußte zu ihnen.

Mit Vollgas erreichte er den Hauptraum. Schwarzgekleidete Männer rannten auf die Treppen zu, aus dem Computerraum züngelten Flammen, ebenso aus den Schächten des Hauptraums. Das gesamte Gewölbe bebte, und immer wieder fielen Felsbrocken von der Decke, die auf dem Betonboden zerschellten.

Es war die Apokalypse, ausgelöst von Ishmael. Er raste

in Korridor B und rammte dabei einen Mann, der herausgelaufen kam. Jemand schoß auf ihn. In der Ferne donnerte eine Explosion, als der Gang vom anderen Ende her in sich zusammenstürzte. Crane setzte den Helm wieder auf.

Der Strahlungsalarm heulte laut, und die Anzeigen auf den Displays waren alle im äußersten roten Bereich. Sein Kart erreichte einen offenen Raum, und für einen Moment bot sich ihm das ganze Bild der Verwüstung. Ein Mann in einem Kart zielte lachend mit einer Waffe in Schacht Nummer 21. Das Sicherheitsgeländer war abgerissen; ein Kart war hineingefallen und blockierte die Kabine.

Crane hatte nur einen Schuß und drückte ab, ohne zu zögern. Die Kugel schleuderte Mann und Kart in den Schacht. Crane wendete abrupt, um dem Feind nicht in die Tiefe zu folgen.

Da explodierte der Mann.

Crane sprang aus dem Kart und rannte zum Schacht. Brennender Phosphor bedeckte überall den Boden des Gewölbes. Zwei brennende Karts klemmten zwischen der Schachtwand und dem Pfosten in der Mitte; das allgegenwärtige Feuer drohte den Plastiksprengstoff in Brand zu stecken. Eine Kabine hatte sich aus ihrer Verankerung gerissen und hing nun über den beiden Kartwracks einen Meter fünfzig tief im Schacht, wobei die Gefahr bestand, daß das fragile Gleichgewicht zusammenbrach und alles in die Tiefe stürzte.

Inmitten dieses Infernos befand sich Lanie, den hysterisch schreienden Charlie auf dem Arm. Auf dem Boden der Kabine kauernd, hielt sie den Jungen fest an sich gedrückt und starrte nach oben.

»Kletter raus!« rief Crane und streckte die Hand aus. »Nimm meine Hand!«

»Ich … ich kann nicht!« schrie sie. »Ich bin total benommen … Meine Knie gehorchen mir nicht … O Gott, hilf mir, Crane!«

Die Erkenntnis traf ihn wie ein Schlag. Ihre Höhenangst. Sie war paralysiert, unfähig zu handeln. Er legte sich flach auf den Bauch und streckte ihr die Hand entgegen. Ihre Augen waren vor Panik weit aufgerissen. Crane wurde klar, daß sie gerade ihren Alptraum durchlebte.

Charlie mit dem rechten Arm umklammernd, streckte sie ihm die linke Hand entgegen. Sie konnte nicht aufstehen und zitterte am ganzen Körper. Der lose hängende Metallhaufen ächzte laut und rutschte krachend ein Stück ab; Lanie schrie auf.

Crane lehnte sich noch weiter hinunter und packte mit seiner gesunden Hand ihr Handgelenk. Die Wrackteile krachten erneut laut, lösten sich dann quietschend und fielen in die Tiefe. Cranes Arm wurde fast aus dem Schultergelenk gerissen. Lanie hing frei über dem Abgrund. Flammen züngelten hoch und drohten sie zu verbrennen.

»Halt dich fest!« Er versuchte, sie heraufzuziehen, doch das Gewicht war zu groß, und er konnte sich selbst nirgends festhalten. Schweißperlen traten ihm auf die Stirn. Die Tropfen fielen auf das Visier, und alles verschwamm vor seinen Augen.

Er versuchte, auf die Knie zu kommen, aber es war unmöglich. Lanie schrie, als die Flammen ihre Beine erreichten.

»Nimm Charlie!« brüllte sie und versuchte, den Jungen mit dem rechten Arm hochzuhalten.

Das Geräusch, das jetzt ertönte, war laut und dröhnte und donnerte in Cranes Kopf. Er streckte seinen behinderten Arm in den Schacht. »Ich kann nicht!« rief er als Antwort auf die Frage, die in ihren Augen stand. »Mein Arm! Mein kranker Arm!«

»Nimm ihn!« schrie sie. »Bitte, nimm ihn!«

»Ich kann nicht!« Eine Explosion weiter hinten im Gang brachte alles zum Beben, und Lanie begann, aus seiner Umklammerung zu rutschen. Cranes Hand verkrampfte sich, so fest hielt er ihr Handgelenk umklammert. Sie wand sich und versuchte das Unmögliche: ihr schreiendes Kind nach oben zu reichen.

»O Gott, Lanie … Lanie!«

Sie entglitt ihm.

Einfach so.

Er sah, wie sie mit Charlie im Arm fiel. Vor seinem geistigen Auge würde er sie immer so sehen, zwischen Himmel und Erde in der Luft hängend, über dem endlosen Horizont eines schwarzen Lochs. Für immer schön. Für immer lebendig. Er hatte nur ein Ziel: Lanie und seinem Kind in den wohligen Schoß des Todes zu folgen.

»So«, ertönte eine Stimme hinter ihm, und Crane wandte sich um. Mohammed Ishmael stieß ihn mit einem Fußtritt zu Boden und stellte sich über ihn, die Waffe im Anschlag. »Die Saat ist weg. Jetzt müssen wir nur noch die Pflanze ausreißen, von der sie kam.«

»Danke«, sagte Crane aufrichtig, denn er begriff, daß dieser Mann ihm den ersehnten Frieden bringen würde.

Da drehte sich Ishmael halb um. Crane sah, wie Burt Hill auf sie zustürzte, das Gesicht vom Wahnsinn verzerrt, in der Hand hoch erhoben eine Schaufel.

Er erwischte Ishmael mit der scharfen Kante der Schaufel am Rücken, und der Führer der Nation of Islam stürzte zu Boden. Sein Körper zitterte heftig. Hill hob die Schaufel erneut und zielte auf seinen Kopf.

»Nein!« rief Talib hinter ihm. Hill schnellte herum, um zu sehen, woher die Stimme kam. »Nicht, Burt!«

Burt rannte auf ihn zu. Aus der Waffe in Talibs Hand lösten sich zwei Schüsse. Hill stolperte und brach zusammen, als eine weitere Explosion ganz in der Nähe alles um sie herum zum Beben brachte. Ein Stützbalken krachte zwischen Crane und Newcombe auf den Boden.

»Sind Sie jetzt zufrieden?« schrie Crane und rappelte sich auf die Knie. Staub erfüllte den Raum, und Newcombe versuchte, sein Gesicht mit der freien Hand zu schützen. »Sie haben Lanie getötet! Sie haben mein Kind getötet!« Crane brach zusammen, beugte sich vornüber und verbarg schluchzend das Gesicht in den Händen.

»Crane«, sagte Talib und kam näher. »Ich wollte nie … Ich hätte niemals …«

»Töten Sie mich!« schrie Crane und sah zu ihm auf. »Seien Sie ein Mensch, und ersparen Sie mir diesen Schmerz!«

»Crane«, flüsterte Talib.

»Um Gottes willen, töten Sie mich! Töten Sie mich!«

Talib hob die Waffe, seine Lippen zitterten. Doch dann begann seine Hand unkontrolliert zu zucken, und sein Atem kam nur noch als Schluchzen. Er ließ die Waffe sinken. Tränen rannen sein Gesicht hinunter. Er packte Ishmael am Kragen und zog ihn hinter sich her durch die dichten Staubwolken im Korridor.

Crane kauerte weinend auf den Knien. In dem Moment, als er in den Schacht springen wollte, hörte er das Stöhnen.

Burt Hill, von Staub und Blut bedeckt, packte ihn an der Schulter. »Cr...ane«, flüsterte er mit rauher Stimme. »Wir müssen ... müssen ...« Er stolperte und fiel auf die Knie.

Crane blickte in den Schacht und wandte sich dann widerstrebend davon ab. »Verdammt, daß Sie noch am Leben sind«, murmelte er. Dann biß er sich auf die Lippen; er war nicht egoistisch genug, um Burt mit in den Tod zu nehmen. Fluchend kletterte er über den Pfeiler, um Burt auf die Beine zu helfen.

»Kann ... kaum atmen«, sagte Hill.

»Staub«, erklärte Crane, obwohl er wußte, daß Burt ihn nicht hören konnte. »Sie haben wahrscheinlich eine durchlöcherte Lunge.«

Irgendwie schaffte er Hill in sein Kart, umfuhr den Stützbalken, der quer über dem Weg lag. Als er davonraste, brach Schacht Nummer 21 hinter ihnen zusammen und begrub für alle Zeiten das einzige, was je in seinem Leben gezählt hatte.

Er fuhr zurück zum Notaufzug. Um sie herum krachten immer wieder große Brocken aus der Decke zu Boden. Ungeschickt zerrte er sich den Helm vom Kopf, schleppte Hill zum Fahrstuhl und stolperte mit ihm zusammen in die Kabine.

Die Tür schloß sich. Er drückte den Aufwärtsknopf, als die Stollendecke ganz nachgab. Aber sie fuhren.

Crane erinnerte sich nicht an den Weg hinauf. Hill hatte eine stark blutende Wunde an der Brust und eine leichtere am Unterarm. Die Brustwunde mußte schnellstmöglich versorgt werden.

Er zog seine Brandschutz-Handschuhe aus und bedeckte mit einem die Wunde. In seiner Werkzeugtasche war noch eine Tube Bleikitt. Damit strich er die Ränder der Handschuhe um die Wunde herum ein, um ein Vakuum zu erzeugen. Dann rollte er Burt auf die verletzte Seite, damit seine unversehrte Lungenseite besser atmen konnte. Wenn er überleben sollte, brauchte er bald Hilfe.

Den Kopf des Verletzten im Schoß, saß er da und weinte. Es war vorbei. Alles. Vorbei. Was war er nur für ein Idiot gewesen zu glauben, er könnte den Lauf der Geschichte verändern? Welche Arroganz. Das Leben war Schmerz und nichts anderes. Er hatte nur ein einziges Bild vor sich – Lanie und Charlie über dem Abgrund, die Augen seiner Frau erfüllt von einer Art himmlischer Enttäuschung.

Er hörte ein Läuten, und ihm wurde klar, daß sie oben angekommen waren. Die Tür öffnete sich zum Geräteraum. Als er, Burt hinter sich herzerrend, aufstehen wollte, wurden sie von einer massiven Explosion aus der Kabine geschleudert. Der Aufzugschacht stürzte ein, und der Geräteraum brach ebenfalls zusammen.

Er starrte in die Nacht. Wie Musik klangen in der Ferne leise Sirenen. Heloscheinwerfer über ihnen sahen aus wie tanzende Sterne. Welche Schönheit inmitten des Horrors. Er blickte hinauf in das Firmament, das kalt glitzerte … und wundersam durch den Schleier seiner Tränen. Der Mond war rund und voll, und auf seiner Oberfläche prangten die blutroten Lettern. YOU. YOU.

Forest-Lawn-Friedhof, Los Angeles
5. Juli 2028, vormittags

Das Mausoleum war sehr alt. Es bestand aus Marmor und besaß Säulen wie der Parthenon-Tempel sowie Cherubime, deren Gesichter jahrelang den Elementen ausgesetzt gewesen und entsprechend schwarz waren. An seiner Basis zog sich seitlich ein Spalt durch das Gemäuer, und ein paar lange, gezackte Risse deuteten auf seismische Aktivität in der

Gegend hin. Crane hatte dieses Mausoleum ausgewählt, weil es direkt gegenüber den Gräbern von Lanie und Charlie stand. Er konnte hier auf den Stufen sitzen, ohne gesehen zu werden, denn sie lagen etwas unterhalb der Oberfläche. Wie einer der Cherubime saß er da, regungslos und schweigend, Sonnenbrille und ein leichtes Sonnenschutzmittel im Gesicht.

Die Beerdigung von Lanie und Charlie war ein Medienspektakel gewesen, dafür hatte Crane gesorgt. Ihre Leichname waren natürlich nicht zu retten gewesen, und so hatte man in einer Prozession zwei leere Särge durch die Stadt getragen und hierhergebracht, wo sie in Anwesenheit zahlreicher Zuschauer zu Grabe getragen wurden. Die Menschen hatten das Gefühl, Crane und seine Familie persönlich zu kennen, so öffentlich war ihr Leben gewesen. Tausende waren gekommen. Natürlich alle mit Kamerahelmen. Sogar ein Vertreter von Yo-Yu hatte eine Grabrede gehalten, die der des Liang-Repräsentanten an Banalitäten und leeren Worten in nichts nachstand.

Lanie hätte die ganze Zeremonie fürchterlich gefunden, und genauso ging es Crane. Doch er wollte diese Show, und wenn sein Plan funktionierte, dann wären dieses Pseudobegräbnis und all der Schmerz, den es für ihn bedeutete, doch noch zu etwas nutze.

Die NOI hatte sich zurückgezogen. Talib und Konsorten verbargen sich in ihren unterirdischen Rattenlöchern und saßen die ganze Aufregung aus. Und es gab eine ganze Menge Aufregung. Bruder Ishmael hatte die Reaktion der Öffentlichkeit auf seinen Angriff gegen Crane völlig falsch eingeschätzt; die Bilder des Gs, der zerteilt und durch die Frontscheibe von Ishmaels Laster geschleudert wurde, flimmerten weltweit immer wieder über die Bildschirme. Schlimmer aber waren die Bilder einer Kamera, die an Bruder Ishmaels Körper befestigt gewesen war. Sie zeigten ihn, wie er lachend über Lanie und Charlie stand, als sie starben. Gleichgültig, wie die Menschen zum Imperial-Tal-Projekt standen – ihre Herzen gehörten dem Baby. Die Öffentlichkeit forderte von Liang, diesem ›heiligen‹ Mann und seinem Helfershelfer, Abu Talib – sie waren die einzigen, die man kannte – die schärfsten Strafen aufzuerlegen.

Crane stieg langsam die Steintreppen hinauf und blickte über die hügelige Landschaft des Forest Lawn auf die Gräber von Lanie und Charlie, die etwa fünfzehn Meter entfernt waren. In der Ferne sah er jemanden langsam näherkommen und sich dabei immer wieder umdrehen.

Die tote, hohle Schale, die einstmals Lewis Crane gewesen war, spürte, wie in ihrem Inneren etwas aufflammte. Es war Haß, purer Haß. Er war überrascht, daß er überhaupt noch etwas spürte.

Er aktivierte die P-Leitung und wünschte der antwortenden Stimme verspätet einen glücklichen 4. Juli. Dann schloß er den Kanal und stieg die Treppe hinauf.

Der Mann erreichte die Gräber und blieb mit gesenktem Kopf stehen. Er trug den grünen Overall der Friedhofsarbeiter. Ein breitkrempiger Hut verdeckte sein Gesicht, doch Crane hätte Abu Talib alias Dan Newcombe auch erkannt, wenn er ein Fell umgebunden und gebellt hätte wie ein Hund.

Talib sah hoch, und seine Augen verrieten keinerlei Emotion, als Crane vor ihm auftauchte.

»Ich habe noch nie in meinem Leben jemandem den Tod gewünscht«, sagte Crane. »Aber Sie könnte ich mit meinen eigenen Händen umbringen.«

»Ich habe sie geliebt, Crane«, sagte Talib, und Tränen füllten seine Augen. »Ich hätte ihr nie weh tun können … oder Ihrem Kind. Es tut mir so leid.«

»Ich habe auf Sie gewartet.«

»Ich kannte das Risiko, als ich mich entschloß herzukommen. Ich konnte nicht anders. Vielleicht bin ich zu schwach … ich weiß es nicht.«

»Wenn Sie gewollt hätten, so hätten Sie mich jederzeit töten können. Warum haben Sie es nicht getan?«

Talib sah zu Boden. »Wir wollten Ihr Projekt zerstören, nicht nur Sie.«

»Die Wissenschaft zerstören, Dan? Das wollten Sie?«

»Ist das jetzt nicht gleichgültig?«

»Für mich nicht!« schrie Crane. »Sie haben mir mein Leben genommen.« Er packte den Mann mit seiner gesunden Hand am Overallkragen. »Sie müssen mir sagen warum … Sie müssen!«

Talibs Lippen bewegten sich, doch er brachte nichts heraus. Schließlich sagte er: »Ich habe keine Antworten für Sie. Ich weiß überhaupt nichts mehr. Ich habe dieses Blut an meinen Händen, und ich … ich weiß nicht, was ich tun soll, um es wieder loszuwerden. Sie wollen wissen, wie es zu all dem kommen konnte? Ich weiß es nicht. Ich versuche immer noch, es herauszufinden. Aber es ist, als könnte ich nicht mehr klar denken, keinen vernünftigen Gedanken mehr fassen. Ich habe auf Burt geschossen. Ich … ich habe auf ihn geschossen! Ich! Ist er … ist er …«

»Er wird überleben«, sagte Crane und bemerkte Helos, die über ihnen kreisten, und weiß uniformierte Gs, die zwischen den Grabsteinen auf sie zukamen. »Wo ist Ishmael?«

Newcombe verzog das Gesicht. »Burts Schaufelhieb hat sein Rückgrat so verletzt, daß er gelähmt ist. Martin Aziz beschloß, daß es an der Zeit sei, in Bruder Ishmaels Fußstapfen zu treten. Ich nehme an, das bedeutet, unser Führungsstab nutzt sich langsam ab …«

»Das heißt, auch Sie nutzen sich ab.«

»Sie haben mich vor der Politik gewarnt. Ich hätte auf Sie hören sollen.« Die Gs hatten sie erreicht und umstellten sie. Newcombe blickte jede lächelnde Gesichtsmaske einmal an, als ob er versuchen wollte, Unterschiede zwischen ihnen zu erkennen. Sie hatten Betäubungswaffen in der Hand. »Ich werde keinen Widerstand leisten«, sagte er.

»Das ist eine weise Entscheidung«, erwiderte einer von ihnen freundlich. Der G nahm ihn am Arm. »Kommen Sie jetzt mit.«

Crane sah zu, wie sie Newcombe abführten. »Warum?« rief er ihm nach. »Warum nur?«

Er hatte etwas zu Talib sagen wollen, um dem ganzen Wahnsinn irgendwie die Stirn zu bieten. Doch als es soweit war, hatte es keine Worte und keine Taten gegeben, die das schreckliche Gefühl seines Verlusts hätten lindern können. Einen flüchtigen Moment lang hatte er alles gehabt, und jetzt war alles für immer weg. Es gab kein Warum.

Er sah zu Boden, auf den falschen Grabstein und das falsche Grab. Hier würde er sicher keinen Trost finden.

Ein Helo landete am Rande des Friedhofs. Talib wurde an Bord gehievt und weggebracht.

Und so endete alles, als sauber verpacktes Päckchen, das verschickt und schnell vergessen wurde, während die Welt sich wieder ihrem normalen Gang zuwandte.

Lewis Crane war wieder allein.

20.

Shimanigashi

IRGENDWO IN AMERIKA
FRÜHLING 2038, AM VORMITTAG

Abu Talib begann den außergewöhnlichsten Tag seines Lebens so, wie er alle Tage in den letzten zehn Jahren begonnen hatte – mit der Entscheidung, nicht Selbstmord zu begehen.

Er blickte auf den Strick, den man ihm gelassen hatte; die Galgenschlinge war bereits gebunden. Er nahm ihn in die Hand. Die weichen Nylonfasern glitten sanft über seine Handfläche. Die allgegenwärtige Präsenz des Selbstmords, die sein Leben bestimmte, war überwältigend, aber auch heute würde er sich erneut dagegen entscheiden.

Jeden Tag in den letzten zehn Jahren hatte er die Schlinge aus der kleinen Schublade in seinem Raum genommen – er nannte ihn nicht Zelle, da er keine Gitterstäbe hatte – und gespürt, wie sie ihn in Richtung Tod sog. Jeden Tag in den letzten zehn Jahren hatte er diesem Sog widerstanden, auch wenn er manchmal besonders stark gewesen war.

Bei seinem Prozeß – oder der Farce, die man Prozeß genannt hatte – war er zu einer unbestimmten Zeit *Shimanigashi* verurteilt worden. Isolation. Gefängnisse, Bundespolizei und Gerichte wurden von privaten Firmen geführt. Es hatte weder Zeugen, noch Jury, noch Zuschauer, noch Anwälte gegeben. Da waren nur ein anonymer Mann in einem formellen Anzug, die Videos des Angriffs auf das Imperialtal-Projekt und natürlich er selbst gewesen. Er erinnerte sich daran, mehrere Dokumente in dreifacher Ausführung unterschrieben zu haben.

Der Mann im Anzug war das letzte menschliche Wesen gewesen, das er seit zehn Jahren gesehen hatte.

Er war mit einer Art Gas bewußtlos gemacht worden und anschließend in diesem fensterlosen Raum aufgewacht, in dem es nur ein Bett, einen Tisch, einen Stuhl und eine Lampe gab. Und den Strick natürlich. Außerdem eine Dusche, die einmal am Tag für sechzig Sekunden ging, sowie eine Toilette, die spülte, wenn man auf einen Knopf an der Wand drückte. Spiegel gab es nicht.

Er hatte keine Bücher, kein Fernsehen, keine Musik, kein Papier – abgesehen vom Toilettenpapier – und keinen Stift. Seine Gefängniskleidung bestand aus einem schwarzen Overall aus dünnem Plastikmaterial. Abends warf er ihn in ein Loch in der Wand, über Nacht erschien dann ein neuer. Wenn er ihn abends nicht wegwarf, bekam er keinen neuen.

Soweit er wußte, war er an diesem Ort der einzige Häftling. Nie kamen Wächter vorbei, um nach ihm zu sehen, außer seinen eigenen Geräuschen hörte er nichts. Sein Essen erhielt er zweimal am Tag durch einen Türschlitz. Es war nicht sehr abwechslungsreich. Reis und Brühe. Allerdings hatte es in den letzten paar Jahren hin und wieder einmal Bohnen und Fladenbrot gegeben, was auf Veränderungen in der Außenwelt schließen ließ – oder eine neue Gefängnisleitung.

Sein Haar und sein Bart waren in den zehn Jahren unkontrolliert gewachsen. Als der Bart lang genug geworden war, daß er ihn hochheben und ansehen konnte, stellte er fest, daß er grau geworden war. Sein Kopfhaar reichte ihm beinahe bis zu den Ellbogen.

Natürlich wurde erwartet, daß er hier den Verstand verlor, und er hatte seinen Peinigern mehr als einmal den Gefallen getan, auszurasten. Jedesmal, wenn er einen Anfall von Wahnsinn bekam, hoffte er, daß es irgendwie zu menschlichem Kontakt führen würde, zu einem Austausch in irgendeiner Form. Doch das war nie der Fall gewesen, und er wurde nur jedesmal aufs neue wieder mit seinen eigenen Gedanken konfrontiert. Selbst als er einmal sehr krank war und unter starken Magenschmerzen litt, gab es keinen Kontakt. Der Raum füllte sich mit Gas. Als er aufwachte, lag er in seinem Bett, eine Narbe an der Stelle seines Körpers, wo der Blinddarm gewesen war.

Aber es war ein Anfang gewesen. Es bedeutete, daß ihn jemand beobachtete. Wenn er sprach, hörte ihm jemand zu. Auf seltsame Weise fand er das beruhigend.

Einen Begriff von der Zeit zu bekommen und einen Sinn dafür zu entwickeln war seine erste und schwierigste Herausforderung gewesen. Da er nicht wußte, ob es Tag oder Nacht war, hatte er keinen Bezugspunkt. In den ersten Tagen seiner Haft war ihm klargeworden, daß ihm nur der Strick bliebe, wenn er das Zeitgefühl verlöre. Und so begann Abu Talib, geboren als Daniel Akers Newcombe, sein Gehirn zu trainieren.

Er zählte die Sekunden – ein Mississippi, zwei Mississippi –, bis er den Rhythmus eines Tages in sich spürte. Er überlegte, sich die Nägel wachsen zu lassen, statt sie abzubeißen, wie er es stets getan hatte, um täglich eine Markierung in die Wand zu ritzen. Doch dann entschied er sich dagegen, denn er dachte, daß sie höchstwahrscheinlich die Wände streichen ließen, um ihm einen Strich durch die Rechnung zu machen. Um eine menschliche Uhr zu werden, mußte er konsequent bleiben.

Und da er ohnehin nichts anderes zu tun hatte, wurde er eine menschliche Uhr. Er ging davon aus, daß er in den letzten zehn Jahren, die er hier verbracht hatte, nicht mehr als zwei Wochen von der wirklichen Zeit abgewichen war. Irgendwann war ihm sein Dasein als Uhr so in Fleisch und Blut übergegangen, daß er nicht mehr darüber nachdenken mußte und sich anderen Dingen zuwenden konnte.

Er erinnerte sich, daß er einmal von einem Mann gelesen hatte – warum hatte er bloß nicht mehr Bücher gelesen? –, der in einem Kriegsgefangenenlager in Isolationshaft gesessen hatte und überlebte, weil er lernte, in Gedanken mit sich selbst Schach zu spielen. Nach mehreren Wochen Training mit wechselndem Erfolg gelang es auch Talib, im Kopf Schach zu spielen, und er verbrachte viele Stunden am Tag damit.

Die Schlafzeit hatte er berechnet, indem er überlegte, wie viele Stunden Schlaf er früher gebraucht hatte, um sich ausgeruht zu fühlen, wie viele Stunden sich sein Körper sozusagen von allein nahm. In der wirklichen Welt waren es im Durchschnitt sieben gewesen, und so ging er hier auch von sieben Stunden aus. Er legte sich nie nach dem Essen hin und achtete darauf, siebzehn Stunden von vierundzwanzig wach zu sein.

Da er sich außer mit körperlicher Betätigung mit nichts anderem wachhalten konnte, begann er, seinen Verstand zu durchforsten – mal mit mehr, mal mit weniger Freude. Er konnte sich sehr gut konzentrieren und war in der Lage, Personen und Ereignisse vor seinem geistigen Auge wiedererstehen zu lassen und seine Vergangenheit noch einmal zu durchleben. Vieles war ihm unangenehm, doch es gab etwas, das ihm besonders zu schaffen machte; er stellte fest, daß er Unmengen an Zeit verschwendet hatte, die er nie wieder aufholen konnte.

Natürlich verbrachte er viel Zeit damit, darüber nachzudenken, warum er sich jeden Morgen entschloß, unter solch haarsträubenden Bedingungen weiterzuleben, statt einfach den Strick zu nehmen. Er hatte nie eine echte Antwort darauf gefunden, außer einem tief verwurzelten Kampfgeist denen gegenüber, die versuchten, ihn zu brechen. Es war keine zufriedenstellende Erklärung.

Aber er fand etwas anderes in sich, einen Schlüssel, mit dem er seine Denkprozesse vollkommen neu definierte. Er benutzte seine Isolation im metaphorischen Sinne, um seinen Geist zu isolieren, seine Gedanken voneinander unabhängig zu machen und sie von allen emotionalen und egoistischen Komponenten zu trennen. Er betrachtete seine Gedanken und Gefühle wie ein Fremder, so wie es Menschen tun, um sich von Angstgefühlen zu befreien, und untersuchte sie wie früher die Daten von Erdbeben.

Was er da in seinem Kopf entdeckte, gefiel ihm nicht besonders. Ihm schien, als hätte er viel zuviel Zeit damit verschwendet, den Befehlen seiner Geschlechtsdrüsen und Emotionen zu gehorchen. Zu wenig Zeit hatte er damit verbracht, vernünftig nachzudenken. Es gelang ihm nicht, wütend auf seine Peiniger zu sein, denn er hatte das Gefühl, die Strafe zu verdienen. Ohne die unterschwellige Wut in sich war es ihm gelungen, die menschliche Grenze des rationalen Denkens zu überwinden und sich als das zu erkennen, was er war – ein Tier, das seine animalischen Leidenschaften auslebte. Als er diesen Schritt einmal getan hatte, war es ihm nicht mehr möglich, zu einem Zustand seliger Unwissenheit zurückzukehren. Er hatte gelernt, was Verantwortung für einen Menschen bedeutete. Es gab Leute, die hatten in zehn Jahren weniger gelernt.

Dann hatte es die ›Episoden‹ gegeben, die Anfälle von Wahnsinn. Durchgedreht war er immer nach einem besonders schwarzen Tag im Gewirr seiner Gedanken, wenn er zugelassen hatte, daß sich eine schleichende Psychose langsam in ihm ausbreitete, die seine Denkprozesse irgendwann lahmgelegt hätte.

Einmal beschloß er, daß er während des Angriffs auf Cranes Anlage getötet worden war und jetzt ein infernalisches Leben nach dem Tod durchschritt und bis in alle Ewigkeit in Einsamkeit und Stille in seinem Raum dahinvegetieren mußte. Er wurde hysterisch und aß drei Tage lang nichts, bis sie ihn wieder eingasten und zwangsernährten. Nach mehreren Tagen wachte er auf und fühlte sich wesentlich besser. Er konnte daraus nur schließen, daß seine Peiniger ihn nicht durch so eine passive Methode wie Hungern sterben lassen wollten. War sein einziger Ausweg wirklich der Galgenstrick?

In einem anderen Anfall von Wahn phantasierte er, daß er frei sei und kommen und gehen könne, wie er wolle. Er beschloß zu bleiben. Denn, wie er sich immer wieder selbst lautstark versicherte, »es ist nur zu meinem Besten«. Auch damals mußten sie ihn am Ende narkotisieren.

Heute fürchtete er, daß wieder so etwas passieren würde.

Nachdem er sein morgendliches Ritual mit dem Strick beendet hatte, nahm er Reis und Brühe aus dem Türschlitz und setzte sich, um zu essen. Beim dritten Bissen hörte er ein unbekanntes Geräusch von der Tür, die ein paar Sekunden später aufsprang. Das war noch nie geschehen.

Er starrte eine ganze Weile darauf. Auf der anderen Seite der Tür war ein Gang, soviel konnte er sehen. Die Wände waren blau gestrichen, und blaßgelbes Licht erhellte ihn auf der ganzen Länge.

Das waren außergewöhnlich viele neue Daten, die er da auf einmal bekam. Er wandte sich wieder seinem Frühstück zu und dachte eine Weile nach. Zwischen jedem Bissen – es gab kein Besteck, nur die Finger – blickte er zur Tür, um zu sehen, ob sie noch offen war und wie das schwummerige gelbe Licht die blauen Wände grünlich färbte. Die Farben erschienen so lebendig, organisch, atmend und beseelt.

Er beendete sein Mahl und trug den Napf zurück zum Türschlitz, als sich die Tür noch weiter öffnete. Er sah auf den Gang hinaus, der in beiden Richtungen rund hundert Meter lang war. Die gelben Lampen hingen im Abstand von rund sechs Metern von der Decke. Auf beiden Seiten des Gangs gingen Türen weg, und an jeder prangte eine Nummer.

Während er mit seinem Napf dastand, wurde ihm klar, daß er durch diese Tür treten sollte. Es war der schlimmste Moment seiner Haft. Er wollte nicht gehen. Die Angst durchjagte ihn so schmerzhaft, daß er zurückwich. Der Napf glitt ihm aus der Hand und fiel scheppernd zu Boden.

Er wollte über diese offene Tür nachdenken und den Grund dafür mehrere Tage lang überdenken, doch die Tatsache, daß sie weit aufstand, machte es praktisch unmöglich, sie zu ignorieren. Er atmete tief durch und trat in den Flur hinaus.

Eine Sekunde lang spürte er wieder die Angst, doch dann wallte ein Gefühl von Stolz in ihm auf. Er hatte es getan, er war in die Außenwelt getreten.

An jedem Ende des Ganges befand sich eine Tür. Welche sollte er nehmen? Plötzlich eine Alternative zum Selbstmord zu haben machte ihn furchtbar nervös. Da er Rechtshänder war, beschloß er, sich nach rechts zu wenden.

Während er an den anderen Türen vorbeiging, fragte er

sich, ob dahinter wohl jemand sei. Er hatte niemals irgendwelche Geräusche von außerhalb gehört, außer dem mechanischen Klang des Essenswagens auf dem Flur.

Es war seltsam, so lange geradeaus zu gehen. Als er endlich die Tür am Ende des Flurs erreicht hatte, mußte er erneut seine Ängste überwinden, um sie zu öffnen. Er ging hindurch.

Er fand sich in einem Raum wieder, der etwa sechs Quadratmeter groß war. Der Raum war beige gestrichen und leer bis auf einen Metallstuhl, der auf einer Seite am Boden festgeschraubt war, und einer Metallbank – ebenfalls am Boden befestigt – auf der anderen Seite. Die Tür, durch die er gekommen war, befand sich neben dem Stuhl. Neben der Bank bemerkte er eine weitere Tür. Er setzte sich auf den Stuhl und wartete.

Nach einer Weile öffnete sich die andere Tür, und eine attraktive Frau mit zwei Kindern kam herein. Die Augen der Frau weiteten sich vor Entsetzen, als sie ihn sah, und die Kinder traten einen Schritt zurück. »Abu?« fragte sie.

In diesem Moment erkannte er sie. »Kh... Khadijah«, sagte er mit heiserer Stimme. Er hatte sie lange nicht benutzt. »Bist du es wirklich?«

Er stand auf und ging auf sie zu. Sie hob ihre Hand, um ihn zurückzuhalten. »Kein körperlicher Kontakt«, sagte sie. »Das ist eine der Besuchsregeln.«

»Wie lauten die ... anderen Regeln?« fragte er ruhig und setzte sich wieder.

»Ich darf dir nichts geben«, erwiderte sie. »Ich darf dir nicht sagen, wo du bist. Und ich muß gehen, wenn sie es sagen.«

Er nickte. »Ich verstehe.«

»Du siehst aus wie ... ein Wilder«, sagte sie. »Dein Haar ... und der Bart. Hast du es die ganze Zeit nicht geschnitten?«

»Nein«, antwortete er. »Sind das die Kinder?«

Sie nickte und setzte sich auf die Bank zwischen den Jungen und das Mädchen.

»Najan?« fragte er das Mädchen, dessen Augen aus ihrem Schleier herausleuchteten. »Erinnerst du dich an mich?«

»Nein, Sir«, antwortete sie schnell. »Aber ich weiß, daß Sie mein Vater sind.«

»Und wie heißt du?« fragte er den Jungen, der nach seinen Berechnungen etwa neun sein mußte.

»Abu ibn Abu Talib«, erwiderte der Junge und stand auf. »Ich wurde nach Ihnen benannt.«

»Darauf bin ich sehr stolz. Du scheinst ein ordentlicher junger Mann zu sein. Und das Hemd, das du da trägst ... wechselt es die Farbe?«

»Ja, Sir«, erwiderte sein Sohn. »Alle haben jetzt so etwas.«

»Hast du hier überhaupt nichts erfahren?« fragte Khadijah.

Er schüttelte langsam den Kopf. »Nichts«, sagte er und zeigte dann auf sie. »Dreizehnter März 2038.«

»Heute ist der vierundzwanzigste April«, korrigierte sie und kniff die Augen zusammen.

»Nahe dran«, sagte er triumphierend.

»Du mußt eine Million Fragen haben«, sagte sie und beugte sich vor, als ob sie ihn aus der Nähe mustern wollte.

»Nicht so viele. Ich habe es aufgegeben, Fragen zu stellen. Du siehst wunderbar aus. Du bist reifer geworden.«

»Kinderkriegen bringt gewisse Vorzüge mit sich.« Sie lächelte, und er erwiderte das Lächeln, doch seine Wangenmuskeln ermüdeten sofort.

»Werden sie mich freilassen?«

Er hatte Angst davor gehabt, diese Frage zu stellen, und Tränen traten ihm in die Augen, als er die Worte aussprach. Er versuchte, sie zurückzuhalten.

»Nein«, sagte sie. »Sie haben zuviel Angst vor dir.«

»Angst ... vor mir?«

Sie nickte. »Nachdem auch Ishmael auf der langen und exquisiten Liste der Ermordeten ...«

»Ermordet? Nein! Wann ... wie?«

Sie hob die Augenbrauen. »Natürlich. Das kannst du

nicht wissen. Vor ein paar Jahren. Der Mörder ist unbekannt, er wurde nie gefaßt.« Sie holte tief Luft. »Du warst plötzlich das einzige sichtbare Symbol der Bewegung. Martin übernahm die Führung. Er ist ein guter Verwalter, aber niemand kannte ihn. Um die Flamme der Rebellion am Leben zu erhalten, haben wir dich zu unserer Sache gemacht. Wir begannen, deine Freilassung als politischer Gefangener zu fordern. Du wurdest der Klebstoff, der die islamische Bewegung in den Kriegszonen zusammenhielt, und weltweit ein Symbol für ein gefangenes Volk. Du hast letztes Jahr den Friedensnobelpreis bekommen. Dein Einfluß ist weltweit.«

»Soso, kaum zu glauben«, sagte er ohne Begeisterung. »Scheint, als wäre es mir ziemlich gut ergangen.«

»Ich möchte dir etwas zeigen«, sagte Khadijah aufgeregt und schob eine CD in ihr Armpad. Sie war halb so groß wie die Sorte, die er kannte, und ohne Aufschrift.

Ein Video wurde auf die beige Wand geworfen. Es zeigte eine Kriegszone in Aufbruchsstimmung, riesige Menschengruppen zogen Richtung Süden, denn der Islamische Staat war Wirklichkeit geworden.

»Wann?« fragte er.

»Letztes Jahr«, erwiderte Khadijah. »Präsident Masters hat das Partitionsgesetz am Thanksgivingtag 2037 unterzeichnet.

»Präsident *Masters*?«

»Kate Masters. Ich dachte, du kennst sie.«

»Ich dachte, ich würde sie kennen«, entgegnete er rätselhaft. »Wie haben sie das geschafft?«

»Die Regierung und die YOU-LI-Gesellschaft haben jahrelang systematisch den Leuten in den entsprechenden Bundesstaaten Land abgekauft. Das Erdbeben in Memphis war sehr hilfreich. Die meisten Weißen wollten sowieso weg.« Sie zeigte auf das Video, das jetzt Straßenkämpfe in einer kleinen Stadt im Süden zeigte, Rasse gegen Rasse. »Manche wollten erst nicht gehen, aber schließlich sind wir sie alle losgeworden.«

»Wie losgeworden? Gibt es eine Africk-Armee?«

Die Kinder kicherten, und Talib legte den Kopf schief.

»Der Begriff wird nicht mehr verwendet«, sagte Khadijah lächelnd.

»Warum nicht?«

»Unsere islamischen Brüder in Afrika waren der Meinung, daß die meisten von uns nicht schwarz genug sind, um sich so nennen zu dürfen.« Sie lächelte. »Sie fingen an, uns ›Mestizen‹ zu nennen. Und der Name blieb haften.«

»Keine sehr schmeichelhafte Bezeichnung«, wandte Talib ein.

»Wir haben ihn dazu gemacht.« Sie straffte die Schultern und nahm eine beinahe königliche Haltung an. »Das Land heißt jetzt Vereinigte Staaten von Amerika und Islam. New Cairo umfaßt Florida, North und South Carolina, Georgia, Alabama, Louisiana und Mississippi.«

»Warum haben sie nach all der Zeit plötzlich nachgegeben?« fragte er. »Es muß verdammt teuer gewesen sein, so viele Leute auszubezahlen.«

»Sie hatten keine Wahl«, erwiderte sie. »Die Welt ist zu siebzig Prozent islamisch. Die chinesischen Syndikate stehen kurz vor dem Aus, weil sie den Handel nicht mehr kontrollieren. Afrika ist jetzt das Zentrum der wirtschaftlichen Macht. Schließlich schränkten die Chinesen den Handel mit uns ein, um durch die Hintertür mit dem Rest von Amerika zu handeln – zu bevorzugten Preisen. So erhalten sich beide Länder gegenseitig am Leben.«

Auf der Wand war nun Martin Aziz zu sehen, der Menschenmengen zuwinkte und Reden hielt. »Er trägt die Verantwortung«, sagte Khadijah. »Aber du bist das Herz der Bewegung. Wir wollten einer Einigung mit den Weißen nicht zustimmen, solange sie uns nicht erlauben, dich oder deinen Leichnam zu sehen. Niemand wußte, ob du noch lebst oder nicht. Nachdem wir das jetzt wissen, verspreche ich dir, Abu, daß wir nicht rasten werden, bis du frei bist.«

»Warum habe ich das Gefühl, daß das alles herzlich wenig mit mir zu tun hat?«

»Du bist ein Symbol. Du bist Abu Talib, du bist überlebensgroß. Die Menschen in New Cairo brauchen in diesen schwierigen Zeiten jemandem, zu dem sie aufsehen können. Als die Weißen nach der Partition abzogen, hinterließen sie verbrannte Erde. Wir mußten bei null anfangen. Dein Vorbild ist unsere Stärke.«

»Mein Vorbild«, wiederholte er und lächelte erneut, bis die Muskeln weh taten. »Ich bin kein Vorbild. Ich habe hier wie ein Tier gelebt. Ich möchte, daß du weißt, wie schwierig das war. Ich habe ... mich sehr verändert. Um ehrlich zu sein, habe ich in der ganzen Zeit wenig über die Bewegung nachgedacht. Statt dessen habe ich daran gedacht, wie es wäre, wieder richtige Luft zu riechen oder den Himmel zu sehen.« Er streckte die Hand aus und ballte sie langsam zur Faust. »Ich habe darüber nachgedacht, wie es wäre, Steine aus dem Boden zu graben und alles über eine Region in Erfahrung zu bringen, was man durch das Gestein erfahren kann ... eine ganze Geschichte vom Anbeginn der Welt, erzählt vom Gestein! Ich dachte an Sex ...«

Sie senkte den Blick. Jede ihrer Bewegungen war für ihn wie ein offenes Buch. »Schon gut«, sagte er. »Zehn Jahre sind eine lange Zeit. Du wußtest nicht, ob ich am Leben bin, ich ...« Ein lautes Summen setzte ein.

Khadijah stand sofort auf. »Ich muß jetzt gehen«, sagte sie. »Gibt es etwas, das du den Menschen sagen willst?«

Er lachte. »Heute habe ich zum erstenmal seit Jahren eine andere Stimme als meine eigene gehört. Ich lebe nicht einmal in derselben Welt wie ihr.«

Sie zuckte die Schultern. »Ich werde mir etwas einfallen lassen.«

Die Tür auf ihrer Seite klickte und sprang auf. Die Kinder gingen darauf zu. So schnell schon. Wie konnte es nur so schnell wieder vorbei sein? Es war schlimmer als die Isolation. »Crane«, sagte er, als sie die Kinder zur Tür hinausschieben wollte. »Was macht Crane?«

Ihr frostiges Lachen erschreckte ihn so, daß er zusammenzuckte.

»Hochmut kommt vor dem Fall. Er ist nicht mehr als ein Ausgestoßener. Ein Paria. Beschimpft, weil er Atombomben zünden wollte. Die öffentliche Meinung wandte sich gegen ihn, als sein Plan in vollem Umfang bekannt wurde. Anschließend wetterte und tobte er pausenlos im Fernsehen, daß bald irgendein schreckliches Desaster über Kalifornien hereinbrechen würde. Niemand achtete auf ihn. Und jetzt habe ich schon länger nichts mehr von ihm gehört.« Bereits halb draußen, wandte sie sich noch einmal um und sagte: »Wir werden dich hier rausholen.«

»Komm mich wieder besuchen«, bat er, aber sie war schon weg. Die Tür schloß sich schnell, er hörte, wie das Schloß zuschnappte. »Sag ihnen, ich brauche Zugang zu Informationen!« rief er. »Um Gottes willen, tu irgendwas!«

Er ließ sich auf den Stuhl fallen. Seine Tür klickte ebenfalls und sprang auf. Langsam erhob er sich und schlurfte zurück zu seiner Zelle. Von jetzt an würde er von Besuch zu Besuch leben. Er hatte die Fähigkeit, Zeit zu spüren, verloren – und würde sie nie wieder zurückgewinnen.

Lewis Crane saß neben Burt Hill auf der Rückbank des Mondhüpfers. Der heliumgefüllte Bauch des Geländefahrzeugs vermittelte ihnen das Gefühl, über die öde Mondlandschaft zu schweben. Die Sterne standen wie glitzernde Nadelköpfe über ihnen, und hinter ihnen tauchte gerade die Erde am Horizont auf. Der Immobilienmakler redete ununterbrochen. Nur ein schwacher Lichtstrahl von der Korona der Erde erhellte die Landschaft. Dieser Teil der Mondoberfläche stand wieder kurz vor einer zweiwöchigen ›Nacht‹.

»Wir haben nicht oft Darksider hier«, sagte der Immobilienhändler namens Ali. »Die Leute wollen immer nur Grund auf der Lichtseite haben, von wo aus man die Erde sehen kann.«

»Genau das will ich gerade nicht«, erwiderte Crane und blickte aus dem Fenster. Auf dem Weg zu YOU-LIs stillgelegter Titanmine in der Sea of Ingenuity fuhren sie durch das Südliche Meer, Galileos *mare australe*, und zu ihrer Linken erhob sich majestätisch der Jules-Verne-Krater. Das *mare* war allerdings voller Staub, nicht Wasser, wie Galileo angenommen hatte. Es war fein gemahlener Stein, Glas und Asteroidenstaub.

»Ich verstehe nicht, warum Sie ausgerechnet auf der dunklen Seite etwas kaufen wollen«, sagte Burt schnaufend. »Der Mensch braucht doch hin und wieder ein bißchen Sonnenschein.«

»Hier gibt es genauso viel Sonne wie auf der anderen Seite«, erwiderte Crane. »Man muß sich nur nicht die Erde anschauen.«

»Ich habe wunderschöne Grundstücke da drüben«, sagte der Verkäufer. »Erstklassiger Ausblick auf die Erde.«

Crane ignorierte die Bemerkung. »Also, alles, was ich hier kaufe, gehört mir?«

Ali drehte sich zu ihm um, und der dicke schwarze Schnurrbart hob sich, als er lächelte. Er formte einen Kreis mit Daumen und Zeigefinger. »Sie haben absolute Souveränität hier«, sagte er und schnippte mit den Fingern. »Wissen Sie, viele kaufen hier Land aus Gründen der religiösen Freiheit. Oder aus politischen Gründen. Erdregierungen haben hier nichts zu melden. Es ist wunderbar, wenn Sie Ihre Ruhe haben wollen.«

»Wie sieht's mit Wasser aus?« fragte Hill.

»Tja, was soll ich sagen?« erwiderte Ali. »Sie können Verträge über Wasserversorgung abschließen, mit wem Sie wollen. Das Konsortium hier oben verlangt ziemlich hohe Preise, müssen Sie wissen. Wer es sich leisten kann, holt es selbst von der Erde herauf.«

Crane grunzte mißbilligend. Auf der Erde gab es heutzutage kein brauchbares Wasser mehr. Die Situation war zwar in vielerlei Hinsicht besser geworden. Die Atmosphäre wurde wieder von einer Ozonschicht umschlossen, und die Menschen konnten sich frei unter der Sonne bewegen, so wie er es aus seiner Kindheit kannte. Masada war vor fünf Jahren endgültig verschwunden, ohne daß es jemandem besonders aufgefallen wäre. Alle waren inzwischen viel zu sehr damit beschäftigt, die Radioaktivität in ihren Wasservorräten zu prüfen, um sich noch um irgend etwas anderes kümmern zu können. Der radioaktive Fallout der

Masada-Wolke hatte aber nicht nur das Wasser verseucht. Überall auf der Welt waren Abfälle aus defekten Sicherheitsbehältern gesickert, weil sich niemand mit dem Problem befaßt hatte, bis es sich zu einer Katastrophe ausgeweitet hatte. Das vergiftete Wasser war überall.

Er hatte begonnen, die Entwicklung mit dem Globus in der Stiftung zu simulieren, indem er die Daten der fortschreitenden Verstrahlung durch die Versickerung eingab sowie die Verteilung und Bewegungsgeschwindigkeit unterirdischer Wasservorkommen. Eine frühzeitige Vorhersage über die Ausbreitung der Seuche auf dem Planeten würde, so hoffte er, der Menschheit einen Hinweis geben, wo sie ansetzen mußte, um den Eindringling zu bekämpfen. Doch für die meisten war die Vergiftung der Wasserreserven offenbar eine akzeptable Option. Jedes Zeitalter hatte seine Optimisten.

Der Globus war ein Wunder, das Vermächtnis seiner Frau. Crane hatte neben dem Radioaktivitätsprojekt noch zahlreiche andere Vorhaben mit Hilfe seiner Intelligenz simuliert. Doch bestimmte Funktionen waren defekt, was niemals passiert wäre, wenn Lanie noch am Leben wäre, das wußte er. Das Ergebnis waren Enttäuschungen, unvorhergesehene Erdbeben zum Beispiel, darunter eines in Kalifornien. Bis dahin war der Globus unfehlbar erschienen.

Er mußte oft an Lanies Theorie von dem Brunnen in Rom denken, der ein Beben in Alaska auslösen konnte. In der Tat waren zwei der unvorhergesehenen Beben letztlich auf künstliche Seen zurückgeführt worden, einer davon fast achthundert Kilometer vom Epizentrum entfernt. Die Baggergrube hatte sich mit Wasser gefüllt, das durchgesickert war und versteckte Spalten ›geschmiert‹ hatte. Crane fragte sich, ob man eines Tages so viel darüber wissen würde, daß man den Leuten sagen konnte, wo sie auf gar keinen Fall Seen ausheben durften – oder Brunnen.

»Da sind wir, meine Herren«, sagte Ali und zeigte durch die Windschutzscheibe auf ein beleuchtetes Gelände in ein paar Kilometern Entfernung. »Ich habe die Beleuchtung für Sie einschalten lassen.«

Crane fragte sich, was Lanie von all dem halten würde – davon, daß er von Stoneys drei Milliarden Dollar ein Stück vom Mond kaufte. Stoney hatte ihm gesagt, er solle das Geld verwenden, um sich einen weiteren Traum zu erfüllen; jetzt, zehn Jahre später, nahm er ihn beim Wort.

Ali kehrte zum Bremsen den Schub um, und der Mondhüpfer holperte in eine kleine Geisterstadt aus miteinander verbundenen Kuppeln und Würfeln, vorgefertigten Stahlgebäuden, aufeinandergestapelt wie die Holobausteine, mit denen Charlie im Lift der Imperialtal-Anlage gespielt hatte.

»Sind die Minenschächte noch offen?« fragte Crane, während er die Namen mehrerer bekannter Restaurants an verlassenen Häusern entdeckte.

Ali zögerte. »Über die Schächte müßten wir reden. Ich bin nicht sicher, daß YOU-LI begeistert wäre, wenn es Leute herschicken müßte, die sie auffüllen ...«

»Ich will die Schächte«, sagte Crane. »Ich werde den Kern nach Hitze und Energie abklopfen.«

»Sie wollen die Schächte«, sagte Ali glücklich und warf die Arme in die Luft. »Und Sie werden die Schächte bekommen. Sie sind überall ... überall auf diesem verdammten Grundstück. Der Mann will Schächte. Er *will* sie!«

Ali ließ magnetische Klammern zuschnappen, die das Mondfahrzeug hermetisch verschlossen. »Sie müssen die Helme aufsetzen«, sagte er. »Ich kann es mir nicht leisten, nur für einen Besichtigungstermin die Lebenserhaltungssysteme einzuschalten.«

»Was gehört alles zu dem Gelände dazu?« fragte Crane, während Ali seinen Helm aufzog und dann auf Cranes zeigte.

Crane ließ sich von Burt helfen, das Ungetüm überzustülpen.

»Stellen Sie sich diese Bauten hier als Zentrum des Ganzen vor«, sagte Ali. »Um uns herum erstreckt sich das Grundstück auf sechzehnhundert Quadratkilometern. Ihnen gehören der Van-de-Graaff-Krater, der Leibnitz-Krater und der Von-Karman-Krater. Und die ganze Sea of Ingeniuty.«

»Und der Preis?«

»3,2 Milliarden Dollar«, antwortete Ali. »Nun, ich weiß, das ist viel Geld. Ich habe kleine Grundstücke auf der Lichtseite, die ich ...«

»Runden Sie auf drei Milliarden ab, und wir werden uns handelseinig«, sagte Crane.

»Haben Sie entsprechende Sicherheiten?« fragte Ali. »Ich möchte nicht unhöflich sein.«

»Wir zahlen bar.«

»Mein Freund!« sagte Ali. »Damit machen Sie einen alten Kamelhändler wie mich glücklich. Niemand will auf die dunkle Seite.«

»Ich bestehe darauf. Können wir jetzt die Besichtigung machen?«

Die Besichtigung dauerte kaum eine Stunde, denn Ali hatte es eilig, wieder auf die Lichtseite zu kommen, und Crane interessierte sich im Grunde nicht im geringsten für die Anlage. Das YOU-LI-Lager war eine typische Minenanlage, spartanisch und von der Gesellschaft ziemlich vernachlässigt. Crane würde zu gegebenem Zeitpunkt alles einreißen und neu errichten lassen. Doch die bestehenden Gebäude würden die ersten Planer und Ingenieure beherbergen, deren Aufgabe es sein würde, eine Darksidermine in eine neue Zivilisation umzuwandeln. Es würde ein langwieriges und schwieriges Projekt werden, aber damit kannte sich Crane bestens aus.

Als sie später wieder auf der Marriott-Mondbasis waren, saßen Crane und Hill an einem Tisch in der Bar, Crane mit dem Rücken zu dem phantastischen Erdaufgang, den man durch dickes Sicherheitsglas beobachten konnte. Das Hotel war ausgebucht, und die Gegend um das Hotel herum glich langsam einer kleinen Stadt aus Kuppeln und Aussichtsdecks. Der Mond war neues Territorium, das von YOU-LI, dem früheren Eigentümer, nun frei zum Kauf angeboten wurde. Die Chinesen waren im Begriff, ihren Immobilienbesitz zu konsolidieren, und der Mond spielte in ihren Zukunftsplänen keine Rolle. Und so wurde er Stück für Stück von den Menschen erobert, die immer neue Gebiete und Siedlungen erschlossen – Banditen und Helden. Crane war sich nicht sicher, zu welcher Kategorie er gehörte.

Hill, der seit seiner schweren Verletzung vor Jahren schweigsam und labil geworden war, hob sein Bierglas. »Ich denke, wir sollten auf Sie trinken«, sagte er. »Ich hab' nicht ganz verstanden, was Sie getan haben, aber ich gratuliere trotzdem.«

»Wir haben gerade eine Gelegenheit beim Schopf ergriffen«, erwiderte Crane, stieß mit seinem Scotchglas gegen Hills Bierhumpen und nahm dann einen Schluck. »Ich wollte schon immer eine eigene Regierung haben.«

»Quatsch«, sagte Hill. »Sie wollten nie was anderes als ein für allemal den Erdbeben ein Ende setzen. Und jetzt kaufen wir plötzlich den Mond auf.«

»Gar nicht plötzlich. Ich denke schon eine ganze Zeit darüber nach ... Genaugenommen seit zwei Jahren. Bis jetzt war es einfach noch nicht machbar. Ich erzähle Ihnen schließlich nicht alles, was mir im Kopf herumgeht.«

»Stimmt. Sie haben mir ja auch nicht gesagt, daß Sumi eine Frau ist.«

»Ich dachte, wenn Sie nicht schlau genug sind, es selbst rauszufinden«, entgegnete Crane, »warum soll dann ausgerechnet ich es Ihnen sagen?«

Es war ein alter Scherz zwischen ihnen. Im Grunde hatte keiner von beiden auch nur den Hauch einer Ahnung von Sumis Geheimnis gehabt. Ihre Geschichte war faszinierend, ja fast tragisch gewesen. Soviel war in all den Jahren passiert.

Knapp einen Monat nach dem Überfall auf das Imperialtal-Projekt war Präsident Gideon in der Badewanne auf einem Stück Seife ausgerutscht und hatte sich tödlich verletzt – jedenfalls lautete so die offizielle Geschichte des Weißen Hauses. Sumi war Präsidentin geworden und hatte Kate Masters als Vize eingesetzt. Da Liang Int und Yo-Yu die Wählerschaft gespalten hatten, konnte Sumi die Kandidaten beider Firmen schlagen und wurde im November 2028 gewählt.

Sie hatte die Voraussetzungen für das geschaffen, was letztlich in den Islamischen Staat mündete. Aus angeblich ›gesundheitlichen Gründen‹ trat sie 2032 nicht mehr an, obwohl sie eine stets ausgeglichene und respektierte Regierungschefin gewesen war. Auf derselben Pressekonferenz, bei der sie ihren Rücktritt erklärte, offenbarte sie auch ihr wahres Geschlecht und sagte, sie könne »nicht länger vorgeben, ein Mann zu sein«.

Kate Masters hatte kandidiert und war mit großer Mehrheit gewählt worden, wobei sie von ihrer ohnehin einflußreichen Position sowie antichinesischer Stimmung in der Bevölkerung profitierte. Die Wirtschaft geriet aufgrund einer Reihe von Sanktionen gegen chinesische Geschäftsinteressen weiter ins Stocken. Sie gingen von einer weltweiten islamischen Bewegung aus, deren Weltanschauung, gelinde gesagt, ethnozentristisch ausgelegt war.

Der Grund, warum Sumi sich zurückgezogen hatte, wurde offenbar, als sie sich einer Untersuchung ihres psychischen Zustands unterzog. Paul, der Liebhaber aus ihrem Chip, hatte ihr Leben vollständig an sich gerissen und sie in eine endlose Spirale von Xenophobie und Engstirnigkeit gelenkt. Sie vollzog gewissermaßen die Entwicklung der ganzen Menschheit in sich nach. Und niemand hatte Zugang zu ihr außer Paul.

Crane hatte während dieser Zeit in losem Kontakt mit ihr gestanden und YOU-LI auf Kates Drängen das Land von Sumis Vorfahren abgekauft. Er verpachtete es ihr zu einem symbolischen Preis von einem Dollar pro Jahr auf Lebenszeit. Sumi mußte sich von Paul trennen. Seine Präsenz war so stark, daß er sogar noch da war, nachdem man ihr den Chip wieder entfernt hatte. Sie war nicht die einzige, die solch ein Problem hatte. Millionen Menschen waren süchtig nach Yo-Yu-Chips. Ein neues medizinisches Fachgebiet, ›Persönlichkeitsheilung‹ genannt, hatte sich entwickelt, das sich mit diesen Problemen auseinandersetzte.

Sumi Chan verschwand mehrere Jahre in einer Anstalt. Yo-Yu gab Milliardenbeträge für Krankenhäuser und die Behandlung von Chip-Süchtigen aus, was die Firma so schwächte, daß sie sich mit ihrem größten Konkurrenten zur YOU-LI-Corporation zusammenschließen mußte. Der Partner-Chip nahm den Weg alles Irdischen, während Implantate für Bildungszwecke immer populärer wurden. Crane selbst ließ sich 2035 einen Chip einsetzen und war begeistert von seinem Nutzen für seine wissenschaftliche Arbeit.

Kate Masters war 2036 wiedergewählt worden und hatte nun die letzten beiden Jahre ihrer zweiten Amtszeit vor sich. Sumi Chan lebte inzwischen zurückgezogen auf dem Land ihrer Vorfahren in China.

Stoney war ein Jahr nach dem Attentat im Imperialtal gestorben.

Für Crane waren die letzten zehn Jahre der reinste Alptraum gewesen. Kurz nach Talibs Festnahme und Inhaftierung schwenkte die Stimmung in der Öffentlichkeit radikal um, als die Ziele des Imperialtal-Projekts bekannt wurden. Im Handumdrehen wurde Crane dafür verteufelt, daß er überhaupt in Erwägung gezogen hatte, eine Atombombe zu zünden, und daß er es gewagt hatte zu glauben, er habe das Recht, die Struktur der Erde zu verändern.

Er wurde zum einsamen Rufer in der Wüste. Immer wieder versuchte er in all den Jahren, seine Landsleute vor der großen Katastrophe zu warnen, die in Kalifornien stattfinden würde. Schlimmer als die Beleidigungen und das Gelächter, das seine aufgezeichneten, schriftlichen und live übertragenen Botschaften hervorriefen, war die tödliche Stille, mit der seine Warnungen quittiert wurden. Irgendwann gab er die Hoffnung auf.

Und wurde leerer … immer leerer.

Dann wurden erste Grundstücke auf dem Mond zum Kauf angeboten, und er hatte einen Stich im Bauch gespürt, so etwas wie einen Funken. Er hatte sich darauf gestürzt.

»Sie wollen wirklich ... Häuser und Sachen hier heraufbringen?« fragte Hill.

»Das ist mein Plan«, sagte Crane. »Ich möchte eine ganze Stadt hier oben errichten, Burt. Einen Ort, an dem die Menschen gerne leben.«

»Werden Sie auch hier oben leben?«

Crane lächelte. »Nein, mein Freund. Ich denke, wir sind beide ein bißchen zu lange im Geschäft und außerdem zu streitsüchtig für diese Art des Pioniertums.«

Hill lehnte sich zurück und seufzte laut. »Da bin ich aber erleichtert. Ich konnte mir einfach nicht vorstellen, dauernd in solch einem verdammten Helm herumzulaufen. Was passiert, wenn man niesen oder sich die Nase putzen muß?«

»Wir werden aber hin und wieder mal vorbeischauen. Es gibt eine Menge zu tun, und Entscheidungen müssen getroffen werden.« Crane nahm einen Schluck von seinem Scotch und beobachtete eine Gruppe von Bauarbeitern, die in die Bar kamen und sich an einem Tisch in der Ecke niederließen. »Es gefällt mir nicht, daß ich bei der Wasserversorgung auf die Erde angewiesen sein soll«, sagte er. »Ich frage mich, ob wir nicht Permafrost vom Mars herschaffen könnten? Wer die Kontrolle über das Wasser hat, kontrolliert auch die Umwelt.«

»Wie viele Menschen wollen Sie heraufholen?«

»Mindestens ein paar tausend, würde ich sagen.«

»Seit Monaten sind Sie Feuer und Flamme für dieses Projekt. Es erscheint mir verrückt. Warum tun Sie das?«

Crane verzog das Gesicht und trank sein Glas aus. Er hielt es hoch, und der Barkeeper reagierte und griff erneut nach der Scotchflasche. »Wegen des Geldes, das Stoney mir hinterlassen hat«, sagte er. »Ich konnte nichts finden, das es wert gewesen wäre – nichts Dauerhaftes –, um es dafür auszugeben. Und dann ging das hier oben los.«

»Trotzdem: warum?«

»Ich hatte früher mal ein Aquarium ... zwei eigentlich, aber das, woran ich jetzt denke, hatte ich als Kind, als ich bei meiner Tante lebte«, erzählte Crane. »Ich hatte es mir von meinem Ersparten gekauft. Über die Jahre waren die verschiedensten Fische darin, einmal hatte ich sogar eine Krabbe, ein wunderschönes, zartes, kleines Ding. Ich fand keine passende Nahrung für sie. Nach einer Weile begann sie, sich selbst aufzufressen, jeden Tag ein Stückchen, nur um am Leben zu bleiben. Irgendwann erreichte sie ein lebenswichtiges Organ.«

Crane drehte sich um und sah auf die Erde, die riesig und blau, von Wolkenfetzen eingehüllt, durch die Fenster zu sehen war. Er zeigte darauf. »Ich denke, genau das tun die da unten auch – sie fressen sich bei lebendigem Leibe selbst auf. Sie morden im Namen Gottes und zerstören blind das Ökosystem, das sie am Leben erhält.«

»Menschen sind eben nur Menschen.« Burt zuckte mit den Achseln.

»Sie meinen, Menschen sind eben nur Tiere«, erwiderte Crane. »Und ich sage Ihnen, das muß nicht so sein. Wir können eine Zivilisation aufbauen, eine echte Zivilisation, die auf wirklichem Verständnis für uns und unser Universum basiert. Ich habe Land auf der dunklen Seite gekauft, weil ich nicht will, daß meine Leute zusehen müssen, wie die Erde stirbt. Meine ... Stadt wird vielleicht die letzte Hoffnung für die Menschheit sein, Burt. Deshalb tue ich das alles. Genügt das als Traum für Sie?«

»Sie konnten die Erde nicht retten, also wollen Sie eine neue Welt aufbauen?«

»Das akzeptiere ich als Interpretation.«

»Wie werden Sie diesen Ort nennen?«

»Charlestown. Ich werde ihn Charlestown nennen.«

Burt nickte, und sein Blick verschleierte sich. »Das ist wirklich schön, Doc. Sehr schön, finde ich.«

21.

Feuersturm

SHIRAHEGA-BRANDSCHNEISE,
TOKIO, JAPAN
1. SEPTEMBER 2045, AM MITTAG

Aus der Luft war die Shirahega-Brandschneise nicht zu verfehlen, auch wenn sie mitten in der größten Stadt der Welt lag. Sie war ein Apartmentblock – besser gesagt ein langes Band von Wohnblöcken –, errichtet, um die nördlichen Distrikte der Stadt von den ärmeren im Süden zu trennen und die Feuersbrunst einzudämmen, die von einem erwarteten größeren Erdbeben ausgelöst werden würde. Sie war die Große Mauer von Tokio.

Crane und Burt Hill saßen im Passagierraum eines Rot-Kreuz-Helos zwischen rund einem Dutzend weißbekittelter Sanitäter, zumeist jungen Leuten. Sie wußten nicht, wer Crane war, kannten den alternden Mann nicht, der einst mit Heldentaten und Tragödien die ganze Welt in Atem gehalten hatte.

Die Sanitäter schnappten nach Luft, als sie durch die Bullaugenfenster sahen. Der Anblick der Stadt, die sich unter ihnen ausbreitete, würde wohl jedem den Atem rauben. Die Gebäude der Innenstadt beherrschten das Gebiet, doch es waren mehr die Außenbezirke mit ihren heruntergekommenen Bruchbuden, in denen dreiunddreißig Millionen Menschen lebten, die die Aufmerksamkeit auf sich zogen. Mit ihren Holzhäusern, die aneinandergedrängt an engen Straßen standen, ähnelten sie einem Patchworkmuster. Millionen Holzhäuser. Soweit das Auge reichte. Man konnte es nur glauben, wenn man es selbst gesehen hatte.

Doch das Schlimmste waren die riesigen Propangastanks, die die Slums überragten. Hier wurde immer noch Gas benutzt. Sobald das Erdbeben begann – und es würde bald soweit sein –, würden sie hochgehen. Innerhalb von einer Viertelstunde würde ein Drittel von Tokio niederbrennen, eine halbe Millionen Häuser wären zerstört.

Cranes Arm schmerzte.

»Sie sind ein verdammter Idiot, daß Sie hierhergekommen sind«, sagte Hill, »jagen Erdbeben wie seit dem Jahr '28 nicht mehr. Jemand sollte Sie mal zum Psychiater bringen.«

»Sie sind der widerspenstigste Mensch, der mir je begegnet ist«, sagte Crane. »Warum ich es immer noch mit Ihnen aushalte, ist mir ein Rätsel.«

»Sie brauchen mich, weil Sie wie ein Kleinkind nicht auf sich selber aufpassen können. Hölle, Tod und Teufel, Sie wären doch schon mindestens zwanzigmal tot gewesen, wenn ich nicht gewesen wäre. Und ich sage Ihnen, das hier ist das einundzwanzigste Mal. Ich wette, Doc Bowman hat Ihnen das nicht erlaubt.«

»Ich hab's ihm gar nicht erzählt«, erwiderte Crane. Er hatte Bowman nicht mehr vor die Augen treten können, seit er ein Jahr zuvor an Grimmdarmkrebs erkrankt war. Die Krankheit war durch die radioaktive Verstrahlung während des Kampfes im Imperialtal ausgelöst worden. Wegen des Krebses war er jetzt hier, er wollte noch einmal ein großes Erdbeben erleben. Siebzehn Jahre lang hatte er kein Bebengebiet mehr besucht – er geißelte sich selbst, da hatte Burt recht –, aber ebenso groß wie sein Schmerz und die Abscheu vor dem Dämon waren Jubel und Aufregung. Der Dämon war sein erklärter Lieblingsfeind.

Als die Krankheit bemerkt wurde, hatte er sich auf der Mondbasis Charlestown aufgehalten und die unzähligen Kleinigkeiten eines Projekts überwacht, das so groß war und unter so unwirtlichen Bedingungen verwirklicht werden mußte, daß es alle zu überfordern drohte. Er war zuvor nie wirklich krank gewesen. Der Tumor war bereits im fortgeschrittenen Stadium, als er entdeckt wurde. Er mußte sich einer Chemotherapie unterziehen, und dann sagte man ihm, sein Körper werde für den Rest sorgen. Am Ende war er tatsächlich krebsfrei und gegen die meisten Erscheinungsformen der Krankheit immun, doch er war schwach und ermüdete leicht. Er konnte nichts mehr trinken und fühlte sich mit seinen achtundfünfzig Jahren wie ein alter Mann.

An diesem Tag würde er ein Erdbeben erleben, wie er noch niemals eines gesehen hatte.

Tokio lag auf einer Region, an der vier Kontinentalplatten zusammenstießen: die Philippinische, die Pazifische, die Eurasische und indirekt auch die Nordamerikanische Platte, über den Japanischen und den Izu-Graben. Eine größere Subduktionszone war dabei, sich an der Stelle zu bilden, wo die beiden Gräben aufeinandertrafen, und dieser Vorgang würde Tokio größtenteils zerstören.

Um den Crane-Report hatte es in den letzten Jahren schaurige Geschichten gegeben. Von vielen verteufelt, von anderen respektiert, wurde der Bericht von einigen benutzt, um damit Abenteuer und Tod zu planen. Sobald ein größeres Beben vorausgesagt wurde, tauchten Hunderte, manchmal auch Tausende von Leuten auf, um ihre Kräfte damit zu messen. Wie den Stierkampf verwendeten viele es als Beweis für ihre Manneskraft. Andere nutzten die Gelegenheit für einen dramatischen Selbstmord.

Die Feuerschneise kam ins Blickfeld, eine gezackte Wunde aus aneinandergepreßten Gebäuden, die die Stadt in zwei Hälften teilte. Die Eisenverschläge waren bereits fest verschlossen, riesige Wasserkanonen standen bereit. Ironie des Schicksals: Es war der 1. September, traditioneller Tag des Erdbebens in Japan seit dem 1. September 1923, als vierzigtausend Menschen im Feuersturm des verheerenden Erdbebens von Tokio verbrannt waren. Insgesamt waren damals einhundertfünfzigtausend Menschen umgekommen.

Das Helo erreichte Shirahega. Auf einem der zentralen Gebäude des Schutzwalls war eine Beobachtungsstation eingerichtet worden, die bereits völlig überfüllt war. Daneben lag ein Helo-Landeplatz. Der Pilot steuerte mit einem Schwenk darauf zu, und kaum hatte das Helo aufgesetzt, sprangen die Sanitäter auch schon heraus. Sie hatten die Aufgabe, den Überlebenden zu helfen – denn es gab immer Leute, die sich weigerten, ihre Häuser zu verlassen, von Plünderern einmal ganz abgesehen.

Crane und Hill kletterten als letzte heraus, wobei Crane Hill zurückwies, der ihm helfen wollte.

»Ich bin vielleicht ein Krüppel«, sagte er und stöhnte, als er den großen Schritt auf den Boden machte, »aber ich bin kein *verdammter* Krüppel.«

Er stand kaum ein paar Sekunden auf dem Dach, als er die ersten Stöße wahrnahm. »Spüren Sie es auch, Burt?«

»Sir?« murmelte Hill.

Crane spürte es in seinen Beinen, es schüttelte seinen ganzen Körper, der vibrierte wie eine Stimmgabel. »Ich glaube, wir gehen jetzt besser in Stellung. Es kann nur noch ein paar Augenblicke dauern.«

An der metallenen Front der Feuerschutzmauer waren Sicherheitsgurte befestigt. Hill half ihm, sich anzugurten. Crane griff nach einem Fernglas, das neben dem Gurt hing. Weiter unten waren verschiedene Gruppen von Leuten auf der Straße zu sehen, die immer noch feierten. Viele davon waren uniform gekleidet. Da gab es eine Gruppe in glänzenden schwarzen Anzügen mit hellroten Streifen. Eine Versammlung junger Männer und Frauen war bis auf Schuhe vollständig nackt; ihre Kleidung trugen sie zum Bündel geschnürt auf den Schultern. Eine andere Gruppe hatte sich wie Clowns angezogen. Alles leichtsinnige junge Leute. Sie wurden ›Rocker‹ genannt, denn sie forderten das Erdgestein heraus.

Die Selbstmörder, die Crane weiter hinten sah, waren keiner bestimmten Altersgruppe zuzuordnen. Sie suchten vor allem wackelige Gebäude oder sonstige Konstruktionen, unter oder auf denen sie einfach abwarteten. Die Rokker hielten sich nahe genug am Feuerschutzwall, um wegrennen zu können. Die Selbstmörder gingen ziellos umher, blieben aber stets weit genug von der Shirahega-Mauer weg, um sie nicht mehr erreichen zu können, falls ein Feuersturm kam. Die Menschen, die nicht an ein Beben glaubten, waren, so vermutete er, zu Hause oder im Büro und taten das, was sie zu dieser Zeit immer taten.

»Haben Sie einen Moment Zeit für einen alten Freund?« ließ sich hinter Crane eine Stimme vernehmen. Er drehte sich um und sah Sumi Chan vor sich. Ihr Haar war schulterlang, und ihre Augen hatte sie mit blaßblauem Lidschatten geschminkt.

»Ach ...«, sagte Crane. Er hielt die Arme auf, und Sumi fiel ihm um den Hals. »Lassen Sie sich ansehen.«

Sumi trat einen Schritt zurück. Sie trug einen schwarzen Overall und Wanderschuhe und sah sehr sexy aus. Das Alter stand ihr gut; nachdem sie ihr Leben lang ihre Gefühle unterdrückt hatte, hatte es in ihrem Gesicht kaum Spuren hinterlassen. Sie war, stellte Crane fest, wirklich schön – um so mehr, als ihre Augen wärmer dreinblickten, als er es jemals gesehen hatte. Er nickte, als er sich sicher war, daß sie tatsächlich gesund war und sich wohl fühlte.

»Was tun Sie hier?« fragte er, als sie kurz zur Seite trat, um den ebenfalls bereits angegurteten Burt zu umarmen.

»Ich hörte, daß Sie hier sein würden, und da beschloß ich, kurz vorbeizuschauen«, sagte sie. »Wir sind praktisch Nachbarn.«

Ein lautes Grollen dröhnte aus der Erde. Die Häuser begannen zu wackeln, und Crane hielt Sumi fest. Er zog sie zu der Wand, damit sie sich angurten konnte.

»Festhalten!« schrie er. »Es wird heftig werden!«

Das Haus bebte heftig, als starke S-Wellen den Erdmantel erschütterten. Es wurde noch schlimmer, als sich der Erdboden unter P-Wellen hob und senkte.

Crane hielt sich mit der immer noch starken rechten Hand an der Brüstung fest und sah auf die Stadt hinab, die zwanzig Stockwerke unter ihnen lag. Die Menschen schrien durcheinander und vergaßen angesichts der Katastrophe ihre tollkühnen Pläne. Sie rannten und stolperten auf die Feuerschutzwand zu. Riesige Risse bildeten sich in den Straßen, und die gesamte Gruppe der nackten Rocker wurde buchstäblich von der Erde verschluckt.

Das Beben wurde stärker, und ganze Häuserblocks fielen in sich zusammen, wo der Boden plötzlich flüssig wurde. Das Bersten von Glas und Beton vermischte sich mit dem Grollen des Erdbebens zu ohrenbetäubendem Lärm. Eine Staubwolke stieg von den eingestürzten Gebäuden auf und breitete sich über der Stadt aus.

Die Explosionen begannen, als das Beben gerade einmal dreißig Sekunden gedauert hatte. Brücken und Hochstraßen knickten ein und schleuderten mit Flüchtlingen gefüllte Fahrzeuge in die Luft; Menschen und Autos stürzten auf die bebende Stadt.

Und dann kam das Feuer.

Neunzig Sekunden waren vergangen, noch immer grollte und bebte der Boden, und unter ihnen ächzte die Mauer. Zehn Meter weiter schlug das Helo, das sie hergebracht hatte, gegen die Brüstung und kippte dann über den Rand.

»Ich hab's Ihnen gesagt, Crane«, sagte Hill. »Wir sind mal wieder mitten drin.«

»Und es ist toll«, erwiderte Crane leise. In seinem Inneren tobte es – das war das Leben! Er spürte, wie er die Kraft des Dämons in sich aufsog, wie sein Erzfeind ihn wieder mit Lebenskraft erfüllte. Er hatte sich seit Jahren nicht mehr so gut gefühlt.

»Sehen Sie, die Tokioter Bucht«, sagte Sumi und packte seinen kranken Arm, während sie nach Luft schnappte.

Die Bucht war trocken, leer, und in ein paar Kilometern Entfernung sah man die häßliche, gezackte Narbe der Erdspalte, die sich durch das Schlammloch zog.

»Dieser Wind ...«, sagte Hill.

»Der Feuersturm erzeugt ein Vakuum, das allen Sauerstoff in der Nähe wegsaugt«, erklärte Crane laut, um den Lärm zu übertönen. »Der Wind ist nur die Luft, die zurückströmt, um die Leere auszufüllen.«

Das Beben hatte nachgelassen. Doch der Feuersturm kam immer näher und fraß Tokio Häuserzeile für Häuserzeile auf.

»Spüren Sie die Hitze?« fragte Sumi und hielt die Hände vors Gesicht. Das Feuer war inzwischen eine fünfzehn Kilometer breite und drei Kilometer dicke Wand. Es fraß sich auf sie zu und war kaum noch eineinhalb Kilometer entfernt, als sie ein weiterer Erdstoß zur Seite riß.

Der Rauch war undurchdringlich und Cranes Blut heißer als das Inferno, das er vor Augen hatte. Gewaltig und erbarmungslos wogte das Feuer wie ein Ozean in tosenden Wellen gischtsprühend auf sie zu.

Sie schwitzten alle, als die Wasserkanonen endlich anfingen, unter Hochdruck Meerwasser zu sprühen; eine Wasserwand gegen eine Feuerwand. Das Blau des Wassers vermischte sich mit dem Hellorange des Feuers und produzierte unzählige kleine Regenbögen inmitten des flammenden Infernos. Eine der Kanonen zielte direkt nach oben und sprühte ihren Strahl über das Gebäude, kühlte sie ab und durchnäßte sie, bevor das Wasser durch Abflußlöcher wieder auf das Feuer zuströmte. Das gleiche spielte sich entlang der gesamten Feuerschneise ab. Shirahega war die einzige Hoffnung der Stadt.

Die Temperatur war hoch und stieg immer weiter. Burt riß sich die Maske vom Gesicht und hustete.

»Sind Sie in Ordnung?« rief Crane ihm ins Ohr.

Burt spuckte aus. »Verdammt, ich habe Ihnen gesagt, daß ich nie mit einem Weltraumhelm rumlaufen könnte ... stimmt's? Aber so lange wie Sie schaffe ich es auch!«

Sumi lachte. »Sie sind wirklich hundertprozentig hochoktanig!« schrie sie, während Wasser aus ihrem Haar tropfte und der Lidschatten ihr Gesicht verschmierte.

»Ich habe das alles nicht erfunden ... nur vorausgesagt«, rief Crane zurück und spürte, wie die Hitze an seiner Kleidung leckte. Alle Gesichter waren blutrot.

Etwas weiter entfernt waren Schreie zu hören. Alle sahen hinüber, auch Crane. Der Himmel über ihnen war hellrot, und das Feuer versuchte, die Barriere zu überspringen, um auf der anderen Seite weiterzuwüten.

»Die Bäume brennen ab wie Fackeln!« sagte Crane, schnallte sich ab und wandte den Blick von dem Szenario im Süden weg nach Norden; Sumi und Burt folgten seinem Beispiel.

Dort war die Stadt bereits halb zerstört. Zahlreiche kleinere Feuerherde brannten bis an den rauchverhüllten Horizont. Die Evakuierungszone unter ihnen war voller

Menschen, die Beben und Feuersturm irgendwie überlebt hatten. Zwei Bäume waren von sprühenden Funken in Brand gesetzt worden, und die Menschen kauerten auf dem Boden, um sich vor dem Rauch zu schützen. Auf dieselbe Weise waren hundertzwanzig Jahre zuvor schon einmal Menschen bei einem großen Beben in Tokio umgekommen.

Crane sah zurück auf die Feuerschneise. Die meisten Wasserkanonen standen auf dem Gebäude, die drei größten, die etwa die Ausmaße von Haubitzen hatten, waren dort postiert, wo sie sich befanden. Er blickte Hill an. »Sie kommen doch mit diesen Dingern klar, oder?« fragte er.

»Wenn sie mechanisch funktionieren, kein Problem«, erwiderte Hill und riß sich erneut die Maske vom Gesicht, um auszuspucken.

»Nehmen Sie die Kanone im Südosten«, sagte Crane. »Drehen Sie sie in Richtung Park. Los!«

Sumi folgte ihm zu der Südost-Kanone, die steil in den Himmel ragte. Sie war massiv und schwer genug, um dem hohen Wasserdruck standzuhalten. Zwei große Griffe ragten hinten aus dem Gerät heraus. Crane und Sumi packten je einen und zogen daran, so daß sich die Kanone langsam nach unten und gleichzeitig um ihre eigene Achse bewegte. Das Wasser sprühte nun auf den Park.

Die Japaner auf dem Dach rannten zur Nordwand und blickten hinüber. Dann drehten sie sich um und applaudierten höflich.

Müde beugten sich Crane und Sumi über die Brüstung und blickten auf den Park hinunter, wo die Sanitäter Erste Hilfe leisteten. Hill war irgendwohin verschwunden und versuchte, ein Transportmittel aufzutreiben, das sie wegbrachte, denn das Helo hatten sie verloren.

»Wie lange haben wir uns nicht mehr gesehen?« fragte Crane. Es war faszinierend für ihn, daß er keine Probleme damit hatte, Sumi als Frau zu akzeptieren.

»Ich weiß nicht ... fünfzehn Jahre oder so. Ich lebte damals noch als Mann.«

»Mit Paul.« Crane lächelte. »Wir dachten alle, Sie wären homosexuell. Haben Sie noch Kontakt zu Kate?«

»Sie besuchte mich vor ein paar Monaten. Blieb eine Woche. Die gute alte Kate. Sie war gerade dabei, sich von ihrem vierten Ehemann scheiden zu lassen und sich den fünften anzulachen.«

»Der einzige Fixpunkt in einem sich ständig wandelnden Universum«, erwiderte Crane und fragte sich, warum Sumi wohl wirklich gekommen war.

»Wie ist die weltweite Wassersituation?« fragte sie. »Ich vermute, die Stiftung ist immer noch beteiligt an den Programmen zur Säuberung durch radioaktive Verstrahlung.«

»Wir liefern täglich neue Auswertungen, sobald wir die aktuellen Daten bekommen, und machen Vorschläge für das weitere Vorgehen. Manche Leute haben auch ziemlich bemerkenswerte Ideen. Es gibt einen Typen in Colorado und einen in Argentinien, die unterirdische Flüsse umlenken, sie an die Oberfläche leiten und ihren Lauf so führen, daß er verstrahlte Regionen umfließt. Die Lage ist immer noch schlimm, das Wasser muß rationiert werden. Aber ich denke, wir könnten es in vielleicht sechs Jahren geschafft haben.«

»Wie sieht's im Nahen Osten aus?«

»Immer noch heiß wie Lava, die Gegend«, erwiderte er. Sumi war immer noch gut, einfach professionell. »Und jetzt sagen Sie mir, warum, zum Teufel, Sie wirklich hier sind.«

»Klar«, sagte sie lächelnd. Sie tätschelte seine Hand. »Ich habe zwei Vorschläge für Sie.«

»Kate Masters Besuch war also nicht nur privater Natur, nicht wahr?« fragte er. »Sie wollte Sie für irgend etwas gewinnen, stimmt's? Und sie hatte Erfolg damit, nehme ich an.«

»Volltreffer auf ganzer Linie«, antwortete Sumi, und das Lächeln verschwand von ihrem Gesicht. »Crane, Amerika steht am Rande eines Rassenkrieges. An der Grenze zu New Cairo finden überall Kämpfe statt. Abu Talibs Sache überschattet alles.«

»Ich will davon nichts hören«, sagte Crane. »Und wenn Burt wiederkommt, wird er es auch nicht hören wollen.«

»Burt hört es sich an, wenn Sie ihm sagen, daß er es sich anhören soll«, widersprach sie.

»Ist das eine Provokation?«

»Nein, die Wahrheit. Er vergöttert Sie. Und Sie wissen das. Er würde mir zuhören, wenn Sie es ihm befehlen würden. Lassen Sie mich zu Ende reden, bevor Sie mich fortschicken, okay? Um der alten Zeiten willen.«

»Ich finde die ganze Diskussion sehr unangenehm«, sagte Crane. »Fassen Sie sich kurz.«

»Okay. Die kläglichen Reste der Staatsführung in Washington haben keine Ahnung, was sie da in ihrem Gefängnis sitzen haben. Kate hätte Talib schon vor Jahren verzeihen sollen, aber sie tat es nicht, weil sie Ihre Gefühle respektierte. Jetzt tut es ihr leid. Die Verantwortlichen denken, er ist irgendein Monster, das von New Cairo aus ganz Amerika in ein erneutes Blutbad tauchen würde. Die Moslems denken, Amerika hält Talib als Affront ihnen gegenüber gefangen, und interpretieren es als Angriff auf ihre religiöse Führung.«

»Newcombe … religiös?«

»Seine Frau ist die einzige, die mit ihm spricht. Sie bringt aus dem Gefängnis ständig neue Botschaften mit, das Gesetzbuch der NOI sozusagen. Und die Leute glauben ihr.«

»Und Kate will das an die Öffentlichkeit bringen?«

»Sie hat sich noch viel vorgenommen, auch wenn sie sich aus der Politik zurückgezogen hat.«

»Ich sehe, wie sie sich zurückgezogen hat.«

»Hören Sie mir zu. Sie möchte, daß Sie beide, Sie und Burt, als Zeugen auftreten und für Talib aussagen. Als Menschen, die ihn wirklich gekannt haben. Ihre Stimme hätte großes Gewicht. Wir wissen beide, daß Dan keine Revolten anführen würde oder so etwas.«

»Ich habe gesehen, wie er Burt niedergeschossen hat. Er führte den Überfall an, bei dem meine Familie umgekommen ist. Ich glaube, daß er zu allem fähig ist.«

»Ich habe mir alle CDs über das Ereignis angeschaut«,

entgegnete Sumi. »Soweit ich es beurteilen kann, hat er an diesem Überfall teilgenommen, um Sie aufzuhalten, aber auch dazu beigetragen, daß weiteres Blutvergießen verhindert wurde. Daß er Burt angeschossen hat, war reine Selbstverteidigung. Andernfalls hätte Burt ihm den Kopf eingeschlagen.«

»Verstehen Sie denn nicht?« sagte Crane langsam und betonte jedes Wort. »Wie viele Menschen auch immer heute bei dieser Katastrophe umkommen werden, wieviel Schaden auch immer angerichtet werden wird – das alles wäre nicht passiert, wenn Newcombe nicht seine Leute in die Anlage geführt hätte. Der Planet wäre heute erdbebenfrei.«

»Sie spekulieren nur«, entgegnete Sumi. »Sie haben keine Ahnung, ob die Welt bei Ihrem Vorhaben nicht vielleicht doch in die Luft geflogen wäre.«

»Ich hasse ihn«, sagte Crane.

»Es ist eine Sache, die nicht nur Sie beide betrifft. Das Leben der Menschen ...«

»Ich bin nicht mehr im Lebensrettungsgeschäft«, unterbrach er sie.

»Warum haben wir dann gerade die Kanone ausgerichtet?« wollte Sumi wissen.

Er sah sie an und wünschte, er könnte ihr begreiflich machen, welcher Schmerz immer noch an ihm nagte, wenn er ein Baby sah oder ein Paar, das Händchen hielt. Tränen traten ihm in die Augen. »Er hat mein Leben ruiniert, Sumi«, brachte er hervor. »Ich will nichts mehr davon hören. Ich will nicht mehr darüber nachdenken. Kann denn das nicht ohne mich gehen?«

»Nein. Es geht nicht ohne Sie. Und Sie verstehen das nicht. Wenn Sie sich der Sache stellen, würde es nicht nur für Abu Talib eine Befreiung bedeuten. Sondern auch für Lewis Crane.«

»Warum sollte ich Befreiung suchen?«

»Um vielleicht endlich Frieden zu finden.«

Er sah sie lange an. »Sie sagten, Sie haben zwei Vorschläge.«

Sumi hielt seinem Blick stand. »Ich möchte, daß Sie mich heiraten«, sagte sie, ohne die Stimme zu heben.

»Was?«

»Paul war ein Ersatz für Sie. Die Jahre, die ich mit ihm verbrachte und in denen ich schließlich versuchte, ihn loszuwerden, waren hart und destruktiv. Ich bin zweiundfünfzig Jahre alt und habe keine Ahnung, wie man mit Männern umgeht.«

»Wollen Sie damit sagen, Sie sind in mich verliebt?« fragte Crane.

»Schon immer. Seit fast fünfundzwanzig Jahren.«

Crane seufzte und ließ sich an der Wand zu Boden gleiten, bis er platschend in der Wasserpfütze landete, die sich dort gebildet hatte. »Es ist so lange her, daß ich an diese Dinge gedacht habe«, sagte er. »Seit Lanie hat es ... niemanden gegeben.«

»Wollen Sie gleich ins Grab steigen?« fragte Sumi. »Sind Sie schon tot? Wenn noch ein Funken Leben in Ihnen ist, denken Sie über mein Angebot nach. Ich verstehe Ihre Arbeit, und ich verstehe Sie. Ich weiß, es ist schwierig. Sie haben mich immer als Mann betrachtet. Aber ich bin keiner. Ich war nie einer. Ich war eine Schauspielerin, die eine Rolle spielte. Ich liebe Sie, Crane. Und ich habe so verdammt viel Angst davor, alt zu werden und zu sterben, ohne mein Leben mit Ihnen geteilt zu haben, daß ich liebend gerne hier im Wasser sitze und mich zum Affen mache, um Ihnen nahe zu sein. Und ich schäme mich nicht dafür.«

Crane lehnte den Kopf an die Mauer. Das Heulen der Sirenen erinnerte sie unüberhörbar daran, in welcher Situation sie sich befanden. Gestern noch wäre er von Sumis Angebot schockiert gewesen – gestern. Nicht heute. Heute hatte er entdeckt, daß etwas in ihm war, das noch nicht gestorben war.

»Wann wollen wir die Sache angehen?« fragte er.

»Was, Kates Hearing?«

»Nein«, sagte er und lächelte. »Unsere Hochzeit.«

REVIER NR. 73 DER BUNDESPOLIZEI,
DENVER, COLORADO
13. MÄRZ 2046, 10 UHR 45

Crane saß mit Sumi vor dem Anhörungsraum in dem trostlosen, grauen Gefängnisgebäude und hörte Joey Panatopolous zu, dem Sohn des alten Panatopolous, der aufgeregt in seinem Implantat sprach.

»Crane ... es funktioniert. Verstehen Sie? Es funktioniert!«

»Laufen die Generatoren?«

»Sie laufen! Alles wird ab jetzt durch Thermalenergie angetrieben. Die Turbinen summen, und die Wärme strömt durch die Kuppeln. Wir brauchen nie wieder Benzin- oder Reaktor-Motoren! Charlestown ist energiemäßig autark.«

»Der Mond ernährt uns«, sagte Crane. »Er arbeitet mit uns, nicht gegen uns. Sie habe großartige Arbeit geleistet, Joey. Ihr Vater wäre stolz auf Sie gewesen.«

»Ich wünschte, er könnte hier sein und es sehen.«

»Ja, ich auch. Er ist der einzige außer Ihnen, dem ich es zugetraut hätte, den Kern anzuzapfen.«

»Er war mein Lehrer.«

»Ich weiß. Meine besten Wünsche an alle in Charlestown.« Crane wollte die Verbindung schon unterbrechen, fügte dann aber hinzu: »Machen Sie den heutigen Tag zum städtischen Feiertag. Wir haben heute die absolute Unabhängigkeit erreicht. Das wollen wir nun jedes Jahr feiern.«

»Okay«, erwiderte Joey. »Wir hören morgen wieder voneinander.«

»Bis dann.« Crane sah auf sein Armpad, sagte »Ende«, und der Kanal schloß sich.

Sumi schlang ihre Arme um ihn. »Gute Nachrichten?«

Er lächelte, als er die Liebe in ihren Augen sah. »Wir haben den Mondkern erfolgreich angezapft und nutzen nun seine Energie.«

»Ich habe nie daran gezweifelt, daß ihr Erfolg haben würdet.«

»Du hast niemals an irgendwas gezweifelt, das ich gesagt habe«, gab er zurück, beugte sich zu ihr hinüber und küßte sie auf die Nasenspitze. »Deshalb wollte ich ja immer, daß du für mich arbeitest.«

»Und deshalb hast du dich auch noch nie geirrt«, sagte sie.

»Nur einmal«, erwiderte er und spürte, wie sogar das Glücksgefühl über die guten Nachrichten aus Charlestown aus seinem Körper wich. »Und jetzt vielleicht zum zweitenmal.«

»Quäl dich nicht«, sagte sie und zeigte mit dem Finger auf ihn. »Du steigerst dich in etwas hinein. Du weißt, daß das, was du tust, richtig ist.«

Er runzelte die Stirn. »Wirklich, Sumi? Ich habe ihm vertraut, und er hat mein Vertrauen auf allen Ebenen mißbraucht.«

Sie zuckte die Schultern. »Du hast ihm seine Freundin weggenommen, und er wurde eifersüchtig.«

»So kann man es nun nicht gerade ausdrücken.«

»Du bist derjenige, der alles auf schwarzweiß reduziert hat.« Sie umarmte ihn schnell und nahm dann sein Gesicht in ihre Hände. »Crane, ich liebe dich, aber du bist blind und dickköpfig, wenn du willst. Du predigst Toleranz und Höflichkeit, aber du tust die gleichen Dinge wie alle anderen Menschen auch – du versuchst, eine Kostennutzenrechnung über Schmerz und Verluste aufzumachen, um zu sehen, wer mehr abbekommen hat. Du kannst deine Beziehungen mit der Welt nicht auf so etwas aufbauen.«

»Sumi, ich ...«

Sie legte ihm den Finger auf die Lippen. »Hör zu: Niemand bittet dich darum, Newcombe zu vergeben. Dein Schmerzkontingent ist deine eigene Sache. Aber, meine Güte, Crane, dieser Mann hat siebzehneinhalb Jahre in Einzelhaft verbracht. Ich möchte nur, daß du begreifst, daß der Gerechtigkeit nun Genüge getan ist, und ich möchte, daß du über den Dan Newcombe von *früher* sprichst.«

»Er war ein verdammt guter Wissenschaftler.«

Sie lächelte ihn an. »Dann sag ihnen das. Das ist alles. Geh über deine Gefühle hinaus. Sag die Wahrheit.«

Crane nickte und gab sich ihrer Umarmung hin. Er fragte sich, was da drinnen wohl passierte. Burt machte gerade seine Aussage. Andere Menschen, alles Mestizen, gingen auf dem Flur auf und ab. Hin und wieder blickten sie nervös auf Crane, sahen aber sofort wieder weg, wenn er ihren Blick erwiderte.

Es war merkwürdig für ihn, diese Leute zu sehen, vermutlich Anhänger von Newcombe. Sie alle wollten unbedingt, daß er freikam – aber warum? Sie waren viel zu jung, um ihn zu kennen, und als daß ihnen persönlich etwas an ihm liegen konnte. Sie wollten etwas anderes von ihm, etwas Fundamentaleres.

Ihm wurde klar, daß sie nach einer Einheit suchten, einem geschlossenen, nährenden Kreis aus Glauben und Ideen, einer Quelle, von der sie trinken konnten. Sie suchten das, was im Grunde alle wollten. Auch in Charlestown ging es darum. Und Newcombe war ihre Führerfigur, so wie Crane Charlestowns Führerfigur war. Die Quelle, aus der die Ideen sprudelten.

»Bitte, sagen Sie mir, daß Sie noch nicht dran waren«, ließ sich Kates Stimme vernehmen. »Sagen Sie mir, daß ich es nicht verpaßt habe!«

Kate Masters betrat einen Raum eigentlich nicht, sie rauschte herein. Sie schaffte es sogar, aus diesem trostlosen Flur einen Laufsteg zu machen, während sie, in durchsichtigen Chiffon gehüllt, auf sie zuschwebte. Sie sah nicht einen Tag älter aus als zwanzig Jahre zuvor.

»Hallo, hallo!« sagte sie und küßte Crane auf die Wange. »Was macht das junge Glück?«

Sumi sprang auf und umarmte sie. »Wir sind als nächste dran«, sagte sie. »Ich bin froh, daß Sie es noch geschafft haben.«

»Geschafft haben? Das war das größte, was ich je geleistet habe.« Kate setzte sich neben sie und beugte sich vor, um beide ansprechen zu können. »Glauben Sie mir, wenn das heute nicht klappt, können Sie Ihre Koffer packen und in ein anderes Land ziehen, denn die Dinge spitzen sich da draußen immer mehr zu. Wir sehen auf beiden Seiten der

Grenze zu New Cairo immer mehr Waffen und militärische Anlagen. Das ganze Land ist in Gefahr.«

»Ich habe schon Schlimmeres gehört«, sagte Crane.

»Was ist mit Ihnen los?« fragte Kate.

»Er ist nur ein bißchen grantig, nichts weiter«, erklärte Sumi. »Er hat immer noch ein Problem mit« – sie buchstabierte rasch – »T-A-L-I-B.«

»Ich kann buchstabieren«, sagte Crane. »Und wir nennen ihn Newcombe, schon vergessen?«

Kate legte ihm die Hand auf den Arm. »Sie werden mir doch keine Sorgen machen, oder?«

»Lassen Sie mich in Frieden, Kate.«

»Das werde ich nicht tun. Sie haben die Verpflichtung, da rein zu gehen und die Sache in Ordnung zu bringen, bevor alles aus dem Ruder gerät.«

»Warum? Wieso habe ich eine Verpflichtung?«

»Sie kennen die Antwort«, sagte Kate kalt und stand auf. »Wir sehen uns drin.« Sie stolzierte auf die Tür zum Anhörungsraum zu.

»Jetzt ist sie sauer.« Sumi machte ein glucksendes Geräusch, um ihre Mißbilligung zum Ausdruck zu bringen.

»Mußt du denn immer verhandeln?«

»Ja. Es ist mein größtes Talent.«

»Ach, ich weiß nicht«, erwiderte Crane. »Heute nacht hast du mir ein paar Tricks gezeigt ...«

»Stop«, flüsterte sie. »Wenn dich jemand hört.«

Die Tür zum Anhörungsraum schwang erneut auf, und Burt Hill kam mit gesenktem Kopf und hängenden Schultern heraus. Er hatte sofort zugestimmt, eine Aussage zu machen, und Crane hatte versucht, ihn nicht zu beeinflussen. Sie hatten im Vorfeld des Hearings nie über ihre Gefühle gesprochen oder darüber, was sie aussagen würden.

»Sind Sie okay?« fragte Crane, während Sumi wissen wollte:

»Was ist passiert?«

»Ich bin ein verdammter Idiot, das ist passiert.«

Crane nahm ihn am Arm. »Burt ...«

»Ich wollte ihn fertigmachen«, sagte Hill. »Ich wollte ihn

kleinkriegen. Verdammt, ich bin nur noch ein Schatten meiner selbst, seit er mich niedergeschossen hat. Aber ... ich ging durch diese Tür ...« Burt sah verwirrt, ja verletzt aus.

»Was ist los?« fragte Sumi laut. »Burt, wenn ...«

Crane unterbrach sie, indem er die Hand hob. Er sah Burt an und nickte. Er würde reden.

»Ich ging hinein«, wiederholte Hill, »und ich ... ich sah ihn. O Gott, es hat mich schier zerrissen. Es war Doc Dan, aber es war ... es war ... o Gott.« Er legte sich eine Hand auf die Brust. »Ich muß mich setzen.« Burt ließ sich auf die Bank fallen und starrte kopfschüttelnd und schwer atmend ins Leere.

Die Tür ging auf, und eine verschleierte Frau streckte den Kopf heraus. »Lewis Crane«, sagte sie und bedeutete Crane hineinzugehen, nachdem er ihre Aufmerksamkeit auf sich gelenkt hatte.

»Können wir Sie hier allein lassen?« fragte Sumi Burt.

Er murmelte ein Ja, und Sumi und Crane betraten Hand in Hand den Anhörungsraum.

Rund fünfzig Personen warteten stehend auf einer Seite des Raums. Es gab keine Sitzgelegenheiten. Die Menge bestand aus alternden Neugierigen mit Kamerahelmen und Bürgern von New Cairo. Filmen war inzwischen ein Zeitvertreib für ältere Semester geworden, da die Chip-Technologie so weit fortgeschritten war, daß die jungen Leute genügend Unterhaltung innerhalb ihres Schädels fanden. Die Technokids, die mit nichts anderem als ihrem Pad aufgewachsen waren, stellten die dankbarsten Abnehmer der Chip-Port-Industrie.

Crane erkannte Khadijah in der Menge. Sie trug farbenfrohe Kleidung, ihre Haltung war gerade und aufrecht, und in ihren Augen blitzte Feuer. Neben ihr standen zwei Jugendliche, Newcombes Kinder, wie er vermutete. Der kleine Charlie spukte unwillkürlich durch seinen Kopf. Martin Aziz entdeckte er nicht auf der Galerie. Eigenartig.

Auf der anderen Seite war der Raum durch eine gelbe Linie, die niemand überschritt, in zwei Bereiche unterteilt. Davor stand ein Schreibtisch, ein einfacher, militärisch grauer Plastikschreibtisch. Dahinter saß ein Mann in einem dunklen Anzug. Auf dem Kopf trug er ein rot-weiß kariertes Käppi, das ihn als Kleriker auswies. Hinter ihm stand ein Chinese, wahrscheinlich ein Vertreter von YOU-LI. Neben dem Schreibtisch stand ein Stuhl, der am Boden befestigt war.

Und dann sah er Newcombe. An die Wand gekettet. Sein Haar war leuchtend weiß, ebenso sein langer Bart. Er war blaß und ausgemergelt, seine Augen leer und erloschen. Vier Polizisten standen um ihn herum, als ob er tatsächlich fliehen könnte. Mit ihren neuen schwarzen Uniformen und den bedrohlich dreinblickenden Masken wirkten sie wie Monster aus einem Schauermärchen. Crane wurde klar, daß auch die Gs zahlreiche Leute bei dem Imperialtal-Massaker, wie es heute genannt wurde, verloren hatte. Auch sie hatten wahrscheinlich das Gefühl, persönlich in dieses Hearing involviert zu sein.

»Dr. ... Crane?« fragte der Mann am Schreibtisch und benutzte einen Stift als Zeigestab, während er von einem Bildschirm auf seiner Tischplatte ablas.

»Ich bin Crane.«

»Treten Sie vor.«

Crane gehorchte und ging bis zum Schreibtisch vor, um den Eid abzulegen.

»Sind Sie ein Konsument?« fragte der Mann.

Crane verbiß sich ein Lachen. »Nun, natürlich. Wie alle.«

»Ausgezeichnet«, sagte der Mann und nickte besonnen. »Nehmen Sie bitte Platz.«

Crane setzte sich. Der Mann schob ihm einen Flachmonitor über den Tisch zu. »Dies ist eine genormte Zustimmungserklärung«, erläuterte er, »in der steht, daß Sie aus freien Stücken gekommen sind und daß die LOK-M-TITE-Security Service Inc. Eigentümer sämtlicher geistiger Besitzrechte ist, die mit diesem Hearing zusammenhängen. Wenn Sie damit einverstanden sind, drücken Sie bitte Ihren Daumen auf den Monitor.«

Crane tat es und lehnte sich dann zurück. Er blickte wieder auf Newcombe. Es war schwer, diesen erbarmungswürdigen, aber alles andere als gebrochenen Mann, der wie ein Tier angebunden war, zu hassen. Ihre Blicke trafen sich. Hielten sich gegenseitig stand. Crane las Besorgnis in diesen eingesunkenen Augen, aber auch etwas anderes. Trotz dem Horror, zu dem Newcombes Leben geworden war, stand in seinen Augen immer noch Stolz geschrieben.

Crane sah Sumi an. Sie nickte ihm aufmunternd zu, obwohl sie besorgt und nervös wirkte.

»Der Zeugenstand gehört Ihnen, Dr. Crane«, sagte der anonyme Mann hinter dem Schreibtisch.

Crane räusperte sich. Er hatte keine Ahnung, was er sagen sollte. Seine Gefühle waren vollkommen durcheinander. Er öffnete den Mund und ließ einfach alles heraus. »Meine Frau ... äh, Verzeihung ... Die Frau Altpräsidentin mahnte mich, bevor wir hereinkamen, daß ich nichts anderes zu sagen brauchte als die Wahrheit«, begann er. »Die Frage ist: welche Wahrheit? Meine Wahrheit? Oder gibt es eine Wahrheit, die über allem steht? Ich bin ein Mann der Wissenschaft, wie Dr. Newcombe einer war. Wir wurden Wissenschaftler, weil wir die Last der Subjektivität nicht mehr auf unseren Schultern spüren wollten. Ich habe immer versucht, nach der höherstehenden Wahrheit der Wissenschaft, nach objektivem Wissen zu streben; doch ich bin gescheitert. Wenn Sie meine Wahrheit hören wollen, kann ich Ihnen nur sagen, daß ich diesen Mann dort drüben hasse. Ich kann es immer noch nicht glauben, daß er mich auf so vielfältige Weise verraten hat. Er hat meine Träume zerstört.«

Crane schüttelte den Kopf. »Das ist meine subjektive Wahrheit. Aber was ist meine analytische Wahrheit? Nach *dieser* Wahrheit ist er ein Mann, den ich einmal sehr mochte und der einen Fehler gemacht hat, welcher tragische Konsequenzen hatte. Sein Fehler war es, daß er die Wissenschaft durch Allah ersetzte und auf diese Weise seine Ziele verriet, ohne es zu bemerken. Er ist ebenso ein Produkt seiner Religion, wie ich ein Produkt der meinen bin. Aber hier geht es nicht um Opfer. Alle sind Opfer. Das hat mir Kate Masters ins Gedächtnis gerufen. Bis wir uns am

Ende selbst verlieren, verlieren wir jeden und alles, was uns je wichtig war. Wir müssen uns aus unserer Opferrolle befreien und einen globaleren Blick anstreben auf das, was wir hinterlassen und was uns nachfolgen wird.«

Crane spürte, wie seine Stimme von allein lauter wurde, und bemerkte, daß es jetzt nicht mehr um Newcombe ging. Sumi hatte bereits verstanden. Jetzt ging es um Charlestown und die wahre Kunst des menschlichen Miteinanders. »Es ist so einfach, Gewalt und Schmerz zu rechtfertigen. Es ist immer die erste und natürlichste Reaktion. Ich muß mich fragen, was das Richtige ist!« Crane blickte den Mann hinter dem Schreibtisch an. »Darf ich dem Gefangenen ein paar Fragen stellen?«

Der Beamte nickte.

Crane stand auf und ging auf Newcombe zu, dessen faltiges Gesicht sich zu einer fast amüsierten Miene verzog. »Haben Sie die Rechnung für die Verbrechen, die Sie an der Gesellschaft begangen haben, beglichen?«

»Die ganze Rechnung plus Trinkgeld«, erwiderte Newcombe prompt und energisch. Crane lächelte, als er feststellte, daß zwar sein Körper gebeugt war, nicht aber sein Geist. Er war scharfsinnig wie eh und je.

»Hatten Sie die Absicht zu töten, als Sie die Anlage im Imperialtal überfielen?«

»Nein.«

»Empfinden Sie Reue beim Gedanken an das, was passiert ist?«

»Ich bereue, daß es Tote gegeben hat. Das habe ich von Anfang an bereut. So darf man nicht vorgehen.«

»Da stimme ich Ihnen zu. Sind Sie von Natur aus gewalttätig?«

»Ich bin Wissenschaftler.«

»Ja«, sagte Crane. »Und ein sehr guter, Sir«, fügte er für Mr. Namenlos hinterm Schreibtisch hinzu.

»Danke«, sagte Newcombe. »Sie selbst sind auch nicht schlecht.«

»Betrachten Sie sich selbst als zivilisierten Menschen, Dr. Newcombe?«

»Mein Name ist Talib – ja, ich betrachte mich als zivilisiert.«

»Auch nachdem Sie fast ein Drittel Ihres Lebens im Gefängnis verbracht haben?«

»Ich habe Ihre Frage bereits beantwortet.«

Crane beugte sich vor, bis sein Gesicht nur noch Zentimeter von dem Newcombes entfernt war. »Übernehmen Sie die Verantwortung für den Tod meiner Frau und meines Sohnes?«

»Nein«, sagte Newcombe, und seine Stimme brach. »Der Tod Ihrer Frau und Ihres Sohnes war die Strafe für alles, was ich getan habe.«

Crane trat zurück, eine Hand auf den Mund gelegt. Er war so sehr in seinem eigenen Schmerz um diesen Verlust gefangen gewesen, daß er überhaupt nicht in Betracht gezogen hatte, daß Dans Liebe zu Lanie ebenso groß gewesen sein mochte wie seine.

Er sah Newcombe an und erblickte ein Spiegelbild seiner eigenen Seele, seiner eigenen Gefühle. Sie erkannten es beide im anderen. Newcombe nickte, als bestätigte er eine große Wahrheit. Crane schwirrte der Kopf, und er trat ein paar Schritte zurück.

Auf der Galerie entstand Bewegung. Die Kinder im Schlepptau, bahnte sich Khadijah einen Weg durch die Menge und steuerte auf die Ausgangstür zu.

Crane schluckte und sah wieder Newcombe an. Die Gefühle durchströmten ihn und rüttelten an ihm wie Druckwellen. »Ich denke«, sagte er ruhig, »daß ich Mensch genug bin, Sie freizulassen, ohne Ihnen zu vergeben; und Sie können diese Freiheit akzeptieren, ohne mich um Vergebung zu bitten. Ich glaube, das ist es, was wir Zivilisation nennen.«

Er drehte sich um und blickte Sumi an. Tränen rannen ihr über die Wangen.

Er sah den Beamten hinter dem Schreibtisch an. »Sir«, sagte er fast flüsternd, »ich glaube, wir sind in unserer Gesellschaft an einem Scheideweg angekommen. Zwei große Nationen reiben sich aneinander, reißen aneinander wie der große Graben, der Kalifornien auseinanderzureißen droht. Mr. N... Talib ist der Druckpunkt auf der Platte, eine Art Stoßstange, die beide Gesellschaften davon abhält, weiter vorzustoßen. Der ganze Druck lastet auf diesem Punkt, und läßt der Druck nicht nach, wird der Graben irgendwann aufreißen und viel zerstören, ohne daß es einen Grund dafür gibt.«

Crane sah zu Boden. »Ich habe Erdbeben mein ganzes Leben lang gehaßt, weil sie mir alles genommen haben, und ich haßte Mr. Talib aus dem gleichen Grund. Was war ich nur für ein Idiot.« Er blickte zur Galerie. »Haß, habe ich festgestellt, schafft nichts Positives. Er ist ausschließlich negativ. Er ist ein Ausdruck der Angst. Und was bringt er uns? Was tut er uns Gutes? Ich bitte Sie, diesen Mann freizulassen, ganz egal, wie sehr Sie ihn hassen oder fürchten mögen. Lockern Sie den Druck auf den Graben – zu unser aller Besten. Talib ist keine Gefahr mehr für niemanden, das können Sie sicher alle sehen. Er ist vor allem ein Mann, der einen Fehler gemacht hat, das ist alles. Erlauben Sie ihm, nach Hause zu gehen, und wir werden all das hinter uns lassen.«

Crane ging zur Tür, ohne sich noch einmal nach Newcombe umzusehen. Der Schmerz war immer noch da, aber mehr als jeder andere hatte er schon immer gewußt, daß das Leben aus Schmerz bestand.

Auf dem Flur tauschte er einen Blick mit Newcombes Frau. Sie haßte ihn trotz seiner positiven Aussage. Khadijah schien ein Mensch zu sein, der ständig Wut in sich trug. Schade. Sie wandte sich abrupt um und verschwand inmitten des beschützenden Kreises der Mestizen.

Er setzte sich neben Burt auf die Bank. Der sah ihn an und nickte. »Sie haben ihn auch nicht fertiggemacht, oder?« Crane schüttelte den Kopf. »Wir sind schon beide große Dummköpfe.«

»Ach, was soll's«, sagte Crane und lehnte seinen Kopf gegen die beige gestrichene Metallwand. »Das Leben geht weiter. Man kann nicht für den Haß leben, das ist kein echtes Leben.«

Die Tür öffnete sich, und Sumi trat breit lächelnd heraus. »Geschafft!« sagte sie, eilte auf Crane zu und schlang ihre Arme um ihn.

Eine Sekunde später strömten jubelnde Menschen auf den Flur, und ein verwirrter Newcombe schwamm auf einer Welle von Liebe und Unterstützung vorbei. Sie sahen sich nicht an. Cranes Bauch zog sich zusammen, als er bemerkte, wie ehrfürchtig Newcombe behandelt wurde, aber es schmerzte nicht so sehr, wie es gestern noch geschmerzt hätte.

Das nannte man Fortschritt.

22.

Stärke 10

DIE STIFTUNG
3. JUNI 2058, UM DIE MITTAGSZEIT

Crane konnte den Zeitpunkt genau bestimmen, an dem er erkannt hatte, daß sich sein Leben dem Ende näherte: im Frühjahr 2055. Eines Tages hatte er die Speicherräume durchwühlt und all die Auszeichnungen, Preise und Verdienstmedaillen herausgeholt, die er in einem halben Jahrhundert erhalten hatte bei dem Versuch, den Dämon zu erlegen. Er hatte die bedeutendsten Ehrungen gerahmt und in seinem Büro in der Stiftung an die Wand gehängt, bis kein Flecken mehr frei war. Und dann hatte er sie nachdenklich angesehen. Da wußte er, daß er in der Vergangenheit lebte und nicht in der Zukunft. Und begann, Pläne für das Heute zu machen.

Jetzt saß er mit einem jungen Mann namens Tennery in seinem Büro und ärgerte sich, daß sein Wandschmuck so protzig wirkte. Er redete nur, damit Tennerys Aufmerksamkeit nicht abschweifte und er sich im Raum umsah. »Warum wollen Sie sich unserer kleinen Kolonie hier draußen anschließen?« fragte er.

»Ich habe gehört, daß es ... anders ist«, erwiderte Tennery, dessen lockiges rotes Haar bis zu den Schultern fiel. Er war 24 Jahre alt. »Ich habe gehört, daß Sie versuchen, eine Welt zu schaffen, in der die Logik eine große Rolle spielt und in der die Menschen denken, bevor sie handeln.« Er lachte. »Ich wollte immer in solch einer Welt leben, weil ich das Gefühl habe, von lauter Wahnsinnigen umgeben zu sein.«

»Das ist wohl wahr«, sagte Crane und ließ seinen Blick zum Globus im Hauptraum gleiten. Er drehte sich langsam; Lichter und Pfeiftöne zeigten geologische Aktivität am Sankt-Andreas-Graben an. »Sind Sie Botaniker?«

»Nein«, sagte der Mann. »Farmer. Nur ein einfacher Farmer. Ich habe zwar einen Abschluß in Landwirtschaft, aber ...«

»Aber der nützt in der Praxis nicht viel, was?«

Der Mann nickte. »Um halb sechs morgens aufzustehen erfordert mehr als einen Uniabschluß. Übrigens interessiere ich mich für Mondstaub.«

»Ja, ich weiß. Steriler Boden, ohne jegliche organische Substanzen. Wenn man ihn aber mit normaler Erde vermischt ...«

»Der Staub aus der Sea of Ingenuity, den ich aus Charlestown bekommen habe, hat meine Getreideproduktion um fast fünfzehn Prozent erhöht. Ich hörte, Sie haben bereits eine Mischung für die Aufbereitung des Bodens.«

Crane lächelte erneut. Das gefiel ihm. »Ja. Erde aus dem Mississippidelta, vom Ganges, vom Amazonas und aus dem Himalaja. Wir haben bis zu fünfzig verschiedene Erdsorten vermischt, um den besten pH-Wert und einen ausgewogenen natürlichen Nährstoffgehalt zu finden. Interessiert?«

»Ob ich interessiert bin?« Tennery sah auf seine Hände und blickte dann wieder Crane an. »Meine Frau möchte gerne etwas wissen. Wir haben gehört, daß es auf dem Mond Probleme mit der Wasserversorgung gibt ...«

»Nicht in Charlestown«, sagte Crane. »Als die Islamischen Konsortien die Kontrolle über die Wasserlieferungen von der Erde übernahmen, benutzten sie das Wasser als Faustpfand, begannen, es zu rationieren, und drohten, es ganz abzudrehen, falls der Mond nicht islamisch würde. Wir sind dieser Entwicklung zuvorgekommen und haben heimlich Permafrost auf dem Mars abgebaut. Wir verfügen nun über ein dauerhaftes, zuverlässiges Versorgungssystem: Alle sechs Wochen kommt neues Wasser vom Mars. Wir hoffen, daß wir genug davon haben, um auch die anderen Kolonien versorgen und damit ein wenig Geld verdienen zu können. Auf diese Weise würde die Region unabhängig werden.«

»Viel Glück.«

»Das sollte ich Ihnen wünschen. Sie werden in Charlestown leben.«

»Sie nicht?«

»Nicht wie Sie denken.« Crane lächelte. »Willkommen an Bord.«

»Dann bin ich aufgenommen?«

»Sie und Ihre Frau und Ihre beiden Kinder.« Er überlegte einen Augenblick. »Lana und Sandy. Wir brauchen Leute wie Sie in der Kolonie. Ich glaube, sie wird am Ende die letzte Zuflucht für die Menschheit darstellen. Und deshalb sollte sie von soliden, aufrichtigen Menschen repräsentiert werden.«

»Wir wissen sehr wenig über Charlestown.«

»Absicht«, erklärte Crane. »Wir machen keine Werbung. Die richtigen Leute finden uns von allein. So gesehen, sind wir so etwas wie ein Leuchtturm.«

»Welche Gesetze gelten dort oben?«

»Seien Sie respektvoll«, sagte Crane, »und leben Sie Ihr Leben. Wir haben keine Polizei, keine Gefängnisse und keine Gerichte. Es funktioniert wie eine große Familie. Sämtliche Einkünfte, die wir erzielen, kommen der Stadt zugute. Was übrigbleibt, wird aufgeteilt. Die Leute scheinen damit zufrieden zu sein. Um ehrlich zu sein, weiß ich auch nicht über alles Bescheid. Die Stadt hat eine Eigendynamik entwickelt und einen eigenen Lebensstil. Ich habe vor langer Zeit gelernt, daß ich nicht alle Antworten kennen muß. Ich sehe mir die Bewerber an. Wenn sie mir gefallen, gehen sie hinauf. Wenn nicht, dann nicht. Sie sind der letzte.«

»Der letzte Bewerber?«

Crane nickte. »Der letzte, den ich mir ansehen werde. Mit Ihnen sind es fünftausend Kolonisten. Ich habe die Zutaten in den Topf geworfen. Sie müssen jetzt etwas daraus kochen.«

»Sie haben Schulen?«

»Alles, was Sie von zu Hause her an Komfort gewöhnt sind. Wobei unsere pädagogischen Vorstellungen eher altmodisch sind. Wir wollen die Kinder dazu anleiten, ihr Gehirn zu benutzen und nicht ihr Pad. Und ich wüßte nicht, daß Religion eine besondere Rolle in Charlestown spielt.«

»Meine Religion war immer Selbstbewußtsein«, sagte Tennery und stand auf. »Wann können wir fliegen?«

»Morgen«, erwiderte Crane, »von meinem Komplex in Colorado Springs aus. Packen Sie zusammen, soviel Sie tragen können.«

Burt Hill erschien in der Tür. »Verdammt noch mal, Crane, Sie haben immer noch nicht gepackt.«

»Eile mit Weile, Burt. Darf ich Ihnen unseren neuen Bürger von Charlestown vorstellen – Jackson Tennery.«

»Es ist auf der dunklen Seite, das wissen Sie hoffentlich«, sagte Hill und schüttelte dem Mann die Hand.

»Ja.«

Hill legte den Kopf schief. »Sie sind genauso verrückt wie alle anderen da oben«, sagte er und sah dann auf Crane. »Wenn Sie noch zu dieser blöden Fernseh-Show wollen, müssen wir jetzt weg.«

»Gut«, antwortete Crane und stand ebenfalls auf. »Wir werden Mr. Tennery zu seinem Helo begleiten.«

Sie verließen das Büro. Die Stiftung war der reinste Taubenschlag – Wissenschaftler und Arbeiter hasteten, mit Ausrüstungsgegenständen und persönlichen Dingen beladen, überall umher. Mendenhall wurde evakuiert. In ein paar Stunden würden die Überreste der Stiftung ein Teil der Baja-Insel werden, einem neuen Gebilde auf der Karte des pazifischen Raums.

Sie gingen durch die Globushalle, und Crane blieb stehen, um einen letzten Blick auf dieses Gerät zu werfen, um das sich all seine Träume und all seine Niederlagen gedreht hatten. Es war Lanies Globus gewesen. Danach hatten viele andere daran gearbeitet, unter anderem Sumi, die vor zwei Jahren an einem künstlich generierten Krebsauslöser gestorben war. Das Virus war von der ›Bruderschaft‹ verbreitet worden, dem terroristischen Zweig der Religion der Kosmischen Einheit – den Cosmies –, die für einen eigenen Staat kämpften, in dem sie vor der religiösen Verfolgung durch die Moslems sicher waren. Die Seuche hatte weltweit fast vierzig Millionen Menschen das Leben gekostet, bevor das Virus sich in einen harmlosen Erkältungserreger verwandelte. Crane war aufgrund seiner früheren Krebserkrankung dagegen immun gewesen. Bruder Ishmael hatte unabsichtlich sein Leben gerettet.

Sumi ... Letztlich hatte Sumi mit ihrer Arbeit am Globus das Heute erst ermöglicht. Sie hatte ihm begreiflich gemacht, daß er nicht alle Antworten haben konnte und den Schmerz des Lebens nicht für sich gepachtet hatte. Sumi hatte die Idee gehabt, die sein Lebenswerk vollenden sollte und die heute – am 3. Juni 2058 – zur Erfüllung seiner Träume, Hoffnungen und Erwartungen geführt hatte. Wenn Lanie seine große Liebe gewesen war, so war Sumi seine große Lehrerin gewesen. Sie hatte seinem Leben – und seinem Tod – einen Sinn gegeben.

Er hatte das Charlestown-Konzept noch einmal vollkommen überdacht, weil Sumi ihn dazu gezwungen hatte. Ihm war klargeworden, daß er nicht schlauer war als andere, wenn es darum ging, den Menschen zu sagen, was sie tun sollten. Das hatte alles verändert.

Ihre gemeinsamen Jahre waren die schönsten und glücklichsten seines Lebens gewesen, und er fühlte sich doppelt gesegnet, zwei Frauen von solch außergewöhnlichem Charakter und Einfühlungsvermögen gekannt zu haben, zwei Frauen, die er beide sehr geliebt und auf tragische Weise verloren hatte.

Es war eigenartig, sich vorzustellen, daß er Sumi fast fünfzig Jahre gekannt hatte und Lanie eigentlich kaum fünf. Die Jahre preßten sich im Gehirn wie Erdspalten zusammen. Während sich alles andere veränderte, erinnerte sich das Gehirn immer nur an das, woran es sich erinnern wollte. Ein Jahrzehnt konnte einfach verschwinden, ein Jahr wie eine Ewigkeit erscheinen. Wenn Liebe abrupt endete, blieb sie für immer bestehen.

Nicht zuletzt hatte er unter Sumis Anleitung gelernt, sich zu entspannen. Er lernte segeln, und sie begannen gemeinsam, sich mit der Meereskunde zu beschäftigen. Er erlebte, wie Charlestown langsam fertiggestellt wurde, und übertrug die Führung glücklich seinen neuen Bewohnern. Er erlebte, wie das Wasser endlich von der radioaktiven Verstrahlung gesäubert wurde, weil seine Frachter den ganzen Atommüll in eine Umlaufbahn um den Mond brachten, von wo aus er in Richtung Sonne geschossen wurde. Was er erlebt hatte, woran er sich erinnerte, das erfüllte ihn. Niemand konnte mehr verlangen. Er fühlte sich auch nicht mehr von dem Fiasko am Salton-See geplagt – es war nur noch eines von vielen Erlebnissen in seinem Leben. Ein Traum von vielen.

Die Jahre waren schnell vergangen, doch sie hatten Millionen Erinnerungen hinterlassen, die für mehr als ein Menschenleben gereicht hätten. Was konnte man noch verlangen?

Der Globus funktionierte immer noch und würde weiterlaufen, bis die Kräfte der Natur ihn zerreißen würden. Die Stiftung selbst war zwischen dem Hauptquartier in den Cheyenne-Bergen und der Globusstation auf der Isle of Wight aufgeteilt worden. Fähige und gut ausgebildete Leute würden alles weiterführen.

Sie verließen die Moschee und traten auf die flache Ebene der Mendenhall-Klippe hinaus. In der Luft schwirrten zahlreiche Helos. In den einundsiebzig Jahren seines Lebens hatte Crane eines gelernt: Ganz egal, wie gut sich jemand mit einer Sache auskannte, er würde sich trotzdem immer bis zur letzten Sekunde selbst um alles kümmern.

»Und all das wird heute noch zerstört werden?« fragte Tennery, während sie ihn zu seinem Miet-Helo begleiteten.

»Ja«, erwiderte Crane, und sein Leben zog in einem kurzen Augenblick an ihm vorüber. »Zerstört, aber nicht vergessen. Das Leben bringt Veränderungen, ob wir es wollen oder nicht.«

Aufgeregt kletterte der Mann, dem das Schicksal von Kalifornien vollkommen egal war, in das Helo. »Ich kann's gar nicht erwarten, mit Mona zu sprechen. Sie wird ausflippen! Möchten Sie, daß ich oben irgend etwas von Ihnen ausrichte? Irgendwelche Botschaften?«

»Ja«, sagte Crane. »Sagen Sie den Menschen dort, sie sollen das Richtige tun.« Er schloß hinter Tennery die Tür und lächelte ihn an. Dann drehte er sich um und ging davon, Hill auf den Fersen.

»Sie wissen, daß Sie nicht mehr genug Zeit haben, um zu packen«, sagte Hill und führte Crane zu einem Transport-Helo, das mitten im Chaos stand.

»Das ist schon in Ordnung«, antwortete Crane beiläufig. »Ich brauche nichts, woran ich mich festhalten könnte.«

»Sie haben verdammt gute Laune heute. Ich dachte, der heutige Tag würde schlimm werden für Sie, und ich hab' mich die ganze Zeit gefragt, wie ich Sie wieder zusammenflicken soll, wenn Ihnen klar wird, daß Ihr Traum endgültig vorbei ist.«

Crane legte seinen Arm um Burts Schultern. »Nichts ist jemals endgültig vorbei. Die Kreise drehen sich nur kleiner. Außerdem habe ich alles getan, um die Katastrophe zu verhindern – alles.«

»Sie sind verrückt, wissen Sie das?«

»Klar!« antwortete Crane überschwenglich, »herrlich verrückt. Und heute ist erst der Anfang, Burt.«

»Der Anfang von was?«

»Von Plan B.« Crane zwinkerte ihm zu.

Hill schüttelte den Kopf. »Ich hole jemanden, der Ihre Sachen packt, während wir weg sind«, sagte er, als sie das längliche, bauchige Luftschiff erreicht hatten und er hineinkletterte, um Crane hochzuhelfen.

»Wie Sie wollen.«

Crane ließ sich in einen der Polstersessel sinken, die Augen immer noch auf die Anlage der Stiftung gerichtet, die Chalets in den Bergen, den überdachten Weg, der von seinem zu Lanies früherem Haus führte. Er würde diese Orte nicht wiedersehen, doch er spürte kein Bedauern. Sie würden auf ihre Art weiterexistieren.

Das Schiff erhob sich langsam in die Lüfte, und mit leisen Propellergeräuschen steuerte es Richtung Los Angeles. Der Himmel war voller Luftschiffe – Hunderttausende von Menschen waren auf dem Weg in Flüchtlingslager in Oregon und Arizona. Man hatte der Bevölkerung unzählige

Male erklärt, daß alles nördlich des Imperialtals bis hinauf nach San Francisco buchstäblich vom Erdboden verschwinden würde. Die meisten aber lebten immer noch mit der Vorstellung, daß sie vor einem Erdbeben vorübergehend Schutz suchen und dann wieder nach Hause zurückkehren konnten, sobald die Erdstöße vorbei waren.

Er war nicht sicher, was aus Baja werden würde. Während alle anderen Menschen die Region verließen, strömten Cosmies in großer Anzahl hierher. Sie hatten die Absicht, Baja zur freien Nation zu erklären, sobald es sich vom Kontinent abgespaltet hatte, zum Inselstaat, der ihnen gehören würde. Es bestand sogar die Möglichkeit, daß sie damit Erfolg hatten. In Amerika gab es keine Machtstrukturen mehr, die sie hätten aufhalten können oder wollen. Die islamische Welt brach bereits langsam unter ihrem aufgeblasenen Gewicht zusammen, zumal sich die verbliebenen nichtislamischen Staaten zu strategischen und wirtschaftlichen Allianzen gegen sie zusammenschlossen. Neue, rational gesteuerte Machtzentren bildeten sich in Städten wie Stockholm oder Toronto. Der Islam war immer mehr eine emotionale als eine wirtschaftliche Angelegenheit gewesen. Als er die Grenzen seines strengen Weltregimes erreicht hatte, begannen seine Mitglieder, sich untereinander zu zerstreiten, und verloren ihre Geschlossenheit.

Es gefiel Crane zu beobachten, wie sich das Rad immer weiterdrehte.

New Cairo wurde ebenfalls in Mitleidenschaft gezogen. Seine Beziehungen zum übrigen Amerika hatten sich in dem Moment verschlechtert, als Amerika in der Lage war, mit Nichtislamisten Bündnisse zu schließen. Außerdem trug der NOI-Staat schwer an den Folgen zweier Kriege gegen zentralamerikanische islamische Staaten, die von Handelsstreitigkeiten ausgelöst worden waren.

Nachdem auch Martin Aziz einem Mord zum Opfer gefallen war, hatte Abu Talib die religiöse und politische Führung von New Cairo übernommen, kaum ein Jahr nach seiner Freilassung. Wie bei Ishmael Mohammed wurde Aziz'

Mörder nie gefunden. Talibs Wege hatten Cranes seit dem Hearing nicht mehr gekreuzt. Wenn Crane ihn im Fernsehen sah, machte Talib stets einen besonnenen und ruhigen Eindruck, und er sprach von Einheit und Brüderlichkeit. Seine Frau schien den größten Teil der politischen Arbeit zu leisten, während er sich mehr im Hintergrund hielt. Crane dachte in diesen Tagen oft an Newcombe – nicht an Talib. Und er bedauerte, daß er noch nicht mit ihm in Kontakt getreten war, um seinen Frieden mit ihm zu machen. Sein nächstes Projekt wäre so recht nach Dans Geschmack gewesen.

Das Helo überflog die ehemalige Kriegszone, die wieder ein normaler Stadtteil geworden war, und steuerte auf den Sunset Boulevard und die KABC-Studios zu, wo er das Interview geben sollte, direkt am Ort der Katastrophe. Autos und Heliumfloater verstopften die Straßen in beide Richtungen. Crane fragte sich, ob den Flüchtenden jetzt überhaupt noch genug Zeit blieb, denn schon als das Helo auf dem Boden aufsetzte, wußte er, der Druck in der Spalte in der Nähe des Mount Pinos war bereits so hoch, daß es bald zum Bruch kommen würde, und das gleiche galt für den Imperialgraben. Dieser Bruch würde den Prozeß in Gang setzen, bei dem Kalifornien vom Golf von Kalifornien über den Salton-See und den Sankt-Jacinto-Graben bis hinauf nach San Francisco zweigeteilt werden würde. In der Zwischenzeit würde der Emersongraben in der Nähe von Lander's unter dem Saltonsee brechen und einen Spaltungsprozeß einleiten, der sich über tausend Kilometer bis zum Mount Shasta ziehen würde und in dessen Folge Nevada und Arizona irgendwann in den nächsten paar Jahren am Ufer des Pazifik liegen würden. Crane hatte seinen Spaß gehabt und war mehr als bereit, diese Welt den – wie hatte sich Tennery ausgedrückt? – ›Wahnsinnigen‹ zu überlassen. Das gefiel ihm. Den Wahnsinnigen.

Sie kletterten aus dem Helo und gerieten in das Chaos einer Stadt, die bald aufgegeben werden würde. Um sie herum warfen Plünderer die Scheiben von Geschäften ein.

Wer zu arm oder zu dumm war, die Stadt zu verlassen, feierte, daß sie nun ihm gehörte. Sirenen heulten, aber nirgends waren Polizisten zu sehen. Die Stadt stand am Rande ihrer eigenen Ewigkeit.

»Wollten Sie wirklich hierherkommen«, fragte Hill, »um sich das anzuschauen?«

»Ich wollte darin baden«, erwiderte Crane und ging auf das Gebäude zu. Ein außer Kontrolle geratener Wagen schlingerte an ihnen vorbei und stieß krachend an eine Wand. Der Fahrer wurde durch die Frontscheibe geschleudert. »Mein ganzes Leben war auf diesen Tag ausgerichtet.«

»Sie haben doch keinen Unsinn vor, oder?« fragte Hill, als Crane durch die Tür eintrat.

»Kommt darauf an, was Sie mit Unsinn meinen.«

Sie betraten die kühle Dunkelheit des kleinen, einstöckigen Gebäudes. Crane war aufgeregt und nervös. Seit dem Tag, an dem Sumi gestorben war, hatte er die Tage bis heute gezählt. Sie wäre stolz auf ihn gewesen.

Ein Mann mit einem Kameraauge kam ihnen in der leeren Eingangshalle entgegengeeilt. Er trug einen glänzenden, froschgrünen Plastikanzug, ein Hemd im Knitterlook und ein goldfarbenes Jabot. »Sie sind Crane, stimmt's?«

»Das ist richtig.«

»Mein Name ist Abidan. Da haben Sie ja eine schöne Show aufgezogen.« Er schwitzte und schien sehr nervös zu sein.

»Die Shows mache nicht ich«, entgegnete Crane. »Bleiben Sie?«

»Das tun Journalisten nun mal, Sir. Sie bleiben.«

»Genau das tun Geologen auch, mein Junge. Lassen Sie uns anfangen.«

»Wir werden von hier aus senden«, erläuterte Abidan und führte sie durch ein menschenleeres Studio, in dem auf Geräten zahllose Lichter blinkten. »Dies ist ein Nachrichtensender. Wir können zu weltweit viertausendsiebenhundert Verbreitungspunkten Kontakt aufnehmen, und ich werde sie alle anfunken.«

Er öffnete die Tür zu einem kleinen Studio, das wie ein Wohnzimmer eingerichtet und von schwarzen Vorhängen umgeben war. Die Beleuchtung war schummrig.

Hill schnappte nach Luft, als er den Raum betrat. »Hölle, Tod und Teufel«, sagte er. Auf einem der Sessel der Wohnzimmersitzgarnitur saß ein alt gewordener Abu Talib, gekleidet in dem üblichen schwarzen Anzug, allerdings ohne Fez. Er stand auf.

»Nur weil wir alte Knacker sind, heißt das noch nicht, daß wir Ihnen nicht die Nase einschlagen könnten«, sagte Hill, doch Crane hob die Hand, um ihn zum Schweigen zu bringen.

»Ist schon gut, Burt. Im Grunde ist es perfekt. Wie in alten Zeiten.« Seine Erregung wuchs. Alles kam zusammen – und er hatte nicht einmal etwas dafür getan. Seine Träume erfüllten sich wirklich.

Über den blanken Boden ging er auf die Sitzgruppe zu. Abu Talib, der aussah, als wäre er über hundert Jahre alt, streckte ihm die Hand entgegen und lächelte warm. »Schön, Sie zu sehen, alter Freund«, sagte er und schüttelte Crane die Hand.

»Schön, Sie zu sehen … Wie soll ich Sie nennen? Eure Exzellenz oder Mr. Talib oder …«

»Nennen Sie mich Dan.« Talib lächelte. »Ich denke, das ist für uns beide am angenehmsten.«

»Was Sie hier sehen, meine Damen und Herren«, begann Abidan und richtete sein Kameraauge auf sie, »ist das Treffen zweier Erzfeinde. Der Mann, der Kalifornien retten wollte, und der Mann, der bereit war zu töten, um ihn daran zu hindern.«

»Nicht sehr nett«, sagte Talib und sah Abidan kopfschüttelnd an, als ob er ein ungezogenes Kind wäre. »Wir sind erwischt worden, Crane.« Er nickte Hill, der ein paar Meter entfernt stand, zu. »Burt.«

»Dr. Crane«, sagte Abidan provozierend, »wie ist es, im Angesicht der kommenden Katastrophe dem Mann gegenüberzustehen, der Ihr Leben zerstört hat?«

»Wenn Mr. Abidan einen Kampf will, wird er wahrscheinlich schwer enttäuscht sein.« Crane lachte; Hill applaudierte leise.

Newcombes Brauen schoben sich eng zusammen. »Mr. Abidan war nicht besonders freundlich«, sagte er ruhig. »Ich meine, wenn er ein Interview will, soll er einfach still sein und uns reden lassen. Keine Sorge.« Er grinste Abidan an, und die Runzeln in seinem Gesicht schoben sich übereinander wie Plisseefalten. »Wir werden es bald hinter uns haben.«

»Warum sind Sie hierher gekommen?« fragte Crane Talib. »Sie haben ein Land zu führen.«

»Darüber reden wir, wenn die Kameras ausgeschaltet sind. Können wir uns nicht setzen, bitte?« fragte er und ging zu einem der Sessel. »Mein Rücken ist nicht mehr das, was er mal war.«

»Ich bin überhaupt nicht mehr das, was ich mal war«, erwiderte Crane und setzte sich. »Und ich brenne darauf, mich mit Ihnen zu unterhalten. Ich habe Ihnen einen Vorschlag zu machen.«

Newcombe lehnte sich zurück, und seine tief eingefallenen Augen blitzten auf. »Einen Vorschlag«, sagte er. »Ich bin überrascht.«

Abidan steuerte auf den dritten Sessel zu, doch Newcombe hielt ihn mit einem Wink zurück. »Burt, kommen Sie, und setzen Sie sich zu uns. Lassen wir den jungen Mann stehen … Allerdings wette ich, daß er bald nicht mehr steht, wenn das Erdbeben losgeht.«

Sie lachten. Crane zeigte auf Abidan. »Wissen Sie, wie Sie sich retten können, mein Junge?« fragte er und blickte dann zu Burt und Dan. »Seht ihn euch an, er schwitzt schon. Er zittert so, daß das Bild wahrscheinlich sowieso völlig verwackelt ist. Ich habe jetzt schon im Ohr, wie der Graben im Imperialtal ächzen und heulen wird wie ein verwundetes Tier, wenn er auseinanderbricht und ein Stück aus dem Mount Pinos reißt und Richtung Westen schiebt. Begreifen Sie überhaupt die Ausmaße dessen, auf was Sie sich da blindlings eingelassen haben? Diese Menschen auf der Straße … sie sind dumm, hemmungslos oder verrückt, oder sie wollen sterben. Die Männer, die Ihnen gegenüber sitzen, haben keine Angst vor dem Tod. Und Sie?«

Stumm schüttelte Abidan den Kopf.

»Sie werden live miterleben«, fuhr Crane fort, »wie *östlich* von L. A. ein riesiger Tsunami hereinbricht, wenn das Wasser des Pazifik kommt, um die gigantische Wunde im Körper der Erde schließen. Wissen Sie, daß die Straßen vor Ihren Augen in die Luft fliegen werden? Und danach, wenn das Beben vorbei ist, müssen Sie mit den Folgen leben. Als erstes geht das Trinkwasser aus. Dann breiten sich in dieser prähistorischen Umwelt Krankheiten aus. Sind Sie darauf vorbereitet, ein paar Millionen Leichen zu begraben? Das werden Sie tun müssen, wenn Sie Krankheiten und Gestank fernhalten wollen, während Ihr eigener Schweiß stinkt wie der Tod, und Ihr Haus, Ihre Freunde und alles andere nicht mehr da ist.«

»Glauben Sie«, fragte Newcombe Abidan, »daß diese Katastrophe ein kleiner Schubs sein wird, wie wenn sich ein Floß von einem Flußufer löst? Versuchen Sie, sich vorzustellen, wie groß Kräfte sein müssen, die Berge heben und senken, mit der gleichen Leichtigkeit, wie Sie ihre Kamera einschalten. Ist Ihnen klar, daß Los Angeles keine Überlebenschance hat, weil der Elysian-Park-Graben die komplette Stadt verschlingen wird? Ganze Häuserblöcke werden im Erdboden verschwinden und nie wieder auftauchen. Kalifornien wird auseinandergerissen. Es wird Feuersbrünste geben, wie sie der Planet seit Millionen Jahren nicht mehr erlebt hat. Ist es wirklich wichtig, daß Sie ausgerechnet jetzt in Kalifornien sterben müssen?«

Abidan schluckte und schüttelte den Kopf, wobei sich das Kameraauge nicht mitbewegte. »Gut«, sagte Newcombe. »Denn ich möchte, daß Sie uns ausreden lassen, und dann möchte ich, daß Sie mit uns zusammen die Pferde satteln und zusehen, daß Sie hier wegkommen. Sie haben noch viele Jahre vor sich. Versuchen Sie, am Leben zu bleiben. Seien Sie nicht so wie diese Idioten da draußen auf der Straße.«

»Da…anke«, flüsterte Abidan.

»Ich bin überrascht«, sagte Crane zu Newcombe. »Sie haben gelernt, wie man mit Macht umgeht.«

»Und Sie haben gelernt, hin und wieder den Mund zu halten«, gab Newcombe zurück. »Wir haben uns beide verändert.«

»O Mann«, sagte Hill und rollte die Augen. »Jetzt geht's aber los.«

Crane beugte sich vor Richtung Kamera und zeigte auf Newcombe. »Dieser Mann sucht mich heim seit dem Tag im Jahr 2023, als ich ihn einstellte. Dieser Mann hat in seinem ganzen verdammten Leben nichts freiwillig für mich getan.«

»Weil Sie ein Diktator waren.« Newcombe lachte. »Und weil Sie einen geheimen Plan hatten.«

Crane warf die Hände in die Luft. »Ich denke, heute kann man sehen, warum ich ihn geheimgehalten habe.«

»Niemand von Ihnen beiden hätte irgend etwas getan, wenn ich Sie nicht davon abgehalten hätte, sich gegenseitig an die Gurgel zu gehen«, sagte Hill. »Sie sollten mir dankbar sein.«

»Danke, Burt«, sagten sie gleichzeitig.

»Bitte. Ich hatte sowieso nichts Besseres zu tun.«

Crane wandte sich wieder der Kamera zu. Abidan schlotterte jetzt sichtbar, und sein natürliches Auge weitete sich in Panik, da ein kleines Vorbeben das Studio erschütterte und eine Lampe umfiel. Alle drei lachten, als er zu Boden stürzte.

»Wird nicht mehr lange sicher sein hier«, bemerkte Hill.

»Lassen Sie mich das machen.« Crane stand auf und ging zu Abidan hinüber, der in Embryonalstellung auf dem Boden lag und seinen Kopf mit den Händen bedeckte.

»Drehen Sie sich auf den Rücken, und sehen Sie mich an, mein Sohn«, sagte Crane.

Abidan faltete sich langsam auf und rollte sich auf den Rücken. Das rote Lämpchen auf seinem Kameraauge blinkte Crane an. »Ich will hier raus«, flüsterte er.

»Auf dem Parkplatz wartet ein Helo auf uns«, sagte

Crane. »Ich habe einen Platz für Sie reserviert. Jetzt will ich nur noch loswerden, was ich zu sagen habe.« Er sah direkt in Abidans Kameraauge. »Meine Damen und Herren, was hier gesagt worden ist, war nicht übertrieben. Wenn Sie westlich des Sankt-Andreas-Grabens leben, schweben Sie in akuter Lebensgefahr. Gehen Sie nicht davon aus, daß Sie irgendwo in der Gegend sicher sein können.«

Mit einem tiefen Atemzug bereitete sich Crane auf die übliche Litanei vor und hoffte wie immer, daß ihn die Zuschauer anhören und seine Ratschläge befolgen würden.

»Wenn Sie sich innerhalb rund einer Stunde nicht mehr auf die Ostseite des Grabens retten können, bleiben Sie zumindest von Ihren Häusern fern. Es sind Todesfallen. Vermeiden Sie große Bäume. Suchen Sie möglichst freies Gelände auf. Dieser Rat wird manchen das Leben retten, anderen nicht. Ich habe in meinem Leben rund fünf Dutzend Erdbeben selbst miterlebt und mindestens hundert Erdbebengebiete anschließend besucht. Glauben Sie mir. Los Angeles: weg. San Francisco: weg. Santa Barbara, San Bernardino, San Diego, Tijuana, alle großen Städte von Baja bis San Francisco werden heute höchstwahrscheinlich untergehen. Wenn Sie nicht mit untergehen wollen, hören Sie mir zu. Sie können es nicht mit dem Verstand beeinflussen. Es wird passieren, und es wird *Ihnen* passieren, wenn Sie nicht sofort etwas unternehmen! Sofort!«

Crane trat zurück. »Das war's. Schalten Sie ab. Lassen Sie die Leute fliehen.«

Er half Abidan auf die Beine. »Das Helo wartet auf dem Parkplatz«, sagte er. »Gehen Sie.«

Abidan rannte los.

»Wir müssen uns unterhalten«, sagte Newcombe, der auf Crane zugegangen war.

»Haben Sie ein Helo hier?« Newcombe schüttelte den Kopf. »Interessant«, bemerkte Crane. »Ich nehme Sie gerne in meinem mit.«

»Danke.«

»Kommen Sie«, sagte Hill, »lassen Sie uns ein paar Kilometer zwischen uns und diesen gottverdammten Ort bringen.«

Er führte sie hinaus auf den Parkplatz. Abidan saß bereits angeschnallt in einem der zehn Passagiersitze und krallte sich fest. Hill kletterte in das Helo und streckte Crane die Hand hin.

»Sie gehen vor«, sagte Crane kopfschüttelnd.

»Sie kommen nicht mit«, erwiderte Hill resigniert. »Ich wußte doch, daß da noch was kommt.« Er sah Newcombe an.

»Ich auch nicht.« Er lächelte.

Hill wurde blaß und rang nach Worten.

»Sie haben mir jedesmal zur Seite gestanden, wenn ich mich von einer Ehefrau verabschieden mußte, Burt«, sagte Crane und umarmte ihn, ohne Tränen, ohne Bedauern. Sie hatten beide getan, was in ihrer Macht stand, und darin lag kein Grund für Traurigkeit. »Sie haben mir über den Tod meines Sohnes hinweggeholfen. Sie haben mir geholfen, als ich so fertig war, daß ich dachte, ich würde nie wieder lachen. Sie haben mein Leben tausendmal auf tausend verschiedene Arten gerettet. Danke.«

»Ich … ich kann Sie nicht auf dieser Reise begleiten.« Hill schniefte. Er löste sich aus der Umarmung, räusperte sich und spuckte aus. Er sah Crane an, dann Newcombe, dann wieder Crane. »Ich bin noch nicht bereit dafür.«

»Das habe ich auch nicht erwartet«, entgegnete Crane. »Außerdem muß ich auch lernen, einmal etwas ganz allein zu tun. Setzen Sie sich, Burt. Verstehen Sie, daß ich den Kreis schließen muß?«

Hill nickte und nahm Platz. »Ich werde Sie vermissen, Doc.«

Crane nickte lächelnd, warf die Tür zu, schlug dann mit der flachen Hand auf das Chassis des Helos und deutete dem Piloten mit hochgerecktem Daumen an, daß er starten könne.

Ihnen blieb noch etwa eine Stunde.

»Lust, spazierenzugehen?« fragte Crane.

»Klingt gut.« Newcombe neigte sich näher zu Crane und

flüsterte: »Wissen Sie, was ich jetzt wirklich gebrauchen könnte, ist ein Drink.«

»Das ist aber nicht islamisch.«

Newcombe grinste breit. »Ich denke, Allah wird es unter den gegebenen Umständen verstehen.«

»Gut. Suchen wir ein schönes Dachgartenrestaurant, am besten ein ganz hohes, damit wir das Schwindelgefühl ordentlich genießen können.«

Sie gingen ins Stadtzentrum, wo überall Zerstörung und Anarchie herrschten. So vieles hatte sich geändert, seit Crane auf der Welt war; und so vieles war gleich geblieben. Es gab Plünderer, Rocker, die inzwischen ›Seismos‹ genannt wurden, Selbstmörder und Cosmies in weißen Gewändern, das Dritte Auge in Rot auf der Brust prangend. Heute war Crane einer von ihnen, und vielleicht war er das schon immer gewesen. Ein Teil der Stadt brannte. Plünderer arbeiteten Hand in Hand mit dem Erdbeben. Wie aufmerksam.

Niemand belästigte sie auf ihrem Weg. Selbstmörder waren immer sofort zu erkennen, und die Leute ließen sie automatisch in Ruhe.

Sie passierten mehrere Blocks der Stadt der Engel bei strahlendem Sonnenschein und warmem Wind und standen plötzlich vor einem wackelig aussehenden Stahl-Glas-Wolkenkratzer mit einem funktionierenden Aufzug und einem Restaurant auf dem Dach. Das Gebäude war für einen Sturzflug besser geeignet als alles, was Crane bis jetzt gesehen hatte.

Vom Restaurant aus hatte man einen wunderbaren Blick über die Stadt. Sie schlugen die Glastür ein, um hineinzukommen, und wählten einen Tisch mit Blick Richtung Westen. Crane ging hinter die Bar und suchte eine Flasche guten Scotch aus. Der Himmel war voller Helos, ein riesiger Fliegenschwarm – Neugierige, die zusehen wollten, wie eine Welt unterging und eine andere entstand.

»Warum tun Sie das?« fragte Crane, während er zwei saubere Gläser suchte. Er hatte seit fast fünfzehn Jahren keinen Alkohol mehr getrunken.

»Es schließt auch meinen Kreis. Ich habe im Gefängnis jahrelang über diesen Augenblick nachgedacht ... Ich denke, es ist meine eigentliche Strafe.«

»Sie haben Ihre Zeit abgesessen, Dan.« Crane kam mit der Flasche und Gläsern zurück und goß ihnen beiden einen Highball ein. »Denken Sie nicht mehr daran.«

»Wenn Sie in meiner Haut steckten, würden Sie dann nicht mehr daran denken?«

Crane hob sein Glas. »Ich weiß nicht. Nehmen Sie Ihren Whiskey. Auf Sie, alter Freund.«

»Auf uns beide«, erwiderte Newcombe und stieß mit seinem Glas an Cranes. Der Geschmack des ersten Alkohols nach Jahrzehnten ließ ihn das Gesicht verziehen. »Sie sehen ziemlich glücklich aus, wenn man bedenkt, daß dies der letzte Tag Ihres Lebens sein wird.«

»Ende und Beginn«, sagte Crane. »Sie sehen aber auch recht glücklich aus.«

»Machen Sie Witze? Ich bin enthusiastisch. Das ist seit fast dreißig Jahren die erste richtige Entscheidung, die ich eigenständig treffe. Siebzehn Jahre lang wachte ich jeden Morgen mit einem Strick auf. Der Tod macht mir keine angst.«

»Ich bin vor Jahren schon gestorben«, sagte Crane und beobachtete, wie der Scotch in seinem Glas aufgrund der Erschütterungen kleine Wellen warf. »Dann kam ich zurück. Ich weiß jetzt, daß Leben und Tod nur Worte sind. Ich hasse auch Erdbeben nicht mehr. Seltsam, wie sich die Dinge verändern.« Er nahm einen ausgiebigen Schluck. In seinem Magen brannte es bereits. »Ich werde langsam beschwipst.«

»Ich auch«, erwiderte Newcombe, »dauert keine fünf Minuten mehr bei mir.«

Crane nickte. »Ich verstehe Sie immer noch nicht. Mein Job hier ist schon lange erledigt. Ich kann's gar nicht erwarten wegzukommen. Aber Sie ... Sie haben eine Frau, eine Familie, soziale und politische Verantwortung.«

»Die Vorstellung von der Verantwortung muß ich, glaube ich, ein bißchen zurechtrücken«, sagte Newcombe, hob die Augenbrauen und grinste. »Es ist eine merkwürdige Geschichte, aber so habe ich es erlebt, als ich aus dem Gefängnis kam. Meine Frau, die mit jedem Mann schlief, dem sie die Hosen runterreißen konnte, hat ihren Bruder Ishmael umgebracht, um ihn aus dem Weg zu schaffen. Sie stellte diesen Mord als Attentat hin und nutzte ihn zu Propagandazwecken. Dann begann sie, hinter den Kulissen gegen ihren anderen Bruder, Martin, zu arbeiten, bis ich entlassen wurde. Sie ließ ihre Anhänger Martin umbringen, so daß ich die Stelle des öffentlichen Halbgottes und privaten Lakaien einnehmen konnte.«

»Das ... das hätte ich nie gedacht, niemals.«

»Ich bin noch nicht fertig«, fuhr Newcombe fort und nahm noch einen Schluck. »Das Gefängnis hat mich verändert. Ich hatte kein Interesse mehr an Macht oder Ruhm. Ich hätte alles gegeben, um mich wieder der Geologie zuwenden zu können, aber ich konnte nicht aus meiner Rolle heraus: Ich war eben nun mal für Millionen Menschen ein Symbol. Meine Frau sagte: ›Halte Reden.‹ Also hielt ich die Reden, die sie für mich schrieb. Ich war nur ihr Sprachrohr. Ich habe meine Zeit für das Wohl der Menschen genutzt. O Mann, das ist ein ziemlich überstrapazierter Begriff. Aber Khadijahs Ehrgeiz kennt keine Grenzen. Auf mich wurden bereits drei Anschläge verübt. Und ich fand heraus, daß alle drei auf mein liebendes Weib zurückzuführen waren, zuletzt mit der Beihilfe meines lieben Sohnes, der zweifellos auch der Grund dafür war. Glauben Sie mir: Khadijah wird in New Cairo durch Abu ibn Abu herrschen. Sie hat lange genug durch mich geherrscht. Ich bin froh, daß ich endlich entkommen bin.«

»Das ist ja ein erbärmliches Leben, Dan.«

Newcombe schüttelte den Kopf. »Ich habe das alles nicht gewollt. Die besten – und glücklichsten – von den siebenundsechzig Jahren, die ich jetzt auf dieser Erde bin, waren die mit Ihnen, als ich am Beben-Öko arbeitete und mit Ihnen durch die Welt hetzte auf der Jagd nach Ihren verdammten Dämonen. Die Arbeit mit Ihnen war die beste menschliche Tat meines ganzen Lebens.«

»Für mich war es meine Aussage bei Ihrem Hearing«, sagte Crane. »Sie hat mich endlich dazu gebracht, mich selbst in Frage zu stellen. Sie hat mich wieder zum Menschen gemacht. Lewis Crane konnte endlich aufhören, Gott zu spielen. Und dafür danke ich Sumi. Sie war eine tolle Frau.«

»Auf Sumi«, sagte Newcombe und hob erneut sein Glas.

Beide tranken.

»Sie sagten bei dem Hearing etwas, das ich nie vergessen habe«, fuhr Newcombe fort, während beide das Meer in der Ferne beobachteten. Rauch, der von rund einem Dutzend Feuerherden aufstieg, erschwerte die Sicht. »Sie sagten, Sie könnten mich freilassen, ohne mir zu vergeben, und ich könnte weiterleben, ohne Sie um Vergebung zu bitten.« Er schüttelte den Kopf. »Das kann ich nicht. Ich bitte Sie jetzt um Vergebung, Crane. Ich will nicht … weitermachen, ohne es getan zu haben.«

»Ich habe Ihnen schon vor Jahren vergeben, Dan«, erwiderte Crane. »Ich mußte es tun, um mit Charlestown weitermachen und alles andere hinter mir lassen zu können.«

»Aber Sie haben es mir nie gesagt.«

»Nein … das habe ich nie getan. Und dafür entschuldige ich mich. Daß ich Sie heute getroffen habe, gibt mir die Gelegenheit, diesen Fehler in, wie ich hoffe, angemessener Weise wiedergutzumachen.«

Sie tranken beide und füllten dann die Gläser nach.

»Ist Charlestown die Mondkolonie, mit der Sie sich beschäftigen?«

»Ja«, antwortete Crane und beugte sich vor zu Newcombe. »Haben Sie Geld?«

»In der Tasche, meinen Sie?«

»Nein. Überhaupt. Geld.«

»Ich schwimme darin«, antwortete Newcombe. »Staatsoberhäuptern geht es relativ gut. Ich konnte ein paar hundert Millionen auf die Seite bringen.«

»Bitte, geben Sie sie mir«, sagte Crane, »aber ich glaube, wir müssen uns beeilen.« Er wies mit dem Kopf zum Fenster. Draußen wackelten die Häuser. Die Vibrationen vom Imperial-Tal waren bis hierher zu spüren.

»Warum wollen Sie das Geld? Sie sind doch auch bereit zu sterben.«

»Haben Sie einen Chip-Port?« fragte Crane schon leicht undeutlich.

Newcombe nickte.

Crane holte mit Hilfe einer Pinzette, die er in der Hosentasche hatte, einen kleinen Chip aus seinem Pad. Er reichte Newcombe die Pinzette, der sie unsicher zum Port führte, den er zunächst verfehlte. Dann gelang es ihm, den Chip einzusetzen, und er lehnte sich zurück.

Crane lächelte, als Newcombe die Augen schloß. Der Chip war eine Präsentation von Charlestown, eine Videobesichtigung, die mit Cranes Gefühlen angereichert war. Und dann war da noch *Der Plan*.

Der Chip war so programmiert, daß er im Gehirn aufging wie ein Gedanke, der schon ein Leben lang da gewesen war; alles, was Crane in Sachen Charlestown wußte und fühlte und glaubte, strömte wie durch Osmose in Newcombes Gehirn – Cranes Gefühle, seine Gefühle. Mit der Geschwindigkeit eines Gedankens.

»O ... ja«, sagte Newcombe und nickte lächelnd. »Das ist gut. Ich verstehe.«

Er entfernte den Chip. »Es ist erstaunlich«, sagte er und gab ihn Crane zurück, der ihn in sein Pad schob, um ihn in das Kommunikationssystem des Mondes einzuspeisen. »Können Sie das wirklich tun?«

»Sumi hat es sich ausgedacht«, sagte er. »Sie hat die letzten Jahre damit verbracht, es auszuarbeiten. Wir sind alle Teil des Globus, Dan.«

»Werden Sie mich fragen ...«

»... ob Sie mitmachen wollen? Ja! Und?«

»Crane, Sie Hurensohn!« Newcombe lachte. »Am Ende haben Sie das System doch noch kleingekriegt. Ich glaube, es ist besser, wenn ich mich Ihnen anschließe. Es ist ein Angebot, das ich nicht ablehnen kann.«

»Gut. Dann holen wir zuerst einmal Ihr Geld«, erwiderte Crane. »Ich glaube nicht, daß Ihre Familie es braucht.«

Da begann das Grollen, ein lautes Grollen, lauter als das in Tokio, und die Häuser bebten heftig. Auch die beiden Männer bebten heftig.

Newcombe zeigte zum Boden; überall kamen Ratten aus Löchern in der Wand. »Man kann nicht entkommen, auch am schönsten Ort nicht!« rief er durch das Klirren von splitterndem Glas und Geschirr.

Crane erwischte die Flasche, bevor der Tisch umfiel.

»Bankkonten«, sagte Newcombe, und sein Pad stellte automatisch eine Verbindung zu seinen Konten her.

»Charlestown-Konto«, sagte Crane in sein Pad. »Bereit machen für Transfer.«

Das Gebäude schwankte, und das Glas ihrer Fensterscheibe fiel heraus und stürzte dreißig Stockwerke in die Tiefe. In der Ferne tobte und wogte der Ozean. Es war wunderschön und aufregend.

»Transfer sämtlicher Gelder«, sagte Newcombe, und beide Männer drückten zur Identifizierung ihre Daumen auf das Pad des anderen.

»Transaktion vollendet«, sagte eine Computerstimme in beiden Implantaten.

»Sie sind ein guter Mann«, sagte Crane und holte einen weiteren Chip heraus. »Und jetzt stecken Sie das in Ihren Port. Schnell.«

»Was ist das?«

»Ich werde Ihr Gehirn kopieren und im Computer abspeichern. Der Chip ist leer.«

»Geben Sie ihn mir!« schrie Newcombe. Ein Stuhl flog vorbei. Newcombe fiel unsanft zu Boden, hielt aber immer noch den Scotch in der Hand. Um sie herum tobte das Erdbeben.

»Hier!« rief Crane.

Newcombe packte den Chip mit ausgestreckter Hand und steckte ihn in den Port.

»Schnell!« schrie Crane.

Stühle und Tische flogen durch den Raum, während das ganze Gebäude ächzte und schwankte. Crane genoß diesen echten Taumel in vollen Zügen. Noch ein solcher Stoß oder zwei, und das Restaurant würde zum Erdgeschoß gehören.

Newcombes Kopf zuckte umher, während der Chip sein Gedächtnis auf eine millimetergroße Plastikscheibe kopierte. Das Haus ächzte und schwankte bedenklich. Crane, inzwischen auf den Knien gelandet, nahm einen Schluck Scotch.

Newcombe zog den Chip aus seinem Port. »Ich bin bereit zu gehen«, sagte er und reichte ihn Crane, der ihn sofort in sein Pad steckte und die Daten übermittelte. »Gott, ich bin bereit zu gehen.«

Plötzlich wurden beide Männer durch den Raum geschleudert und knallten gegen die Theke, die ihnen entgegengeflogen kam. Und dann begann der Dämon zu brüllen, als das Gebäude auseinanderzubrechen begann.

»Es ist verrückt«, rief Crane, um das Getöse zu übertönen, »aber mein Arm ... mein Arm tut nicht weh!«

Das Haus begann einzustürzen, Stücke der Decke fielen auf sie herab. Und die Welt um sie herum drehte sich. Lewis Crane riß den Chip aus seinem Port und steckte ihn in sein Pad, als er spürte, wie er fiel ... fiel ...

... und das Bild verschwand. Alles war weit weg. Die einstürzende Stadt war nichts als ein Kartenhaus in einem Windkanal, hinweggefegt in einer Sekunde.

Epilog

Das Geographie-Helo verschwand vom Bildschirm, und eine Ansicht des Mondes erschien. Geodätische Kuppeln, auf denen hell das Sonnenlicht reflektierte, erstreckten sich bis zum Horizont. Sie waren über Tunnel und Passagen miteinander verbunden. Auf einem zentralen Platz stand eine funktionierende King-Projektion des Mondes.

»Und so, Kinder«, sagte ein virtueller Lewis Crane, während er durch das Klassenzimmer der vierten Klasse ging, »ist die Mondbasis Charlestown entstanden.«

Mit seinem gesunden Arm hielt er den behinderten auf dem Rücken fest und trat vor die Klasse. Der virtuelle Lewis Crane war eine Projektion, die die Seele des echten Crane in ihren Energiefeldern gespeichert hatte. Er war nicht echt, und dennoch war es Lewis Crane. Und voller Stolz tauchte er in die Umgebung ein, in das Produkt seiner Vorstellungskraft.

»Diese … Stadt«, sagte er, »müßt Ihr errichten, wißt Ihr. Was werdet Ihr damit anfangen? Ich bitte euch nur darum, erst euer Gehirn einzuschalten, bevor ihr Entscheidungen trefft, und daß ihr den Schmerz der anderen ebenso intensiv empfindet wie euren eigenen.« Die Projektion lächelte. »Ich möchte euch ein paar Leute vorstellen, die ihr vielleicht wiedererkennen werdet.«

Er wies mit dem gesunden Arm zur Tür, und Burt Hill, Dan Newcombe, Sumi Chan und Lanie King kamen herein. Cranes virtuelles Ebenbild spürte, wie Freude in ihm aufstieg, als die Kinder vor Begeisterung juchzten und den anderen Projektionen applaudierten, deren Gehirn Crane in seinem Computer gespeichert hatte.

Lanie, Dan und Sumi traten zu ihm. »Verliert euren Glauben nicht«, sagte Crane und umarmte nacheinander die Menschen, die sein Leben lebenswert gemacht hatten. »Glaubt an Träume. Sie sterben nie.«

Er sah auf die Tür des Klassenzimmer, auf die Lanie bereits blickte; Hill, Newcombe und Sumi lächelten breit.

»Nun bleib nicht da stehen«, sagte Crane. »Komm schon und zeig dich den Kindern.«

»Ja, bitte«, sagte Lanie.

Und zur größten Freude seines Vaters, seiner Mutter und all der anderen erwachsenen Freunde kam der kleine Charlie Crane mit ausgestreckten Armen auf unsicheren Beinchen auf sie zugetapst.

Anmerkung des Autors

Vor vielen Jahren stand ich einmal in einem Hotel in Delhi und spürte plötzlich leichte Vibrationen unter mir. »Ich hatte ja keine Ahnung«, sagte ich zu meinen Gastgebern, »daß Delhi ein U-Bahn-System hat.«

»Es hat keins«, bekam ich als Antwort.

Das war meine erste und einzige Erfahrung mit Erdbeben – wie kam es also dazu, daß ich mich mit einem Buch wie *Stärke 10* befaßte? Nun, den Anstoß gab zweifellos das Northridge-Erdbeben im Jahr 1994, dessen Auswirkungen ich im Fernsehen verfolgt habe. Zwischen dem 1. und 3. Februar, als diese Bilder noch frisch in meinem Kopf waren, schrieb ich ein Film-Treatment mit rund achthundertfünfzig Wörtern, das ich sofort meinem Agenten, Russell Galen, faxte. Mir fehlte das nötige Hintergrundwissen, um weiter an der Sache zu arbeiten, denn meine Kenntnisse von Kalifornien beschränken sich auf den Parkplatz hinter dem MGM-Studio und das Foyer des Beverly-Wilshire-Hotels. Also wurde Mike McQuay für die Kärrnerarbeit engagiert, und er erledigte sie mit Bravour.

Einen weiteren wichtigen Anstoß gab das Computerprogramm ›California Earthquakes‹ von John Hinkley, dem Computergenie, dessen Vistapro-Virtual-Reality-Programm[1] mir schon für mein Buch *The Snows of Olympus* sehr hilfreich gewesen war. Es dokumentiert über zwanzigtausend – ungelogen, zwanzigtausend – Erdbeben zwischen 1992 und 1994. Auf einer Karte von Kalifornien kann man über Farbkodierung alle Erdbeben der Stärken eins bis sechs auswählen. Abgespielt werden sie in frei einstellbarer Zeit, die bis zu ein Jahr Echtzeit zu einer Sekunde

1 Zu beziehen über Progressive Products, P. O. Box 1575, Pablo Robles, CA 93447, USA.

raffen kann. Dank einer Zoomfunktion kann man sich auch alles aus der Nähe ansehen.

Was das Programm zeigt, ist ebenso erstaunlich wie erschreckend. Kleine Kreise in verschiedenen Farben und Größen explodieren überall in Kalifornien, und nach einer Weile zeichnet sich die Kontur des Sankt-Andreas-Grabens ab sowie die eines zweiten Grabens entlang der Ostgrenze des Bundesstaates. Die zentrale Region ist vollkommen erdbebenfrei, und man sieht sofort, wo man als vernünftiger Mensch Land kaufen würde oder nicht. Das Northridge-Beben ist wirklich eines der spektakulärsten, vor allem wenn man darauf zoomt. Spielt man es im Superzeitraffer ab, so werden Hunderte von Nachbeben sichtbar, die sich über eine Woche hinziehen. Es ist ein wirklich beängstigendes Programm, und es überrascht mich, daß die kalifornische Handelskammer seinen Export noch nicht verboten oder John (der immer noch dort lebt!) zur *persona non gratissima* erklärt hat.

Nachdem der Vertrag für *Stärke 10* unterschrieben war, erhielt ich ein Jahr lang keinerlei Nachrichten von Mike und schickte ihm auch keine neuen Ideen. Als das Manuskript kam, hatte ich also keine Ahnung, was mich erwarten würde. Es war ihm so ausgezeichnet gelungen, das Wesentliche meines kurzen Treatments umzusetzen, daß ich das Manuskript mit wachsender Begeisterung las und jede neue Seite voller Spannung erwartete.

Obwohl ich schon häufig mit anderen Autoren zusammengearbeitet habe – vor allem mit Gentry Lee bei der *Rama*-Serie –, ist dies das erstemal, daß ich einem anderen Autor eine Idee von mir gegeben habe, damit er sie nach seinen Vorstellungen ausbaut. Und es wird nicht das letztemal sein, denn ich habe festgestellt, daß mir diese Arbeitsteilung den ganzen Spaß am Kreativsein läßt, mir dafür aber all die einsamen Stunden an der Tastatur erspart.

Ich hoffe, Ihnen hat der daraus entstandene Roman ebenso gefallen wie mir.

Arthur C. Clarke
26. April 1995

Postscriptum

Einen knappen Monat, nachdem ich die obige Anmerkung verfaßt hatte, erhielt ich die traurige Nachricht, daß Mike im Alter von sechsundvierzig Jahren an einem Herzinfarkt verstorben ist. Offensichtlich gab es keine Warnsignale dafür.

Ich bin froh, daß ich ihm damals sofort geschrieben habe, nachdem ich das Manuskript gelesen hatte, um ihm meine Bewunderung dafür auszusprechen, wie er mein Treatment ausgearbeitet hat. Über seine freundliche und herzliche Antwort habe ich mich sehr gefreut – es war zweifellos einer der letzten Briefe, die er geschrieben hat.

Obwohl wir uns nie getroffen haben, bin ich ganz sicher, daß die Science-fiction-Literatur mit seinem viel zu frühen Ableben einen der fähigsten und vielversprechendsten Autoren verloren hat.

Arthur C. Clarke
27. Juli 1995